À Polly.

Impossible de savoir quelle vie aurait eue la fillette. Qui elle serait devenue. Quel aurait été son travail, qui elle aurait aimé, pleuré, perdu et gagné. Si elle aurait eu des enfants, et lesquels. On ne pouvait même pas imaginer à quoi elle aurait ressemblé adulte. À quatre ans, rien n'était encore terminé chez elle. Ses yeux hésitaient entre bleu et vert, ses cheveux, bruns à sa naissance, étaient à présent blonds, avec des reflets roux, et leur couleur aurait sûrement pu encore changer. C'était particulièrement difficile à dire pour le moment. Son visage était tourné vers le fond de l'étang. L'arrière de sa tête recouvert d'épais sang séché. Seules les mèches qui flottaient au-dessus de son crâne montraient leurs nuances claires.

On ne pouvait pas dire que cette scène était sinistre. Pas plus sinistre que si la fillette n'avait pas été dans l'eau. Le bruit de la forêt était toujours le même. La lumière filtrait à travers les arbres comme d'habitude à cette heure du jour. L'eau se mouvait doucement autour d'elle, sa surface seulement troublée de temps à autre par les petits ronds concentriques d'une libellule qui s'y posait. La métamorphose avait commencé et, peu à peu, elle ne ferait plus qu'un avec la forêt et l'eau. Si personne ne la trouvait, la nature suivrait son cours et l'assimilerait.

Personne ne savait encore qu'elle avait disparu.

"Tu crois que ta mère mettra une robe blanche ? demanda Erica en se tournant vers Patrik dans le lit.

— Très drôle, vraiment", dit-il.

Erica rit et lui titilla le flanc.

"Pourquoi as-tu tant de mal avec le mariage de ta mère ? Ton père s'est remarié depuis longtemps, et ça n'a rien de bizarre, non ?

— Je sais, je suis ridicule, dit Patrik en secouant la tête tandis qu'il sortait les jambes du lit pour commencer à enfiler ses chaussettes. J'aime bien Gunnar, et je trouve ça bien que maman n'ait plus à être seule…"

Il se leva et enfila son jean.

"Je suppose que je n'ai pas l'habitude, c'est tout. Maman a été seule aussi loin que je me souvienne et, à y regarder de près, c'est sûrement une histoire de relation mère-fils qui remonte à la surface. C'est juste que ça me fait… bizarre… que maman ait… une vie de couple.

— Tu veux dire que ça te fait bizarre que Gunnar et elle couchent ensemble ?"

Patrik se boucha les oreilles.

"Arrête !"

Erica lui jeta un oreiller en riant. Il lui revint bientôt à la figure, et la guerre totale éclata. Patrik se jeta sur elle dans le lit, mais leur lutte se transforma vite en caresses et soupirs. Elle approcha la main de la braguette de son jean et commença à ouvrir le premier bouton.

"Qu'est-ce que vous faites ?"

La voix claire de Maja les fit s'interrompre et se tourner vers la porte. Maja n'y était pas seule, mais accompagnée de ses petits frères jumeaux qui observaient gaiement leurs parents dans le lit.

"On se faisait juste des chatouilles, dit Patrik en se levant, essoufflé.

— Il faut vraiment que tu installes ce loquet !" siffla Erica en remontant la couette sur sa poitrine.

Elle se redressa et réussit à sourire aux enfants.

"Descendez préparer le petit-déjeuner, on arrive."

Patrik, qui avait réussi à enfiler le reste de ses vêtements, poussa les enfants devant lui.

"Si tu n'es pas capable de visser ce loquet, tu peux sûrement demander à Gunnar. Il a l'air toujours prêt, avec sa boîte à outils. À moins qu'il ne soit occupé à autre chose avec ta mère…

— Arrête ton char !" rit Patrik en quittant la chambre.

Un sourire aux lèvres, Erica se recoucha. Elle pouvait bien s'offrir le luxe de rester un peu à s'étirer avant de se lever. Ne pas avoir d'horaires à respecter était un des avantages à être son propre chef, mais on pouvait aussi considérer ça comme un inconvénient : le métier d'écrivain exigeait du caractère et de l'autodiscipline, et pouvait parfois sembler un peu solitaire. Pourtant, elle aimait son travail, elle aimait écrire, donner vie aux récits et aux destins qu'elle décidait de retracer, fouiner, enquêter et essayer de savoir ce qui s'était vraiment passé et pourquoi. L'affaire sur laquelle elle travaillait l'attirait depuis longtemps. L'histoire de la petite Stella enlevée et tuée par Helen Persson et Marie Wall avait ému et émouvait encore tout Fjällbacka.

Et voilà que Marie Wall était de retour. La star célébrée d'Hollywood était de retour à Fjällbacka pour le tournage d'un film sur Ingrid Bergman. Toute la localité bruissait de rumeurs.

Tout le monde connaissait l'une d'elles, ou leurs familles, et tous avaient été également choqués, cet après-midi de juillet 1985, quand le corps de Stella avait été retrouvé dans l'étang.

Erica se tourna sur le côté en se demandant si le soleil avait chauffé autant ce jour-là qu'aujourd'hui. Quand le moment serait venu de parcourir les quelques mètres qui la séparaient de son bureau, elle vérifierait ça. Mais ça pouvait bien attendre encore un moment. Elle ferma les yeux et s'assoupit au son des voix de Patrik et des enfants dans la cuisine, un étage au-dessous.

Helen, penchée en avant, laissa errer son regard. Elle appuyait ses mains en sueur sur ses genoux. Record personnel aujourd'hui, alors qu'elle avait couru plus tard que d'habitude.
La mer s'étendait sous ses yeux, bleue et paisible, mais en elle grondait une tempête. Helen s'étira puis entoura son corps de ses bras, sans pouvoir s'arrêter de trembler. "On a marché sur ma tombe", disait sa mère. Et c'était peut-être un peu ça. Non que quelqu'un ait marché sur *sa* tombe. Mais sur une tombe, oui.
Le temps avait jeté un voile sur le passé, ses souvenirs étaient si vagues. Ce dont elle se souvenait, c'était les voix, qui voulaient savoir ce qui s'était passé. Elles répétaient sans arrêt la même chose, jusqu'à ce qu'elle ne sache plus distinguer leur vérité de la sienne.
À l'époque, il lui semblait impossible de revenir, de faire sa vie ici. Mais les cris et chuchotements s'étaient atténués avec les années, se transformant en un murmure sourd, pour finalement se taire complètement. Elle s'était alors à nouveau sentie à sa place dans l'existence.
Mais à présent, on allait à nouveau jaser. Tout allait ressortir. Et comme souvent dans la vie, les événements se chevauchaient. Helen n'avait pas dormi pendant plusieurs semaines après avoir reçu cette lettre d'Erica Falck qui lui annonçait qu'elle écrivait un livre et souhaitait la rencontrer. Elle avait dû renouveler l'ordonnance des cachets sans lesquels elle avait réussi à vivre tant d'années. Sans eux, elle n'aurait jamais supporté la nouvelle : Marie était de retour.
Trente ans avaient passé. James et elle avaient mené une vie paisible et discrète, et elle savait que c'était ce que voulait

James. "Ils finiront par arrêter de jaser", disait-il. Et il avait raison. Leurs heures sombres étaient rapidement passées, il avait suffi qu'elle sache mener sa barque. Quant aux souvenirs, elle avait su les refouler. Jusqu'à aujourd'hui. Les images comme des flashs. Le visage de Marie devant elle. Et le sourire de Stella.

Helen tourna à nouveau le regard vers la mer, essaya de suivre des yeux les rares vagues. Mais les images refusaient de lâcher prise. Marie était de retour, et avec elle la catastrophe.

"Excusez-moi, où sont les toilettes ?"

Sture, de la paroisse, encouragea du regard Karim et les autres, qui s'étaient réunis pour un cours de suédois au camp de réfugiés de Tanumshede.

Tous répétèrent la phrase de leur mieux. "Excusez-moi, où sont les toilettes ?"

"Combien ça coûte ?" continua Sture.

Tous en chœur, à nouveau : "Combien ça coûte ?"

Karim peinait à relier les sons que Sture prononçait près du tableau avec le texte qu'il avait sous les yeux. Tout était tellement différent. Les lettres à déchiffrer, les sons à produire.

Autour de lui, une courageuse bande de six personnes. Les autres jouaient au foot au soleil ou se reposaient dans les baraquements. Certains essayaient de dormir pour passer le temps et chasser les souvenirs, d'autres envoyaient des mails aux amis et aux proches encore joignables, ou surfaient sur les sites d'informations. Non qu'il y ait beaucoup d'informations disponibles. Le régime ne diffusait que de la propagande, et les organes de presse dans le monde entier avaient du mal à y envoyer des correspondants. Karim avait lui-même été journaliste dans sa vie d'avant, et il comprenait parfaitement les difficultés à assurer une couverture correcte et à jour d'un pays en guerre aussi ravagé de l'intérieur et de l'extérieur que la Syrie.

"Merci de nous avoir invités."

Karim pouffa. Voilà bien une phrase dont il n'aurait jamais usage. S'il avait vite appris quelque chose, c'était que les Suédois étaient réservés. Ils n'avaient aucun contact avec des Suédois, à part Sture et ceux qui travaillaient au camp de réfugiés.

C'était comme s'ils avaient échoué dans un petit pays dans le pays, isolé du reste du monde. Avec eux-mêmes pour seule compagnie. Et les souvenirs de Syrie. Les bons, mais surtout les mauvais. Ceux que beaucoup revivaient encore et encore. Karim, lui, s'efforçait de les refouler. La guerre devenue quotidienne. Le long voyage vers la terre promise du Nord.

Il s'en était tiré. Comme son Amina bien-aimée et leurs joyaux Hassan et Samia. C'était tout ce qui comptait. Il avait réussi à les conduire en sécurité, à leur donner la possibilité d'un avenir. Les corps flottant dans l'eau hantaient ses rêves, mais, dès qu'il ouvrait les yeux, ils avaient disparu. Il était là, avec sa famille. En Suède. Rien d'autre ne comptait.

"Qu'est-ce qu'on dit pour sexe avec quelqu'un ?"

Adnan rit à ses propres mots. Avec Khalil, ils étaient les plus jeunes garçons, ici. Assis côte à côte, ils faisaient la paire.

"Un peu de respect !" dit Karim en arabe, leur lançant un regard noir. Il s'excusa d'un haussement d'épaules auprès de Sture, qui hocha légèrement la tête.

Khalil et Adnan étaient arrivés par leurs propres moyens, sans famille, sans amis. Ils avaient réussi à quitter Alep avant que fuir ne soit trop dangereux. Fuir ou rester. Les deux représentaient un danger mortel.

Karim n'arrivait pas à se fâcher, malgré leur évident manque de respect. C'étaient des enfants. Apeurés et seuls dans un pays inconnu. Ils n'avaient que leur grande gueule. Tout leur était étranger. Karim avait un peu parlé avec eux après les cours. Leurs familles avaient collecté jusqu'à leur dernier sou pour leur permettre d'arriver ici. Ça pesait sur les épaules de ces garçons. Ils n'étaient pas simplement jetés dans un monde inconnu, on exigeait d'eux qu'ils s'y fassent au plus vite une situation qui leur permette de sauver leurs familles de la guerre. Mais même s'il les comprenait, manquer de respect à son pays d'accueil était inacceptable. Les Suédois avaient beau avoir peur d'eux, ils les avaient accueillis. Leur avaient offert un toit et de quoi manger. Et Sture consacrait son temps libre à leur apprendre laborieusement comment demander ce que coûtaient les choses et où étaient les toilettes. Karim ne comprenait peut-être pas les Suédois, mais il leur était éternellement reconnaissant pour ce qu'ils avaient fait pour sa famille. Tous n'adoptaient pas cette attitude, et ceux qui ne respectaient pas leur nouveau pays gâchaient tout en amenant les Suédois à les considérer tous avec méfiance.

"Quel beau temps, aujourd'hui", articula clairement Sture devant le tableau.

"Quel beau temps, aujourd'hui", répéta Karim en lui souriant.

Après deux mois en Suède, il comprenait la gratitude des Suédois quand le soleil brillait. "Quel temps de chiotte !" avait été une des premières phrases qu'il avait apprises en suédois. Même s'il avait encore du mal à prononcer le *ch*.

"Tu crois qu'on a encore beaucoup de rapports sexuels, à cet âge ?" dit Erica en buvant une gorgée de son mousseux.

Le rire d'Anna attira sur elles tous les regards du Café Bryggan.

"Non, sérieux, frangine ? C'est ça qui te tracasse ? Combien de fois couche la mère de Patrik ?

— Oui, mais dans une perspective un peu plus large, dit Erica en prenant une cuillère de sa terrine de fruits de mer. Qu'est-ce qui reste d'une vie sexuelle satisfaisante ? Est-ce qu'on perd l'intérêt quelque part en route ? Le désir sexuel est-il remplacé par une irrésistible envie de résoudre des grilles de mots croisés ou de sudoku et de sucer des dragées, ou bien est-il constant ?

— Bon..."

Anna secoua la tête et se cala en arrière sur sa chaise pour essayer de trouver une position confortable. Erica eut le ventre noué en la regardant. Voilà pas si longtemps, elles avaient eu ensemble ce terrible accident de voiture qui avait fait perdre à Anna l'enfant qu'elle attendait. La cicatrice qu'elle portait au visage ne disparaîtrait jamais. Mais elle allait bientôt accoucher de leur bébé d'amour à elle et Dan. La vie était parfois surprenante.

"Est-ce que tu crois par exemple que...

— Si tu t'apprêtais, ne serait-ce que *de loin*, à dire « papa et maman », je m'en vais, l'arrêta Anna en levant la main. Je ne veux même pas y penser."

Erica ricana.

"D'accord, je ne prends pas papa et maman comme exemples, mais tu crois que Kristina et Bob le Bricoleur couchent souvent ensemble ?

— Erica !" Anna porta les mains à son visage en secouant à nouveau la tête. "Et arrêtez d'appeler ce pauvre Gunnar Bob le Bricoleur, juste parce qu'il est gentil et habile de ses mains.

— Bon, parlons plutôt du mariage. Toi aussi, tu as été consultée comme arbitre des élégances à propos de la robe ? Je ne peux quand même pas être la seule forcée de donner mon avis et de faire bonne figure quand elle défilera avec des créations toutes plus atroces et ringardes les unes que les autres ?

— Mais non, elle me l'a demandé à moi aussi, dit Anna en se penchant pour tenter d'atteindre sa tartine aux crevettes.

— Pose-la plutôt sur ton ventre", proposa Erica avec un sourire, ce qui lui valut un regard furieux d'Anna.

Dan et Anna avaient beau avoir tant désiré ce bébé, ce n'était pas une partie de plaisir d'être enceinte dans la chaleur de ce plein été, et le ventre d'Anna était pour le moins gigantesque.

"Mais on ne pourrait pas essayer de diriger un peu les choses ? Kristina a une si jolie silhouette, sûrement une taille plus fine et une plus belle poitrine que moi – c'est juste qu'elle n'ose jamais le montrer. Imagine ce qu'elle serait belle avec un fourreau en dentelle un peu décolleté !

— Hors de question que tu m'entraînes dans un relooking de Kristina, dit Anna. J'ai l'intention de lui dire qu'elle est magnifique, quoi qu'elle porte.

— Dégonflée !

— Occupe-toi de ta belle-mère, et moi de la mienne."

Anna prit voluptueusement une bouchée de sa tartine aux crevettes.

"Oui, c'est sûr, Esther est tellement pénible", dit Erica en imaginant l'adorable mère de Dan, qui ne formulait jamais la moindre critique ni le moindre avis divergeant.

Erica le savait d'expérience, de l'époque lointaine où elle avait elle-même été avec Dan.

"Non, tu as raison, j'ai de la chance avec elle, dit Anna avant de jurer en laissant tomber sa tartine sur son ventre.

— Bah, t'inquiète pas, de toute façon personne ne voit ton ventre avec ces énormes bazookas, dit Erica en pointant le bonnet G d'Anna.

— Ta gueule !"

Anna essuya de son mieux la mayonnaise étalée sur sa robe. Erica se pencha, prit le visage de sa petite sœur entre ses mains et l'embrassa sur la joue.

"Qu'est-ce qui te prend ? s'étonna Anna.

— Je t'aime, sœurette, dit simplement Erica en levant son verre. À nous, Anna. À toi et moi et notre famille de dingues. À tout ce que nous avons traversé, tout ce à quoi nous avons survécu, et parce que nous n'avons plus de secrets l'une pour l'autre."

Anna cligna plusieurs fois des yeux, puis leva son verre de Coca pour trinquer avec Erica.

"À nous."

Un instant, Erica crut deviner un reflet sombre dans le regard d'Anna, disparu une seconde après. Elle devait avoir rêvé.

Sanna se pencha pour humer le parfum des seringas. Cela la calma, comme d'habitude. Tout autour d'elle, des clients soulevaient des pots, chargeaient du terreau sur des brouettes, mais elle faisait à peine attention à eux. Tout ce qu'elle voyait, c'était le sourire faux de Marie Wall.

Sanna ne comprenait pas qu'elle soit revenue. Après toutes ces années. Comme si ce n'était pas déjà assez d'être forcée de croiser Helen au village, d'être forcée de la saluer de la tête.

Elle avait accepté qu'Helen soit dans les environs, qu'elle puisse à tout moment lui tomber dessus. Elle voyait les remords dans les yeux d'Helen, voyait qu'ils la rongeaient à mesure que les années passaient. Mais Marie n'en avait jamais manifesté, son visage souriant s'affichait dans tous les journaux *people*.

Et voilà qu'elle était revenue. La fausse, la belle, la rieuse Marie. Elles étaient dans la même classe à l'école et, tout en regardant avec envie les longs cils de Marie et ses cheveux qui bouclaient jusqu'à la chute de ses reins, Sanna avait deviné son côté sombre.

Dieu soit loué, les parents de Sanna étaient dispensés de voir le sourire de Marie dans le village. Sanna avait treize ans quand sa mère avait été emportée par un cancer du foie, et quinze quand son père avait rendu l'âme. Les médecins n'avaient jamais su donner la cause exacte de sa mort, mais Sanna savait : il était mort de douleur.

Sanna secoua la tête, ce qui raviva son mal de crâne.

Ils l'avaient forcée à s'installer chez sa tante Linn, mais elle ne s'y était jamais sentie chez elle. Linn et oncle Paul avaient des enfants beaucoup plus jeunes et ne savaient pas comment s'y prendre avec une orpheline adolescente. Ils n'avaient jamais été méchants ou idiots, ils avaient sans doute fait de leur mieux, mais étaient toujours restés des étrangers.

Elle avait choisi un lycée horticole très loin et avait commencé à travailler presque aussitôt après son bac. Depuis, elle avait vécu pour son travail. Elle tenait la petite jardinerie juste à la sortie de Fjällbacka, ne gagnait pas grand-chose, mais assez pour subvenir à ses besoins et à ceux de sa fille. Cela lui suffisait.

Ses parents s'étaient transformés en morts-vivants quand Stella avait été retrouvée assassinée et, d'une certaine façon, elle les comprenait. Certaines personnes naissent avec une lumière plus forte que les autres, et Stella était l'une d'elles. Toujours gaie, toujours gentille, toujours pleine à craquer de bisous et de câlins qu'elle partageait avec tous ses proches. Si Sanna avait pu mourir à la place de Stella ce chaud matin d'été, elle l'aurait fait.

Mais c'était Stella qu'on avait retrouvée flottant dans l'étang. Après ça, il n'y avait plus rien.

"Pardon, y a-t-il un rosier plus facile à entretenir que les autres ?"

Sanna sursauta et regarda la femme qui s'était approchée sans qu'elle le remarque.

La femme sourit à Sanna et son visage ridé se lissa.
"J'adore les roses, mais je n'ai malheureusement pas la main verte.
— Vous avez des préférences, pour la couleur ?" demanda Sanna.
Elle était experte pour aider les gens à trouver les plantes qui leur allaient le mieux. À certains, il fallait plutôt des fleurs nécessitant beaucoup de soin et d'attention. Ils étaient capables de faire s'épanouir et fleurir une orchidée, et passeraient bien des années heureuses avec elle. D'autres arrivaient à peine à prendre soin d'eux-mêmes, et avaient besoin de plantes endurantes, solides. Pas forcément des cactus, elle les réservait aux cas les plus graves, mais elle pouvait par exemple leur proposer une fleur de lune ou un monstera. Et elle mettait un point d'honneur à toujours apparier correctement la bonne personne et la bonne plante.
"Rose, dit la dame, rêveuse. J'adore le rose.
— Vous savez, j'ai exactement le rosier qu'il vous faut. Une pimprenelle. Le plus important est de la planter avec soin. Creuser profond et bien arroser. Un peu d'engrais au fond, je vous donnerai le bon, puis planter le rosier. Reboucher ensuite avec la terre et arroser à nouveau. L'arrosage est très important au début, quand les racines se forment. Après, c'est surtout de l'entretien, pour pas qu'il se dessèche. Et c'est bien aussi de le tailler chaque année au début du printemps, on dit qu'il faut le faire quand les bouleaux ont des oreilles de souris."
La dame regarda amoureusement le rosier que Sanna avait placé dans son chariot. Elle la comprenait parfaitement. Les roses avaient quelque chose de particulier. Elle comparait souvent les personnes et les fleurs. Si Stella avait été une fleur, elle aurait sans aucun doute été une rose. Une gallica. Belle, magnifique, pétales à foison.
La femme se racla la gorge.
"Tout va bien ?"
Sanna secoua la tête, s'apercevant qu'elle s'était encore une fois perdue dans ses souvenirs.
"Ça va, je suis juste un peu fatiguée. Cette chaleur…"
La femme opina à sa phrase suspendue.

Mais non, tout n'allait pas bien. Le mal était de retour. Sanna le sentait aussi nettement que le parfum des roses.

Être en vacances avec ses enfants ne devrait pas compter comme des congés, pensa Patrik. C'était un mélange bizarre, tout à fait formidable et complètement éreintant. Surtout aujourd'hui qu'il avait la responsabilité des trois enfants pendant qu'Erica déjeunait avec Anna. En plus, faute de mieux, il était descendu à la plage quand les enfants avaient commencé à grimper aux murs à la maison. D'habitude, les occuper permettait d'éviter plus facilement les disputes, mais il s'était trompé sur toute la ligne : le bord de mer, justement, compliquait tout. D'abord, il y avait le risque de noyade. Leur maison était à Sälvik, juste au-dessus de la plage, et, souvent, il s'était réveillé avec des sueurs froides après avoir rêvé qu'un des enfants s'était sauvé dehors et s'était perdu du côté de la mer. Puis il y avait le sable. Non seulement Noel et Anton s'obstinaient à en jeter sur les autres enfants, ce qui valait à Patrik les regards furibards des autres parents, mais, pour une raison insondable, ils aimaient aussi s'en mettre dans la bouche. Le sable, en lui-même, n'était pas si grave, mais Patrik frémissait à l'idée des cochonneries qui pouvaient entrer avec dans leur petite bouche. Il avait déjà arraché un mégot du poing sableux d'Anton, et ce n'était qu'une question de temps avant qu'il tombe sur un bout de verre. Ou une chique usagée.

Dieu soit loué, il y avait Maja. Patrik avait parfois mauvaise conscience de la voir à ce point endosser la responsabilité de ses petits frères, mais Erica affirmait tout le temps que Maja aimait ça. Exactement comme elle-même avait aimé s'occuper de sa petite sœur.

À présent, Maja surveillait les jumeaux pour qu'ils ne s'éloignent pas trop dans l'eau, les remorquait d'office vers la terre ferme, contrôlait ce qu'ils mettaient dans leur bouche et essuyait les enfants sur lesquels ses petits frères jetaient du sable. Patrik aurait aimé qu'elle ne soit pas toujours aussi parfaite. Il redoutait pour elle des ulcères à l'estomac si elle continuait à être une petite fille aussi sage.

Depuis ses problèmes cardiaques, quelques années auparavant, il savait combien il était important de prendre soin de soi et de se ménager des temps de repos et de détente. La question était juste de savoir si des vacances avec les enfants le permettaient. Il avait beau aimer ses enfants plus que tout au monde, il était forcé de s'avouer qu'il regrettait parfois le calme du commissariat de Tanumshede.

Marie Wall se cala au fond de sa chaise longue et tendit la main vers son cocktail. Un Bellini. Champagne et jus de pêche. Bon, ce n'était pas comme chez Harry's à Venise, hélas. Ici, pas de pêches fraîches, ça non. Plutôt une version rapide avec le champagne bon marché dont ces radins de la compagnie de production avaient rempli son frigo, mélangé avec un nectar de pêche de supermarché. Mais ça ferait l'affaire. Elle avait exigé de trouver les ingrédients du Bellini à son arrivée.

C'était une impression très particulière d'être revenue. Pas dans la maison, bien sûr. Elle était rasée depuis longtemps. Elle ne pouvait s'empêcher de se demander si les propriétaires de la nouvelle maison construite sur leur ancien terrain étaient parfois hantés par les mauvais esprits, après tout ce qui s'y était passé. Probablement pas. Le mal avait sans doute disparu dans la tombe avec ses parents.

Marie but une nouvelle gorgée de Bellini. Elle se demandait où pouvaient être les propriétaires de cette nouvelle maison. Une semaine de temps magnifique en plein mois d'août, c'était le meilleur moment de l'année pour profiter d'une maison qui devait avoir coûté plusieurs millions de couronnes à acheter et à meubler. Même si on ne venait pas souvent en Suède. Mais ils étaient sans doute dans leur résidence aux airs de château en Provence, que Marie avait trouvée en les googlisant. Les gens riches voulaient toujours plus que les autres. Y compris en matière de résidences secondaires.

Elle leur était cependant reconnaissante de lui louer la maison. Elle se dépêchait d'y rentrer une fois la journée de tournage finie. Elle savait que cela ne pourrait pas durer éternellement, un jour il faudrait qu'elle revoie Helen, réalise combien elle comptait jadis et combien cela avait changé. Mais elle n'y était pas encore prête.

"Maman !"

Marie ferma les yeux. Depuis la naissance de Jessie, elle tentait de lui faire utiliser son prénom plutôt que cette affreuse étiquette, mais en vain. La gamine s'entêtait à l'appeler maman, comme si par là elle pouvait transformer Marie en mère poule dodue et pâtissière.

"Maman ?"

C'était juste derrière elle, Marie vit qu'elle ne pouvait pas se cacher.

"Oui ?" dit-elle en saisissant son verre.

Les bulles lui arrachaient la gorge. Son corps devenait plus mou et docile à chaque gorgée.

"Sam et moi, on pensait aller faire un tour de bateau, ça va ?

— Oui, bien sûr", dit Marie en buvant une nouvelle gorgée.

Elle regarda sa fille en plissant les yeux sous son chapeau.

"Tu en veux ?

— Maman, j'ai quinze ans", soupira Jessie.

Mon Dieu, Jessie était si prude, difficile à croire qu'elle était sa fille. Heureusement, elle avait rencontré un mec depuis leur arrivée à Fjällbacka.

Marie se tassa au fond de sa chaise longue en fermant les yeux, mais les rouvrit aussitôt.

"Pourquoi tu restes plantée là ? dit-elle. Tu me fais de l'ombre. J'essaie de bronzer un minimum, là. Je tourne après déjeuner, et ils veulent un bronzage naturel. Ingrid était brune comme un biscuit après ses étés à Dannholmen.

— Je…"

Jessie commença à dire quelque chose, mais tourna les talons et s'en alla.

Marie entendit claquer la porte d'entrée, violemment, et sourit pour elle-même. Enfin seule.

Bill Andersson ouvrit le couvercle du panier et sortit un des sandwichs que Gun avait préparés. Il leva les yeux avant de vite refermer le panier. Les mouettes étaient rapides : si on ne faisait pas attention, elles pouvaient emporter tout le déjeuner. On était particulièrement vulnérable ici, sur le ponton.

Gun lui donna un coup de coude.

"*C'est* une bonne idée, dit-elle. Folle, mais bonne."

Bill ferma les yeux et mordit dans son sandwich.

"Tu le penses vraiment, ou tu dis ça juste pour faire plaisir à ton vieux bonhomme ?

— Depuis quand je dis des choses juste pour te faire plaisir ?" dit Gun, et Bill dut lui donner raison sur ce point.

Au cours de leurs quarante années de vie commune, rares étaient les occasions où elle n'avait pas été d'une franchise brutale.

"Oui, à vrai dire je rumine ça depuis ce film, et je pense que ça devrait marcher ici aussi. J'ai causé à Rolf, du camp de réfugiés, ce n'est pas très drôle, pour eux, là-bas. Les gens sont si lâches qu'ils n'osent même pas les approcher.

— Ici, à Fjällbacka, il suffit de venir de Strömstad pour être considéré comme un immigré. Pas si étonnant qu'ils n'accueillent pas des Syriens à bras ouverts."

Gun attrapa un autre petit pain, fraîchement acheté à la boulangerie Zetterlind, qu'elle tartina d'une épaisse couche de beurre.

"Alors il est temps que les gens commencent à changer d'attitude, dit Bill en écartant les bras. Voici des personnes qui ont fui la guerre et le malheur avec leurs gosses et tout le reste, qui ont encore eu en route autant de malheur, il faut faire en sorte que les gens commencent à leur parler. Si on arrive à apprendre à des Somaliens à faire du patin à glace et du hockey, on devrait pouvoir apprendre la voile à des Syriens ? Au fait, c'est au bord de la mer ? Peut-être qu'ils savent déjà faire ?"

Gun secoua la tête.

"Aucune idée, mon cœur, il faudra chercher sur Google."

Bill attrapa son iPad, posé à côté d'eux après le concours de sudoku de l'après-midi.

"Oui, la Syrie est au bord de la mer, mais difficile à dire combien d'entre eux sont déjà allés sur la côte. J'ai toujours dit que tout le monde pouvait apprendre la voile, voici l'occasion de le prouver.

« — Mais est-ce que ça ne suffit pas qu'ils naviguent pour le plaisir ? Il faut forcément une régate ?

— Mais c'est tout le truc du film *Des gens bien*. Ils étaient motivés par un vrai défi. C'était une sorte de manifeste, en somme."

Bill sourit. Ça, c'était envoyé. Ça sonnait informé et réfléchi.

"D'accord, mais pourquoi faut-il que ce soit – comment tu dis ? – un manifeste ?

— Sans ça, ça n'aura pas le même impact. Si ça en inspire d'autres, comme je l'ai moi-même été, ça pourra se propager comme des ronds dans l'eau, et l'insertion des réfugiés dans la société sera facilitée."

Bill se voyait déjà lancer un mouvement national. Les grands changements doivent bien commencer quelque part. Et ce qui avait commencé par un championnat de hockey pour des Somaliens et avait continué avec une régate pour des Syriens pouvait se développer sans limites !

Gun posa la main sur la sienne et lui sourit.

"Je vais aller parler à Rolf dès aujourd'hui, pour organiser une réunion au camp", dit Bill en se servant un autre petit pain.

Après un instant d'hésitation, il en prit encore un qu'il jeta aux mouettes. Elles avaient malgré tout elles aussi le droit de manger.

Eva Berg arracha la mauvaise herbe et la jeta dans son panier. Son cœur s'emballait un peu, comme d'habitude quand elle embrassait le domaine du regard. Tout ça était à eux. Le passé de cette ferme ne les avait jamais gênés. Ni elle ni Peter n'étaient particulièrement superstitieux. Mais bien sûr, quand, voilà dix ans, ils avaient acheté la ferme des Strand, on avait beaucoup jasé au sujet de tous les malheurs qui les avaient frappés. Mais d'après ce qu'Eva avait compris, c'était une grande tragédie qui avait déclenché tout le reste. La mort de la petite Stella avait conduit au destin tragique de la famille Berg, et ça n'avait rien à voir avec cette ferme.

Eva se pencha et continua à traquer les mauvaises herbes, ignorant ses genoux douloureux. Pour elle et Peter, cette nouvelle maison était un paradis. Ils venaient de la ville, pour autant qu'on puisse qualifier Uddevalla de ville, mais avaient toujours rêvé de campagne. Cette ferme aux environs de Fjällbacka avait été parfaite à tous points de vue. Que le prix ait été bas en raison de ce qui s'y était passé leur avait juste permis d'avoir les moyens d'acheter. Eva espérait avoir réussi à emplir cet endroit d'assez d'amour et d'énergie positive.

Et, cerise sur le gâteau, Nea s'y plaisait tant. Ils l'avaient baptisée Linnea mais, depuis toute petite, elle avait prononcé *Nea*, et il avait été naturel pour Eva et Peter de dire comme elle. Elle avait maintenant quatre ans, avec un caractère si affirmé et têtu qu'Eva redoutait son adolescence. Mais Peter et elle ne semblaient pas partis pour avoir d'autres enfants : au moins, ils pourraient accorder toute leur attention à Nea, le moment venu. Pour l'heure cela paraissait encore très éloigné. Nea galopait partout comme une petite boule d'énergie, les cheveux blonds qu'elle avait hérités d'Eva comme un nuage autour de son visage clair. Eva avait toujours peur qu'elle attrape un coup de soleil, mais cela ne semblait que multiplier ses taches de rousseur.

Elle se redressa et essuya du poignet la sueur de son front pour ne pas se salir avec ses gants de jardinage. Elle adorait nettoyer le potager. Quel merveilleux contraste avec la routine de son travail de bureau ! La joie enfantine de voir les graines qu'elle avait semées pousser, mûrir, puis de les récolter. Ils ne cultivaient que pour leur consommation personnelle, la ferme ne leur permettait pas de gagner leur vie, mais ils avaient un semblant d'autarcie, avec potager, jardin d'aromates et champ de pommes de terre. Parfois, il lui arrivait d'avoir mauvaise conscience d'être si bien lotie. Sa vie était plus belle qu'elle ne l'avait jamais imaginée, et elle n'avait besoin de rien d'autre sur terre que de Peter, Nea et de leur maison à la ferme.

Eva entreprit de déterrer des carottes. Au loin, elle vit Peter arriver sur le tracteur. Quand ils n'étaient pas en vacances, il travaillait chez Tetra Pak, mais il passait le plus clair de son temps libre assis sur son tracteur. Ce matin, il était parti très tôt, bien avant qu'elle ne se réveille, en emportant un casse-croûte et une thermos de café. Ils avaient sur les terres de la ferme une parcelle de forêt qu'il avait décidé d'éclaircir : elle savait qu'il allait revenir avec du bois pour l'hiver, en sueur, sale, avec les muscles endoloris et un large sourire.

Elle mit les carottes dans un panier et le posa à côté d'elle, ce serait pour le dîner. Elle ôta alors ses gants de jardinage, les laissa près du panier et se dirigea vers Peter. Elle plissa les yeux en essayant de voir Nea sur le tracteur. Elle s'y était sûrement endormie, comme d'habitude. Elle s'était levée tôt, mais elle adorait être avec Peter en forêt. Elle aimait peut-être sa mère, mais vénérait son père.

Peter entra dans la cour de ferme.

"Salut, chéri", dit Eva quand il eut coupé le moteur.

Son cœur s'emballa en voyant son sourire. Après toutes ces années, ses genoux faiblissaient encore en le voyant.

"Salut, mon cœur ! Vous avez passé une bonne journée ?
— Euh…"

Que voulait-il dire par "vous" ?

"Et vous ? se dépêcha-t-elle de répondre.
— Qui ça, nous ?" dit Peter en lui donnant un baiser plein de sueur.

Il regarda autour de lui.

"Où est Nea ? Elle fait la sieste ?"

Ses oreilles bourdonnèrent et, très loin, Eva s'entendit dire : "Je croyais qu'elle était avec toi."

Ils se regardèrent tandis que leur monde s'effondrait.

L'AFFAIRE STELLA

Linda regarda Sanna qui bringuebalait sur son siège.
"Que va dire Stella en voyant tous tes vêtements ?
— Je crois qu'elle sera contente", dit Sanna avec un sourire qui, une seconde, la fit tellement ressembler à sa petite sœur. Puis elle fronça les sourcils de sa façon si caractéristique. "Mais elle sera peut-être jalouse, aussi."
Linda sourit en s'engageant dans la cour de la ferme. Sanna avait toujours été une grande sœur si prévenante.
"Il faudra lui expliquer qu'elle aura elle aussi de jolis habits quand ce sera son tour de commencer l'école."
Elle eut à peine le temps d'arrêter la voiture que Sanna avait déjà sauté dehors et ouvrait la portière arrière pour ramasser ses sacs.
Anders sortit sur le perron.
"Pardon pour le retard, dit Linda. On a pris un café en route."
Anders la regarda d'un air bizarre.
"Je sais qu'il est bientôt l'heure de dîner, mais Sanna avait si envie d'aller au café", continua Linda en souriant à sa fille qui alla donner un rapide baiser à son père avant de filer à l'intérieur.
Anders secoua la tête.
"Ce n'est pas ça. Je... Stella n'est pas rentrée.
— Non ?"
Elle regarda Anders et son ventre se noua.
"Non, et j'ai appelé Marie et Helen. Aucune n'est chez elle."
Linda soupira et claqua la portière.

"Mais tu vois, elles ont sûrement été retardées. Tu sais comment est Stella, elle a certainement voulu passer par la forêt pour tout leur montrer."

Elle embrassa Anders sur la bouche.

"Tu as sûrement raison", dit-il, sans avoir l'air convaincu.

Le téléphone se mit à sonner, et Anders se précipita à la cuisine pour répondre.

Linda fronça les sourcils en se baissant pour ôter ses chaussures. Ça ne ressemblait pas à Anders d'être aussi stressé. Mais évidemment, il devait tourner en rond depuis une heure à se demander ce qui se passait.

Quand elle se releva, Anders était devant elle. En voyant l'expression de son visage, son ventre se noua de plus belle.

"C'était KG. Helen est rentrée, ils vont dîner. KG a téléphoné chez Marie et, d'après lui, les deux filles affirment avoir quitté Stella vers cinq heures.

— Mais qu'est-ce que tu dis ?"

Anders enfila ses tennis.

"J'ai cherché partout à la maison, mais peut-être qu'elle est repartie en forêt et qu'elle s'est perdue."

Linda hocha la tête.

"Il faut partir à sa recherche."

Elle gagna l'escalier pour lancer en direction de l'étage :

"Sanna ? Papa et moi, on part chercher Stella. Elle est sûrement en forêt. Tu sais comme elle aime y aller. On revient vite !"

Elle regarda son mari. Ne pas montrer leur inquiétude à Sanna.

Mais une demi-heure plus tard, ils ne pouvaient plus se la cacher l'un l'autre. Anders serrait le volant à s'en blanchir les phalanges. Après avoir fouillé le bois attenant à leur terrain, ils avaient fait un aller-retour le long de la grand-route, roulé au pas devant tous les endroits où ils savaient que Stella avait l'habitude de traîner. Mais ils n'avaient pas vu l'ombre de leur fille.

Linda posa une main sur le genou d'Anders.

"Il faut rentrer."

Anders hocha la tête et la regarda. L'inquiétude dans son regard était un terrifiant reflet de la sienne.

Il fallait appeler la police.

Gösta Flygare feuilletait la pile de papiers qu'il avait devant lui. C'était un lundi d'août, elle n'était donc pas trop importante. Il n'avait rien contre travailler l'été. À part quelques parties de golf de temps en temps, il n'avait pas mieux à faire. Bien sûr, Ebba venait parfois le voir mais, avec son nouveau bébé, ses visites s'étaient espacées, ce qu'il comprenait. Il lui suffisait d'avoir son invitation permanente à passer la voir à Göteborg, et qu'elle soit franche et sincère. Une petite dose de ce qui restait de sa famille était mieux que rien. Et puis mieux valait que Patrik prenne ses congés en plein été, lui qui avait des enfants en bas âge. Mellberg et lui pouvaient bien garder la boutique, en bons vieux partenaires, et gérer les affaires courantes. De toute façon, Martin n'arrêtait pas de passer voir "les vieux", comme il disait pour les taquiner – mais Gösta pensait qu'il cherchait juste un peu de compagnie. Martin n'avait pas rencontré d'autre femme depuis la disparition de Pia, et Gösta trouvait ça dommage. C'était un gars bien. Et sa fille avait besoin d'un peu de présence féminine. Bien sûr, il savait qu'Annika, la secrétaire du commissariat, s'occupait parfois de la fillette, sous couvert de permettre à Tuva de jouer avec sa fille Lea. Mais cela ne suffisait pas. La fillette avait aussi besoin d'une maman. Mais Martin n'était pas prêt pour une nouvelle relation, c'était comme ça : l'amour ne se commandait pas et pour Gösta il n'y avait jamais eu qu'une femme. Il trouvait juste que Martin était un peu jeune pour ça.

Qu'il ne soit pas facile de trouver un nouvel amour, il le comprenait. On ne pouvait pas brusquer ses sentiments, et le choix était un peu limité, quand on vivait dans une petite ville. En plus, Martin avait été une sorte d'homme à femmes avant de rencontrer Pia, il risquait donc, dans un certain nombre de cas, de devoir remettre le couvert. Et d'après l'expérience de Gösta, le match retour était rarement meilleur quand ça n'avait pas marché du premier coup. Mais qu'en savait-il ? L'amour de sa vie avait été son épouse Maj-Britt, avec qui il avait partagé toute sa vie adulte. Il n'y avait personne, ni avant ni après elle.

Une sonnerie de téléphone stridente le tira de ses cogitations.
"Commissariat de Tanumshede."
Il écouta attentivement la voix à l'autre bout du fil.
"Nous arrivons. L'adresse ?"
Gösta nota, raccrocha et se précipita dans la pièce voisine sans frapper.

Mellberg se réveilla en sursaut de son profond sommeil.
"Quoi, merde ?" dit-il en dévisageant Gösta.
Ses cheveux enroulés au sommet du crâne dans une vaine tentative de cacher sa calvitie retombèrent, mais il les remit en place en un tournemain.
"Une enfant disparue, dit Gösta. Quatre ans. Partie depuis ce matin.
— Ce matin ? Et les parents n'appellent que maintenant ?" dit Mellberg en bondissant de sa chaise.

Gösta consulta sa montre. Il était trois heures tout juste passées.

Les enfants disparus, ce n'était pas courant. L'été, il y avait surtout des états d'ivresse, des cambriolages et vols, des violences et peut-être quelques tentatives de viol.

"Ils croyaient tous les deux qu'elle était avec l'autre parent. J'ai dit qu'on arrivait tout de suite."

Mellberg glissa les pieds dans ses chaussures rangées à côté de son bureau. Son chien Ernst, qui lui aussi s'était réveillé, reposa la tête avec lassitude après avoir constaté que toute cette agitation ne lui apporterait ni une promenade ni quelque chose de comestible.

"C'est où ?" demanda Mellberg en suivant Gösta à petites foulées vers le garage.

Il poussa un profond soupir en arrivant à la voiture.
"À la ferme des Berg, dit Gösta. Là où habitait la famille Strand.

— Ah, merde", dit Mellberg.

Il n'avait que lu et entendu parler de cette vieille affaire qui avait eu lieu bien avant son arrivée à Fjällbacka. Mais Gösta l'avait vécue. Et cette situation ne lui semblait que trop familière.

"Allô ?"

Patrik s'était essuyé la main avant de répondre, mais son téléphone finit pourtant couvert de sable. De sa main libre, il fit signe aux enfants de venir et sortit un paquet de biscuits et une boîte de quartiers de pommes. Noel et Anton se jetèrent sur le paquet et se l'arrachèrent, résultat : il tomba dans le sable et la plupart des biscuits s'en échappèrent. Plusieurs autres parents les regardèrent et Patrik les entendit ricaner. Il pouvait les comprendre. Ils estimaient, Erica et lui, être des parents relativement compétents, mais les jumeaux se comportaient parfois comme s'ils étaient élevés par des loups.

"Attends, Erica", dit-il en ramassant avec un soupir deux biscuits dont il souffla les grains de sable.

Noel et Anton en avaient déjà tellement avalé qu'un peu plus ne pouvait pas leur faire grand mal.

Maja s'assit avec la boîte de quartiers de pommes sur les genoux et regarda la plage. Patrik contempla son dos menu et ses cheveux que l'humidité faisait boucler sur sa nuque. Elle était si jolie comme ça, même si, comme d'habitude, il avait raté sa queue de cheval.

"Voilà, maintenant je peux te parler. Nous sommes sur la plage, et venons d'avoir un petit incident de biscuits auquel il a fallu remédier…

— D'accord, dit Erica. Mais à part ça, tout va bien ?

— Oui, bien sûr, très bien", mentit-il tout en essayant à nouveau d'essuyer le sable de ses mains sur son maillot.

Noel et Anton ramassèrent des biscuits et continuèrent à se bâfrer, on entendait le sable craquer sous leurs dents. Une mouette tournait au-dessus d'eux, attendant qu'ils laissent les biscuits sans surveillance ne serait-ce qu'une seconde. Mais elle allait probablement se retrouver le bec dans l'eau : les jumeaux pouvaient s'enfiler un paquet de biscuits en un temps record.

"J'ai fini mon déjeuner, dit Erica. Je vous rejoins ?

— Oui, volontiers, dit Patrik. Prends juste une thermos de café, j'ai oublié, erreur de débutant.

— Compris. Tes désirs sont des ordres.

— Merci, chérie, là, tu ne peux pas savoir combien je rêve d'une tasse de café."

Il raccrocha avec un sourire. Quel don du ciel, après cinq ans et trois enfants en bas âge, d'avoir toujours la chair de poule en entendant la voix de sa femme au téléphone. Erica était ce qui lui était arrivé de mieux dans la vie. Bon, à part les enfants, mais, d'un autre côté, sans elle il ne les aurait pas eus.

"C'était maman ?" dit Maja en se tournant vers lui, les yeux protégés par sa main en visière.

Mon Dieu, comme elle ressemblait à sa mère, par certains côtés. Patrik s'en réjouissait profondément – il ne connaissait rien de plus beau qu'Erica.

"Oui, c'était maman, elle va venir.

— Ouiiiii ! s'écria Maja.

— Attends, un appel du boulot, il faut que je décroche", dit Patrik en pressant son doigt plein de sable sur le téléphone vert.

L'écran affichait "Gösta", et il savait que son collègue ne l'appellerait pas pendant ses vacances si ce n'était pas important.

"Salut Gösta, dit-il, juste un instant. Maja, tu peux aussi donner des bouts de pommes aux garçons ? Et enlève à Noel ce vieux bâton de sucette qu'il s'apprête à mettre dans la bouche… Merci, ma grande."

Il porta à nouveau le téléphone à son oreille.

"Pardon Gösta, maintenant je t'écoute, je suis sur la plage de Sälvik avec les gamins, et c'est le chaos, et c'est peu de le dire…

— Désolé de te déranger en pleines vacances, dit Gösta, mais j'ai pensé que tu voudrais être au courant : on nous a signalé un enfant disparu. Une petite fille, disparue depuis ce matin.

— Putain, qu'est-ce que tu dis ? Depuis ce matin ?
— Oui, je n'ai pas plus d'infos pour le moment, mais avec Mellberg on va voir les parents.
— Et ils habitent où ?
— C'est justement le problème. Elle a disparu de la ferme des Berg.
— Merde alors, dit Patrik, dont le sang se figea. Ce n'était pas là qu'habitait Stella Strand ?
— Oui, c'est cette ferme."

Patrik regarda ses enfants qui jouaient à peu près tranquillement dans le sable. La seule pensée que l'un d'eux puisse disparaître le rendait malade. Il ne lui fallut pas longtemps pour se décider. Même si Gösta ne le disait pas franchement, Patrik comprenait qu'il aurait aimé l'aide de quelqu'un d'autre que Mellberg.

"J'arrive, dit-il. Erica sera là d'ici un quart d'heure environ, je pourrai filer.
— Tu sais où c'est ?
— Tout à fait", répondit Patrik.

Bien sûr, il le savait. Ces derniers temps, il en avait beaucoup entendu parler, à la maison.

Patrik raccrocha et sentit son ventre se nouer. Il se pencha pour serrer les trois enfants contre lui. Ils protestèrent et il se retrouva entièrement couvert de sable. Mais cela n'avait aucune espèce d'importance.

"C'est drôle", dit Jessie.

Elle écarta les cheveux que le vent n'arrêtait pas de lui mettre dans les yeux.

"Quoi, drôle ? dit Sam en plissant les yeux à cause du soleil.
— Eh bien… tu n'as pas vraiment le look marin.
— Et c'est comment, le look marin ?"

Sam tourna le volant pour céder le passage à un voilier.

"Enfin, tu vois bien ce que je veux dire. Genre avec des mocassins à glands, un short bleu marine, un polo en maille piquée et un pull col en v attaché autour des épaules.
— Et une casquette de marin, non ?" Sam sourit en coin.

"D'ailleurs, qu'est-ce que tu sais du look marin ? Tu n'as pas dû souvent aller en mer.

— Non, mais j'ai vu des films. Et des photos dans les journaux."

Sam faisait juste semblant de ne pas comprendre. Évidemment, qu'il n'avait pas le look marin. Avec ses vêtements déchirés, ses cheveux noir corbeau et ses marques de suie autour des yeux. Et ses ongles. Noirs et rongés. Mais ce n'était pas une critique. Sam était le plus beau garçon qu'elle ait jamais vu.

Mais c'était bête, cette remarque sur le look marin. Dès qu'elle ouvrait la bouche, il en sortait une bêtise. On le lui avait sans arrêt répété, dans les différents internats où elle avait été ballottée. Qu'elle était bête. Et laide.

Et ils avaient raison, elle le savait.

Elle était grosse et boudinée, le visage couvert de boutons et des cheveux qui avaient toujours l'air gras, aussi souvent qu'elle les lave. Jessie sentit monter ses larmes et cligna des yeux pour que Sam ne remarque rien. Elle ne voulait pas se ridiculiser devant lui. C'était le premier ami qu'elle ait jamais eu. Il l'était depuis le jour où il l'avait rejointe dans la queue, devant le kiosque du centre. Quand il lui avait dit qu'il savait qui elle était et qu'elle avait compris qui il était.

Et qui était sa mère.

"Merde, il y a du monde partout", dit Sam, en cherchant des yeux une crique où il n'y ait pas deux ou trois bateaux amarrés ou mouillant à l'ancre.

La plupart des endroits étaient occupés dès le matin.

"Saloperie de baigneurs", grommela-t-il.

Il réussit à trouver un petit coin à l'abri du vent derrière Långskär.

"On va s'amarrer là. Tu sautes à terre avec la bosse ?"

Sam lui indiqua la corde sur le pont, à l'avant du bateau.

"Sauter ?" s'inquiéta Jessie.

Sauter, ce n'était pas son truc. Et sûrement pas d'un bateau sur un rocher glissant.

"Ne t'inquiète pas, dit calmement Sam. Je vais freiner au dernier moment. Accroupis-toi à l'avant, prête à sauter. Ça va bien se passer, fais-moi confiance."

Fais-moi confiance. En était-elle capable ? Faire confiance à quelqu'un ? À Sam ?

Jessie inspira à fond, rampa jusqu'à l'avant du bateau, agrippa la corde et s'accroupit. À l'approche de l'île, Sam freina en mettant la marche arrière, et ils glissèrent lentement vers le rocher où ils devaient débarquer. À son propre étonnement, elle bondit du bateau et atterrit en douceur à terre. La corde toujours à la main.

Elle avait réussi.

C'était leur quatrième virée au centre commercial Hedemyrs en deux jours. Mais il n'y avait pas grand-chose d'autre à faire à Tanumshede. Khalil et Adnan traînaient à l'étage parmi les vêtements et les bibelots. Khalil sentait les regards lui brûler la nuque. Il n'avait même plus la force de s'en indigner. Au début, il avait eu du mal à se blinder contre ces regards, cette suspicion. Désormais, il avait accepté le fait de sortir du rang. Ils n'avaient pas l'air de Suédois, ne parlaient pas comme les Suédois, ne bougeaient pas comme les Suédois. Lui aussi aurait regardé un Suédois en Syrie comme une bête curieuse.

"Qu'est-ce que tu mates, putain ?" cracha Adnan en arabe à une dame dans les soixante-dix ans qui les regardait avec insistance.

Sûrement pour jouer aux policiers en civil et s'assurer qu'ils ne fauchent rien. Khalil aurait pu aller lui dire qu'ils n'avaient jamais pris ce qui ne leur appartenait pas. Même pas en rêve. Qu'ils n'étaient pas éduqués comme ça. Mais en la voyant s'éloigner vers l'escalier en soufflant avec son air pincé, il comprit que c'était peine perdue.

"Putain, qu'est-ce qu'ils croient ? C'est toujours pareil."

Adnan continua à jurer en arabe en agitant les bras, si bien qu'il faillit renverser une lampe sur le rayonnage voisin.

"Qu'ils croient ce qu'ils veulent. Ils n'ont sûrement encore jamais vu d'Arabes…"

Il finit par faire sourire Adnan. Adnan avait deux ans de moins, seize ans seulement, et c'était parfois un vrai gamin. Il ne contrôlait pas ses émotions, elles le contrôlaient.

Khalil ne se sentait plus gamin. Plus depuis le jour où cette bombe lui avait pris sa mère et ses petits frères. Le seul fait de penser à Bilal et Tariq lui fit monter des larmes qu'il chassa vite en clignant des yeux, pour qu'Adnan ne les voie pas. Bilal, qui ne manquait jamais une bêtise mais était si gai qu'on ne pouvait pas se fâcher contre lui. Tariq, toujours à lire, curieux, dont tout le monde disait qu'il ferait de grandes choses. En un instant, disparus. On les avait retrouvés dans la cuisine, le corps de maman sur ceux des garçons. Elle n'avait pas pu les protéger.

Poings serrés, il regarda autour de lui, en songeant à ce qu'était sa vie, à présent. Il passait ses journées dans une petite chambre au camp de réfugiés, ou traînait dans les rues de cette étrange localité où ils avaient échoué. Si silencieuse et déserte, sans odeurs, bruits ni couleurs.

Les Suédois étaient dans leur monde, se saluaient à peine, semblant presque effrayés quand quelqu'un osait leur adresser la parole. Et ils parlaient si bas, et sans gestes.

Adnan et Khalil redescendirent l'escalier et ressortirent dans la chaleur estivale. S'arrêtèrent sur le trottoir. Tous les jours la même chose : la difficulté de trouver à s'occuper. Les murs du camp de réfugiés ne cessaient de se rapprocher, comme s'ils voulaient les étouffer. Khalil ne voulait pas être ingrat. Ce pays lui avait garanti un toit, de quoi manger. Et la sécurité. Ici, pas de bombes. Ici, on ne vivait pas sous la double menace des soldats et des terroristes. Mais même en sécurité, il était difficile de vivre dans les limbes. De ne pas avoir de maison, rien à faire, aucun but.

Ce n'était pas une vie. Juste une existence.

Adnan soupira près de lui. Lentement, ils s'en retournèrent vers le camp de réfugiés.

Eva était comme figée, les bras serrés autour du corps. Peter continuait à courir tout autour. Il avait cherché partout, cinq fois. Soulevé les mêmes couvertures, déplacé les mêmes caisses, appelant sans arrêt le nom de Nea. Mais Eva savait que c'était vain. Nea n'était pas là. Elle sentait son absence dans tout son corps.

Elle plissa les yeux en devinant un point au loin. Un point qui grossit et prit une couleur blanche en approchant. Eva comprit que c'était probablement la police. Bientôt, elle distingua les bandes bleues et jaunes, et un abîme s'ouvrit en elle. Sa fille avait disparu. La police était là parce que Nea avait disparu. Depuis le matin. Son cerveau luttait pour l'admettre. Qu'elle avait disparu depuis le matin. Comment avaient-ils été mauvais parents au point de ne pas remarquer que leur fille de quatre ans avait disparu toute la journée ?

"C'est vous qui avez appelé ?"

Un homme d'âge mûr aux cheveux argentés descendit de la voiture et vint vers elle. Elle hocha la tête sans rien dire et il lui tendit la main.

"Gösta Flygare. Et voici Bertil Mellberg."

Un policier d'à peu près le même âge, mais bien plus enveloppé, lui tendit lui aussi la main. Il suait abondamment et s'essuya le front avec la manche de sa chemise.

"C'est votre mari ?" dit le policier plus mince aux cheveux gris en regardant autour de lui dans la ferme.

"Peter !" appela Eva, effrayée par la faiblesse de sa voix.

Elle fit une autre tentative, et Peter accourut de l'orée du bois.

"Tu l'as retrouvée ?" cria-t-il.

Son regard s'arrêta sur la voiture de police et il s'affaissa.

Tout semblait tellement irréel. Ça ne pouvait juste pas arriver. Eva allait d'une seconde à l'autre se réveiller, et réaliser, soulagée, que ce n'était qu'un rêve.

"Pouvons-nous parler autour d'un café ? dit Gösta Flygare d'une voix calme en prenant Eva par le bras.

— Oui, entrez, mettons-nous à la cuisine", dit-elle en les précédant.

Peter resta au milieu de la cour, ses longs bras ballants. Elle savait qu'il voulait continuer à chercher, mais elle n'avait pas la force d'être seule pour cet entretien.

"Peter, viens."

D'un pas lourd, il les suivit dans la maison. Eva s'occupa de la cafetière, en leur tournant le dos, mais elle sentait la présence des policiers. Comme si leurs uniformes emplissaient la pièce.

"Lait ? Sucre ?" demanda-t-elle machinalement, et ils hochèrent la tête tous les deux.

Elle sortit le lait et le sucre, tandis que son mari restait sur le seuil.

"Assieds-toi", dit-elle presque trop sèchement, et il obéit.

Comme en pilotage automatique, elle continua à sortir des tasses, des cuillères et un paquet de Ballerina. Nea adorait ces petits gâteaux. Cette pensée la fit sursauter et elle fit tomber une cuillère par terre. Gösta se pencha pour la ramasser, mais elle fut plus rapide. Elle la mit dans l'évier et en sortit une autre du tiroir à couverts.

"Vous ne nous posez pas de questions ? dit Peter en regardant ses mains. Elle a disparu depuis ce matin, chaque seconde compte.

— Laissez votre femme nous rejoindre, et nous commencerons", dit Gösta en montrant Eva de la tête.

Elle servit le café et s'assit.

"Quand avez-vous vu votre fille pour la dernière fois ?" demanda le gros policier en tendant la main pour prendre un gâteau.

La colère gronda dans sa tête. Elle avait servi les gâteaux parce que ça se faisait quand on recevait de la visite, mais qu'il ait le culot de grignoter un gâteau au chocolat tout en posant des questions sur Nea la mettait hors d'elle.

Eva inspira plusieurs fois à fond, elle savait qu'elle était irrationnelle.

"Hier soir. Elle s'est couchée à l'heure habituelle. Elle a sa chambre, je lui ai lu une histoire puis j'ai éteint et j'ai refermé la porte.

— Et après ça, vous ne l'avez plus revue ? Elle ne s'est pas réveillée pendant la nuit ? Aucun de vous deux ne l'a vue en se levant la nuit ? Ou entendue ?"

La voix de Gösta était si douce, qu'elle lui fit presque oublier que son collègue venait de reprendre un gâteau.

Peter se racla la gorge.

"Non, elle dort toute seule toute la nuit. Je me suis levé le premier ce matin, je devais sortir en forêt avec le tracteur, j'ai juste pris rapidement un café et un sandwich, puis j'ai filé."

Sa voix était suppliante. Comme s'il était possible de trouver une réponse dans ce qu'il disait. Eva tendit la main et la posa sur celle de son mari. Elle était tout aussi froide.

"Et tu n'as pas vu Linnea à ce moment-là ? Le matin ?"

Peter secoua la tête.

"Non, la porte de sa chambre était fermée. Et je suis passé sur la pointe des pieds pour ne pas la réveiller. Je voulais qu'Eva puisse dormir encore un peu."

Elle serra sa main. C'était tout Peter. Toujours si prévenant. Toujours à penser à elle et Nea.

"Et vous, Eva ? Racontez-nous votre matinée."

La voix douce de Gösta lui donna envie de pleurer.

"Je me suis réveillée tard, vers neuf heures et demie. Je ne sais pas depuis quand je n'avais pas dormi aussi longtemps. Il n'y avait pas un bruit dans la maison, et je suis tout de suite montée voir comment allait Nea. La porte de sa chambre était ouverte, et son lit défait. Elle n'était pas là, et j'ai juste supposé…"

Elle sanglota. Peter posa son autre main sur leurs deux autres et serra fort.

"J'ai supposé qu'elle était partie en forêt avec Peter. Elle adore ça, ils le font souvent. Il n'y avait donc rien d'anormal, je n'ai pas pensé une seconde que…"

Eva ne pouvait plus retenir ses larmes davantage. Elle les essuya de sa main libre.

"J'aurais raisonné de la même façon", dit Peter, et elle sentit sa main serrer la sienne.

Et elle savait qu'il avait raison. Et pourtant. Si seulement…

"Il n'y a pas un camarade chez qui elle ait pu aller ?" demanda Gösta.

Peter secoua la tête.

"Non, elle reste toujours à la ferme. Elle n'a même jamais essayé de sortir du terrain.

— Il y a toujours une première fois", dit le gros policier. Il était resté tellement silencieux, occupé à grignoter des gâteaux qu'Eva sursauta presque. "Elle a pu s'égarer en forêt."

Gösta lança à Bertil Mellberg un regard qu'Eva ne sut interpréter.

"Nous allons organiser des battues, dit-il.
— Vous croyez ça ? Qu'elle a disparu en forêt ?"

La forêt était tellement immense. La seule idée que Nea ait pu y disparaître lui retourna le ventre. Ils ne s'en étaient jamais inquiétés. Et elle n'y était jamais allée toute seule. Mais c'était peut-être naïf. Naïf et irresponsable. Laisser une enfant de quatre ans jouer librement à la ferme, juste en bordure d'une vaste forêt. Nea s'était perdue, et c'était leur faute.

Comme si Gösta pouvait lire ses pensées, il dit :

"Si elle est en forêt, nous la retrouverons. Je vais tout de suite passer un coup de fil, et les recherches commenceront en un rien de temps. Nous aurons une battue en place d'ici une heure, pour profiter au maximum des heures de jour.

— Peut-elle survivre à une nuit dehors ?" demanda Peter d'une voix blanche.

Son visage était blême.

"Les nuits sont encore chaudes, le rassura Gösta. Elle ne va pas mourir de froid, mais nous ferons naturellement tout pour la trouver avant qu'il fasse noir.

— Comment était-elle habillée ?" dit Bertil Mellberg en saisissant le dernier gâteau.

Gösta parut étonné.

"Oui, bonne question. Savez-vous quels vêtements elle portait quand elle a disparu ? Même si vous ne l'avez pas vue ce matin, vous pouvez peut-être vérifier s'il manque quelque chose en particulier ?"

Eva hocha la tête et se leva pour monter à la chambre de Nea. Enfin quelque chose de concret à quoi elle pouvait contribuer.

Mais sur le seuil, elle hésita. Elle inspira plusieurs fois à fond avant de pouvoir ouvrir la porte. À l'intérieur, tout était habituel. Habituel à en fendre le cœur. Le papier peint à étoiles roses dont Nea avait arraché des morceaux, à l'époque où elle avait la manie de toucher à tout. Les peluches en tas au pied du lit. Les draps à l'effigie d'Elsa dans *La Reine des neiges*. Le cintre avec… Elle sursauta. Elle savait exactement ce que portait Nea. Pour être sûre, elle vérifia dans le placard et dans toute la pièce. Mais non, il n'était nulle part. Elle se dépêcha de descendre.

"Elle a son costume d'Elsa.

— À quoi cela ressemble-t-il ? demanda Gösta.

— C'est une robe de princesse bleue. Avec sur la poitrine une image de princesse. Elsa, de *La Reine des neiges*. Elle adore ce film. Elle a sûrement aussi sa culotte *Reine des neiges*."

Eva réalisa que ce qui allait de soi pour des parents de petits enfants était totalement inconnu pour d'autres. Elle avait vu ce film des centaines de fois, il passait au moins deux fois par jour, tous les jours, toute l'année. Nea l'aimait plus que tout, elle connaissait par cœur la chanson "Délivrée". Elle ravala ses larmes. Elle revoyait si distinctement Nea tournoyer dans sa robe bleue avec les longs gants blancs qui allaient avec, et danser tout en chantant toutes les paroles. Où était-elle ? Pourquoi restaient-ils là ?

"Je vais téléphoner pour lancer les recherches", dit Gösta comme s'il avait entendu son cri muet.

Elle ne put que hocher la tête. Elle regarda à nouveau Peter. Tous deux avaient les mêmes idées noires.

BOHUSLÄN 1671

C'était un matin gris de novembre, Elin avait froid, assise à côté de sa fille, dans la charrette bringuebalante. Le presbytère qui approchait faisait figure de château comparé à la petite maison qu'elle habitait avec Per à Oxnäs.

Britta avait eu de la chance. Comme toujours. Prunelle des yeux de son père, sa sœur cadette avait bénéficié de tous les avantages pendant son enfance, et il n'avait jamais fait aucun doute qu'elle serait un bon parti. Et père avait vu juste. Britta avait épousé le pasteur, et emménagé au presbytère. Tandis qu'Elin avait dû se contenter du pêcheur Per. Mais elle ne s'était jamais plainte. Per était peut-être pauvre, mais on n'aurait jamais trouvé homme plus gentil sur cette terre.

Un poids lui oppressa la poitrine en songeant à Per. Mais elle se redressa pour se donner du courage. Inutile de gaspiller davantage de larmes sur ce qui ne pouvait être changé. Dieu avait voulu les éprouver, Märta et elle devaient désormais essayer de vivre sans Per.

Elle ne pouvait pas dire le contraire : Britta avait fait preuve de beaucoup de bonne volonté en lui proposant une place de servante au presbytère, et un toit pour elles deux. Et pourtant, elle ressentit une forte gêne quand Lars Larsson s'engagea dans la cour avec son cheval, sa charrette et tous leurs biens. Enfant, Britta n'avait pas été gentille, et Elin ne pensait pas qu'elle se soit adoucie avec l'âge. Mais elle n'avait pas les moyens de refuser cette offre. Ils avaient leur terrain en fermage et, à la mort de Per, leur propriétaire leur avait donné leur congé pour la fin du mois. Sans domicile ni revenu, elle était une veuve pauvre, à la merci de la bonne volonté des autres. Et elle avait entendu dire que Preben, le mari de Britta, pasteur de Tanumshede, était un homme gentil et bon. Elle ne l'avait vu qu'aux offices, elle n'avait pas été invitée au mariage et, bien sûr, il n'avait jamais été question qu'elle rende visite au presbytère avec sa famille. Mais il avait des yeux gentils.

Quand la charrette s'arrêta et que Lars leur grommela de descendre, elle serra un instant Märta fort contre elle. Ça allait bien se passer, se persuada-t-elle. Mais une voix en elle lui disait tout autre chose.

Martin poussa à nouveau la balançoire. Sans pouvoir s'empêcher de sourire aux cris de joie de Tuva.

Il allait chaque jour un peu mieux. Martin se rendait compte que c'était avant tout grâce à Tuva. Comme c'était les grandes vacances pour elle et qu'il avait quelques semaines de congé, ils passaient chaque seconde ensemble. Et ça lui faisait beaucoup de bien. Depuis la mort de Pia, Tuva couchait dans son lit, où elle s'endormait tous les soirs le visage contre sa poitrine, souvent au milieu d'une histoire. Il avait l'habitude de se relever en douce, quand il était certain qu'elle dormait, pour se mettre encore une heure ou deux devant la télévision en buvant une tisane apaisante achetée à la boutique bio. C'était Annika qui lui avait conseillé l'hiver dernier de chercher un calmant naturel, quand le sommeil lui jouait le plus des tours. Était-ce l'effet placebo, ou cela fonctionnait-il vraiment ? En tout cas, il commençait enfin à dormir. Et c'était peut-être ce qui faisait la différence. Qui lui permettait de faire face au chagrin, même s'il restait présent à toute heure. Mais ses arêtes s'étaient arrondies, et il pouvait même se permettre de penser à Pia sans s'effondrer. Il essayait de parler d'elle à Tuva. Raconter des anecdotes, regarder des images. Tuva était si petite quand Pia était morte qu'elle ne gardait aucun souvenir de sa maman : il voulait combler ce vide en lui en transmettant autant qu'il pouvait.

"Papa, plus haut !"

Tuva poussa des cris ravis quand il la poussa encore plus fort, envoyant la balançoire de plus en plus haut.

Ses cheveux sombres volaient autour de son visage et, comme si souvent, son incroyable ressemblance avec Pia le frappa. Il sortit son téléphone pour la filmer et recula pour mieux cadrer l'ensemble. Il heurta quelque chose du talon et entendit un grand cri. Effrayé, il se retourna et vit un garçon d'un an hurler à tue-tête, une pelle pleine de sable à la main.

"Oh, pardon", dit-il, désolé, en s'agenouillant pour essayer de le consoler.

Il regarda alentour, mais aucun des adultes ne faisait mine de venir, et il en conclut que ce n'étaient pas les parents du gamin.

"Chut, ne t'inquiète pas, nous allons trouver ton papa ou ta maman", chuchota-t-il au petit garçon, qui se mit à crier de plus belle.

Un peu plus loin, près d'un buisson, il aperçut une femme de son âge en train de parler au téléphone. Il tenta de croiser son regard, mais elle semblait en colère et parlait en gesticulant. Il lui fit signe, mais elle ne le voyait toujours pas. Il finit par se tourner vers Tuva, dont la balançoire avait perdu de la vitesse, maintenant que personne ne la poussait.

"Attends-moi là, il faut juste que je ramène le bébé à sa maman.

— Papa a tapé le bébé, dit Tuva, ravie, en secouant fort la tête.

— Non, papa n'a pas tapé le bébé, papa… Bah, on en parlera plus tard."

Il souleva l'enfant en pleurs, espérant avoir le temps d'arriver jusqu'à sa mère avant qu'elle voie un inconnu porter son fils. Mais pas d'inquiétude : elle semblait toujours absorbée par sa conversation. Il éprouva une certaine irritation en la voyant continuer de parler et de gesticuler. Il fallait quand même un peu surveiller son enfant. Le petit garçon criait à présent à lui percer les tympans.

"Excusez-moi ?" dit-il en rejoignant la femme, qui se tut au milieu d'une phrase.

Elle avait des larmes aux yeux et des coulées de mascara sur les joues.

"Il faut que je raccroche, là, TON fils est triste !" dit-elle avant de ranger son téléphone.

Elle s'essuya sous les yeux et tendit les bras à son garçon.

"Pardon, je l'ai renversé en reculant, dit Martin. Je ne crois pas qu'il se soit fait mal, mais bien sûr il a eu un peu peur."

La femme serra le garçon dans ses bras.

"Ne vous inquiétez pas, il a l'âge où on a peur des inconnus, dit-elle en clignant des yeux pour chasser ses dernières larmes.

— Tout va bien ?" demanda-t-il. Il la vit rougir.

"Ah, mon Dieu, comme c'est gênant de pleurer comme ça en se donnant en spectacle, et de pas avoir bien surveillé Jon. Pardon, je dois vous sembler la pire maman de la planète.

— Non, non, ne dites pas ça, il ne lui est rien arrivé, j'espère juste que tout va bien pour vous ?"

Il ne voulait pas fouiner, mais elle semblait désespérée.

"Oh, il n'y a pas mort d'homme, c'est juste mon ex qui n'a rien dans le crâne. Sa nouvelle copine n'est visiblement pas intéressée par son « bagage », alors il vient juste d'annuler trois jours où il devait garder Jon, sous prétexte que Madde « avait tellement envie qu'ils aient un peu de temps ensemble, tous les deux ».

— Pathétique, dit Martin, en sentant la colère monter. Quel salaud !"

Elle lui sourit et il remarqua ses fossettes.

"Et vous ?

— Oh, moi, ça va", répondit-il, et elle rit.

Comme éclairée de l'intérieur.

"Non, non, je veux dire, et le vôtre ?"

Elle montra l'aire de jeu de la tête et il se prit le front.

"Oui, pardon, dit-il. Bien sûr. C'est elle, là-bas, la petite sur la balançoire, qui a l'air très fâchée de devoir rester à l'arrêt.

— Oh, là, là, vous feriez mieux d'aller la pousser, alors. À moins que sa maman soit là elle aussi ?"

Martin rougit. Flirtait-elle ? Il se surprit à l'espérer. Il ne savait pas quoi répondre. Autant dire la vérité :

"Non, je suis veuf."

Veuf. Un mot pour un homme de quatre-vingts ans, pas pour un jeune papa.

"Oh, pardon, dit-elle en mettant la main devant la bouche. C'est vraiment tout moi, avec mon expression idiote, « il n'y a pas mort d'homme »..."

Elle posa la main sur son bras, et il lui sourit pour la rassurer de son mieux. Quelque chose en lui ne voulait pas la voir triste ou gênée, il voulait la voir rire. Il voulait revoir ses fossettes.

"Il n'y a pas de problème", dit-il.

Il la sentit se détendre.

Derrière lui, Tuva appelait "Papaaa !" d'une voix de plus en plus stridente et autoritaire.

"Il vaudrait sans doute mieux que vous retourniez pousser un peu cette petite, dit-elle en essuyant de la morve et du sable sur le visage de Jon.

— À une autre fois, peut-être ?" dit Martin.

Il entendit lui-même l'espoir dans sa voix. Elle lui sourit, et ses fossettes apparurent, encore plus marquées.

"Oui, nous venons souvent ici. Dès demain, sans doute, dit-elle en hochant gaiement la tête tandis qu'il reculait vers Tuva.

— Alors on se verra sûrement", dit-il en essayant de ne pas afficher un sourire trop large.

Il sentit alors ses talons heurter quelque chose. Puis un cri strident. Sur la balançoire, il entendit Tuva soupirer.

"Mais, papa, quoi…"

Au milieu de ce chaos, son téléphone sonna et il le dégaina. L'écran annonçait "Gösta".

"D'où sort cette bonne femme ?"

Marie bouscula la femme qui depuis une heure tartinait son visage et se tourna vers le réalisateur Jörgen Holmlund.

"Yvonne est très douée, dit Jörgen, avec ce tremblement énervant qu'il avait dans la voix. Elle a travaillé sur la plupart de mes films."

Derrière elle, Yvonne sanglota. La migraine que Marie avait depuis son arrivée dans la roulotte ne faisait qu'empirer.

"Je dois être Ingrid jusqu'au bout des doigts, dans chaque scène. Elle était toujours impeccable. Je ne peux pas ressembler à une Kardashian ! Et on me parle de *contouring*, c'est dingue, non ? Mes traits sont parfaits, je n'ai pas besoin d'un putain de *contouring* !"

Elle désigna son visage, où s'affrontaient les couches de blanc et de marron foncé.

"Ça va être estompé, ça ne restera pas comme ça, dit Yvonne si faiblement que Marie l'entendit à peine.

— Je m'en fous. Mes traits n'ont pas besoin d'être corrigés !

— Je suis sûr qu'Yvonne peut refaire ça, dit Jörgen. Comme ça te plaît."

Des gouttes de sueur perlaient sur son front, malgré la climatisation.

L'importante équipe du film et le bureau de production étaient installés à TanumStrand, un centre de tourisme et de conférences entre Fjällbacka et Grebbestad mais, sur le tournage, à Fjällbacka, on utilisait des roulottes comme loges d'habillage et de maquillage.

"OK, enlève ça et recommence, on verra après", dit-elle, sans pouvoir s'empêcher de sourire en voyant le soulagement d'Yvonne.

À ses débuts à Hollywood, Marie s'était laissée modeler, faisant tout ce qu'on lui demandait. Mais aujourd'hui, elle avait changé. Et elle savait comment approcher son personnage. À quoi elle devait ressembler.

"Nous devons être prêts dans une heure maximum, dit Jörgen. Cette semaine, on commence par les scènes les plus faciles."

Marie se tourna. Yvonne avait effacé une heure de travail en dix secondes avec une serviette humide. Son visage était propre et sans trace de maquillage.

"Tu veux dire qu'on fait les scènes pas chères cette semaine ? Je croyais qu'on avait tous les feux verts ?"

Elle ne put empêcher l'inquiétude de percer dans sa voix. Ça n'avait pas été un de ces projets de film évidents, où les financeurs font la queue pour investir leur argent. Le climat avait changé pour la production cinématographique en Suède, on donnait la priorité aux petits films, les projets ambitieux mordaient la poussière. À plusieurs reprises, le film avait failli ne pas se faire.

"Les discussions sont toujours en cours… sur les priorités…" À nouveau ce tremblement nerveux dans la voix. "Mais ne t'inquiète pas pour ça. Concentre-toi pour faire du super boulot dans les scènes qu'on doit tourner. Ne pense à rien d'autre."

Marie se tourna à nouveau vers le miroir.

"Il y a plusieurs journalistes qui veulent t'interviewer, dit Jörgen. Sur tes liens avec Fjällbacka. Sur le fait que tu y reviennes pour la première fois depuis trente ans. Je comprends que ça puisse être… délicat de parler de cette époque, mais tu devrais…

— Leur donner rendez-vous, dit Marie, sans quitter le miroir des yeux. Je n'ai rien à cacher."

Si elle avait appris quelque chose, c'était que toute publicité était une bonne publicité. Elle sourit à son reflet. Peut-être cette maudite migraine était-elle enfin en train de se calmer.

Erica avait ramassé les affaires des enfants après avoir relayé Patrik, puis ils avaient lentement remonté la pente jusqu'à la maison. Patrik avait filé dès son arrivée, et elle avait vu une pointe d'inquiétude dans son regard. Erica la partageait. Imaginer que quelque chose puisse arriver à des enfants, c'était comme tomber au fond d'un gouffre.

Elle leur avait fait un petit supplément de bisous une fois à la maison, elle avait couché les jumeaux pour une sieste et mis Maja devant *La Reine des neiges*. Elle était enfin dans son bureau. Quand Patrik lui avait dit de quelle ferme la fillette avait disparu, et la sinistre ressemblance d'âge, elle avait aussitôt éprouvé le besoin pressant de se plonger dans sa documentation. Elle se sentait loin d'être prête à écrire son livre, mais sa table était surchargée de dossiers, de copies d'articles de presse et de notes manuscrites sur la mort de Stella. Elle resta un moment immobile à regarder les piles. Jusqu'à présent, elle avait rassemblé des faits comme un hamster, sans commencer à les structurer, les classer, les trier. C'était l'étape suivante sur le long et broussailleux chemin jusqu'à un livre achevé. Elle saisit la copie d'un article et observa les deux fillettes sur la photo en noir et blanc. Helen et Marie. Butées, le regard noir. Difficile de dire si c'était de la colère ou de l'effroi qu'on voyait dans leurs yeux. Ou le Mal, comme beaucoup l'avait prétendu. Mais Erica avait du mal à imaginer qu'un enfant puisse être mauvais.

Les spéculations de ce genre surgissaient dans tous les cas célèbres d'enfants ayant commis des atrocités. Mary Bell, qui n'avait que onze ans quand elle avait tué deux enfants. Les assassins de James Bulger, âgé de trois ans. Pauline Parker et Juliet Hulme, les deux fillettes néo-zélandaises qui avaient tué la mère de Pauline. Erica adorait le film *Créatures célestes* de Peter Jackson, basé sur cette affaire. Après coup, on avait dit des choses comme : "Elle a toujours été une gamine infecte" ou : "Je voyais déjà le mal dans ses yeux quand il était tout petit." Des voisins, des amis, et même des membres de la famille donnaient complaisamment leur avis sur la question, en indiquant les faits qui suggéraient une sorte de méchanceté innée. Mais un enfant pouvait-il être méchant ? Erica croyait plus à ce qu'elle avait lu quelque part, que "le mal est l'absence de bonté". Et qu'on naissait sûrement avec une égale tendance d'un côté ou de l'autre. Qui, par la suite, était renforcée ou adoucie en fonction du milieu et de l'éducation.

Voilà pourquoi il lui fallait en savoir le plus possible sur les deux fillettes de la photo. Qui étaient Helen et Marie ? Quelle enfance avaient-elles eue ? Elle ne comptait pas s'en tenir aux apparences : ce qui se passait derrière les portes closes des familles l'intéressait au moins autant. Quelles valeurs leur avait-on transmises ? Les traitait-on bien, ou mal ? Qu'avaient-elles appris du monde, jusqu'à ce jour terrible de 1985 ?

Au bout d'un certain temps, les deux fillettes étaient revenues sur leurs aveux, puis avaient obstinément clamé leur innocence. Même si la plupart étaient convaincus de la culpabilité d'Helen et Marie, les spéculations étaient allées bon train : et si quelqu'un d'autre était responsable de la mort de Stella, qui avait saisi l'occasion ce jour-là ? Et si une autre occasion s'était présentée aujourd'hui ? Ça ne pouvait pas être un hasard si une fillette du même âge avait disparu de la même ferme. Quelle était la probabilité ? Il devait y avoir un lien entre autrefois et aujourd'hui. Et si la police avait raté à l'époque une piste menant à un meurtrier qui, pour une raison ou l'autre, s'était remis à l'ouvrage ? Peut-être inspiré par le retour de Marie ? Mais pourquoi, dans ce cas ? D'autres fillettes étaient-elles en danger ?

Si seulement elle était plus avancée dans ses recherches. Erica se leva. Il faisait une chaleur étouffante : elle se pencha au-dessus du bureau pour ouvrir grand la fenêtre. Dehors, la vie suivait son cours. Les bruits de l'été montèrent jusqu'à elle. Les cris et les rires des enfants à la baignade, en contrebas. Les mouettes au-dessus de l'eau. Le vent dans les cimes des arbres. Dehors, tout était idyllique. Mais Erica ne le remarquait même pas.

Elle se rassit et entreprit de classer la documentation qu'elle avait rassemblée. Mais elle n'avait même pas encore commencé les interviews. Elle avait une longue liste de personnes avec qui elle comptait s'entretenir, avec évidemment en tête Marie et Helen. Elle avait déjà tenté d'approcher Helen, envoyé plusieurs demandes restées sans réponse, et avait contacté l'attaché de presse de Marie. Devant elle, sur le bureau, elle avait des copies de diverses interviews de Marie concernant l'affaire Stella, l'actrice accepterait donc probablement de lui parler. De l'avis général, la carrière de Marie n'aurait pas connu le même envol si son identité n'avait pas fuité dans la presse après ses premiers rôles secondaires dans des productions mineures.

Si les précédents livres qu'elle avait écrits sur de vraies affaires de meurtre lui avaient enseigné quelque chose, c'était que les gens avaient un désir inné de vider leur sac, de raconter leur histoire. Presque sans exception.

Elle remit le son de son téléphone, au cas où Patrik l'appellerait. Mais il serait probablement trop occupé pour avoir le temps de la tenir au courant. Elle s'était proposée pour aider à chercher, mais il l'avait assurée qu'il aurait de toute façon assez de volontaires, qu'il valait mieux qu'elle reste avec les enfants. Erica n'avait pas protesté. Elle entendit dans le séjour que le film en était au moment où Elsa s'effondrait et se bâtissait un château de glace. Elle reposa doucement les papiers qu'elle avait à la main. Cela faisait bien trop longtemps qu'elle n'avait pas regardé la télé avec Maja. Bon, il allait falloir supporter cette princesse égocentrique, se dit-elle en se levant. Mais Olof était charmant. Et le renne aussi, d'ailleurs.

"Où en êtes-vous ?" demanda sans préambule Patrik en arrivant à la ferme.

Gösta était devant l'entrée du bâtiment d'habitation, à côté d'un meuble de jardin en bois blanc.

"J'ai appelé Uddevalla, ils ont envoyé un hélicoptère.

— Et la société de sauvetage en mer ?"

Gösta hocha la tête.

"J'ai prévenu tout le monde, les gens arrivent. J'ai appelé Martin pour qu'il rassemble des volontaires pour une battue. Il a immédiatement mobilisé les gens de Fjällbacka, on devrait avoir plein de monde d'ici peu. On attend aussi des collègues d'Uddevalla avec des chiens.

— Qu'est-ce que tu en penses ? dit tout bas Patrik en regardant un peu plus loin les parents de la fillette, dans les bras l'un de l'autre.

— Ils veulent partir chercher de leur côté, dit Gösta en suivant son regard. Mais je leur ai dit d'attendre que nous nous soyons organisés, sans quoi nous gaspillerions des ressources à les chercher eux aussi."

Il se racla la gorge.

"Je ne sais pas quoi en penser, Patrik. Aucun des deux n'a revu la fillette depuis son coucher, hier vers huit heures, et elle n'est pas bien grande. Quatre ans. Si elle était dans les environs, elle se serait manifestée pendant la journée. Elle serait rentrée à la maison quand elle aurait eu faim, à défaut d'autre chose. Donc elle a dû se perdre. Ou alors…"

Sa phrase resta en suspens.

"C'est une drôle de coïncidence", dit Patrik.

Son ventre était noué, et des idées qu'il refoulait se bousculaient dans son esprit.

"Oui, c'est la même ferme, opina Gösta. Et la fillette a le même âge. Impossible de ne pas y penser.

— Je suppose que nous ne travaillons pas seulement sur l'hypothèse selon laquelle elle s'est perdue ?"

Patrik évitait à présent de regarder les parents.

"Non, dit Gösta. Dès qu'on aura le temps, nous allons interroger les voisins, en tout cas ceux qui habitent le long de la route qui mène ici, pour savoir s'ils n'ont pas vu quelque chose pendant la nuit ou la journée. Mais d'abord, il faut organiser la battue. On est en août, la nuit va tomber assez vite, et l'idée qu'elle attend peut-être terrorisée quelque part dans la forêt me rend malade. Mellberg veut qu'on convoque la presse, mais je préférerais attendre.

— Pardi, il en crève d'envie", soupira Patrik.

Le chef du commissariat se donne des airs en accueillant les volontaires qui commençaient à arriver.

"On doit organiser ça, j'ai pris une carte de la zone autour de la ferme", dit Patrik.

Gösta s'éclaira.

"Il faut diviser la zone des recherches en secteurs", dit-il en prenant la carte des mains de Patrik.

Il la posa sur la table, sortit un crayon de la poche de sa chemise et se mit à tracer.

"Qu'est-ce que tu en penses ? Est-ce la bonne section pour chaque groupe ? Si on fait des équipes de trois ou quatre personnes ?

— Oui, je crois", opina Patrik.

Ces dernières années, sa collaboration avec Gösta s'était très bien passée et, même s'il faisait la plupart du temps équipe avec Martin Molin, il s'entendait avec son aîné. Il en allait autrement quelques années plus tôt, quand Gösta travaillait avec leur collègue Ernst, aujourd'hui décédé. Mais ça prouvait juste qu'on pouvait enseigner aux vieux chiens à s'asseoir. Le cerveau de son collègue continuait à être parfois plus connecté avec le terrain de golf qu'avec le commissariat, mais quand il le fallait, comme à présent, Gösta avait l'esprit vif et avisé.

"Tu veux faire le briefing ? proposa Patrik. Ou je m'en charge ?"

Il ne voulait pas, à peine arrivé, marcher sur les plates-bandes de son collègue.

"Vas-y, dit Gösta. Le principal, c'est que Bertil ne prenne pas la parole…"

Patrik hocha la tête. C'était rarement une bonne idée de laisser Mellberg parler en public. Quelqu'un finissait toujours par être heurté ou indigné, et ils perdaient leur temps à réparer les pots cassés.

Il regarda vers les parents de Nea, maintenant au milieu de la cour, toujours dans les bras l'un de l'autre.

Il hésita, puis dit :

"Je passe juste les saluer. Après, j'irai rassembler ceux qui sont déjà là, et on informera les autres au fur et à mesure. Les gens arrivent au compte-gouttes, il va être impossible de les réunir tous en même temps. Et il faut lancer les recherches au plus vite."

Il s'approcha doucement des parents de la fillette. La confrontation avec les proches était toujours difficile.

"Patrik Hedström, également de la police, se présenta-t-il en tendant la main. Comme vous le voyez, nous avons commencé à rassembler des volontaires pour une battue. Je vais juste leur faire un point rapide sur la situation, pour qu'on puisse s'y mettre tout de suite."

Son ton était très officiel, mais c'était la seule façon de tenir la bride à ses sentiments, de se concentrer sur ce qu'il fallait faire.

"Nous avons appelé des amis, et les parents de Peter, en Espagne, ont déjà dit qu'ils arrivaient, dit tout bas Eva. On leur a expliqué que ce n'était pas la peine, mais ils sont si inquiets…

— Nous avons des chiens qui arrivent d'Uddevalla, dit Patrik. Avez-vous quelque chose qui appartient à votre fille… ?

— Nea, dit Eva en déglutissant. En fait Linnea, mais nous l'appelons juste Nea.

— Nea, joli nom. Avez-vous quelque chose qui appartient à Nea, que les chiens puissent flairer ? Ça les aiderait à chercher.

— Des vêtements d'hier dans la corbeille à linge sale, ça ira ?"

Patrik hocha la tête.

"Ce sera parfait. Pouvez-vous aller me les chercher tout de suite ? Et peut-être pourriez-vous lancer un peu de café pour les volontaires ?"

Ça avait l'air bête de leur proposer de servir du café mais, d'une part, il voulait pouvoir donner ses instructions à ceux qui partaient en battue sans être dérangé et, d'autre part, les maintenir occupés – en général, ça facilitait les choses.

"On ne devrait pas y aller aussi ? dit Peter. Chercher ?

— Nous avons besoin de vous ici : quand nous la retrouverons, il faut que nous sachions où vous trouver, alors le mieux est que vous restiez à la maison, nous serons de toute façon bien assez nombreux."

Peter semblant hésiter, Patrik lui posa la main sur l'épaule.

"Je sais que c'est dur de ne faire qu'attendre. Mais croyez-moi, vous êtes plus utiles ici.

— D'accord", dit tout bas Peter en retournant avec Eva vers la maison.

Patrik se dépêcha de siffler pour attirer l'attention de la trentaine de personnes déjà rassemblées dans la cour. Un homme d'une vingtaine d'années en train de filmer rangea son portable dans sa poche.

"Nous allons tout de suite vous donner les instructions pour que vous puissiez commencer à chercher, chaque minute compte quand un si petit enfant a disparu. Nous recherchons donc Linnea, appelée Nea, quatre ans. Nous ne savons pas exactement depuis combien de temps elle a disparu, mais ses parents ne l'ont pas vue depuis qu'ils l'ont mise au lit hier soir à huit heures. Chacun la croyait avec l'autre depuis le début de la journée, un malheureux malentendu : ils n'ont découvert sa disparition que depuis environ une heure. Une de nos hypothèses de départ, la plus vraisemblable, est que la fillette s'est perdue dans la forêt."

Il indiqua Gösta, resté devant sa carte étalée sur la table de jardin.

"Vous allez être répartis en groupes de trois-quatre personnes, à qui Gösta assignera un secteur. Nous n'avons pas d'autres cartes à vous distribuer, il va falloir y aller au juger. Peut-être l'un de vous peut-il faire une photo de la carte avec un mobile, pour repérer la zone de recherche.

— On peut aussi afficher une carte du secteur sur son mobile, dit un chauve en brandissant son téléphone. Si vous n'avez pas d'appli, passez me voir avant de partir, je vous montrerai la meilleure. J'ai l'habitude de m'en servir quand je marche en forêt.

— Merci, dit Patrik. Quand vous connaîtrez votre zone, je veux que vous la parcouriez en gardant une distance d'un bras entre chacun d'entre vous. Hâtez-vous lentement. Je sais que la tentation peut être grande de ratisser au plus vite la zone, mais il y a plein d'endroits dans une forêt où une fillette de quatre ans peut être cachée, enfin… se cacher… alors ouvrez l'œil."

Il toussa dans son poing fermé. Sa boule au ventre avait grossi.

"Si vous deviez trouver… quelque chose", dit-il avant de s'interrompre.

Il ne savait pas bien comment continuer et espérait que les personnes rassemblées comprenaient sans qu'il ait besoin d'expliciter. Il recommença.

"Si vous deviez trouver quelque chose, ne touchez ni ne déplacez rien. Il peut y avoir des traces, enfin, autre chose."

Quelques-uns hochèrent la tête, mais la plupart regardèrent par terre.

"Restez sur place et appelez-moi aussitôt. Je mets mon numéro ici, dit-il en punaisant un grand mémo à la paroi de la grange, pour que vous puissiez tous l'enregistrer dans votre mobile. C'est compris ? Restez sur place et appelez-moi. D'accord ?"

Au dernier rang, un homme d'âge mûr leva la main. Patrik le reconnut, c'était Harald, qui avait longtemps tenu la boulangerie de Fjällbacka.

"Est-ce que…" Il se tut et prit son élan. "Est-ce qu'il y a un risque que ce ne soit pas un hasard ? Cette ferme ? La fillette ? Avec ce qui s'est passé…"

Il n'avait pas besoin d'en dire davantage. Tous comprenaient très bien à quoi il faisait allusion. Patrik réfléchit à comment lui répondre.

"Nous n'excluons rien, finit-il par dire. Mais pour le moment, le plus important est de fouiller la forêt dans les environs."

Du coin de l'œil, il vit la mère de Nea sortir par la porte principale, un tas de vêtements d'enfants dans les bras.

"Allez, on y va."

Un premier groupe de quatre personnes se dirigea vers Gösta pour se faire indiquer son secteur. Au même moment, on entendit le bruit d'un hélicoptère qui approchait, au-dessus des arbres. Il n'aurait aucun problème pour atterrir, il y avait toute la place à la ferme. Les volontaires se dirigeaient vers l'orée de la forêt, Patrik les regarda s'éloigner. Derrière lui, il entendit l'hélicoptère amorcer sa descente, au moment où les voitures des équipes cynophiles d'Uddevalla entraient dans la cour. Si la fillette était dans la forêt, ils allaient la trouver, il en était convaincu. Ce qu'il redoutait, c'était qu'elle ne se soit pas perdue.

L'AFFAIRE STELLA

On avait cherché la gamine toute la nuit. De plus en plus de gens s'étaient joints aux battues, Harald les entendait autour de lui dans la forêt. La police avait fait un bon boulot et les volontaires n'avaient pas manqué. La famille était appréciée, tout le monde connaissait cette fillette aux cheveux blond cuivré. C'était ce genre d'enfants qui n'avaient de cesse de vous faire sourire quand on les croisait dans une boutique.

Il compatissait avec les parents. Ses propres enfants étaient grands, désormais, deux de ses fils participaient aux recherches. Il avait fermé sa boulangerie, de toute façon c'était tellement calme, les vacances étaient finies, la cloche de la porte sonnait rarement. Mais il aurait aussi bien fermé en plein coup de feu. Sa poitrine se serrait rien qu'à imaginer l'effroi que devaient ressentir les parents de Stella.

Harald cherchait au hasard dans les broussailles avec un bâton qu'il avait ramassé. Leur mission n'était pas facile. La forêt était vaste, mais quelle distance une petite gamine était-elle capable d'y parcourir toute seule ? Pour autant qu'elle soit dans la forêt. Ce n'était qu'une des hypothèses considérées par la police, son visage était diffusé partout aux informations. Elle pouvait tout aussi bien avoir été enlevée en voiture, et se trouver à présent très loin. Mais il ne pouvait pas se permettre de penser ça, pour l'heure sa mission était de chercher ici, dans la forêt, lui et tous les autres dont il entendait les pas et les voix à travers les branchages.

Un instant, il s'arrêta pour humer le parfum de la forêt. Il ne sortait plus que trop rarement dans la nature. La boulangerie et la famille avaient dévoré beaucoup de son temps ces dernières décennies mais, plus jeune, il en avait passé beaucoup au grand air. Il se promit de recommencer. La vie était courte. Les événements des derniers jours étaient un constant rappel que tout pouvait basculer sans crier gare.

Voilà seulement quelques jours, les parents de Stella pensaient sûrement savoir quoi attendre de la vie. Ils laissaient le quotidien filer son petit bonhomme de chemin, sans à chaque instant s'interrompre pour se réjouir de ce qu'ils avaient. Comme la plupart. Il fallait qu'il arrive quelque chose pour qu'on apprécie chaque seconde passée avec ceux qu'on aime.

Il se remit lentement en marche, mètre après mètre. Un peu plus loin, il aperçut de l'eau entre les arbres. Ils avaient reçu des instructions claires en cas de découverte d'un cours d'eau. Il fallait prévenir la police, qui devrait inspecter l'eau, la draguer, ou faire venir un plongeur si elle était profonde. L'eau était calme, lisse, à l'exception de quelques éphémères qui s'y posaient, provoquant d'infimes cercles à la surface. Il ne voyait rien. À l'œil nu, on ne pouvait distinguer dans ce petit cours d'eau qu'un tronc abattu par le vent ou la foudre, des années plus tôt. Il s'approcha et vit que ce tronc était encore relié à la terre par un bout de racine. Il y grimpa prudemment. Il ne voyait rien. Que de l'eau calme. Puis il déplaça lentement son regard vers ses propres pieds. Alors il découvrit les cheveux. Les cheveux cuivrés qui flottaient comme des algues dans l'eau trouble.

Sanna s'arrêta au milieu d'une allée du supermarché Konsum. Pendant l'été, elle gardait toujours sa jardinerie ouverte le plus longtemps possible mais, aujourd'hui, ses pensées l'avaient tracassée. Une fois n'était pas coutume, les questions sur l'arrosage des géraniums lui avaient semblé idiotes.

Elle s'ébroua et regarda autour d'elle. Aujourd'hui, Vendela revenait de chez son père, et elle voulait avoir à la maison ce qu'elle préférait manger et grignoter. Autrefois, Sanna aurait pu énumérer en dormant les plats préférés de Vendela, mais ils changeaient désormais autant que la couleur de ses cheveux. Une semaine elle était végane, la suivante elle ne mangeait que des hamburgers, la troisième elle s'était mise à la diète et suçait des carottes en écoutant Sanna rabâcher qu'il fallait qu'elle mange, qu'elle risquait l'anorexie. Rien n'était stable, rien n'était comme avant.

Niklas avait-il autant de problèmes qu'elle ? Avoir Vendela une semaine sur deux avait bien marché pendant des années. Mais à présent, Vendela semblait avoir compris son pouvoir. Si elle n'aimait pas ce qu'elle avait dans son assiette, elle disait que c'était meilleur chez Niklas et, bien sûr, il lui permettait de traîner le soir avec Nils. Sanna était parfois complètement épuisée, et se demandait comment elle avait pu être fatiguée quand sa fille était bébé : son adolescence s'avérait sept fois pire.

Parfois, sa fille lui semblait une étrangère. Vendela était toujours sur son dos dès qu'elle devinait que Sanna était sortie fumer en cachette derrière la maison, elle lui avait bien des fois fait la leçon sur les risques de cancer. Mais lors de son dernier séjour, Sanna avait senti une odeur de tabac dans ses vêtements.

Sanna regarda sur les rayonnages. Elle finit par se décider. Une valeur sûre : des tacos. Avec de la viande hachée et de la farce au soja, elle paraît à l'éventualité d'une semaine végane.

Sanna n'avait pas fait de crise d'adolescence. Elle avait grandi trop vite. La mort de Stella et toutes les horreurs qui avaient suivi l'avaient directement propulsée dans la vie adulte. Elle n'avait pas eu loisir de geindre sur des problèmes d'ados. Plus eu de parents pour lui faire lever les yeux au ciel.

Elle avait rencontré Niklas au lycée horticole. Ils s'étaient installés ensemble quand elle avait eu son premier emploi. Ils avaient fini par avoir Vendela, mais accidentellement, pour être honnête. Si leur couple n'avait pas tenu, ce n'était pas la faute de Niklas, mais la sienne. C'était quelqu'un de bien, mais elle ne s'était jamais vraiment ouverte à lui. Aimer quelqu'un, que ce soit un mari ou une fille, cela faisait trop mal, elle l'avait très vite appris.

Sanna mit des tomates, un concombre et des oignons dans son caddie, puis se dirigea vers la caisse.

"Bon, tu as dû en entendre parler, non ? dit Bodil tout en scannant d'un geste routinier les articles que Sanna posait sur le tapis de caisse.

— Non, de quoi ? dit Sanna en posant la bouteille de Coca sur le bord du tapis roulant.

— De la fille !

— Quelle fille ?"

Sanna n'écoutait que d'une demi-oreille. Elle regrettait déjà d'avoir acheté du Coca-Cola à Vendela.

"Celle qui a disparu. De votre ancienne ferme."

Bodil était incapable de cacher l'excitation dans sa voix. Sanna se figea au milieu d'un mouvement, le paquet de fromage râpé tex-mex à la main.

"Notre ferme ? dit-elle, un léger sifflement à l'oreille.

— Oui, dit Bodil en continuant d'enregistrer des denrées, sans remarquer que Sanna avait cessé d'en poser sur le tapis.

C'est une fillette de quatre ans qui a disparu de votre ancienne ferme. Mon mari est allé participer à la battue dans la forêt, c'est un sacré déploiement de forces."

Sanna posa lentement le paquet de fromage devant elle. Puis elle se dirigea vers la porte. Elle laissa en plan ses courses et son sac à main. Elle entendit derrière elle Bodil qui l'appelait.

Anna se cala au fond de sa chaise et regarda Dan en train de scier une planche. C'était maintenant, en pleine chaleur estivale, qu'il avait trouvé opportun de mettre en route le projet "nouvelle véranda". Ils en parlaient depuis trois ans, mais cela ne pouvait visiblement plus être remis à plus tard. Elle supposait que c'était la forme masculine de l'instinct de nidification. Elle avait exprimé le sien en inspectant tous les placards de la maison. Les enfants avaient commencé à cacher leurs vêtements favoris, de peur qu'ils partent à la collecte.

Anna sourit à Dan qui s'éreintait sous le cagnard, en réalisant que, pour la première fois depuis très longtemps, elle profitait vraiment de la vie. Sa petite entreprise de décoration n'était pas exactement prête à être notée en bourse, mais elle était fortement sollicitée par de nombreux clients exigeants en villégiature sur la côte, elle avait commencé à pouvoir refuser des clients. Et son bébé s'épanouissait dans son ventre. Ils n'avaient pas voulu connaître son sexe, et l'appelaient donc provisoirement "le bébé". Leurs autres enfants étaient très impliqués dans la question du nom, mais leurs propositions, "Buzz l'Éclair", "Beau Gosse" ou "Dark Vador" n'étaient pas d'une grande aide. Et Dan avait un soir, un peu dépité, cité Fredde, de la série Solsidan : "On a fait chacun notre liste de noms, et on a fini par prendre le préféré de la voisine." Tout ça parce qu'elle avait mis son véto à la proposition, si c'était un garçon, de l'appeler Bruce, en hommage à Bruce Springsteen. De son côté, Dan ne valait pas mieux, en affirmant que la proposition d'Anna, Philip, donnait l'impression qu'il allait naître avec un blazer de marin. Ils en étaient là : à un mois de l'accouchement, sans une seule proposition de prénom qui tienne la route, que ce soit pour une fille ou un garçon.

Mais ça s'arrangerait, pensa Anna en voyant Dan s'approcher. Il se pencha pour l'embrasser sur la bouche. Il avait un goût de sel et de sueur.

"Alors, tu te la coules douce ? dit-il en lui tapotant le ventre.

— Eh oui, les gamins sont tous chez des copains", dit-elle en prenant une gorgée de son café glacé.

Elle savait qu'il n'était pas sage de boire trop de café pendant une grossesse, mais il fallait bien se faire un peu plaisir, déjà qu'elle n'avait pas droit à l'alcool et aux fromages au lait cru.

"Ah, j'ai failli crever, à midi, quand ma frangine s'est sifflé un grand verre de mousseux glacé", gémit-elle.

Dan lui serra l'épaule. Il s'était assis à côté d'elle, calé en arrière, les yeux clos, pour profiter du soleil de l'après-midi.

"Bientôt, ma chérie, dit-il en lui caressant la main.

— Je vais me baigner dans le vin après l'accouchement", soupira-t-elle en fermant elle aussi les yeux.

Puis elle se souvint que les hormones de grossesse favorisaient les taches de rousseur, et elle coiffa avec un juron le chapeau à large bord posé sur la table.

"Et merde, on n'a même pas le droit de bronzer, grommela-t-elle.

— Hein ?" fit mollement Dan.

Elle vit qu'il était en train de s'assoupir au soleil.

"Rien, chéri", dit-elle, saisie pourtant d'une envie irrésistible de lui donner un coup de pied dans le tibia, rien que parce qu'étant un homme il coupait aux contractions et autres tracas de la grossesse.

Putain, quelle injustice ! Et toutes ces femmes qui soupiraient, l'air inspirées, combien c'était *formidable* d'être enceintes, et quel *don* c'était de pouvoir mettre au monde des enfants, ah, oui, elles aussi elle aurait voulu les frapper. Fort.

"Les gens sont idiots, marmonna-t-elle.

— Hein ? fit à nouveau Dan, cette fois encore plus endormi.

— Rien", dit-elle en rabattant sa visière sur ses yeux.

À quoi pensait-elle, avant que Dan vienne l'interrompre ? Ah, oui. Que la vie était belle. Et c'était bien vrai. Malgré les contractions et tout le reste. Elle était aimée. Elle était entourée par sa famille.

Elle se débarrassa de son chapeau et tourna son visage vers le soleil. Tant pis pour les taches de rousseur. La vie était trop courte pour ne pas profiter du soleil.

Sam aurait voulu rester là pour toujours. Depuis qu'il était petit il adorait ça. La chaleur des rochers. Le bruit des vagues. Les cris des mouettes. Ici, il s'évadait. Il suffisait de fermer les yeux, et tout disparaissait.

Jessie était couchée à côté de lui. Il sentait sa chaleur. Un miracle, voilà ce qu'elle était. Qu'elle soit entrée dans sa vie, juste maintenant. La fille de Marie Wall. Ironie du sort.

"Tu aimes tes parents ?"

Sam ouvrit l'œil et la regarda en plissant les paupières. Sur le ventre, les mains sous le menton, elle le regardait.

"Pourquoi tu demandes ça ?"

C'était une question intime. Ils se connaissaient depuis si peu de temps.

"Je n'ai jamais rencontré mon père, dit-elle en détournant les yeux.

— Pourquoi ?"

Jessie haussa les épaules.

"En fait, je ne sais pas. Maman devait vouloir ça. Je ne suis même pas sûre qu'elle sache qui est mon père."

Sam tendit une main hésitante. La posa sur son avant-bras. Elle ne sursauta pas, la laissa là. Un éclat nouveau s'alluma dans ses yeux.

"Et toi, tu as un bon contact avec tes parents ?" demanda-t-elle.

La confiance et le calme qu'il venait de ressentir disparurent. Mais il comprenait pourquoi elle posait la question et, d'une certaine façon, il lui devait une réponse.

Sam se leva et répondit, les yeux fixés au large :

"Mon père, il a… Oui, il a fait la guerre. Parfois, il a été absent des mois durant. Et parfois il ramène la guerre avec lui à la maison."

Jessie se pencha vers lui, posa sa tête contre son épaule.
"Est-ce qu'il... ?
— Je ne veux pas en parler... Pas encore.
— Et ta mère ?"
Sam ferma les yeux. Se chauffa aux rayons du soleil.
"Elle est OK", finit-il par dire.
Une courte seconde, il pensa à ce à quoi il ne devait pas penser, et il ferma les yeux encore plus fort. Il chercha dans sa poche les joints qu'il avait pris. Il en sortit deux, les alluma et lui en donna un.
Le calme s'empara de son corps, le sifflement se tut dans sa tête, les souvenirs furent refoulés par la fumée. Il se pencha et embrassa Jessie. D'abord, elle se raidit. Par peur. Par manque d'habitude. Puis il sentit ses lèvres s'adoucir et s'ouvrir à lui.
"Non, mais comme c'est mignon !"
Sam sursauta.
"Regardez-moi les tourtereaux."
Nils descendait nonchalamment des rochers, Basse et Vendela dans son sillage. Comme toujours. Ils semblaient incapables d'exister les uns sans les autres.
"Et qui avons-nous là ?" Nils s'assit juste à côté d'eux en dévisageant Jessie, qui rajustait son haut de bikini. "Tu t'es trouvé une copine, Sam ?
— Je m'appelle Jessie, dit cette dernière en tendant la main, mais Nils l'ignora.
— Jessie ? répéta Vendela derrière lui. Mais c'est la fille de Marie Wall.
— Ah ouais, la fille de la copine de ta mère. La star d'Hollywood."
Nils, fasciné, observait toujours Jessie, qui finissait de rajuster son bikini. Sam aurait voulu la protéger de leurs regards, la prendre dans ses bras et lui dire de ne pas s'occuper d'eux. Au lieu de quoi il tendit le bras pour lui attraper son t-shirt.
"Oui, pas étonnant que ces deux-là se soient trouvés", dit Basse en donnant un coup de coude à Nils.
Il avait une voix de fausset haut perchée, féminine, dont personne n'osait se moquer, pour éviter de s'attirer la colère

de Nils. Il s'appelait en fait Bosse, mais se faisait appeler Basse depuis le collège, parce que ça faisait plus cool.

"Non, c'est pas étonnant", dit Nils en regardant alternativement Jessie et Sam.

Il se leva avec, dans les yeux, cette lueur qui nouait le ventre. Qui annonçait un mauvais coup. Mais il se tourna vers Vendela et Basse.

"Je crève la dalle, dit-il. On se casse."

Vendela sourit à Jessie.

"À plus."

Sam les regarda partir, étonné. Qu'est-ce que c'était que ça ? Jessie se pencha vers lui.

"Qui c'était ? demanda-t-elle. Ils étaient bizarres. Sympas, mais bizarres."

Sam secoua la tête.

"Ils ne sont pas sympas. Même pas en rêve."

Il sortit son mobile de sa poche. Ouvrit le dossier vidéo et fit défiler les films. Il savait pourquoi il l'avait conservé : pour se rappeler ce que les gens étaient capables de se faire. De lui faire. Mais il n'avait jamais songé à le montrer à Jessie. Il avait déjà été vu par bien assez de monde.

"Ils ont publié ça sur Snapchat l'été dernier, dit-il en tendant le mobile à Jessie. J'ai eu le temps de le filmer avant qu'il disparaisse."

Sam détourna les yeux quand Jessie le mit en marche. Il n'avait pas besoin de regarder. En entendant les voix, il revoyait tout.

"Tu manques vraiment d'entraînement ! raillait la voix de Nils. Une vraie mauviette. La natation, c'est un sport complet."

Nils s'était approché du bateau de Sam, amarré pas très loin de là où il se trouvait aujourd'hui.

"Tu n'as qu'à rentrer à Fjällbacka à la nage. Ça te fera les muscles."

Vendela riait en filmant tout. Basse courait près de Nils.

Nils jetait l'amarre dans le bateau, posait le pied sur l'avant et poussait. La petite barque en bois reculait d'abord lentement, puis au bout de quelques mètres était prise dans les courants et s'éloignait de l'île de plus en plus vite.

Nils se tournait vers l'objectif. Large ricanement.
"Allez, nage bien, hein !"
Et le clip était fini.
"Putain ! dit Jessie. Putain !"
Elle regarda Sam, les yeux brillants.
Il haussa les épaules.
"J'ai connu pire."
Jessie cligna des yeux pour chasser ses larmes. Il la soupçonna d'avoir elle aussi connu pire. Il posa la main sur son épaule, sentit qu'elle tremblait. Mais il sentait aussi le lien qui les unissait.
Un jour, il lui montrerait les carnets. Partagerait avec elle toutes ses pensées. Le grand plan. Un jour, tous, ils verraient.
Jessie passa les bras autour de son cou. Elle avait un parfum formidable de soleil, de sueur et de marijuana.

Il se faisait tard, mais la lumière perdurait, comme un souvenir du soleil qui avait brillé toute la journée dans le ciel bleu clair. Eva regarda dans la cour de la ferme, où les ombres s'allongeaient de plus en plus. Des mains froides lui étreignaient le cœur, tandis que l'image grandissait en elle. Le souvenir de Nea qui se dépêchait toujours de rentrer longtemps avant la nuit.
Dehors, les gens allaient et venaient. Les voix se mêlaient aux aboiements des chiens qui partaient chercher à tour de rôle. Les doigts glacés lui serrèrent à nouveau le cœur.
Le policier plus âgé, Gösta, franchit le seuil.
"Je pensais juste prendre une tasse avant d'y retourner."
Eva se leva pour lui servir du café, elle en avait préparé des litres et des litres ces dernières heures.
"Toujours rien ?" demanda-t-elle, bien qu'elle connût la réponse.
S'il avait su quelque chose, il l'aurait dit tout de suite. Sans demander du café. Mais il y avait quelque chose de rassurant dans le seul fait de poser la question.
"Non, mais nous sommes beaucoup à chercher, à présent. On a l'impression que tout Fjällbacka est dehors."

Eva hocha la tête, essaya de maîtriser sa voix.

"Oui, les gens ont été formidables, dit-elle en se laissant retomber sur sa chaise. Peter aussi est parti chercher, je n'ai pas pu le retenir.

— Je sais." Gösta s'assit en face d'elle. "Je l'ai vu avec une des équipes de battue.

— Que…" Sa voix se brisa. "Qu'est-ce qui s'est passé, d'après vous ?"

Elle n'osait pas regarder Gösta. Différentes hypothèses, l'une pire que l'autre, se présentaient à son esprit mais, dès qu'elle tentait d'en saisir une, de la rendre compréhensible, elle avait si mal qu'elle n'arrivait plus à respirer.

"Il n'y a aucune raison de spéculer", dit doucement Gösta en se penchant en avant.

Il posa sa main ridée sur la sienne. Son calme lui réchauffa peu à peu le cœur.

"Elle est partie depuis si longtemps."

Gösta lui pressa la main.

"C'est l'été, il fait chaud, elle ne va pas mourir de froid. C'est une grande forêt, nous avons juste besoin de plus de temps pour la fouiller. Nous la retrouverons sûrement, elle aura eu peur, sera secouée, mais rien d'irréparable, d'accord ?

— Sauf que… ce n'est pas comme ça que ça s'est passé avec l'autre fille."

Gösta retira sa main, but lentement une gorgée de café.

"Cela fait trente ans, Eva. C'était dans une autre vie, à une autre époque. C'est un pur hasard que vous habitiez la même maison, et c'est un pur hasard que votre fille ait le même âge. Les enfants de quatre ans se perdent. Ce sont des êtres curieux, et d'après ce que j'ai compris, votre fille est une petite dame dégourdie et qui sait ce qu'elle veut, ce n'est peut-être pas si étonnant qu'elle n'ait finalement pas pu résister à une expédition en forêt. Ensuite, ça ne s'est pas passé comme elle le pensait, mais ça va s'arranger. Nous sommes beaucoup à chercher."

Il se leva.

"Merci pour le café, j'y retourne. Nous allons continuer les recherches toute la nuit, mais ce serait bien que vous essayiez de dormir un peu."

Eva secoua la tête. Comment arriverait-elle à dormir, avec Nea dans la forêt ?

"Non, je m'en doutais, reprit Gösta. Mais au moins, je l'aurai dit."

Elle vit la porte se fermer derrière lui. Elle était à nouveau seule. Seule avec ses pensées et les doigts glacés qui lui serraient le cœur.

BOHUSLÄN 1671

Elin se pencha pour faire le lit de Britta. Puis elle se tint les reins. Elle ne s'était pas encore faite au dur lit de la cabane des servantes.

Un instant, elle regarda le beau lit où couchait Britta, s'abandonnant brièvement à ce qui ressemblait à de l'envie, avant de secouer la tête en tendant la main vers la cruche vide sur la table de chevet.

Elin avait été étonnée de constater que sa sœur ne partageait ni la chambre ni le lit de son mari. Mais ce n'était pas à elle d'en juger. Même si, pour elle, le meilleur moment de la journée était quand elle se blottissait contre Per. Quand elle se serrait dans sa chaleur rassurante, elle avait l'impression qu'aucun mal au monde ne pouvait lui arriver, à elle ou à Märta.

Comme elle s'était trompée.

"Elin ?"

La voix douce du maître de maison la fit sursauter. Elle était tellement perdue dans ses pensées qu'elle faillit lâcher la cruche.

"Oui ?"

Elle reprit contenance avant de se tourner.

Ses yeux bleus aimables étaient fixés sur elle, et elle sentit le sang lui monter au visage. Vite, elle baissa les yeux.

Elle ne savait pas bien comment se comporter avec le mari de sa sœur. Preben était toujours si gentil avec Märta et elle. Il était pasteur, et maître de maison. Et elle n'était qu'une servante dans le ménage de sa sœur. Une veuve vivant par charité dans un foyer qui n'était pas le sien.

"Lill-Jan dit qu'Elin sait dénouer les sorts. Ma meilleure vache laitière souffre.

— Étoile ? dit Elin, le regard toujours fixé au sol. Le valet en a parlé ce matin.

— Oui, c'est Étoile. Elin est-elle occupée, ou peut-elle venir avec moi la voir ?

— Oui, bien sûr, je peux venir."

Elle posa la cruche sur la table de nuit et suivit en silence Preben jusqu'à l'étable. Tout au fond, Étoile gisait en meuglant. Elle souffrait, ça se voyait, et avait du mal à tenir debout. Elin fit un signe de tête au valet de ferme qui restait à côté, bras ballants.

"Va à la cuisine me chercher un peu de sel."

Elle s'accroupit et caressa précautionneusement le doux museau de la vache. Les grands yeux d'Étoile étaient écarquillés de peur.

"Elin peut-elle l'aider ?" demanda tout bas Preben en caressant lui aussi la vache brune tachetée de blanc.

Un instant, leurs mains se frôlèrent, et Elin retira d'un coup la sienne, comme mordue par un serpent. Elle sentit à nouveau le sang affluer à son visage, et il lui sembla deviner une légère rougeur au visage de son maître avant qu'il ne se lève vivement quand Lill-Jan revint, essoufflé.

"Voilà", fit-il avec son léger zézaiement en tendant à Elin le pot à sel.

Elle le prit avec un signe de tête et en versa un gros tas dans le creux de sa main. Elle fit tourner dedans son index droit dans le sens inverse des aiguilles d'une montre en récitant à haute voix la formule que lui avait enseignée sa grand-mère :

"Notre Seigneur Jésus, qui soulève monts et merveilles, guérit fièvres et sorts, mal d'eau et tous les sorts lancés entre le ciel et la terre. Parole de Dieu et amen.

— Amen", dit Preben, et Lill-Jan se hâta de renchérir.

Étoile meugla.

"Et maintenant ? s'enquit Preben.

— Maintenant, il n'y a plus qu'à attendre. Lire dans le sel donne souvent des résultats, mais cela peut prendre du temps, cela dépend un peu de la gravité du sort. Mais regardez-la demain matin, je crois qu'elle aura été aidée.

— Lill-Jan a entendu ? dit Preben. Aller voir Étoile sera la première chose qu'il fera en se levant demain matin.

— Ce sera fait not' maître", dit Lill-Jan en quittant l'étable à reculons.

Preben se tourna vers Elin.

"Où Elin a-t-elle appris tout cela ?

— De ma grand-mère", répondit brièvement Elin.

La sensation de leurs mains qui se frôlaient l'inquiétait encore.

"Et que sait encore guérir Elin ?" demanda Preben en s'appuyant à la cloison d'un box.

Elle gratta légèrement le sol du pied en répondant à contre-cœur :

"Eh bien, à peu près tout, sauf les douleurs trop graves.

— Chez les hommes comme les bêtes ? s'enquit avec curiosité Preben.

— Oui", dit Elin.

Elle était étonnée que Britta n'ait jamais rien mentionné à ce sujet à son mari. Le valet de ferme Lill-Jan avait malgré tout eu vent de la rumeur sur les pouvoirs d'Elin. Mais ce n'était peut-être pas si étonnant ? Quand elles vivaient ensemble sous le toit de leur père, sa sœur avait toujours parlé en termes méprisants de la grand-mère d'Elin et de sa sagesse.

"Mais encore ?" ajouta Preben en se dirigeant vers la porte.

Elin le suivit en traînant les pieds. Cela n'était pas convenable de bavarder ainsi avec le maître de maison, les ragots circulaient si facilement sur le domaine. Mais Preben commandait, aussi le suivit-elle. Dehors attendait Britta, mains sur les hanches et regard noir. Son cœur se serra. C'était ce qu'elle redoutait. Il ne risquait rien, mais elle pouvait tomber en disgrâce. Et, avec elle, Märta.

Les craintes qu'elle avait eues à l'idée de vivre de charité sous le toit de sa petite sœur s'étaient avérées fondées. Britta était une maîtresse de maison méchante et dure, et Märta et elle avaient eu à goûter les piques de sa langue acérée.

"Elin m'a aidé avec Étoile, dit Preben, en croisant calmement le regard de sa femme. Et elle va maintenant aller nous préparer un brin à manger. Elle a proposé que nous passions un petit moment ensemble, toi et moi, car j'ai beaucoup été par monts et par vaux ces derniers temps, pour les affaires de la paroisse.

— Vraiment ? fit Britta, méfiante, mais d'un ton un peu plus léger. Eh bien, c'était une bonne proposition de la part d'Elin, dans ce cas."

Elle attrapa gaiement Preben par le bras.

"Mon seigneur et maître m'a terriblement manqué, et je trouve qu'il néglige quelque peu sa femme.

— Ma chère épouse a absolument raison, approuva-t-il en conduisant Britta vers la maison. Mais nous allons y remédier sur-le-champ. Elin a dit que nous pourrions passer à table dans une demi-heure, ce qui est parfait, car ainsi j'aurai le temps de me préparer, pour ne pas ressembler à un va-nu-pieds à côté de ma belle épouse.

— Tais-toi donc, tu ne seras jamais un va-nu-pieds", lui rassura Britta avec une tape sur l'épaule.

Elin les suivit, oubliée pour le moment, en poussant un profond soupir de soulagement. Elle ne connaissait que trop bien ce noir dans le regard de Britta, et savait que sa sœur n'épargnait aucun moyen pour faire le plus grand mal possible à ceux qui, selon elle, lui avaient fait du tort. Mais Preben les avait sauvées, elle et Märta, pour cette fois, et elle lui en était éternellement reconnaissante. Même si, dès le départ, il n'aurait pas dû la mettre dans cette situation.

Elle se dépêcha de gagner la cuisine. En seulement une demi-heure, il fallait qu'elle ait le temps de mettre la table et de faire préparer par la cuisinière quelque chose qui sorte un peu de l'ordinaire. Elle rajusta son tablier, sentant encore la chaleur de la main de Preben.

"Qu'est-ce que tu fais, papa ?"

Bill était si concentré sur son texte que la voix de son fils le fit sursauter. Il heurta la tasse posée près de lui, renversant un peu de café sur son bureau.

Il se tourna vers Nils, resté dans l'embrasure de la porte.

"Je travaille sur un nouveau projet, dit-il en faisant pivoter l'écran pour que Nils puisse voir.

— « Des Gens Très Bien »", lut tout haut Nils sur la première page PowerPoint.

Sous le titre, la photo d'un voilier qui fendait les flots.

"Qu'est-ce que c'est ?

— Eh bien, tu te souviens, ce film qu'on a vu ? *Des gens bien*, de Filip et Frederik."

Nils hocha la tête.

"Oui, ces Noirs qui veulent jouer au hockey."

Bill fit la grimace.

"Les Somaliens qui veulent jouer au hockey. On ne dit pas « Noirs »."

Nils haussa les épaules.

Bill regarda son fils dans la pénombre de la pièce, les mains nonchalamment dans les poches de son short, sa mèche blonde lui barrant les yeux. Il leur était arrivé tard dans la vie. Pas prévu et, au fond, pas particulièrement désiré. Gun avait quarante-cinq ans, lui presque cinquante, et les deux frères aînés de Nils étaient alors en train de quitter l'adolescence. Gun avait insisté pour garder le bébé, disant qu'il devait y avoir un sens derrière tout ça. Mais Bill n'avait jamais été aussi proche de Nils que des deux grands. Il n'avait jamais vraiment eu le courage, la volonté, de changer des couches et d'aller au bac à sable, ou de refaire le programme de maths de seconde pour la troisième fois.

Bill se tourna à nouveau vers l'écran.

"C'est une présentation pour les médias. Mon idée est de faire quelque chose pour aider de façon positive les réfugiés de notre région à s'intégrer à la société suédoise.

— Tu vas leur apprendre à jouer au hockey ? demanda Nils, toujours les mains dans les poches.

— Tu ne vois pas le voilier ?" Bill pointa l'écran. "Ils vont apprendre la voile ! Puis nous irons participer à la régate du Tour de Dannholmen.

— Le Tour de Dannholmen, ce n'est pas exactement pareil que le championnat du monde de tes Noirs qui jouent au hockey, fit Nils. Pas tout à fait le même calibre.

— Ne dis pas « Noirs » !" rétorqua Bill.

Nils le faisait sûrement juste pour l'énerver.

"Je sais bien que le Tour de Dannholmen est un événement beaucoup plus modeste, mais la régate a une grande importance symbolique localement, et il y aura beaucoup de journalistes. Surtout avec le tournage de ce film, et tout."

Nils pouffa dans son dos.

"Pour autant qu'il s'agisse de réfugiés. Seuls ceux qui ont les moyens arrivent jusqu'ici. J'ai lu ça sur internet. Et ces enfants réfugiés ont quand même de la barbe et des moustaches.

— Nils, enfin !"

Bill regarda son fils, dont le visage était rouge d'excitation. C'était comme regarder un étranger. S'il ne savait pas ce qu'il en était, il aurait pu croire que son fils était… raciste. Mais non, les ados en savaient trop peu sur le monde. Raison de plus de mener à bien un tel projet. La plupart des gens étaient fondamentalement bons, ils avaient juste besoin d'un coup de pouce dans la bonne direction. Éducation. Il s'agissait de cela. Nils verrait bientôt combien il avait tort.

Dans son dos, son fils referma la porte de son bureau. La réunion de lancement était demain, il était essentiel que tout soit prêt pour la presse. Ça allait être grand. Vraiment grand.

"Il y a quelqu'un ?" appela Paula quand Johanna et elle franchirent la porte, chacune un enfant sur la hanche, trois valises et deux poussettes.

Paula sourit à Johanna en posant la plus lourde valise. Une semaine de vacances à Chypre avec un enfant de trois ans et un bébé n'avait sans doute pas été leur décision la plus réfléchie, mais elles avaient survécu.

"Je suis à la cuisine !"

Paula se détendit en entendant la voix de sa mère. Si Rita et Bertil étaient là, ils pourraient prendre le relais avec les enfants, et Johanna et elle pourraient tranquillement défaire leurs valises. Ou bien faire une croix sur les valises jusqu'à demain et se mettre au lit avec un film devant lequel s'endormir.

Rita leur sourit quand elles entrèrent dans la cuisine. Il n'y avait rien d'étrange à ce que sa mère prépare à manger dans leur cuisine comme si c'était chez elle. Rita et Bertil occupaient l'appartement du dessus mais, depuis la naissance des enfants, les frontières entre leurs domiciles s'étaient estompées au point qu'ils auraient aussi bien pu installer un escalier entre les appartements.

"J'ai préparé des enchiladas, je me suis dit que vous auriez faim après le voyage. Tout s'est bien passé ?"

Elle tendit les bras pour prendre Lisa.

"Oui. Ou plutôt non, avoua Paula en lui tendant avec gratitude le bébé. Flingue-moi si je m'avise un jour de recommencer à dire que ce serait super de partir une semaine avec les enfants.

— Oui, en fait, c'était ton idée, marmonna Johanna en essayant de réveiller Leo, qui s'était endormi.

— C'était vraiment atroce, dit Paula en piquant un peu de fromage doré sur le dessus d'une enchilada. Des gosses partout, des adultes déguisés en animaux en peluche, qui tournaient en plein soleil en chantant une foutue marche militaire.

— Je ne crois pas qu'on puisse vraiment appeler ça une marche militaire, rit Johanna.

— Non, mais de l'endoctrinement sectaire, peut-être. Si j'avais dû l'écouter encore une seule fois, je serais allée étrangler ce gros nounours poilu.
— Raconte la fontaine de chocolat", dit Johanna.
Paula gémit.
"Oui, mon Dieu, il y avait tous les soirs un buffet, prévu surtout pour les enfants, avec des crêpes, des boulettes de viande, de la pizza et des tonnes de spaghettis. Et une fontaine de chocolat. Un gamin qui s'appelait Linus y a laissé une empreinte particulière. Qu'il s'appelait Linus, ça ne pouvait échapper à personne, avec sa mère qui a passé la semaine à lui courir après en criant : « Liiinus, non ! Liiinus, pas comme ça ! Liinus, ne donne pas de coups de pied à cette petite fille ! » Tout ça pendant que le père sirotait de la bière aussitôt après le petit-déjeuner. Et le dernier jour..."
Johanna étouffa un rire pendant que Paula prenait une assiette, se servait une enchilada et s'asseyait à la table de la cuisine.
"Le dernier jour, reprit-elle, tu n'y croiras pas, il a foncé droit sur la fontaine de chocolat et l'a renversée. Il y en avait partout ! Et le gosse s'est jeté dans le chocolat et s'est mis à y patauger, pendant que sa mère tournait autour, complètement hystérique."
Elle prit une grande bouchée et soupira. C'était la première chose un peu correctement assaisonnée qu'elle mangeait de la semaine.
"Et Papy Bertil ? demanda Leo, qui commençait à se réveiller dans les bras de Johanna.
— Oui, au fait, où est Bertil ? interrogea Paula. Déjà endormi devant la télé ?
— Non..., dit Rita. Il travaille.
— Si tard ?"
Il était rarement de permanence le soir.
"Oui, il a fallu qu'il y aille. Mais toi, tu es encore en congé parental", dit Rita en lançant un regard hésitant à Johanna.
Elle savait qu'il n'avait pas été facile pour sa fille de prendre un congé, et Johanna avait toujours peur que Paula reprenne le travail trop vite. L'idée était de passer d'abord tout l'été en famille.

"De quoi s'agit-il ? demanda Paula en posant ses couverts.
— Ils recherchent une personne disparue.
— Qui a disparu ?
— Un enfant, dit Rita en évitant son regard. Une fillette de quatre ans."
Elle connaissait trop bien sa fille.
"Disparue depuis quand ?
— Au pire depuis hier soir, mais les parents ne s'en sont aperçus qu'en fin d'après-midi aujourd'hui. Les recherches n'ont commencé que depuis quelques heures."
Paula supplia Johanna du regard. Elle regarda Leo et hocha la tête.
"Bien sûr, tu y vas. Ils ont besoin de toute l'aide possible.
— Je t'aime, je file."
Elle se leva et embrassa sa compagne sur la joue.
"C'est où ? demanda-t-elle, tout en enfilant un mince blouson d'été dans l'entrée.
— Une ferme. Bertil a dit la ferme des Berg.
— La ferme des Berg ?"
Paula s'arrêta en plein mouvement. Elle connaissait bien la ferme. Et son histoire. Et elle était d'un caractère trop cynique pour croire aux coïncidences.

Karim frappa fort à la porte. Il savait qu'Adnan était là, et n'avait pas l'intention de partir avant qu'il ait ouvert. Des années passées dans un monde où des coups à la porte pouvaient signifier la mort, pour soi ou un membre de sa famille, faisaient que beaucoup renâclaient à ouvrir, aussi Karim cogna-t-il de plus belle. La porte finit par s'ouvrir.

Les grands yeux d'Adnan firent presque regretter à Karim d'avoir frappé si fort.

"Je viens de parler avec Rolf, il m'a dit que tout Fjällbacka était parti à la recherche d'une fille disparue. Il faut qu'on aille aider.

— Une fille ? Une enfant ?

— Oui, Rolf dit qu'elle a quatre ans. Ils pensent qu'elle s'est perdue en forêt.

— Bien sûr qu'on va aider." Adnan se tourna vers l'intérieur de la pièce tout en attrapant son blouson. "Khalil ! Viens !"

Karim recula de quelques pas.

"Aide-moi à frapper aux portes toi aussi. Dis aux gens de se rassembler près du kiosque. Rolf a promis de nous conduire.

— D'accord. On ferait mieux de se dépêcher, une petite fille ne doit pas rester seule dans la forêt la nuit."

Karim continua de frapper aux portes et il entendait Khalil et Adnan faire de même plus loin. Au bout d'un moment, ils avaient rassemblé presque quinze personnes prêtes à aider. Rolf devrait faire deux ou trois voyages, mais ça ne poserait sûrement pas de problème. Il était gentil. Il voulait rendre service.

Un instant, Karim hésita. Rolf était gentil. Et il les connaissait. Mais comment réagiraient les autres Suédois en les voyant se pointer ? Une bande de racailles du camp. Il savait comment ils les appelaient. *Racailles*. Ou *basanés*. Mais un enfant avait disparu, et c'était la responsabilité de tous. Peu importait que ce soit un enfant suédois ou syrien. Quelque part, une mère pleurait de désespoir.

Quand Rolf arriva avec la voiture, Karim, Adnan et Khalil attendaient avec Rashid et Farid. Karim regarda Rashid. Son enfant était resté en Syrie. Rashid croisa le regard de Karim. Il ne savait pas si son enfant était en vie mais, ce soir, il allait aider à rechercher une fillette suédoise.

Quel silence béni, une fois les enfants couchés ! Parfois, Erica avait mauvaise conscience de jouir autant de la paix du soir. Quand Maja était petite, elle était allée sur le forum "Vie de famille" pour essayer de trouver des parents dans le même état d'esprit, et se défouler un peu par écrit. Elle pensait qu'elle ne devait forcément pas être la seule à vivre un conflit entre son rôle de mère et le besoin de pouvoir de temps à autre être soi-même. Mais le tourbillon de haine qui s'était abattu sur elle quand elle avait écrit sincèrement ce qu'elle ressentait l'avait dissuadée d'y retourner. Elle avait été estomaquée des insultes et des noms d'oiseaux utilisés par d'autres mamans pour lui expliquer quelle affreuse personne elle était pour ne pas adorer chaque minute passée à allaiter, veiller, changer des couches et supporter des cris stridents. Elle avait dû s'entendre dire qu'elle aurait mieux fait de ne pas faire d'enfant, qu'elle était une personne égoïste et nombriliste avec son besoin de temps pour elle. Erica sentait encore la colère déferler en elle en pensant à ces femmes qui la condamnaient parce qu'elle ne faisait pas et ne sentait pas exactement comme elles. Pourquoi chacun ne pourrait-il pas faire ce qui lui convient le mieux ? pensa-t-elle, assise sur le canapé avec un verre de vin rouge, en essayant de se détendre devant la télévision.

Ses pensées revinrent rapidement à une autre mère. Eva, la maman de Nea. Elle pouvait juste imaginer son angoisse.

Erica avait demandé par SMS à Patrik si elle devait venir aider, elle pouvait demander à Kristina de venir garder les enfants. Mais il avait répété qu'ils étaient déjà très nombreux et qu'elle était plus utile à la maison avec les enfants.

Erica ne connaissait pas les Berg, n'était jamais allée à leur ferme. Pour pouvoir décrire l'endroit le plus fidèlement possible, elle avait plusieurs fois songé à s'y rendre pour leur demander la permission de visiter et prendre quelques photos, mais cela ne s'était pas fait. Elle avait d'anciennes photos à sa disposition, elle pouvait donc décrire à quoi ressemblait la ferme quand la famille Strand y habitait, mais c'était toujours différent de s'imprégner de l'atmosphère, de voir les détails, de se faire une idée de ce que la vie à la ferme avait pu être.

Elle s'était renseignée sur la famille Berg, et avait appris qu'ils avaient quitté Uddevalla pour s'installer au calme à la campagne. Un bon endroit où grandir pour leur fille. Erica espérait sincèrement que ce rêve se réaliserait, qu'elle recevrait bientôt un appel ou un message de Patrik lui annonçant qu'ils avaient retrouvé la fillette dans la forêt, effrayée, perdue, mais en vie. Pourtant, tout son être lui disait autre chose.

Elle fit tourner le verre de vin rouge. Elle s'était accordé un puissant Amarone, malgré la chaleur étouffante du soir. La plupart des gens buvaient des rosés glacés en été, ou du vin blanc avec des glaçons. Mais elle n'aimait ni le blanc ni le rosé, et ne buvait que du mousseux ou des rouges charpentés, quelle que soit la saison. En revanche, elle était incapable de faire la différence entre un champagne cher et un cava premier prix, ce qui permettait à Patrik de dire en plaisantant qu'elle était économe en carburant.

Elle eut aussitôt mauvaise conscience de penser vin alors qu'une petite fille de quatre ans s'était perdue dans la forêt. Mais son cerveau fonctionnait souvent ainsi. Penser à tout ce qui pouvait mal tourner pour un enfant étant trop pénible, elle détournait inconsciemment ses idées vers des sujets banals, sans importance. C'était un luxe que la maman de Nea n'avait pas en ce moment précis. Son mari et elle devaient vivre un cauchemar.

Erica se redressa sur le canapé et posa son verre. Elle attrapa le cahier posé sur la table du séjour. C'était une manie qu'elle avait prise avec les années de toujours avoir sous la main de quoi écrire. Elle avait l'habitude de jeter les idées qui lui passaient par la tête, de faire des listes de choses à faire pour avancer avec son livre. Et c'était ce qu'elle comptait faire à présent. Son instinct lui disait que la disparition de Nea devait être liée à la mort de Stella. Ces dernières semaines, elle avait lambiné, l'été et le soleil avaient pris le dessus et elle n'avait pas avancé sur le livre autant qu'elle l'avait prévu. Elle allait à présent s'y mettre et, dans le cas où le pire était arrivé, elle pourrait peut-être se rendre utile par sa connaissance de l'ancienne affaire ? Peut-être saurait-elle trouver le lien qui, elle en était persuadée, devait forcément exister ?

Erica regarda son téléphone. Toujours aucune nouvelle de Patrik. Puis elle se mit à prendre fébrilement des notes.

L'AFFAIRE STELLA

Elle comprit aussitôt en les voyant arriver. Les pas lourds. Le regard fixé à terre. Pas besoin de parler.
"Anders !" cria-t-elle, et sa voix était tellement stridente.
Il sortit en trombe de la maison, mais s'arrêta net en voyant les policiers.
Il tomba à genoux sur le gravier de la cour. Linda se précipita pour le prendre dans ses bras. Anders avait toujours été si grand, si fort, mais à présent c'était elle qui devait les porter tous les deux.
"Papa ? Maman ?"
Sanna était sur le pas de la porte. La lampe de la cuisine éclairait ses cheveux blonds comme une auréole.
"Ils ont retrouvé Stella, maman ?"
Linda ne put croiser le regard de sa fille. Elle se tourna vers un des policiers. Il lui fit un hochement de tête.
"Nous avons trouvé votre fille. Elle… elle est morte. Nous sommes désolés."
Il regarda le bout de ses pieds et ravala ses larmes. Il était blême et Linda demanda s'il avait vu Stella. Vu le corps.
"Mais comment peut-elle être morte ? Ce n'est quand même pas possible ? Maman ? Papa ?"
La voix de Sanna derrière elle. Les questions en rafales. Mais Linda n'avait aucune réponse. Aucune consolation à donner. Elle savait qu'elle aurait dû lâcher Anders, prendre sa fille dans ses bras. Mais seul Anders comprenait la douleur qu'elle sentait dans la moindre fibre de son corps.

"Nous voulons la voir, dit-elle, parvenant enfin à lever la tête de l'épaule d'Anders. Il faut que nous puissions voir notre fille."

Le plus grand des policiers se racla la gorge.

"Vous le pourrez. Mais nous devons d'abord faire notre travail. Nous devons trouver qui a fait ça.

— Comment ça ? Ce n'est pas un accident ?"

Anders se dégagea de l'étreinte de Linda et se leva.

Le grand policier répondit à voix basse :

"Non, ce n'est pas un accident. Votre fille a été assassinée."

Le sol se rapprocha si vite que Linda n'eut pas le temps de s'étonner. Puis tout devint noir.

Plus que vingt.

James Jensen était à peine essoufflé en commençant la série de pompes suivante. Même routine chaque matin. Été comme hiver. Noël comme Saint-Jean. Ça ne comptait pas. Ce qui comptait, c'était les routines. La rigueur. L'ordre.

Encore dix.

Le père d'Helen avait compris l'importance des routines. Il arrivait encore à James de regretter KG, même si le regret était une faiblesse qu'au fond il n'aurait pas voulu se permettre. Depuis son infarctus, voilà bientôt dix ans, personne n'avait pu le remplacer.

La dernière. James se releva après ses cent pompes rapides. Une longue vie dans l'armée lui avait appris combien il était précieux d'être au top de sa forme.

James regarda l'heure. Huit heures une. Il avait du retard. Huit heures pile, c'était toujours l'heure de son petit-déjeuner quand il était à la maison.

"Le petit-déjeuner est prêt !" cria Helen, comme si elle avait lu ses pensées.

James fronça les sourcils. Qu'elle appelle signifiait qu'elle avait remarqué son retard.

Il essuya sa sueur avec une serviette et entra dans le séjour par la véranda. La cuisine était attenante, et il sentit l'odeur de bacon. Il mangeait toujours le même petit-déjeuner. Œufs brouillés et bacon.

"Où est Sam ? demanda-t-il en s'asseyant et en attaquant ses œufs.

— Il dort encore, dit Helen en lui servant son bacon, parfaitement croustillant.

— Il est huit heures, et il dort encore ?"

L'irritation le démangea comme une nuée de moustiques. Ça lui faisait toujours ça quand il pensait à Sam, désormais. Dormir à huit heures du matin. Lui, il se levait toujours à six heures en été, puis travaillait jusqu'à tard le soir.

"Réveille-le", dit-il en prenant une grande gorgée de café. Qu'il recracha aussitôt. "Quoi, bordel, pas de lait ?

— Oh, pardon", fit Helen en lui prenant la tasse des mains.

Elle la vida dans l'évier, la remplit à nouveau, y ajouta un nuage de lait écrémé.

Maintenant, ça avait le goût qu'il fallait.

Helen se dépêcha de quitter la cuisine. Des pas rapides dans l'escalier, puis des murmures.

Son irritation revint. James ressentait la même irritation lorsqu'il était en mission avec une troupe et qu'un ou plusieurs soldats essayaient de tirer au flanc ou d'éviter des situations, par peur. Il n'avait aucune indulgence pour ce genre de comportement. Si on avait choisi l'armée, surtout dans un pays comme la Suède où il fallait être absolument volontaire pour partir sur des zones de conflit dans d'autres pays, on devait faire le boulot qu'on vous avait confié. La peur, on la laissait à la maison.

"C'est quoi, cette panique ? grogna Sam en entrant dans la cuisine en traînant les pieds, ses cheveux noirs en vrac. Pourquoi je serais censé me lever à cette heure ?"

James joignit les mains sur la table.

"Dans cette maison, on ne perd pas sa journée au lit.

— Mais je n'ai pas trouvé de job cet été, alors pourquoi je me lèverais, bordel ?

— Arrête de jurer !"

Helen et Sam sursautèrent. La colère lui voilait la vue, il se força à respirer plusieurs fois profondément. Il fallait qu'il garde le contrôle. Sur lui-même. Sur cette famille.

"À neuf heures zéro zéro, rendez-vous derrière la maison pour l'entraînement au tir.

— OK", dit Sam, en regardant la table.
Helen s'abritait encore derrière lui.

Ils avaient marché toute la nuit. Harald était si fatigué qu'il louchait, mais il paraissait impossible de rentrer à la maison. Il aurait fallu renoncer. Quand sa fatigue devenait trop forte, il revenait à la ferme pour se réchauffer un moment et refaire le plein avec un peu de café. Chaque fois, il avait trouvé Eva Berg à la cuisine, le visage gris et muet. Cela suffisait pour lui donner la force de rejoindre la battue.

Il se demandait s'ils savaient qui il était. Quel rôle il avait joué, trente ans plus tôt. Que c'était lui qui avait trouvé l'autre fillette. Bien sûr, les habitants de Fjällbacka qui habitaient là à l'époque étaient au courant, mais Eva et Peter, il pensait que non. Il espérait que non.

Quand on leur avait attribué leur zone de recherche, il avait consciemment choisi celle de l'étang où il avait trouvé Stella. Et c'était le premier endroit où il était allé chercher. L'étang s'était depuis longtemps asséché, et il ne restait plus qu'un sous-bois. Mais le vieux tronc était toujours là. Certes, le grand arbre était encore plus marqué par le vent et les intempéries, plus fragile et sec que trente ans plus tôt. Mais pas de fillette. Il s'était surpris à pousser un soupir de soulagement.

Les groupes s'étaient sans arrêt reformés au cours de la nuit. Certains étaient rentrés dormir quelques heures, pour revenir rejoindre d'autres groupes, tandis que d'autres personnes arrivaient à mesure que la nuit d'été basculait vers le matin. Parmi ceux qui n'étaient pas rentrés se reposer, il y avait les hommes et les garçons du camp de réfugiés. Harald avait un peu bavardé avec eux en marchant, dans un mélange bancal de leur mauvais suédois et de son mauvais anglais. Mais d'une certaine façon ils avaient réussi à communiquer.

Le petit groupe avec lequel il marchait à présent était composé, à part lui, de l'homme qui s'était présenté comme Karim et de Johannes Klingsby, un maçon de la région à qui

Harald avait l'habitude de confier des travaux de rénovation dans la boulangerie. Mine fermée, ils avançaient lentement dans la forêt qu'éclairaient toujours davantage les rayons du soleil levant. Les policiers qui coordonnaient les recherches leur avaient plusieurs fois répété de ne pas se précipiter, qu'il fallait mieux être précis et méthodique.

"On a fouillé la zone toute la nuit, dit Johannes. Elle ne peut pas être arrivée si loin…"

Il fit un geste d'impuissance.

"La dernière fois, on avait cherché une journée entière", remarqua Harald.

Il revoyait encore le corps de Stella.

"*What?**"

Karim secoua la tête. Il avait du mal à comprendre l'épais dialecte du Bohuslän d'Harald.

"*Harald found dead girl in the woods, thirty years ago***", dit Johannes.

"— *Dead girl?* répéta Karim en s'arrêtant. *Here?****

— *Yes, four years old, just like this girl.*****"

Johannes leva quatre doigts.

Karim regarda Harald, qui hocha lentement la tête.

"*Yes. It was just over there. But it was water there then.******"

Il avait honte de son mauvais anglais, mais Karim hocha la tête.

"*There*, fit Harald en montrant le tronc. *It was a… not a lake… a… the swedish word is « tjärn »*******.

— *A small lake, like a pond********, compléta Johannes.

— *Yes, yes, a pond*, affirma Harald. *It was a pond here over by that tree and the girl was dead there.*********"

---

* Quoi ?
** Harald trouvé fillette morte dans les bois, il y a trente ans.
*** Fillette morte ? Ici ?
**** Oui, elle avait quatre ans, exactement comme celle-ci.
***** Oui. C'était juste là-bas. Mais il y avait de l'eau à l'époque.
****** Là. C'était un… pas un lac… un… le mot suédois est « tjärn ».
******* Un petit lac, comme une mare.
******** Oui, oui, une mare. Il y avait une mare, là-bas, à côté de cet arbre, et la fille y était, morte.

Karim s'approcha doucement de l'arbre. Il s'accroupit, posa la main sur le tronc. Quand il se retourna, il était si pâle qu'Harald recula de quelques pas.
"Something is under the tree. I can see a hand. A small hand.*"
Harald vacilla. Johannes se courba au-dessus d'un buisson et on l'entendit bientôt hoqueter. Harald croisa le regard de Karim, où il vit le reflet de son propre désespoir. Il fallait appeler la police.

Le scénario sur les genoux, Marie essayait de lire les répliques de la prochaine scène, mais aujourd'hui ça ne voulait pas entrer. La scène devait être filmée en intérieur, dans le vaste entrepôt de Tanumshede. On y avait habilement construit certains décors récurrents, comme des mondes en miniature où il suffisait d'entrer. Le film se déroulait en grande partie à Dannholmen, à l'époque où Ingrid était mariée au directeur de théâtre Lasse Schmidt, mais aussi plus tard, quand Ingrid continuait à venir à Dannholmen, bien que séparée de Lasse.

Marie s'étira et secoua la tête. Elle aurait voulu se débarrasser de toutes les pensées qui l'agitaient depuis qu'on avait commencé à parler de la fillette disparue. L'image de Stella qui sautillait en riant devant Helen et elle.

Marie soupira. Elle était là, maintenant, avec le rôle de sa vie. C'était pour ça qu'elle avait travaillé si dur toutes ces années, c'était sa récompense, maintenant que les rôles se faisaient plus rares à Hollywood. Elle le méritait, elle était douée pour ça. Elle n'avait pas besoin de beaucoup d'efforts pour entrer dans un rôle, faire semblant d'être une autre. Elle s'y était entraînée dès toute petite. Mensonge ou théâtre, la différence était ténue, et elle avait très tôt appris à maîtriser les deux.

Si seulement elle pouvait cesser de penser à Stella.

"Comment sont mes cheveux ?" demanda-t-elle à Yvonne qui arrivait de son petit pas nerveux.

Yvonne s'arrêta si brusquement qu'elle sursauta presque. Elle examina Marie sous toutes les coutures, prit un peigne

---
* Il y a quelque chose sous l'arbre. Je vois une main. Une petite main.

qu'elle avait autour du cou et rectifia quelques mèches. Puis elle donna un miroir à Marie et attendit, tendue, qu'elle inspecte le résultat.

"Ça m'a l'air bien", dit Marie, et l'expression inquiète disparut du visage d'Yvonne.

Marie se tourna vers le décor de salon où Jörgen était en train de discuter avec Sixten, l'éclairagiste.

"C'est bientôt prêt ?
— Donne-nous un quart d'heure !" cria Jörgen.

La frustration de sa voix était tangible. Marie savait pourquoi : tout ce qui prenait du temps coûtait cher.

Elle se demanda à nouveau où en était le financement du film. Ce n'était pas la première fois qu'elle voyait un tournage commencer avant que le financement soit bouclé, puis devoir s'interrompre brutalement. Rien n'était sûr avant d'avoir passé le point où ça avait déjà tellement coûté qu'il n'était plus rentable d'abandonner. Mais ils n'y étaient pas encore.

"Excusez-moi, pourrais-je vous poser quelques questions, pendant que vous attendez ?"

Marie leva les yeux de son scénario. Un homme d'une trentaine d'années la regardait avec un large sourire. Un journaliste, bien évidemment. En temps normal, elle ne se laissait jamais interviewer sans rendez-vous, mais son t-shirt était si moulant qu'elle n'aurait pas voulu le voir chassé du studio.

"Allez-y, de toute façon, je n'ai rien d'autre à faire qu'attendre."

Elle constata avec satisfaction que son chemisier lui allait extrêmement bien. Ingrid avait toujours eu du style et du goût.

Le garçon au corps athlétique se présenta : Axel, du quotidien *Bohusläningen*. Il commença par quelques questions anodines sur le film et sa carrière, pour finir par en venir à ce qui était bien évidemment le but de sa visite. Marie se cala au fond de son siège et croisa ses longues jambes. Son passé avait bien aidé sa carrière.

"Qu'est-ce que ça fait d'être de retour ? J'allais dire sur les lieux du crime, mais disons que c'est un lapsus freudien, puisqu'Helen et vous avez toujours clamé votre innocence.

— Nous *étions* innocentes, dit Marie, en constatant avec satisfaction que le jeune journaliste ne quittait pas des yeux son décolleté.

— Alors que vous avez été condamnées pour ce crime ? dit Axel en détachant péniblement son regard de sa poitrine.

— Nous étions des enfants, immatures, totalement incapables du crime pour lequel nous avons été accusées et condamnées, mais bon, les chasses aux sorcières existent aussi de nos jours.

— Comment se sont passées les années qui ont suivi ?"

Marie hocha la tête. Elle ne pourrait jamais lui décrire cette période. Il avait sûrement grandi épaulé par des parents fiables, et vivait aujourd'hui avec une compagne et des enfants. Elle lorgna du côté de sa main gauche. Épouse, pas compagne, se corrigea-t-elle.

"C'était instructif, dit-elle. J'en parlerai un jour en détail dans mes mémoires, difficile de le faire en deux mots.

— À propos de mémoires, j'ai entendu dire que notre écrivain local, Erica Falck, prévoit un livre sur le meurtre, sur vous et sur Helen. Y contribuez-vous ? Helen et vous avez-vous autorisé ce livre ?"

Marie tarda à répondre. Bien sûr, Erica l'avait contactée, mais elle était elle-même en négociation avec un éditeur à Stockholm pour la publication de sa propre version.

"Je n'ai pas encore pris de décision sur une éventuelle collaboration", dit-elle en marquant qu'elle ne comptait plus répondre à aucune question sur ce sujet.

Axel comprit le signal et changea son fusil d'épaule.

"Je suppose que vous avez entendu parler de la fillette qui a disparu depuis hier ? de la même ferme que la petite Stella ?"

Il se tut, espérant sûrement qu'elle réagirait, mais Marie se contenta de recroiser les jambes. Il suivit son mouvement, et elle savait que rien chez elle ne trahissait qu'elle n'avait pas fermé l'œil de la nuit.

"Une étrange coïncidence, mais sûrement une pure coïncidence. La fillette a dû se perdre.

— Espérons-le", déclara Axel.

Il plongea les yeux dans son carnet mais Jörgen fit alors signe à Marie. La presse, c'était très bien, mais maintenant, elle voulait qu'on la laisse faire son entrée et briller dans le salon de Dannholmen. Persuader les financiers que ce film serait un succès.

Elle serra la main d'Axel un peu plus longtemps que nécessaire, le remercia pour l'interview. Elle se dirigea vers Jörgen et le reste de l'équipe, mais s'arrêta et fit demi-tour. Le magnétophone d'Axel tournait encore : Marie se pencha et prononça d'une voix rauque une série de chiffres dans le micro. Elle regarda Axel.

"C'est mon numéro de téléphone."

Puis elle tourna à nouveau les talons et passa dans les années soixante-dix, sur l'île battue par le vent où Ingrid Bergman avait son paradis sur terre.

Quand Patrik répondit au numéro inconnu, il entendit dès la première syllabe que c'était l'appel qu'il redoutait. Tout en écoutant la voix à l'autre bout du fil, il fit signe à Gösta et Mellberg, occupés un peu plus loin à parler avec les maîtres-chiens.

"Oui, je sais où c'est, dit-il. Ne touchez à rien, absolument à rien. Et attendez notre arrivée."

Lentement, il raccrocha. Mellberg et Gösta l'avaient rejoint, et il n'eut rien besoin de leur dire. L'expression de son visage suffisait.

"Où est-elle ?" finit par demander Gösta.

Son regard était fixé sur la maison d'habitation, où la maman de Nea était à la cuisine en train de faire du café.

"Au même endroit que l'autre fille.

— Quoi, bordel ! fit Mellberg.

— Mais on a cherché, là-bas, je sais que plusieurs groupes ont ratissé la zone, dit Gösta en fronçant les sourcils. Comment peuvent-ils l'avoir manquée ?

— Je ne sais pas, dit Patrik. C'est Harald qui a téléphoné, le patron de la boulangerie Zetterlind, c'est son groupe qui l'a trouvée.

— C'était lui qui avait aussi trouvé Stella", ajouta Gösta d'une voix sourde.

Mellberg le dévisagea.

"Ce n'est pas un peu bizarre ? Quelle est la probabilité pour que la même personne, à trente ans d'intervalle, trouve deux fillettes assassinées ?"

Gösta évacua la question d'un geste.

"On l'a vérifié la dernière fois, mais il avait un alibi en béton, il n'a rien à voir avec ces meurtres." Il regarda Patrik. "Car c'est bien un meurtre ? Pas un accident ? Vu qu'elle a été trouvée au même endroit, il semble invraisemblable qu'il ne s'agisse pas d'un meurtre."

Patrik hocha la tête.

"On va attendre de voir ce que disent les techniciens, mais Harald dit qu'elle était nue.

— Ah, putain", grogna Mellberg, le visage gris.

Patrik respira à fond. Le soleil du matin commençait à monter dans le ciel, et il faisait déjà assez chaud pour que la sueur fasse coller sa chemise.

"Je propose que nous nous séparions. Je vais retrouver Harald là où la fillette a été retrouvée, il attend là-bas avec son groupe. Je prends de la rubalise et je boucle la zone. Bertil, tu contactes Torbjörn à Uddevalla pour qu'il rapplique au plus vite avec une équipe technique. Tu peux aussi prévenir les gens au fur et à mesure qu'ils reviennent, pour qu'ils ne repartent pas en battue. Et dis aux maîtres-chiens et aux hélicoptères qu'ils peuvent suspendre les recherches. Et toi, Gösta…"

Patrik se tut et regarda son collègue d'un air désolé.

Gösta hocha la tête.

"Je m'en charge", dit-il.

Patrik ne lui enviait pas cette mission. Mais il était logique de la confier à Gösta. C'était lui qui avait eu le meilleur contact avec les parents de Nea, le temps qu'ils avaient passé à la ferme, et Patrik savait qu'il était calme et rassurant et saurait gérer la situation.

"Appelle aussi le pasteur, ajouta Patrik avant de se tourner vers Mellberg. Bertil, arrange-toi pour vite intercepter le père de Nea quand son groupe reviendra, pour qu'il ne l'apprenne pas avant que Gösta ait pu lui parler.

— Ça risque d'être dur", dit Mellberg avec une grimace.

Sa lèvre supérieure était couverte de grosses perles de sueur.

"Je sais, la nouvelle va se répandre comme une traînée de poudre, mais essaie quand même."

Mellberg hocha la tête. Patrik laissa ses collègues et se dirigea vers la forêt. Il n'arrivait toujours pas à comprendre. Ils avaient fouillé en premier lieu le secteur où Stella avait été retrouvée, trente ans plus tôt. Et pourtant ils l'avaient ratée.

Après dix minutes de marche à travers bois, il aperçut les trois hommes qui l'attendaient. À part Harald, le groupe comptait deux autres hommes, dont un étranger. Patrik leur serra la main. Aucun d'eux ne put vraiment croiser son regard.

"Où est-elle ? demanda-t-il.

— Sous ce grand tronc, là, dit Harald en le lui indiquant. C'est pour ça qu'on ne l'a pas tout de suite vue. Il s'est formé une cavité en dessous, c'est là que quelqu'un l'a fourrée. On ne la voit qu'en poussant le tronc."

Patrik hocha la tête. Ça expliquait les choses. Mais il se maudissait lui-même de ne pas avoir ordonné une fouille plus approfondie de l'endroit.

"Tu sais qu'elle est revenue, hein ? Pour la première fois depuis son expulsion."

Patrik n'avait pas besoin de demander de qui Harald voulait parler. Personne dans les environs n'avait pu manquer le retour de Marie Wall, vu les formes spectaculaires qu'elle y avait mises.

"Oui, on le sait", fit-il, sans s'avancer plus loin sur ce que ce retour pouvait impliquer.

Mais il y avait lui aussi songé. Que c'était pour le moins une étrange coïncidence qu'une autre fillette provenant de la même ferme soit assassinée et retrouvée au même endroit, quasiment à l'instant où Marie revenait.

"Je vais délimiter la zone, puis nos techniciens vont venir examiner la scène de crime."

Il posa son sac et en sortit deux gros rouleaux de rubalise bleue et blanche.

"On peut rentrer ? demanda le plus jeune, qui s'était présenté comme Johannes.

— Non, je voudrais que vous restiez là en vous déplaçant le moins possible. Les techniciens vont vouloir examiner vos vêtements et vos chaussures, puisque vous avez parcouru la scène de crime."

L'homme étranger semblait perplexe. Harald se tourna vers lui et dit dans un anglais sommaire mais clair :

"*We stay here. Okay, Karim?**

— *Okay***", acquiesça l'homme, et Patrik comprit que c'était un de ceux qui étaient arrivés du camp de réfugiés en même temps que Rolf.

Ils se turent un moment. Le contraste entre la raison de leur présence et l'idylle environnante était si grand. Le joyeux gazouillis des oiseaux continuait comme si de rien n'était, comme s'il n'y avait pas à quelques mètres seulement une fillette de quatre ans morte. Et le bruissement des cimes accompagnait le chant des oiseaux. C'était d'une beauté déchirante, avec ces rayons de soleil qui perçaient les feuillages comme autant de lasers acérés. Patrik découvrit un amas de plusieurs mètres de chanterelles juste à côté d'eux. En temps normal, son cœur se serait mis à battre d'excitation. Mais aujourd'hui, la cueillette de champignons était très loin de ses préoccupations.

Patrik commença à dérouler la rubalise. Tout ce qu'il pouvait faire pour la fillette était d'exécuter son travail le mieux possible. Il évitait de regarder vers le tronc.

Eva rinçait la cafetière dans l'évier. Elle avait perdu le compte du nombre qu'elle avait rempli durant la nuit. Un léger raclement de gorge la fit se retourner. Eva vit le regard de Gösta, sa posture crispée, et la cafetière lui échappa. Juste après le bruit de verre cassé, on entendit le cri, si proche et pourtant si lointain. Un cri exprimant un chagrin et une perte incommensurable.

Un cri qui venait du plus profond d'elle-même.

Elle tomba dans les bras de Gösta. Il la retint, sans quoi elle se serait brisée en mille morceaux elle aussi. Elle avait le souffle court, Gösta lui caressa les cheveux. Elle aurait voulu que Nea soit là, qu'elle coure en riant autour de ses jambes.

---

* Nous restons là. D'accord, Karim ?
** D'accord.

Elle aurait voulu que Nea ne soit jamais née, qu'elle n'ait pas fait un enfant qui lui serait repris.

À présent, tout était perdu. Tout était mort avec Nea.

"J'ai appelé le pasteur", dit Gösta en la conduisant vers une chaise de cuisine.

Il doit voir que tout est brisé en moi, pensa Eva, pour prendre tant de précautions.

"Pour quoi faire ?" demanda-t-elle franchement.

Qu'est-ce qu'un pasteur pourrait pour elle à présent ? Elle n'avait jamais eu la foi. Et la place d'un enfant était auprès de ses parents, pas au ciel avec quelque dieu. Que pourrait dire un prêtre qui puisse offrir à Peter et elle la moindre consolation ?

"Peter ?" demanda-t-elle d'une voix brisée et sèche.

Lui aussi était mort avec Nea.

"On le cherche. Il sera bientôt là.

— Non, dit-elle en secouant la tête. Ne faites pas ça. Ne lui dites pas."

Qu'il reste dans la forêt, songea-t-elle. Avec encore de l'espoir. Peter était le seul encore en vie. Elle, elle était morte avec Nea.

"Il faut qu'il sache, Eva, la raisonna Gösta en l'entourant à nouveau de son bras. C'est inévitable."

Eva hocha la tête contre la poitrine de Gösta. Bien sûr, Peter ne pouvait pas continuer à arpenter la forêt, comme un sylvain. Ils devaient lui dire, même s'il mourrait alors lui aussi.

Elle s'échappa des bras de Gösta et appuya la tête contre la table. Sentit le bois contre son visage. Elle n'avait pas dormi depuis plus de vingt-quatre heures, l'espoir et la peur l'avaient maintenue éveillée. Maintenant, elle voulait juste dormir pour effacer tout ça. Que tout ne soit qu'un rêve. Son corps se détendait, le bois de la table semblait aussi doux qu'un oreiller, elle se laissa aller. Une main chaude lui tapota le dos. La chaleur se répandit dans son corps.

La porte d'entrée s'ouvrit alors. Elle ne voulait pas ouvrir les yeux. Pas lever la tête. Pas voir Peter. Mais Gösta lui pressa l'épaule, et elle s'y résigna. Elle leva les yeux et croisa le regard de Peter, aussi brisé que le sien.

BOHUSLÄN 1671

Étoile allait bien au matin, quand Lill-Jan vint la voir. Preben n'en dit mot à Elin, mais il la regarda avec une fascination nouvelle. Elle sentit ses yeux sur elle tandis qu'elle préparait le petit-déjeuner. Britta était d'une bonne humeur inhabituelle quand elle l'avait aidée à s'habiller. Mais elle l'était toujours le dimanche, elle aimait s'asseoir au premier rang à l'église avec ses beaux atours, bien coiffée, et regarder les bancs se remplir des paroissiens de Preben.

Le presbytère était proche de l'église, les serviteurs s'y rendaient en troupe. Preben et Britta étaient partis en avance en voiture à cheval, pour que les jolis habits de Britta ne se souillent pas dans la boue.

Elin serrait fort la main de Märta. La fillette gambadait plus qu'elle ne marchait, ses nattes blondes dansaient sur son manteau usé. Il faisait un froid glacial. Elin avait soigneusement garni de papier les chaussures de Märta pour calfeutrer et réchauffer, mais aussi bourrer, car Märta en avait hérité d'une des servantes, qui avait des pieds nettement plus grands. Mais Märta ne se plaignait pas, des chaussures, c'était toujours des chaussures, et elle avait déjà appris à se contenter de ce qu'elle avait.

Le cœur léger, Elin aperçut l'église s'élever devant eux. Elle avait belle allure, à Vinbäck. Son nouveau clocher en imposait et son toit de plomb luisait au soleil d'hiver. Un mur surmonté d'un toit en planches rouges entourait l'église, avec trois grandes portes maçonnées munies d'un toit en tuile et de grilles de fer pour empêcher le bétail de divaguer et de causer des dégâts dans le cimetière.

Le seul fait de franchir le porche faisait chanter le cœur d'Elin, et, en entrant dans l'église, elle inspirait profondément pour s'emplir de l'atmosphère paisible.

Märta et elle prenaient place tout au fond. Il y avait quarante-huit bancs mais, aujourd'hui, ils n'étaient plus tous remplis. La guerre et la disette avaient dépeuplé la contrée, et la foule qui avait afflué sur la côte à la grande époque du hareng, cent ans plus tôt, n'était plus qu'un pâle souvenir. La grand-mère d'Elin lui avait parlé de cette époque, des histoires qu'elle avait entendu ses parents et ses grands-parents raconter. Alors, c'était autre chose. Il y avait tant de harengs qu'on savait à peine quoi faire de tout ce poisson, et les gens venaient de tout le pays pour s'installer dans la région. Mais le hareng avait disparu, et la guerre était venue. À présent, il ne restait plus que ces histoires. Et plusieurs bancs demeuraient vides, alors que les autres se couvraient de paroissiens hagards, pâles et maigres, avec quelque chose d'éteint dans le regard. Le Bohuslän était désormais un peuple meurtri, songea Elin en regardant autour d'elle.

Il n'y avait de fenêtres que du côté sud de la nef, mais la lumière qu'elles laissaient passer était si belle qu'Elin eut presque les larmes aux yeux. La chaire se trouvait aussi sur le flanc sud, et le brouhaha se tut quand Preben y monta.

Ils commencèrent par un psaume qu'Elin entonna un peu plus fort que les autres, comme toujours, car elle savait qu'elle avait une jolie voix. C'était une petite vanité qu'elle se permettait car Märta aimait l'entendre chanter.

Elle s'efforça de comprendre ce que Preben disait. L'obligation de parler et de lire en suédois à l'église était une trouvaille qui mettait dans l'embarras tous les paroissiens, bien plus habitués au danois ou au norvégien.

Mais il avait une si belle voix. Elin ferma les yeux, et sentit aussitôt la chaleur de la main de Preben. Elle rouvrit les yeux et se força à regarder la nuque de Britta, loin devant au premier rang. Britta avait une jolie natte qu'Elin lui avait tressée le matin, et son col était blanc et amidonné. Elle hochait la tête en écoutant Preben parler.

Elin refoula de ses pensées la beauté de la voix de Preben et la sensation de sa main contre la sienne. Il était le mari de Britta, et voilà que dans la maison de Dieu elle nourrissait des pensées coupables. Il ne serait pas surprenant qu'un éclair s'abatte sur-le-champ dans l'église et la tue sur place en punition d'une telle impiété. Elle serra la main de Märta et s'efforça d'écouter et de comprendre les paroles qui descendaient de la chaire. Preben parlait du grand tohu-bohu qui se répandait sur leur royaume et leur province, du combat courageux que leurs hommes menaient contre le diable, en démasquant et en traînant devant la justice ses envoyés. L'assemblée était comme ensorcelée. Comme Dieu, le diable faisait partie de leur quotidien. Une force présente partout, qui cherchait prise pour ses maléfices. Le danger guettait partout, dans l'œil du chat, dans la mer obscure, dans le corbeau sur l'arbre. Satan était aussi réel qu'un père ou un frère, ou le voisin. Qu'on ne puisse le voir à l'œil nu ne le rendait que plus dangereux, et il fallait sans répit s'en garder, soi et les siens.

"Nous avons jusqu'à présent été épargnés, dit Preben de sa voix qui résonnait si joliment entre les murs de pierre. Mais ce n'est qu'une question de temps avant que Satan ne plante aussi ses griffes dans les enfants et les femmes de notre petit coin du monde. Aussi, je vous en supplie, soyez sur vos gardes. Les signes seront là. Regardez votre épouse, votre fille, votre servante, votre voisine, votre belle-mère et votre sœur avec les yeux vigilants de Dieu. Plus tôt nous démasquerons ces filles du diable, plus tôt nous pourrons riposter et empêcher Satan de s'installer parmi nous."

Tous opinèrent, les joues rouges d'excitation. Les enfants pouffèrent, mais un coup de coude, des cheveux tirés ou tout simplement une gifle les firent taire.

Le reste de la messe passa bien trop vite. C'était une interruption dans le quotidien, un temps de repos, un moment pour nourrir l'âme.

Elin se leva et attrapa fermement la main de Märta pour qu'elle ne se perde pas parmi tous ceux qui se pressaient en même temps vers la sortie. Une fois sur le parvis, elle frissonna dans le froid.

"Pfui !" entendit-elle derrière elle.

Elin se retourna mais, en voyant qui lui avait adressé ce juron, elle baissa les yeux. C'était Ebba, de Mörhult, la veuve de Claes, qui avait sombré en même tant que Per et les autres pêcheurs quand leur barque avait chaviré. Ebba était une des raisons qui l'avaient empêchée de rester à Fjällbacka et obligée d'accepter la proposition de Britta. La haine d'Ebba à son égard était sans limites, car elle accusait Elin de ce qui était arrivé. Et elle savait bien pourquoi la veuve ressentait cela, même si les mots qu'Elin avait lâchés contre Per ce matin fatal n'avaient rien changé aux événements. Ce n'étaient pas ses paroles qui avaient noyé Per et ses hommes, mais la tempête survenue sans crier gare.

Mais cela ne s'était pas bien passé pour Ebba après la mort de Claes, et elle accusait Elin de son malheur.

"Ebba, pas en terre consacrée !" lui enjoignit Helga Klippare en tirant sa jeune sœur par la manche.

Elin lui adressa un regard reconnaissant et se dépêcha de s'éloigner avec Märta avant que l'incident ne provoque davantage de spectacle. De nombreux yeux l'observaient, et elle savait qu'une partie donnait raison aux accusations d'Ebba. Mais Helga avait toujours été bonne et juste. C'était elle qui l'avait aidée à mettre Märta au monde, ce matin de printemps, huit ans plus tôt, et il n'y avait pas un enfant de la région qui soit né sans la supervision et la science des accouchements d'Helga. Le bruit courait également qu'elle aidait en cachette les pauvres filles à qui il était arrivé malheur, mais Elin n'en avait aucune certitude.

C'est à pas lourds qu'elle reprit le chemin du presbytère. La grâce de la messe était comme balayée, et les souvenirs de ce jour malheureux lui firent traîner les pieds tout le court trajet du retour. D'habitude, elle essayait de ne pas y penser, c'était comme ça, et Dieu lui-même ne pourrait le défaire. Et Per pouvait en partie s'en prendre à lui-même, son orgueil l'avait perdu, ce contre quoi elle l'avait mis en garde dès le jour où elle avait convolé avec lui en justes noces. Mais il n'avait pas écouté. Et aujourd'hui, il gisait avec les autres au fond de la mer où il servait de pâture aux poissons, tandis qu'elle et sa fille rentraient en parents pauvres chez sa sœur. Le restant de ses jours, elle se souviendrait avoir renvoyé son mari avec des paroles dures, la dernière fois qu'elle l'avait vu. Des paroles qu'Ebba, et Dieu savait combien d'autres encore à Fjällbacka, lui reprochaient à présent.

Tout avait commencé par un tonneau de sel. Un décret avait été promulgué, stipulant que tout le commerce avec l'étranger devait passer par Göteborg : tout le Bohuslän se voyait interdire le commerce avec la Norvège ou tout autre des pays avec lesquels on avait auparavant des échanges importants. Cela avait encore aggravé la misère dans la province, et le ressentiment était grand contre un pouvoir prenant ainsi à la légère des décisions qui ôtaient le pain de la bouche. Tous ne respectaient pas cette décision, et les gardes-côtes avaient fort à faire pour saisir les marchandises de contrebande. Elin avait souvent exhorté Per à se plier au décret, l'enfreindre ne pourrait que faire leur malheur. Et Per avait hoché la tête en l'assurant qu'il était d'accord.

Aussi, quand le garde-côte Henrik Meyer avait frappé à leur porte, cet après-midi de début septembre, elle l'avait laissé entrer sans inquiétude. Mais un coup d'œil à Per, à la table de la cuisine, lui avait fait comprendre que c'était une grande erreur. Il n'avait pas fallu plus de quelques minutes au garde-côte pour trouver le tonneau de sel non taxé tout au fond de la remise. Elin savait exactement ce que cela signifiait, et avait serré les poings dans les poches de son sarrau. Tant de fois, elle avait dit à Per de ne pas faire de bêtise. Et pourtant, il n'avait pas pu s'en empêcher. Pour un tonneau de sel.

Elle le connaissait si bien. Son regard altier où la fierté perçait sous la pauvreté et lui donnait de l'aplomb. Le seul fait de l'avoir courtisée démontrait un courage dont la plupart étaient privés. Il ne pouvait pas savoir que son père se souciait peu de son sort, à ses yeux elle était la fille d'un homme riche et aurait dû être hors de sa portée. Mais ce même courage, cette même fierté avaient causé leur perte.

Quand le garde-côte était entré dans leur petite maison, il leur avait signifié la saisie du bateau. Per avait trois jours de délai, après quoi ils viendraient prendre le bateau qu'il avait tant d'années peiné à faire sien, malgré le poisson rare et la famine qui guettait à la porte. Il avait quelque chose à lui, et il avait tout risqué pour un tonneau de sel acheté illégalement en Norvège.

Elin était tellement en colère. Plus qu'elle ne l'avait jamais été. Elle aurait voulu le battre, lui arracher ses yeux verts et ses cheveux blonds. Sa maudite fierté allait tout leur enlever. Comment allaient-ils gagner leur vie ? Elle prenait toutes les tâches supplémentaires qu'on lui confiait, mais elle ne pouvait pas en tirer beaucoup de riksdalers, et il ne serait pas facile à Per de trouver à s'employer sur le bateau d'un autre, avec cette interdiction du commerce des marchandises étrangères. Et le poisson se faisait rare.

Toute la nuit, elle s'était tue. La voisine lui avait raconté qu'Henrik Meyer était tombé de cheval en rentrant de chez eux, et avait fini dans le fossé. Bien fait pour lui. Il n'avait pas montré la moindre pitié en leur annonçant qu'il allait saisir ce dont toute leur existence dépendait. Sans le bateau, ils n'avaient rien.

Per avait tenté de lui poser la main sur l'épaule au petit matin, mais elle s'était dégagée et lui avait tourné le dos. Le visage détourné, elle avait pleuré des larmes amères. De colère. Et de peur. Dehors, le vent avait forci et, quand Per s'était levé à l'aube, elle s'était redressée pour lui demander où il comptait aller.

"On va sortir en mer", avait-il répondu en enfilant son pantalon et sa chemise.

Elin l'avait dévisagé, tandis que Märta éternuait sur la banquette de la cuisine.

"Par ce temps ? Tu es fou ?

— S'ils me prennent le bateau dans trois jours, il faut qu'on fasse tout ce qu'on peut d'ici là", avait-il dit en enfilant son manteau.

Elin s'était habillée en hâte pour le suivre dehors. Il n'avait même pas pris le temps de manger un morceau, il semblait pressé de sortir dans la tempête, comme s'il avait le diable aux trousses.

"Tu ne sors pas aujourd'hui !" avait-elle crié plus fort que le vent, voyant du coin de l'œil les curieux sortir des maisons alentour.

Le mari d'Ebba de Mörhult, Claes, était sorti lui aussi, avec une épouse aussi en colère à ses basques.

"Vous attirez la mort sur vous en sortant par ce temps !" avait hurlé Ebba d'une voix stridente, en tirant Claes par la manche de son manteau.

Il s'était dégagé en crachant :

"Si tu veux de quoi nourrir les gamins, on n'a pas le choix."

Per avait fait un signe de tête à Claes, et ils s'étaient dirigés vers l'endroit où le bateau était amarré. Elin avait regardé s'éloigner son large dos. La peur avait si fort planté ses griffes en elle qu'elle pouvait à peine respirer. De toute la force de ses poumons, elle avait crié pour surmonter le vent :

"Eh bien, soit, Per Bryngelsson, puisque c'est comme ça, la mer peut bien te prendre, toi et ta maudite barque, parce que moi, je ne veux plus de vous !"

Du coin de l'œil, en tournant les talons, elle avait vu le regard terrorisé d'Ebba, avant de regagner la maison, ses jupons volants autour des jambes. Elle ne se doutait pas, en se jetant sur le lit en pleurant, que ces paroles allaient la poursuivre jusqu'à sa mort.

Jessie se retourna dans le lit. Maman était partie sur les lieux du tournage juste avant six heures du matin, et Jessie jouissait du sentiment d'avoir la maison pour elle toute seule. Elle s'étira, posa la main sur son ventre et le rentra autant qu'elle pouvait. Il semblait merveilleusement plat. Pas du tout gros et pâteux comme il l'était d'habitude, mais mince et plat. Comme celui de Vendela.

Elle finit par être forcée de respirer, et son ventre se déballa. Dégoûtée, elle ôta sa main. Elle détestait son ventre. Elle détestait tout son corps. Tout dans sa vie. Tout sauf Sam. Elle sentait encore le goût de son baiser sur ses lèvres.

Jessie passa les jambes par-dessus le bord du lit et se leva. La mer clapotait en contrebas. Elle tira les rideaux. Grand soleil aujourd'hui aussi. Elle espérait que Sam ferait encore une sortie en bateau. Malgré ce film qu'il lui avait montré.

Des Nils, Basse et Vendela, elle en avait rencontré toute sa vie, dans différentes écoles, différents pays, différentes parties du monde. Elle savait ce qu'ils voulaient. Ce dont ils étaient capables.

Mais pour quelque raison, ils ne s'en étaient jamais pris à elle.

Jessie avait toujours su quand l'identité de sa mère commençait à se savoir dans une nouvelle école. D'abord les sourires, la fierté d'avoir la fille d'une star dans son école. Puis la suite, quand quelqu'un avait googlisé qui était vraiment sa mère. La meurtrière devenue actrice. Alors venaient les regards. Les messes basses. Elle ne pourrait jamais devenir une des filles populaires. Parce qu'elle avait ce physique et était qui elle était.

Maman ne comprenait pas. Pour elle, tout ce qui attirait l'attention était profitable. Aussi mal qu'elle se sente dans une école, Jessie devait y rester jusqu'à ce que maman ait un autre projet de film ailleurs.

Pour Sam, c'était la même chose. Ce qui était arrivé à leurs mères trente ans plus tôt était comme un gros nuage noir au-dessus de leurs têtes.

Jessie alla à la cuisine ouvrir le réfrigérateur. Comme d'habitude, rien à manger, rien qu'une quantité de bouteilles de champagne. Manger n'était pas la priorité de sa mère, la nourriture en général ne l'intéressait pas, elle tenait juste à garder son physique. Jessie survivait grâce au généreux argent de poche mensuel que sa mère lui donnait. Elle en dépensait la plus grande partie en fast-food et bonbons.

Jessie passa la main sur les bouteilles, sentit le verre froid au bout de ses doigts. Puis en saisit une. Le poids était inattendu. Elle la posa sur le plan de travail en marbre. Elle n'avait jamais goûté le champagne, mais sa mère... *Marie* en buvait tout le temps.

Elle arracha la coiffe métallique, fixa quelques secondes le muselet avant de le défaire avec précaution. Elle tira un peu sur le bouchon, mais pas de "plop" familier, il était coincé à mort. Jessie regarda autour d'elle. Ah oui, Marie utilisait un torchon pour ouvrir la bouteille. Jessie en attrapa un blanc dans la cuisine, et tira le bouchon en tournant. Il finit par céder. Quand Jessie tira un peu plus fort, cela fit soudain "plop" et le bouchon sauta.

La mousse jaillit du goulot, Jessie bondit en arrière pour ne pas être éclaboussée de champagne. Un verre attendait sur le plan de travail, elle y versa un peu de vin. Elle goûta du bout des lèvres et grimaça. Ce n'était vraiment pas bon. Mais Marie avait l'habitude de mélanger ça avec du jus de fruit, c'était sûrement meilleur. Et elle buvait dans une flûte à champagne. Jessie attrapa un verre allongé dans un des placards et prit le pack de jus solitaire dans le réfrigérateur. Elle n'avait aucune idée des proportions, mais remplit ce verre de champagne aux deux tiers puis compléta de nectar de pêche. Cela faillit déborder, Jessie dut se dépêcher d'en avaler un peu. Maintenant, c'était bien meilleur. Bon, même.

Jessie remit la bouteille ouverte et le jus au réfrigérateur et sortit avec son verre sur le ponton devant la maison. Maman serait sur son tournage toute la journée, elle pouvait faire exactement ce qu'elle voulait.

Elle attrapa son téléphone. Sam voulait peut-être passer boire un peu de champagne ?

"Toc, toc ?"

Erica appela doucement par la porte ouverte entourée d'énormes roses grimpantes rose pâle. Leur parfum était merveilleux, elle avait pris le temps de les contempler.

"Entrez !"

Une voix claire sortit de l'intérieur de la maison. Erica ôta ses chaussures dans le hall et entra.

"Ah, mais c'est vous ?" fit une dame d'une soixante d'années avec un torchon dans une main et une assiette dans l'autre.

Erica trouvait toujours bizarre quand les gens la reconnaissaient sans la connaître. Mais avec le succès de ses livres, elle était devenue une sorte de célébrité, et il lui arrivait même de temps en temps d'être arrêtée dans la rue par quelqu'un qui voulait une photo ou un autographe.

"Bonjour, oui, je suis Erica Falck, dit-elle en tendant la main.

— Viola", se présenta la dame avec un grand sourire.

Elle avait un joli réseau de rides autour des yeux qui montrait qu'elle souriait souvent et beaucoup.

"Avez-vous quelques minutes ? dit Erica. Je travaille à un livre sur une ancienne enquête de votre père, et comme il n'est plus en vie je…

— … vous souhaitiez entendre ce que je savais, compléta Viola en souriant à nouveau. Entrez, je viens de lancer un café. Je crois savoir de quelle affaire vous voulez parler."

Viola la précéda dans la maison. La cuisine, attenante à l'entrée, était vaste et lumineuse, avec des aquarelles aux murs pour unique touche de couleur. Erica s'arrêta devant l'une d'elles et l'admira. Elle n'était ni connaisseuse ni particulièrement intéressée par l'art mais, en regardant, elle sentit viscéralement le talent de l'artiste et fut comme saisie par le motif.

"Quels beaux tableaux, s'émerveilla-t-elle en les examinant l'un après l'autre.

— Merci, répondit Viola en rougissant. Ils sont de moi. Longtemps, ça n'a été qu'un hobby, mais j'ai commencé à exposer, et… eh bien, il semble effectivement possible d'en vendre. J'ai un vernissage vendredi au Grand Hôtel, si vous voulez venir.

— Pourquoi pas ? Et je comprends que ça marche, ils sont magnifiques", dit Erica en s'asseyant à une grande table blanche placée devant une ancienne et gigantesque fenêtre chantournée.

Elle adorait les anciennes fenêtres, quelque chose dans l'irrégularité des vitres les rendait beaucoup plus vivantes que les modèles modernes et industriels.

"Du lait ?" proposa Viola.

Erica hocha la tête.

"Juste une goutte."

Viola prit un cake sur le plan de travail et en coupa deux grosses tranches. Erica sentit l'eau lui monter à la bouche.

"Je suppose que c'est de l'enquête de mon père sur le meurtre de la petite Stella dont vous voulez parler, remarqua Viola en s'asseyant en face d'Erica.

— Oui, c'est en effet sur l'affaire Stella que je vais écrire, et votre père, Leif, est une pièce importante du puzzle.

— Cela fait bientôt quinze ans que papa a disparu. Bon, je pense que vous le savez, il s'est suicidé. Ça a été un choc énorme mais, au fond, nous aurions dû savoir que cela pouvait arriver. Depuis la mort de notre mère, d'un cancer des poumons, il était profondément déprimé. Et ça a empiré quand il a pris sa retraite. Il disait qu'il n'avait plus aucune raison de vivre. Mais je me souviens que jusqu'à sa mort, il parlait beaucoup de l'affaire.

— Vous souvenez-vous de ce qu'il disait ?"

Erica résista à l'envie de fermer les yeux en prenant une grande bouchée de cake. Le beurre et le sucre se mélangeaient dans la bouche.

"C'était il y a longtemps. Je ne me souviens d'aucun détail pour l'instant. Ça me reviendra peut-être si j'y réfléchis un moment. Mais ce dont je me rappelle, c'est que ça le tourmentait. Il s'était mis à douter.

— Douter de quoi ?

— Que c'était les deux filles."

L'air pensif, Viola but une gorgée de café dans son mug en porcelaine blanche.

"Il doutait de leur culpabilité ?"

C'était la première fois qu'Erica entendait ça. Et ce que Viola disait lui provoqua un chatouillement au ventre. Après avoir vécu si longtemps avec un policier, elle savait d'expérience que leur instinct était le plus souvent correct. Si Leif avait douté de la culpabilité des deux filles, cela devait forcément se fonder sur quelque chose.

"A-t-il dit quelque chose des raisons de son doute ?"

Viola prit son mug à deux mains, caressant des pouces ses rainures.

"Non…, fit-elle lentement. Il n'a jamais rien dit de concret. Mais ça n'a rien dû arranger que les deux filles reviennent sur leurs aveux puis clament leur innocence durant toutes ces années.

— Mais personne ne les a crues", nota Erica en se rappelant tous les articles qu'elle avait lus sur cette affaire, tous les commentaires régulièrement entendus au village chaque fois que l'affaire revenait dans la conversation.

Tous étaient unanimes, il n'y avait aucun doute, les deux filles avaient tué Stella.

"Juste avant sa mort, il parlait de reprendre l'enquête. Mais ensuite, il s'est suicidé sans en avoir le temps. Et puis il était retraité, il aurait fallu convaincre le nouveau chef du commissariat. Et je ne pense pas que ça lui aurait tellement plu. L'affaire était résolue. La culpabilité avait été établie, même s'il n'y avait jamais eu de procès en bonne et due forme, étant donné le très jeune âge des filles.

— Je ne sais pas si vous en avez entendu parler...", commença Erica en lorgnant son téléphone. Toujours aucun message de Patrik. "Une petite fille a disparu depuis hier ou, dans le pire des cas, avant-hier soir, dans la ferme même où Stella habitait."

Viola la dévisagea.

"Comment ? Non, je ne savais pas. Je suis restée enfermée dans mon atelier à travailler aux tableaux de mon vernissage. Mais que s'est-il passé ?

— On ne sait encore rien. On la cherche depuis hier après-midi. Mon mari est policier, il y participe.

— Quoi ? Comment ?"

Viola luttait pour trouver les mots justes. Elle se débattait sûrement avec les mêmes pensées qu'Erica depuis la veille.

"Oui, c'est une curieuse coïncidence, approuva Erica. Trop curieuse. La fillette a exactement le même âge que Stella. Quatre ans.

— Ah, mon Dieu ! fit Viola. Est-ce qu'elle n'a pas juste pu se perdre ? Cette ferme est assez isolée, n'est-ce pas ?

— Oui, bien sûr. J'espère."

Mais Erica vit que Viola la croyait aussi peu qu'elle se croyait elle-même.

"Votre père a-t-il pris des notes sur l'affaire ? Peut-il avoir gardé à la maison des documents de l'enquête ?

— Non, pas que je sache, dit Viola. Avec mes deux frères, je me suis occupée de sa succession, mais je ne me souviens pas avoir rien vu de ce genre. Je peux vérifier auprès de mes frères, mais je ne crois pas qu'il y ait eu des carnets ou des dossiers sur l'enquête. Et s'il y en avait, j'ai bien peur que nous les ayons jetés. Nous ne sommes pas trop pour tout garder et être sentimental. Pour nous, les souvenirs sont là."

Elle posa la main sur le cœur.

Erica comprenait ce qu'elle voulait dire et aurait aimé être comme elle. Elle avait toutes les peines du monde à se séparer de bibelots à valeur sentimentale, si bien que Patrik disait souvent, en plaisantant, qu'il avait épousé un écureuil.

"Vérifiez avec eux, si c'est possible, et prenez mon numéro, si contre toute attente vous trouviez quelque chose. Appelez, aussi anodin ou insignifiant que ce soit, on ne sait jamais."

Erica sortit une carte de visite de son sac et la tendit à Viola, qui l'examina un moment avant de la poser sur la table.

"C'est vraiment terrible, cette fillette, j'espère qu'ils la retrouveront, dit-elle en secouant la tête.

— J'espère aussi", dit Erica, en lorgnant à nouveau son téléphone.

Mais toujours pas de message de Patrik.

"Merci, dit-elle en se levant pour partir. Si j'ai le temps, je passerai voir vendredi. Vos tableaux sont très beaux.

— Très bien, j'espère alors qu'on s'y verra", dit Viola en rougissant du compliment.

Erica se dirigea vers sa voiture, le parfum des roses encore dans les narines. Les mots de Viola lui sonnaient aux oreilles. Leif avait douté de la culpabilité de Marie et Helen.

L'attente avait semblé interminable mais, une heure après l'appel de Mellberg, Torbjörn Ruud et son équipe technique d'Uddevalla arrivèrent enfin dans la forêt. Ils échangèrent des poignées de main et Patrik leur indiqua d'un geste le tronc d'arbre, à quelques mètres de l'autre côté de la rubalise.

"Putain", lâcha Torbjörn, et Patrik hocha la tête.

Il savait que, dans la police scientifique, on avait l'habitude d'à peu près tout voir et, qu'à la longue, on finissait inexorablement par se blinder. Mais les enfants morts ne cessaient jamais de vous secouer. Le contraste entre la force de vie d'un enfant et l'irrévocabilité de la mort était toujours un grand coup dans le plexus solaire.

"Elle est là ?" demanda Torbjörn.

Patrik hocha la tête.

"Sous le tronc. Je ne suis pas encore allé regarder, je voulais vous attendre pour ne pas piétiner davantage le site. Mais, d'après ceux qui l'ont trouvée, il y a une cavité sous le tronc, où elle a été enfoncée. C'est pour cela qu'on ne l'avait pas trouvée jusqu'à maintenant, alors que la zone avait été plusieurs fois ratissée.

— Ce sont eux qui l'ont trouvée ?"

Torbjörn désigna Harald, Johannes et Karim, qui se tenaient un peu plus loin.

"Oui, je leur ai demandé d'attendre que vous fassiez le nécessaire pour vous assurer que rien sur la scène de crime ne vient d'eux. Je suppose que vous voulez photographier leurs chaussures et voir les empreintes qu'elles laissent ?

— Exact", dit Torbjörn, avant de donner de rapides instructions à l'un des deux techniciens qui l'accompagnaient.

Puis il enfila une tenue de protection et des surchaussures en plastique, avant d'en donner une paire à Patrik.

"Viens", dit-il quand ils furent tous les deux équipés.

Patrik inspira à fond, puis suivit Torbjörn jusqu'à l'arbre. Il se blinda par avance, mais ce qu'il vit le secoua pourtant au point de le faire chanceler. Il vit d'abord une petite main d'enfant. La fillette nue était effectivement coincée dans une cavité formée dans le sol, sous le tronc, pliée en deux, comme si elle s'y était blottie en position fœtale. Le visage était tourné vers eux, mais partiellement caché par la petite main noire de terre. Les cheveux blonds étaient pleins de saletés et de feuilles, et Patrik, par réflexe, faillit se pencher pour les brosser. Qui avait pu faire ça à un petit enfant ? Qui était assez tordu ? La colère déferla dans ses veines et lui donna la force de faire son travail. L'aida à rester froid et objectif. Il devait ça à la fillette et à ses parents. Il devait mettre ses sentiments de côté pour plus tard. Et il savait, après des années de collaboration, que Torbjörn fonctionnait pareil.

Ils s'accroupirent côte à côte pour s'imprégner de tous les détails. Vu la position de la fillette, il était impossible d'établir une cause du décès, ce serait pour plus tard. Pour l'instant, il s'agissait de recueillir les éventuelles traces que l'assassin aurait laissées derrière lui.

"Je m'écarte un moment pour vous laisser travailler, dit Patrik. Vous pourrez me prévenir quand vous la sortirez du trou. J'aimerais être là."

Torbjörn hocha la tête, et les techniciens entamèrent le laborieux travail de collecte des traces tout autour de l'arbre. C'était une mission qui ne pouvait pas être accélérée. Le moindre cheveu, mégot, bout de plastique, oui, tout ce qui était trouvé dans la zone autour de la fillette devait être photographié, ensaché et numéroté. Les empreintes de pas dans la terre meuble devaient être relevées par moulage au moyen d'une pâte liquide coulée dans le creux laissé par la semelle de la chaussure. Une fois la pâte durcie, les techniciens pouvaient s'en servir comme élément de comparaison et preuve contre un éventuel meurtrier. C'était un travail long : après un certain nombre d'enquêtes sur des meurtres, Patrik avait appris à maîtriser son impatience et à laisser Torbjörn et son équipe travailler tranquillement. Ce serait utile pour plus tard. Une négligence pourrait être irrattrapable.

Il quitta la scène de crime et se mit un peu à l'écart. Il n'avait pas la force de parler à qui que ce soit pour le moment, il avait besoin de rassembler ses idées. Les premières vingt-quatre heures étaient toujours déterminantes pour le succès d'une enquête. Les témoins oubliaient vite, les traces disparaissaient, un meurtrier pouvait avoir le temps de faire le ménage derrière lui : il pouvait se passer beaucoup de choses en une journée, et il s'agissait de définir les bonnes priorités. En théorie, c'était à Mellberg de faire ça, en qualité de chef du commissariat, mais, dans la pratique, la responsabilité en incombait à Patrik.

Il prit son téléphone pour prévenir Erica qu'il rentrerait tard. Il réalisa qu'elle devait se demander ce qui se passait. Il avait confiance en sa discrétion, savait qu'elle n'en parlerait à personne avant d'avoir son feu vert. Mais il n'y avait pas de réseau, et il remit son téléphone dans sa poche. Il lui donnerait des nouvelles plus tard.

Il faisait bon au soleil. Il ferma les yeux et leva la tête. Les bruits de la forêt se mêlaient aux murmures des techniciens. Patrik songea à Gösta. Il se demandait comment cela se passait pour lui, reconnaissant de n'avoir pas eu lui-même à annoncer la nouvelle aux parents de Nea.

Un moustique se posa sur son bras mais il essaya de ne pas l'écraser comme d'habitude. Il le chassa de la main. Assez de morts pour aujourd'hui.

Tout était tellement surréaliste. Il était là, au milieu d'une forêt suédoise, avec des gens qu'il n'avait jamais rencontrés auparavant.

Ce n'était pas la première fois que Karim voyait un mort. En prison, à Damas, un homme mort avait été traîné dehors sous ses yeux. Et, durant la traversée de la Méditerranée, il avait vu des enfants morts flotter près du bateau.

Mais ici, c'était différent. Il était venu en Suède parce que c'était un pays sans enfants morts. Et pourtant, une fillette gisait à quelques mètres de lui.

Karim sentit une main se poser sur son bras. C'était le plus âgé, Harald, avec ses yeux bruns pleins de gentillesse et qui parlait l'anglais avec un si fort accent suédois que Karim ne le comprenait qu'à grand-peine. Mais il l'aimait bien. Ils avaient passé le temps en bavardant. Là où les mots ne suffisaient pas, ils se servaient de gestes et de mimiques. Et le gars plus jeune, Johannes, aidait son aîné à trouver les mots qui lui jouaient des tours.

Karim s'était rendu compte que c'était la première fois depuis son arrivée en Suède qu'il parlait de sa famille et de son pays. Il entendait la nostalgie dans sa voix en évoquant la ville qu'il avait quittée pour peut-être ne jamais y revenir. Mais il savait que c'était une image déformée qu'il en donnait. Sa nostalgie ne concernait que ce qui était étranger à la terreur.

Mais quel Suédois pouvait comprendre le sentiment de devoir sans cesse regarder par-dessus son épaule, de craindre à chaque instant d'être dénoncé par un ami, un voisin, ou même un membre de sa famille ? Le régime avait des yeux partout. Tout le monde s'occupait d'abord de ses propres affaires, tout le monde était prêt à tout pour sauver sa peau. Tout le monde avait perdu quelqu'un. Tout le monde avait vu mourir quelqu'un qu'il aimait, et était prêt à tout pour ne pas revivre ça. Comme journaliste, il était particulièrement exposé.

"You okay?"* demanda Harald en laissant sa main sur son épaule.

Karim réalisa que ses pensées s'étaient reflétées sur son visage. Il avait baissé la garde, laissé voir toute la nostalgie et

---

* Ça va ?

la frustration qui affleuraient en lui, il se sentit pris sur le fait. Il sourit et ferma la trappe des souvenirs.

"I'm ockay. I'm thinking about the girl's parents*", dit-il en revoyant un instant le visage de ses propres enfants.

Amina devait s'inquiéter et, comme toujours, son inquiétude déteignait sur les enfants. Mais il n'y avait pas de réseau là où ils se trouvaient, il n'avait pas pu lui donner de ses nouvelles. Elle serait en colère à son retour. Amina était toujours en colère quand elle était inquiète. Mais ça ne faisait rien. C'était en colère qu'elle était la plus belle.

"Poor people**", dit Harald, et Karim vit les larmes briller dans ses yeux.

Un peu plus loin, des hommes en combinaison plastique blanche travaillaient autour de la fillette. On avait photographié les chaussures de Karim, ainsi que celles de Johannes et Harald. Appliqué du scotch sur leurs vêtements et soigneusement rangé les bouts de scotch dans des sachets scellés et numérotés. Karim comprenait, même s'il n'avait jamais vu faire : les techniciens voulaient pouvoir exclure les traces que lui et les autres avaient laissées en marchant là où se trouvait la fillette.

Johannes dit quelque chose en suédois à son aîné, et ils hochèrent la tête. Johannes traduisit :

"We thought maybe we could ask the policeman if we can go back. They seem to be done with us.***"

Karim hocha la tête. Il aurait bien aimé quitter l'endroit où gisait la fillette. Ses cheveux blonds, sa petite main qui cachait son visage. Enfoncée dans un trou du sol, en position fœtale.

Harald alla parler avec le policier, de l'autre côté des rubalises. Ils conversèrent à voix basse, et Karim le vit hocher la tête.

"We can go back****", dit Harald en les rejoignant.

---

* Ça va. Je pense aux parents de la fillette.
** Les pauvres.
*** Nous pensions peut-être demander au policier si nous pouvons rentrer. Ils ont l'air de ne plus avoir besoin de nous.
**** Nous pouvons rentrer.

Son corps commençait à trembler, maintenant que la tension retombait. Karim voulait rentrer. Retrouver ses enfants. Et les éclairs dans les yeux d'Amina.

Sanna ferma les yeux quand Vendela remonta bruyamment l'escalier. Sa tête explosait aujourd'hui, et elle ne put s'empêcher de sursauter quand la porte claqua à la volée. Le bois avait dû se fendre davantage.
Tout ce qu'avait fait Sanna était de proposer à Vendela de l'accompagner à la jardinerie. Vendela n'avait jamais beaucoup aimé ça, mais elle considérait à présent cela comme une punition. Sanna savait qu'elle aurait dû prendre le taureau par les cornes avec Vendela, mais elle n'en avait pas le courage. C'était comme si toutes ses forces l'avaient quittée quand elle avait entendu parler de la disparition de Nea.
La musique commença là-haut, des basses tonitruantes. Sanna se demandait ce que sa fille allait faire de sa journée. Elle semblait désormais surtout traîner avec ces deux garçons, et ce n'était sûrement pas la meilleure compagnie. Une fille de quinze ans et deux gars du même âge, ça n'annonçait que des problèmes.
Sanna rangea le petit-déjeuner. Vendela n'avait mangé qu'un œuf, elle devait trouver trop sucré le pain qu'elle prenait le matin depuis qu'elle était petite. Sanna se fit griller une tranche de pain de mie qu'elle tartina d'une épaisse couche de confiture d'oranges. Elle était déjà tellement en retard que cinq minutes de plus ou de moins ne changeaient pas grand-chose.
D'une certaine façon, c'était bien que Vendela soit dans son humeur la plus rebelle. Cela avait empêché Sanna de penser à Nea. Et de penser à Stella. Mais maintenant, dans la cuisine silencieuse, toutes les pensées déferlaient en même temps. Elle se souvenait de cette journée dans les moindres détails. Combien elle se réjouissait d'aller à Uddevalla acheter de nouveaux vêtements avant la rentrée. Comme elle était partagée entre la joie d'aller faire des courses avec maman et sa jalousie envers Stella, qui avait deux filles cool plus âgées comme

baby-sitter. Mais la jalousie avait été oubliée dès qu'elle avait dit au revoir et que maman avait pris la direction de la grande ville au volant de la grosse Volvo.

Sur le chemin du retour, elle n'avait cessé de se retourner vers le siège arrière, où étaient les sacs de vêtements. Si jolis. Elle était si contente qu'elle ne tenait presque pas en place. Maman avait dû la gronder en riant.

C'était la dernière fois qu'elle avait vu sa mère rire.

Sanna reposa la tartine de confiture sur la table. Les bouchées enflaient dans sa bouche. Elle se rappelait le regard affolé de papa à leur descente de voiture. La nausée arriva presque comme un choc. Sanna se précipita aux toilettes, et parvint à ouvrir le couvercle juste à temps. Des éclaboussures de confiture d'oranges constellèrent bientôt la lunette, et Sanna sentit son ventre se retourner à nouveau.

Après, elle s'affaissa sur le carrelage froid. À l'étage, la musique tonitruait toujours.

Ça tinta sur une des cibles clouées aux arbres, à l'orée du bois, au fond de leur arrière-cour.

"Bien, Sam", lâcha James.

Sam retint son sourire. C'était la seule chose qui lui valait des compliments. De savoir mettre une balle où il voulait. C'était sa principale qualité de fils.

"Tu assures de plus en plus", opina James en le regardant avec satisfaction par-dessus ses lunettes de soleil à monture métallique.

Un modèle de pilote à verre réfléchissant. Son père était une parodie de shérif américain.

"Essaie de mettre dans le mille d'un peu plus loin", dit James en faisant signe à Sam de reculer.

Sam s'éloigna de l'arbre.

"Main stable. Souffle juste avant de tirer. Concentration."

James donnait calmement ses instructions. Il avait entraîné avec succès des compagnies d'élite suédoises pendant des années, et Sam savait qu'il avait bonne réputation. Être un salaud insensible avait dû lui être utile dans sa carrière. Sam attendait avec impatience sa prochaine mission de longue durée à l'étranger.

Les mois où James était absent, parfois en lieu inconnu, étaient comme un bol d'air frais. Lui et sa mère marchaient d'un pas plus léger, elle riait plus souvent et il avait plaisir à voir ça. Dès que James franchissait la porte, son rire mourait, elle se mettait même à courir plus que d'habitude. Mincissait encore plus. Prenait un air aux abois. Il détestait cette maman autant qu'il aimait celle qui était gaie. Il savait qu'il était injuste, mais c'était elle qui avait décidé de faire un enfant avec cet homme. Sam ne voulait même pas l'appeler son père. Ou papa.

Il tira quelques balles. Savait qu'il les avait mises dans le mille. James hocha la tête, satisfait.

"Putain, avec un peu de colonne vertébrale, on aurait pu faire de toi un bon soldat", dit James en ricanant.

Maman sortit dans l'arrière-cour.

"Je file courir", lança-t-elle, sans que James ni Sam ne répondent.

Sam pensait qu'elle était déjà partie, elle partait d'habitude juste après le petit-déjeuner, pour éviter la pire chaleur, mais aujourd'hui il était déjà presque dix heures.

"Recule encore de quelques mètres", dit James.

Sam savait qu'il ferait toujours mouche, même à cette distance. Il s'était entraîné d'encore plus loin, quand James était absent. Mais il avait ses raisons de ne pas montrer exactement à son père combien il était fort. Il ne voulait pas lui donner cette satisfaction de croire que son fils avait hérité quelque chose de lui, quelque chose dont il puisse se rengorger. Il ne le devait pas à James. Il ne devait rien à James. Tout dans la vie de Sam s'était accompli malgré James, rien grâce à lui.

"*Nice!**" s'exclama son père quand il réussit la salve suivante.

Il y avait encore autre chose qui agaçait Sam : que James passe si souvent à l'anglais, avec un gros accent américain. Il n'avait aucune ascendance américaine, grand-père avait juste aimé James Dean dans sa jeunesse. Mais James avait passé

---

* Joli !

tant de temps avec des Américains qu'il avait pris leur accent. Épais et pâteux. Sam était toujours gêné chaque fois qu'il ne s'en tenait pas au suédois.

"*One more time**, dit James, comme s'il pouvait lire les pensées de Sam et ne faisait cela que pour le faire enrager.

— *Alright*****", dit Sam dans un américain aussi grossier, en espérant que James ne comprendrait pas qu'il se moquait de lui.

Il pointa le pistolet vers la cible et pressa la détente. Dans le mille.

---

* Encore une fois.
** D'accord.

BOHUSLÄN 1671

"Hier, la fille est entrée dans la grande maison, Elin sait ce que j'ai dit à ce propos !"

La voix de Britta était cassante, Elin baissa la tête.

"Je vais lui parler, dit-elle tout bas.

— Ce n'est pas pour rien que nous avons un logement pour les domestiques !"

Britta passa les jambes par-dessus le bord du lit.

"Nous avons un visiteur de marque aujourd'hui, continua-t-elle. Tout doit être parfait. Elin a-t-elle lavé et amidonné ma robe bleue ? Celle avec des brocards de soie ?"

Elle glissa les pieds dans une paire de pantoufles qui attendait près du lit. Elles étaient nécessaires. Le presbytère avait beau être la plus belle maison qu'Elin ait jamais vue, il y faisait froid, il y avait des courants d'air et le sol était glacé en hiver.

"Tout est prêt, répondit Elin. Nous avons récuré le moindre coin de la maison et Boel, de Holta, est venue dès hier préparer la nourriture. Elle servira des têtes de morue farcies en entrée, du coq aux groseilles à maquereaux en plat principal et du blanc-manger en dessert.

— Très bien, dit Britta. Le représentant d'Harald Stake doit être reçu avec les égards dus à un seigneur. Harald Stake est gouverneur du Bohuslän et a reçu du roi lui-même la mission de parler avec les prêtres de la peste qui a frappé le pays. Voilà quelques jours seulement, Preben m'a raconté qu'ils avaient emprisonné une sorcière à Marstrand."

Des taches rouges avaient éclos sur les joues de Britta.

Elin hocha la tête. Les gens ne parlaient pas d'autre chose que de la commission de lutte contre la sorcellerie qui avait été constituée et qui arrêtait des sorcières dans tout le Bohuslän pour les juger. Oui, dans tout le pays on arrachait cette engeance d'une main de fer, disait-on. Elin frissonna. Sorciers et sorcières. Leurs sabbats sur la Colline Bleue et leur union avec Satan lui-même. Rien n'égalait ces horreurs.

"J'ai entendu Ida-Stina dire qu'Elin avait aidé Svea de Hult à tomber enceinte, dit Britta tandis qu'Elin l'aidait à s'habiller. Quoi qu'Elin ait fait pour elle, je veux qu'elle le fasse aussi pour moi.

— Je sais seulement ce que ma grand-mère m'a enseigné", répondit Elin en laçant fort dans le dos la robe de Britta.

Elle n'était pas étonnée de la question. Britta approchait les vingt ans, Preben et elle étaient mariés depuis deux ans sans que sa taille n'ait jamais enflé.

"Qu'Elin fasse juste comme pour Svea. Il est temps que je donne un enfant à Preben. Il a commencé à demander quand j'y serais disposée.

— J'ai fait à Svea une décoction de plantes, selon une recette de ma grand-mère", dit Elin en attrapant la brosse pour peigner les longs cheveux de Britta.

D'apparence, les deux sœurs étaient très différentes. Elin avait hérité les cheveux blonds et les yeux bleu clair de sa mère, tandis que Britta, avec ses cheveux noirs et ses yeux bleu foncé, ressemblait à la femme qui avait pris la place de sa mère dès avant sa mort. Quelques langues au village racontaient que Kerstin, la mère d'Elin, était morte le cœur brisé. Même si c'était vrai, Elin ne pouvait pas perdre de temps à y songer. Leur père était mort un an plus tôt et Britta restait leur dernier rempart contre la famine.

"Elle m'a aussi enseigné quelques formules, dit prudemment Elin. Si Britta n'a rien contre, je peux à la fois préparer la décoction et dire sur elle ces formules ? J'ai tout ce qu'il faut, l'été dernier j'ai fait sécher assez de plantes pour passer l'hiver."

Britta agita avec impatience sa fine main blanche.

"Qu'elle fasse ce qu'elle veut. Il faut que je mette au monde un enfant pour mon mari, sinon j'attirerai le malheur sur nous."

Elin était sur le point de dire que, dans ce cas, ce serait une bonne idée de partager le lit conjugal. Mais elle eut la sagesse de se taire. Elle avait vu ce qu'il pouvait en coûter de provoquer la colère de Britta. Un instant, elle se demanda comment un homme aussi gentil que Preben avait pu épouser quelqu'un comme Britta. Leur père avait sûrement dû y mettre son grain de sel, soucieux qu'il était de trouver un bon parti pour sa fille.

"Je peux finir seule, dit Britta en se levant. Elin a sûrement une foule de choses à faire avant l'arrivée du représentant de Stake. Et qu'elle parle à sa fille, sinon je ferai parler la trique."

Elin hocha la tête, mais que sa sœur parle de frapper Märta lui faisait monter le sang à la tête. Britta n'avait pas encore porté la main sur la fillette mais, le jour où elle le ferait, Elin savait ne pas pouvoir répondre de ses actes. Mieux valait avoir au plus vite une conversation sérieuse avec sa fille sur l'interdiction d'entrer dans la grande maison.

Elin sortit dans la cour et regarda autour d'elle avec inquiétude.

"Märta ?" appela-t-elle à voix basse.

Britta n'aimait pas que les domestiques soient bruyants. Encore une chose à garder à l'esprit pour ne pas tomber en disgrâce.

"Märta ?" appela-t-elle un peu plus fort en se dirigeant vers l'écurie.

C'était la cachette la plus vraisemblable, mais Märta n'avait pas non plus le droit d'y aller. Hélas, sa fille avait non seulement hérité des yeux verts de son père, mais aussi de son obstination, et c'était comme si les mots refusaient d'entrer dans le crâne de la gamine.

"Nous sommes là", entendit-elle dire une voix familière.

Preben. Elle s'arrêta net.

"Entre, Elin, dit-il gentiment depuis le fond obscur de l'écurie.

— Oui, viens, mère", insista Märta.

Elin hésita, puis releva ses jupons pour ne pas les crotter et se dirigea d'un pas vif vers les voix.

"Regarde, mère", dit religieusement Märta.

Elle était assise dans un box vide, tout au fond, trois chatons dans les bras. Ils n'avaient pas l'air d'avoir plus de quelques jours, dodelinant encore de-ci, de-là leur tête aveugle. À côté de Märta était assis Preben, lui aussi des chatons plein les bras.

"N'est-ce pas là un miracle divin ?" demanda-t-il en caressant un petit chaton gris.

Le chaton gémissait lamentablement en poussant de la tête contre sa manche de chemise.

"Mère, ici, caresse celui-ci", dit Märta en lui tendant un énergumène tacheté de noir et de blanc qui agitait les pattes en l'air.

Elin hésita. Elle regarda par-dessus son épaule. Britta serait sans merci si elle les apercevait ici Märta et elle. Avec Preben.

"Assieds-toi, Elin. Ma chère épouse est très occupée par les préparatifs de la grande visite de ce soir."

Preben sourit légèrement.

Elin hésita encore quelques secondes. Puis elle ne put pas résister davantage à la maladresse du chaton noir et blanc et le prit. Elle s'assit dans le foin, le chaton dans les bras.

"Preben dit que je peux en choisir un qui sera à moi, rien qu'à moi."

Märta adressa un regard brillant au pasteur. Elin le regarda en hésitant. Il sourit, un sourire qui montait jusqu'à ses yeux bleus.

"Elle pourra le baptiser, aussi, dit-il. Mais nous nous sommes mis d'accord, ce sera un secret entre nous."

Il plaça l'index sur sa bouche et regarda gravement la fillette. Märta hocha la tête avec le plus grand sérieux.

"Je le garderai comme le plus précieux des secrets, dit-elle en regardant parmi les chatons. C'est celui-ci que je veux."

Elle caressa la tête d'un malheureux petit gris. C'était le plus chétif des chatons, et Elin regarda Preben en essayant de secouer discrètement la tête. Il avait l'air sous-nourri, elle doutait de ses chances de survie. Mais Preben croisa tranquillement son regard.

"Märta a l'œil pour les chats, dit-il en grattant le chaton gris derrière une oreille. J'aurais choisi le même."

Märta adressa au pasteur un regard qu'Elin ne lui avait plus vu depuis tous leurs malheurs, et son cœur se serra. Seul Per avait reçu de tels regards de Märta. Mais il y avait chez Preben quelque chose qui rappelait Per. Une sorte de bonté dans les yeux qui apaisait et donnait confiance.

"Elle s'appellera Viola, annonça Märta. Parce que la violette est ma fleur préférée.

— Excellent choix", opina Preben.

Il regarda Elin. Pourvu que ce ne soit pas un mâle.

"Märta veut apprendre à lire, dit Preben en caressant les cheveux blonds de la fillette. Mon carillonneur enseigne aux enfants deux fois par semaine.

— Je ne sais pas trop à quoi cela pourrait lui servir", fit Elin.

Si la vie lui avait appris quelque chose, c'était bien que les femmes avaient intérêt à ne pas sortir du rang. Ou à nourrir de trop grands espoirs. Il n'y avait que des déceptions à récolter sur cette voie.

"Il faut qu'elle puisse lire son catéchisme", insista Preben, et Elin eut honte.

Oui, comment discuter de cela avec un pasteur ? S'il trouvait convenable ou même souhaitable que sa fille apprenne à lire, qui était-elle pour avoir des objections ?

"Très bien, Märta assistera aux leçons", dit Elin en baissant la tête.

Elle-même n'avait jamais appris à lire, mais avait réussi toutes les interrogations du catéchisme en apprenant tout par cœur.

"Parfait, c'est entendu", déclara Preben, rayonnant de joie, en donnant une dernière caresse à Märta.

Il se leva et brossa le foin de son pantalon. Elin essaya de ne pas le regarder. Il y avait quelque chose chez lui qui retenait son regard, et elle avait honte à cette seule pensée. Preben était le mari de sa sœur, il était son maître, le pasteur de la paroisse. Nourrir autre chose que de la gratitude et de la vénération pour un tel homme était un péché, et pour cela elle méritait d'être punie par Dieu.

"Il faut sans doute que j'aille aider Britta aux préparatifs, avant que les domestiques soient complètement épuisés, poursuit-il gaiement, avant de se tourner vers Märta : Occupe-toi de

Viola, maintenant. Märta a l'œil pour voir qui a besoin d'une main aidante.

— Merci", dit Märta en regardant Preben avec une telle dévotion que le cœur d'Elin fondit.

Et lui fit mal. Le manque de Per la saisit avec une telle force qu'elle dut détourner le visage. Tandis que les pas de Preben s'éloignaient, elle se força à ne pas se souvenir. Il avait disparu. On ne pouvait rien y faire. Il ne restait maintenant plus que Märta et elle. Et désormais aussi Viola.

"Oui, c'est une dure journée", dit Patrik en embrassant du regard la salle de conférences.

Personne ne répondit ni ne le regarda. Il supposa que, comme lui, chacun pensait à ses propres enfants. Ou petits-enfants.

"Bertil et moi souhaitons suspendre tous les congés, avec effet immédiatement. J'espère avoir votre compréhension.

— Je pense pouvoir parler au nom de tous, tu n'aurais pas pu nous tenir en dehors de ça, dit Paula.

— C'était bien ce que je pensais", dit Patrik, éprouvant une profonde gratitude pour ses collègues rassemblés dans la pièce.

Même pour Mellberg. Même lui n'avait pas hésité.

"Au fait, avez-vous réglé les aspects pratiques ? Je sais que plusieurs d'entre vous ont des enfants en maternelle qui sont en vacances…"

Il regarda surtout Martin.

"Les parents de Pia prendront Tuva quand je serai occupé.

— Bien", dit Patrik.

Comme personne d'autre ne dit rien, il supposa que Paula et Annika avaient elles aussi trouvé des solutions chez elles. La mort d'un enfant créait une situation d'urgence. Le mot d'ordre était : tout le monde sur le pont, et il savait qu'ils avaient beaucoup d'heures de travail devant eux.

"Gösta, comment vont les parents ?

— Oh, comme on peut s'y attendre, dit Gösta en clignant des yeux plusieurs fois. Le pasteur est venu, et j'ai décidé de faire aussi venir le médecin de garde. Quand je suis parti, ils avaient tous les deux pris quelque chose pour dormir.

— Ils n'ont pas de la famille, qui pourrait venir ? demanda Annika, elle aussi très émue.

— Les parents d'Eva sont morts, ceux de Peter vivent en Espagne. Mais ils sont actuellement dans un vol pour la Suède, ils devraient les avoir rejoints d'ici quelques heures."

Annika hocha la tête.

Patrik savait qu'elle avait de la famille en pagaille et était habituée à avoir beaucoup de monde autour d'elle.

"Que dit Torbjörn ? Ils en sont où ? demanda Martin en se servant du café à la thermos à pompe qu'Annika avait remplie avant la réunion.

— La fillette est en route pour Göteborg, pour l'autopsie", dit tout bas Patrik.

Ces images ne quitteraient jamais ses rétines. Il était présent quand ils avaient sorti Nea de sous le tronc, et il savait que tous les soirs pendant longtemps il reverrait cette image en fermant les yeux. Les gros animaux n'avaient pas pu l'atteindre, au fond de son trou, mais une nuée d'insectes s'était envolée à la levée du corps. Les images défilaient en flashs rapides. Il avait assisté à des autopsies, et savait comment ça se passait. Trop bien. Il ne voulait pas imaginer la fillette, nue, sans défense, sur la table en acier. Il ne voulait pas savoir où Pedersen allait l'inciser, comment ses organes allaient être extraits, comment tout ce qui, un jour, lui avait donné la vie allait être pesé et mesuré. Il ne voulait pas penser au grand Y que formeraient les points de suture sur sa cage thoracique.

"Comment ça s'est passé, sur le lieu du crime ? demanda Gösta. Vous avez trouvé quelque chose d'intéressant ?"

Patrik sursauta et s'efforça de refouler les images de Nea qui défilaient sous ses yeux.

"Ils ont relevé beaucoup d'éléments, mais nous ne savons pas encore s'il y a quelque chose de valable.

— Et qu'ont-ils trouvé, alors ? demanda avec curiosité Martin.

— Des empreintes de chaussures, mais qui peuvent très bien être celles des trois personnes qui l'ont trouvée. En plus, la zone a été ratissée plusieurs fois, et il a donc fallu relever les empreintes de toutes les personnes ayant participé aux recherches. L'un de vous y est-il passé ? Parce que, dans ce cas, il nous faut aussi vos empreintes de chaussures.

— Non, personne d'entre nous n'est passé là où la fillette a été retrouvée, dit Gösta en se servant lui aussi une tasse de café.

— Et à part les empreintes de chaussures ? demanda Paula.

— Je ne sais pas exactement, je les ai juste vus recueillir des choses dans des sachets. Je préfère attendre le rapport de Torbjörn, d'habitude il ne veut rien nous dire avant d'avoir pu tout examiner soigneusement."

Mellberg se leva et gagna la fenêtre.

"Nom de Dieu, qu'il fait chaud là-dedans !"

Il tira le col de sa chemise, comme s'il n'arrivait plus à respirer. Il avait de grandes auréoles de sueur sous les bras et ses cheveux dégringolaient sur une oreille. Il ouvrit la fenêtre. Le bruit de la circulation était un peu gênant, mais personne ne protesta quand l'air frais entra dans la pièce étouffante. Ernst, le chien du commissariat, resté jusqu'alors à haleter aux pieds de Mellberg, se leva, trottina jusqu'à la fenêtre et leva le museau. La grande surface de son corps le faisait beaucoup souffrir de la chaleur, et sa langue pendait mollement de sa gueule.

"Donc, il n'a rien mentionné de particulier ?" demanda Paula.

Patrik secoua la tête.

"Non, il va falloir attendre que je reçoive le rapport préliminaire de Torbjörn. Ensuite je devrai voir avec Pedersen le délai pour obtenir le rapport d'autopsie. Malheureusement, je crois qu'il y a une longue queue, mais je vais voir avec lui ce qu'il peut faire.

— Mais tu y étais. On ne voyait rien ? Sur elle…"

Martin posa sa question avec une vilaine grimace.

"Non, et c'est une mauvaise idée de spéculer tant que Pedersen n'a pas eu le temps de l'examiner.

— Qui devrions-nous interroger en premier ? Y a-t-il des suspects évidents ? demanda Martin en tambourinant de son stylo sur la table. Que pensons-nous des parents ? Ce ne serait pas la première fois qu'un parent tue son enfant puis essaie de faire croire qu'un autre l'a fait.

— Non, j'ai beaucoup de mal à le croire", dit Gösta en posant sa tasse si violemment que son café faillit éclabousser.

Patrik leva une main.

"Au jour d'aujourd'hui, nous n'avons aucune raison de penser que les parents de Nea soient en quelque façon impliqués. Mais Martin a raison en rappelant que nous ne pouvons pas exclure cette éventualité. Nous devons aller leur parler au plus vite, d'une part pour vérifier s'ils ont un alibi, d'autre part pour voir s'ils peuvent nous donner des informations susceptibles de faire avancer l'enquête. Mais je suis d'accord avec Gösta, *a priori* rien ne pointe dans leur direction.

— Comme la fillette était nue, il faudrait regarder s'il y a des pédophiles dans le secteur", proposa Paula.

Le silence se fit autour de la table. Personne ne voulait songer à ce qu'impliquait sa proposition.

"Tu as hélas raison, dit Mellberg au bout d'un moment. Mais comment comptes-tu t'y prendre ?"

Il suait toujours à grosses gouttes et haletait aussi bruyamment qu'Ernst.

"Il y a des milliers de touristes dans le coin en ce moment, continua-t-il. Nous n'avons aucun moyen de savoir s'il y a des violeurs ou des pédophiles parmi eux.

— Non, c'est vrai. Mais nous pouvons contrôler les plaintes enregistrées cet été au sujet de délinquants sexuels présumés. N'a-t-on pas eu une dame, l'autre semaine, qui nous a signalé un type qui photographiait en douce les petits enfants sur la plage ?

— C'est vrai, opina Patrik. C'est moi qui ai reçu la plainte. Bien vu. Annika, tu pourrais vérifier les plaintes déposées depuis mai ? Ramasse tout ce qui pourrait avoir le moindre intérêt, ratisse large, il sera toujours temps de trier plus tard.

— Je m'en occupe, dit-elle en notant dans son carnet.

— Nous devons parler de ce qui crève les yeux", dit Paula en se resservant du café.

La thermos commençait à crachoter, signe qu'elle était bientôt vide, et Annika se leva pour aller la remplir.

"Oui, je sais ce que tu veux dire, dit Patrik en se tortillant un peu sur son siège. L'affaire Stella. Helen et Marie.

— Oui, dit Gösta. Je travaillais ici, au commissariat, il y a trente ans. Malheureusement, je ne me rappelle aucun détail de l'enquête. C'était il y a longtemps, et Leif m'avait laissé gérer les affaires courantes pendant qu'il s'occupait des investigations et des interrogatoires. Mais je me souviens du choc pour toute la population quand Helen et Marie ont d'abord dit avoir tué Stella avant de se rétracter. Pour moi, impossible que ce soit un hasard que Nea disparaisse de la même ferme et soit retrouvée au même endroit. Et que cela se passe au moment précis où Marie revient pour la première fois depuis trente ans… Que ce soit une coïncidence, c'est un peu difficile à gober.

— Je suis d'accord, dit Mellberg. Il faut les interroger toutes les deux. Même si je n'étais pas là à l'époque, j'ai bien sûr entendu parler de l'affaire, et j'ai toujours trouvé ça horrible, des gamines si jeunes, battre à mort une fillette.

— Elles clament toutes les deux leur innocence depuis des années", souligna Paula.

Mellberg ricana.

"Oui, mais elles ont commencé par avouer. Je n'ai jamais douté que c'était ces deux-là qui avaient tué la fillette. Et pas besoin d'être Einstein pour faire le rapprochement, quand ça se reproduit au moment où elles se retrouvent pour la première fois après trente ans."

Il se tapota le côté du nez.

"Prudence, pas de conclusions hâtives, dit Patrik. Mais je suis d'accord, il faudra leur parler.

— Pour moi, c'est clair comme de l'eau de roche, dit Mellberg. Marie revient, Helen et elle se retrouvent. Un nouveau meurtre a lieu."

Annika revint avec la thermos rechargée en café.

"J'ai raté quelque chose ?

— Nous avons juste constaté qu'il nous faut prendre en considération d'éventuelles similitudes avec l'affaire Stella, dit Patrik. Et par là aussi entendre Helen et Marie.

— Oui, c'est en effet assez étrange", dit Annika en s'asseyant.

Patrik regarda le tableau blanc.

"Il ne faut pas s'enferrer dans cette voie. Mais il est de la plus grande importance de nous replonger dans l'affaire Stella et l'enquête de 1985. Annika, peux-tu essayer de trouver le rapport de l'enquête, et tout autre document ? Je sais que ce sera peut-être difficile, vu le bazar aux archives, mais fais une tentative."

Annika hocha la tête et nota à nouveau dans son carnet.

Patrik se tut un moment en se demandant si ce qu'il s'apprêtait à dire était bien réfléchi. Mais s'il n'en parlait pas, ça sortirait forcément d'une façon ou d'une autre, et il se mordrait alors les doigts de ne pas en avoir parlé.

"À propos de l'affaire Stella…", commença-t-il avant de laisser sa phrase mourir. Puis il reprit son élan. "Eh bien, il se trouve qu'Erica a commencé à travailler à son prochain livre. Et… c'est justement sur cette affaire qu'elle a décidé d'écrire."

Mellberg se redressa.

"Alors il va falloir qu'elle s'abstienne pour le moment, dit-il. On a déjà assez eu de soucis avec ta femme qui ne tient pas sa langue et se met dans nos pattes. Là, c'est une affaire pour des pros, pas des civils sans formation ni aucune expérience du travail policier."

Patrik serra les dents pour s'empêcher de souligner qu'Erica avait été nettement plus utile que Mellberg lors de leurs dernières grandes enquêtes. Il savait qu'humilier Mellberg ne servirait à rien. De toute façon, rien ne saurait jamais ébranler la foi de son chef en sa propre excellence, et Patrik avait appris à travailler autour de lui, plutôt qu'avec lui. Et puis, d'expérience, il savait aussi inutile de dire à Erica de ne pas toucher à l'affaire Stella. Si elle avait levé un lièvre, elle ne le lâcherait pas avant d'avoir obtenu des réponses à ses questions. Mais il n'y avait pas lieu d'en parler devant tout le monde. Il se doutait cependant qu'à part Mellberg, tout le monde en était persuadé.

"Bien sûr, dit-il. Je dirai ça à Erica. Mais elle est déjà assez avancée dans ses recherches, et mon idée était plutôt de la considérer comme une ressource qui pourrait nous aider à mieux saisir le contexte de l'époque. Que diriez-vous que je lui demande de passer ici un après-midi, pour nous dire ce qu'elle sait de l'affaire.

— Je trouve que c'est une super idée", dit Gösta, et tous, sauf Mellberg, opinèrent du chef.

Mais il se savait déjà battu et finit par marmonner : "Bon, allez, d'accord.

— Bien, je lui en parle tout de suite après notre réunion, dit Patrik. Tu pourrais lui servir de souffleur, avec ce dont tu te souviens malgré tout, Gösta ?"

Gösta hocha la tête avec un sourire de biais qui suggérait que ce n'était pas grand-chose.

"Bon, que nous reste-t-il à l'ordre du jour ? dit Patrik.

— La conférence de presse", dit Mellberg, soudain ragaillardi.

Patrik fit la grimace, tout en sachant qu'il devait choisir ses combats : à Mellberg la conférence de presse, en espérant qu'il fasse le moins de dégâts possible.

"Annika, tu peux programmer la conférence de presse pour cet après-midi ?

— Bien sûr, dit-elle en notant. Avant, ou après la visite d'Erica ?

— Disons avant. Deux heures, ce serait bien, comme ça, je peux dire à Erica de passer vers trois heures et demie.

— Je les convoque à quatorze heures. Ils n'arrêtent pas de me harceler au téléphone, ce sera bien de pouvoir leur dire quelque chose.

— Oui, nous devons tous être bien conscients du cirque médiatique que ça va être", dit Patrik.

Il se tortilla sur place, penché sur le bureau, jambes et bras croisés. À la différence de Mellberg, il considérait l'intérêt des médias uniquement comme un obstacle. Exceptionnellement, la couverture médiatique pouvait naturellement faire remonter du public des indications importantes mais, le plus souvent, les effets négatifs l'emportaient.

"T'inquiète, je gère", dit Mellberg avec satisfaction, en se calant au fond de son siège.

Ernst était revenu se coucher à ses pieds et, même si ce devait être comme porter de grosses chaussettes de laine, Mellberg le laissait faire. Erica avait coutume de dire que son amour pour ce gros chien hirsute était un des rares traits de son caractère qui le rachetaient.

"Pèse bien tes mots, c'est tout, dit Patrik, ne connaissant que trop bien l'habitude de Mellberg de déverser un flot de paroles libres, non censurées, sans beaucoup réfléchir.

— J'ai une grande habitude des journalistes. De mon temps, à Göteborg, je…"

Patrik le coupa.

"Super, tu t'en occupes. On pourrait peut-être juste se voir un moment avant pour faire un point, parler un peu de ce qu'on veut mettre en avant et de ce qu'on devrait garder pour nous ? D'accord ?"

Mellberg grommela.

"Comme je disais, de mon temps, à Göteborg…

— Comment répartissons-nous le reste ?" demanda Martin pour couper court à la tirade de Mellberg.

Patrik le regarda avec reconnaissance.

"Je vois avec Torbjörn et Pedersen quand on pourra en savoir plus de leur côté.

— Je peux aller parler aux parents de Nea, dit Gösta, mais je vais commencer par appeler le médecin pour savoir dans quel état ils sont.

— Tu veux quelqu'un avec toi ? demanda Patrik, dont le ventre se noua à nouveau en pensant à Eva et Peter.

— Non, je peux y aller seul, les autres seront plus utiles ailleurs, dit Gösta.

— Je peux m'occuper des filles condamnées dans l'affaire Stella, déclara Paula. Ou plutôt des femmes, devrais-je dire, ce ne sont plus des petites filles.

— Je veux bien y aller aussi, dit Martin en levant le doigt comme un écolier.

— Bien." Patrik hocha la tête. "Mais attendez qu'Erica soit passée nous donner plus de matière. D'ici là, allez faire du porte-à-porte classique aux alentours de la ferme. Quand on habite aussi à l'écart, on a tendance à surveiller tout ce qui est anormal, tous les mouvements inhabituels. Ça vaut le coup d'essayer.

— OK, dit Paula. On va aller faire un brin de causette aux voisins les plus proches.

— Moi, je garde la boutique, fit Patrik. Le téléphone n'arrête pas de sonner, et il faut que je fasse le point avant la conférence de presse.

— Et moi, il faut que je me prépare, ajouta Mellberg, en vérifiant que ses cheveux masquaient correctement sa calvitie.

— Très bien, alors on a un peu de pain sur la planche", compléta Patrik, marquant la fin de la réunion.

La petite pièce était si surchauffée et étouffante qu'on avait du mal à respirer. Il ne rêvait que d'en sortir, et soupçonnait ses collègues d'être comme lui. La première chose qu'il ferait était d'appeler Erica. Il n'était pas absolument certain que ce soit une bonne idée de la laisser se mêler à l'enquête. Mais il voyait bien qu'il n'avait pas le choix. Avec un peu de chance, elle disposait d'informations qui les aideraient à trouver le meurtrier de Nea.

Elle avait beau courir depuis toutes ces années, le premier kilomètre était toujours difficile. Puis sa foulée s'allégea. Helen sentit son corps répondre et sa respiration se faire de plus en plus régulière.

Elle avait commencé à courir presque aussitôt après le procès. Ses pas sur le gravier, le vent dans ses cheveux : c'était la seule façon de faire taire le monde.

Elle courait chaque fois plus loin, s'améliorait. Au fil des années, elle avait couru plus de trente marathons. Mais seulement en Suède. Elle rêvait du marathon de New York, Sydney ou Rio, mais il fallait déjà qu'elle remercie James de la laisser courir la course suédoise.

Qu'il la laisse avoir une activité personnelle, consacrer quelques heures par jour à la course, c'était uniquement parce qu'il appréciait la discipline du sport. C'était la seule chose qu'il respectait chez elle, cette capacité à enchaîner les kilomètres, la victoire du mental sur les limites du corps. Mais elle n'avait jamais pu lui dire que, lorsqu'elle courait, tout ce qui s'était passé s'effaçait, devenait flou, lointain, un rêve qu'elle avait un jour fait.

Du coin de l'œil, elle aperçut la maison qui avait remplacé celle où Marie avait grandi. Elle était déjà construite quand Helen était revenue à Fjällbacka. Ses parents avaient décidé de partir presque aussitôt après l'effondrement total. Harriet ne pouvait pas faire face aux commentaires, aux ragots, à tous les regards dérobés, à tous les chuchotements.

James et KG, le père d'Helen, s'étaient vus assidûment jusqu'à la mort de ce dernier. Parfois, Sam et elle avaient accompagné James à Marstrand, mais c'était seulement pour que Sam voie ses grands-parents maternels. Elle, elle ne voulait plus de contacts avec eux. Ils l'avaient lâchée quand elle avait le plus besoin d'eux, elle ne le leur pardonnerait jamais.

Ses jambes commençaient à s'engourdir, elle se rappela elle-même de corriger sa foulée. Comme pour beaucoup d'autres choses, elle avait dû lutter pour réussir à bien courir : rien ne lui était jamais venu naturellement.

Non, là, elle se mentait à elle-même. Avant ce jour-là, la vie était légère. Alors, ils formaient encore une famille. Elle ne se rappelait aucun problème, aucun obstacle, juste les clairs soirs d'été et le parfum de sa mère quand elle la couchait le soir. Et l'amour. Elle se rappelait l'amour.

Elle augmenta l'allure pour noyer ces pensées. Celles que la course effaçait d'habitude. Pourquoi forçaient-elles aujourd'hui le passage ? Ne pourrait-elle même plus disposer de cet espace de liberté ? Le retour de Marie avait-il tout détruit ?

À chaque respiration, Helen sentait que tout était différent. Elle avait de plus en plus de mal à respirer. Elle finit par être forcée de s'arrêter. Ses jambes étaient engourdies, son corps complètement gorgé d'acide lactique. Pour la première fois, son corps triomphait de sa volonté. Helen ne remarqua pas qu'elle s'effondrait avant d'avoir touché le sol.

Bill regarda autour de lui dans le restaurant du centre de conférences TanumStrand. Il n'y avait que cinq personnes rassemblées là. Cinq visages fatigués. Il savait qu'elles avaient cherché Nea toute la nuit, Gun et lui en avaient parlé en venant : fallait-il repousser la réunion ? Mais Bill était convaincu que c'était justement ce dont ils avaient besoin.

Mais qu'ils ne seraient que cinq, il ne l'aurait jamais cru.

Rolf avait fait porter des thermos de café et des sandwichs fromage-poivron sur une table, Bill s'était déjà servi. Il but une gorgée de café, tandis qu'assise tout près de lui, Gun trempait les lèvres dans le sien.

Le regard de Bill quitta les visages fatigués pour Rolf, debout près de l'entrée du restaurant.

"Tu pourrais peut-être faire les présentations ?" dit-il.

Rolf hocha la tête.

"Voici Karim, il est venu avec sa femme et ses deux enfants. Avant, il était journaliste à Damas. Puis nous avons Adnan et Khalil, respectivement seize et dix-huit ans, ils sont venus seuls et se sont rencontrés au camp. Et voici Ibrahim, l'aîné de la bande. *How old are you, Ibrahim?**"

L'homme assis à côté de Rolf avait une grande barbe, et leva cinq doigts en souriant.

"*Fifty.***

— C'est ça, Ibrahim a cinquante ans, il a sa femme avec lui. Et enfin nous avons Farid, qui est arrivé avec sa mère."

Bill salua de la tête un homme au crâne rasé et à l'énorme corpulence. Il avait l'air d'avoir la trentaine et d'avoir passé le plus clair de son temps à manger. L'équilibre risquait d'être problématique, avec quelqu'un qui devait peser trois fois plus que les autres, mais il y avait toujours des solutions. Il fallait être positif. S'il ne l'avait pas été, il n'aurait jamais survécu, la fois où il avait chaviré au large de la côte sud-africaine, alors que les requins blancs commençaient à tourner autour de lui.

"Et je m'appelle Bill, dit-il aussi lentement et clairement qu'il put. Je parlerai autant que possible avec vous en suédois."

Rolf et lui avaient convenu que c'était le mieux. Tout ceci était pour qu'ils apprennent la langue et s'intègrent plus vite dans la société.

Tous sauf Farid ouvraient de grands yeux. Il répondit dans un suédois heurté mais correct :

"Je suis le seul à bien comprendre le suédois, je suis là depuis le plus longtemps et j'ai travaillé dur, très dur. Je pourrai aider en traduisant un peu au début ? Pour que les garçons comprennent ?"

---

* Quel âge as-tu, Ibrahim ?
** Cinquante.

Bill hocha la tête. Cela semblait raisonnable. Même pour des Suédois, les termes de voile pouvaient parfois être compliqués. Farid résuma rapidement en arabe ce que Bill avait dit. Les autres hochèrent la tête.

"Nous essayer… comprendre… suédois… et apprendre, dit le dénommé Karim.

— Bien ! *Good!* répondit Bill en levant le pouce. Savez-vous nager ?"

Il fit un mouvement de brasse, et Farid répéta en arabe. Les cinq se consultèrent rapidement, et Karim répondit à nouveau en leur nom, dans son suédois laborieux :

"Nous savons… Pas venus à ce cours sinon.

— Comment avez-vous appris ? demanda Bill, soulagé mais étonné. Vous êtes beaucoup allés à la plage ?"

Farid traduisit rapidement, provoquant un éclat de rire.

"Mais nous avons des piscines, dit-il avec un sourire.

— Bien sûr."

Bill se sentit bête. Il n'osa pas regarder Gun à côté de lui, mais sentit pourtant son ricanement étouffé. Il fallait vraiment qu'il se documente un peu sur la Syrie, pour ne pas passer pour un idiot complètement ignorant. Il était allé dans beaucoup de coins du monde, mais leur pays restait une tache blanche sur la carte.

Il attrapa un autre sandwich. Beaucoup de beurre, exactement comme il aimait.

Karim leva la main et Bill hocha la tête.

"Quand… quand nous commencer ?"

Karim dit quelque chose en arabe à Farid, qui compléta :

"Quand allons-nous commencer la voile ?"

Bill écarta les bras.

"Pas de temps à perdre, le Tour de Dannholmen part dans quelques semaines, alors nous commencerons dès demain ! Rolf vous conduira jusqu'à Fjällbacka, puis nous commencerons à neuf heures. Prenez quelques couches de vêtements supplémentaires, il fait plus froid en mer qu'à terre quand il y a du vent."

Quand Farid leur traduisit, les autres se tortillèrent un peu sur leur siège. Soudain, ils semblaient hésiter. Mais Bill les encouragea avec ce qu'il espérait être un regard de gagnant. Ça allait très bien se passer. Il n'y avait pas de problèmes. Que des solutions.

"Merci d'avoir gardé les enfants un moment", dit Erica en s'asseyant en face d'Anna sur la véranda à moitié finie.

Elle avait volontiers accepté le thé glacé proposé par sa sœur : la chaleur était étouffante et, avec l'air conditionné de sa voiture en panne, elle avait l'impression d'avoir marché quarante jours dans le désert. Elle saisit le verre qu'Anna venait de remplir avec une carafe et le vida d'un trait. Anna rit et le remplit à nouveau. Le plus gros de sa soif étanché, Erica pouvait à présent boire un peu plus doucement.

"Ça s'est très bien passé, fit Anna. Ils ont été si gentils que je les ai à peine remarqués."

Erica ricana.

"Tu es sûre que c'est de mes enfants que tu parles ? La grande est assez sage, mais je ne reconnais pas vraiment mes deux petits sauvages dans ta description."

Erica était sérieuse. Plus petits, les jumeaux étaient très différents. Anton était plus calme et plus réfléchi, tandis que Noel ne tenait pas en place et touchait à tout. Ils étaient désormais tous les deux dans une période de surplus inépuisable d'énergie, qui la mettait complètement à plat. Maja n'était jamais passée par une telle phase, n'avait même jamais vraiment été en opposition, si bien que Patrik et elle n'étaient pas vraiment préparés à ça. Et en double, par-dessus le marché. Erica aurait volontiers laissé les enfants chez Anna le reste de la journée, mais sa sœur avait l'air si fatiguée qu'elle n'avait pas le cœur de profiter d'elle davantage.

"Comment ça s'est passé, alors ?" s'enquit Anna en s'allongeant dans une chaise longue aux coussins ornés de soleils criards.

Anna rageait toujours contre ces coussins, mais ils avaient été brodés par la mère de Dan, qui était si gentille, qu'Anna n'avait pas le cœur de les changer. En cela, au moins, Erica avait de la chance : Kristina, la mère de Patrik, n'était vraiment pas du genre à s'adonner aux ouvrages de dames.

"Bof, pas terrible, dit sombrement Erica. Ça fait si longtemps que son père est mort, elle ne se rappelle pas grand-chose. Elle ne pense pas non plus qu'il reste des documents liés à l'enquête. Mais elle a dit quelque chose d'intéressant, que Leif avait commencé à douter.

— Tu veux dire qu'il n'était pas sûr de la culpabilité des deux filles ?" demanda Anna en chassant un taon qui s'obstinait à leur tourner autour.

Erica le surveillait attentivement. Elle détestait guêpes et autres taons.

"Oui, elle dit qu'il n'était pas convaincu, surtout à la fin.

— Mais elles avaient pourtant avoué ?" interrogea Anna en frappant à nouveau le taon.

Mais il ne fut qu'étourdi et continua à l'attaquer de plus belle aussitôt stabilisé.

"Merde, à la fin !"

Anna se leva, prit un magazine sur la table, le roula, l'abattit sur le taon, l'écrabouillant sur la toile cirée.

Erica sourit en coin en observant sa petite sœur enceinte jusqu'aux yeux s'adonnant à la chasse au taon. Dans son état, elle manquait un peu de souplesse.

"C'est ça, ricane ! grogna Anna en essuyant la sueur de son front avant de se rasseoir. Qu'est-ce qu'on disait ? Ah oui, elles avaient pourtant avoué ?

— Oui, et ce sont ces aveux qui ont motivé le jugement. Leur jeune âge leur a évité d'être punies, mais leur culpabilité a été prononcée.

— Mais pourquoi ne seraient-elles pas coupables, puisqu'elles ont avoué et qu'elles ont été reconnues coupables ?

— Je n'en sais rien. Le tribunal a estimé que les deux filles avaient commis le crime ensemble. Mais quant aux aveux… Elles avaient treize ans. Il n'est sans doute pas difficile de faire dire n'importe quoi à un enfant de treize ans dans une pareille situation. Elles devaient avoir peur. Et quand elles se sont rétractées, il était trop tard. L'affaire était entendue, et personne ne les a crues.

— Et si elles étaient *vraiment* innocentes ? fit Anna en dévisageant Erica. Quelle tragédie, alors. Deux filles de treize ans dont la vie est détruite. Mais l'une d'elles vit encore ici, non ? C'est courageux, je dois dire.

— Oui, c'est assez incroyable qu'elle ait osé revenir après quelques années à Marstrand, tu peux imaginer que ça a fait jaser, par ici. Mais au bout d'un moment, les gens finissent par se lasser des ragots.

— Tu l'as déjà rencontrée ? Pour ton livre ?

— Non, je lui ai fait plusieurs demandes, sans réponse. Je compte tout simplement aller la voir. Et voir si elle serait prête à me parler.

— Dans quelle mesure penses-tu que ton travail sur le livre sera influencé par ce qui se passe ? demanda tout bas Anna. Avec cette fillette ?"

Erica l'avait appelée pour lui parler de Nea dès qu'elle avait appris qu'on l'avait retrouvée. La nouvelle de la mort de la fillette allait de toute façon se répandre comme une traînée de poudre dans les environs.

"Je ne sais pas, répondit Erica d'une voix traînante, en se resservant du thé glacé. Peut-être que les gens seront plus enclins à parler, ou ce sera le contraire. En fait, je ne sais pas. Mais je verrai bien.

— Et Marie, alors ? Notre star glamour d'Hollywood ? Elle se laissera interviewer ?

— Je suis en contact avec son attaché de presse depuis six mois. À mon avis, elle a elle-même un contrat de livre sur le feu, et ne sait pas trop si le mien va produire un effet d'entraînement ou lui voler la vedette. Mais elle aussi, j'irai la trouver, et on verra bien."

Anna opina. Erica savait que la seule idée d'aller voir de parfaits inconnus et d'insister auprès d'eux était le pire cauchemar de sa sœur.

"Et si on parlait de quelque chose de plus sympa ? proposa Erica. Il faut organiser un enterrement de vie de jeune fille pour Kristina.

— C'est clair, dit Anna en riant à s'en faire tressauter le ventre. Mais comment fait-on avec une jeune mariée un peu… montée en graine ? Vendre des baisers en ville pourrait sembler un peu déplacé, sans parler du saut en parachute ou à l'élastique.

— Oui, j'ai du mal à imaginer Kristina faire l'un ou l'autre, songea Erica. Mais on pourrait peut-être tout simplement réunir sa bande de copines pour une soirée sympa autour d'elle ? Un dîner au Café Bryggan, bons petits plats et bon vin, pas besoin de se compliquer la vie.

— Super idée, rétorqua Anna. Mais il faut quand même organiser un kidnapping rigolo."

Erica hocha la tête.

"Sinon, ce ne serait pas un enterrement de vie de jeune fille ! Et à propos, quand Dan va-t-il te prendre pour légitime épouse ?"

Anna rougit.

"Bon, tu vois de quoi j'ai l'air. On s'est dit : le bébé d'abord, on pensera au mariage ensuite.

— Alors si…", commença Erica, quand elle fut interrompue par "Mambo N° 5" sorti de son sac.

"Salut, chéri", répondit-elle en voyant le nom sur l'écran.

Elle écouta Patrik parler, ne répondant que par phrases courtes.

"D'accord. Oui, je m'occupe des enfants. À plus."

Elle raccrocha et remit son téléphone dans son sac. Puis supplia Anna du regard. C'était un peu gonflé de lui demander, mais elle n'avait pas le choix. Kristina était à Uddevalla pour l'après-midi, elle ne pouvait pas s'adresser à elle.

"Oui, je peux garder les enfants encore un peu, tu pars combien de temps ? rit Anna en voyant la mine contrite d'Erica.

— Est-ce que je pourrais te les reposer vers trois heures ? Patrik m'a demandé de passer au commissariat à trois heures et demie pour parler de l'affaire Stella. Ça veut dire que je serai revenue vers cinq heures, cinq heures et demie. Ça t'irait ?

— Très bien, dit Anna. Je tiens mieux tes gosses que toi.

— Ah, tais-toi !" marmonna Erica en lançant un baiser à sa petite sœur.

Mais, indéniablement, Anna disait vrai. Les enfants avaient été sages comme des anges.

"De quoi ils ont peur, à ton avis ?"
Sam s'aperçut qu'il butait sur les mots. Champagne et soleil lui étaient montés à la tête. Il tenait son verre de la main gauche. La droite lui faisait mal après la séance de tir du matin.
"Peur ?" répéta Jessie.
Elle aussi trébuchait un peu sur les mots. Elle avait déjà bu plusieurs verres avant son arrivée, ils avaient entamé une deuxième bouteille.
"Ta mère ne va pas remarquer qu'il manque des bouteilles ?" dit-il en pointant son verre dans la direction de Jessie.
Les bulles jaunes scintillaient dans le soleil. Il n'avait jamais songé combien le champagne était une belle boisson. En même temps, il n'en avait jamais vu de près.
"Bah, ça ira, elle s'en fiche, répliqua Jessie en secouant la tête. Pourvu qu'il lui en reste assez."
Elle saisit la bouteille.
"Mais comment ça, peur ? Ils n'ont quand même pas peur de nous ?
— Bien sûr que si, putain", dit Sam en tendant son verre.
Ça moussa et déborda, mais il se contenta de rire et se lécha la main.
"Ils savent qu'on n'est pas comme eux. Ils sentent... ils sentent notre côté obscur.
— Obscur ?"
Elle l'observa en silence. Il aimait le contraste entre ses yeux verts et ses cheveux blonds. Il aurait voulu lui faire comprendre combien elle était belle. Il voyait au-delà des kilos en trop, au-delà des boutons. Il s'était reconnu en elle en la voyant près du kiosque du centre, savait qu'ils portaient le même égarement. Et il avait vu les mêmes ténèbres.
"Ils savent qu'on les hait. Ils voient toute la haine qu'ils ont fait naître chez nous, mais ils ne peuvent pas s'arrêter, ils continuent à en déverser, continuent à créer quelque chose qu'ils ne pourront plus contrôler."
Jessie pouffa.
"Mon Dieu, comme c'est grandiloquent. À la tienne ! On est au soleil, sur le ponton d'une baraque de luxe, on boit du champagne, c'est cool.

— Tu as raison." Il sourit quand leurs verres se heurtèrent. "C'est cool.

— Parce qu'on le mérite, balbutia Jessie. Toi et moi. On le mérite tellement, putain. On est mieux qu'eux. Ils ne valent même pas la crasse au fond de nos nombrils."

Elle leva si violemment son verre que la moitié du champagne déborda et finit sur son ventre.

"Oups", pouffa-t-elle.

Elle tendit la main vers sa serviette, mais Sam l'arrêta. Il regarda alentour. Le ponton était à l'abri des regards et, en mer, les bateaux étaient assez loin. Ils étaient seuls au monde.

Il s'agenouilla devant elle. Entre ses jambes. Elle le suivit des yeux. Lentement, il lécha le champagne sur son ventre. Il aspira ce qui était tombé dans son nombril, puis promena sa langue en rond, en rond sur sa peau chaude de soleil. Elle avait un goût de champagne et de sueur. Il leva la tête et la regarda dans les yeux. Sans la quitter des yeux, il attrapa par les deux côtés sa culotte de bikini et la baissa lentement. Quand il la goûta, il entendit ses gémissements se mêler aux cris des mouettes au-dessus d'eux. Ils étaient seuls. Seuls au monde.

L'AFFAIRE STELLA

Leif Hermansson inspira à fond avant d'entrer dans la petite salle de réunion. Helen Persson et ses parents, KG et Harriet, attendaient à l'intérieur. Il connaissait les parents, comme tout le monde à Fjällbacka, mais de loin. C'était différent avec les parents de Marie Wall. Depuis le temps, les policiers de Tanumshede avaient eu d'innombrables occasions de les rencontrer.

Leif n'aimait pas être chef. Il n'aimait pas commander aux autres et être celui qui prenait les décisions. Mais il était un peu trop bon dans son métier, et la vie l'avait conduit à ce poste. Certes, ce n'était que le commissariat de Tanumshede, mais il avait aimablement mais fermement refusé toutes les propositions d'avancement impliquant un déménagement. Il était né à Tanumshede et comptait bien y rester jusqu'au jour où il passerait l'arme à gauche.

C'était tout particulièrement les jours comme celui-ci qu'il détestait le plus être chef. Il ne voulait pas avoir la responsabilité de trouver le meurtrier, ou d'ailleurs la meurtrière qui avait tué une fillette. Cela pesait beaucoup trop lourd sur ses épaules.

Il ouvrit la porte de la pièce un peu triste aux murs gris, posa le regard sur la silhouette affaissée d'Helen devant la simple table avant de saluer de la tête Harriet et KG, assis de part et d'autre.

"Est-ce vraiment nécessaire de faire ça au commissariat ?" demanda KG.

Il était président du Rotary, un gros bonnet de la vie économique locale. Sa femme Harriet était toujours extrêmement soignée, permanentée, manucurée, mais ce qu'elle faisait de ses journées, à part se pomponner et s'engager dans l'association des parents d'élèves, Leif l'ignorait. On la voyait toujours au bras de KG dans les réceptions et les fêtes, toujours souriante, un martini à la main.

"Il nous a semblé plus simple que vous vous déplaciez", répondit Leif, en marquant que cette partie de la discussion était close.

Leur façon de travailler ne les regardait pas, et il avait le sentiment que KG allait chercher à avoir le dessus dans cet entretien s'il lui lâchait la bride.

"C'est avec l'autre fille qu'il faut parler, dit Harriet en rajustant son chemisier blanc bien repassé. Marie. Sa famille est une plaie.

— Nous devons parler avec les deux filles, car tout porte à croire qu'elles sont les dernières personnes à avoir vu Stella en vie.

— Mais Helen n'a rien à voir avec tout ça, vous le comprenez bien."

KG était si indigné que sa moustache tressautait.

"Nous ne prétendons pas qu'elles ont quelque chose à voir avec la mort de la fillette, mais elles sont les dernières à l'avoir vue, et nous devons reconstituer la chaîne des événements, afin de pouvoir retrouver le meurtrier."

Leif lorgna en direction d'Helen. Elle se taisait en regardant ses mains. Elle avait des cheveux aussi sombres que sa mère, et une beauté discrète et banale. Les épaules tendues, elle tripotait sa jupe.

"Helen, peux-tu me raconter librement ce qu'il s'est passé ?" l'encouragea-t-il doucement, sentant à son étonnement un élan de tendresse pour la fillette.

Elle avait l'air si vulnérable et apeurée, et ses parents semblaient bien trop préoccupés d'eux-mêmes pour saisir la peur de leur fille.

Helen regarda à la dérobée son père, qui lui fit un petit signe de tête.

"On avait promis à Linda et Anders de garder Stella. On habite près de chez eux, on joue des fois avec Stella. On devait recevoir chacune un billet de vingt pour aller au kiosque acheter des glaces avec Stella.

— Et quand êtes-vous allées la chercher ?" demanda Leif.

La fillette ne leva pas les yeux vers lui.

"Je crois qu'il était environ une heure. Mais bon, moi, j'ai juste suivi Marie.

— Marie…", siffla Harriet.

Leif la fit taire d'un geste de la main.

"Donc juste après une heure."

Leif nota dans le carnet qu'il avait devant lui. Le magnétophone ronronnait en bruit de fond, mais prendre des notes l'aidait à classer ses idées.

"Oui, mais Marie sait plus précisément."

Helen se tortillait sur sa chaise.

"Qui était à la maison, quand vous êtes passées la prendre ?"

Leif leva son stylo du carnet et sourit à Helen. Mais elle ne croisa toujours pas son regard, occupée à ôter d'invisibles bouloches sur sa jupe d'été blanche.

"Sa maman. Et Sanna. Elles allaient partir quand nous sommes arrivées. On a eu l'argent pour les glaces. Stella était très contente. Elle sautait de joie.

— Et après, vous êtes parties tout de suite ? Ou restées à la ferme ?"

Helen secoua la tête, et sa longue frange de cheveux noirs lui tomba sur le visage.

"On a joué un peu à la ferme, on a sauté à la corde avec Stella. Elle aimait bien qu'on la fasse sauter en tenant chacune un bout de la corde. Mais elle n'y arrivait pas, elle s'emmêlait, et on a fini par en avoir assez.

— Et après ?

— Après, on est parties avec elle à Fjällbacka.

— Ça a dû vous prendre un bon moment ?"

Leif fit une rapide évaluation. Pour lui, il faudrait bien vingt minutes pour aller à pied de la ferme des Strand jusqu'au centre-ville. Et avec une fillette de quatre ans, nettement plus. Il faudrait sentir l'herbe, cueillir des fleurs, et on aurait un caillou dans la chaussure, puis on aurait envie de faire pipi, puis on aurait les jambes si fatiguées qu'on n'arriverait plus à avancer… Oui, ce trajet jusqu'à Fjällbacka à pied avec une fillette prendrait une éternité.

"On a pris une poussette, déclara Helen. Le genre qui est toute petite une fois repliée…

— Une poussette-canne, sûrement", renchérit Harriet.

Leif lui lança un regard et elle referma la bouche.

Leif posa son stylo.

"Combien de temps avez-vous mis, alors ? Avec Stella dans la poussette ?"

Helen fronça les sourcils.

"Assez longtemps. C'est un chemin de graviers jusqu'à la grand-route, et c'était dur de rouler dessus, les roues n'arrêtaient pas de se bloquer.

— Mais qu'est-ce que tu dirais, à peu près ?

— Peut-être trois quarts d'heure ? Mais on n'a pas regardé l'heure. Aucune de nous n'a de montre.

— Bien sûr que si, tu as une montre, s'indigna Harriet. C'est juste que tu ne veux pas t'en servir. Mais que cette fille n'en ait pas, pas étonnant. Si elle en avait une, elle serait sûrement volée.

— Maman ! Arrête !"

Les yeux d'Helen lancèrent soudain des éclairs.

Leif regarda Harriet.

"J'aimerais s'il vous plaît que nous nous en tenions aux faits."

Il fit un signe de tête à Helen.

"Et ensuite ? Combien de temps êtes-vous restées à Fjällbacka avec Stella ?"

Helen haussa les épaules.

"Je sais pas. On a acheté des glaces, puis on est restées un moment sur la jetée, mais sans laisser Stella s'approcher du bord, parce qu'elle ne sait pas nager et qu'on n'avait pas pris de gilets de sauvetage.

— C'est bien", dit Leif en hochant la tête.

Il nota de parler à Kjell et Anna, qui tenaient le kiosque, pour voir s'ils se souvenaient avoir vu les deux filles et Stella la veille.

"Donc vous avez mangé des glaces, puis êtes restées un moment sur la jetée. Autre chose ?

— Non, après on a commencé à rentrer. Stella était fatiguée, elle s'est un peu endormie dans la poussette.
— Donc une heure environ à Fjällbacka ? Tu crois que c'est ça ?"
Helen hocha la tête.
"Vous êtes rentrées par le même chemin ?
— Non, au retour, Stella a voulu passer par la forêt. Elle a dû descendre de la poussette, et on a fait le reste du trajet à pied dans la forêt."
Leif nota.
"Et quand vous êtes arrivées, tu penses qu'il était quelle heure ?
— Je ne sais pas bien, mais on a mis à peu près autant de temps au retour qu'à l'aller."
Leif se plongea dans son carnet. Si les filles étaient arrivées à la ferme vers une heure, avaient joué environ vingt minutes, puis avaient mis quarante minutes à gagner Fjällbacka, y étaient restées une heure et étaient rentrées en quarante minutes, il devait être dans les quatre heures moins le quart à leur retour. Mais compte tenu du flou dans les indications d'Helen, il ne s'y fiait pas trop, nota 15.30-16.15 dans son carnet, et l'entoura. Mais il n'était pas non plus convaincu par cet intervalle.
"Et que s'est-il passé, quand vous êtes rentrées avec Stella ?
— On a vu la voiture de son père dans la cour, alors on a supposé qu'il était à la maison. Et en voyant Stella courir vers la maison, on est reparties.
— Donc vous n'avez pas vu son père ? Ni Stella rentrer dans la maison ?
— Non."
Helen secoua la tête.
"Après ça, vous êtes rentrées directement chez vous ?
— Non…"
Helen regarda ses parents à la dérobée.
"Qu'est-ce que vous avez fait ?
— On est allées se baigner dans le lac, derrière la ferme de Marie.
— Mais on vous avait pourtant dit de ne pas…"

Harriet s'interrompit après avoir essuyé un regard de Leif.
"Combien de temps êtes-vous restées ? À peu près ?
— Je ne sais pas. En tout cas j'étais rentrée pour dîner vers six heures.
— Exact, affirma KG en hochant la tête. À nous, elle n'a pas parlé de cette baignade, elle a juste dit avoir gardé Stella tout l'après-midi."

Il fixa sa fille, qui garda les yeux baissés sur sa jupe.

"Nous avons bien sûr vu qu'elle avait les cheveux mouillés, mais elle nous a raconté qu'elles avaient joué avec Stella sous le jet d'eau du jardin.
— C'était idiot de mentir, je sais, approuva Helen. Mais je n'ai pas le droit d'aller me baigner là-bas. Ils n'aiment pas du tout que je sois avec Marie, mais c'est seulement à cause de sa famille, elle n'y est pour rien, non ?"

Les regards la foudroyèrent à nouveau.

"Cette fille, c'est la même engeance que sa famille, maugréa KG.
— Elle est juste… un peu plus dégourdie que d'autres, dit tout bas Helen. Mais il y a peut-être une raison à ça, vous ne croyez pas ? Elle n'a pas choisi de grandir dans cette famille.
— Calmez-vous, maintenant", dit Leif en levant les mains.

Même si leur dispute en disait long sur leur équilibre familial, ce n'était ni le lieu ni l'heure de déballer tout ça.

Il relut ses notes à haute voix.

"Est-ce que ça correspond à tes souvenirs de la journée d'hier ?"

Helen hocha la tête.

"Oui. Ça correspond.
— Et Marie dira la même chose ?"

Un instant, il crut voir une lueur d'hésitation dans ses yeux. Puis elle répondit tranquillement :

"Oui, elle dira la même chose."

"Comment ça va ?" l'interrogea Paula en le dévisageant.
Martin se demanda combien de temps les autres allaient continuer à s'inquiéter pour lui.
"Ça va", dit-il étonné d'entendre le ton sincère de sa voix.
Son chagrin après Pia ne disparaîtrait jamais, il se demanderait toujours ce qu'aurait été leur vie ensemble, la verrait toujours comme une ombre au coin de l'œil dans tous les grands événements de la vie de Tuva. Et les petits aussi d'ailleurs. Quand Pia avait disparu, on lui avait dit qu'il allait lentement reprendre vie. Qu'un jour il retrouverait la joie et le rire. Que le chagrin ne disparaîtrait jamais, mais qu'il apprendrait à vivre avec, à marcher à ses côtés. Alors, tandis qu'il avançait dans le noir, cela lui avait semblé impossible. Pendant les premiers temps, ça avait le plus souvent été un pas en avant et deux en arrière, mais depuis, c'était plutôt deux en avant et un en arrière. Jusqu'à ce que, lentement, il se mette à aller seulement de l'avant.
Martin se prit à songer à la maman rencontrée au parc la veille. À dire vrai, il avait beaucoup pensé à elle depuis. Il se rendait compte qu'il aurait dû prendre son numéro de téléphone. Ou au moins lui demander son nom. Mais c'était facile d'y penser après coup. Le seul fait qu'il ait envie de la revoir l'avait complètement pris de court. Heureusement, ils vivaient dans une petite localité, et il espérait la recroiser au parc dès aujourd'hui. En tout cas c'était son plan, jusqu'à ce que le meurtre de Nea l'oblige à mettre fin à ses vacances et à retourner travailler.

La mauvaise conscience lui revint. Comment pouvait-il songer à une fille dans un moment pareil ?

"Tu as l'air gai, mais un peu soucieux", dit Paula, comme si elle avait lu ses pensées.

Avant d'avoir pu se retenir, il lui parla de la femme du parc. Du coup, il faillit rater la sortie et dut faire un virage sur les chapeaux de roue.

"Elle est donc *si* jolie que tu ne sois plus capable de conduire ? demanda Paula en agrippant la poignée au-dessus de la portière.

— Tu dois me trouver ridicule, fit-il en rougissant tant que ses taches de rousseur ressortaient encore plus sur son teint de craie.

— Je trouve ça formidable, dit Paula en lui donnant une claque sur la cuisse. Et n'aie pas mauvaise conscience, la vie doit continuer. Si tu vas bien, tu travailleras bien. Alors va trouver qui c'est et appelle-la. De toute façon, on ne va pas travailler jour et nuit, on se mettrait à faire des erreurs.

— Oui, tu as sans doute raison", admit Martin en commençant à se demander comment faire pour la retrouver.

Il savait comment s'appelait son fils. C'était déjà un début. Tanumshede n'était pas si grand qu'il n'arrive pas à la localiser. À moins qu'elle ne soit une touriste de passage. Et si elle n'habitait même pas la région ?

"On ne devrait pas s'arrêter par là ? indiqua Paula tandis qu'ils passaient en trombe devant la première maison sur le chemin de gravier.

— Euh, quoi ? Ah oui, pardon, dit-il en rougissant de plus belle jusqu'à la racine des cheveux.

— Après, je t'aiderai à la retrouver", lui proposa Paula avec un sourire en coin.

En freinant devant l'entrée d'une vieille maison rouge avec des coins blancs et de nombreuses décorations chantournées, Martin se surprit à pousser un profond soupir d'envie. C'était exactement la maison dont il rêvait. Pia et lui avaient commencé à mettre de l'argent de côté et avaient presque réuni la somme nécessaire. Tous les soirs, ils avaient écumé les sites d'annonces et avaient même eu le temps d'effectuer une première visite. Puis le diagnostic de cancer était tombé. Et l'argent dormait à présent sur le compte d'épargne, inemployé. Ses rêves de maison étaient morts avec Pia. Comme tous ses autres rêves.

Paula frappa à la porte.

"Il y a quelqu'un ?" appela-t-elle au bout d'un moment.

Elle jeta un regard à Martin, poussa la porte et entra. Dans une grande ville, il aurait sûrement été impensable de faire ça, mais ici, dans la région, il était inhabituel de fermer à clé, et il arrivait souvent que des amis entrent les uns chez les autres, si c'était ouvert. La dame qui vint à leur rencontre ne semblait pas le moins du monde effrayée d'entendre des voix inconnues dans son vestibule.

"Ah, bonjour, mais qui voilà ? Une visite de la police ?" dit-elle en leur souriant.

Elle était si petite, menue et ridée que Martin avait peur que le courant d'air créé par l'ouverture de la porte ne la renverse.

"Entrez, je suis en plein troisième round entre Gustafsson et Daniel Cormier", les invita-t-elle.

Martin interrogea Paula du regard. Il n'avait pas la moindre idée de ce dont parlait la petite vieille. Son intérêt pour le sport était extrêmement limité – il pouvait éventuellement imaginer regarder un match de foot si la Suède arrivait au moins en demi-finale du championnat d'Europe ou de la coupe du monde, mais c'était sa limite. Et il savait que Paula s'y intéressait encore moins, si la chose était possible.

"Peu importe ce qui vous amène, il va falloir patienter, installez-vous dans le canapé", fit la vieille en leur indiquant un canapé tendu d'un tissu luisant à fleurs.

Elle s'assit quant à elle péniblement dans un grand fauteuil à oreilles muni d'un repose-pied, placé devant un gigantesque téléviseur. À son grand étonnement, Martin constata que le "match" en question était un combat forcené entre deux hommes enfermés dans une sorte de cage.

"Gustafsson le tenait par une clé de bras au deuxième round, et Cormier a failli tomber dans les pommes, mais le gong a sonné juste avant qu'il se couche. Et maintenant, au troisième round, Gustafsson commence à fatiguer, alors Cormier reprend du poil de la bête. Mais je n'ai pas perdu espoir, Gustafsson a une sacrée niaque, il suffirait qu'il le mette par terre pour l'emporter. Cormier est le plus fort debout, mais au sol, il n'est pas aussi au point."

Martin la regarda, interdit.

"Arts martiaux mixtes, hein ?" demanda Paula.

La vieille la dévisagea comme une demeurée.

"Bien sûr, qu'est-ce que vous croyez ? Ça ressemble à du hockey ?"

Elle s'esclaffa, et Martin remarqua un sérieux verre de whisky sur la table à côté du fauteuil. Eh oui, se dit-il, quand il aurait cet âge-là, lui aussi il se permettrait ce qu'il voudrait, quand il voudrait, sans se demander si c'était ou non bon pour sa santé.

"C'est le match pour le titre, dit la vieille, l'œil rivé à l'écran. Ils se battent pour le titre de champion du monde."

Visiblement, elle commençait à réaliser qu'elle avait affaire à deux novices complets.

"C'est le match le plus coté de l'année. Alors vraiment, excusez-moi de ne pas pouvoir encore vous offrir toute mon attention. Je n'ai pas l'intention de rater ça."

Elle saisit son verre de whisky et en but une sérieuse lampée. Sur l'écran, un malabar blond jeta à terre un homme à la peau sombre et aux épaules anormalement larges et se coucha sur lui. Aux yeux de Martin, cela ressemblait à des voies de fait passibles de plusieurs années de prison dans la vraie vie. Et leurs oreilles ? Qu'est-ce que ces gars avaient fait de leurs oreilles ? Elles étaient grosses et épaisses, comme des boules de terre glaise mal placées là. Il comprit soudain le terme "oreille en chou-fleur", s'agissant des lutteurs. Voilà donc à quoi cela ressemblait.

"Encore trois minutes", informa la vieille en buvant encore une gorgée de whisky.

Martin et Paula se regardèrent. Il vit qu'elle luttait pour se retenir de rire. C'était pour le moins inattendu.

Soudain, la dame hurla en sautant de son fauteuil.

"Ouiiiii !

— Il a gagné ? demanda Martin. Gustafsson ?"

Le géant blond tourna comme un fou dans la cage, puis sauta sur le bord en criant. Il avait visiblement gagné.

"Cormier est tombé dans les pommes. Il l'a eu avec un *rear necked choke*, l'autre a fini par abandonner."

Elle vida le fond de son verre.

"C'est de lui qu'on parle dans les journaux ? The… Mole ? demanda Paula, visiblement contente d'être dans le coup.

— The Mole, pouffa la vieille. The Mauler, ma petite. Gustafsson appartient à la crème de la crème. Vous devriez savoir ce genre de choses. C'est de la culture générale."

Elle se dirigea vers la cuisine.

"J'allais faire du café, vous en voulez ?

— Oui, merci", répondirent en chœur Martin et Paula.

Boire un café faisait partie du rituel quand on allait parler aux gens. Avec plusieurs entretiens dans la journée, il était parfois difficile de dormir le soir.

Ils se levèrent et suivirent la dame à la cuisine. Martin réalisa qu'ils ne s'étaient pas encore présentés.

"Pardon, je suis Martin Molin, et voici Paula Morales, du commissariat de Tanumshede.

— Dagmar Hagelin, dit la dame, en posant une cafetière sur la plaque. Installez-vous à la table de la cuisine, c'est plus agréable. Je ne vais dans le séjour que pour regarder la télé. Je passe la plupart du temps ici."

Elle leur indiqua une table en bois bien usée, couverte de revues de mots croisés. Elle se dépêcha de rassembler les journaux en tas sur le bord de la fenêtre.

"De la gymnastique pour le rayon cerveau. Je vais avoir quatre-vingt-douze ans en septembre, alors il faut faire s'entraîner le ciboulot, sinon, c'est le gâtisme avant d'avoir eu le temps de dire… bah, j'ai oublié !"

Elle rit gaiement à sa propre plaisanterie.

"Comment en êtes-vous venue à vous intéresser aux AMM ? demanda Paula.

— Mon arrière-petit-fils en fait à haut niveau. Bon, il ne participe pas encore aux compétitions de l'UFC, mais ce n'est qu'une question de temps, il est doué et il en veut.

— Ah ? Je vois, mais c'est un peu… inhabituel", risqua Paula.

Dagmar ne répondit pas tout de suite. Elle saisit la cafetière sur la plaque électrique avec une manique brodée et la posa sur la table, sur un dessous-de-plat en liège. Puis elle sortit trois jolies petites tasses en fine porcelaine avec des motifs roses et un bord doré. Ce n'est qu'une fois installée qu'elle répondit, en servant le café.

"On a toujours été très proches, Oskar et moi, alors j'ai commencé à aller à ses matchs. Et c'est comme attraper un virus. Impossible de ne pas être emballée. J'ai fait de l'athlétisme à un assez bon niveau dans mes jeunes années, alors je me reconnais dans cette impression, cette excitation."

Elle montra au mur une photo noir et blanc d'une jeune femme athlétique en plein élan vers une barre de saut en hauteur.

"C'est vous ?" dit Martin, impressionné, en essayant de faire coïncider l'image de cette grande femme élancée et musculeuse avec la petite personne ratatinée et grise qu'il avait devant lui.

Dagmar sembla lire ses pensées et sourit.

"Moi aussi, j'ai du mal à me reconnaître. Mais ce qu'il y a de bizarre, c'est qu'à l'intérieur on se sent pareil. Parfois, j'ai un choc en me voyant dans le miroir, et je me demande : c'est qui, cette petite vieille ?

— Combien de temps avez-vous pratiqué ? demanda Paula.

— Pas bien longtemps, pour aujourd'hui, mais bien trop pour l'époque. Quand j'ai rencontré mon mari, j'ai dû mettre le sport de côté, puis ça a été les enfants, une maison à tenir. Mais je ne vais pas reprocher ça à ma fille, l'époque était ce qu'elle était, et c'est une brave petite. Elle veut que j'aille vivre chez elle, maintenant que je commence à avoir du mal à m'occuper de la maison. Elle aussi commence à être vieille, elle va avoir soixante-trois ans cet hiver, alors peut-être bien qu'on pourrait arriver à s'entendre sous le même toit."

Martin but une gorgée de café dans la petite tasse fragile.

"C'est du kopi luwak, déclara Dagmar en voyant sa mine satisfaite. L'aîné de mes petits-enfants en importe en Suède.

Il est fait à partir de grains de café retrouvés dans les crottes de civettes. On les ramasse, les lave et les torréfie. Ce n'est pas donné, ça coûte normalement dans les six cents couronnes la tasse, mais Julius en importe, n'est-ce pas, alors il en a à meilleurs prix et m'en donne de temps en temps. Il sait que j'adore ça, il n'y a pas meilleur café."

Martin regarda sa tasse avec effroi, mais haussa les épaules et but une autre lampée. On se fichait bien d'où ça sortait quand ça avait un goût aussi divin. Il hésita un moment, puis décida avoir assez bavardé.

"Je ne sais pas si vous avez entendu ce qui s'est passé, commença-t-il en se penchant en avant, mais une petite fille a été retrouvée assassinée dans la forêt, par ici.

— Oui, j'ai entendu ça, ma fille est passée et m'a raconté, dit Dagmar, dont le visage s'assombrit. La mignonne petite blondinette qui courait toujours partout comme une tornade. Oui, je continue à faire une grande promenade chaque jour, et je passe souvent devant la ferme des Berg. Je la voyais le plus souvent dans leur cour.

— Quand l'avez-vous vue pour la dernière fois ? demanda Martin en buvant une autre gorgée.

— Quand était-ce ? réfléchit Dagmar. Pas hier, mais le jour d'avant, je crois. Dimanche, donc.

— Quand, dans la journée ?

— Je me promène toujours dans la matinée. Avant qu'il fasse trop chaud. Elle était en train de jouer dans la cour. Je lui ai fait un coucou de la main en passant, comme je le fais toujours, et elle y a répondu.

— Dimanche matin, donc, dit Martin. Mais pas depuis ?"

Dagmar secoua la tête.

"Non, hier, je ne l'ai pas vue.

— N'avez-vous rien vu d'autre qui vous ait fait réagir ? Quelque chose qui sorte de l'ordinaire ? Le moindre petit détail peut être de poids, alors même si quelque chose vous semble sans importance, parlez-nous-en, et nous aviserons."

Martin finit sa tasse. Sa main semblait gauche autour de la petite tasse romantique et fragile, qu'il posa délicatement sur sa soucoupe.

"Non, je ne me souviens de rien d'intéressant. J'ai une assez bonne vue quand je suis là, à la fenêtre de la cuisine, et je n'ai rien remarqué d'anormal.

— Si quelque chose vous revenait, n'hésitez pas à nous appeler", dit Paula en se levant au signe de tête de Martin, qu'elle avait interrogé du regard.

Elle posa une carte de visite sur la table et rangea sa chaise sous la table de cuisine.

"Merci pour le café, dit Martin. C'était bon et... surprenant.

— Comme tout devrait l'être dans la vie", répliqua Dagmar en souriant.

Il regarda à la dérobée la photo de la belle jeune fille en combinaison d'athlétisme, et vit dans ses yeux la même lueur que chez Dagmar, du haut de ses quatre-vingt-douze ans. Il reconnut cette lueur. Il y avait la même dans les yeux de Pia. Elle était signe de joie de vivre.

Il referma doucement la belle porte ancienne.

Mellberg s'étira au bout de la table de conférence. Une impressionnante cohorte de journalistes s'était rassemblée. Pas seulement les journaux locaux, mais aussi la presse nationale.

"Est-ce le même meurtrier ?" demanda Kjell, du *Bohusläningen*.

Patrik observait attentivement Mellberg. Il aurait préféré le remplacer, mais Mellberg avait donné son véto. Les conférences de presse étaient ses heures de gloire, dans la lumière des projecteurs, il n'avait pas l'intention de les lâcher de sitôt. Tout le travail de terrain et tout ce qui exigeait le moindre effort, il les laissait volontiers à Patrik et aux autres.

"Nous ne pouvons pas exclure des liens avec l'affaire Stella, mais nous ne nous concentrons pas exclusivement sur cette seule piste, dit Mellberg.

— Mais cela ne peut quand même pas être un hasard ?" insista Kjell.

Sa barbe noire commençait à se saupoudrer de blanc.

"Encore une fois, nous allons bien entendu examiner cet aspect, mais quand une piste paraît évidente, le risque existe de s'y enfermer et de ne pas explorer d'autres possibilités."

Bien, Mellberg, pensa Patrik, bluffé. Peut-être qu'il a appris quelque chose, au bout du compte.

"Mais c'est clair, c'est pour le moins une curieuse coïncidence que l'autre star du cinéma revienne juste avant que cela se passe", dit Mellberg.

Les journalistes notèrent fébrilement.

Patrik dut serrer les poings pour ne pas s'en frapper le front. Il imaginait déjà les titres des journaux du soir.

"Bon, alors, allez-vous interroger Marie et Helen ?" demanda un pigiste d'un journal du soir.

Un jeune. Ils étaient toujours les plus insistants, avides de s'assurer une place au sein de leur journal et prêts à tout pour se faire un nom.

"Nous allons leur parler", confirma Mellberg, et on voyait de loin qu'il jouissait de l'attention dont il faisait l'objet.

Il se tourna complaisamment vers les appareils photo qui se mirent à crépiter. Par sécurité, il vérifia que ses cheveux tombaient comme il fallait.

"Donc vos principaux suspects, ce sont elles ? demanda une journaliste de l'autre journal du soir.

— Euh, eh bien… Non, je ne l'affirmerais pas et ne le dirais pas de cette façon…"

Mellberg se gratta la tête, semblant réaliser qu'il s'était laissé entraîner dans la mauvaise direction. Il se tourna vers Patrik, qui se racla la gorge.

"Nous n'avons aucun suspect pour le moment à ce stade de l'enquête, déclara-t-il. Comme l'a très bien dit Bertil Mellberg, nous ne nous enfermons dans aucune piste en particulier. Nous attendons le rapport de la police scientifique, et procédons à l'audition à grande échelle de personnes dont nous pensons qu'elles peuvent nous donner des informations sur l'heure de la disparition de Nea.

— Donc vous pensez que c'est un hasard si une fillette disparaît de la même ferme et est retrouvée au même endroit que Stella, la semaine même où une des condamnées de cette affaire revient sur les lieux pour la première fois depuis trente ans ?

— Je ne crois pas que les rapprochements simples aillent toujours de soi, rétorqua-t-il, et il serait donc extrêmement risqué pour nous de nous fixer sur une option unique. Comme Mellberg l'a souligné."

Kjell, du *Bohusläningen*, leva la main pour poser une question.

"Comment est morte la fillette ?"

Mellberg se pencha en avant.

"Comme Patrik Hedström l'a mentionné, nous n'avons pas encore reçu le rapport de la police technique et scientifique, et l'autopsie n'a pas encore été pratiquée. Avant cela, nous n'avons aucune possibilité ni aucune raison de nous prononcer à ce sujet.

— Y a-t-il un risque que d'autres enfants soient assassinés ? continua Kjell. Les parents doivent-ils garder leurs enfants chez eux, par ici ? Comme vous le comprenez, les rumeurs commencent à circuler et la peur à se répandre."

Mellberg ne répondit pas tout de suite. Patrik secoua légèrement la tête, en espérant que son chef capte le signal. Ce n'était pas une bonne idée d'effrayer la population locale.

"À l'heure actuelle, il n'y a aucune raison de s'inquiéter, finit par répondre Mellberg. Nous consacrons toutes nos ressources à enquêter sur cette affaire spécifique et à comprendre comment Linnea Berg a été tuée.

— Est-ce le même mode opératoire que pour Stella ?"

Kjell ne lâchait pas le morceau. Les autres journalistes le regardèrent, puis se tournèrent vers Mellberg. Patrik toucha du bois pour que Mellberg s'en tienne à sa ligne.

"Encore une fois, nous n'en saurons davantage qu'une fois en possession des conclusions médicolégales.

— Mais vous ne dites pas non."

Le jeune pigiste s'obstinait. Patrik revit l'image de la petite fille, exposée, seule sur la table de dissection, et ne put s'empêcher de cracher :

"Nous vous avons déjà dit que nous n'en savons pas plus tant que nous n'avons pas reçu le rapport médicolégal !"

Le jeune journaliste se tut, l'air offusqué.

Kjell leva à nouveau la main. Il regarda Patrik dans les yeux.

"J'ai entendu dire que votre femme a commencé un livre sur l'affaire Stella. Est-ce exact ?"

Patrik se doutait bien que cette question sortirait, mais fut pourtant pris au dépourvu. Il baissa les yeux vers ses poings fermés.

"Ma femme a ses raisons pour ne pas parler de son projet, même avec son informateur maison, finit-il par répondre, provoquant des rires épars dans l'assistance. J'ignore où elle en est dans son travail, je suis d'habitude tenu à l'extérieur du processus créatif, et ne suis concerné que lorsqu'elle me demande de relire le manuscrit définitif."

Il mentait un peu, mais pas complètement. Il savait à peu près où Erica en était, mais c'était grâce à des commentaires dispersés. Elle était en effet réticente à parler de ses livres en cours de travail, et ne faisait appel à lui que pour vérifier des faits policiers. Mais ses questions étaient extraites de leur contexte, ce qui lui permettait rarement de se faire une idée du livre lui-même.

"Est-ce que cela a pu avoir été un facteur déclenchant ? Pour ce nouveau meurtre ?"

La jeune journaliste du journal du soir le regarda avec espoir. Patrik sentit la moutarde lui monter au nez. Que venait-elle d'insinuer, bordel ? Que sa femme avait provoqué le meurtre de la fillette ?

Il allait ouvrir la bouche pour passer à cette journaliste le savon de sa vie quand il entendit la voix calme mais ferme de Mellberg.

"Je trouve cette question de mauvais goût et déplacée, et non, rien n'indique qu'il puisse y avoir le moindre lien entre le projet de livre d'Erica Falck et le meurtre de Linnea Berg. Et si vous ne vous en tenez pas à un niveau minimal de décence dans les…" Mellberg regarda sa montre. "… dix minutes de conférence de presse qui restent, je n'hésiterai pas à l'interrompre plus tôt. Vu ?"

Patrik échangea un regard bluffé avec Annika. À son grand étonnement, les journalistes se tinrent à carreau le reste de la conférence de presse.

Quand Annika eut mis tout le monde dehors, malgré leurs protestations pour la forme et leurs tentatives de poser encore quelques questions, Patrik et Mellberg se retrouvèrent seuls dans la pièce.

"Merci, dit simplement Patrik.

— Ils n'ont pas intérêt à s'en prendre à Erica", marmonna Mellberg, avant de tourner les talons.

Il appela Ernst, caché sous la table où Annika avait installé café et viennoiseries, et sortit. Patrik rit tout seul. Ça alors. Le vieux bonhomme avait malgré tout un fond de loyauté.

BOHUSLÄN 1671

Elin était forcée de le reconnaître : Britta était resplendissante. Ses yeux sombres s'accordaient joliment avec sa robe bleue et ses cheveux brillants à force d'être brossés tombaient librement, juste retenus par un beau ruban de soie. Ils n'avaient pas souvent de tels hôtes de marque. À vrai dire jamais. De tels grands seigneurs n'avaient aucune raison de rendre visite au simple pasteur de la paroisse de Tanumshede, mais les ordres du roi au gouverneur du Bohuslän Harald Stake avaient été clairs. Tous les représentants de l'Église dans la province devaient s'impliquer dans le combat contre la sorcellerie et les forces de Satan. L'État et l'Église menaient un combat commun contre le diable, ce qui valait au presbytère de Tanumshede l'honneur de cette visite. Le message devait être porté dans tous les coins du pays, ainsi en avait clairement décidé le roi. Et Britta ne tarda pas à comprendre la situation et à en tirer profit. Ils n'avaient pas à avoir honte de leurs habits, de leur logis ni de leur conversation pendant la visite de Lars Hierne. Il avait poliment proposé de loger à l'auberge, mais Preben avait répondu qu'il n'en était pas question. Bien sûr, ils feraient tout leur possible pour choyer un hôte de ce prix. Et même si l'auberge avait, comme la loi l'y obligeait, un quartier particulier pour les nobles et les personnes de qualité, le presbytère de Tanumshede veillerait à offrir tout le confort que l'envoyé du gouverneur pourrait exiger.

Britta et Preben accueillirent l'équipage sur le pas de la porte. Elin et les autres domestiques se tenaient à l'écart, tête basse et regard fixé sur les pieds. Tous avaient reçu l'ordre d'être lavés et décemment habillés de vêtements propres et intacts, et les servantes s'étaient soigneusement peignées pour que pas une mèche ne s'égare hors de leur coiffe. Il flottait une agréable odeur de savon et de branches de sapin, le valet de ferme en avait disposé dans les pièces le matin même.

Quand ils furent à table, Elin versa le vin dans les grandes chopines. Elle les reconnaissait très bien. Son père y avait servi le vin durant toute son enfance, et Britta les avait reçues en cadeau de mariage. Elin, elle, avait eu quelques nappes brodées par sa mère. Pour le reste, son père n'avait pas estimé que les jolis objets qu'il possédait trouveraient leur place dans une pauvre cabane de pêcheur. Et d'une certaine façon, elle était encline à lui donner raison. Qu'aurait-elle fait, avec Per, de ces bibelots et bricoles ? Ils étaient plus à leur place au presbytère qu'ils ne l'auraient été dans la modeste maison d'Elin. Mais les nappes de sa mère, elle en prenait soin tendrement. Elle les conservait dans un petit coffre, avec les herbes qu'elle ramassait et faisait sécher chaque été puis emballait dans du papier pour ne pas tacher l'étoffe blanche.

Depuis qu'elle était toute petite, elle interdisait sévèrement à Märta d'ouvrir le coffre. Pas seulement parce qu'elle ne voulait pas de doigts poisseux d'enfant sur les jolies nappes de sa mère, mais aussi parce que, mal utilisées, certaines herbes pouvaient être toxiques. Sa grand-mère lui avait enseigné leurs propriétés et quelles formules employer selon les cas. Il ne fallait pas confondre, cela pouvait avoir des conséquences catastrophiques. Elle avait dix ans quand sa grand-mère avait commencé à lui apprendre, et elle avait décidé d'attendre que Märta ait le même âge avant de lui transmettre ses connaissances.

"Pouah, quelle horreur, ces catins du diable !" dit Britta en adressant un doux sourire à Lars Hierne.

Il fixait avec ravissement les beaux traits de son visage illuminé par l'éclat de nombreuses chandelles. Britta avait bien fait de choisir ce tissu de brocard bleu qui luisait et scintillait devant les murs sombres de la salle à manger du presbytère, faisant paraître les yeux de Britta aussi bleus que la mer un jour ensoleillé de juillet.

Elin se demanda en silence comment Preben réagissait à cette façon qu'avait leur visiteur de dévisager sa femme sans vergogne, mais il y semblait parfaitement indifférent, et paraissait même ne pas s'en apercevoir. En revanche, elle remarqua qu'il la regardait, et baissa vite les yeux. Elle eut pourtant le temps de noter qu'il était lui aussi d'une élégance inhabituelle. Quand il n'était pas en habits de prêtre, elle le voyait surtout en vêtements de travail sales. Pour un homme de cette position, il avait une curieuse prédilection pour les travaux physiques de la ferme et le soin des animaux. Dès son premier jour au presbytère, elle avait interrogé à ce sujet une autre servante, qui lui avait répondu que c'était étrange, mais que le maître de maison travaillait souvent à leurs côtés. Il fallait juste se faire à ce genre de lubies. Mais, avait poursuivi la servante, la femme du pasteur n'avait pas l'air d'apprécier ça, et c'était l'objet de nombreuses prises de bec. Elle s'était alors avisée de qui était Elin, et avait rougi de la tête aux pieds. Une telle situation n'était pas rare pour Elin, au presbytère. Elle occupait une curieuse position, à la fois servante et sœur de la femme du pasteur. Elle appartenait sans appartenir et, souvent, quand elle entrait dans le logement des domestiques, les autres cessaient net de parler et n'osaient pas regarder dans sa direction. D'une certaine façon, cela augmentait sa solitude mais, en même temps, elle n'était pas trop contre. Elle n'avait jamais eu beaucoup d'amies, trouvant que les autres femmes pinaillaient et chipotaient inutilement.

"Oui, les temps sont pénibles, dit Lars Hierne. Mais par chance, nous avons un roi qui ne se voile pas la face et ne flanche pas devant les forces du mal que nous combattons. Il y a eu des années difficiles dans le royaume, et les progrès de Satan ont été plus nets que depuis des générations. Plus nous trouverons et jugerons ces femmes, plus vite nous écraserons les forces du diable."

Il brisa un morceau de pain, qu'il mangea avec délectation. Le regard de Britta était pendu à ses lèvres, brillant de fascination et d'effroi.

Elin écoutait attentivement, tout en servant précautionneusement le vin dans les chopines. L'entrée était servie, et

Boel de Holta semblait ne pas devoir avoir honte de ce qu'elle avait réalisé en cuisine. Tous mangeaient de bon appétit et Lars Hierne complimenta les mets à plusieurs reprises, à quoi Britta se récria timidement, en levant les mains.

"Mais comment savez-vous avec certitude que ces femmes sont dans les filets du diable ? demanda Preben en se calant au fond de son siège, sa chopine à la main. Nous n'avons pas encore eu à traduire quiconque en justice dans notre contrée, mais je me doute bien que nous n'y couperons pas. Mais jusqu'à présent, nous ne connaissons votre manière de procéder que par la rumeur et le bouche à oreille."

Lars Hierne détacha son regard de Britta et se tourna vers Preben.

"Au fond, c'est une chose très simple et rapide de déterminer si quelqu'un est une sorcière, ou d'ailleurs un sorcier, nous ne devons pas oublier que les femmes ne sont pas les seules à céder aux tentations de Satan. En revanche, la chose est plus fréquente au sein de la gent féminine, car elles répondent plus facilement aux appels du diable."

Il regarda alors gravement Britta.

"La première chose qui a lieu après l'arrestation d'une sorcière est l'épreuve de l'eau. Nous la jetons à l'eau, pieds et poings liés.

— Et ensuite ?"

Britta se pencha en avant. Elle semblait trouver le sujet passionnant.

"Si elle flotte, c'est une sorcière. Seules les sorcières flottent, c'est connu de longue date. Si elle coule, elle est innocente. Mais je suis fier de dire que, jusqu'à présent, nous n'avons jamais accusé à tort une femme innocente. Elles ont toutes flotté comme des oiseaux. Et par là révélé leur vraie nature. Mais ensuite, elles ont naturellement la possibilité d'avouer, et ainsi d'obtenir le pardon de Dieu.

— Et elles ont avoué ? Les sorcières que vous avez arrêtées ?"

Britta se pencha encore davantage, si bien que les chandelles projetaient des ombres dansantes sur son visage.

Lars Hierne hocha la tête.

"Oh oui, elles ont toutes avoué. Certaines sorcières ont dû être persuadées un peu plus que d'autres, il semble que Satan ait parfois une emprise plus forte sur elles. Nous nous demandons si cela peut dépendre de la durée de leur commerce, ou d'une prédilection particulière de Satan avec telle ou telle. Mais elles ont toutes avoué. Et été exécutées, selon l'ordre du roi.

— Vous faites là un bon travail, félicita Preben en hochant pensivement la tête. Et pourtant, j'envisage avec effroi le jour où nous aurons à mener une aussi douloureuse mission dans notre paroisse.

— Oui, c'est une lourde croix mais, comme chacun sait, Dieu ne nous envoie que les épreuves que nous pouvons porter. Et nous devons tous avoir le courage de répondre à la mission qui nous a été confiée.

— En vérité, en vérité", dit Preben en portant la chopine à ses lèvres.

Le plat chaud fut servi, et Elin se dépêcha de resservir du vin rouge. Tous les trois buvaient en abondance, et commençaient à avoir l'œil un peu brillant. Elin sentit à nouveau le regard de Preben sur elle, et s'ingénia à ne pas le croiser. Un frisson courut le long de sa colonne vertébrale, et elle faillit lâcher le pichet de vin. Sa grand-mère appelait cette sensation une prémonition, un avertissement à l'approche d'un malheur. Mais Elin se persuada que ce n'était qu'un courant d'air passé par les fenêtres mal calfeutrées.

Mais quand elle se coucha, tard ce soir-là, cela lui revint. Elle serra Märta plus près d'elle dans le lit étroit pour tenter de chasser cette sensation, mais elle perdura.

Gösta était bien content de couper à la conférence de presse. Du cinéma, voilà ce qu'il en pensait. Il avait toujours l'impression que les journalistes venaient pour les prendre en défaut et causer des problèmes, plutôt que pour informer le public et par là les aider. Mais il était peut-être juste cynique, c'était un travers qui venait facilement à la longue.

En même temps qu'il se réjouissait d'avoir une raison de ne pas y être, son ventre se noua en songeant à sa destination. Il avait parlé avec le médecin du district, qui l'avait informé qu'Eva et Peter étaient secoués mais en état de parler. Il se souvenait quand Maj-Britt et lui avaient perdu leur petit garçon, à quel point le chagrin les avait longtemps paralysés.

Il aperçut la voiture de Paula et Martin en passant devant une petite maison rouge aux coins blancs, et espéra que leur porte-à-porte donne quelque chose. Il savait qu'on avait d'ordinaire l'œil sur ce qui se passait dans le voisinage quand on vivait ainsi à la campagne. Il habitait lui-même un peu à l'écart, près du golf de Fjällbacka et se surprenait souvent lui-même assis à la fenêtre de la cuisine, occupé à observer les passants. Et c'était aussi un travers qui venait avec l'âge. Il se souvenait nettement de son père, assis à la table de sa cuisine, regardant par la fenêtre. Petit, il trouvait ça atrocement ennuyeux, mais à présent il comprenait son père. C'était apaisant. Non qu'il ait jamais donné dans tout ce baratin sur la méditation, mais il pouvait imaginer que c'était quelque chose de ce genre.

Il s'engagea dans le petit chemin qui menait à la ferme. Hier, la cour bouillonnait d'activité, mais aujourd'hui elle était vide et déserte. Personne en vue. C'était si silencieux. Si calme. La brise de la matinée avait commencé à mollir, à présent que le soleil était passé à son zénith. L'air vibrait de chaleur.

Une corde à sauter était jetée par terre près de la grange et Gösta fit quelques pas de côté pour contourner une marelle dessinée dans le gravier. Elle commençait à s'effacer et ne resterait plus bien longtemps visible. Nea l'avait sûrement tracée de son petit pied, ou avait été aidée par papa ou maman.

Gösta s'arrêta un instant pour regarder la maison. Rien dans la petite ferme ne témoignait des tragédies qu'elle avait connues. La vieille grange était un peu plus vermoulue et bancale que dans son souvenir de trente ans auparavant, mais la petite maison d'habitation était repeinte et bien entretenue, et le jardin plus fleuri que jamais. D'un côté, du linge séchait sur l'étendoir, et il vit de petits vêtements d'enfants qui ne seraient plus jamais portés par celle à qui ils avaient appartenu. Sa gorge se noua, il la racla. Puis se dirigea vers la maison. Quels que soient ses états d'âme, il avait un travail à faire. Si quelqu'un devait parler avec les parents, c'était lui.

"Toc, toc, on peut entrer ?"

La porte était entrebâillée, il la poussa. Une version plus âgée et nettement plus bronzée de Peter se leva et vint à sa rencontre en lui tendant la main.

"Bengt", dit-il gravement.

Une femme fluette, coupe au bol décolorée au soleil et bronzage assorti se leva à son tour et se présenta comme Ulla.

"Le médecin nous a dit que vous veniez", dit Bengt.

La femme s'était rassise. La table était jonchée de petits bouts de papier déchirés.

"Oui, je lui ai demandé de vous prévenir, pour ne pas débarquer comme ça, dit Gösta.

— Asseyez-vous, je vais appeler Eva et Peter, dit Bengt à voix basse en se dirigeant vers l'escalier. Ils sont juste allés se reposer un moment."

Ulla regarda Gösta les larmes aux yeux tandis qu'il s'asseyait en face d'elle.

"Qui a pu faire une chose pareille ? Elle est si petite…"

Elle saisit un rouleau d'essuie-tout dont elle arracha un bout. S'essuya sous les yeux.

"Nous allons faire de notre mieux pour le savoir", dit Gösta en joignant les mains sur la table.

Du coin de l'œil, il vit Bengt revenir, suivi de près par Eva et Peter. Ils marchaient lentement, et Gösta sentit gonfler la boule au fond de sa gorge.

"Voulez-vous du café ?" dit mécaniquement Eva.

Ulla bondit.

"Assieds-toi, ma chérie, je m'en occupe.

— Mais je…", commença Eva en se tournant vers le plan de travail.

Ulla poussa doucement sa bru vers la table.

"Non, tu t'assieds ici, et je prépare du café, dit-elle en commençant à chercher dans le placard.

— Les filtres sont dans le placard de droite, au-dessus de l'évier", précisa Eva en faisant mine de se lever.

Gösta posa une main sur son bras tremblant.

"Votre belle-mère va se débrouiller.

— Vous vouliez nous parler", dit Peter en s'asseyant sur la chaise vide d'Ulla.

Il regarda tous les petits bouts de papier, comme s'il ne comprenait pas ce qu'ils faisaient là.

"Il s'est passé quelque chose ? demanda Eva. Savez-vous quelque chose ? Où est-elle ?"

Sa voix était détimbrée, mais sa lèvre inférieure tremblait.

"Nous ne savons encore rien mais, croyez-moi, tout le monde travaille d'arrache-pied pour avancer. Nea se trouve actuellement à Göteborg, vous pourrez la voir plus tard, si vous le souhaitez, mais pas tout de suite.

— Que… que lui font-ils ?" demanda Eva en transperçant Gösta du regard.

Il s'efforça de ne pas faire la grimace. Il savait très bien ce qu'on allait faire à son petit corps, mais une mère n'avait pas besoin d'entendre ce genre de détails.

"Eva, ne demande pas", dit Peter, et Gösta vit que lui aussi tremblait.

Était-ce l'effet du choc, ou de la disparition du choc, il ne le savait pas. Chacun réagissait à sa façon et, au cours de sa carrière, il avait vu autant de réactions que de victimes.

"J'ai besoin de vous poser quelques questions, dit Gösta en remerciant Ulla de la tête quand elle posa une tasse devant lui.

— Tout ce qui peut vous être utile. Nous répondrons à tout. Mais nous ne savons rien. Nous ne comprenons pas comment ceci a pu arriver. Qui…"

La voix de Peter se brisa dans un sanglot.

"Procédons pas à pas, dit tranquillement Gösta. Je sais que vous avez déjà répondu à une partie de ces questions, mais reprenons, il est important d'être précis."

Gösta posa son téléphone portable sur la table et, après avoir reçu un signe de tête d'assentiment de la part de Peter, il lança l'enregistrement.

"Quand l'avez-vous vue pour la dernière fois ? Donnez s'il vous plaît l'horaire le plus précis possible.

— C'était dimanche soir, dit Eva. Avant-hier. Une fois Nea en chemise de nuit et les dents brossées, je lui ai lu une histoire, on a commencé juste après huit heures. Et j'ai lu peut-être une demi-heure ? Son livre préféré, l'histoire de la petite taupe qui a une crotte sur la tête."

Eva s'essuya sous le nez, et Gösta arracha pour elle quelques feuilles d'essuie-tout. Elle se moucha.

"Donc quelque part entre huit heures et demie et neuf heures moins le quart ?" demanda Gösta.

Eva regarda son mari, qui hocha la tête :

"Oui, je crois que c'est ça.

— Et ensuite ? L'avez-vous entendue ou vue après ça ? S'est-elle réveillée au cours de la nuit, ou quelque chose comme ça ?

— Non, elle dormait toujours comme une souche, dit Peter en secouant énergiquement la tête. Elle dormait toujours porte fermée, et nous n'allions jamais la voir après avoir dit bonne nuit. Nea n'a jamais eu de problèmes de sommeil, même toute petite. Elle adore son lit… adorait son lit."

Sa lèvre inférieure trembla et il cligna des yeux plusieurs fois.

"Parlez-moi du matin, dit Gösta. Lundi matin.

— Je me suis levé dès six heures, dit Peter. Sur la pointe des pieds pour ne pas réveiller Eva ni Nea, je me suis juste préparé quelques sandwichs à emporter. J'avais préparé la cafetière la veille, je n'ai eu qu'à la lancer. Puis… je suis parti.

— Vous n'avez rien vu qui vous fasse réagir ? La porte d'entrée était-elle fermée et verrouillée ?"

Peter se tut un moment, puis dit d'une voix pâteuse : "Oui, elle était fermée." Sa voix se brisa et il sanglota. Bengt lui passa sa main bronzée dans le dos. "Sinon j'y aurais pensé. Si elle avait été ouverte, j'aurais réagi, c'est sûr.

— Et la porte de la chambre de Nea ?

— Même chose. Fermée. Sinon j'y aurais bien sûr pensé."

Gösta se pencha plus près de Peter.

"Tout était donc comme d'habitude. Rien ne semblait anormal ? Vous n'avez rien vu de bizarre dehors ? Des gens ? Des voitures passer ?

— Non. Rien. En sortant, je me suis même dit que j'avais l'air d'être la seule personne réveillée au monde. On n'entendait que le gazouillis des oiseaux, et la seule créature que j'ai vue, c'est le chat qui est venu se frotter contre mes jambes.

— Puis vous êtes parti ? Savez-vous à peu près à quelle heure ?

— J'avais mis le réveil à six heures, et j'ai passé peut-être vingt minutes dans la cuisine. Donc disons qu'il était vingt, la demie ?

— Puis vous n'êtes rentré que dans l'après-midi ? Avez-vous rencontré quelqu'un ? Parlé avec quelqu'un ?

— Non, j'ai passé toute la journée dans la forêt. Nous avons eu toute une parcelle de bois en achetant la ferme, et il faut bien l'entretenir…"

Sa voix mourut avant la fin de sa phrase.

"Donc personne ne peut confirmer où vous avez passé la journée ?

— Non, mais quoi, comment ?

— Est-ce que quelqu'un peut confirmer que vous étiez là où vous dites ?

— Accuse-t-on Peter de quelque chose ?" dit Bengt. Il devint écarlate. "Espèce de sale…"

Gösta leva une main. Il s'attendait à cette réaction. Elle arrivait toujours. Et c'était tout à fait compréhensible.

"Nous avons l'obligation de poser la question. Nous devons disculper Peter et Eva. Je ne crois pas qu'ils soient impliqués. Mais c'est mon devoir de les disculper d'un point de vue strictement policier.

— Ça va, dit faiblement Eva. Je comprends. Gösta ne fait que son travail, Bengt. Et le plus vite sera le mieux…

— D'accord, dit Bengt, restant pourtant raide comme un piquet sur sa chaise, prêt à défendre son fils.

— Non, je n'ai rencontré personne durant la journée, dit Peter. J'étais en pleine forêt, sans couverture réseau, vous ne trouverez aucun appel sortant ou entrant. J'étais tout seul. Puis je suis rentré. J'étais à la maison à trois heures moins le quart. Et je le sais précisément parce que j'ai regardé l'heure juste avant d'arriver à la ferme.

— Bon, dit Gösta. Et vous, Eva ? Comment s'est déroulée votre matinée ? Quels horaires ?

— J'ai dormi jusqu'à neuf heures et demie. Je le sais moi aussi avec précision, car la première chose que je fais en ouvrant les yeux est de regarder le réveil, sauf si j'ai mis l'alarme, bien sûr. Et je me souviens avoir été étonnée…"

Elle secoua la tête.

"Étonnée de quoi ? demanda Gösta.

— Étonnée qu'il soit si tard. Je dors rarement après sept heures, je me réveille toute seule. Mais je devais être fatiguée…"

Elle se frotta les yeux.

"Je me suis levée, je suis allée voir dans la chambre de Nea et j'ai vu qu'elle n'était pas là. Mais je ne me suis pas inquiétée. Je ne me suis pas du tout inquiétée."

Elle prit solidement appui au bord de la table.

"Pourquoi ne vous êtes-vous pas inquiétée ? demanda Gösta.

— Elle accompagne souvent Peter", dit Ulla.

Eva hocha la tête.

"Oui, elle adorait partir avec lui en forêt, et elle se réveillait aussi très tôt. Alors j'ai supposé qu'elle l'avait accompagné.

— Et ensuite ? Le reste de la journée ?

— J'ai pris un long petit-déjeuner, j'ai lu le journal, je me suis préparée. Vers onze heures, j'ai décidé d'aller faire quelques courses à Hamburgsund. C'est si rare que j'aie du temps pour moi.

— Avez-vous rencontré quelqu'un, là-bas ?"

Gösta but une lampée de café, mais il avait déjà refroidi. Il reposa la tasse.

"Je vais vous resservir, celui-ci doit être froid", s'empressa Ulla en se levant.

Il ne protesta pas, se contentant de la remercier d'un sourire.

"J'ai fait un tour de lèche-vitrine, dit Eva. Il y avait beaucoup de monde, mais je n'ai rencontré personne que je connaissais.

— D'accord, dit Gösta. Est-ce que quelqu'un est passé à la ferme avant ou après votre sortie à Hamburgsund ?

— Non, personne. Quelques voitures sont passées. Quelques joggeurs. Et juste avant de partir, j'ai vu Dagmar qui faisait sa promenade comme tous les matins.

— Dagmar ?

— Celle qui habite la maison rouge, un peu plus loin. Elle se promène tous les matins."

Gösta remercia de la tête la tasse à nouveau remplie que lui donnait Ulla.

"Merci, dit-il en lampant le café brûlant. Bon, rien n'a donc éveillé votre attention ? Rien qui sorte du cadre ?"

Eva réfléchit en plissant un front concentré.

"Réfléchissez bien. Le moindre petit détail dont vous pourriez vous souvenir peut être précieux."

Elle secoua la tête.

"Non, tout était comme d'habitude.

— Et des appels téléphoniques ? Avez-vous parlé au téléphone ce jour-là ?

— Non, pas que je me souvienne. Ah si, bien sûr, je t'ai appelée, Ulla, à mon retour.

— Oui, c'est vrai."

Ulla semblait étonnée que, pas plus tard que la veille, la vie ait encore été normale.

Sans qu'on puisse en rien se douter que tout allait bientôt s'effondrer.

"Quelle heure était-il ?
— Hein ?"
Eva regarda Ulla. Elle tremblait moins, à présent. Gösta savait que ce calme relatif n'était que temporaire. Le cerveau refoulait quelques brefs instants la prise de conscience. Et la seconde d'après elle prenait à nouveau le dessus. Il l'avait vu si souvent au cours de sa carrière dans la police. Le même chagrin. Avec différents visages. Des réactions différentes, mais pourtant si semblables. Ça ne finissait jamais. Les victimes ne finissaient jamais.

"Je crois que c'était vers une heure ? Bengt, tu as entendu toi aussi quand Eva a appelé. Il n'était pas une heure ? On était descendus se baigner à La Mata, et on est rentrés juste avant une heure préparer le déjeuner."

Elle se tourna vers Gösta.

"Nous prenons un déjeuner très léger à Torrevieja, un peu de mozzarelle et des tomates, ah, les tomates sont tellement meilleures là-bas, nous…"

Elle porta la main à sa bouche. Réalisa que pendant quelques instants, elle avait oublié la situation, et parlé comme si tout était comme d'habitude.

"Nous sommes rentrés à notre appartement juste avant une heure, dit-elle à voix basse. Eva a téléphoné un peu après. Et nous avons parlé peut-être dix minutes ?"

Eva hocha la tête. Ses larmes coulaient à nouveau, et Gösta lui tendit encore un bout de papier.

"Avez-vous parlé à quelqu'un d'autre hier ?"

Il se rendait compte qu'ils devaient sûrement trouver complètement fou qu'il leur pose toutes ces questions sur leurs appels téléphoniques et leurs rencontres. Mais c'était comme il l'avait dit : il fallait pouvoir les innocenter et voir s'il était possible de leur établir une sorte d'alibi. Il ne croyait pas un instant Eva et Peter mêlés à ce meurtre. Mais il n'était pas le premier policier du monde à avoir du mal à croire que des parents puissent faire du mal à leur enfant. Et les faits avaient donné tort à beaucoup. Des accidents arrivaient. Et, chose assez éprouvante, pas seulement des accidents.

"Non, seulement avec Ulla. Puis Peter est rentré et alors j'ai compris que Nea avait disparu, et… voilà, tout a commencé."

Elle serrait si fort l'essuie-tout que ses phalanges blanchirent.

"Quelqu'un pourrait-il vouloir faire du mal à votre fille ? demanda Gösta. Avez-vous pensé à un mobile possible ? Quelqu'un, dans votre passé ? Qui en veuille à vous, ou à votre famille ?"

Ils secouèrent tous deux la tête.

"Nous sommes des gens normaux, dit Peter. Nous n'avons jamais été mêlés à rien de criminel ou quoi que ce soit.

— Pas d'ex rancunier ?

— Non, dit Eva. Nous nous sommes rencontrés à quinze ans, il n'y a personne d'autre."

Gösta inspira profondément avant la question suivante, mais finit par la poser.

"Je sais que c'est une question terriblement blessante, surtout dans cette situation. Mais l'un de vous a-t-il une liaison extraconjugale ? Ou a-t-il eu ? Je ne demande pas ça pour être indiscret, mais seulement parce que cela pourrait constituer un mobile. Quelqu'un aurait pu considérer Nea comme un obstacle.

— Non, dit Peter en dévisageant Gösta. Mon Dieu. Non. Nous sommes toujours ensemble et jamais nous ne… Non."

Eva secoua violemment la tête.

"Non, non, non, pourquoi perdez-vous du temps avec ça ? Avec nous ? Pourquoi n'êtes-vous pas en train de chercher le meurtrier ? Est-ce qu'il y a des gens dans la région qui…"

Elle pâlit en réalisant ce qu'elle s'apprêtait à dire, les mots qu'elle allait employer et ce qu'ils signifiaient.

"Était-elle… A-t-elle été… Ah, mon Dieu…"

Ses pleurs résonnèrent entre les murs de la cuisine, et Gösta lutta pour ne pas juste se lever et partir. C'était insoutenable de voir le regard des parents de Nea quand ils comprirent qu'il y avait une question à laquelle ils ne voulaient pas avoir de réponse.

Et Gösta n'avait pas de réponse, pas de consolation à donner. Car il ne savait pas.

"Pardon, mais c'est le bordel, dehors."

Jörgen se tourna vers le jeune assistant. Une veine saillait à sa tempe.

"Mais putain, on bosse, ici !"

Il bouscula un cameraman qui s'était trop approché de lui et allait en reculant heurter une des tables du décor. Un vase faillit finir par terre.

Marie compatissait presque avec l'assistant qui déglutit, inquiet. C'était la quatrième prise, et l'humeur de Jörgen plongeait de plus en plus.

"Pardon", fit l'assistant, dont Marie pensait qu'il s'appelait Jakob. Ou Jonas.

Il toussa.

"Je ne peux plus les tenir. Il y a une marée de journalistes, dehors.

— Ils ne devaient pas venir avant quatre heures, c'est là qu'on a prévu les interviews."

Jörgen regarda Marie, qui leva les mains. Elle espérait que cela ne deviendrait pas une habitude de lui parler sur ce ton. Sinon, ça allait être un tournage long et pénible.

"Ils parlent d'une fillette morte, dit nerveusement Jakob ou Jonas, et Jörgen leva les yeux au ciel.

— Oui, on est au courant. Mais ça attendra quatre heures."

Le cou de Jakob ou Jonas s'empourpra, mais il ne s'en alla pas pour autant.

"Sauf qu'ils ne parlent pas… de cette fillette, mais d'une autre. Et ils veulent voir Marie. Tout de suite."

Marie balaya le petit plateau du regard. Le metteur en scène, les cameramen, la scripte, la maquilleuse, les assistants, tous la regardaient. De la même façon qu'on la regardait trente ans plus tôt. D'une certaine manière, il était rassurant d'être en terrain connu.

"Je vais leur parler", dit-elle en rajustant rapidement son chemisier et en s'assurant que ses cheveux étaient comme il fallait.

Il y avait sûrement aussi des photographes.

Elle regarda l'assistant nerveux.

"Conduis-les dans la salle de pause, dit-elle avant de se tourner vers Jörgen. On inverse le planning. On fera ces scènes à l'horaire prévu pour les interviews. Comme ça, on ne perd pas de temps."

Sur un plateau de cinéma, le planning de tournage était la Bible, et Jörgen parut voir le sol se dérober sous ses pieds.

En arrivant dans la petite salle de pause, Marie s'arrêta un instant. Leur nombre était impressionnant. Elle était contente d'être habillée comme Ingrid, en short blanc à boutons des deux côtés, chemisier blanc et foulard attaché autour des cheveux. Ça lui allait bien, ça ferait bien sur les photos et ferait une bonne promotion pour le film.

"Mais bonjour, dit-elle avec la voix un peu rauque qui était devenue sa signature. J'ai entendu dire que vous aviez des questions à poser à ma petite personne.

— Avez-vous un commentaire sur ce qui est arrivé ?"

Un jeune homme avec les yeux affamés d'un journaliste de caniveau la dévisageait avidement.

Les autres personnes présentes l'observaient avec la même ferveur. Elle s'assit prudemment sur l'accoudoir d'un canapé qui occupait une bonne partie de l'espace. Ses longues jambes étaient toujours du meilleur effet quand elle les croisait l'une sur l'autre.

"Pardon, mais nous sommes enfermés dans ce studio, pouvez-vous me dire ce qui est arrivé ?"

Le journaliste de caniveau se pencha vers elle.

"La fillette disparue hier a été retrouvée assassinée. Elle habitait la même ferme que Stella."

Sa main se porta à sa poitrine. Marie vit devant elle une petite fille aux cheveux blond cuivré. Elle tenait un grand cornet, le long duquel la glace dégoulinait sur sa main.

"C'est affreux", dit-elle.

Un homme plus âgé assis à côté du journaliste de caniveau se leva pour servir un verre d'eau à Marie.

Elle le remercia de la tête et but quelques gorgées.

Les yeux affamés l'observaient à nouveau.

"La police vient de tenir une conférence de presse et, d'après le chef Bertil Mellberg, Helen Jensen et vous êtes des personnes d'intérêt dans cette enquête. Qu'en dites-vous ?"

Marie vit le magnétophone qu'on tendait vers elle. Les mots ne voulurent d'abord pas venir. Elle déglutit plusieurs fois. Elle se rappela une autre pièce, un autre interrogatoire. L'homme qui l'avait regardée avec soupçon.

"Cela ne m'étonne pas, dit-elle. Déjà, à l'époque, il y a trente ans, la police avait tiré des conclusions hâtives et erronées.

— Avez-vous un alibi, cette fois ? demanda l'homme qui lui avait tendu le verre.

— Comme j'ignore de quel horaire il s'agit, il m'est naturellement impossible de répondre."

Les questions pleuvaient, de plus en plus vite.

"Avez-vous été en contact avec Helen, depuis votre arrivée ici ?

— N'est-ce pas une coïncidence un peu curieuse qu'une fillette de la même ferme meure dans la foulée de votre retour au pays ?

— Avez-vous été en contact avec Helen, toutes ces années ?"

D'habitude, Marie aimait ça. Être au centre de l'attention de tous. Mais là, c'était presque trop. Elle s'était servie de son passé pour faire carrière, ça lui donnait une longueur d'avance par rapport aux milliers de filles affamées qui se battaient pour avoir des rôles. Mais en même temps, ils l'avaient minée, ces souvenirs de ces années sombres, atroces.

Et voilà qu'il allait lui falloir tout revivre.

"Non, Helen et moi n'avons plus eu de contact. Nous avons vécu des vies complètement séparées après qu'on nous a accusées d'actes que nous n'avions pas commis. Enfants, nous étions amies, mais adultes, nous ne sommes plus les mêmes personnes. Donc non, nous n'avons pas eu de contact depuis mon arrivée à Fjällbacka, ni avant. Nous n'avons plus eu aucun contact depuis mon éloignement. Et les vies de deux enfants innocentes ont été broyées."

Les photographes la mitraillèrent, Marie se pencha en arrière.

"Et au sujet de la coïncidence ? insista le journaliste de caniveau. La police a l'air de considérer comme tout à fait plausible qu'il y ait un lien entre les deux meurtres.

— Je ne peux rien répondre à ça."

Elle plissa le front, désolée. Elle avait fait le plein de botox un mois environ auparavant, et avait retrouvé le contrôle des expressions de son visage juste à temps pour le tournage.

"Mais non, je ne crois pas non plus qu'il s'agisse d'une coïncidence. Et cela ne fait que confirmer ce que j'ai clamé depuis le début. À savoir que le vrai meurtrier est en liberté."

Les flashs crépitèrent de plus belle.

"Donc, vous considérez que la police de Tanumshede a provoqué la mort de Linnea ? demanda le journaliste plus âgé.

— Elle s'appelait comme ça ? Linnea ? Pauvre petite fille... Oui, j'affirme que s'ils avaient fait leur travail correctement il y a trente ans, cela ne serait pas arrivé.

— Mais il est pour le moins remarquable qu'un nouveau meurtre ait été commis seulement quelques jours après votre retour, dit une femme aux cheveux noirs coiffés au bol. Votre retour a-t-il pu être le facteur déclenchant qui a poussé le meurtrier à frapper à nouveau ?

— C'est tout à fait possible. N'est-ce pas une hypothèse assez plausible ?"

Quels titres ça allait faire, sûrement toutes les unes demain matin. Les investisseurs seraient fous de joie de toute cette publicité. Si quelque chose pouvait garantir la viabilité du tournage, c'était bien ça.

"Je suis désolée, mais je suis bouleversée par ces nouvelles. J'ai besoin de les digérer avant de pouvoir répondre à d'autres questions. Adressez-vous en attendant au service de presse du studio."

Marie se leva, étonnée de sentir ses jambes trembler. Mais ne pas y penser maintenant. Ne pas penser aux souvenirs sombres qui se pressaient sans cesse.

La place était étroite au sommet : si on voulait s'y maintenir, il fallait avoir de l'abattage. Derrière elle, elle entendait les journalistes se dépêcher de quitter les lieux, vers leurs voitures et leurs ordinateurs, pressés par l'heure du bouclage. Elle ferma les yeux, vit encore une fois une fillette aux cheveux blond cuivré qui lui souriait.

"Cool, que ta daronne soit si souvent absente."

Nils alluma une cigarette. Il laissa la fumée monter vers le plafond de la chambre d'enfant de Vendela et se servit comme cendrier d'une vieille canette de Coca sur sa table de nuit.

"Oui, mais elle a essayé de me traîner à la jardinerie ce matin", dit Vendela en tendant la main vers la cigarette de Nils.

Quand elle eut tiré une bouffée, Nils la reprit. Il essuya un peu du rouge à lèvres de Vendela avant de tirer à son tour.

"J'ai du mal à t'imaginer là-bas, en train de planter ces foutues fleurs.

— Tu m'en files une ?" dit Basse, avachi dans un pouf rouge.

Nils lui lança son paquet de Marlboro, que Basse attrapa au vol à deux mains.

"Imagine qu'on m'ait vue là-bas. On se serait bien moqué de moi au bahut.

— Oh, t'as de trop beaux nibards pour qu'on se moque de toi…"

Nils pinça la poitrine de Vendela, qui répondit en lui tapant sur l'épaule. Pas très fort, il savait qu'elle faisait ça juste pour marquer le coup, qu'au fond elle aimait ça.

"T'as vu les gros nibards qu'elle a ? La cochonne ?" dit Basse, sans pouvoir cacher l'envie dans sa voix.

Il était complètement obsédé par les fortes poitrines.

Nils lui lança un oreiller.

"Dis pas que tu t'es excité sur les nibards de la cochonne ! Bon Dieu, t'as pas vu cette mocheté ?

— Si, c'est clair. Mais putain quels gros nibards…"

Il fit mine de les soupeser et Vendela soupira.

"T'es vraiment con."

Elle leva les yeux sur les carrés plus clairs au plafond. L'année passée, Nils n'avait pas pu se retenir de dire que One Direction était bon pour les gamins. Le lendemain, Vendela avait décollé ses posters.

"À votre avis, ils baisent ?"

Nils envoya un rond de fumée vers le plafond en pente. Il n'avait pas besoin de préciser de qui il parlait.

"J'ai toujours pensé qu'il était pédé, dit Basse, en faisant quelques ronds de fumée ratés. Sa façon de se maquiller. Difficile de piger comment son daron accepte ça."

Plus jeunes, ils étaient tous en admiration devant James Jensen, le guerrier héroïque et bodybuildé. Maintenant, il avait l'air un peu vieux et sur le retour, mais en même temps il avait bien genre soixante ans. Peut-être était-ce parce que James avait autant la classe qu'ils avaient commencé à embêter Sam dès la maternelle, il était à peu près tout ce que James n'était pas.

Nils attrapa la canette de Coca. Ça grésilla quand il y jeta sa cigarette. Il soupira. Encore une fois, il ne tenait plus en place.

"Bordel, là, il faudrait qu'il se passe quelque chose, vite."

Basse le regarda.

"Ou que tu fasses ce qu'il faut pour."

L'AFFAIRE STELLA

Leif ouvrit lentement la porte. Il avait plusieurs fois eu l'occasion de rencontrer Larry et Lenita. Et leurs fils. Mais jamais leur fille. Jusqu'à aujourd'hui.

"Bonjour", dit-il simplement en entrant dans la pièce.

Larry et Lenita se tournèrent aussitôt vers lui, mais Marie ne regarda pas de son côté.

"Vous nous traînez toujours ici dès qu'il se passe quelque chose, dit Larry. Mais ça, on est habitués, à la longue, c'est toujours notre faute. Mais forcer Marie à venir ici pour une sorte d'interrogatoire, là, putain, vous allez trop loin !"

Sa bouche édentée postillonnait. Il avait perdu trois dents du haut dans diverses bagarres. Un bal sur la jetée, un concert ou un simple samedi soir : Larry était toujours là, ivre et prêt à se battre.

"Il ne s'agit pas d'un interrogatoire, dit Leif. Nous voulons seulement parler avec Marie. Pour le moment, nous savons seulement que Marie et Helen sont les dernières à avoir vu Stella en vie, il est donc important que nous puissions clarifier les heures qu'elles ont passées avec la fillette.

— Clarifier, ricana Lenita, faisant onduler sa permanente peroxydée. Envoyer au trou, c'est plutôt de ça qu'il s'agit. Marie n'a que treize ans."

Indignée, elle alluma une cigarette, et Leif n'eut pas le courage de lui sortir le règlement. Il était en effet interdit de fumer dans le commissariat.

"Nous voulons juste savoir ce qu'elles ont fait pendant les heures passées avec Stella. C'est tout."

Il observa Marie, restée jusqu'à présent silencieuse entre ses deux parents. Comment était-ce de grandir dans cette famille-là ? Disputes, vols, alcool et continuelles interventions de la police après des signalements de violences conjugales.

Leif se souvenait de ce soir de Noël, quand la fille était bébé. Sauf erreur, c'était le plus grand des garçons qui avait donné l'alarme. Quel âge pouvait-il avoir à l'époque ? Neuf ans ? Quand Leif était arrivé, Lenita gisait par terre dans la cuisine. Tout le visage en sang. Larry lui avait cogné la tête contre le four, qui était couvert de taches de sang. Dans le séjour, derrière le sapin, deux garçons se cachaient tandis que Larry tournait dans la maison en jurant et criant. L'aîné tenait la fillette dans ses bras. Leif ne l'oublierait jamais.

Lenita avait comme d'habitude refusé de porter plainte. Pendant des années de disputes et de coups, elle avait toujours continué à défendre Larry. De temps à autre, Larry avait eu lui aussi de gros bleus, et même une fois une grosse bosse, quand Lenita lui avait frappé la tête avec une poêle en fonte. Leif le savait bien, il en avait été témoin.

"C'est bon, dit calmement Marie. Demandez-moi ce que vous voulez. Je suppose que vous parlez aussi avec Helen ?"

Leif hocha la tête.

"Oui, je les ai vus arriver", dit Marie en joignant les mains sur ses genoux.

Elle était très mignonne – Lenita n'avait-elle pas elle aussi été une beauté, en son temps ?

"Raconte-moi avec tes mots la journée d'hier, dit Leif en faisant un signe de tête à Marie. Je vais t'enregistrer et prendre des notes, j'espère que ça va ?

— Ça va."

Ses mains jointes étaient immobiles sur ses genoux. Elle était simplement vêtue d'un jean et d'un débardeur blanc, avec ses longs cheveux blonds et lisses qui lui descendaient bas dans le dos.

Calme et méthodique, elle passa en revue la journée de la veille. Sans chercher ses mots ni flancher de la voix, elle rendit compte, heure après heure, de ce qu'elles avaient fait avec Stella. Leif se surprit à l'écouter, fasciné. Elle avait une voix un peu rauque, captivante, et semblait plus mûre que ses treize ans. Grandir dans un tel chaos pouvait parfois produire cet effet.

"Ces horaires sont-ils corrects ?"

Il répéta ce que Marie avait déclaré, et elle hocha la tête.

"Et quand vous l'avez laissée à la ferme, la voiture du père de Stella était là ? Mais vous ne l'avez pas vu, lui ?"

Marie l'avait déjà dit, mais c'était crucial et il voulait s'assurer d'avoir bien compris.

"Oui, c'est exact.

— Puis vous êtes allées vous baigner ? Helen et toi ?

— Oui, en fait, Helen n'a pas le droit, à cause de ses parents. On n'a pas le droit de se voir."

Lenita ricana à nouveau.

"De vrais snobs qui se prennent pas pour de la merde. Ils se croient tellement chics. Mais aux dernières nouvelles, ils chient aux chiottes comme nous autres.

— Vous êtes des bonnes copines ? demanda Leif.

— Oui, sans doute, dit Marie en haussant les épaules. On traîne ensemble depuis qu'on est petites. Enfin jusqu'à ce qu'on nous interdise de nous voir."

Leif posa son stylo.

"Depuis combien de temps on vous l'interdit ?"

Leif ne savait pas non plus s'il aurait accepté que sa fille traîne avec un membre de la famille Wall. Il devait être snob, lui aussi.

"Six mois, environ. Ils ont su que je fumais, et alors je n'ai plus eu le droit de voir leur princesse. Mauvaise influence."

Larry et Lenita secouèrent la tête.

"Est-ce que tu veux ajouter autre chose ?" demanda Leif en regardant Marie dans les yeux.

Ils étaient insondables, mais une ride apparut sur son front.

"Non. Je veux juste dire que c'est terrible ce qui est arrivé à Stella. Elle était si mignonne. J'espère que vous allez arrêter celui qui a fait ça.

— Nous allons faire de notre mieux", dit Leif.

Marie se contenta de hocher calmement la tête.

Ça faisait du bien de s'enfermer un moment dans son bureau. Ils avaient passé la nuit dehors à chercher Nea, puis tout s'était enchaîné après la découverte du cadavre de la fillette. Patrik avait l'impression que ses paupières se fermaient toutes seules et, s'il ne se reposait pas un moment, il allait bientôt s'endormir assis à son bureau. Mais il ne pouvait pas encore se permettre d'aller s'allonger dans la salle de repos du commissariat. Il fallait qu'il passe quelques coups de téléphone, puis Erica allait passer exposer ce qu'elle savait de l'affaire Stella. Moment qu'il attendait avec impatience. Quoi qu'ait pu dire Mellberg à la conférence de presse, tous ses collègues sentaient que les deux affaires étaient liées. La grande question était juste : comment ? Le meurtrier était-il revenu ? Était-ce un imitateur ? De quoi s'agissait-il ?

Il décrocha son téléphone et passa un appel.

"Salut, Torbjörn, dit-il quand le technicien expérimenté répondit après quelques secondes. Dis, je voulais voir si tu avais quelque chose de préliminaire pour moi ?

— Tu connais la procédure aussi bien que moi, fit Torbjörn.

— Oui, je sais que vous devez analyser soigneusement tout ce qui a été trouvé, mais il s'agit d'une fillette morte, et chaque minute compte. Il n'y avait pas quelque chose qui faisait tache ? Un détail sur le corps qui t'a fait réagir ? Ou quelque chose trouvé sur place ?

— Désolé, Patrik, je ne peux encore rien te dire. On a ramassé beaucoup de choses, tout doit être passé au peigne fin.

— Je comprends. Ça valait le coup d'essayer. Tu sais l'importance du temps, surtout des premières vingt-quatre heures d'une enquête. Active un peu tes gars, s'il te plaît, et appelle dès que tu as quelque chose de plus concret. On a besoin de toute l'aide possible."

Patrik regarda le ciel bleu clair au-dehors. Un grand oiseau qui montait dans les courants ascendants plongea soudain et disparut.

"Est-ce que vous pourriez sortir les rapports de l'affaire Stella ? demanda-t-il. Histoire de comparer.

— C'est déjà fait. On nous les envoie bientôt par l'intranet."

Patrik sourit.

"Tu es une perle, Torbjörn."

Il raccrocha et respira plusieurs fois avant le coup de téléphone suivant. La fatigue le faisait trembler.

"Salut, Pedersen. Ici Hedström. Comment ça se passe, l'autopsie ?

— Que dire ? répondit le chef de l'institut médicolégal de Göteborg. C'est aussi pénible à chaque fois.

— Oui, putain. Les enfants, c'est toujours le pire. Pour vous aussi, je suppose."

Tord Pedersen acquiesça d'un grognement. Patrik ne lui enviait pas son travail.

"Quand penses-tu pouvoir nous donner quelque chose ?

— Dans une semaine, peut-être.

— Ah, bordel, une semaine ? Plus vite, c'est impossible ?"

Le légiste soupira.

"Tu sais comment c'est, en été…

— Oui, pigé, la chaleur. Je sais que le nombre des décès augmente. Mais on cause d'une gosse de quatre ans, là. Tu devrais quand même pouvoir…"

Il entendit son ton insistant. Il avait le plus grand respect pour l'ordre et le règlement, mais il voyait en même temps le visage de Nea devant lui et était prêt à mendier et supplier si cela pouvait permettre en quoi que ce soit d'accélérer l'enquête.

"Donne-moi au moins quelque chose pour commencer à travailler. Une cause préliminaire du décès, par exemple ? Tu as sûrement déjà eu le temps de jeter un coup d'œil, en tout cas…

— Il est bien trop tôt pour se prononcer là-dessus, mais elle a une plaie à l'arrière de la tête, c'est tout ce que je peux dire."

Patrik nota cette information en coinçant son téléphone entre l'épaule et l'oreille. Il n'avait pas vu cette plaie lors de la levée du corps.

"OK, mais tu ne sais pas pourquoi ? Ce qui a pu la provoquer ?

— Non, désolé.

— Je comprends. Mais accélère l'autopsie autant que tu peux, et appelle-moi dès que tu as quelque chose. D'accord ? Merci, Pedersen."

Patrik raccrocha avec un sentiment de frustration. Il aurait voulu des résultats maintenant. Mais les ressources étaient limitées et les cadavres nombreux. C'était à peu près comme ça depuis qu'il était dans la police. Mais il avait au moins appris une chose. Même si ce n'était que préliminaire. Mais il n'en était pas beaucoup plus avancé. Il se frotta fort les yeux. Pourvu qu'il puisse bientôt se reposer.

Paula ne put s'empêcher de faire une grimace en passant devant la ferme où Nea avait vécu. Leo, le fils qu'elle avait avec Johanna, n'avait que trois ans, et la seule pensée qu'il puisse lui arriver quelque chose lui retournait l'estomac.
"Une de nos voitures, dit au passage Martin. Ça doit être Gösta.
— Oui, je ne l'envie pas", dit-elle tout bas.
Martin ne répondit pas.
Ils virent une maison blanche, un peu plus loin. Elle était accessible à pied depuis la ferme de Nea, et on devait pouvoir la voir depuis la grange, mais pas depuis la maison d'habitation.
"Là ?" demanda Martin, et Paula opina du chef.
"Oui, c'est le voisin suivant, ça me semble aller de soi", dit-elle, sur un ton plus sec qu'elle ne l'aurait voulu.
Mais Martin n'avait pas l'air de mal le prendre. Il s'engagea dans l'allée de gravier et se gara. Pas un mouvement dans la maison.
Ils frappèrent à la porte mais personne ne vint ouvrir. Paula recommença, plus fort. Elle appela, sans obtenir de réponse. Elle chercha une sonnette, mais il n'y en avait pas.
"Il n'y a peut-être personne ?
— On vérifie d'abord à l'arrière de la maison, dit Martin. J'ai l'impression d'entendre de la musique qui vient de là-bas."
Ils firent le tour de la maison. Paula ne put s'empêcher d'admirer les fleurs qui s'épanouissaient dans le petit jardin qui se transformait insensiblement en forêt. Elle entendait à présent elle aussi la musique. À l'arrière de la maison, une femme travaillait à terre ses abdos à un rythme rapide, musique à fond.

Elle sursauta en les voyant, et arracha ses écouteurs.

"Pardon, nous avons appelé…", dit Paula en montrant l'autre côté de la maison.

La femme hocha la tête.

"Pas de problème, j'ai juste eu un peu peur, j'étais en plein…"

Elle coupa la musique et se releva. Elle essuya ses mains couvertes de sueur sur une serviette et salua ses visiteurs, Paula d'abord, puis Martin.

"Helen. Helen Jensen."

Paula fronça les sourcils. Ce nom lui disait quelque chose. Puis elle compila. Merde alors. C'était Helen. Elle ne se doutait pas du tout qu'elle habitait aussi près des Berg.

"Qu'est-ce qui me vaut la visite de la police ?" demanda Helen.

Paula regarda Martin. Elle vit à l'expression de son visage qu'il avait lui aussi compris qui elle était.

"Vous n'êtes pas au courant ?" dit Paula, stupéfaite.

Helen faisait-elle juste semblant de ne pas savoir ? Pouvait-elle avoir raté le tohu-bohu en forêt toute la nuit ? Dans le coin, tout le monde ne parlait que de ça.

"Au courant de quoi ?" dit Helen en dévisageant tour à tour Martin et Paula. Elle se figea en plein mouvement. "Il est arrivé quelque chose à Sam ?

— Non, non", dit Paula en levant une main.

Elle supposa que Sam était un fils ou un époux.

"C'est la fillette de la ferme d'à côté. Linnea. Elle a disparu hier après-midi, enfin, on a découvert hier après-midi qu'elle avait disparu. Et ce matin, on l'a malheureusement retrouvée morte."

Helen laissa tomber sa serviette sur le sol de la véranda. Elle la laissa par terre.

"Nea ? Nea est morte ? Comment ? Où ?"

Elle se saisit la gorge, et Paula vit une veine palpiter fort sous sa peau. Elle jura intérieurement. L'idée était d'aller parler avec Helen après qu'Erica soit venue les briefer sur l'affaire Stella. Mais rien à faire. Ils étaient là, impossible de s'en aller comme ça pour revenir plus tard. Il fallait faire au mieux.

Elle regarda Martin, qui hocha la tête.

"Pouvons-nous nous asseoir ? demanda-t-il en montrant des meubles de jardin en plastique quelques mètres plus loin.

— Oui, oui, pardon", dit Helen.

Elle entra dans le séjour par une porte ouverte sur la véranda.

"Excusez-moi, je voudrais juste enfiler un t-shirt, dit-elle en désignant son soutien-gorge de sport.

— Oui, oui, bien sûr", répondit Paula.

Martin et elle s'assirent sur les chaises en plastique. Ils échangèrent un regard. Elle vit que Martin lui aussi était contrarié par le tour qu'avait pris la situation.

"Ça, c'est un jardin, dit Martin en l'embrassant du regard. Plein de roses, de rhododendrons et de roses trémières. Et là-bas aussi de belles pivoines."

Il désigna le petit côté du jardin. Paula ne distinguait pas bien les fleurs dont il parlait. Le jardinage, ça n'était pas son truc. Elle adorait vivre en appartement, et ne rêvait ni de maison ni de pelouse.

"Oui, elles prennent bien, dit Helen, qui revenait vêtue d'un léger survêtement. Je les ai transplantées l'an dernier, elles étaient là-bas, avant."

Elle indiqua la partie plus ombragée du jardin.

"Mais je pensais qu'elles se plairaient mieux là où elles sont maintenant. Et c'est le cas.

— C'est vous qui avez agencé le jardin ? demanda Martin. Sinon, je sais qu'il y a Sanna, de la jardinerie, qui est douée. Elle…"

Il s'interrompit brutalement, se souvenant du lien entre Sanna et Helen, mais cette dernière se contenta de hausser les épaules.

"Non, je l'ai arrangé moi-même."

Elle s'assit en face d'eux dans la chaise en plastique blanc. Elle semblait avoir pris une douche rapide car elle avait les cheveux et le cou humides.

"Alors, qu'est-ce qui est arrivé à Nea ?" demanda Helen d'une voix légèrement tremblante.

Paula l'observa. Indubitablement, son trouble était sincère.

"Sa disparition a été signalée hier par ses parents. Vous n'avez vraiment pas entendu les groupes de recherche, toute la nuit ? Il y a eu une sacrée agitation, juste au coin de chez vous."

Il était étrange qu'Helen n'ait pas entendu toutes les personnes mobilisées pour les battues, à quelques centaines de mètres seulement de leur maison.

Helen secoua la tête.

"Non, nous nous sommes couchés tôt. J'ai pris un somnifère, une guerre mondiale ne m'aurait pas réveillée. Et James… Eh bien, il a dormi au sous-sol, il trouve qu'il y fait plus frais, et aucun bruit n'y arrive.

— Vous avez mentionné un Sam ?" dit Martin.

Helen hocha la tête.

"C'est notre fils. Il a quinze ans. Il a dû veiller tard avec de la musique très fort dans ses écouteurs. Et une fois endormi, rien ne peut le réveiller.

— Donc personne chez vous n'a rien remarqué ?"

Paula entendit le soupçon dans sa voix, mais elle n'arrivait pas à cacher son étonnement.

"Non, pas que je sache, en tout cas. Personne n'en a parlé ce matin.

— D'accord, dit lentement Paula. Comme vous le comprenez, nous allons avoir besoin de parler aussi aux autres membres de la famille.

— Oui, bien sûr. Ils ne sont pas là en ce moment, mais vous pouvez repasser, ou appeler."

Paula hocha la tête.

"Vous-même, avez-vous vu Linnea hier ?"

Helen réfléchit en regardant ses doigts. Ses ongles n'étaient ni vernis ni limés, elle avait les mains de quelqu'un qui creuse la terre et arrache des mauvaises herbes.

"Je ne me souviens pas l'avoir vue hier. Je cours tous les jours, et si elle est là, elle a l'habitude de faire bonjour de la main à tous ceux qui passent. Hier, je ne crois pas l'avoir vue. Mais je ne suis pas sûre. Je ne me souviens pas bien. Je suis très concentrée quand je cours, et quand je trouve le bon rythme, je passe un peu dans un monde parallèle.

— Vous courez pour faire de l'exercice, ou pour la compétition ? demanda Martin.

— Je cours le marathon", dit-elle.

Cela expliquait qu'elle soit si mince et athlétique. Paula essaya d'éviter de penser à tous ses kilos en trop. Chaque lundi matin, elle se disait qu'elle allait se reprendre en main, faire du sport et manger sainement, mais entre ses enfants en bas âge et son boulot, elle n'avait pour ainsi dire ni le temps ni le courage. Et savoir que Johanna l'aimait comme elle était, avec ses bourrelets et le reste, ne l'aidait pas à se motiver.

"Et vous êtes passée là hier, en courant ?" demanda Martin.

Helen hocha la tête.

"Je fais toujours le même parcours. À part mes deux jours de repos par semaine, où je ne cours pas du tout. Mais c'est le samedi et le dimanche.

— Et vous ne pensez pas l'avoir vue ? répéta Paula.

— Non, je ne crois pas."

Helen fronça les sourcils.

"Comment… qu'est-ce qui…, commença-t-elle, mais elle se tut et reprit son élan : Comment est-elle morte ?"

Paula et Martin échangèrent un regard.

"Nous ne savons pas encore", dit Martin.

Helen porta à nouveau la main à son cou.

"Pauvres Eva et Peter. Bon, je ne les connais pas particulièrement bien, mais ce sont nos plus proches voisins, alors il nous arrive d'échanger quelques mots de temps en temps. C'est un accident ?

— Non, dit Paula en observant la réaction d'Helen. Nea a été assassinée."

Helen la dévisagea. Puis, lentement :

"Assassinée ?"

Elle secoua la tête.

"Une fillette du même âge, de la même ferme. Oui, je peux comprendre pourquoi vous êtes venus ici.

— En fait, c'est le hasard, dit sincèrement Martin. Nous devions parler avec les voisins les plus proches, demander s'ils avaient vu quelque chose, et nous ne savions pas que vous habitiez ici.

— Je croyais avoir entendu dire que vos parents avaient vendu et déménagé, dit Paula.

— C'est le cas, confirma Helen. Ils ont vendu aussitôt après le procès, et déménagé à Marstrand. Mais celui qui a acheté était un vieil ami de mon père. James. Et puis voilà, il s'est trouvé que nous nous sommes mariés, James et moi, et qu'il voulait qu'on habite ici.

— Où se trouve votre mari, actuellement ? demanda Paula.

— Parti faire ses petites affaires, dit-elle en haussant les épaules.

— Et votre fils ? demanda Martin. Sam ?

— Aucune idée. C'est les grandes vacances. Il était parti quand je suis rentrée de mon jogging, et son vélo aussi. Alors il sera sûrement allé voir des copains à Fjällbacka."

Ils se turent un moment. Helen les regarda, avec un éclat nouveau dans les yeux.

"Est-ce que... est-ce que tout le monde va croire que c'est nous ?"

Elle passa sa main de son cou à ses cheveux.

"Les journaux ? Les gens... Je suppose que ça va recommencer.

— Nous examinons toutes les possibilités, dit Paula en éprouvant une certaine compassion pour la femme qu'elle avait en face d'elle.

— Avez-vous eu le moindre contact avec Marie, depuis son retour ?" demanda Martin.

Il n'avait pas pu s'empêcher, même s'il savait qu'il valait mieux différer toutes les questions relatives à l'autre affaire.

"Non, non, nous n'avons rien à nous dire, dit Helen en secouant la tête.

— Donc vous ne vous êtes ni vues ni parlé au téléphone ? demanda Paula.

— Non, répéta Helen. Marie appartient à une autre époque, une autre vie.

— OK, dit Paula. Nous aurons à vous parler à nouveau plus tard, mais pour le moment nous ne vous entendons que comme voisine. Avez-vous vu ou entendu quoi que ce soit qui sorte de l'ordinaire, ces derniers jours ? Une voiture ?

Une personne ? Quelque chose d'inhabituel, qui aurait paru bizarre, ou tout simplement que vous auriez juste remarqué ?"

Paula essayait de poser des questions aussi ouvertes que possible. Ils ne savaient pas encore sur quoi orienter leurs questions.

"Non, dit lentement Helen. Je ne peux pas dire avoir vu ou entendu quelque chose de bizarre ces derniers jours.

— Comme je le disais, nous allons devoir poser les mêmes questions à votre mari et à votre fils", dit Martin.

Paula compléta :
"Oui, et nous aurons à revenir vers vous avec d'autres questions.

— Je comprends", dit Helen.

Elle resta assise sur la terrasse quand ils s'en allèrent, levant à peine les yeux. Derrière elle s'épanouissaient roses et pivoines.

Erica fit un rapide baiser à Patrik quand il vint à sa rencontre à l'accueil du commissariat. Annika s'illumina derrière son guichet et fit le tour pour venir embrasser Erica.

"Bonjour ! dit-elle chaleureusement. Comment vont les enfants ? Et Maja ?"

Erica lui rendit ses embrassades en prenant des nouvelles de sa famille. Elle aimait cette femme qui avait remis de l'ordre au commissariat et la respectait chaque jour davantage. Elles parvenaient parfois à organiser un dîner, mais pas aussi souvent qu'elles l'auraient voulu. Avec des petits enfants, les semaines et les mois filaient et la vie sociale était mise en veilleuse.

"Nous allons nous retrouver dans la salle de conférences", dit Annika, et Erica hocha la tête.

Elle était souvent venue et savait de quelle pièce parlait Annika.

"J'arrive tout de suite ! leur lança Annika, tandis qu'Erica et Patrik gagnaient le fond du couloir.

— Salut, Ernst !" s'écria gaiement Erica, quand le gros chien arriva vers elle langue dehors et agitant la queue.

Il devait comme d'habitude dormir sous le bureau de Mellberg, mais s'était précipité au son de la voix d'Erica. Elle fut saluée à coup de langue et de truffe humides, et Erica le gratifia d'un gratouillis derrière les oreilles.

"Attention, civils dans le bâtiment !" grommela Mellberg, mal réveillé, à la porte de son bureau.

Mais Erica vit qu'il était lui aussi content de la voir.

"J'ai entendu dire que tu avais été brillant à la conférence de presse", dit-elle sans une trace d'ironie dans la voix, ce qui lui valut le coude de Patrik dans les côtes.

Il savait très bien qu'elle n'encourageait son chef que pour le faire rager. Chose qui échappait totalement à Bertil Mellberg. Il rayonnait d'autosatisfaction.

"Oui, ça fait longtemps qu'on est des pros. Dans des trous aussi paumés, ils ne sont pas habitués à voir quelqu'un de mon expérience faire une conférence de presse de ce niveau. Tu sais, ils m'ont carrément mangé dans la main. Et si on sait traiter les médias comme je le fais, ils peuvent devenir un outil extrêmement important pour la police."

Erica opina gravement du chef tandis que Patrik la fusillait du regard.

Ils entrèrent dans la salle de conférences et le dossier dans la serviette d'Erica parut soudain très lourd. Elle le sortit et le posa sur la table. En attendant que Patrik et Mellberg s'installent, elle fit un rapide tour de table et salua Gösta, Paula et Martin.

"Patrik m'a dit que tu pourrais m'aider dans l'exposé, dit-elle à Gösta.

— On verra ce dont je me souviens, dit Gösta en se grattant la nuque. Ça fait quand même trente ans.

— Toute aide sera la bienvenue."

Annika avait installé le grand tableau blanc et l'avait approvisionné en feutres. Erica sortit des papiers de son épais dossier et les y fixa au moyen de petits aimants argentés. Puis elle prit un feutre et se demanda par quel bout commencer.

Elle se racla la gorge.

"Stella Strand avait quatre ans quand elle a disparu de la ferme de ses parents. Deux filles de treize ans, Marie Wall et Helen Persson, aujourd'hui Jensen, devaient la garder quelques heures puisque Linda, la mère de Stella, et Sanna, sa grande sœur, allaient faire des courses à Uddevalla."

Elle montra la photo de classe qu'elle avait mise au tableau. L'une d'une jeune adolescente brune et grave, l'autre d'une fille blonde au regard provocant, mais avec déjà à l'époque des traits beaux à couper le souffle. Helen avait les traits indéfinissables de l'adolescence, était dans le no man's land entre enfance et âge adulte, tandis que Marie avait déjà le regard d'une femme.

"Les deux filles habitaient près de la ferme des Strand, c'était comme ça qu'elles connaissaient Stella et sa famille, et elles l'avaient déjà plusieurs fois gardée. Ce n'était pas régulier, mais ça n'avait rien d'inhabituel."

Le silence était total. Tous connaissaient partiellement l'affaire, mais c'était la première fois qu'on leur en donnait une vue d'ensemble.

"Elles sont arrivées chez les Strand à environ une heure, il n'a jamais été possible d'établir un horaire exact, mais c'était dans ces eaux-là. Une fois Linda et Sanna parties pour Uddevalla, les filles ont joué avec Stella à la ferme. Peu après, elles se sont mises en route pour Fjällbacka avec Stella dans une poussette. Elles avaient eu de l'argent pour acheter des glaces, et sont donc descendues au kiosque. Après être restées là un moment, elles sont rentrées à pied.

— C'est assez loin, dit Martin. Je ne sais pas si je voudrais que deux jeunes filles fassent ça avec ma fille de quatre ans.

— C'était une époque un peu différente, dit Erica. La conception de la sécurité n'était pas vraiment la même, quand j'étais petite, ma sœur et moi étions debout entre les sièges pendant que papa conduisait. Sans ceinture. C'est difficile à croire aujourd'hui mais, alors, ça n'avait rien d'étrange. Mais revenons à nos moutons. Les filles sont rentrées à la ferme avec Stella dans la poussette, et à leur arrivée, il était environ quatre heures. Elles avaient convenu avec Linda de laisser Stella à Anders à quatre heures et demie, mais en voyant sa voiture dans la cour, elles ont supposé qu'il était rentré plus tôt du travail, et elles ont juste déposé Stella.

— Elles ne l'ont pas vu ? demanda Paula, et Erica fit un signe de tête à Gösta.

— Il était dans la maison", dit-il.

Erica regarda le tableau en se demandant comment continuer.

"Bon, en 1985, le chef du commissariat était Leif Hermansson. Il se trouve que, dans la matinée, j'ai rencontré sa fille, pour savoir si elle avait gardé quelque souvenir de l'enquête de son père. Mais elle ne se rappelait pas grand-chose, et son frère et elle n'avaient pas trouvé de documents sur l'enquête lors de la succession. En revanche, elle m'a raconté qu'au cours des dernières années de sa vie il avait dit douter de la culpabilité des filles."

Patrik fronça les sourcils.

"Il n'a pas dit sur quoi se basait ce doute ?"

Erica secoua la tête.

"Non, elle ne se souvenait pas. Gösta, qu'est-ce que tu en dis ?"

Gösta se gratta le cou en remontant jusqu'au menton.

"Non, je ne me souviens pas que Leif ait eu le moindre doute. En revanche, il trouvait comme nous tous que c'était terriblement tragique. Tant de vies saccagées d'un seul coup, pas seulement celles de Stella et de sa famille.

— Mais comment était-ce pendant l'enquête ? demanda Martin. Leif a-t-il alors exprimé des doutes ?"

Il se pencha en avant, mains jointes sur la table.

"Non, aucun, dans mon souvenir, dit Gösta. Après les aveux des filles, tout semblait clair comme de l'eau de roche. Qu'elles se soient rétractées après avoir compris la gravité de la situation n'y changeait rien, selon Leif."

Il baissa les yeux vers la table. Erica devina qu'il faisait son propre examen de conscience. Que Leif ait douté dans les dernières années avant sa mort était probablement une information nouvelle pour lui.

"Et que s'est-il passé, ensuite ? s'impatienta Patrik. Les filles ont laissé Stella à la ferme en pensant que son père était rentré.

— Le père a-t-il été suspecté ? demanda Paula.

— Anders Strand a été interrogé à plusieurs reprises, répondit Gösta. Leif a tourné et retourné toutes ses indications horaires, et a même posé des questions au reste de la famille, la mère et la grande sœur, pour…"

Il hésita et Martin compléta : "… pour voir s'il y avait des problèmes dans la famille, mauvais traitements, abus sexuels.
— Oui, dit Gösta. Ce n'est jamais très drôle de devoir poser ces questions.
— On fait ce qu'on doit faire, dit tout bas Patrik.
— Rien de ce genre n'a été trouvé, dit Erica. Rien qui indique autre chose qu'une famille ordinaire et aimante, pas le moindre signe de déviance. L'enquête est donc passée à la phase suivante, chercher quelqu'un d'extérieur à la famille.
— Ce qui n'a donné aucun résultat, dit Gösta. Aucun inconnu n'avait été vu rôdant autour de la ferme, que ce soit avant le meurtre ou vers l'heure de sa mort, nous n'avons localisé aucun pédophile notoire dans la région, rien.
— De quoi est morte Stella ? demanda Paula en grattant distraitement Ernst derrière l'oreille.
— Coups brutaux à la tête, dit Erica en affichant avec une certaine hésitation les photos au tableau.
— Ah, mon Dieu !" lâcha Annika en clignant des yeux pour chasser ses larmes.
Gösta baissa les yeux. Il les avait déjà vues.
"Stella a reçu des coups répétés à l'arrière de la tête. Le rapport d'autopsie indiquait qu'elle avait vraisemblablement continué à recevoir des coups longtemps après sa mort.
— Portés par deux objets contondants distincts, dit Patrik. J'ai parcouru rapidement le rapport d'autopsie qu'a envoyé Pedersen, et c'est quelque chose qui m'a fait réagir."
Erica hocha la tête.
"Oui, on a trouvé des traces de pierre et de bois dans les plaies. Une théorie est qu'elle a été frappée à la fois avec une branche et une pierre.
— C'est une des raisons qui a poussé Leif à commencer à soupçonner la présence de deux meurtriers, dit Gösta en levant les yeux.
— En ne voyant pas les filles rentrer avec Stella comme convenu, son père s'est naturellement inquiété, a continué Erica. Quand Linda et Sanna sont arrivées à cinq heures et demie, Anders était effondré. Il a reçu un appel de KG disant qu'Helen et Marie avaient laissé Stella à la ferme tout juste

une heure plus tôt. Linda et Anders ont cherché dans la forêt et le long de la route, mais ont vite renoncé. Ils ont donné l'alerte à six heures et quart, et les recherches policières ont commencé juste après. Comme aujourd'hui, beaucoup de volontaires sont venus prêter main-forte.

— J'ai entendu que c'est le type qui avait trouvé Stella qui a aussi trouvé Nea, dit Martin. Est-ce que c'est quelque chose qu'on devrait regarder de plus près ?"

Patrik secoua la tête.

"À mon avis, non. On a plutôt eu de la chance qu'il décide d'aller regarder de plus près l'endroit où il avait trouvé Stella.

— Et les chiens ne l'ont pas trouvée ? dit Paula en continuant à gratter Ernst derrière l'oreille.

— La patrouille cynophile n'était pas encore arrivée sur cette zone de recherche, dit Patrik avec une grimace. Parle-nous encore des filles."

Erica comprit ce qu'il recherchait. Elle passait toujours beaucoup de temps à travailler les descriptions des personnages et était convaincue que c'était une des clés du succès de ses livres. Son but était toujours de donner chair et sang aux personnages d'affaires criminelles connues qui, jusqu'alors, n'avaient été que des titres noirs et des photos granuleuses dans des journaux.

"Bon, jusqu'à présent, je n'ai pas encore eu le temps de faire beaucoup d'interviews de personnes ayant connu Helen et Marie à l'époque. Mais j'ai pu parler avec quelques-unes d'entre elles, et me faire une idée des deux filles et de leurs familles."

Erica se racla la gorge.

"Leurs deux familles étaient bien connues localement, mais pour des raisons diamétralement opposées. Celle d'Helen était en apparence la famille parfaite. Son père et sa mère, des figures de la vie économique et mondaine de Fjällbacka, son père, président du Rotary, sa mère, engagée dans l'association des parents d'élèves, ils avaient une vie sociale active et organisaient aussi une grande partie des festivités à Fjällbacka.

— Des frères et sœurs ? demanda Paula.

— Non, Helen était enfant unique. Fille soigneuse, bonne élève, calme, oui, voilà comment on la décrit. Douée pour le piano, ses parents la donnaient volontiers en spectacle, d'après ce que j'ai entendu. Marie, en revanche, venait d'une famille avec qui vous devez avoir eu souvent maille à partir avant cette affaire, je suppose."

Gösta hocha la tête.

"Ça, je ne te le fais pas dire. Bagarres, alcool, cambriolages, vous voyez le genre… Et cela ne concernait pas seulement ses parents, mais aussi ses deux frères aînés. Elle était la seule fille et n'était pas dans le fichier des mineurs avant la mort de Stella. Ses deux frères, en revanche, y tenaient assidûment leur place dès avant leurs treize ans. À la moindre bêtise, quelle qu'elle soit, vélos volés, effraction du kiosque, oui, tous les trucs de ce genre, on commençait toujours par aller chez les Wall. Et neuf fois sur dix, on trouvait ce foutu vélo ou autre. Ils n'avaient pas inventé la poudre.

— Mais rien concernant Marie, donc ? demanda Patrik.

— Non, à part que l'école nous a signalé qu'ils la soupçonnaient de subir des mauvais traitements. Mais elle niait toujours en bloc. Disait qu'elle était tombée de vélo. Ou avait trébuché.

— Mais vous auriez pu intervenir à ce moment ? dit Paula en fronçant les sourcils.

— Oui, sauf que ça ne marchait pas vraiment comme ça à l'époque."

Gösta se tortillait, gêné, nota Erica. Il savait probablement que Paula avait raison.

"C'était d'autres temps. Faire intervenir les services sociaux était un dernier recours. Et Leif a réglé ça en allant dire ses quatre vérités au père de Marie. Après ça, il n'y a plus eu de signalement de l'école. Mais c'est clair, impossible de savoir s'il avait alors arrêté de la battre, ou avait juste appris à ne pas laisser de marques."

Il toussa dans son poing fermé et se tut.

"Les deux filles avaient beau venir de deux milieux très différents, reprit Erica, elles sont devenues très bonnes amies. Elles traînaient toujours ensemble, même si ça ne plaisait pas à la famille d'Helen. Au début, ils ont apparemment fermé les yeux, espérant sans doute que ça lui passerait. Mais ensuite, ils ont été de plus en plus irrités par la compagnie choisie par Helen, et ont interdit aux filles de se voir. Le père d'Helen est mort, et je n'ai pas encore eu le temps de parler avec sa mère, mais j'ai rencontré des gens qui les fréquentaient à l'époque. Ils disent tous que ça a été tout un cirque quand Helen n'a plus eu le droit de voir Marie, oui, vous pouvez imaginer le drame avec deux filles au début de l'adolescence. Mais elles ont fini par être forcées de se soumettre, et ne se fréquentaient plus pendant leur temps libre. Sauf que les parents d'Helen ne pouvaient pas les empêcher de se voir à l'école, elles étaient dans la même classe.

— Mais les parents d'Helen ont donc fait une exception quand elles ont dû garder Stella, dit pensivement Patrik. Pourquoi ? N'était-ce pas étonnant, alors qu'ils étaient si fortement opposés à ce que les filles se fréquentent ?"

Gösta se pencha en avant.

"Le père de Stella était le directeur de la banque de Fjällbacka. Il occupait donc un des postes les plus haut placés de la localité. Et comme avec son épouse Linda ils avaient déjà demandé aux filles si elles pouvaient surveiller Stella ensemble, KG Persson ne voulait pas contrarier Anders Strand. Voilà pourquoi ils ont fait une exception.

— Les gens…, s'étonna Martin en secouant la tête.

— Combien de temps ont-elles mis avant d'avouer ? demanda Paula.

— Une semaine, dit Erica en regardant à nouveau les photos sur le tableau blanc."

Elle revenait toujours à la même question. Pourquoi les fillettes auraient-elles avoué un meurtre brutal si elles n'en étaient pas coupables ?

L'AFFAIRE STELLA

"C'est dégueulasse. Comme si Marie n'avait pas déjà assez dégusté !"

Lenita crêpa ses abondants cheveux blonds. Marie était calmement assise, ses mains sur les genoux. Ses longs cheveux encadraient son beau visage.

"Nous devons poser ces questions. Je suis désolé, mais c'est nécessaire."

Leif ne quittait pas Marie des yeux. Ses parents pouvaient dire ce qu'ils voulaient, mais il était persuadé que les filles n'avaient pas raconté toute la vérité. Ils avaient interrogé plusieurs fois Anders Strand, tourné dans tous les sens l'histoire de la famille, sans rien trouver. Seules les deux filles pourraient leur donner une ouverture. Il en était certain.

"Ça va, dit Marie.

— Est-ce que tu peux encore une fois me raconter comment ça s'est passé, quand vous êtes entrées dans la forêt ?

— Vous avez parlé avec Helen ?" demanda Marie en le regardant.

Leif fut à nouveau traversé par l'idée que, une fois adulte, Marie serait une femme magnifique.

Que ressentait Helen ? Par sa fille, Leif en savait long sur les relations entre filles : ce n'était pas toujours facile d'être l'invisible à côté de la mignonne. Helen semblait banale à côté de l'éclat de Marie, et il se demandait l'effet que cela avait pu avoir sur leur relation. Elles formaient à bien des égards un couple mal assorti, et il se demandait ce qui les avait attirées l'une vers l'autre. Il n'arrivait tout simplement pas à le cerner.

Leif posa son stylo. C'était maintenant ou jamais. Il regarda les parents de Marie.

"J'aimerais parler un moment à Marie en privé…

— Pas question !"

La voix criarde de Lenita se répercuta contre les murs de la petite pièce du commissariat.

"Parfois, la mémoire peut revenir si on arrive à se détendre, et je crois que cette situation stresse Marie, dit calmement Leif. Si je pouvais lui poser quelques questions sur leur promenade en forêt, peut-être parviendrions-nous à des informations intéressantes pour l'enquête, et alors tout ça serait fini en un rien de temps."

Larry tripota un de ses tatouages au bras et regarda sa femme.

Elle pouffa.

"Dans notre famille, rien de bon n'est jamais sorti d'une conversation en tête à tête avec la police. Tiens, regarde, la fois où Krille était rentré avec un cocard après avoir été ramassé par les flics."

Sa voix redevint stridente.

"Il avait rien fait ! Il s'amusait juste dehors avec ses copains, et sans raison il a été embarqué au poste. Après, il est rentré avec un énorme cocard."

Leif soupira. Il savait très bien de quoi elle parlait. Krille s'amusait en effet dehors. Bourré comme un coing. Il s'était mis dans la tête qu'un type avait dragué sa copine et il avait commencé à faire des moulinets avec une bouteille de bière cassée. Il avait fallu trois hommes pour le faire entrer dans la voiture de police et, sur le chemin de la cellule de dégrisement, il avait continué ses moulinets, si bien que les policiers avaient été forcés de le plaquer à terre pour le calmer et, en se débattant, il avait pris un coup. Mais Leif savait que ce n'était pas le moment de discuter. Surtout s'il voulait réussir à faire sortir de la pièce les parents de Marie.

"C'est très regrettable, dit-il. Si vous voulez, je pourrai moi-même me pencher d'un peu plus près sur cet incident. Il pourrait peut-être même y avoir matière à compensation. Un dédommagement. Mais pour cela, il est d'autant plus important que vous me fassiez confiance en me laissant parler un moment en privé avec Marie. Elle est entre de bonnes mains."

Il fit son plus grand sourire, voyant que la mention d'un dédommagement avait fait s'éclairer le visage de Lenita.

Elle se tourna vers Larry.

"Bien sûr que nous allons laisser la police échanger quelques mots en privé avec Marie. Elle est témoin dans une enquête sur un meurtre. Je ne comprends pas pourquoi tu voudrais faire ta mauvaise tête."

Larry secoua la tête.

"Mais je…"

Lenita se leva sans le laisser finir sa phrase.

"Laissons la police faire son travail, et nous reparlerons de l'autre affaire quand vous aurez fini."

Elle prit Larry par le bras et le tira hors de la pièce. Elle se retourna sur le seuil.

"Ne nous fais pas honte, maintenant, Marie. Prends exemple sur tes frères."

Elle regarda Leif.

"Ils feront de grandes choses. Mais celle-là ne m'a valu que des migraines et des problèmes depuis sa naissance."

La porte se referma derrière eux et le silence complet se fit. Marie était toujours assise, mains sur les genoux et menton contre la poitrine. Lentement, elle releva la tête, le regard envahi d'une noirceur inattendue.

"C'est nous qui l'avons fait, dit-elle de sa voix rauque. On l'a battue à mort."

James ouvrit le réfrigérateur. Bien rempli et organisé, il fallait reconnaître ça à Helen. Il sortit le beurre et le posa sur le plan de travail. Il y avait là un verre. Sûrement Sam qui ne l'avait pas rangé. James serra les poings. La déception l'envahit. Sam, ce freak. Sam, incapable de trouver le moindre job d'été. Sam qui ne réussissait rien.

Mais il savait tirer, James était forcé de le reconnaître. Dans un de ses bons jours, Sam était même meilleur tireur que lui. Mais Sam passerait pourtant le reste de sa vie insignifiante à jouer à des jeux vidéo.

Quand Sam aurait dix-huit ans, James le mettrait à la porte. Helen pourrait dire ce qu'elle voudrait, mais putain, il n'avait pas l'intention d'entretenir un adulte paresseux et bon à rien. Sam verrait bien alors comme c'était facile d'être demandeur d'emploi avec tout ce maquillage noir et ces vêtements lamentables.

On frappa à la porte, James sursauta. Qui cela pouvait-il être ?

Le soleil entra par la porte quand il ouvrit, et James se protégea les yeux de la main pour voir qui c'était.

"Oui ?" dit-il.

Un homme dans les vingt-cinq ans se tenait là. Il se racla légèrement la gorge.

"Vous êtes bien James Jensen, n'est-ce pas ?"

James fronça les sourcils. Qu'est-ce que c'était que ça ? Il avança d'un pas et l'autre personne recula aussitôt de plusieurs. James faisait souvent cet effet aux gens.

"Oui, c'est moi. De quoi s'agit-il ?

— Eh bien, je suis de l'*Expressen*. Et je voulais savoir si vous aviez un commentaire à faire au sujet du fait que le nom de votre femme apparaît à nouveau en lien avec une enquête criminelle ?"

James le dévisagea. Il ne comprenait pas un mot de ce qu'il lui chantait.

"Quoi, à nouveau ? Comment ça ? Si vous voulez parler du meurtre dont ma femme a été injustement accusée, nous n'avons rien à dire à ce sujet depuis longtemps, et vous le savez !"

Une veine se mit à palpiter au niveau de sa tempe. Pourquoi ressortaient-ils ça maintenant ? Bien sûr, des demandes d'interview arrivaient de temps à autre, quelqu'un qui voulait donner "une vision rétrospective de l'affaire" et "permettre à Helen de donner sa version des faits", mais la dernière remontait à longtemps. Au moins dix ans.

"Je parle de la petite fille qui habitait dans la même ferme que Stella et qu'on a retrouvée assassinée ce matin. Et la police a tenu une conférence de presse après le déjeuner, au cours de laquelle votre femme et Marie Wall ont été mentionnées."

Bordel, qu'est-ce que c'est que ça ?

"Oui, je voulais juste connaître votre position sur le fait que, trente ans après, Helen soit à nouveau suspectée. Je veux dire, elle a toujours clamé son innocence. Au fait, elle est là ? Si je pouvais également échanger quelques mots avec elle, ce serait top, bien sûr, c'est important de pouvoir exprimer votre point de vue sur ce sujet, avant que les gens ne tirent des conclusions hâtives…"

Sa veine se mit à palpiter de plus belle. Sales hyènes.

Allaient-ils s'agglutiner devant leur maison, comme à l'époque où les parents d'Helen vivaient ici ? KG lui a raconté comment ils restaient le soir dans des voitures, phares éteints, frappaient à la porte, téléphonaient. Ils faisaient littéralement le siège de la maison.

Il voyait la bouche du journaliste continuer à bouger. Il supposait qu'il continuait à poser des questions, continuait à essayer de le convaincre de lui parler. Mais James n'entendait pas un mot. Il n'entendait qu'un grondement envahissant dans sa tête, et la seule façon de le faire taire était de faire cesser de bouger cette bouche devant lui.

Ses poings se serrèrent encore. Il fit un pas vers le journaliste.

Ils étaient restés pour se baigner après la réunion du matin. Avaient parlé de l'enthousiasme de Bill et ri du projet fou dans lequel ils s'engageaient. De la voile. Aucun d'eux n'en avait jamais fait. Ni n'était même jamais monté à bord d'un voilier. Et ils participeraient à une compétition dans quelques semaines ?

"Ça ne marchera jamais !" dit Khalil en fermant les yeux dans le jacuzzi.

Il adorait la chaleur. Elle était toujours superficielle, ici : quand on s'y attendait le moins, un vent du soir glacé pouvait toujours donner la chair de poule. La chaleur écrasante et sèche lui manquait. Celle qui ne passait jamais, juste adoucie le soir par une fraîcheur bénie. Elle avait aussi une odeur. En Suède, la chaleur ne sentait rien. Elle était aussi insignifiante et inoffensive que les Suédois. Mais il n'aurait jamais osé le dire tout haut.

Karim le maudissait toujours dès qu'il se plaignait de la Suède. Ou des Suédois. Il disait qu'ils devaient être reconnaissants. Que c'était leur nouvelle patrie, qu'ils avaient trouvé refuge ici, qu'ils pouvaient vivre en paix. Et il savait bien que Karim avait raison. C'était juste sacrément dur d'aimer les Suédois. Ils rayonnaient de méfiance et le regardaient comme un être inférieur. Pas seulement les racistes. Eux, ils étaient faciles à cerner. Ils montraient ouvertement ce qu'ils pensaient, et leurs mots rebondissaient sur sa peau. C'était les Suédois ordinaires qui étaient difficiles à supporter. Ceux qui étaient au fond des gens bien, qui se considéraient eux-mêmes comme larges d'esprit, ouverts. Ceux qui s'informaient sur la guerre, qui s'indignaient, envoyaient de l'argent aux organisations humanitaires et donnaient des vêtements pour les collectes. Mais qui jamais n'imagineraient inviter un réfugié chez eux. C'était eux dont il ne ferait jamais la connaissance. Et comment alors connaître son nouveau pays ? Il n'arrivait pas à parler de patrie, comme le faisait Karim. Ce n'était pas un foyer, juste un pays.

"Regarde ça", dit Adnan, et Khalil suivit son regard.

Une fille blonde et deux brunes, de leur âge, s'éclaboussaient bruyamment un peu plus loin dans la piscine.

"On va leur causer ? proposa Adnan en les montrant de la tête.

— Ça va juste faire des problèmes", dit Khalil.

Pendant les cours de suédois, Sture avait abordé la façon de se comporter avec les filles suédoises. De préférence, il ne fallait même pas leur parler. Mais Khalil ne pouvait pas s'empêcher de songer comme ce serait bien de rencontrer une Suédoise. Il pourrait alors en apprendre davantage sur le pays, et parler mieux la langue.

"Allez, viens, on va leur causer, dit Adnan en le tirant par le bras. Qu'est-ce qui peut se passer ?"

Khalil libéra son bras.

"Pense à ce que nous a dit Sture.

— Bah, c'est juste un vieux schnock, qu'est-ce qu'il en sait ?"

Adnan sortit du jacuzzi et plongea rapidement dans le grand bain. En quelques brasses rapides, il se dirigea vers les filles. Khalil le suivit en hésitant. Ce n'était pas une bonne idée.

"*Hello!**" entendit-il Adnan lancer, et il comprit qu'il n'avait pas d'autre choix que de lui tenir compagnie.

Les filles semblèrent d'abord méfiantes, mais ensuite elles sourirent et répondirent en anglais. Khalil se détendit. Peut-être Adnan avait-il raison et Sture tort. Ces filles n'avaient pas l'air de mal le prendre. Elles se présentèrent, et dirent qu'elles habitaient le camp de vacances avec leurs familles. Elles s'étaient connues là.

"Qu'est-ce que vous foutez, bordel ?"

Khalil sursauta.

Un homme d'une cinquantaine d'années s'approcha d'eux.

"*Sorry, no swedish***", dit-il en levant les mains.

Son ventre se noua. Il voulait juste s'en aller.

---

* Salut !
** Pardon, pas suédois.

La blonde fusilla l'homme du regard en lui décochant quelques phrases en suédois. À la façon dont ils parlaient, il comprit que ce devait être son père.

"Leave the girls alone and go back where you came from!*"

L'homme fit mine de les chasser, avec son caleçon de bain et son t-shirt Ironman, ce qui aurait pu être assez comique si la situation n'avait pas été aussi gênante.

"Sorry**", dit Khalil, en battant en retraite.

Il n'osait pas regarder Adnan. Son tempérament lui jouait trop souvent des tours, et Khalil pouvait presque sentir sa colère bouillonner.

"We don't need people like you here, dit l'homme. *Only trouble.***"*

Khalil regarda son visage rouge d'indignation. Il se demandait ce qu'il dirait, s'il savait qu'ils avaient passé la nuit dehors à la recherche de la petite Nea. Mais ça n'aurait probablement rien changé. Certains avaient leur idée toute faite.

"Viens", dit-il en arabe, en entraînant Adnan.

C'était aussi bien de partir. La fille blonde s'excusa d'un haussement d'épaules.

Il était déjà cinq heures et demie quand Erica acheva son exposé au commissariat. Patrik voyait bien qu'ils étaient tous au bout du rouleau, personne n'avait pu se reposer ou dormir : après une certaine hésitation, il avait renvoyé tout le monde à la maison. Mieux valait qu'ils soient reposés et aient les idées claires le lendemain, pour que la fatigue ne leur fasse pas commettre des erreurs qu'il serait par la suite difficile de réparer. Cela valait tout particulièrement pour lui. Il ne se souvenait pas avoir jamais tant désiré une grande nuit de sommeil.

"N'oublie pas les enfants", dit Erica quand il entra dans Fjällbacka.

Elle lui sourit et appuya la tête contre son épaule.

---

* Laisse les filles tranquilles et rentre dans ton pays.
** Désolé.
*** Pas besoin de gens comme vous ici. Que des problèmes.

"Zut alors, et moi qui avais espéré que tu les aurais oubliés. On ne pourrait pas « par hasard » les oublier pour la nuit chez Dan et Anna, dis ? Je suis crevé, et ça fait longtemps qu'on n'a pas eu une nuit complète sans que quelqu'un nous grimpe dessus et se couche entre nous.

— Je ne crois pas trop que ce soit possible, dit Erica en lui tapotant la joue avec un sourire. Dors dans la chambre d'amis cette nuit, je prends les gamins, tu as besoin d'une nuit complète."

Patrik secoua la tête. Il détestait dormir sans Erica. Et puis, c'était quand même bien mignon, ces petits pas sur la pointe des pieds, dans la nuit, quand un ou plusieurs enfants venaient se tasser entre eux. Et puis il avait plus que jamais besoin d'avoir sa famille près de lui : il préférait sacrifier une nuit de sommeil. C'était idiot de plaisanter avec l'idée de laisser les enfants chez Anna et Dan. Il avait besoin de les sentir près de lui. Et fatigué comme il était, ils ne risquaient pas de le réveiller.

Ce sont trois enfants heureux et gorgés de sucre qu'ils récupérèrent chez Anna et Dan. Ils leur proposèrent de rester dîner mais, après un coup d'œil à Patrik, Erica déclina l'invitation. Il ne savait même pas s'il aurait le courage de manger.

"Papa, papa, on a eu de la glace, dit gaiement Maja depuis la banquette arrière. Et des bonbons. Et des gâteaux."

Elle vérifia que ses petits frères étaient bien attachés. Elle trouvait ses parents mignons et bien gentils, mais pas assez mûrs pour endosser la responsabilité de ses deux petits frères.

"Parfait, très équilibré ! dit-il en levant les yeux au ciel.

— Ça va, dit Erica en riant, la prochaine fois qu'on garde leurs gamins, on se vengera en les gavant de sucre."

Ah, ce qu'il aimait son rire. Oui, à vrai dire, il aimait tout chez elle. Même ses mauvaises habitudes. Sans elles, elle ne serait pas Erica. Il avait été si fier en l'écoutant exposer méthodiquement l'état de ses recherches pour son livre. Elle était brillante et compétente, probablement la plus intelligente d'eux deux, il était le premier à le penser. Parfois, il lui arrivait de se demander ce que sa vie aurait été s'il n'avait pas rencontré

Erica, mais son cerveau rejetait toujours cette idée. Elle était là, elle était à lui, et ils avaient trois merveilleux sales gosses sur la banquette arrière. Il lui prit la main tout en continuant à rouler vers leur maison de Sälvik, et fut gratifié du sourire qui lui réchauffait toujours le cœur.

Quand ils arrivèrent, les enfants rebondissaient littéralement contre les murs sous l'effet du choc glycémique : pour les calmer avant de les mettre au lit, ils décidèrent de les installer dans le canapé devant un film. Patrik s'était préparé au combat, car le choix d'un film provoquait habituellement une guerre entre trois fortes volontés. Mais Maja avait visiblement déjà mené de sérieuses négociations sur le chemin du retour car elle déclara avec une gravité pateline :

"Papa, je sais qu'en fait ils n'ont pas le droit de voir *La Reine des neiges*, parce que ça fait trop peur et qu'il n'y a que les *grands* enfants qui peuvent le voir aussi tard le soir... Mais je leur ai dit que vous pourriez peut-être envisager de faire une acception ce soir..."

Puis elle lui fit un clin d'œil exagéré. Patrik eut du mal à se retenir de rire. Maligne, la gamine. C'était les gènes maternels. Elle parlait comme une petite adulte, même si elle avait dit *acception* à la place d'*exception*. Il n'avait pas le cœur de la corriger, et se força à garder son sérieux. Les jumeaux l'observaient attentivement.

"Non, je ne sais pas, je... Pendant la journée, c'est une chose mais, comme tu le dis, ça fait uuun peu trop peur pour des petits le soir. Mais allez, d'accord. Une acception. Mais rien que pour cette fois !"

Les jumeaux exultèrent et Maja sourit de satisfaction. Mon Dieu, qu'est-ce que cette gamine allait faire quand elle serait grande ? Patrik l'imagina un instant dans les palais officiels, à la tête du gouvernement.

"Tu as entendu ?" dit-il en rejoignant Erica à la cuisine.

Elle l'accueillit avec un grand sourire, tout en coupant des légumes.

"Oui, mon Dieu, que va-t-elle devenir ?

— Premier ministre, je me disais à l'instant", dit-il en se serrant derrière Erica. Il l'entoura de ses bras et huma sa nuque.

Il adorait son parfum.

"Assieds-toi, je te fais dîner tout de suite, dit-elle en lui donnant un baiser. Je t'ai servi un verre de rouge et j'ai mis au four une des lasagnes de ta mère.

— Oui, parfois, on ne peut pas se plaindre qu'elle nous couve", dit Patrik en s'asseyant lourdement à la table de la cuisine.

Sa mère, Kristina, s'inquiétait sans arrêt que les enfants – Erica et Patrik aussi, d'ailleurs – meurent de malnutrition à force de manger des plats cuisinés ou semi-cuisinés. Au moins une fois par semaine, elle passait avec des petits plats, dont elle bourrait leur congélateur. Et même s'ils grommelaient de se sentir infantilisés, c'était dans certains cas infiniment précieux. En plus, Kristina était un cordon-bleu, et un fumet délicieux sortait à présent du four.

"Qu'est-ce que tu penses ? Est-ce que mon exposé vous aura servi ?" Erica s'assit en face de lui et se servit aussi un verre de rouge. "Votre enquête donne-t-elle quelque chose ?

— Pour le moment, nous n'avons rien de concret" dit lentement Patrik en faisant tourner son verre de vin.

Deux bougies se reflétaient dans le liquide rouge et, pour la première fois depuis bientôt deux jours, il s'autorisa à relâcher les épaules. Mais il ne pourrait pas se détendre complètement avant d'avoir compris ce qui était arrivé à Nea.

"Tu as des nouvelles d'Helen ou de Marie ?" demanda-t-il en regardant Erica.

Elle secoua la tête.

"Non, toujours pas de réponse. La question est de savoir quel conseil Marie aura reçu de la maison d'édition avec laquelle elle est en négociation : accepter ou non une interview avec moi. Personnellement, je crois que mon livre pourrait servir de produit d'appel et augmenter les ventes du sien, mais on ne sait jamais comment les éditeurs raisonnent.

— Et Helen ?

— Elle non plus n'a toujours pas répondu, mais je pense qu'il y a cinquante pour cent de chances qu'elle accepte. La plupart des gens ont un besoin inné de soulager leur cœur, mais Helen a quand même réussi à reconstruire sa vie à Fjällbacka, même si c'est en se cachant dans l'ombre. Je ne suis pas sûre qu'elle en sorte volontairement. Sauf qu'après ce qui s'est passé, elle va y être forcée, de toute façon. Tous les regards vont se braquer sur elle et Marie.

— Et toi, qu'est-ce que tu en penses ?" dit Patrik en se levant pour ouvrir le four et regarder les lasagnes.

Elles avaient commencé à faire des bulles, mais il fallait attendre un peu pour que le fromage soit doré comme il le fallait. Il se rassit et regarda Erica, qui fronça les sourcils. Elle finit par dire, d'une voix traînante :

"Sincèrement, je ne sais plus. En commençant mes recherches pour ce livre, j'étais persuadée qu'elles étaient coupables. Le fait qu'elles aient toutes les deux avoué pesait lourd dans la balance, même si elles se sont ensuite rétractées et ont depuis clamé leur innocence. Au départ, je voulais écrire un livre qui cherchait à comprendre comment deux si jeunes filles en arrivent à battre à mort une fillette. Mais maintenant, je ne sais pas... Que Leif Hermansson les ait crues innocentes m'a fait envisager tout sous un autre angle. Il était malgré tout le plus au courant de l'affaire. Et tout se basait sur les aveux des deux filles. Après ça, la police a cessé d'enquêter. Quand les filles se sont rétractées, rouvrir l'enquête n'intéressait plus personne. Pas même Leif, ses doutes ne sont apparus que plus tard.

— Mais alors, qu'est-ce qui a pu conduire Leif à se mettre à croire à leur innocence ?

— Aucune idée, dit Erica en secouant la tête, ce qui fit doucement tomber ses boucles blondes autour de son visage. Mais je vais chercher à le savoir. Je vais tout simplement aller interroger des gens ayant connu Marie et Helen il y a trente ans, en attendant qu'elles me répondent."

Erica se leva pour sortir les lasagnes du four.

"J'ai appelé la mère d'Helen, qui avait l'air prête à me laisser venir lui poser quelques questions.

— Qu'est-ce qu'Helen va en penser, à ton avis, demanda Patrik. Que sa mère te parle ?"

Erica haussa les épaules.

"D'après ce que j'ai entendu dire de la mère d'Helen, elle se préoccupe surtout de sa petite personne. Je ne pense pas que l'idée de contrarier sa fille l'ait seulement effleurée.

« — Et la famille de Marie ? Bon, ses parents sont morts, mais elle a bien encore ses deux frères ?

— Oui, l'un est à Stockholm, visiblement mouillé jusqu'au cou dans le trafic de drogue, et l'autre est incarcéré à Kumla pour vol à main armée.

— Je préférerais que tu gardes tes distances, dit Patrik, voyant bien qu'elle faisait la sourde oreille.

— Mmh", dit Erica, qui savait que Patrik savait qu'il ne pouvait pas la commander.

D'un accord tacite, ils changèrent de sujet de conversation et attaquèrent les lasagnes.

Du séjour parvenait "Délivrée" à plein volume.

L'AFFAIRE STELLA

Leif essaya de rassembler ses idées avant d'entrer dans la petite salle de conférences. C'était logique. Et pourtant pas. Plus que toute autre chose, c'était le calme de Marie qui l'avait convaincu. Sa voix n'avait pas du tout tremblé quand elle avait avoué.

Marie était une enfant, elle n'arriverait jamais à tromper un policier expérimenté comme lui. Comment une enfant pourrait-elle lui mentir sur un tel sujet ? Ce que cela avait d'inouï suffisait pour qu'il la croie. Calmement, en termes circonstanciés, elle avait tout raconté, du début à la fin, pendant que sa mère pleurait et criait et que son père lui aboyait de fermer sa gueule et de ne plus rien dire.

Pas à pas, elle avait expliqué ce qui s'était passé. Il l'avait écoutée, le ventre de plus en plus serré, écouté sa voix claire de fillette, regardé ses mains jointes sur les genoux, le soleil dans ses cheveux blonds. Il était inimaginable qu'avec son air d'ange elle ait pu commettre un acte aussi maléfique, mais il n'en douta pas. Il fallait maintenant compléter le puzzle. Ou plus précisément la dernière pièce du puzzle.

"Pardon de vous avoir fait attendre", dit-il en fermant la porte derrière lui.

KG hocha brièvement la tête en posant une lourde main sur l'épaule de sa fille.

"Nous commençons vraiment à en avoir assez, dit Harriet en secouant la tête."

Leif se racla la gorge.

"Je viens de parler avec Marie", dit-il.

Helen leva lentement la tête. Ses yeux étaient légèrement voilés, comme si elle était ailleurs.

"Marie a avoué que c'était vous qui l'avez fait."

KG retint son souffle et Harriet porta sa main devant sa bouche. Un instant, Leif crut voir de l'étonnement dans le regard d'Helen. Mais il disparut aussi vite qu'il était apparu et, par la suite, il devait même douter de l'avoir bien vu.

Elle resta quelques instants silencieuse, puis hocha la tête.

"Oui, c'est nous.

— Helen !"

Harriet tendit une main, mais KG resta figé. Son visage était comme un masque.

"Devrions-nous appeler un avocat ?" demanda-t-il.

Leif hésita. Il voulait tout de suite vider l'abcès. Mais il ne pouvait pas leur refuser leurs droits.

"C'est votre droit, dit-il.

— Non, je veux répondre aux questions", dit Helen en se tournant vers son père.

Un affrontement silencieux sembla avoir lieu entre eux et, au grand étonnement de Leif, Helen en sortit victorieuse. Elle regarda Leif.

"Que voulez-vous savoir ?"

Point par point, il passa en revue la déclaration de Marie. Parfois, Helen se contentait de hocher la tête, et il lui rappelait alors qu'elle devait parler à haute voix. Elle faisait preuve du même calme que Marie, et il ne savait pas comment le prendre. Au fil des années, il avait interrogé toute sorte de criminels. Des voleurs de bicyclettes aux maris battant leurs femmes, en passant par une mère qui avait noyé son nouveau-né dans une baignoire. Ils avaient montré un large registre de sentiments. Colère, chagrin, panique, rage, découragement. Mais il n'avait jamais eu à interroger une personne restant absolument neutre. Et encore moins deux. Il se demanda si c'était parce qu'il s'agissait d'enfants, trop jeunes pour prendre la mesure de leur acte. La froideur de leur horrible récit devait avoir une autre explication que le mal en elles.

"Donc, après, vous êtes allées vous baigner ? Marie a dit que vous aviez besoin de laver le sang."

Helen hocha la tête.

"Oui, c'est ça. On était couvertes de sang, il fallait se laver.

— Et vos vêtements, n'étaient-ils pas tachés, eux aussi ? Comment les avez-vous nettoyés ?"

Elle se mordit les lèvres.

"On a pu enlever le plus gros en frottant dans l'eau. Puis ça a vite séché au soleil. Maman et papa n'ont pas regardé mes vêtements de trop près quand je suis rentrée, alors j'ai filé me changer avant le dîner, et j'ai mis tous mes vêtements à la machine."

Derrière elle, Harriet pleurait, le visage caché dans les mains. Helen ne la regardait pas. KG était toujours comme pétrifié. Il semblait vieilli de dix ans.

Le calme inouï d'Helen la faisait ressembler davantage à Marie. Elles n'étaient plus aussi mal assorties. Elles avaient les mêmes gestes, la même façon de parler, et le regard d'Helen rappelait celui de Marie. Un néant. Une vacuité calme.

Un instant, Leif frissonna en regardant l'enfant qu'il avait devant lui. Quelque chose s'était mis en branle qui aurait un écho des années durant, peut-être pour le reste de leur vie. Il avait obtenu ses réponses, mais elles avaient soulevé d'autres questions, autrement plus grandes. Des questions auxquelles il n'obtiendrait sans doute jamais de vraies réponses. Helen le regarda de ses yeux sans fond et brillants.

"On va nous envoyer au même endroit, hein ? On va pouvoir rester ensemble, hein ?"

Leif ne répondit pas. Il se contenta de se lever et de sortir dans le couloir. Il avait soudain du mal à respirer.

Le rocher était lisse sous lui, mais Karim changeait sans arrêt de position. Le soleil semblait étrangement chaud, et pourtant il grelottait parfois. Il y avait tant de nouveaux mots à apprendre d'un coup qu'ils lui tournaient la tête. *Vent debout, barre, vent arrière, grand largue, près serré.* La gauche et la droite étaient remplacées par bâbord et tribord. Il n'était pas dix heures et il était épuisé.

"Vent debout signifie qu'on a la proue, *the front of the boat is* « la proue », face au vent. *The wind.**"

Bill gesticulait, mélangeant suédois et anglais, et ce qu'il disait était en même temps traduit en arabe par Farid. Les autres semblaient, Dieu merci, aussi perdus que Karim. Bill leur montrait sur un bateau juste à côté, tirant la voile d'un côté, de l'autre, mais Karim pensait surtout que le voilier paraissait terriblement petit et instable sur cette vaste étendue bleue. La moindre brise allait le renverser, et ils finiraient à l'eau.

Pourquoi s'était-il lancé là-dedans ? Mais il savait bien pourquoi. C'était pour avoir une chance de s'intégrer dans la société suédoise, d'apprendre à connaître les Suédois et leur fonctionnement, et peut-être de faire cesser les regards de travers.

"Quand on est vent debout, la voile faseye, elle bat et on n'avance pas." Bill illustra son propos en secouant la voile. "Il faut au moins un angle de trente degrés, *thirty degrees***,

---

* L'avant du bateau, c'est « la proue ». Le vent.
** Trente degrés

pour donner de la vitesse au bateau. Et la vitesse, c'est bien, puisqu'on va concourir !"

Il agita les bras.

"*We must find the fastest way for the boat. Use the wind.** Se servir du vent !"

Karim hocha la tête, sans savoir pourquoi. Il sentit sa nuque le piquer et se retourna. Un peu plus loin, sur un rocher, trois ados les fixaient. Une fille et deux garçons. Quelque chose dans leur attitude inquiéta Karim, et il tourna à nouveau son attention vers Bill.

"On règle la voile par rapport au vent en lofant ou en abattant, selon qu'on tend ou relâche l'écoute attachée à la voile ou aux voiles."

Bill tira sur ce que Karim jusqu'alors appelait "corde", et la voile se gonfla. Il y avait tant à apprendre, ils n'y arriveraient pas en si peu de temps. Ou même jamais.

"Quand on veut faire avancer le bateau en direction du vent sans tomber en panne vent debout, on tire des bords. On remonte contre le vent."

Près de lui, Farid soupira.

"*Like zigzag.*" Bill se servit à nouveau de ses mains pour montrer ce qu'il voulait dire. "*You turn the boat and then turn it again, back and forth.* Ça s'appelle louvoyer.**"

Bill montra à nouveau le petit voilier.

"Aujourd'hui, je pensais vous emmener un par un faire un petit tour, pour que vous sentiez de quoi il s'agit."

Il montra les bateaux amarrés un peu plus loin. Quand ils s'étaient réunis le matin, Bill avait dit que c'étaient des dériveurs Laser. Ils paraissaient invraisemblablement petits.

Bill sourit à Karim.

"Je pensais que Karim pourrait commencer, puis ce serait à toi, Ibrahim. Les autres, vous pouvez parcourir ces photocopies qui résument les notions dont j'ai parlé. J'ai réussi à

---

* Nous devons trouver le passage le plus rapide pour le bateau. Utiliser le vent.
** Comme zig-zag. Vous tournez le bateau, puis le tournez encore, d'avant en arrière.

trouver ça en anglais sur le net, on commence par là, vous apprendrez les termes suédois au fur et à mesure. OK ?"

On hocha la tête tout autour de lui, mais Karim et Ibrahim échangèrent un regard effrayé. Karim se rappelait la traversée d'Istamboul à Samos. Le mal de mer. La houle. Le bateau devant eux qui avait chaviré. Les cris des naufragés. Des noyés.

"Voici un gilet de sauvetage", dit gaiement Bill, sans se douter de la tempête intérieure qui agitait Karim.

Karim enfila le gilet, si différent de celui qu'il avait dû acheter très cher avant sa traversée.

Sa nuque le piqua à nouveau. Les trois ados l'observaient toujours. La fille pouffa. Karim n'aimait pas le regard du blond. Il réfréna une envie d'en toucher mot aux autres, ils étaient déjà assez tendus comme ça.

"Voilà, dit Bill. Il ne reste plus qu'à contrôler que vos gilets sont bien mis, et on pourra y aller !"

Il tira sur les sangles et hocha la tête, satisfait. Il vit quelque chose derrière Karim et éclata de rire.

"Mais regardez ça, les jeunes sont venus vous supporter !" Bill fit signe aux ados, un peu plus loin. "Venez, allez !"

Les trois ados glissèrent au bas du rocher et les rejoignirent. Plus ils s'approchaient, plus le regard du blond faisait frémir Karim.

"Voici mon fils Nils, dit Bill en posant la main sur l'épaule du garçon au regard noir. Et voici ses camarades Vendela et Basse."

Ceux qui venaient d'être présentés comme les amis de son fils tendirent la main, mais Nils se contenta de les dévisager.

"Dis bonjour, toi aussi", dit Bill en bousculant Nils.

Karim tendit la main. Après quelques longues secondes, Nils sortit la sienne de la poche de son pantalon et saisit celle de Karim. Sa main était glaciale. Mais son regard était encore plus froid. Soudain, la mer lui sembla un refuge chaleureux et accueillant.

Helen se mordit l'intérieur de la joue, comme elle faisait toujours quand elle se concentrait. Elle se contorsionnait sur le petit tabouret. Si elle se penchait trop, elle risquait de tomber. Elle ne se ferait sans doute pas mal, mais elle dérangerait James, qui était en train de lire le journal.

Elle tourna les boîtes et les paquets sur l'étagère du haut du placard de la cuisine, veillant à ce que les étiquettes soient visibles. Le regard de James lui brûlait le dos. Le soupir qu'il avait poussé en ouvrant le placard avait suffi à lui nouer le ventre. Comme elle y avait remédié tout de suite, elle éviterait la punition.

Elle avait appris à vivre avec James. Son contrôle. Son humeur. Elle n'avait tout simplement pas d'alternative, elle le savait bien. Elle avait eu si peur, les premières années, mais après, elle avait eu Sam. Alors, elle avait cessé d'avoir peur pour elle, elle n'avait plus peur que pour lui. La plupart des mamans redoutaient le jour où leurs enfants quittaient la maison. Pour sa part, elle comptait les secondes. Avant le jour où il serait libre. En sécurité.

"Ça va, comme ça ?" demanda-t-elle en se tournant vers la table.

Le petit-déjeuner était rangé depuis longtemps, le lave-vaisselle tournait avec un ronron sourd et toutes les surfaces brillaient.

"Ça ira", dit-il sans lever les yeux de son journal.

Il avait commencé à utiliser des lunettes de lecture. D'une certaine façon, cela l'avait étonnée. De découvrir qu'il pouvait avoir des faiblesses. Lui qui avait mis un point d'honneur à ce que tout soit impeccable. Lui, comme ceux qui l'entouraient. Voilà pourquoi elle s'inquiétait pour Sam. À ses yeux à elle, il était parfait. Mais déjà bébé, Sam avait été une déception pour son père. Il était sensible, prudent, angoissé. Il voulait jouer à des jeux calmes, il ne grimpait pas haut, ne courait pas vite, n'aimait pas se battre avec les autres garçons, préférant passer des heures dans sa chambre à construire des mondes imaginaires avec ses jouets. Plus grand, il avait adoré démonter et remonter les choses. De vieux postes radio, un magnétophone, une vieille télévision trouvée au garage, tout ce qui pouvait se démonter et se remonter. Curieusement, James l'avait laissé s'adonner à cette manie. Malgré son goût maladif du rangement, il avait permis à Sam d'avoir son coin du garage pour ça. C'était au moins un intérêt qu'il comprenait.

"Qu'est-ce que tu veux que je fasse d'autre, aujourd'hui ?" demanda-t-elle en descendant du tabouret.

Elle le remit à sa place, sur un petit côté de l'îlot central de la cuisine. Aligné avec l'autre, avec environ dix centimètres entre les deux, pour qu'ils soient bien centrés.

"Il y avait de la lessive qui traînait dans la buanderie. Et mon pantalon était mal repassé, il faudra recommencer.

— OK", dit-elle en baissant la tête.

Elle allait peut-être repasser à nouveau ses chemises du même coup. C'était aussi bien.

"Je vais aller faire les courses, aujourd'hui, dit-elle. Il y a quelque chose que tu voudrais, en plus de l'ordinaire ?"

Il tourna une page de son journal. Il était sur le *Bohusläningen*, il lui restait encore *DN* et *Svenska Dagbladet*. Il les lisait toujours dans cet ordre. D'abord *Bohusläningen*, puis *DN*, puis *Svenska Dagbladet*.

"Non, l'ordinaire suffira."

Il leva alors les yeux.

"Où est Sam ?

— Il est allé au bourg à vélo. Il devait voir quelqu'un.

— Quel genre de quelqu'un ?"

Il la regarda par-dessus le bord de ses lunettes de lecture. Helen hésita.

"Elle s'appelle Jessie.

— Elle ? Une fille ? Fille de qui ?"

Il reposa le journal sur ses genoux, et cette lueur s'alluma dans son regard. Helen inspira à fond.

"Il ne me l'a pas dit lui-même, mais j'ai entendu dire qu'il avait été vu avec la fille de Marie."

James inspira plusieurs fois, de façon contrôlée.

"Tu trouves ça judicieux ?

— Si tu veux que je lui dise de ne plus la voir, je le ferai. À moins que tu ne veuilles t'en charger."

Helen ne pouvait que regarder ses pieds. Son ventre était à nouveau noué. Trop de choses remontaient à la surface, qui auraient dû rester dans un passé éloigné.

James ressaisit son journal.

"Non. On laisse faire. Jusqu'à nouvel ordre."

Son cœur s'emballa, sans qu'elle n'y puisse rien. Elle n'était pas certaine que James ait pris la bonne décision. Mais ce n'était pas à elle d'en décider. Elle n'avait plus rien décidé depuis ce jour, trente ans plus tôt.

"Ça a donné quelque chose, le registre des plaintes ? Quelque chose qu'il faudrait examiner de près ?"

Patrik fit un signe de tête à Annika, qui secoua la tête.

"Non, à part ce type qui filmait sur la plage, je n'ai rien trouvé d'autre qui ait le moindre lien avec des abus sur enfants ou quoi que ce soit de ce genre. Mais je n'ai pas encore fini d'éplucher le tas.

— Quelle période prend-on en considération ?"

Gösta saisit une tranche de pain qu'il entreprit de beurrer. Annika avait eu la bonne idée de prévoir une copieuse collation ce matin, se doutant bien que beaucoup se seraient dépêchés de venir au commissariat en sautant le petit-déjeuner.

"Je suis remontée jusqu'à mai, comme on avait dit. Vous voulez que je remonte au-delà ?"

Elle regarda Patrik, qui secoua la tête.

"Non, on commence là, pour le moment. Mais si tu ne trouves rien qui concerne des enfants, il faudra sans doute envisager d'élargir la recherche et inclure les plaintes pour abus sexuels et viols.

— Mais y a-t-il seulement un indice qui suggère un motif sexuel à ce meurtre ?" dit Paula en entamant son sandwich jambon-fromage.

À ses pieds, Ernst lui lança un regard suppliant, mais elle l'ignora. Le chien commençait à être un peu grassouillet, avec toutes les friandises que lui donnait Mellberg.

"Pedersen n'a pas encore fini l'examen médicolégal, donc nous ne savons pas encore. Mais Nea a été retrouvée nue, et les deux mobiles les plus courants dans les cas de meurtres d'enfant sont soit quelque chose de sexuel… soit…"

Il hésita.

Gösta vint à sa rescousse :

"Soit le coupable est un proche.

— Bon, et là, ton sentiment ? dit Paula en repoussant Ernst qui essayait de fourrer son museau sur ses genoux.

— Je l'ai déjà dit, j'ai beaucoup de mal à imaginer les parents de Nea mêlés à ça. Mais je ne suis sûr de rien. Au bout d'un certain temps dans la police, on sait qu'il ne faut rien exclure.

— Disons que ce n'est pas l'hypothèse que nous estimons la plus vraisemblable pour orienter l'enquête, dit Patrik.

— Non, j'ai l'impression qu'on ne peut pas négliger le lien avec le meurtre de Stella, dit Martin. La question est juste de savoir comment avancer. Il s'est déjà passé beaucoup de temps."

Il alla prendre la thermos de café et servit tout autour de la table.

"Vous avez parlé à Helen hier, dit Patrik. Pouvez-vous aller causer à Marie aujourd'hui, pendant que je m'occupe d'Helen ? Je voudrais connaître son alibi.

— Quel horaire prend-on en compte, alors ? demanda Paula. Nous ne savons même pas si Nea a disparu le matin, comme le croient les parents. Ils ne l'ont plus vue après le coucher, elle a pu être enlevée pendant la nuit.

— Comment, dans ce cas ? dit Martin en se rasseyant. Y avait-il le moindre signe d'effraction ?

— Je peux vérifier avec ses parents si quelqu'un aurait pu entrer pendant la nuit sans qu'ils le remarquent, dit Gösta. C'était de chaudes nuits d'été, beaucoup, à la campagne, dorment fenêtres grandes ouvertes.

— Bien, dit Patrik. Tu t'occupes de ça, Gösta. Et tu as raison, Paula, il faut vérifier les alibis dès le dimanche soir.

— OK, on va voir ce que Marie a à nous dire.

— Parlez aussi à sa fille, dit Patrik. Si je me souviens bien, elle a une fille ado, Jessie. De mon côté, j'espère trouver Helen, mais aussi son fils Sam et son mari, ce soldat de l'ONU qui a l'air de manger du fil barbelé au petit-déjeuner."

Il se leva pour ranger le lait au réfrigérateur avant qu'il ne tourne dans la chaleur estivale. Ils n'avaient pas d'air conditionné dans la cuisine, juste un vieux ventilateur, et il faisait une chaleur presque inhumaine dans la petite pièce jaune, malgré la fenêtre grande ouverte.

"Au fait, quelqu'un est allé voir Mellberg ? demanda-t-il.

— La porte de son bureau est fermée et personne n'a répondu quand j'ai frappé. Il doit dormir profondément" dit Gösta avec un sourire en coin.

Personne n'avait plus le courage de s'énerver à cause de Mellberg. Et tant qu'il restait dormir dans son bureau, les autres pouvaient travailler en paix.

"Des nouvelles de Torbjörn ou de Pedersen ? demanda Paula.

— Oui, je les ai appelés tous les deux hier, dit Patrik. Comme d'habitude, Torbjörn ne voulait rien dire avant que son rapport ne soit complet, mais il a envoyé le rapport technique de l'affaire Stella. Et à force d'insister, Pedersen a fini par lâcher que Nea avait une lésion à l'arrière de la tête. Je ne sais pas ce que cela peut vouloir dire, mais c'est déjà quelque chose.

— Est-il possible qu'Helen et Marie soient innocentes du meurtre de Stella ? demanda Paula en regardant Gösta. Ou est-ce qu'une des deux peut avoir tué à nouveau ?

— Je ne sais pas, dit Gösta. J'étais tellement convaincu, à l'époque. Mais maintenant que j'ai entendu que Leif avait eu des doutes, je me pose bien sûr des questions. Et que, trente ans plus tard, elles aient un mobile pour tuer à nouveau une petite fille… Ça semble affreusement tiré par les cheveux.

— Ça peut être un imitateur", dit Martin en agitant sa chemise pour se rafraîchir.

Ses cheveux rouquins lui collaient à la tête.

"Oui, pour le moment on ne peut rien exclure, dit Gösta en regardant la table.

— Et les anciens procès-verbaux d'interrogatoires, on en est où ? demanda Patrik. Et tout le reste du dossier ?

— J'y travaille, dit Annika. Mais tu sais bien dans quel état sont les archives, ici. Des papiers ont été déplacés. Des papiers ont disparu. Des papiers ont été détruits. Mais je n'abandonne pas : s'il y a la moindre note en rapport avec l'affaire Stella, je la localiserai."

Elle fit un sourire en coin.

"À propos, est-ce que tu as vu avec ta femme ? D'habitude, elle est plus forte que nous pour trouver des vieux dossiers.

— Oui, merci, je sais, dit en riant Patrik. J'ai eu accès à tout ce qu'elle a pu rassembler jusqu'à présent, mais il s'agit principalement de coupures de presse, elle n'a pas non plus mis la main sur le dossier de l'enquête.

— Je continue à fouiller, dit Annika. Si je trouve quelque chose, je te préviens aussitôt.

— Super. Bon, voilà, on a un peu de quoi s'occuper pour aujourd'hui", dit Patrik en sentant revenir sa boule au ventre.

Il voulait garder du recul, mais c'était difficile, à la limite de l'impossible.

Une voix tonitruante éclata dans l'embrasure de la porte.

"Ah, tiens, ça casse la croûte tranquillement, on dirait ?"

Mellberg cligna les yeux dans leur direction, mal réveillé.

"Eh bien, heureusement qu'il y en a qui travaillent ici. Viens, Ernst ! Ton maître va leur montrer comment il faut s'y prendre."

Ernst trotta gaiement vers son maître, et ils entendirent Mellberg repartir lourdement dans le couloir, puis claquer derrière lui la porte de son bureau. Sûrement pour continuer dans son fauteuil sa sieste du matin. Personne ne fit de commentaire. Ils avaient du pain sur la planche.

Jessie se délectait du calme qui l'envahissait en écoutant la respiration régulière de Sam. Elle y était si peu habituée. Au calme. Au sentiment de sécurité. À être regardée.

Elle se retourna dans le lit, espérant ne pas déranger Sam. Mais les bras qui l'entouraient la serrèrent encore plus. Rien ne semblait pouvoir le déranger.

Elle lui caressa doucement le ventre sous son t-shirt noir. Ça faisait drôle. D'être si près d'une personne. Un garçon. De prendre, toucher, sans être moquée, repoussée.

Elle se tourna et leva légèrement la tête. Le regarda. Ses pommettes marquées, ses lèvres sensuelles. Ses longs cils noirs.

"Tu as déjà été avec quelqu'un ?" dit-elle tout bas.

Il cligna des yeux, mais les garda fermés.

"Non, finit-il par dire. Et toi ?"

Elle secoua la tête, frotta le menton contre son torse.

Elle ne voulait pas penser à son séjour dégradant dans cet internat de Londres, le printemps précédent. Un court et charmant moment, elle avait cru que Pascal la voulait. C'était le fils d'un diplomate français, si beau qu'elle en avait le souffle coupé. Il avait commencé à lui envoyer des SMS, des messages merveilleux, charmants, gentils. Puis il l'avait invitée au bal de l'école : elle n'avait pas dormi de la nuit à l'idée de la tête qu'ils feraient tous en la voyant arriver au bras de Pascal. Et ils avaient continué de s'écrire des messages, il l'avait peu à peu attirée hors de sa coquille, ils avaient flirté, plaisanté, commencé à s'approcher de la zone interdite.

Un soir, il lui avait demandé une photo de ses seins. Dit qu'il voulait s'endormir avec cette image sur la rétine, qu'elle avait sans doute les plus beaux seins du monde et qu'il désirait tant les caresser un jour. Alors, dans sa chambre, elle avait remonté son t-shirt. Pris une photo de ses seins, sans soutien-gorge, complètement exposés.

Le lendemain, la photo avait fait le tour de l'école. Tout le monde avait su ce que Pascal et ses potes avaient manigancé. Le piège qu'ils lui avaient tendu. Ils lui avaient ensemble écrit les messages. Elle aurait juste voulu mourir. Disparaître de la surface de la terre.

"Non, dit-elle. Non, je n'ai jamais eu de copain.

— On a bien fait d'attendre la bonne personne", dit doucement Sam en se tournant vers elle.

Ses yeux bleus la regardaient et elle savait qu'elle pouvait lui faire confiance. Ils étaient deux vétérans couverts de cicatrices, revenus de la même guerre, et n'avaient pas besoin de mots pour communiquer ce qu'ils avaient vécu.

Ce que leurs mères avaient fait les avait marqués tous les deux.

"Tu sais que je ne sais presque rien de ce qui s'est passé à l'époque ? Il y a trente ans ?

— Qu'est-ce que tu veux dire ? dit Sam en levant le menton. Rien du tout ?

— Si, je sais ce qu'on peut trouver sur Google. Mais on a tellement écrit à l'époque, des choses qu'on ne trouve pas sur internet. Mais je n'ai pas demandé à maman… On ne peut pas parler de ça avec elle."

Sam lui caressa les cheveux.

"Je peux peut-être t'aider. Tu voudrais ?"

Jessie hocha la tête. S'appuya contre son torse, se laissa envahir par ce calme qui l'engourdissait presque.

"Dans un an, j'échapperai à tout ça", dit Sam.

L'école. Elle le savait sans qu'il ait besoin de le dire. Ils étaient si semblables.

"Et qu'est-ce que tu feras, alors ?"

Il haussa les épaules.

"Je ne sais pas. Je ne veux pas entrer dans le système. Tourner en vain comme un hamster dans sa roue.

— Je veux partir voyager, dit Jessie en le serrant fort dans ses bras. Remplir un sac à dos et partir où j'en ai envie.

— Impossible avant dix-huit ans. C'est sacrément long, jusqu'à dix-huit ans. Je ne sais pas si j'aurai le courage d'attendre si longtemps.

— Qu'est-ce que tu veux dire ?" fit Jessie.

Il détourna la tête.

"Rien, dit-il tout bas. Rien."

Jessie aurait voulu dire autre chose, mais elle continua plutôt à lui caresser le ventre, comme si elle pouvait, à force de caresses, en chasser la boule qu'elle y devinait. La même qu'elle avait toujours elle aussi.

Elle sentit quelque chose sous ses doigts et remonta le t-shirt de Sam.

"Qu'est-ce que c'est ? dit-elle en caressant la marque ronde.

— Une brûlure. En cinquième. Basse et quelques autres garçons de la classe m'ont tenu pendant que Nils me brûlait avec une cigarette."

Jessie ferma les yeux. Son Sam. Elle aurait voulu soigner ses blessures.

"Et ça ?"

Elle avait laissé sa main glisser vers son dos et l'avait un peu poussé pour qu'il tourne davantage sur le côté et le

lui montre. De longues stries y formaient des motifs irréguliers.
"Nils ?
— Non. Mon père. Ceinture. Quand le prof de gym m'a demandé, j'ai souri en disant que je m'étais égratigné dans un buisson d'épines. Je ne crois pas qu'il m'ait cru, mais personne n'est allé chercher plus loin. Personne n'ose déconner avec James. Mais après ça, il a été assez malin pour piger qu'il ne pouvait plus faire de trucs qui laissaient des traces. Et pendant trois ans, il a complètement arrêté ce genre de punitions, je ne sais pas bien pourquoi.
— Tu as d'autres cicatrices ?" demanda Jessie en suivant les stries sur son dos, fascinée.
Ses propres cicatrices étaient intérieures. Mais cela ne signifiait pas qu'elles aient fait moins mal qu'une ceinture arrachant la peau du dos.
Sam s'assit dans le lit. Il remonta la jambe de son pantalon jusqu'aux genoux. Ils étaient marqués de cicatrices. Elle tendit la main et les caressa eux aussi. Ils étaient bosselés sous ses doigts.
"Comment… comment tu as eu ça ?
— J'ai dû m'agenouiller. Sur du sucre en poudre. Ça n'a pas l'air bien terrible, mais crois-moi, ça fait mal. Et ça laisse des cicatrices."
Jessie se pencha et les embrassa.
"Encore autre chose ?"
Il lui tourna le dos et baissa son pantalon sur un morceau de fesse.
"Tu vois ?"
Elle vit. Encore une cicatrice arrondie, mais ça ne ressemblait pas à une brûlure.
"Un crayon. Le bon vieux truc du crayon taillé comme une aiguille qu'on met sur la chaise au moment où quelqu'un s'assied. C'est rentré de deux centimètres. Et ça s'est cassé. La classe riait tellement que j'ai cru qu'ils allaient se pisser dessus.
— Putain." fit Jessie.
Elle ne voulait pas en savoir davantage. Elle ne voulait pas voir davantage de cicatrices. Elle sentait trop nettement

celles qu'elle portait en elle pour avoir la force de voir plus de celles de Sam. Elle se pencha. Embrassa la marque sur sa fesse. Le retourna doucement sur le dos. Lentement, elle baissa son pantalon, sans oser le regarder. Elle entendit sa respiration changer, devenir plus lourde. Tendrement, elle embrassa ses hanches, ses cuisses. Il enfouit sa main dans ses cheveux, caressa sa tête. Une seconde, elle trembla en songeant aux photos d'elle qui avaient circulé, à la période qui avait suivi. Puis elle ouvrit ses lèvres et refoula les images, les souvenirs. Elle n'était plus là, désormais. Elle était ici. Avec son âme sœur. Lui qui allait guérir toutes ses cicatrices.

"Bordel, on crève de chaud." Martin haletait comme un chien en se dirigeant vers la voiture de police. "Tu ne sues pas ?"
Paula rit en secouant la tête.
"Je suis chilienne. Ça, c'est rien du tout.
— Bah, tu as à peine vécu au Chili, rit Martin en s'essuyant le front. Tu es aussi suédoise que moi.
— Personne n'est aussi suédois que toi, Martin. Tu es le Suédois le plus grave que je connaisse.
— Tu dis ça comme si c'était une tare", dit Martin en ouvrant la portière de la voiture.
Puis il en ressortit aussi vite qu'il s'y était assis.
"On est bêtes, elle est sûrement au studio en ce moment.
— Oui, évidemment, dit Paula en secouant la tête. C'est à deux pas.
— Sympa, d'aller voir un tournage, dit Martin en se mettant en marche vers la zone industrielle où le film sur Ingrid Bergman était tourné dans un des bâtiments désaffectés.
— Je ne pense pas que ce soit aussi glamour que tu l'imagines."
Martin se tourna vers Paula qui, avec ses courtes jambes, peinait à le suivre, et lui adressa un clin d'œil malicieux.
"On verra bien. De toute façon, c'est cool de rencontrer Marie Wall, elle est pas mal pour son âge."
Paula soupira.
"À propos de femmes, dit-elle. Tu en es où avec cette fille ?"

Martin sentit qu'il rougissait.

"Bah, je ne lui ai parlé que quelques minutes à l'aire de jeux. Je ne sais même pas comment elle s'appelle.

— Mais on dirait qu'elle t'a tapé dans l'œil."

Martin gémit. Il connaissait Paula, et savait qu'elle ne lâcherait pas l'affaire comme ça. Plus il paraîtrait gêné, plus elle trouverait ça drôle.

"Bon…"

Il chercha fébrilement quelque chose de malin à dire, sans succès.

"Laisse tomber, dit-il juste. Au boulot.

— OK", lui sourit Paula.

Le studio de cinéma se trouvait dans un bâtiment industriel totalement dénué de charme. Un grillage entourait la zone, mais Martin trouva la grille mal fermée et ils entrèrent sans problème. Une porte était ouverte, sans doute pour l'aération, et ils entrèrent doucement. À l'intérieur, cela ressemblait à un hangar, très haut de plafond, une seule énorme pièce. Devant eux, un ensemble de fauteuils et une espèce de remise à vêtements, avec plein d'habits pendus à des portants mobiles. À gauche, plusieurs portes semblaient mener à des toilettes et à ce qui semblait être une salle de maquillage provisoire. À droite, on avait construit des murs avec des fenêtres, pour créer l'illusion d'une vraie pièce, et les décors étaient illuminés par de nombreuses lumières.

Une femme blonde s'approcha d'eux. Ses cheveux remontés en un chignon retenu par un pinceau, elle portait à la taille une sorte de tablier de menuisier rempli de toutes sortes de produits de maquillage.

"Bonjour, qui cherchez-vous ?

— Nous sommes de la police, et nous aimerions parler à Marie, dit Paula.

— Là, ils sont en train de tourner une scène, mais je lui dis dès qu'ils ont fini. À moins que ce soit urgent ?

— Non, nous pouvons patienter un moment, ça ne fait rien.

— Alors très bien. Asseyez-vous et servez-vous."

Ils s'installèrent après avoir pris du café et un peu de quoi grignoter sur la table dressée à côté du canapé.

"Oui, tu as raison, ce n'est pas spécialement glamour, dit Martin en regardant autour de lui.

— Qu'est-ce que je disais", dit Paula avant de se jeter une poignée de noix dans la bouche.

Ils lorgnèrent avec curiosité vers les décors où, un peu plus loin, ils entendaient vaguement des voix qui se donnaient la réplique. Au bout d'un moment, une voix d'homme cria "Coupez !" et, quelques minutes plus tard, la femme à l'attirail de maquillage revint accompagnée de la star, Marie Wall. Soudain, les locaux semblèrent nettement plus glamours. Elle portait une chemise blanche et un court short moulant, avec un bandeau blanc dans les cheveux. Martin ne put s'empêcher de remarquer qu'elle avait des jambes de folie pour son âge, mais se força à essayer de se concentrer. Il avait toujours eu tendance à se laisser distraire par les jolies femmes. Avant qu'il rencontre Pia, cela lui avait créé un certain nombre de problèmes, et il y avait toujours des endroits de Tanumshede qu'il évitait pour ne pas tomber nez à nez avec quelqu'une de ces complications. Certaines personnes étaient plus rancunières que d'autres.

"Ça fait plaisir à voir, un homme en uniforme de si bon matin", dit Marie d'une voix rauque qui lui fit dresser les poils sur les bras.

Il comprit comment elle s'était fait la réputation de plus grande mangeuse d'hommes d'Hollywood. Il n'aurait rien eu contre se laisser manger.

Paula lui lança un regard agacé et il s'avisa qu'il était resté bouche bée, ce qui était assez gênant. Il se racla la gorge, tandis que Paula se levait pour faire les présentations.

"Paula Morales et Martin Molin, du commissariat de Tanumshede. Nous enquêtons sur le meurtre d'une fillette qu'on a retrouvée morte à Fjällbacka, et aimerions vous poser quelques questions.

— Naturellement", dit Marie en prenant place sur le canapé à côté de Martin.

Elle lui serra la main et la garda quelques secondes de trop. Il n'avait pas trop envie de protester, mais sentit du coin de l'œil Paula le fusiller du regard.

"Je suppose que vous voulez me parler à cause de ce qui s'est passé il y a trente ans ?"

Martin se racla la gorge et hocha la tête.

"Il y a de telles ressemblances entre les faits que nous devons vous parler. Ainsi qu'à Helen.

— Je comprends, dit-elle, sans paraître particulièrement émue. Mais vous devez aussi savoir qu'Helen et moi avons clamé notre innocence pendant trente ans. Que nous avons dû vivre la plus grande partie de notre vie avec la responsabilité d'un crime que nous n'avons pas commis."

Elle se pencha en arrière et alluma une cigarette. Martin la regarda croiser les jambes, fasciné.

"Nous ne sommes peut-être pas allées en prison mais, aux yeux de la société, ça ne fait aucune différence, poursuivit-elle. Aux yeux de tous, nous étions coupables de meurtre, nos photos éparpillées dans tous les journaux, j'ai été enlevée à ma famille et nos vies ont changé à jamais."

Elle souffla un rond de fumée en regardant Paula droit dans les yeux.

"Ce n'est pas une prison, ça, dites ?"

Paula ne répondit pas.

"En tout premier lieu, nous devons vous demander votre alibi de dimanche soir huit heures jusqu'à lundi après-midi", dit Martin.

Marie inspira une bouffée avant de répondre.

"Dimanche soir, je suis sortie avec toute l'équipe, pour une petite sauterie improvisée. Nous étions au Grand Hôtel.

— Et quand êtes-vous rentrée chez vous ? dit Martin en sortant un carnet et un crayon.

— Eh bien… il se trouve que j'ai passé la nuit à l'hôtel.

— Est-ce que quelqu'un peut le confirmer ? demanda Paula.

— Jörgen ? Darling ? Viens voir…"

Marie appela un grand homme brun qui parlait fort en gesticulant un peu plus loin dans les coulisses. Il s'interrompit dès qu'il entendit Marie, et les rejoignit.

"Voici Jörgen Holmlund. Le réalisateur de ce film."

Il hocha la tête, salua, puis interrogea du regard Marie, qui parut jouir de la situation.

"Chéri, peux-tu dire à ces policiers où je me trouvais dans la nuit de dimanche à lundi ?"

Jörgen serra la mâchoire. Marie inspira une bouffée et recracha un rond de fumée.

"Ne t'inquiète pas, darling, je ne crois pas qu'ils aient la moindre intention de téléphoner à ta femme."

Il renâcla, mais finit par dire :

"Nous avions une fête de début de tournage au Grand Hôtel dimanche soir, et il se trouve que Marie a passé la nuit dans ma chambre.

— Et à quelle heure êtes-vous rentrée, le lendemain matin ? demanda Paula.

— Je ne suis pas rentrée, Jörgen et moi sommes allés directement au studio. Nous avons dû arriver à huit heures et demie, et à neuf heures j'étais au maquillage.

— Autre chose ?" dit Jörgen, qui tourna les talons dès qu'ils eurent répondu non.

Marie semblait se délecter de son embarras.

"Pauvre Jörgen, dit-elle en pointant sa cigarette vers le dos qui s'éloignait. Il passe beaucoup trop de temps à essayer d'éviter que sa femme apprenne ses petites escapades. Il a le malheur de faire partie de ces hommes qui combinent scrupules et libido insatiable."

Marie se pencha pour écraser sa cigarette dans une cannette de Coca sur la table.

"Autre chose ? Pas trop d'interrogations autour de mon alibi, je suppose ?

— Nous aimerions aussi parler avec votre fille. Ça va, pour vous ? Comme elle est mineure, nous avons besoin de votre accord."

Martin toussa un peu dans le nuage de fumée qui entourait à présent le canapé.

"Bien sûr", dit Marie en haussant les épaules.

Elle se cala à nouveau au fond du canapé.

"Je comprends bien entendu la gravité de la situation, mais si vous n'avez pas d'autres questions, je dois retourner sur le plateau. Jörgen va stresser et nous faire de l'eczéma si on lui casse son planning."

Elle se leva, serra les mains. Puis prit à Martin son carnet et son crayon, y écrivit quelque chose et le lui rendit avec un sourire en coin avant de regagner le plateau d'un pas vif.

Paula leva les yeux au ciel : "Laisse-moi deviner. Son numéro de téléphone."

Martin regarda dans son carnet et hocha la tête. Sans pouvoir cacher un sourire idiot.

BOHUSLÄN 1671-1672

Les jours qui suivirent la visite, il sembla que personne ne pouvait parler d'autre chose que de Lars Hierne et de la commission contre la sorcellerie. L'excitation de Britta contrastait brutalement avec la mine soucieuse de Preben, mais le quotidien reprit bientôt le dessus et les langues se calmèrent. Il y avait des tâches à accomplir, pour les domestiques du domaine comme pour Preben, que les affaires de l'église appelaient dans les paroisses de Tanum et de Lur.

Les journées d'hiver passaient avec une régularité monotone. La vie au domaine était uniforme, mais plus variée pourtant que pour la plupart, qui répétaient chaque jour les mêmes tâches, du lever au coucher du soleil. Le presbytère recevait des visites, et Preben rapportait des histoires des nombreux voyages de son office. Différends à résoudre, tragédies à affronter, joies à fêter, peines à pleurer. Il pourvoyait aux mariages, baptêmes, enterrements, et donnait des conseils sur des questions concernant aussi bien Dieu que les affaires familiales. Elin l'écoutait parfois en cachette parler avec un de ses paroissiens, et elle trouvait toujours ses conseils sages et avisés, même si toujours très prudents. Ce n'était pas un homme courageux, pas comme l'était Per, et il était également privé de l'obstination altière qu'avait son époux. Preben arrondissait davantage les angles et ses yeux étaient plus doux. Per avait toujours quelque chose de sombre en lui, qui le rendait parfois d'humeur maussade, alors que Preben semblait totalement exempt de mélancolie. Britta soupirait parfois qu'elle était mariée à un enfant, et le grondait quand, tous les jours, il rentrait crotté d'avoir travaillé avec le bétail et dans les champs. Mais il se contentait de sourire en haussant les épaules, sans s'en faire.

Märta avait commencé à suivre les cours du carillonneur avec les autres enfants. Elin ne savait pas bien comment réagir à l'enthousiasme et la joie que sa fille montrait à l'idée d'apprendre à maîtriser ces gribouillis complètement incompréhensibles pour elle. C'était bien sûr un cadeau de pouvoir apprendre à écrire, mais à quoi cela servirait-il à la fillette ? Elin était une pauvre servante, ce qui signifiait que Märta le serait elle aussi. Pour leurs semblables, il n'y avait pas d'autre issue. Elle n'était pas Britta. Elle était Elin, la fille que père n'avait pas aimée. La veuve dont le mari avait disparu en mer. C'était des faits qui ne changeraient pas parce que le pasteur insistait pour que Märta apprenne à lire. Sa fille aurait plus d'usage des connaissances qu'Elin avait reçues de sa grand-mère. Elles ne rempliraient pas son assiette ou sa bourse. Mais elles lui apporteraient un respect, qui avait aussi une valeur.

Elin était souvent appelée au chevet d'un enfant, pour un mal de dents ou un vague à l'âme. Oui, il y avait bien des maux qu'elle pouvait soulager grâce à des plantes ou des formules. On faisait même appel à son aide pour guérir les peines de cœur ou éconduire les soupirants, mais aussi pour soigner le bétail. Elle était quelqu'un d'important quand quelque chose n'allait pas, et c'était un destin préférable pour Märta, plutôt que d'avoir la tête pleine de connaissances dont elle n'aurait jamais usage et qui risquaient de lui donner l'idée dangereuse de valoir mieux que les autres.

Cependant, les décoctions d'Elin ne semblaient avoir aucun effet sur Britta. Les mois passaient, et ses saignements continuaient. Sa sœur devenait de plus en plus hargneuse, répétait qu'Elin devait se tromper, qu'elle ignorait ce qu'elle prétendait savoir. Un matin, Britta avait jeté la coupe que lui portait Elin contre le mur, où le liquide vert avait lentement coulé, formant une flaque par terre. Puis Britta s'était effondrée en pleurant, comme un tas.

Elin n'était pas une personne mauvaise, mais elle ne pouvait pas s'empêcher de se réjouir un peu du désespoir de sa sœur. Britta était souvent méchante, non seulement avec les domestiques, mais parfois aussi avec Märta : Elin ne pouvait éviter de penser que si un enfant refusait de grandir dans le ventre de Britta, c'était à cause de la méchanceté qui l'habitait. Ensuite, elle se maudissait pour ses mauvaises pensées. Elle ne voulait pas être ingrate. Qui savait où Märta et elle seraient, si Britta n'avait pas eu pitié d'elles en les prenant sous sa protection ? Pas plus tard que deux jours auparavant, elle avait entendu dire qu'Ebba de Mörhult avait échoué à l'hospice des indigents avec ses deux plus petits. Sans Britta, Märta et elle y auraient sans doute fini elles aussi.

Mais il n'était pas facile d'être bonne chrétienne, s'agissant de Britta. Il y avait chez elle quelque chose de dur et froid sur quoi même un homme bon comme Preben ne semblait pas avoir prise. Parfois, Elin songeait qu'il aurait mérité une meilleure épouse, avec un cœur plus chaud et une humeur plus gaie. Pas seulement une belle apparence et des cheveux sombres qui ondulaient. Mais ce n'était pas à elle d'en juger.

De plus en plus souvent, Elin surprenait Preben à l'observer en cachette. Elle essayait de l'éviter, mais ce n'était pas facile. Il se mêlait toujours aussi facilement aux domestiques et on le trouvait souvent à l'étable à s'occuper du bétail. Il avait un doigté rare avec les animaux, et Märta le suivait partout comme un petit chiot. Elin était bien des fois allée s'excuser que sa fille soit aussi collante, mais il se contentait de rire en secouant la tête, et l'assurait qu'on ne pouvait trouver meilleure compagnie. Là où était Preben, Märta n'était pas loin. Ils semblaient avoir toujours beaucoup à se dire, Elin les voyait toujours en grande conversation, Märta les mains croisées dans le dos avec une gravité d'adulte, s'efforçant à grandes enjambées de se régler sur le pas de Preben. Elle avait essayé de demander à sa fille de quoi ils parlaient, mais Märta s'était contentée de hausser les épaules en disant qu'ils parlaient de tout. Des animaux, de Dieu et de ce que Märta lisait dans les livres. Car Preben avait pris l'habitude de lui passer sans arrêt de nouveaux livres tirés de sa bibliothèque du presbytère. Dès qu'elle s'était acquittée de ses tâches, et si elle n'était pas pendue aux basques de Preben, elle lisait. Elin s'étonnait que ces gribouillis sur des pages de livre puissent intéresser autant une fillette mais elle la laissait faire à contrecœur, même si tout en elle lui disait qu'il n'en sortirait rien de bon.

Et puis il y avait Britta. Chaque jour, elle montrait davantage de mauvaise humeur en voyant l'intérêt de Preben pour la fillette. Plusieurs fois, Elin l'avait vue regarder avec jalousie par la fenêtre le couple mal assorti, et elle avait surpris plusieurs âpres disputes à ce sujet. Mais là, Preben ne cédait pas à son épouse. Märta pouvait trotter derrière lui, où qu'il aille. Et derrière elle venait Viola. Le chaton avait grandi pendant l'hiver, et suivait sa maîtresse aussi fidèlement que Märta suivait Preben. Ils formaient un curieux trio sur le domaine, et Elin savait que l'intérêt du maître de maison pour la fillette faisait jaser. Mais Elin se souciait comme d'une guigne de ce que valets et servantes pensaient. Ils pouvaient chuchoter à qui mieux mieux dans son dos. À la moindre migraine ou mal de dents, ils étaient bien contents de la trouver. Et toujours, quand ils demandaient en marmonnant ce qu'elle voulait pour ses services, elle ne manquait pas de réclamer quelque chose pour sa fille. Une portion supplémentaire de nourriture. Une paire de chaussures usagées. Une jupe qu'elle pourrait transformer en robe neuve. Märta était tout pour elle, et si elle était heureuse, Elin l'était aussi. Britta pouvait penser ce qu'elle voulait.

Elin serrait les dents quand Märta revenait en pleurant et lui disait que la maîtresse de maison l'avait pincée ou lui avait tiré les cheveux. C'était un petit prix à payer pour que la fillette soit malgré tout relativement en sécurité ici. Elle aussi avait été souvent durement pincée par Britta pendant leur enfance, et elle y avait survécu. Preben protégerait Märta. Et il protégerait Elin. Ses yeux gentils qu'il posait sur elle quand il pensait qu'elle ne le voyait pas l'en assuraient. Et parfois, quand leurs regards se croisaient une seconde longue comme l'éternité, elle sentait la terre se dérober sous ses pieds.

Erica sentit croître son excitation en approchant de Marstrand. Elle avait beaucoup lu au sujet des parents d'Helen, s'en était fait une image à travers les interviews qu'ils avaient données. KG, le père d'Helen, était mort depuis longtemps, mais elle allait en tout cas à présent rencontrer sa mère. Erica était forcée d'avouer qu'elle avait des idées préconçues au sujet d'Harriet Persson. Son mari et elle avaient tout mis sur le dos de Marie et peint Helen comme une victime. Mais ce qui transparaissait surtout, c'était combien ils avaient souffert de la honte publique.

Erica savait qu'ils appartenaient à la bonne société de Fjällbacka avant que tout arrive. KG possédait une chaîne de magasins de fournitures de bureau, et Harriet avait été mannequin avant son mariage. Il était riche, elle était belle. La bonne vieille combinaison.

Elle se gara sur le parking de Koön. C'était une journée chaude et ensoleillée qui appelait une excursion à Marstrand. Elle n'y était pas allée depuis longtemps, et fut frappée par la beauté de la petite localité côtière.

Elle profita de la courte traversée vers l'île de Marstrand mais, aussitôt à terre, elle se concentra sur l'interview. Les questions qu'elle voulait poser tournoyaient dans sa tête tandis qu'elle s'essoufflait dans la côte qui conduisait à la maison d'Harriet. Une fois arrivée au bon numéro, elle s'arrêta un instant pour admirer la maison. Elle était splendide. Blanche, avec de jolies chantournures anciennes en bois, des roses et des lupins à foison dans les tons roses et mauves, un grand balcon avec vue sur la mer. Si Harriet vendait cette maison, elle en tirerait des millions, supposa Erica. Un nombre de millions à deux chiffres.

Elle franchit un portail en bois blanc et suivit le petit sentier dallé jusqu'à la porte d'entrée. Il n'y avait pas de sonnette, juste un heurtoir à l'ancienne en forme de tête de lion, qu'elle laissa retomber contre la porte. Elle fut presque immédiatement ouverte par une élégante dame d'une soixantaine d'années.

"Erica Falck ! Quel plaisir de vous rencontrer enfin ! Voyez-vous, j'ai lu TOUS vos livres, et je vous trouve un talent fou. Et votre succès à l'étranger, c'est formidable."

Elle fit entrer Erica sans attendre de réponse.

"J'ai préparé du café, ce n'est pas si souvent qu'on a de tels visiteurs de marque", dit-elle en la précédant vers le balcon à travers un vaste séjour ouvert.

Erica n'était pas experte en décoration intérieure, mais elle reconnut des meubles de Josef Frank, Bruno Mathsson et Carl Malmsten. Mais on sentait davantage la marque d'un décorateur que le choix personnel d'Harriet.

"Oui, je voudrais avant tout vous remercier d'avoir accepté de me recevoir, dit Erica en s'asseyant sur la chaise qu'Harriet lui avançait d'autorité.

— Mais cela va de soi. Pendant toutes ces années, nous avons voulu que la vérité éclate au grand jour, pour cette pauvre Helen, votre livre tombe donc incroyablement bien. D'autant plus que j'ai su, par des amies à Stockholm, que cette affreuse personne envisage d'en publier un.

— Mais serait-ce un si grand mal ? dit prudemment Erica en acquiesçant à Harriet qui lui présenta la cafetière. Comme Helen, Marie a toujours clamé son innocence pendant toutes ces années, et donc son livre devrait plutôt conforter la version d'Helen ?"

Harriet fit la grimace en lui servant un café d'une clarté inquiétante.

"Je ne crois pas à son innocence, je crois que c'est elle qui a tué cette pauvre fillette, et qu'elle a ensuite tenté d'en faire porter la faute à Helen.

— Même si c'est Marie qui a avoué le crime la première ?"

Erica but une gorgée de café qui, comme elle le craignait, était beaucoup trop léger.

"Mais cela faisait partie de son plan, vous le comprenez bien !"

La voix d'Harriet était soudain devenue stridente, et elle déglutit plusieurs fois.

"C'était une ruse pour pousser Helen à avouer, reprit-elle. Helen a toujours été facile à mener et à berner, et cette Marie était une gamine vicieuse, d'une famille abominable. Dès le début, nous avons craint sa mauvaise influence sur Helen, elle a été comme transformée quand elles ont commencé à se fréquenter. Mais malgré tout nous les avons longtemps laissées se voir. Nous ne voulions pas être accusés d'être snobs, et il est naturellement important pour un enfant de rencontrer d'autres types de personnes, mais cette famille… Nous aurions dû les empêcher dès le début, je l'avais d'ailleurs bien dit à KG. Mais vous savez comment sont les hommes, ils ne veulent rien écouter dès lors qu'ils ont leur idée en tête, et donc d'abord il était d'avis de ne pas s'en mêler. Puis ça a tourné comme on sait et pendant des années, il m'a répété : « Pourquoi je ne t'ai pas écoutée, Harriet ? »"

Elle reprit son souffle et but une gorgée de café.

"Je ne sais pas si vous avez entendu ce qui s'est passé ? se dépêcha de dire Erica. Une petite fille qui habitait la même ferme que Stella a été retrouvée assassinée, au même endroit que Stella.

— Oui, j'ai entendu ça, c'est terrible."

Harriet frissonna, faisant tinter des bijoux en or. Elle portait un large collier en maille Bismarck autour du cou, d'épais bracelets dorés et une discrète broche Chanel à son chemisier. Erica reconnaissait son passé de mannequin : elle se tenait droite, le cou tendu, ses cheveux étaient habilement teints en nuances blondes qui ne laissaient en rien deviner s'ils étaient gris ou non. On lui aurait donné la cinquantaine plutôt que la soixantaine et, inconsciemment, Erica se redressa. Elle avait tendance à s'asseoir comme un sac, une déformation professionnelle due aux heures qu'elle passait devant son ordinateur.

Harriet lui resservit du café léger et Erica fit intérieurement la grimace.

"Oui, cela ne fait que prouver ce que je dis. Qu'Helen est innocente. Impossible que ce soit un hasard qu'une fillette meure justement quand Marie revient, après tant d'années. C'est forcément elle."

Elle dévisagea Erica.

"Mais pourquoi pensez-vous qu'Helen a avoué ? demanda Erica. Pourquoi une fille de treize ans avouerait-elle un crime qu'elle n'a pas commis ?"

Harriet ne répondit pas tout de suite. Elle tira nerveusement sur sa maille Bismarck, le regard perdu vers la forteresse de Marstrand. Quand elle se tourna à nouveau vers Erica, elle avait quelque chose d'indéfinissable dans le regard.

"Helen était une fillette fragile. Elle le sera toujours. KG la gâtait. Nous n'avons pas eu d'autres enfants, et elle était la fille chérie de son père. Il la protégeait de tout et lui donnait tout ce qu'elle voulait. Je dois reconnaître que je me sentais parfois un peu exclue, ils pouvaient passer des heures ensemble, et c'était comme s'ils avaient leur petit monde à eux. Moi aussi, petite, j'ai été la fille de mon père, alors j'étais compréhensive et je les laissais faire. Mais quand Marie est apparue dans le paysage, ça a été comme un ouragan à qui Helen n'a pas pu résister. J'ai bien vu combien elle était fascinée. Elle était belle, cette fille, et déjà à l'époque, à treize ans, elle avait une aura mondaine et… comment dire ? Une sorte d'instinct de survie. Je crois qu'Helen, qui avait peur de tout, se sentait en sécurité auprès de Marie. Helen a changé quand elles se sont rencontrées. S'est éloignée de nous. KG lui aussi l'a remarqué, et il a essayé de lui consacrer encore plus de temps. Aucun de nous n'aimait les voir se fréquenter. Au bout d'un moment, nous avons tenté de les en empêcher, mais Fjällbacka est tout petit, c'est difficile de séparer deux personnes là-bas. Qu'aurions-nous pu faire ? Passer toutes nos journées à l'école ?"

Elle continuait à tirailler sa maille Bismarck qui tintait sur la peau bronzée de son décolleté.

"Alors pourquoi pensez-vous qu'elle a avoué ? Avait-elle peur de Marie ?"

La digression d'Harriet l'avait éloignée de la question initiale, vers laquelle Erica la ramenait respectueusement.

"Je crois qu'elle voulait être à la hauteur de Marie. Je crois que les policiers lui ont dit que Marie avait avoué, et qu'elle n'a pas voulu être à la traîne. C'était, et c'est encore, Helen tout craché. Surtout ne pas aller à contre-courant. Quand Marie s'est rétractée, Helen a fait pareil. Mais le mal était déjà fait."

Sa voix tremblait. Elle poussa un plat de brioches vers Erica.

"Tenez, elles sont fraîches, prises à la boulangerie ce matin."

Erica en prit une.

"Vous avez pu garder Helen auprès de vous, dit-elle. À la différence de Marie, qui a été placée dans une famille d'accueil ?"

Erica formula comme une question ce qui était plutôt un constat.

"Oui, Dieu merci, les filles ne pouvaient pas être condamnées à de la prison. Ce sont les services sociaux qui sont intervenus, en décidant ce qu'ils estimaient le mieux pour les filles. Comme on pouvait s'y attendre, la famille Wall n'a pas été jugée capable de s'occuper de Marie. Mais Helen a pu rentrer chez nous, après une courte période dans un foyer pour jeunes. Et à juste titre. Rien de ce qui s'était passé n'était de notre faute, l'éducation que nous avions donnée à Helen était irréprochable. Si elle n'avait pas rencontré cette maudite fille, rien ne se serait jamais passé."

Sa voix était redevenue stridente.

"Mais vous avez tout de suite quitté Fjällbacka ?" demanda calmement Erica.

Harriet hocha la tête.

"Oui, il était naturellement devenu intenable d'habiter là-bas, avec tous ces ragots. Ce n'était pas du tout agréable d'être traités en parias du jour au lendemain. Ils ont même démis KG de son poste de président du Rotary. Comme si ce qui s'était passé était en quoi que ce soit de sa faute."

Elle inspira plusieurs fois à fond. Bien sûr, les blessures anciennes n'étaient pas complètement cicatrisées. Erica ne pouvait s'empêcher de s'étonner d'entendre Harriet s'émouvoir davantage de la disgrâce sociale subie par elle et KG que du traumatisme vécu par sa fille.

"Mais Helen a malgré tout choisi de revenir ?

— Oui, et je n'ai jamais pu le comprendre. Mais James, qui nous avait racheté la maison, ne voulait pas la quitter quand il a épousé Helen. KG le soutenait dans cette décision, alors que pouvais-je faire ?

— James et votre mari étaient des amis proches, à ce que j'ai compris. Et Helen était très jeune, quand elle s'est mariée avec un homme de l'âge de son père. Quel était votre sentiment au sujet de ce mariage ?"

Erica se pencha en avant avec curiosité. Pendant les mois de recherches pour ce livre, elle s'était souvent posé la question.

"KG était fou de joie. James et lui étaient des amis d'enfance de Fjällbacka, et il l'admirait énormément. Dès le début, il a encouragé leur relation et je n'y voyais aucun mal, je connaissais James depuis mon mariage avec KG, d'une certaine façon il faisait partie de la famille. Alors, quand James a abordé le sujet, juste avant le dix-huitième anniversaire d'Helen, nous avons dit que c'était bien entendu le choix d'Helen, mais que nous n'avions aucune objection."

Erica étudia de près le visage d'Harriet, et elle pensa y voir autre chose que ce qu'elle disait. Harriet pouvait-elle vraiment avoir approuvé sans réserve qu'un ami de la famille, un homme en âge d'être le père de sa fille, se mette tout à coup à faire la cour à Helen, puis l'épouse ? Elle n'était pas dupe. Il y avait quelque chose qui ne collait pas, mais elle comprenait qu'elle ne tirerait rien de plus d'Harriet.

"J'ai contacté Helen à plusieurs reprises, dit-elle, mais elle n'a pas donné suite, et je ne crois pas qu'elle ait envie de se laisser interviewer par moi. Mais il serait extrêmement précieux pour le livre de recueillir la version d'Helen. Vous serait-il possible de lui parler ?"

Harriet hocha la tête.

"Bien sûr qu'elle va vous recevoir. Je sais qu'elle craint que tout soit à nouveau remué, et bien sûr, j'y ai songé d'abord moi aussi, que les ragots allaient reprendre. Mais ensuite j'ai compris que c'était là l'occasion que nous attendions depuis des années, une possibilité de rétablir notre réputation une fois pour toutes. Oui, même après toutes ces années, les gens continuent à me regarder de travers, et année après année je suis exclue d'une partie de la vie sociale de l'île. Moi, qui ai tant à y apporter !"

Elle déglutit à plusieurs reprises.

"Mais je vais parler à Helen, elle va vous recevoir.

— Merci, dit Erica.

— Je l'appelle dès aujourd'hui, dit Harriet, avec un hochement de tête décidé. Je ne compte pas lui laisser rater cette occasion de laver notre nom."

Quand Erica s'en alla, Harriet resta sur le balcon.

Le milieu de la journée était toujours calme. Les gens étaient à la mer, ou déjeunaient au soleil, en ville. Ils n'avaient pas le courage de parcourir les allées de fleurs et de buissons dans la chaleur du midi. Sanna, elle, s'y plaisait. C'était toujours dans une serre qu'elle s'était sentie le mieux, aussi la chaleur écrasante du soleil à son zénith ne la dérangeait pas, même si sa migraine la faisait souffrir, comme tous les après-midi. Au contraire, c'était l'occasion de s'occuper de ses plantes. Elles étaient assoiffées en ce moment, aussi veillait-elle à ne pas oublier la moindre petite plante qui battait de l'aile.

Elle avait à présent le temps de redresser les pots renversés par des clients peu soigneux, et en profitait pour bavarder un peu avec les hortensias et échanger un moment quelques ragots avec les rosiers. Cornelia pouvait s'occuper de la caisse. La qualité des jeunes en job d'été variait fortement d'une année sur l'autre, mais Cornelia était une perle.

Si on avait demandé à Sanna qui étaient ses plus proches amis, elle aurait répondu ses plantes. Non qu'elles aient beaucoup de concurrence. Elle avait toujours eu du mal à s'ouvrir aux autres. Au lycée, elle avait fait des tentatives maladroites pour nouer des relations amicales avec d'autres élèves. Elle avait essayé de faire comme les autres. Prendre le café, parler des garçons, bavarder légèrement au sujet de son dernier achat de chaussures ou gravement à propos des conséquences de l'effet de serre. Elle avait essayé d'être normale. Mais elle ne comprenait pas les gens, c'était en fait un miracle qu'elle se soit mise avec Niklas. Les plantes en revanche, elle les comprenait. Et à la différence des gens, elles la comprenaient. Elle n'avait pas besoin d'autre compagnie.

Délicatement, elle plongea le visage dans un grand hortensia mauve et huma son parfum. C'était le meilleur du monde. Son parfum apaisait son âme et, un court instant, la faisait se détendre. Il repoussait tous les souvenirs, toutes les pensées, ne laissant la place qu'à un ronronnement calme.

C'était différent quand elle était petite. Stella était celle qui aimait la forêt, qui y jouait jour après jour. Sanna restait à la ferme, évitait la forêt et ses parfums inconnus.

Et après ce qui était arrivé à Stella, elle avait encore moins de raison d'approcher la forêt. Après ce que Marie et Helen avaient fait.

Quelque chose remuait en elle chaque fois que Sanna pensait à Marie. Un besoin de faire quelque chose. N'importe quoi. Trente ans de réflexions et de pensées s'étaient empilés, formant à la longue un bloc dur comme la pierre. Un poids sur sa poitrine qui s'alourdissait chaque jour.

Il faudrait bientôt qu'elle y remédie.

"Excusez-moi, où sont les plantes aromatiques ?"

Sanna sursauta, le visage enfoui dans l'hortensia, et regarda autour d'elle. Une femme tenant par la main un petit enfant impatient l'interrogeait du regard.

"Je vais vous montrer", dit Sanna en la précédant vers le secteur qu'elle avait dédié aux aromates.

Elle avait déjà deviné que cette femme était du genre basilic. Elle ne se trompait jamais.

La vie avait été en montagnes russes pendant des années. Mais pour la première fois depuis bien longtemps, Anna avait l'impression d'avancer sur un terrain stable. Cela l'emplissait d'une peur indicible, car elle savait à quelle vitesse tout pouvait s'effondrer. Ses années avec Lucas l'avaient profondément transformée. Ses coups avaient lentement abîmé sa confiance en elle, et elle luttait toujours pour retrouver celle qu'elle avait été.

Avant de rencontrer Lucas, elle se croyait invincible. En grande partie grâce à Erica. Adulte, elle avait compris que sa grande sœur l'avait surprotégée et gâtée. Sans doute pour tenter de compenser tout ce qu'elles n'avaient pas reçu de leurs parents.

Anna avait depuis longtemps pardonné à leur mère Elsy. Il avait été douloureux d'apprendre la vérité sur son secret mais, en même temps, c'était une bonne chose qu'Erica ait découvert ce vêtement ensanglanté dans le grenier de leur maison d'enfance. Grâce à lui, elles avaient un nouveau membre dans leur famille. Erica et elle essayaient de rendre visite à leur demi-frère Göran aussi souvent que possible.

Il y a une raison à tout, songea Anna en doublant un vieux tracteur. Le soleil l'éblouissant, elle tendit la main vers ses lunettes de soleil sans quitter la route des yeux. Elle n'avait jamais pris de risques au volant mais, depuis son accident, elle était encore plus prudente. Et à présent, elle atteignait à peine le volant, à cause de son ventre. Elle n'allait sans doute plus pouvoir conduire encore très longtemps. Dan lui avait proposé de la conduire, elle avait gentiment mais fermement refusé. C'était une affaire à laquelle elle ne voulait pas le mêler. Elle ne voulait pas d'interférence, juste prendre seule la décision.

Anna s'offrait le luxe de considérer ce trajet en voiture comme une évasion loin du train-train quotidien. Les grandes vacances étaient, par bien des aspects, une invention fantastique – pour les enfants, mais pas toujours pour les parents. En tout cas pas maintenant qu'elle était fatiguée, en sueur, et enceinte jusqu'aux yeux. Elle adorait les enfants, mais trouver à les occuper toute la journée était usant, et comme il y avait une grande différence d'âge entre ses enfants et ceux de Dan, ils avaient droit à tout, du chouinage de maternelle aux colères d'ados. En plus, elle avait du mal à dire non quand Erica et Patrik lui demandaient son aide. Dan avait l'habitude de la gronder, de lui dire de penser d'abord à elle. Mais d'une part elle adorait sa nièce et ses neveux, et d'autre part elle y voyait une façon de revaloir à Erica tout ce qu'elle avait fait pour elle dans son enfance. Garder de temps en temps Maja et les jumeaux était le moins qu'elle puisse faire, Dan pouvait bien dire ce qu'il voulait. Elle serait toujours là pour aider sa grande sœur.

Anna avait mis la radio sur Vinyl 107, heureuse de pouvoir entonner les chansons. Depuis qu'elle était devenue maman, elle avait complètement perdu le fil, elle savait juste que Justin Bieber était populaire et pouvait chantonner quelques refrains de Beyoncé. Pour le reste, elle était larguée. Mais à présent que Vinyl passait "Broken Wings" de Mr Mister, elle pouvait brailler à tue-tête.

Au milieu du refrain, elle s'interrompit et poussa un juron. Et merde. La voiture qui approchait en face n'était que trop connue. Erica. Anna aurait reconnu n'importe où son vieux char d'assaut Volvo. Elle envisagea de plonger sous le volant, mais s'avisa qu'Erica reconnaîtrait avant tout sa voiture. Pourtant, elle savait Erica complètement nulle en voitures, au point de ne pas distinguer une Toyota d'une Chrysler, et espérait que sa sœur ne réagirait pas à la Renault rouge qu'elle venait de croiser.

Son téléphone ronronna. Elle le lorgna, sur son support aimanté au tableau de bord. Merde, merde, merde. C'était Erica. Elle avait donc reconnu sa voiture. Anna soupira mais, comme elle n'aimait pas téléphoner en conduisant, elle avait un moment de répit pour inventer quelque chose. Elle n'aimait pas mentir à sa sœur. Elle l'avait trop souvent fait. Mais aujourd'hui, elle n'avait pas le choix.

Une balançoire oscillait lentement sur le portique, alors que Gösta ne sentait pas la moindre brise dans la chaleur étouffante. Il se demanda quand Nea s'y était assise pour la dernière fois. Le gravier crissait sous ses pas. La marelle était à présent presque effacée.

Le ventre serré, il se dirigea vers la porte d'entrée, qui s'ouvrit avant même qu'il ait frappé.

"Entrez", dit Bengt.

Bengt lui adressa un sourire prudent, mais Gösta sentit l'agressivité sous-jacente.

Gösta avait téléphoné pour annoncer sa visite, et ils étaient tous assis autour de la table de la cuisine, l'air de l'attendre. Il devina que les parents de Peter resteraient un temps indéfini, sûrement jusqu'à l'enterrement. Quand il serait possible. Tant que Nea n'avait pas été autopsiée, elle ne pouvait être mise en terre. Ou incinérée, si ses parents le souhaitaient. Il refoula ces pensées et les images qui allaient avec, et accepta une tasse de café. Puis il s'assit à côté de Peter et lui posa la main sur l'épaule.

"Vous tenez le coup ? demanda-t-il en remerciant Eva de la tête quand elle posa une tasse de café fumante devant lui.

— Seconde par seconde, minute par minute, dit tout bas Eva en s'asseyant en face de lui, à côté de son beau-père.

— Le médecin leur a prescrit des somnifères, ça aide, dit la mère de Peter. Au début, ils ne voulaient pas en prendre, mais je les ai persuadés. Personne ne gagne à ne pas dormir.

— Oui, cela vaut sans doute mieux, dit Gösta. Prenez toute l'aide que vous pouvez recevoir.

— Vous avez su quelque chose ? C'est pour ça que vous venez ?"

Peter le regarda avec des yeux sans aucun éclat.

"Non, désolé, dit Gösta. Mais nous travaillons d'arrache-pied, et nous faisons tout notre possible. Je suis venu pour voir avec vous s'il existait une possibilité que quelqu'un se soit introduit dans la maison pendant votre sommeil. Avez-vous remarqué si une fenêtre était restée ouverte ?"

Eva leva les yeux vers lui.

"Il faisait si chaud que nous dormions tous fenêtres ouvertes. Mais elles étaient attachées avec un crochet de l'intérieur, et tout était comme d'habitude.

— D'accord, dit Gösta. Lors de ma dernière visite, vous m'avez dit que la porte d'entrée était fermée à clé. Mais il y a peut-être d'autres façons d'entrer. Une porte de cave que vous auriez oublié de fermer, par exemple ?"

Peter se prit le front en montrant la porte.

"Mon Dieu, j'ai oublié de vous le dire la dernière fois ! Nous avons une alarme. Nous mettons la porte sous alarme tous les soirs en allant nous coucher. Nous avons eu une fois un cambriolage dans notre appartement à Uddevalla. Oui, c'était avant d'avoir Nea. Quelqu'un a jeté une grenade lacrymogène par la fente de la boîte aux lettres, et a fracturé la porte. Nous n'avions pas beaucoup d'objets de valeur, mais c'était horrible que quelqu'un ait eu le culot d'entrer dans l'appartement alors que nous étions là, en train de dormir. Après ça, nous avons eu une alarme, et c'est une des premières choses que nous avons installées en emménageant ici. Cela nous semblait d'autant plus important, dans un endroit aussi isolé…"

Sa voix se brisa, et Gösta comprit ce qu'il pensait. Que le danger avait malgré tout frappé. L'alarme leur avait sûrement donné l'impression d'être protégés, mais n'y avait rien changé.

"Donc vous avez enlevé l'alarme en vous levant ?

— Oui.

— Et vous l'avez remise en partant ?

— Non, dit Peter en secouant la tête. C'était le matin, il faisait jour, alors…"

Il leva les yeux et comprit où Gösta voulait en venir.

"Donc Nea ne peut pas être sortie avant six heures et demie.

— Exact, elle a dû disparaître après cet horaire, sans quoi l'alarme se serait déclenchée. Car personne d'autre n'est en possession du code pour désactiver l'alarme ?"

C'était au tour d'Eva de secouer la tête.

"Non, et d'ailleurs nous sommes informés sur nos mobiles de tous les mouvements concernant l'alarme."

Elle alla chercher un iPhone en train de se recharger sur le plan de travail. Elle saisit un code, chercha dans son téléphone puis le tendit à Gösta.

"Regardez, c'est cette nuit-là, nous avons mis l'alarme en allant nous coucher, puis elle a été désactivée seulement à 06 h 03, quand Peter s'est levé.

— Dire qu'on n'y a pas pensé, dit tout bas Peter.

— J'aurais dû y penser moi aussi, dit Gösta. Le boîtier de l'alarme est pourtant bien visible. Mais dans ces situations… Oui, dans ces situations, la logique nous échappe. Mais nous savons à présent en tout cas que personne ne s'est introduit pendant la nuit.

— Vous avez enquêté du côté de ces individus, à Tanumshede ?" dit Bengt.

Ulla le tira par le bras et se pencha pour lui murmurer quelque chose. Il dégagea son bras, furieux.

"Si personne n'ose en parler, il faut bien que je le fasse ! dit-il. On parle beaucoup de la présence d'éléments criminels dans ce camp de Tanumshede. Certains d'entre eux ont apparemment participé aux recherches. Vous ne comprenez pas quelle occasion en or c'était pour faire disparaître des preuves ? L'un d'eux l'a même trouvée, m'a-t-on dit. N'est-ce pas une curieuse coïncidence ?"

Gösta ne savait pas bien que répondre. Il ne s'attendait pas à ça, même s'il avait de plus en plus remarqué, au fil des années, que les personnes xénophobes avaient cessé d'être facilement identifiables grâce à leurs crânes rasés et leurs rangers, elles pouvaient tout aussi bien être d'ordinaires retraités. Il se demanda si Eva et Peter partageaient les opinions de Bengt.

"Nous n'excluons rien, mais nous n'avons aucun indice qui nous invite à orienter nos soupçons du côté du camp de réfugiés.

— Mais est-ce vrai ? Y a-t-il des criminels au camp ?"

Difficile de dire si Peter posait la question en se basant sur quelque conviction personnelle, ou en homme désespéré s'accrochant à un fétu de paille.

"Quand on est policier local, est-ce qu'on ne devrait pas ficher ces gens à leur arrivée ? Ils peuvent être meurtriers, voleurs, violeurs ou même pédophiles !"

La voix de Bengt montait dans l'aigu et sa femme le tira à nouveau par le bras.

"Chut, Bengt, ce n'est pas le moment de…"

Mais son mari ne pouvait pas s'arrêter.

"Je ne comprends pas le problème de ce foutu pays, c'est justement à cause de la naïveté des Suédois que nous sommes partis ! Les gens affluent à nos frontières, et nous sommes censés leur donner à manger, des vêtements et un toit, et ils ont en plus le culot de venir se plaindre de leurs conditions de logement ! Ils prétendent fuir la guerre et la torture, et ensuite ils viennent se plaindre parce qu'il n'y a pas le wifi ! Ça n'en dit pas long ?

— Excusez mon mari, dit Ulla en le tirant plus fort par le pull, parvenant au moins à le faire reprendre son souffle. Mais c'est vrai qu'on ne sait pas quel genre de personnes vivent dans ce camp, et en allant dans le bourg faire quelques courses, eh bien… Oui, on entend parler, c'est vrai. Les gens ont peur que d'autres enfants soient enlevés.

— Nous avons d'autres pistes qu'il nous semble pertinent de suivre", dit Gösta.

Il n'aimait vraiment pas le tour que prenait la conversation.

"Vous voulez parler de cette histoire, il y a trente ans ? Avec Helen, et cette actrice qui est là en ce moment ? Vous y croyez, vraiment ?" Eva leva la tête et croisa le regard de Gösta. "Nous connaissons Helen, c'est notre voisine, elle n'aurait jamais fait de mal à Nea. Et cette actrice, mon Dieu, pourquoi aurait-elle voulu faire du mal à notre fille ? Elles étaient enfants quand ça s'est passé. Non, je n'y crois pas une seconde. Et donc je crois plus… Oui, à ce que dit Bengt."

Gösta se tut. Il comprenait qu'il ne pouvait rien dire. Les parents de Nea se trouvaient dans une situation désespérée. Ce n'était pas le moment de discuter idéologie.

"Nous n'excluons rien, mais il serait très dangereux de s'engouffrer tête baissée dans une seule direction, dit-il. L'enquête n'en est qu'à ses débuts, nous attendons le rapport médico-légal et l'analyse de la police scientifique. Croyez-moi, nous ne nous sommes pas fixés sur une seule théorie, mais personne ne gagne non plus à ce que des rumeurs infondées se propagent et troublent le jugement des gens. Je vous prierai donc de ne pas nous compliquer la tâche en… en encourageant les gens à courir dans la mauvaise direction.

— Nous vous entendons, dit Peter, les poings serrés sur la table. Mais promettez-nous aussi de ne rien exclure pour de mauvaises raisons. S'ils ont mauvaise réputation et que les gens parlent, il y a peut-être une bonne raison. Pas de fumée sans feu.

— Je vous le promets", dit Gösta, sentant grandir sa boule au ventre.

Il avait l'impression désagréable que ce qui s'était mis en branle serait difficile à stopper. La dernière chose qu'il vit avant de sortir fut le regard noir et mort de Peter.

BOHUSLÄN 1672

La fonte de la dernière neige fit bouillonner de vie les ruisseaux et foisonner la verdure. Le domaine revivait. Une semaine durant, on fit le grand ménage de printemps pour chasser l'hiver et saluer la moitié chaude de l'année. Tous les édredons et matelas furent lavés et mis à sécher, les tapis de lisses furent soigneusement frottés et le sol lessivé. On nettoya les fenêtres pour que le soleil pénètre au plus profond des petites pièces et chasse les ombres tapies dans les coins. La chaleur faisait son nid dans le cœur, dégelant ce que les longues nuits d'hiver y avaient figé, et les pas de Märta semblaient pleins de danse quand elle sautillait à travers le domaine, Viola sur les talons. Elin se surprit à chantonner alors qu'elle était par terre à récurer le parquet, et même Britta semblait d'humeur plus aimable.

Les nouvelles des sorcières brûlées dans tout le Bohuslän avaient contribué à cette atmosphère exaltée dans tout le village, et les histoires se propageaient de maison en maison, racontées encore et encore à la lueur des chandelles. On brodait chaque fois un peu plus ces histoires de sabbat sur la Colline Bleue et de fornication avec Satan. Les servantes et les valets avec lesquels Märta et Elin partageaient la maison dépeignaient à qui mieux mieux dîners inversés, bougies à l'envers, vaches et chèvres volantes et enfants attirés par des sorcières pour satisfaire Satan. Märta écoutait toujours les yeux écarquillés et Elin la regardait avec une douce indulgence. C'était des histoires passionnantes, elle ne pouvait le nier mais, en son for intérieur, elle s'interrogeait sur leur vérité.

Elle trouvait que ces récits ressemblaient aux histoires que lui racontait sa grand-mère quand elle était petite, peuplées de gnomes et d'elfes. Mais elle les laissait dire. Les hommes avaient besoin de contes pour supporter les soucis de la vie, et le visage enthousiaste de Märta la réjouissait. Qui était-elle pour lui ôter cette joie ? Märta apprendrait bien assez vite à distinguer les contes de la réalité : plus longtemps elle resterait dans le monde enchanté, mieux cela vaudrait.

Britta avait été inhabituellement bonne envers Märta ces derniers jours. Elle lui avait caressé les cheveux, offert des friandises, et avait demandé à câliner Viola. Elin n'arrivait pas à cerner pourquoi, et cela la tourmentait. Elle connaissait sa sœur. Britta ne faisait rien par bonté. Mais la fillette gobait toute cette gentillesse qu'on lui montrait, et elle vint, rayonnante de joie, lui montrer les bons morceaux qu'elle avait reçus de la maîtresse de maison. Elin essaya de refouler son inquiétude tout à l'arrière de sa tête, surtout un jour comme celui-là, où ils avaient tant à faire. La tante de Britta, Ingeborg, devait venir en visite, et le grand ménage de printemps devait être accéléré pour que tout soit fini à son arrivée. Elin n'avait pas vu Märta de la journée, occupée qu'elle était à récurer et à ranger et ce n'est que dans l'après-midi qu'elle commença à s'inquiéter pour sa fille. Elle appela la fillette partout dans le domaine, dans la maison des domestiques, la grange et les autres bâtiments du presbytère, mais Märta n'était nulle part. Le ventre déchiré d'inquiétude, elle appela de plus en plus fort. Elle demanda à tout le monde, mais personne n'avait vu la fillette.

La porte s'ouvrit à la volée.

"Qu'est-ce qui se passe, Elin ?" demanda Preben en se précipitant dehors, les cheveux en bataille, sa chemise blanche fourrée à la va-vite dans son pantalon.

Elin courut vers lui, éperdue, tout en continuant à chercher des yeux alentour, dans l'espoir d'apercevoir la natte blonde de sa fille.

"Je ne retrouve pas Märta, et j'ai cherché partout !

— Du calme, Elin", dit Preben en lui posant les mains sur les épaules.

Elle sentit la chaleur de ses mains traverser sa robe et ne put faire autrement que s'effondrer dans ses bras. Elle resta là quelques secondes, avant de s'arracher du plastron de sa chemise en s'essuyant les yeux sur la manche de sa robe.

"Il faut que je la retrouve, elle est si petite, elle est ce que j'ai de plus cher et de plus précieux.

— Nous allons la retrouver, Elin, dit Preben en se dirigeant d'un pas décidé vers l'écurie.

— J'ai déjà cherché là, fit Elin, désespérée.

— Lill-Jan y est, et si quelqu'un sait ce qui se passe sur le domaine, c'est bien lui."

Il ouvrit la porte et entra dans l'écurie. Elin releva ses jupons et courut derrière lui. Dans la pénombre, elle entendit les deux hommes murmurer et saisit le nom "Britta". Son cœur s'emballa. Elle se força à attendre pendant leur conversation mais, en voyant le visage de Preben, elle sut que la boule froide qu'elle avait au ventre était justifiée.

"Lill-Jan a vu Britta et Märta partir dans la forêt il y a un moment.

— Dans la forêt ? Pour quoi faire ? Britta ne va jamais dans la forêt. Et pourquoi y aller avec Märta ?"

Elle entendit qu'elle criait, et Preben la fit taire.

"Ce n'est pas le moment d'être hystérique. Nous devons retrouver la fillette. Je viens de voir Britta dans la bibliothèque, je vais lui parler."

Preben se précipita vers la maison et Elin resta là, bras ballants. Des souvenirs de son enfance la submergèrent. Tout ce qui lui était cher, sa sœur le lui avait pris, avec l'assentiment de père. La poupée qu'elle tenait de Mère, elle l'avait retrouvée dans la cuve des latrines, cheveux coupés et paupières arrachées. Le chiot que le valet de ferme lui avait offert avait disparu sans raison, mais elle savait de toute son âme que Britta y était pour quelque chose. Il y avait quelque chose de pourri chez sa sœur. Elle n'accordait à personne le droit de posséder quelque chose qu'elle n'avait pas. Il en avait toujours été ainsi.

Et à présent, Britta restait sans enfants, alors qu'Elin avait la plus adorable des fillettes. Une fillette que le mari de Britta regardait avec de l'amour dans les yeux. Comme la sienne. Elin avait bien senti que cela finirait mal, mais qu'aurait-elle pu faire ? Elle vivait par charité chez sa sœur et n'avait nulle part où aller avec la gamine. Pas après les paroles qu'elle avait prononcées, qui lui valaient la haine et le rejet de beaucoup. Britta avait été leur seul salut. Et à présent, cela lui avait peut-être coûté la fillette.

Preben revint en courant, le visage sombre.

"Elles sont allées à l'étang."

Elin ne se soucia pas un instant de ce qui venait de se jouer à l'intérieur du presbytère. Elle ne pensait qu'à une chose : sa petite fille était près de l'étang, et elle ne savait pas nager.

Le cœur retourné, elle se précipita derrière Preben dans la forêt, en direction de l'étang, tout en jetant des prières à Dieu. Si le Seigneur était un peu miséricordieux, il lui ferait retrouver Märta en vie. Sinon, elle pourrait aussi bien mourir là-bas dans l'eau noire, avec sa fille.

Nils referma ses lèvres sur sa cigarette, tira une première profonde bouffée. À côté de lui, Vendela alluma la sienne. Basse fouillait le paquet de bonbons qu'il avait acheté à Eva au kiosque du centre.

Ils étaient au sommet de la montagne, au belvédère de Kungsklyftan. En contrebas, un groupe de touristes prenait en photo le chenal de Fjällbacka.

"Tu crois que ton daron va y arriver ? demanda Basse. Apprendre aux Arabes à faire de la voile ?"

Il ferma les yeux et tourna le visage vers le soleil. Son visage couvert de taches de rousseur allait être rouge homard s'il restait là trop longtemps.

"En tout cas, il est à fond", dit Nils.

Ça avait toujours été comme ça avec son père. Si quelque chose lui tenait vraiment à cœur, il pouvait travailler vingt-quatre heures sur vingt-quatre pour y arriver, avec une énergie inépuisable. Sur les murs, à la maison, il y avait des photos de Bill portant les grands frères de Nils sur ses épaules, leur apprenant la voile, leur faisant la lecture.

Nils pouvait déjà être bien content que son père lui ait demandé comment il allait.

Vendela regarda distraitement son téléphone. Elle consacrait le plus clair de son temps à son téléphone. Nils avait l'habitude de dire qu'il allait se coller à sa main.

"Regardez comme elle est belle", dit-elle.

Elle montra son téléphone aux garçons, qui plissèrent les yeux pour distinguer l'écran dans le soleil.

"Trop bonne", dit Basse en avalant l'image du regard.

C'était une photo du début des années quatre-vingt-dix. Marie Wall à côté de Bruce Willis. Nils avait vu le film plusieurs fois. Elle y était vraiment chaude.

"Comment elle a pu avoir une fille aussi moche ? dit-il en secouant la tête. Le daron de Jessie devait être vraiment affreux.

— En tout cas elle a des nibards de folie, dit Basse. Plus gros que ceux de sa daronne. On peut se demander comment c'est de la baiser. Les filles moches compensent en étant super bonnes au pieu."

Il fit un signe à Vendela avec sa cigarette.

"Tu pourrais aussi googliser Jessie ? Pour voir ce qu'il y a sur elle."

Vendela hocha la tête. Pendant qu'elle pianotait sur son smartphone, Nils se coucha, le visage vers le ciel.

"Putain de merde ! dit Vendela en lui secouant le bras. Il faut que vous voyiez ça !"

Elle montra son mobile à Nils et Basse.

"Tu rigoles ? dit Nils, sentant un frisson le traverser. C'est sur internet ?

— Oui, j'ai trouvé ça en trois clics ! dit Vendela.

— C'est… trop… cool…"

À côté de lui, Basse sautait sur place.

"Qu'est-ce qu'on fait ? On balance ça sur Snapchat ?"

Vendela sourit à Nils. Il se tut, se laissant un instant de réflexion. Puis un large sourire fendit son visage.

"On ne fait rien. Pour le moment."

Basse et Vendela eurent d'abord la mine déçue. Puis il leur exposa rapidement son plan, et Basse éclata de rire. C'était génial. Simple. Mais génial.

Les enfants assaillirent Karim de questions quand il s'assit à la table de la cuisine, mais il n'avait pas le courage d'y répondre. Il se contenta de grogner quelque chose. Il avait été gavé de tant d'informations en si peu de temps. Il n'avait plus ressenti une telle fatigue intellectuelle depuis le début de ses études à l'université. Au fond, ce n'était pas si compliqué, il avait étudié des matières bien plus complexes que la voile, mais c'était la combinaison d'informations données dans une langue qu'il ne maîtrisait pas et d'une matière aussi inconnue. Et effrayante.

Les souvenirs de sa traversée de la Méditerranée l'avaient frappé avec une force qui l'avait surpris. Il ignorait, jusqu'à aujourd'hui, combien il avait eu peur dans ce bateau. Sur le coup, il n'avait pas eu le temps ni l'espace d'avoir peur. Amina et lui étaient tellement occupés à garder les enfants sains et saufs. Mais ce matin, sur le bateau avec Bill, il s'était rappelé chaque vague, chaque cri de ceux qui tombaient à l'eau, les regards de ceux qui cessaient soudain de crier et glissaient doucement sous la surface pour ne plus jamais remonter. Il avait refoulé tout ça, s'était répété que tout ce qui comptait, c'était qu'ils étaient à présent en sécurité. Qu'ils avaient un nouveau pays. Un nouveau foyer.

"Tu veux en parler ?" dit Amina en lui caressant les cheveux.

Il secoua la tête. Ce n'était pas qu'il ne pensait pas pouvoir se confier à elle. Elle ne le jugerait pas, ne douterait jamais de lui. Mais elle avait été forte si longtemps. Les derniers temps en Syrie, pendant le long voyage vers la Suède.

C'était à présent son tour d'être fort.

"Je suis fatigué, c'est tout", dit-il, en prenant une autre cuillère de son baba ganoush.

Il était aussi bon que celui de sa mère, ce qu'il n'aurait bien sûr jamais osé dire à sa mère : elle avait un tempérament aussi impétueux que celui d'Amina.

Amina posa une main sur son bras. Caressa ses cicatrices. Il lui adressa un sourire las.

Sa mère était morte alors qu'il était en prison, puis ils avaient été forcés de s'en aller. Ils n'avaient osé en parler à personne. La Syrie était aujourd'hui un pays bâti sur la délation : on ne savait jamais qui essaierait de sauver sa peau en dénonçant les autres. Voisins, amis, membres de la famille – impossible de faire confiance à qui que ce soit.

Il ne voulait pas penser au voyage. Il avait compris que beaucoup de Suédois imaginaient qu'il avait quitté son pays dans l'espoir d'une vie dans le luxe. Il était stupéfait de leur naïveté : comment pouvaient-ils croire qu'on quittait tout ce qu'on connaissait dans l'espoir de nager dans l'or à l'Ouest ? Bien sûr, il en avait rencontré, des gens prêts à piétiner femmes et enfants pour sauver leur peau, et qui ne reculaient devant rien pour défendre leurs intérêts. Mais il aurait aimé que les Suédois voient aussi les autres. Ceux qui étaient forcés d'abandonner leur maison pour sauver leur vie et celles de leurs proches. Ceux qui voulaient contribuer par tous leurs moyens au pays qui les accueillait.

Amina continuait à caresser les cicatrices sur son bras, et il leva les yeux de son assiette. Vit qu'il n'avait rien mangé, plongé qu'il était dans les souvenirs qu'il pensait avoir refoulés.

"Tu es sûr que tu ne veux pas en parler ?"

Elle lui sourit.

"C'est difficile", dit-il.

Samia donna un coup de pied à Hassan. Amina leur lança un regard. D'habitude, cela suffisait.

"Il y avait tant de nouveautés, reprit Karim. Tant de mots bizarres, et je ne sais pas trop, peut-être au fond qu'il est fou…

— Bill ?

— Oui, je ne sais pas, peut-être que c'est un fou qui tente quelque chose d'impossible.

— Tout est possible, ce n'est pas ce que tu as l'habitude de dire aux enfants ?"

Amina s'assit sur ses genoux. Il était rare qu'ils montrent leur tendresse devant les enfants, qui regardèrent leurs parents avec de grands yeux. Mais elle sentait qu'il avait besoin de son contact.

"Tu vas retourner les paroles de ton époux contre lui ? questionna-t-il en lui ôtant les cheveux du visage.

— Mon époux parle sagement, répondit-elle en lui embrassant la joue. Parfois."

Il éclata de rire pour la première fois depuis longtemps, et sentit son ventre se dénouer. Les enfants n'avaient pas compris la plaisanterie, mais se mirent à rire eux aussi. Parce qu'il riait.

"Tu as raison. Tout est possible, dit-il en lui donnant une tape sur la fesse. Mais pousse-toi un peu que j'atteigne mon assiette. C'est presque aussi bon que la cuisine de ma mère."

Elle ne répondit que par une claque sur son épaule. Il tendit le bras pour reprendre un dolma.

"Tu vas l'appeler ? demanda Paula en souriant à Martin au moment où il rétrogradait juste avant un virage. Les cougars, c'est la nouvelle mode, il paraît. Et d'après ce que j'ai entendu dire, ça ne serait pas ta première expérience dans le genre quasi-cougar…"

C'était un secret de Polichinelle que Martin avait fait des ravages de moissonneuse-batteuse parmi les dames de la contrée, et que les femmes nettement plus âgées que lui l'avaient tout particulièrement à la bonne. Pour sa part, elle ne l'avait pas connu avant qu'il ne vive avec l'amour de sa vie, Pia, qu'elle l'avait vu à la fois aimer et perdre. Pour elle, les histoires de ses frasques de jeunesse étaient des légendes, ce qui ne l'empêchait pas de le taquiner à ce sujet. Et le flirt désinhibé de Marie lui tendait la perche.

"Allez, arrête ton char, dit-il en rougissant.

— C'est là", annonça Paula quand ils passèrent devant la villa de luxe au bord de l'eau.

Martin sembla souffler de soulagement : elle avait eu vingt kilomètres pour le charrier.

"Je laisse la voiture sur les Docks", l'informa-t-il tout à fait inutilement, car il s'était déjà engagé sur le grand quai de béton pour se garer.

Au-dessus d'eux trônait Badis : Paula se réjouissait que le vieux bâtiment fonctionnaliste ait été rénové voilà quelques années. Elle avait vu des photos de son état antérieur, il aurait été dommage et honteux de le laisser continuer à se dégrader. Elle avait entendu parler des fêtes et de la vie nocturne qu'il avait abritées des années durant, et supposait que bien des habitants de Fjällbacka devaient leur existence à Badis.

"Il n'est pas sûr qu'elle soit à la maison, dit Martin en fermant la voiture. Mais on va toujours aller voir."

Il se dirigea vers la belle maison louée par Marie, suivi de Paula.

"Jessie est ado, et elle dispose d'une baraque pareille, dit-elle. Mon Dieu, moi, je n'aurais jamais quitté les lieux."

Paula mit sa main en visière. La mer, juste devant eux, lançait des reflets éblouissants.

Martin frappa à la porte. Certes, ils auraient pu téléphoner pour s'assurer que Jessie était à la maison, mais Martin et elle préféraient rencontrer les gens à l'improviste. Ils avaient alors moins de temps pour réfléchir à ce qu'ils allaient dire, et la vérité sortait alors souvent plus facilement.

"Personne, on dirait", dit Paula en piétinant sur place.

La patience n'était pas sa plus grande vertu, à la différence de Johanna, qui était le calme même. Ce qui parfois rendait Paula folle.

"Attends", fit Martin en frappant à nouveau.

Après ce qui parut une éternité, ils entendirent des pas dans un escalier à l'intérieur de la maison. Les pas s'approchèrent de la porte et un verrou tourna.

"Oui ?" dit une adolescente.

Elle portait un t-shirt hard rock et un short court. Ébouriffée, elle semblait s'être habillée à la hâte.

"Nous venons du commissariat de Tanumshede, nous aimerions te poser quelques questions", dit Martin en saluant de la tête la fille, qui n'avait qu'entrebâillé la porte.

Elle semblait hésiter.

"Ma mère…

— Nous venons de lui parler, la coupa Paula. Elle est au courant que nous allions venir te parler."

La fille, toujours sceptique, recula pourtant au bout de quelques secondes pour ouvrir la porte en grand.

"Entrez", dit-elle en les précédant dans la maison.

Paula sentit son pouls accélérer à la vue de la pièce dans laquelle ils entrèrent. La vue était fantastique. De grandes baies vitrées ouvertes sur un ponton, d'où on voyait tout le chenal de Fjällbacka. Mon Dieu. Que des gens soient logés comme ça !

"Vous voulez quoi ?"

Jessie s'assit à une grande table de cuisine en bois massif sans faire le moindre effort pour les saluer correctement. Paula se demanda si ce manque de politesse était dû à une mauvaise éducation, ou simplement à la crise d'ado. Après avoir rencontré la mère de Jessie, elle était encline à choisir la première explication. Marie ne lui avait pas fait l'impression d'être particulièrement chaleureuse et maternelle.

"Nous enquêtons sur le meurtre d'une petite fille. Et nous… Euh, nous avons eu à parler à ta maman à ce sujet…"

Paula voyait que Martin cherchait ses mots. Ils ignoraient ce que Jessie savait du passé de sa mère.

Elle répondit elle-même à la question.

"Oui, j'en ai entendu parler, une fillette a été trouvée au même endroit que l'autre fillette que maman et Helen ont été accusées d'avoir tuée."

Elle cligna des yeux et Paula lui sourit.

"Nous avons besoin de savoir où se trouvait ta maman de dimanche soir à lundi après-midi, dit-elle.

— Qu'est-ce que j'en sais, moi ?" Jessie haussa les épaules. "Elle était à une fête avec la bande du film dimanche soir, mais si et quand elle est rentrée, je n'en ai aucune idée. On ne partage pas exactement la même chambre."

Jessie posa les pieds sur la chaise en tirant son t-shirt sur ses genoux. Paula ne voyait pas beaucoup de ressemblances entre mère et fille, mais elle ressemblait peut-être à son père, qui qu'il soit. Elle avait googlisé Marie pour en savoir le plus possible sur elle, et ce point était souvent mentionné : personne ne savait qui était le père de Jessie. Elle se demandait si Jessie le savait. Et même si Marie le savait.

"Cette maison n'est pas particulièrement grande, même si vous ne partagez pas une chambre, tu devrais l'avoir entendue rentrer", dit Martin.

Il avait raison, pensa Paula. Ce cabanon de pêche rénové était certes luxueux, mais pas spécialement grand.

"Je dors avec de la musique. Avec des écouteurs", dit Jessie, comme si la chose allait de soi.

Paula, qui avait besoin d'un froid glacial, d'obscurité et de silence total dans sa chambre à coucher, se demandait comment on pouvait dormir avec de la musique dans les oreilles.

"Et c'est ce que tu as fait, dans la nuit du dimanche au lundi ?" demanda Martin, refusant d'abandonner la partie.

Jessie bâilla.

"Je fais toujours ça.

— Donc, tu n'as pas la moindre idée si et quand ta maman est rentrée ? Était-elle là à ton réveil ?

— Non, elle part souvent tôt au studio", dit Jessie en tirant son t-shirt encore plus bas sur ses jambes.

Ce t-shirt ne retrouverait jamais sa forme d'origine. Paula essaya de lire ce qu'il y avait dessus, mais les lettres en forme d'éclairs bizarres rendaient la chose impossible. De toute façon, elle ne connaîtrait sûrement pas le groupe. Adolescente, elle avait eu sa période Scorpion, mais elle n'était vraiment pas calée en hard rock.

"Vous ne pouvez quand même pas croire que maman est allée dans cette ferme tuer une gamine ? Sérieusement ?"

Jessie s'arracha des peaux d'ongles de la main droite. Paula eut mal dans tout le corps en voyant ses ongles si profondément rongés. Par endroits, Jessie avait arraché la peau tout contre l'ongle, se blessant.

"Vous savez ce que ça a été pour leurs familles ? Pour nous ? Toute la merde qu'on a dû essuyer parce que nos mères étaient considérées coupables de quelque chose qu'elles n'avaient pas fait ! Et vous voilà, maintenant avec des questions sur un nouveau meurtre, qui n'a rien à voir avec nos mères."

Paula regarda Jessie en silence et dut se faire violence pour ne pas souligner que sa mère avait bâti toute sa carrière en parlant du traumatisme de son enfance.

Martin se tourna vers Jessie.

"Nos mères ? demanda-t-il. Tu parles du fils d'Helen ? Vous vous connaissez ?

— Oui, nous nous connaissons, dit Jessie en secouant ses cheveux. C'est mon mec."

Un bruit à l'étage les fit sursauter.

"Il est ici ? dit Paula en se tournant vers l'escalier abrupt qui montait à l'étage.

— Oui, assura Jessie, le cou empourpré.

— Peux-tu lui demander de descendre ? demanda gentiment Martin. Un collègue devait aller parler avec Helen et sa famille, mais puisqu'il est là…

— OK, dit Jessie, avant d'appeler : « Sam ? La police est là. Ils veulent te parler ! »

— Vous êtes ensemble depuis longtemps ?" demanda Paula en voyant la fille s'étirer.

Elle se doutait qu'il n'y avait pas encore eu beaucoup de petits amis dans sa vie.

"Bah, c'est très récent", dit Jessie en se tortillant sur son siège – mais Paula remarqua qu'elle n'avait rien contre en parler.

Elle se souvenait elle-même du bonheur que c'était d'être unie pour la première fois à quelqu'un. De faire partie d'un couple. Sauf que dans son cas, ce n'était pas Sam, mais une certaine Josefin. Et elles n'auraient sûrement jamais osé le montrer au grand jour. Elle n'avait pas fait son coming out avant ses vingt-cinq ans, et s'était alors demandé pourquoi avoir tant tardé. Le ciel ne lui était pas tombé sur la tête, la terre ne s'était pas ouverte sous ses pieds, aucun éclair ne s'était abattu. Plutôt l'inverse. Pour la première fois de sa vie, elle s'était sentie libre.

"Salut."

Un ado dégingandé descendit l'escalier en traînant les pieds. Il était en short, torse nu. Il désigna Jessie.

"C'est elle qui a mon t-shirt."

Paula l'observa avec curiosité. La plupart des habitants du bourg connaissaient son père, il n'y avait pas beaucoup de soldats de l'ONU dans les environs immédiats, et elle n'imaginait pas le fils de James Jensen comme ça : cheveux teints en noir corbeau, du khôl autour des yeux et un regard buté dont elle sentit aussitôt qu'il dissimulait autre chose. Elle l'avait vu chez beaucoup d'ados qu'elle avait croisés dans son travail. Ce genre de regard était rarement de bon augure.

"As-tu quelque chose contre le fait de parler un peu avec nous ? demanda Paula. Veux-tu d'abord appeler tes parents pour avoir leur permission ?"

Elle échangea un regard avec Martin. En fait, il était totalement contraire au règlement d'interroger un mineur sans la présence de ses parents. Mais elle décida de considérer cela comme une simple conversation. Pas un interrogatoire. Ils avaient juste quelques questions à poser, c'était idiot de ne pas profiter de la situation qui se présentait.

"Nous enquêtons sur le meurtre de Nea, ta petite voisine. Et pour des raisons que nous n'avons sûrement pas besoin d'expliquer, il nous faut savoir où se trouvaient vos mères au moment de sa disparition.

— Vous avez parlé avec maman ?" demanda-t-il en s'asseyant à côté de Jessie.

Elle lui sourit, et toute son apparence se transforma. À présent, elle rayonnait.

"Nous avons rencontré ta mère, oui, dit Martin en se levant pour s'approcher du plan de travail. Je peux prendre un verre d'eau ?

— Bien sûr, dit Jessie en haussant les épaules, sans quitter Sam des yeux.

— Et elle dit quoi ? demanda Sam en tripotant un creux laissé par un nœud du bois à la surface de la table.

— Nous préférerions entendre ce que tu dis toi", dit Paula en lui souriant doucement.

Quelque chose chez lui l'émouvait. Il était entre enfant et adulte, et elle pouvait presque voir ces deux côtés lutter l'un contre l'autre. Elle se demandait s'il savait lui-même dans quel camp il voulait être. Ça ne devait pas non plus être facile de grandir avec un père comme James, imagina-t-elle. Elle n'avait jamais beaucoup apprécié les bagarreurs et les machos, peut-être surtout parce qu'ils appréciaient eux-mêmes rarement les femmes comme elle. Et avoir un père qui personnifiait un tel idéal masculin ne pouvait pas être facile.

"Qu'est-ce que vous voulez savoir, alors ? dit-il en haussant les épaules, comme si cela n'avait aucune importance.

— Sais-tu ce que ta mère a fait de dimanche soir jusqu'à lundi après-midi ?

— Vous ne pouvez pas être un peu plus précis que ça ? Je ne passe pas mon temps à regarder l'heure, et maman non plus."

Il continuait de tripoter le creux.

Martin revint, un verre d'eau à la main.

"Raconte-nous ce dont tu te souviens, dit-il. Commence dimanche soir."

Il vida d'un coup la moitié de son verre.

Paula sentit qu'elle aussi avait soif. Un ventilateur était allumé au bout de la pièce, mais cela ne servait pas à grand-chose. La chaleur étouffante faisait vibrer l'air de la pièce, malgré les baies ouvertes. Pas un brin de vent pour rafraîchir l'atmosphère. Dans le port, la mer était d'huile.

"Nous avons dîné tôt, commença Sam en levant les yeux au plafond, comme s'il essayait de se représenter la scène du dimanche soir. Boulettes de viande et purée. Faite maison par maman, papa déteste la purée en flocons. Puis papa est parti en déplacement, et je suis monté dans ma chambre. Ce que maman a fait, aucune idée. D'habitude, le soir, je reste dans mon coin. Et le lendemain matin, j'ai dormi jusqu'à… je ne sais pas… tard. Mais je suppose que maman est sortie courir. Elle y va tous les matins."

Paula se leva pour prendre elle aussi un verre d'eau. Sa langue commençait à coller à son palais. Elle se tourna tout en remplissant son verre :

"Mais tu ne l'as pas vue ?"

Il secoua la tête.

"Ben non. Je dormais.

— Et quand l'as-tu vue, plus tard dans la journée ?"

Martin vida la fin de son verre et s'essuya la bouche du revers de la main.

"J'sais pas. Au déjeuner ? C'est quand même les grandes vacances. On passe pas son temps à se surveiller, non ?

— Après, on s'est tirés avec ton bateau, dit Jessie. Je crois qu'il était environ deux heures. Lundi."

Elle n'avait toujours pas quitté Sam des yeux.

"C'est ça, c'est vrai, dit-il en hochant la tête. On s'est tirés avec mon bateau. Enfin… le bateau de papa et maman. De la famille. Mais c'est surtout moi qui m'en sers. Maman ne sait pas le conduire et papa, en gros, n'est jamais à la maison.

— Depuis combien de temps est-il là ? demanda Paula.

— Quelques semaines. Il repart bientôt. Un peu après le début de l'école, je crois.

— Où ?" demanda Martin.

Sam haussa les épaules.

"Aucune idée.

— Vous ne vous rappelez de rien d'autre sur la journée de lundi ?"

Ils secouèrent tous les deux la tête.

Paula échangea un regard avec Martin, qui hocha la tête. Ils se levèrent.

"Merci pour l'eau. Et cette conversation. Nous pourrions en avoir d'autres prochainement.

— Bien sûr", dit Sam.

Il haussa à nouveau les épaules.

Les deux jeunes les raccompagnèrent à la porte.

BOHUSLÄN 1672

Quand Elin entendit le cri de Märta, elle courut plus vite qu'elle n'avait jamais couru. Elle voyait la chemise blanche de Preben devant elle, parmi les arbres, il était plus rapide et la distançait. Son cœur tambourinait dans sa poitrine, elle sentait sa robe s'accrocher aux jeunes branches, entendait le bruit de l'étoffe déchirée. En apercevant l'étang, loin devant, elle accéléra encore, tandis que les cris de Märta se rapprochaient.

"Märta ! Märta !" cria-t-elle d'une voix stridente en tombant à genoux au bord de l'étang.

Preben s'avançait vers la fillette, il marchait dans l'eau sombre, mais quand elle lui arriva jusqu'à la poitrine, il jura.

"Je me suis coincé le pied, je n'arrive pas à me dégager ! Elin doit nager jusqu'à Märta, elle ne va plus tenir longtemps !"

Les yeux de Preben étaient exorbités, elle le voyait se débattre pour se dégager.

Le regard désespéré d'Elin passait de lui à Märta, qui s'était tue à présent, et semblait sur le point de glisser sous la surface de cette eau noire comme la nuit.

"Je ne sais pas nager !" cria-t-elle, tout en cherchant autour d'elle une solution.

Elle savait que si elle se jetait sans réfléchir dans l'étang pour tenter de sauver sa fille, Märta se noierait très certainement. Et elle avec.

Elle courut de l'autre côté de l'étang. Il était petit mais profond, et on n'apercevait à présent plus que le crâne de Märta surnager à sa surface luisante. Une grosse branche pendait au-dessus de l'eau, Elin s'avança dessus aussi loin qu'elle pouvait.

Il restait malgré tout plus d'un mètre jusqu'à la fillette, elle cria à Märta de tenir bon. La fillette parut l'entendre, car elle se remit à agiter les bras et patauger. Elin avança encore sur la branche, les bras douloureux, mais elle commençait à être assez proche de Märta pour essayer de l'atteindre.

"Prends ma main !" cria-t-elle en se penchant autant qu'elle pouvait vers sa fille sans risquer de lâcher prise.

Preben criait lui aussi de toutes ses forces :

"Märta ! Prends la main d'Elin !"

La fillette luttait désespérément pour l'attraper, mais elle avait du mal à l'atteindre et n'arrêtait pas de boire la tasse.

"Märta ! Bon Dieu, prends ma main !"

Et comme par miracle, Märta la saisit. Elin la serra de toutes ses forces et chercha à reculer sur la branche. Elle était alourdie par la fillette, mais trouva quelque part la force nécessaire. Preben avait fini par se dégager et nageait vers elles. Comme elles approchaient du bord, Preben rejoignit Märta et la prit dans ses bras, pour qu'Elin puisse la lâcher. Elle avait mal aux bras, mais le soulagement était tel qu'elle fondit en larmes. Dès qu'elle fut sur la terre ferme, elle se jeta au cou de Märta, embrassant du même coup Preben qui s'était accroupi, les bras autour de la fillette.

Après coup, Elin n'eut aucune idée du temps qu'ils avaient passé là, tous les trois, dans les bras les uns des autres, mais ce ne fut qu'en voyant Märta grelotter qu'ils songèrent qu'il leur fallait rentrer mettre des vêtements secs.

Preben souleva Märta et la porta doucement à travers la forêt. Il boitait un peu et Elin vit qu'il avait perdu une chaussure, sûrement quand il s'était accroché à quelque chose au fond de l'étang.

"Merci", dit-elle d'une voix tremblante de pleurs.

Preben se tourna vers elle en souriant :

"Je n'ai rien fait. C'est Elin qui a eu la présence d'esprit.

— J'ai l'aide de Dieu", dit doucement Elin et, le disant, elle sentit que c'était vrai.

C'était l'aide de Dieu qu'elle avait reçue à l'instant où elle avait prié pour que sa fille saisisse sa main, elle en était absolument convaincue.

"Alors je remercierai le Seigneur tout particulièrement ce soir", dit Preben en serrant la fillette davantage contre lui.

Märta claquait des dents, les lèvres bleues.

"Pourquoi Märta est-elle allée dans l'étang ? Märta sait qu'elle ne sait pas nager."

Elin essayait de ne pas avoir l'air de la gronder, mais elle ne comprenait pas. Märta savait qu'elle ne devait pas trop s'approcher de l'eau.

"Elle a dit que Viola était dans l'eau en train de se noyer, murmura Märta.

— Qui ? Qui a dit que Viola était dans l'eau ?" demanda Elin en fronçant les sourcils.

Mais elle pensait savoir la réponse. Elle croisa le regard de Preben au-dessus de la tête de sa fille.

"C'est Britta qui a dit ça ?" demanda Preben.

Märta hocha la tête.

"Oui, et elle a marché un bout de chemin avec moi pour me montrer où était l'étang. Puis elle m'a dit qu'elle devait rentrer, mais qu'il fallait que je sauve ma chatte."

Elin regarda Preben, fou de rage, et vit que ses yeux étaient aussi noirs que l'étang.

"Je vais parler à mon épouse", dit Preben d'une voix sourde.

Ils approchaient du presbytère. Elin aurait voulu protester, elle aurait voulu griffer sa sœur, lui arracher les cheveux, mais elle savait qu'il fallait écouter Preben. Sans quoi elle ferait son malheur et celui de sa fille. Elle se força à respirer à fond, et pria le ciel d'avoir la force de rester calme. Mais elle bouillait intérieurement.

"Qu'est-ce qui s'est passé ?"

Lill-Jan accourut à leur rencontre, suivi de plusieurs servantes et valets.

"Märta était dans l'étang, Elin l'a repêchée, dit Preben en se dirigeant à grands pas vers le presbytère.

— Mettez-la dans notre maison, dit Elin, qui ne voulait pas que la fillette approche Britta.

— Non, Märta doit avoir un bain chaud et des vêtements secs."

Il se tourna vers la plus jeune des servantes du presbytère.

"Stina peut-elle préparer un bain ?"

Elle s'inclina et courut devant eux vers la maison pour mettre de l'eau à chauffer.

"Je vais lui chercher des vêtements secs", dit Elin.

Elle quitta à contrecœur Preben et Märta, mais pas avant d'avoir caressé la tête de la fillette et embrassé son front glacé.

"Maman revient tout de suite, dit-elle en entendant Märta gémir pour protester.

— Qu'est-ce qui se passe, ici ?" gronda Britta dans l'embrasure de la porte, en découvrant le tumulte dans la cour.

En apercevant Märta dans les bras de Preben, elle devint aussi blanche que la chemise de son époux.

"Qu'est-ce que… qu'est-ce que…"

De surprise, elle écarquillait les yeux. Elin priait fébrilement, priait comme jamais, de trouver la force de ne pas assommer Britta sur-le-champ. Et ses prières furent entendues. Elle parvint à se taire mais, par sécurité, tourna les talons pour aller chercher des vêtements secs. Elle n'entendit pas ce que Preben dit à sa femme, mais eut le temps de voir le regard qu'il lui lança. Et pour la première fois de sa vie elle vit sa sœur avoir peur. Mais derrière cette peur était à l'affût quelque chose qui effraya Elin : une haine qui brûlait aussi vivement que les feux de l'enfer.

Les enfants étaient au rez-de-chaussée. Patrik était au commissariat et Erica avait demandé à Kristina de rester un peu plus longtemps pour qu'elle puisse travailler sans être dérangée. Elle avait déjà essayé quand elle était seule avec les enfants, mais il était impossible de se concentrer quand une petite voix appelait toutes les cinq minutes. Il y en avait toujours un qui avait faim ou avait envie de faire pipi. Mais ça ne dérangeait pas Kristina de rester un peu, ce dont Erica lui était profondément reconnaissante. On pouvait dire ce qu'on voudrait sur sa belle-mère, elle était fantastique avec les enfants et n'hésitait jamais à répondre présente. Parfois, elle se demandait quels grands-parents auraient fait ses propres parents. Comme ils étaient morts avant la naissance des enfants, Erica ne le saurait jamais, mais elle voulait croire que ses enfants auraient peut-être su adoucir sa mère. Qu'à la différence d'Anna et elle, ils aient pu percer sa dure carapace.

Maintenant qu'elle connaissait l'histoire de sa mère, elle avait depuis longtemps pardonné à Elsy, et elle avait décidé de croire qu'elle aurait été une grand-mère chaleureuse et joueuse pour ses enfants. Erica ne doutait pas un instant que son père aurait fait un grand-père fantastique. Aussi fantastique que le père qu'il avait été. Parfois elle l'imaginait, assis dans son fauteuil préféré sur la véranda, Maja et les jumeaux autour de lui. Tirant sur sa pipe tandis qu'il déroulait des histoires d'épouvante sur les esprits et les fantômes de l'archipel. Il aurait sûrement terrorisé les enfants avec ça, comme il l'avait fait pour Anna et elle. Mais ils auraient adoré avoir peur, tout comme sa sœur et elle. Et ils auraient aimé l'odeur de sa pipe et des gros pulls qu'il portait toujours, car Elsy insistait pour économiser le chauffage.

Erica sentit ses yeux la piquer, et se força à cesser de penser à ses parents. Elle regarda le grand tableau d'affichage qui couvrait tout un mur de la pièce. Elle s'était attaquée aux piles de papiers et avait épinglé au mur photocopies, documents, photos et notes. C'était une des phases de son travail d'écriture : créer d'abord le chaos, rassembler de la matière, tout empiler sans faire de différence, puis tenter de trouver une sorte de structure et mettre de l'ordre dans ce chaos. Elle adorait cette phase du travail, c'était le plus souvent là que le brouillard se levait sur ce qui semblait au début une histoire insaisissable. Chaque fois qu'elle attaquait un nouveau livre, la tâche lui semblait insurmontable. Mais d'une façon ou d'une autre, elle finissait toujours par y arriver.

Cette fois, il ne s'agissait pas seulement d'un livre. Ce qui, au début, ne devait être que le récit d'une affaire et d'une tragédie anciennes avait pris une tournure imprévue. À présent, c'était aussi l'histoire d'une nouvelle enquête criminelle, d'une nouvelle fillette assassinée et d'autres personnes en deuil.

Erica joignit les mains derrière la tête et plissa les yeux, tentant de trouver une sorte de fil rouge. Lire à cette distance lui demandait désormais un plus gros effort, mais elle refusait de capituler devant l'idée qu'il lui faudrait probablement des lunettes de lecture.

Elle regarda les photos de Marie et Helen. Elles étaient si différentes. D'apparence comme de caractère. Helen, brune, ordinaire, soumise. Marie, blonde, belle, regardant toujours avec calme l'objectif. C'était frustrant de ne pas avoir retrouvé les anciens procès-verbaux de leurs interrogatoires. Personne ne savait où ils étaient passés, et il se pouvait même qu'ils aient été détruits. Elle savait d'expérience que l'ordre n'avait pas toujours été parfait au commissariat de Tanumshede. Qu'Annika fasse désormais régner un ordre prussien n'était d'aucune aide s'agissant de documents datant d'avant son entrée en fonction comme secrétaire générale du commissariat. Ces procès-verbaux auraient pu l'aider à comprendre la relation entre les deux filles, ce qui s'était vraiment passé ce jour-là, et comment elles en étaient arrivées à avouer. Les articles de journaux de l'époque ne donnaient pas non plus beaucoup d'informations, rien sur le pourquoi du comment. Et comme Leif était mort depuis longtemps, elle ne pouvait pas non plus trouver de l'aide de ce côté. Elle avait espéré que sa visite à sa fille aurait eu quelques retombées, mais Viola ne l'avait pas rappelée. Elle ne savait pas non plus si Leif avait vraiment conservé des documents, c'était juste une intuition basée sur le fait qu'il n'avait jamais pu tourner la page de l'affaire Stella. Et elle ne cessait d'y revenir. C'était lui qui avait recueilli les aveux de Marie et Helen, c'était lui qui avait annoncé dans tous les journaux que l'affaire était résolue. Pourquoi donc avait-il par la suite changé d'avis ? Pourquoi, tant d'années plus tard, n'avait-il plus cru à la culpabilité des filles ?

Erica plissa à nouveau les yeux pour voir plus net. Au rez-de-chaussée, elle entendait les enfants jouer à cache-cache avec leur grand-mère, ce qui était toujours compliqué par la façon très créative des jumeaux de compter : "Un, deux, dix, J'ARRIVE !"

Soudain, son attention fut captivée par un article du *Bohusläningen*. Elle alla le détacher du tableau d'affichage. Elle l'avait déjà lu de nombreuses fois, mais aujourd'hui, elle prit un stylo pour entourer une ligne. L'article datait des jours qui avaient suivi la rétractation des deux fillettes, et le journaliste avait réussi à obtenir la réponse de Marie à une question :

Il y a quelqu'un qui nous a suivies dans la forêt.

Cette affirmation avait été rejetée comme un mensonge, la façon d'une enfant de reporter la faute sur quelqu'un d'autre. Et si pourtant quelqu'un avait suivi les filles dans la forêt ce jour-là ? Qu'est-ce que cela pouvait impliquer pour le meurtre de Nea ? Erica écrivit sur un post-it jaune : *Quelqu'un dans la forêt ?* Elle le colla au-dessus de l'article sur le tableau et resta plantée là, les mains sur les hanches. Comment avancer ? Comment savoir si quelqu'un avait vraiment suivi les filles ce jour-là ? Et dans ce cas, qui ?

Son téléphone tinta sur son bureau, elle se retourna pour consulter l'écran. Un nouveau numéro, pas de nom. Mais à la teneur du message, elle comprit de qui il s'agissait.

Je sais que vous avez parlé avec ma mère. Pouvons-nous nous voir ?

Erica sourit en reposant le téléphone, après avoir répondu par une brève confirmation. Elle allait peut-être malgré tout obtenir des réponses à quelques-unes de ses questions.

Patrik acheva son rapport sur son entretien avec Helen et James et cliqua sur *imprimer*. Ils étaient tous deux à la maison quand il s'était présenté, et avaient accepté de bonne grâce de répondre à ses questions. James avait confirmé la déclaration d'Helen comme quoi personne dans la famille n'avait rien entendu des battues dans la nuit du lundi au mardi, et il avait précisé ses activités du lundi. Il était en déplacement professionnel, et était arrivé à son hôtel à Göteborg dès le dimanche soir. Là, il avait eu des réunions jusqu'à quatre heures lundi, avant de reprendre sa voiture pour rentrer. Helen avait déclaré être allée se coucher vers dix heures le dimanche soir. Elle avait pris des somnifères et dormi jusqu'à neuf heures, heure à laquelle elle était allée faire son jogging habituel.

Patrik se demandait si quelqu'un pouvait confirmer les dires d'Helen.

Il fut tiré de ses réflexions par une stridente sonnerie de téléphone. Il répondit distraitement en tentant d'empêcher que le contenu du pot à crayons qu'il avait accidentellement renversé ne se répande sur tout le bureau. En entendant qui c'était, il se rassit, prit un stylo dans le pot et attrapa un carnet.

"Alors tu as réussi à nous faire gagner quelques places dans la queue ?" fit-il, soulagé.

Il reçut un grommellement positif de Pedersen.

"Oui, mais ça n'a pas été facile. Tu m'en dois une. Mais en même temps… Un meurtre d'enfant…" Pedersen soupira à l'autre bout du fil, et Patrik comprit que le légiste était aussi affecté que lui par la mort de Nea. "Je serai direct. Je n'ai pas encore rédigé mon rapport final, mais nous avons pu constater que la fillette est morte suite à une lésion causée par un choc à la tête.

— D'accord", dit Patrik en prenant note.

Il savait que Pedersen allait envoyer un rapport détaillé juste après son appel, mais prendre des notes l'aidait à classer ses idées.

"Des traces de ce qui a pu causer la blessure ?

— Non, rien, à part de la saleté dans la plaie. Pour le reste, elle était parfaitement lavée.

— De la saleté ?"

Patrik cessa de noter et fronça les sourcils.

"Oui, j'ai envoyé des échantillons au labo, avec un peu de chance on aura une réponse dans les prochains jours.

— Et l'objet qui a causé la lésion ? Ça devait donc être quelque chose de sale ?

— Oui…"

Pedersen tarda à poursuivre.

Patrik savait que le légiste faisait ainsi quand il n'était pas vraiment sûr, ou voulait éviter d'en dire trop ou pas assez. Des données erronées pouvaient avoir des conséquences dévastatrices dans une enquête criminelle. Pedersen le savait.

"Je ne suis pas certain, dit-il avant de marquer à nouveau une pause. Mais au vu des lésions, c'est soit quelque chose d'assez lourd, soit…

— Soit quoi ?" dit Patrik.

Les silences rhétoriques de Pedersen lui faisaient monter la tension.

"Eh bien, il pourrait s'agir d'une chute.

— Une chute ?"

Patrik visualisa la clairière. Nulle part d'où tomber, à moins que la fillette ne soit tombée d'un arbre, bien sûr. Mais qui l'avait alors cachée sous le tronc ?

"Je crois que la fillette a été déplacée, dit Pedersen. Son corps porte des traces d'une station prolongée couchée sur le dos, mais vous l'avez trouvée basculée vers l'avant. Elle a été déplacée et mise dans cette position mais, avant cela, elle est restée plusieurs heures sur le dos. J'ai du mal à dire exactement combien de temps.

— As-tu trouvé des ressemblances avec l'affaire Stella ?" demanda Patrik.

Il posa son stylo sur le carnet.

"J'ai comparé avec le rapport d'autopsie de l'époque, dit Pedersen, sans trouver d'autres ressemblances, à part que les deux fillettes sont mortes d'un choc à la tête. Mais dans le cas de Stella, il y avait dans la plaie des traces de bois et de pierre. En plus, il était évident que la fillette avait été tuée dans la clairière exactement à côté du plan d'eau où on l'avait trouvée. Torbjörn a-t-il trouvé ce genre de traces ici ? Même si je vois qu'elle a été déplacée et cachée sous ce tronc d'arbre, elle n'a pas nécessairement été déplacée de loin. Elle peut avoir été tuée à proximité.

— Oui, à condition que ce soit des lésions dues à un objet contondant, et non à une chute. Dans la zone, il n'y a aucune hauteur d'où tomber, le relief n'est même pas accidenté. J'appelle tout de suite Torbjörn pour voir ce qu'il en est. Mais quand j'y étais, je n'ai rien vu qui indique que Nea ait été tuée là où on l'a trouvée."

Patrik visualisa à nouveau la clairière. Il n'avait vu aucune trace de sang, mais Torbjörn et son équipe avaient passé la clairière au peigne fin : s'il y avait eu quelque chose d'invisible à l'œil nu, ils l'auraient trouvé.

"Rien d'autre ? dit Patrik.

— Non, je n'ai rien trouvé d'autre qui soit intéressant. C'était une fillette de quatre ans en bonne santé, bien nourrie, pas d'autres lésions que ces blessures à la tête, l'estomac contient un mélange de chocolat et de gâteau, je suppose un quelconque biscuit fourré au cacao, probablement un classique Kex.

— OK, merci", dit Patrik.

Il raccrocha et reposa son stylo, attendit une minute puis appela Torbjörn Ruud. Après plusieurs sonneries, alors que Patrik était sur le point de raccrocher, il entendit la voix brusque de Torbjörn :

"Allô ?

— Salut, c'est Patrik. Hedström. Je viens de parler à Pedersen, et je voulais voir avec toi où on en était.

— Nous n'avons pas encore fini", lâcha Torbjörn.

Il avait toujours l'air en colère, mais Patrik s'était habitué, à la longue. Torbjörn était l'un des meilleurs en Suède, dans son domaine. Les districts de Stockholm et Göteborg lui avaient chacun proposé un poste mais il était trop attaché à sa ville natale d'Uddevalla, et n'avait vu aucune raison de déménager.

"Et quand penses-tu que vous serez prêts ?" demanda Patrik.

Il avait repris son stylo.

"Impossible à dire, grommela Torbjörn. Nous ne voulons pas bâcler cette enquête. Bon, naturellement, aucune autre enquête non plus. Mais bon, tu sais bien… Cette pauvre gamine n'a pas pu vivre longtemps. C'est…"

Il se racla la gorge et déglutit péniblement. Patrik le comprenait très bien, mais la meilleure chose qu'ils pouvaient faire pour la fillette était de rester aussi froids et objectifs que possible. Et de trouver le coupable.

"Est-ce qu'il y a quelque chose que tu puisses me dire dès à présent ? Pedersen a autopsié la fillette, elle est morte suite à une lésion causée par un choc à la tête. Est-ce que quelque chose indique qu'un objet contondant trouvé sur place ait pu être utilisé ? Ou qu'elle soit morte à proximité de l'endroit où nous l'avons trouvée ?

— Non…", dit avec réticence Torbjörn.

Patrik savait qu'il n'aimait pas donner la moindre information avant d'avoir tout fini, mais qu'il comprenait en même temps son besoin de disposer de faits qui puissent aider l'enquête à aller de l'avant.

"Nous n'avons rien trouvé qui indique qu'elle ait été tuée dans la clairière. Il n'y avait pas de traces de sang, et nous n'avons pas non plus trouvé de sang sur aucun objet contondant.

— Quelle est la taille de votre zone de recherche ?

— On a passé au peigne fin une grande zone tout autour de la clairière. Je ne saurais pas te dire exactement, ce sera dans le rapport final, mais on a mis le paquet. Et encore une fois : pas de traces de sang. Une lésion due à un choc au niveau de la tête implique beaucoup de sang.

— Oui, on dirait indéniablement que la clairière est une scène de crime secondaire, dit Patrik en prenant quelques notes. Et la primaire se trouve ailleurs.

— La maison de la fillette ? Est-ce qu'on devrait aller y chercher des traces de sang ?"

Patrik ne répondit pas tout de suite. Puis il dit d'une voix lente.

"Gösta s'est chargé d'interroger la famille. Il ne pense pas qu'il y ait de raisons de les suspecter. Donc jusqu'à présent, nous n'avons pas suivi cette piste.

— Je ne sais pas, moi, dit Torbjörn. On a déjà vu ce qui peut se passer dans une famille. Parfois c'est un accident. Parfois non.

— Tu as raison", dit Patrik avec une grimace.

Il eut l'impression horrible d'avoir commis une erreur. Une erreur bête, naïve. Il ne pouvait pas se permettre d'être sentimental ou naïf. Ils en avaient assez vu, toutes ces années, ils auraient dû être échaudés.

"Patrik ?"

Des coups discrets à sa porte le firent lever les yeux. Il avait raccroché et, les yeux dans le vague, réfléchissait à son prochain pas.

"Oui ?"

Annika était dans l'embrasure de la porte, l'air embarrassée.

"Il faut que je te dise quelque chose. Nous commençons à avoir des appels. Beaucoup d'appels. Et assez désagréables…

— Qu'est-ce que tu veux dire ?"

Annika entra d'un pas dans la pièce et se campa bras croisés devant son bureau.

"Les gens appellent, indignés. Disant qu'on ne fait pas notre travail. Il commence même à arriver des menaces.

— Mais pourquoi ? Je ne comprends pas ?"

Patrik secoua la tête. Annika inspira à fond.

"Beaucoup appellent pour dire qu'on ne s'intéresse pas au camp de réfugiés autant qu'on devrait.

— Mais rien ne pointe dans cette direction, pourquoi devrions-nous… ?"

Patrik fronça les sourcils. Il ne comprenait pas ce qu'elle voulait dire. Pourquoi les gens appelaient-ils pour parler du camp de réfugiés ?

Elle prit son bloc-notes et lut à haute voix :

"Eh bien, d'après un monsieur qui préfère rester anonyme, il est clair que c'est « un sale bougnoule du camp de réfugiés » qui a fait ça. Et selon une dame, qui elle aussi désire rester anonyme, « c'est un scandale que nous n'arrêtions pas tous ces criminels pour les interroger ». Elle affirme aussi : « Aucun d'eux n'a fui une guerre quelconque, c'est juste un prétexte pour venir ici se la couler douce en Suède. » Et des appels de ce goût-là, j'en ai des douzaines. Tous veulent rester anonymes.

— Mon Dieu", soupira Patrik.

Il ne manquait plus que ça.

"Bon, comme ça, en tout cas, tu es au courant, dit Annika en se dirigeant vers la porte. Comment veux-tu que je gère ça ?

— Comme tu l'as fait jusqu'à présent, dit Patrik. Réponds poliment, sans rien dire.

— OK", dit-elle en sortant.

Il la rappela.

"Annika ?

— Oui ?"

Elle glissa à nouveau la tête dans l'ouverture de la porte.

"Tu pourrais demander à Gösta de venir ? Et appelle le procureur à Uddevalla. Nous avons besoin d'un mandat de perquisition.

— Je m'en occupe tout de suite", dit-elle en hochant la tête.

Elle était habituée à ne pas poser de questions. Elle saurait en temps et en heure de quoi il s'agissait.

Patrik se cala lourdement au fond de son fauteuil de bureau. Gösta ne serait pas content. Mais c'était nécessaire. Et aurait déjà dû être fait.

La poitrine de Martin s'emplit de chaleur alors qu'il observait Tuva dans le rétroviseur. Il était allé la chercher chez les parents de Pia. Elle devait y dormir encore une nuit pour qu'il puisse continuer à travailler, mais l'envie de la voir était devenue si forte et impérieuse qu'il avait demandé à Patrik une heure de libre. Il fallait qu'il passe un moment avec sa fille pour réussir à continuer son travail. Il savait que l'énorme manque de Tuva était lié au manque de Pia, qu'avec le temps il devrait apprendre à lâcher la bride à sa fille, à lui laisser davantage de liberté. Pour l'heure il désirait sans cesse l'avoir près de lui. Les parents de Pia et Annika étaient les deux seuls à qui il pouvait imaginer la laisser, et encore, seulement quand le travail l'exigeait. Ses propres parents n'étaient pas particulièrement intéressés par un enfant en bas âge. Ils venaient volontiers parfois prendre un café et les voir, Tuva et lui, mais n'avaient jamais proposé de la garder, et il ne leur avait jamais demandé.

"Papa, je veux aller jouer au parc", dit Tuva depuis la banquette arrière.

Il croisa son regard dans le rétroviseur.

"D'accord, ma grande", dit-il en lui envoyant un bisou volant.

À vrai dire, il avait espéré qu'elle veuille y aller jouer. Il n'avait cessé de songer à la femme du parc et, même s'il savait qu'il était peu probable qu'il retombe sur elle, il ne savait pas comment la retrouver autrement. Il se promit, s'il avait la chance de la rencontrer, de veiller cette fois à lui demander son nom.

Il se gara à côté du parc et détacha Tuva de son siège d'enfant. Il aurait pu à présent le harnacher les yeux fermés, mais se rappelait le mal qu'il avait eu au début, quand Tuva était petite. Il avait pesté et juré tandis qu'un peu plus loin Pia riait aux éclats. Beaucoup de ce qui semblait alors difficile allait de soi aujourd'hui. Et beaucoup de ce qui était alors facile était terriblement difficile aujourd'hui. Martin chipa un bisou au vol en soulevant Tuva hors de son siège. Les moments où elle voulait des câlins étaient de plus en plus rares. Il y avait trop de choses à découvrir dans le monde, trop peu d'heures pour jouer et, désormais, il n'y avait plus que lorsqu'elle se faisait mal ou était fatiguée qu'elle voulait se blottir dans ses bras. Il l'acceptait et le comprenait, même s'il aurait parfois aimé arrêter le temps.

"Papa, le bébé que tu as tapé est là !"

Martin se sentit rougir jusqu'à la racine des cheveux.

"Merci pour cette formulation, ma chérie, dit-il en tapotant la tête de Tuva.

— De rien, papa", dit-elle poliment sans vraiment comprendre de quoi il la remerciait, avant de s'élancer vers le bébé qui s'apprêtait à se fourrer une grosse poignée de sable dans la bouche.

"Non, non, bébé, pas manger le sable !" dit-elle en prenant doucement sa petite main pour la brosser.

"Quelle mignonne baby-sitter j'ai là", dit la femme, en adressant un large sourire à Martin.

Ses fossettes le firent rougir.

"Je promets de ne pas lui donner de coups de pied, cette fois.

— J'apprécie, répondit-elle avec un sourire qui le fit rougir jusqu'aux oreilles.

— Martin Molin, dit-il en tendant la main.

— Mette Lauritsen."

Sa main était chaude et sèche.

"Norvégienne ? dit-il en reconnaissant aussitôt son léger accent.

— Oui, à l'origine, mais ça fait quinze ans que je vis en Suède. Je viens de Halden, mais je me suis mariée avec un gars de Tanumshede. Oui, celui avec qui je me disputais au téléphone, l'autre jour."

Elle s'excusa d'une grimace.

"Ça s'est arrangé ?" demanda-t-il.

Du coin de l'œil, il vit que Tuva continuait à jouer avec le bébé.

"Non, pas vraiment. Il est toujours trop occupé avec sa nouvelle copine pour avoir du temps pour bonhomme.

— Il s'appelle Bonhomme ? plaisanta Martin, qui savait déjà comment s'appelait son fils.

— Non, bien sûr que non, rit Mette en jetant un regard énamouré à son garçon. Il s'appelle Jon, comme mon père, mais je l'appelle bonhomme. J'espère réussir à arrêter à temps avant l'adolescence.

— C'est plus prudent", opina Martin avec un sérieux feint.

Son ventre se mit à faire des pirouettes en voyant ses yeux pétiller.

"Et sinon, vous faites quoi, dans la vie ?" demanda-t-elle.

Il perçut un instant un peu de flirt dans sa voix, sans pourtant savoir s'il n'était pas en train de prendre ses désirs pour la réalité.

"Je suis policier", dit-il en entendant lui-même son ton empreint de fierté.

Et il *était* fier de son métier. Il changeait les choses. Depuis tout petit, il avait voulu être policier, et n'avait jamais hésité dans le choix de ce métier. Son travail l'avait sauvé à la mort de Pia : au commissariat, il avait plus que des collègues, une famille. Même Mellberg. Toutes les familles ont besoin d'un membre indigne, et on pouvait tranquillement dire que Bertil Mellberg remplissait largement ce rôle.

"Policier, cool.
— Et vous ?
— Je suis comptable dans un bureau de Grebbestad.
— Vous habitez là-bas ?
— Oui. Le père de Jon aussi. Mais s'il ne manifeste pas davantage d'intérêt pour son fils, je ne sais pas…"

Elle jeta un long regard à son fils que Tuva embrassait à présent en le serrant contre elle.

"Elle n'a pas encore appris à ne pas être trop rentre-dedans, dit en riant Martin.
— Certaines d'entre nous n'apprennent jamais", dit-elle avec un grand sourire.

Puis elle hésita.

"Euh… Si ce n'est pas trop cavalier… Qu'est-ce que vous diriez d'un dîner, un de ces soirs ?"

Elle sembla aussitôt regretter, mais Martin sentit à nouveau les pirouettes dans son ventre.

"Volontiers ! dit-il un peu trop vivement. À une condition…
— Quoi ? se méfia Mette.
— C'est moi qui invite."

Ses fossettes réapparurent et Martin sentit en lui un petit, tout petit quelque chose se dégeler.

"Où sont Martin et Paula ? Ils ne sont pas encore rentrés ?" demanda Gösta en s'installant dans le fauteuil devant le bureau de Patrik.

Il avait cru que c'était une réunion, quand Annika était venue lui demander d'aller voir Patrik mais, pour le moment, il n'y avait que lui.

"Je les ai envoyés un moment à la maison. Martin devait récupérer Tuva, et Paula devait passer dire bonjour chez elle, mais ils reviennent après."

Gösta hocha la tête et attendit que Patrik lui dise de quoi il s'agissait.

"J'ai reparlé à Pedersen et Torbjörn", dit Patrik.

Gösta se redressa sur son siège. Il avait l'impression de piétiner depuis la découverte de la fillette, la moindre information susceptible de les aider à avancer était précieuse.

"Qu'est-ce qu'ils disent ?

— L'autopsie est finie et j'ai eu un rapport préliminaire. Torbjörn et ses gars ne sont pas encore tout à fait prêts, mais je l'ai forcé à me donner un premier avis.

— Alors ?" dit Gösta, sentant son cœur battre plus fort.

Il souhaitait si sincèrement pouvoir dire quelque chose aux parents de Nea, leur apporter une forme de conclusion.

"Très vraisemblablement, la fille n'a pas été tuée dans la clairière. Il s'agit probablement d'une scène de crime secondaire. Nous devons au plus vite trouver la primaire."

Gösta déglutit. Il avait présupposé que Nea était morte dans la clairière. Qu'elle ait été tuée ailleurs puis portée là changeait tout. Même s'ils ne pouvaient pour le moment pas dire en quoi.

"Où commence-t-on à chercher, alors ?"

À peine la question posée, il devina lui-même la réponse.

"Bordel", lâcha-t-il tout bas.

Patrik hocha la tête.

"Oui, c'est l'endroit logique où commencer."

Patrik l'observa avec inquiétude, il connaissait la compassion de Gösta pour la famille de la fillette. Sans les connaître, il avait dès le début pris part à leur chagrin.

"J'aurais beau vouloir protester, il faut le faire", dit-il en sentant son cœur se serrer.

Il regarda Patrik.
"Quand ?
— J'attends l'autorisation de perquisition du procureur d'Uddevalla. Mais ça ne devrait pas poser de problème. Idéalement, j'aimerais lancer ça demain matin.
— Bon, dit tout bas Gösta. Ils ont dit autre chose ?
— Elle est morte de lésions causées par un choc à l'arrière du crâne. Elles peuvent avoir été causées par une chute, ou au moyen d'un objet contondant. Le type d'objet n'est pas clair, il n'y a pas de traces dans la plaie, à part de la saleté.
— On devrait pouvoir faire une analyse plus précise de cette saleté", dit Gösta en se penchant avec intérêt.
Patrik hocha la tête.
"Oui, tout a été envoyé au labo, mais les résultats vont prendre un moment."
Ils se turent un instant. Dehors, le soleil commençait à se coucher, et la lumière vive du jour avait cédé à des nuances douces de rouge et orange. La température à l'intérieur du commissariat était presque agréable.
"Est-ce qu'il y a autre chose que je peux faire ce soir ? dit Gösta en ôtant un fil invisible de sa chemise d'uniforme.
— Non, rentre te reposer, je te tiens au courant pour demain matin. Martin et Paula reviennent ce soir rédiger les procès-verbaux des interrogatoires du jour. Annika m'a dit que tu avais écrit le tien sur ton entretien avec les parents de Nea.
— Oui, exact. J'aide Annika à passer en revue toutes les plaintes concernant des abus sexuels, mais je peux en emporter pour continuer à la maison, si c'est OK ?"
Il se leva et rangea son fauteuil sous le bureau de Patrik.
"Vas-y." Patrik hocha la tête. Puis il sembla hésiter. "Tu as entendu, au sujet des appels qu'on commence à recevoir ? À propos du camp de réfugiés ?
— Oui."
Gösta songea aux commentaires des parents de Peter, mais s'abstint de les mentionner.
"C'est la peur, dit-il. La peur devant l'inconnu. Les gens ont de tout temps accusé ceux qui viennent d'ailleurs. C'est

plus facile que de penser que ça peut être quelqu'un qu'on connaît.
— Tu crois que ça peut devenir un problème ?" dit Patrik.
Il se pencha sur son bureau, mains jointes.
Gösta prit son temps pour répondre. Il songea aux gros titres des journaux du soir, ces dernières années, à la base électorale des Amis de la Suède, qui ne cessait de croître malgré les scandales à répétition. Il aurait voulu dire non, mais s'entendit confirmer ce que Patrik semblait déjà savoir.
"Oui, ça peut devenir un problème."
Patrik hocha la tête, sans rien dire.
Gösta le quitta et alla dans son bureau chercher les papiers à ramener chez lui. Il s'assit un instant et regarda par la fenêtre. Dehors, le ciel semblait en feu.

Vendela ouvrit avec précaution la fenêtre en écoutant le bruit de la télévision en contrebas. Sa chambre avait beau être à l'étage, elle avait une façon de descendre qui avait depuis longtemps fait ses preuves. Le toit de la véranda était juste en dessous, elle pouvait descendre dessus et, de là, grimper dans le grand arbre qui poussait contre la maison. Par mesure de précaution supplémentaire, elle avait verrouillé sa chambre de l'intérieur et mis la musique à fond. Si maman venait frapper, elle supposerait tout simplement que Vendela ne répondait pas parce qu'elle n'entendait pas.
En descendant le long du tronc, elle jeta un coup d'œil par la fenêtre du séjour. Elle vit l'arrière de la tête de sa mère, assise seule au milieu du canapé, occupée à regarder une triste série policière, avec comme d'habitude un verre de vin à la main. Il faisait assez jour pour que maman puisse la voir en se retournant, mais Vendela fut rapidement en bas et se faufila hors du terrain. De toute façon, maman ne remarquait jamais rien quand elle avait bu. Avant, elle buvait du vin quelques soirs par semaine, le plus souvent une photo de Stella à la main. Elle se plaignait toujours de ses migraines le lendemain, comme si elle en cherchait la cause. Depuis que Marie Wall était revenue à Fjällbacka, maman s'était mise à boire tous les soirs.

Marie et Helen. Les femmes qui avaient tué sa tante et transformé sa mère en alcoolique accro au cubi.

Nils et Basse l'attendaient juste devant chez elle, et Vendela refoula de ses pensées Marie, Helen et leurs enfants Sam et Jessie.

Nils l'embrassa en se serrant contre elle.

Basse et lui étaient venus en vélo, et Vendela sauta sur le porte-bagages de Nils. Ils se mirent à rouler à vive allure vers Fjällbacka, passèrent devant Tetra Pak, le grand parking à ciel ouvert et la petite caserne de pompiers. Ils filèrent devant la pizzéria Bååthaket et la petite place avec sa pelouse. Ils s'arrêtèrent en haut de Galärbacken. Vendela s'accrocha plus fermement à la taille de Nils, sentit son ventre plat et dur.

La pente était raide, Nils ne freinait pas. Le vent lui bouchait les oreilles et ses cheveux volaient derrière elle. Son ventre se serra à l'approche des nids-de-poule, elle dut déglutir pour lutter contre la peur.

Ils traversèrent la place Ingrid Bergman, et Vendela souffla quand le sol redevint horizontal. Il y avait beaucoup de monde sur la place, et plusieurs jeunes sur leur trente-et-un durent s'écarter d'un bond quand ils passèrent en trombe. Elle se retourna pour les voir brandir les poings dans leur direction, mais elle se contenta de leur rire au nez.

Saleté de vacanciers, ils venaient ici quelques semaines dans l'année et croyaient que Fjällbacka leur appartenait. Ils n'imagineraient jamais venir ici en novembre. Non, ils arrivaient en vacances en bateau, de leurs maisons chics et leurs écoles chics, et essayaient de doubler dans les queues en parlant fort des "bouseux" du coin.

"Tu as pris ton maillot de bain ?" demanda Nils, la tête tournée vers l'arrière.

Ils roulaient lentement sur l'étroite jetée vers la baignade de Badholmen, aussi entendit-elle clairement ce qu'il disait.

"Non, merde, j'ai oublié. Mais je peux me baigner sans."

Elle lui caressa la cuisse et il rit. Vendela avait rapidement appris ce qu'il aimait. Plus elle était provocante, plus ça le mettait en train.

"Il y a déjà du monde, dit Basse en indiquant le vieux plongeoir.

— Bah, quelques petits merdeux de la classe du dessous. Ils vont se tirer en nous voyant. Crois-moi."

Vendela devinait le sourire de Nils dans la pénombre. Il avait quelque chose qui lui provoquait toujours un chatouillis au ventre. Ils laissèrent les vélos sur le gravier à côté de l'ancienne piscine et se dirigèrent vers le plongeoir, où trois garçons s'éclaboussaient bruyamment. Ils se turent en voyant qui arrivait, se contentant de nager sur place dans l'eau.

"Dégagez, on va se baigner", dit calmement Nils.

Les trois garçons nagèrent sans bruit jusqu'à l'échelle.

Ils escaladèrent l'échelle aussi vite qu'ils le purent et filèrent sur les rochers vers une des cabines de bain. C'était un ancien bain thermal, on se changeait à l'air libre, caché juste par quelques palissades en bois. Nils, Vendela et Basse ne se donnèrent même pas la peine d'y aller. Ils se débarrassèrent sur place de leurs vêtements.

Les garçons entreprirent de grimper au plongeoir, mais Vendela prit plus longtemps pour se déshabiller. Plonger, ce n'était pas trop son truc. Pas non plus le truc de Basse, mais il imitait toujours Nils.

Vendela descendit quelques échelons et se jeta à la renverse, laissant l'eau se refermer sur elle. Ses oreilles se bouchèrent sous la surface, mais cela lui permit de s'isoler encore plus facilement de tout. De l'image de sa mère un verre de vin dans une main, une photo de Stella dans l'autre. Elle finit par être forcée de remonter à la surface. Elle se laissa flotter sur le dos et leva les yeux vers le plongeoir.

Basse hésitait, bien entendu, tandis que Nils ricanait à côté de lui. Le plongeoir n'était pas si haut que ça, mais assez pour avoir le ventre serré là-haut. Basse s'approcha du bord, toujours hésitant. Nils le poussa alors dans le vide.

Basse cria jusqu'en bas.

Nils le suivit, d'un élégant plongeon en bombe. En remontant à la surface, il hurla vers le ciel :

"Putain, que c'est bon !"

Il attrapa la tête de Basse et l'enfonça sous l'eau, mais le laissa respirer après quelques secondes. Puis il rejoignit Vendela en quelques brasses puissantes. Il la serra contre lui dans l'eau et pressa le bas de son corps contre le sien tout en nageant sur place. Sa main fouilla dans sa culotte. Bientôt, ses doigts entrèrent en elle. Vendela ferma les yeux. Elle pensa à cette foutue Jessie la foutue fille de cette foutue Marie, qui devait être en train de faire exactement la même chose avec Sam, et répondit à Nils d'un baiser.

Soudain, Nils se dégagea.

"Bordel ! jura-t-il. Saloperie de méduse !"

Il remonta l'échelle. Sa cuisse gauche était couverte de stries rouge vif.

En sortant, Vendela s'aperçut qu'elle avait oublié de prendre une serviette. L'air auparavant si chaud était soudain glacé.

"Tiens", dit tout bas Basse en lui tendant son t-shirt pour s'essuyer.

Il était sorti juste après eux. Son visage pâle était presque phosphorescent.

"Merci", dit-elle en essuyant l'eau salée.

Nils avait enfilé ses vêtements. De temps à autre, il se tenait la cuisse, mais la douleur semblait juste l'aiguillonner. Quand il se tourna vers eux, elle vit cette lueur qu'il avait l'habitude d'avoir dans les yeux avant de détruire la vie de quelqu'un.

"Qu'est-ce que vous en dites ? On le fait ?"

Vendela regarda Basse. Elle savait qu'il n'oserait pas dire non.

Quelque chose frémit dans sa poitrine.

"Qu'est-ce qu'on attend ?" dit-elle en les précédant vers les vélos.

BOHUSLÄN 1672

Il régna une étrange atmosphère au presbytère dans la semaine qui suivit. La haine et la colère bouillaient en Elin, mais la raison l'emporta. Si elle accusait Britta sur la seule parole d'une enfant, elles seraient chassées, et où iraient-elles ?

La nuit, elle veillait, serrant contre elle Märta quand les cauchemars tourmentaient son petit corps. Elle se tortillait dans tous les sens, en parlant à mi-voix de ce qui lui oppressait le cœur. Et de Viola qui avait disparu sans laisser de trace. Avec le chat, toute la joie de Märta avait disparu. Elle ne sautillait plus à travers le domaine, et ne protestait plus comme le font les enfants devant les tâches qui lui incombaient. Cela faisait si mal au cœur de voir les yeux de la fillette désormais aussi sombres que l'eau de l'étang, mais Elin ne pouvait rien y faire. Aucun des remèdes enseignés par sa grand-mère n'avait prise sur le chagrin et la peur, et même l'amour maternel ne pouvait remplacer ce que Märta avait perdu.

Elle se demandait ce que Preben avait dit à Britta. Depuis qu'il avait porté Märta dans la maison et l'avait laissée deux jours dans son lit tandis qu'il dormait dans la chambre destinée aux visiteurs, Britta n'avait pas osé croiser le regard d'Elin. Elles suivaient leurs routines. Rien n'avait changé dans la pratique, elles parlaient ensemble des tâches que lui assignait Britta, comme il en allait depuis qu'Elin et Märta étaient arrivées au presbytère. Mais Britta évitait soigneusement de croiser le regard d'Elin. Une seule fois, Elin l'avait surprise à la dévisager, en se retournant brusquement pour secouer l'édredon de Britta. Et la haine qu'elle avait vue dans les yeux de Britta avait failli la faire tomber à la renverse. Elle comprit qu'elle s'était désormais fait une ennemie encore plus acharnée en la personne de sa petite sœur. Mais mieux valait que Britta s'en prenne à elle plutôt qu'à sa fille. En cela, elle faisait confiance à Preben. Elle savait que, quoi qu'il ait dit à sa femme, elle n'oserait plus retoucher à Märta. Mais il ne pouvait pas réparer ce qui s'était brisé dans l'âme de la fillette. La confiance d'un enfant était un des plus fragiles dons divins, et Britta le lui avait pris.

"Elin ?"

La voix de Preben à la porte de la cuisine lui fit presque lâcher le plat qu'elle était en train de laver.

"Oui ?"

Elle se retourna en s'essuyant les mains sur son tablier. Ils ne s'étaient pas parlé de la semaine, et soudain elle le revit qui courait devant elle dans la forêt. Sa chemise blanche entre les arbres, son regard désespéré quand le visage de Märta glissait lentement sous la surface noire de l'eau. La tendresse de son regard quand il avait porté la fillette jusqu'à la maison, enjambant troncs et rochers. Soudain, elle fut incapable de respirer. Ses mains tremblaient et elle les cacha sous son tablier.

"Elin peut venir ? demanda-t-il vivement. Märta est à la maison ?"

Elin fronça les sourcils, se demandant ce qu'il voulait. Il avait une boucle blonde sur le front, elle serra les poings pour ne pas aller la lui ôter des yeux.

Elle se dépêcha de hocher la tête.

"Oui, elle est là, dit-elle. En tout cas, c'est là que je l'ai vue la dernière fois. Elle ne sort plus beaucoup, maintenant."

Elle regretta aussitôt, c'était un rappel par trop évident de ce qui s'était passé. Des eaux noires de l'étang et de la mauvaise action de Britta. De son épouse.

"Bon, allez, qu'est-ce qu'on attend ?" dit Preben.

Elin le suivit à contrecœur.

"Lill-Jan ? Où est-il ?" appela-t-il une fois dans la cour.

Tout son visage s'illumina en voyant le valet venir vers lui avec quelque chose dans les bras.

"Qu'est-ce qu'il a encore trouvé ?" demanda Elin.

Elle regarda avec inquiétude autour d'elle. La dernière chose qu'elle voulait était bien que Britta la voie converser avec son époux au beau milieu de la cour. Mais Preben ne cacha pas sa joie en prenant délicatement la petite boule des bras de Lill-Jan.

"J'ai compris que Viola manque à Märta. Alors quand Perle a fait ses chiots cette nuit, je me suis dit que Märta pouvait en avoir un.

— C'est beaucoup trop, dit durement Elin en se dépêchant de se détourner pour cacher ses larmes.

— Mais non", dit Preben en lui montrant un petit chiot blanc à taches brunes.

Il était si mignon qu'Elin ne put s'empêcher de tendre la main pour le gratter derrière ses longues et douces oreilles.

"J'ai besoin de transformer cette petite canaille en un bon chien de berger, et je me suis dit que Märta pourrait m'y aider. Perle ne va pas pouvoir continuer très longtemps à garder les troupeaux de moutons, il nous faut une relève. Je crois que ce petit-là pourra faire un bon gardien, qu'en pense Elin ?"

Il lui tendit le chiot. Elle savait qu'elle était déjà vaincue. Les yeux du chiot plongeaient avec confiance dans les siens et une petite patte se tendait vers elle.

"Oui, s'il veille à enseigner à Märta ce qu'il faut savoir pour éduquer un chien, alors d'accord, dit-elle sévèrement, mais son cœur fondait.

— Je remercie donc humblement la mère de Märta pour son autorisation", dit Preben avec un sourire malicieux en se dirigeant vers le logement des domestiques.

Après quelques mètres, il se retourna et fit un signe autoritaire de la tête.

"Bon, allez, elle ne veut pas être là quand la fillette recevra le chiot ?"

Il repartit d'un pas vif, et Elin se dépêcha de le rattraper. Oui, c'était quelque chose à ne pas manquer.

Ils trouvèrent Märta au lit. Les yeux ouverts, elle fixait le plafond. Elle ne tourna pas la tête avant que Preben ne s'agenouille à son chevet.

"Puis-je demander un grand service à Märta ?" demanda doucement Preben.

La fillette hocha la tête, les yeux graves.

Sa vénération pour Preben n'avait pas diminué depuis qu'il l'avait sortie de l'étang.

"J'ai besoin de l'aide de Märta pour s'occuper de cette petite fripouille. Elle était un peu plus faible que les autres chiots, et sa mère ne voulait pas vraiment s'en occuper. Alors si elle n'a pas une autre maman, elle va mourir de faim. Et je me suis dit, qui est la personne la plus à même de m'y aider, sinon Märta ? Bon, si Märta en a le temps et l'envie, bien sûr. C'est beaucoup de travail, je ne vais pas mentir. Il faut la nourrir toutes les heures du jour et de la nuit, et s'en occuper de toutes les façons. Et il lui faut un nom, la pauvre n'en a même pas un.

— J'y arriverai", dit Märta en se redressant vivement dans son lit, les yeux fixés sur le chiot qui luttait pour se dégager de l'étoffe qui l'emmaillotait.

Preben la défit délicatement et la lâcha sur le lit de Märta, qui enfouit aussitôt son visage dans son doux poil. Le chiot entreprit de lui lécher gaiement le visage en agitant la queue.

Elin remarqua qu'elle souriait comme elle ne l'avait pas fait depuis longtemps. Et quand elle sentit la main de Preben dans la sienne, elle ne la retira pas.

L'oreiller était dur sous sa tête, mais Eva n'avait pas le courage de changer de position. Pas de sommeil encore cette nuit. Elle ne savait pas quand elle avait pour la dernière fois réussi à dormir. Un brouillard voilait son existence. Son existence absurde. À quoi bon se lever ? Pour se parler ? Respirer ? Peter était incapable de lui donner la moindre réponse. Son regard était aussi vide que le sien. Son contact aussi froid. Les premières heures, ils avaient essayé de trouver de la consolation l'un chez l'autre, mais Peter était à présent comme un étranger. Ils évoluaient dans la même maison sans se toucher, pas même avec leur chagrin.

Les parents de Peter faisaient ce qu'ils pouvaient. Veillaient à ce que Peter et elle mangent quand il le fallait. Les rares fois où elle regardait par la fenêtre, Eva s'étonnait que les fleurs continuent à resplendir. Que le soleil brille comme avant, que les carottes continuent à s'épanouir dans la terre, que les tomates reluisent si rouges sur leurs pieds.

Peter soupira près d'elle. Elle avait entendu ses sanglots muets au cours de la nuit, mais n'avait pas pu tendre une main consolatrice.

Le pas lourd de Bengt approcha dans l'escalier.

"Quelqu'un arrive", lança-t-il.

Eva hocha toute seule la tête. Elle bascula péniblement les jambes par-dessus le bord du lit.

"Ton papa dit que quelqu'un arrive, dit-elle en s'adressant à ses pieds.

— D'accord", dit faiblement Peter.

Le lit grinça derrière elle quand lui aussi se redressa. Ils restèrent un instant ainsi, dos à dos. Un monde brisé entre eux. Lentement, ils descendirent au rez-de-chaussée. Elle avait dormi tout habillée, avec les vêtements qu'elle portait le jour de la disparition de Nea. Ulla avait à plusieurs reprises tenté de la faire se changer, mais ces vêtements étaient ceux qu'elle portait la dernière fois qu'elle pensait que tout était normal, ceux avec lesquels elle pensait embrasser Nea, jouer avec Nea, lui préparer à dîner.

Bengt se tenait à la fenêtre de la cuisine.

"Ce sont deux voitures de police, dit-il en tendant le cou. Peut-être qu'ils savent quelque chose."

Eva se contenta de hocher la tête. Elle tira une chaise et s'y affala. Aucune certitude au monde ne leur rendrait Nea.

Bengt alla ouvrir la porte aux policiers. Ils parlèrent à voix basse dans l'entrée, et elle entendit qu'un des policiers était Gösta. Dieu merci.

Gösta entra le premier dans la cuisine. Il la regarda, elle, puis Peter, avec une gêne dans le regard qu'elle ne lui avait pas vue jusqu'alors.

Bengt se posta près de la cuisinière. Ulla était derrière, les mains posées sur les épaules de Peter.

"Vous avez du nouveau ?" demanda Bengt.

Gösta secoua la tête, toujours cette gêne dans le regard.

"Non, toujours rien que nous puissions vous communiquer pour le moment. Mais nous devons procéder à une perquisition."

Bengt bomba le torse et s'avança de quelques pas vers Gösta.

"Vous plaisantez ? Ça ne vous suffit pas, que leurs vies soient détruites ?"

Ulla alla lui poser une main sur le bras. Il secoua la tête, mais n'ajouta rien.

"Laisse-les faire", dit Eva.

Puis elle se leva et regagna l'escalier. De la cuisine lui parvenaient des voix indignées, mais rien de tout cela ne la concernait plus.

"On va avoir beaucoup d'autres visites de la police ?"
Jörgen s'appuyait à une table, dans la loge de maquillage. Marie regarda dans le miroir ses sourcils froncés. Elle avait été maquillée et coiffée, et mettait à présent elle-même une touche finale.
"Qu'est-ce que j'en sais, moi ?" dit-elle en ôtant un peu d'eye-liner qui avait formé une petite boulette au coin de son œil droit.
Jörgen s'ébroua en se détournant d'elle.
"Je n'aurais pas dû marcher dans ta combine.
— C'est quoi, le problème ? Que tu aies trouvé désagréable d'être interrogé par la police sur mon alibi ? Ou tu penses à ta femme et à tes enfants, à la maison ?"
Le visage de Jörgen s'assombrit.
"Ma famille n'a rien à voir avec tout ça.
— Non, exactement."
Elle lui sourit dans le miroir.
Jörgen la regarda en silence, puis quitta la loge en trombe en la laissant seule.
Mon Dieu. Les hommes étaient si prévisibles. Ils voulaient coucher avec elle, mais jamais en assumer les conséquences. Elle avait vu comment papa traitait maman. Les marques de ses coups quand il n'obtenait pas ce qu'il voulait. Dans la première famille d'accueil où Marie avait été placée, le père avait montré exactement ce à quoi il pensait que Marie était bonne.
Pendant ce temps, Helen avait pu retourner chez ses parents. On avait dit qu'elle avait un foyer stable, à la différence de Marie. Mais Marie connaissait la contrainte qu'Helen subissait chez elle, personne d'autre ne savait.
Beaucoup les considéraient comme un duo mal assorti mais, en fait, elles avaient été comme deux pièces de puzzle qui s'emboîtent. Chacune avait trouvé chez l'autre ce qui lui manquait, ce qui leur avait donné à toutes les deux une raison de vivre. Elles s'étaient épaulées dans leurs soucis, les rendant plus légers à porter.
Cette interdiction de se voir ne les avait pas empêchées. Se retrouver en secret avait été un jeu passionnant. C'étaient elles deux contre le reste du monde. Tant elles étaient naïves.

Aucune n'avait compris la gravité de la situation. Même ce jour-là, dans la salle d'interrogatoire. Elle portait une armure qui, croyait-elle, la protégeait, et empêchait que rien ne leur arrive.

Mais ensuite, tout s'était effondré. Et Marie était tombée dans le cirque des familles d'accueil.

Quelques mois après ses dix-huit ans, Marie avait fait sa valise et ne s'était jamais retournée. Elle était libre. Libérée de ses parents, de ses frères. De la longue série des familles d'accueil.

Ses frères avaient plusieurs fois tenté de reprendre contact. À la mort de leurs parents, quand elle avait eu son premier rôle à Hollywood. Un rôle secondaire, mais c'était déjà beaucoup pour la presse suédoise, qui en avait fait ses gros titres. Et voilà qu'ils étaient une famille, pardi, elle n'était plus une pauvre morveuse. Par l'intermédiaire de son avocat, elle leur avait fait savoir qu'ils n'avaient rien à attendre d'elle. Ils étaient morts pour elle.

Jörgen jura quelque part, dehors. Il pouvait bouder tout ce qu'il voulait. Grâce à elle et tous les articles parus ces derniers jours, il n'y avait plus aucun doute du côté des financeurs, les points d'interrogation qui entouraient le film semblaient levés. Elle n'avait aucune raison de s'inquiéter de ses pressentiments. Et elle savait qu'à chaque tournage, il trompait sa femme. Ça n'avait rien à voir avec elle. Juste avec ses difficultés à garder sa braguette fermée.

Elle revit le visage d'Helen.

Marie l'avait vue au magasin Hedemyrs, hier après-midi. Marie y était allée faire un tour une fois le tournage terminé pour la journée. Au détour d'un rayon, elle était tombée sur Helen, une liste de courses à la main. Marie avait vite battu en retraite, elle ne pensait pas qu'Helen ait pu la voir.

Le sourire narquois de ses lèvres maquillées en rouge vif pâlit peu à peu. Helen avait l'air si vieille, aujourd'hui. C'était sans doute ce qu'elle avait le plus de mal à admettre. Marie, quant à elle, n'osait pas imaginer les fortunes dépensées à la longue en traitements de beauté, interventions et opérations. Helen avait juste laissé le temps faire son œuvre.

Marie se regarda dans le miroir. Pour la première fois depuis longtemps, elle se vit elle-même, telle qu'elle était. Mais elle ne put croiser son regard, maintenant qu'il n'était plus protégé par un égoïsme rassurant. Lentement, elle se détourna. Elle ne savait plus qui était cette femme, dans le miroir.

"Est-ce que c'est vraiment une bonne idée ? dit Anna en se tenant le ventre. Comment faire bonne figure si c'est vraiment affreux ?
— Je me suis préparée mentalement à quelque chose de rose saumon, dit Erica en tournant vers Grebbestad.
— Pour nous aussi ? dit Anna, de l'effroi dans la voix. Tu crois ?
— Non, ne t'inquiète pas pour toi. Ils vont sûrement dégoter une toile de tente pour huit personnes à transformer. Du coup, tu peux sans doute t'attendre à avoir le renard Fjällräven quelque part sur la robe.
— Ha, ha, ha, tu es tellement drôle, dire que j'ai une comique pour grande sœur…
— Oui, quelle chance tu as !" sourit Erica.
Elle sortit de voiture et claqua la portière.
"Ah oui, au fait, j'ai oublié de te demander ! Ce ne serait pas toi que j'ai croisée hier en rentrant de Marstrand ?
— Quoi ? Non."
Anna soupira. Quelle idiote. Elle avait pourtant imaginé une bonne explication, mais le réflexe de nier avait été plus rapide que le mensonge prévu.
"Mais si, je suis absolument certaine que c'était votre voiture. Et j'ai eu le temps de voir une femme au volant. Vous aviez prêté la voiture à quelqu'un ?"
Anna sentit sur elle le regard inquisiteur de sa sœur, tandis qu'elles s'engageaient dans la grande rue commerçante. La boutique de mariage était à quelques centaines de mètres de là, elles y avaient rendez-vous avec Kristina.
"Ah, quelle idiote ! Pardon, la grossesse, ça ramollit le bulbe, et avec cette chaleur par-dessus le marché…" Anna se fendit d'un sourire. "Oui, je suis allée voir un nouveau client, je n'en pouvais plus de rester à la maison…"

C'était la meilleure explication qu'elle avait trouvée, mais Erica parut sceptique.

"Un nouveau client ? Maintenant ? Alors que ton gosse est quasiment dehors ? Où vas-tu trouver l'énergie ?

— Bah, ce n'est pas grand-chose, juste histoire de m'occuper un peu en attendant l'accouchement."

Erica continua à la regarder avec méfiance, mais sembla pour finir décider de laisser courir. Anna souffla doucement.

"C'est là", dit Erica en désignant une boutique avec des robes de mariée en vitrine.

Par la fenêtre, elles virent que Kristina les avait précédées et était en grande discussion avec la vendeuse.

"Ça doit vraiment être aussi décolleté ? l'entendirent-elles dire d'une voix stridente en franchissant le seuil. Je ne me souviens pas que c'était comme ça, la dernière fois. Je ne peux absolument pas me montrer comme ça ! Mon Dieu, je vais ressembler à une mère maquerelle ! Vous avez sûrement changé quelque chose au décolleté !

— Nous n'y avons pas touché", dit la dame de la boutique.

Elle semblait légèrement en sueur, et Anna lui adressa un regard plein de sympathie. Elle aimait bien la belle-mère d'Erica, elle n'était pas méchante, mais elle pouvait parfois être… assommante. Surtout pour ceux qui n'avaient pas l'habitude.

"Tu devrais peut-être l'essayer encore, Kristina, suggéra Erica. Parfois, les vêtements une fois portés font un tout autre effet que sur un cintre.

— Et pourquoi ça ? s'indigna Kristina, tout en embrassant sur les joues d'abord Erica, puis Anna. Mon Dieu, comme tu es grosse !"

Anna chercha une seconde la meilleure façon de répondre. Elle finit par décider de s'abstenir. Avec Kristina, il fallait choisir ses combats.

"Oui, je ne comprends pas du tout pourquoi une robe serait différente enfilée que sur un cintre, dit Kristina, mais je vais quand même la mettre, pour vous montrer que j'ai raison, qu'il s'est passé quelque chose avec ce décolleté."

Elle tourna les talons et entra dans la cabine d'essayage.

"Vous n'avez quand même pas l'intention de rester là, j'espère, asséna Kristina à la vendeuse qui venait de pendre la robe dans la cabine. Que le personnel ait l'esprit de service, c'est bien, mais il y a des limites, et je ne me montre en sous-vêtements qu'à mon mari, alors merci bien."

Elle chassa la femme hors de son box et en tira le rideau d'un geste majestueux.

Anna luttait tant pour ne pas éclater de rire qu'elle sentait les larmes lui monter aux yeux. Un coup d'œil à Erica lui montra qu'elle avait le même problème.

"Pardon", souffla Erica à la vendeuse.

Celle-ci chuchota avec un haussement d'épaules :

"Je travaille dans une boutique de mariage. Croyez-moi : j'ai connu bien pire.

— Et dites-moi, *comment* suis-je censée remonter cette fermeture éclair ?" pesta Kristina en écartant d'un coup le rideau.

Elle avait enfilé la robe et la tenait en l'appuyant contre sa poitrine. Avec une patience d'ange, la vendeuse alla l'aider à remonter la fermeture dans son dos. Puis elle recula de quelques pas et laissa la future épouse se regarder dans le miroir.

Kristina se tut quelques secondes. Puis lâcha, stupéfaite :

"Mais elle est… merveilleuse."

Erica et Anna se placèrent de part et d'autre devant le miroir. Anna lui sourit.

"Elle est magnifique, dit-elle. Tu es fantastique."

Erica opina du chef, et Anna vit qu'elle avait une larme à l'œil. Elles détaillèrent la robe de Kristina. Elle avait choisi un modèle en fourreau gris argenté. Le décolleté n'était décidément pas trop profond, juste comme il fallait, avec une jolie forme de cœur. Les manches étaient courtes, terminées par un simple ourlet. Elle était légèrement plus courte devant que derrière, soulignant la silhouette encore fine de Kristina d'une façon extraordinaire.

"Tu déchires", dit Erica en essuyant discrètement une larme au coin de l'œil.

Kristina se pencha spontanément pour l'embrasser. Ce n'était pas dans ses habitudes, Kristina n'était pas une personne très expansive, à part avec ses petits-enfants qu'elle noyait de bisous et de câlins. C'était un beau moment, mais qui passa aussi vite qu'il était venu.

"Bon, on va voir maintenant ce qu'on trouve pour vous, les filles. Anna, tu vas être un défi, mon Dieu, tu es sûre que tu n'as pas des jumeaux, là-dedans ?"

Anna lança un regard désespéré à Erica dans le dos de Kristina.

Mais sa grande sœur se contenta de sourire en coin en chuchotant un peu trop haut : "Fjällräven."

James scruta par-dessus les arbres. Il n'y avait pas de vent, on n'entendait que le croassement des corbeaux et quelques bruissements dans les buissons. Si ça avait été la saison, il aurait été nettement plus en alerte, mais aujourd'hui, il était surtout venu pour s'évader. La chasse au chevreuil n'ouvrait pas avant quelques semaines, mais il pouvait toujours trouver quelque chose à tirer, pour s'entraîner. Un renard, ou un pigeon. Une fois, il avait même aligné une vipère depuis son affût en haut de l'arbre.

Il avait toujours aimé la forêt. À dire vrai, il ne comprenait pas vraiment les gens. Ce devait être pour ça qu'il se plaisait tant à l'armée. Là, il s'agissait si peu des personnes, beaucoup plus de stratégie, de rester logique, de laisser les sentiments au vestiaire. La menace venait de l'extérieur, et la réponse n'était pas le dialogue, mais l'action. James et ses hommes n'entraient pas en scène avant que toutes les possibilités de dialogue aient été épuisées.

La seule personne dont il ait été proche était KG. Il était le seul à le comprendre, oui, ils s'étaient compris, un sentiment qu'il n'avait plus jamais retrouvé depuis.

Quand Sam était petit, il avait essayé de l'emmener à la chasse, mais ça avait été un fiasco, comme tout le reste avec Sam. Il avait trois ans, incapable de rester immobile et de se taire plus d'une minute d'affilée. James avait fini par en avoir assez. Il avait attrapé Sam par son blouson et l'avait jeté hors du guet. Et naturellement, ce maudit gosse s'était cassé le bras droit. Il n'aurait pas dû se faire mal du tout, les enfants sont souples et flexibles, c'est bien connu. Mais c'était typique de Sam : il s'était débrouillé pour tomber sur une pierre qui dépassait. Au docteur, Helen et James avaient dit que Sam était tombé du cheval du voisin. Et Sam savait qu'il n'avait pas intérêt à cafter. Il s'était contenté de hocher la tête en disant : "méchant cheval".

Malgré tout, c'était ici que James se plaisait le plus. S'il avait pu choisir, il serait sur le champ de bataille. Plus il vieillissait, moins il voyait l'intérêt de rentrer chez lui. L'armée, c'était chez lui. Pas ses hommes, bien sûr, il ricanait de ceux qui croyaient que les militaires se considéraient entre eux comme des frères. Rien n'était moins vrai. Pour lui, ses hommes n'étaient que des pions à utiliser pour avancer vers l'objectif. Et c'était cela qu'il lui tardait de retrouver. La logique. Les lignes simples, pures. Les réponses faciles. Les processus impliquant des questions compliquées ne le concernaient pas. C'était de la politique. C'était le pouvoir. C'était l'argent. Il n'était jamais question d'humanisme, de coopération, ni même de paix. Il s'agissait uniquement de savoir qui voulait dominer qui, et vers qui les flux financiers seraient dirigés, derrière la mascarade politique. Rien d'autre. Mais les gens étaient si naïfs, ils voulaient prêter à leurs dirigeants des motivations plus nobles.

James rajusta son sac à dos et reprit sa progression sur le sentier. La naïveté des gens avait fait leur jeu. Personne ne se doutait de la vérité au sujet d'Helen, de quoi elle était capable.

Torbjörn se détourna de la grande grange de la famille Berg.
"Que concerne le mandat de perquisition ? demanda-t-il.
— Tous les bâtiments du terrain, donc aussi la grange et le hangar de jardin", dit Patrik.

Torbjörn hocha la tête et donna quelques ordres brefs à son équipe, constituée aujourd'hui de trois personnes, deux femmes et un homme. C'était les mêmes qui avaient inspecté la clairière où Nea avait été trouvée, mais Patrik retenait mieux les visages que les noms, et aurait été incapable de donner le nom d'un seul d'entre eux. Sur place, tous, policiers comme techniciens, avaient des surchaussures en plastique et des mines graves. Mais le rôle de Patrik et de ses collègues était surtout de surveiller, en se tenant en retrait. Moins de personnes piétinaient le secteur, mieux cela valait. À cet égard, il remerciait les dieux que Mellberg ait choisi cette fois de rester au commissariat. D'habitude, il ne manquait pas une occasion de se placer au milieu des événements, mais avec cette chaleur et sa corpulence, il avait sans doute préféré rester au frais dans son bureau, où trois ventilateurs ronronnaient en permanence.

Patrik entraîna Gösta à l'écart, à côté du bâtiment d'habitation. Il avait laissé Gösta gérer les premières discussions avec la famille, était resté en retrait et avait entendu les éclats de voix indignés à la cuisine.

"Comment ça se passe avec la famille ? Ils se sont calmés ?"

Gösta hocha la tête.

"Ils se sont calmés, je leur ai expliqué que c'était la procédure standard dans ce genre de cas. Que cela ne servait qu'à limiter les hypothèses.

— Ils l'acceptent ?

— Je crois qu'ils ont choisi de l'accepter, parce qu'ils comprennent qu'ils n'ont pas le choix. Mais ça leur déplaît."

Gösta fit une grimace.

"Je sais, dit Patrik en posant une main sur son bras. Mais on va faire ce qu'on a à faire aussi vite et efficacement que possible, pour les laisser tranquilles."

Gösta inspira à fond en regardant Torbjörn et son équipe commencer à acheminer leur matériel dans la maison.

"J'ai peut-être trouvé quelque chose hier soir, dit-il. En passant en revue les rapports sur les agressions sexuelles."

Patrik leva les sourcils.

"Tore Carlson, un homme domicilié à Uddevalla, est venu en visite à Tanumshede début mai, continua Gösta. D'après une plainte, il aurait approché une fillette de cinq ans dans le centre commercial. Aux toilettes."

Patrik frissonna.

"Où se trouve-t-il en ce moment ?

— J'ai parlé à nos collègues d'Uddevalla, ils vont vérifier", dit Gösta.

Patrik hocha la tête, et se tourna à nouveau vers la maison.

Les techniciens avaient décidé de ne pas se diviser en équipes, ils travaillaient tous ensemble, pièce par pièce. Patrik ne tenait pas en place, dans la cour, en plein soleil. Il entendit Torbjörn inviter gentiment tous les membres de la famille à quitter la maison. Peter sortit le premier, suivi de ses parents et enfin d'Eva. Elle cligna des yeux à la lumière du jour, mal réveillée, et Patrik supposa qu'elle n'était pas sortie depuis la découverte de Nea.

Peter se dirigea lentement vers Patrik, à l'ombre d'un pommier.

"Ça ne finira donc jamais ?" dit-il tout bas en s'asseyant dans l'herbe.

Patrik se posa à côté de lui. Il voyait un peu plus loin les parents de Peter en vive discussion avec Gösta. Eva était assise dans une des chaises de jardin, mains jointes, regard baissé.

"On en aura fini dans une heure ou deux", dit Patrik mais il savait que ce n'était pas ce que Peter voulait dire.

Il voulait parler du chagrin. Et là, Patrik ne pouvait lui être d'aucune aide, il n'avait aucun mot pour le consoler. Cette peine, Erica et lui l'avaient frôlée, lors de ce terrible accident de voiture. Mais ils n'avaient eu qu'à le frôler. Rien de comparable avec le gouffre sans fond où se trouvaient à présent les parents de Nea. On ne pouvait même pas l'imaginer.

"Qui a pu faire une chose pareille ?" demanda Peter tout en arrachant machinalement des brins d'herbe à la pelouse.

Elle n'avait pas été arrosée depuis quelques jours, et commençait par endroits à présenter des taches jaunies et brûlées.

"Nous ne savons pas, mais faisons tout notre possible pour le trouver", dit Patrik, conscient que c'était un cliché qui sonnait creux.

Il ne savait jamais quoi dire dans de pareilles situations. Gösta était bien meilleur que lui pour s'occuper des proches. Quant à lui, il se sentait gauche et bête, et se mettait souvent à débiter des platitudes.

"Nous n'avons pas fait d'autres enfants, dit Peter. Nous trouvions que cela suffisait, avec Nea. Nous aurions peut-être dû en faire plus. Pour en avoir en réserve."

Il lâcha un rire métallique.

Patrik se tut. Il se sentait comme un intrus. Cette petite ferme était si paisible, si belle, et ils débarquaient comme les sauterelles de l'Ancien Testament pour déchiqueter le peu de paix qu'il restait. Mais il était obligé d'être celui qui fouillait sous la surface. Les choses étaient rarement comme elles apparaissaient au premier abord, et que quelqu'un ait de la peine ne signifiait pas qu'il ou elle soit innocent. Il l'avait cru, au début de sa carrière, et il lui arrivait de regretter ces premières années de confiance naïve en la bonté de la nature humaine. Au fil des ans, il avait trouvé bien trop de preuves de la part d'ombre que recelait chaque personne, et dont on ne savait jamais quand elle pouvait prendre le dessus. Il la portait sûrement en lui, lui aussi. Il faisait partie de ceux qui croyaient dur comme fer tout le monde capable de tuer – il s'agissait juste de la hauteur du seuil. Le vernis social était mince. En dessous dormaient des instincts sans âge qui pouvaient ressurgir n'importe quand, si les bonnes conditions étaient réunies. Ou plutôt les mauvaises.

"Je la vois encore", dit Peter en se couchant dans l'herbe, comme si son grand corps avait renoncé.

Il regarda le ciel sans cligner des yeux, malgré les rayons de soleil qui traversaient les feuilles et auraient dû l'éblouir.

"Je la vois, je l'entends. J'oublie qu'elle ne va pas rentrer. Et quand je me souviens où elle est, j'ai peur qu'elle ait froid. Qu'elle se sente seule. Que nous lui manquions et qu'elle se demande où nous sommes passés et pourquoi nous ne venons pas la chercher."

Sa voix était vague, rêveuse. Elle se perdait au-dessus des herbes, et Patrik sentit ses yeux le piquer. Le chagrin de cet homme lui pesait sur la poitrine : là, ils n'étaient plus un policier et un proche de la victime. Ils étaient deux pères, semblables. Patrik se demanda si on cessait jamais de se sentir parent. Ce sentiment se transformait-il quand on avait perdu son enfant unique ? L'oubliait-on, à la longue ?

Il s'étendit à côté de Peter. Tout bas, il dit : "Je ne crois pas qu'elle soit seule. Je crois qu'elle est avec vous."

Il y croyait en le disant. En fermant les yeux, il lui sembla entendre une voix claire d'enfant et un rire monter vers le ciel. Puis il n'y eut plus que le vent dans les feuillages et les gazouillis stridents des oiseaux. À côté de lui, il entendit la respiration de Peter s'alourdir. Bientôt, il dormait près de Patrik, peut-être pour la première fois depuis la disparition de Nea.

BOHUSLÄN 1672

Le printemps était une saison bénie, mais il y avait beaucoup à faire et tous travaillaient du matin jusqu'au soir. Il fallait s'occuper du bétail et autres animaux. Préparer les champs. Et surtout entretenir les bâtiments du presbytère : toutes les familles de pasteurs redoutaient la pourriture qui attaquait le bois des charpentes et faisait fuir les toits. Quand un pasteur mourait, on procédait à l'inspection du presbytère et, si la pourriture était estimée trop importante, sa veuve devait payer une amende. En revanche, si le presbytère était estimé mieux entretenu qu'attendu, la veuve pouvait être récompensée. Il y avait donc de bonnes raisons d'inspecter les communs, les granges et le logement du maître et de la maîtresse de maison. Le coût de l'entretien était partagé entre le pasteur et la paroisse. Et Preben veillait de près à ce que le domaine soit entretenu, ce qui faisait résonner le marteau dans la cour.

Personne ne parlait de ce qui s'était passé au bord de l'étang, et Märta elle-même semblait être redevenue comme d'habitude. Le chiot fut baptisé Sigrid, et collait aux talons de Märta comme l'avait fait Viola.

Preben était souvent absent. Il partait tôt le matin pour ne rentrer qu'après le coucher du soleil, et parfois seulement après plusieurs jours. Beaucoup dans la paroisse avaient besoin de conseils, ou de la parole de Dieu sur leur chemin pour rendre leur existence un peu supportable, et Preben prenait avec le plus grand sérieux son rôle de médecin des âmes. Cela n'avait pas l'heur de plaire à Britta, qui lui jetait parfois de dures paroles au moment du départ. Mais même l'humeur de Britta se faisait plus légère à mesure que les rayons du soleil printanier invitaient les habitants du domaine à sortir se promener dans la nature.

Les saignements de Britta continuaient à revenir aussi sûrement que la pleine lune chaque mois. Elle avait cessé de prendre les décoctions d'Elin, et Elin ne soulevait plus la question. La seule pensée que l'enfant de Preben puisse pousser dans le ventre de Britta l'emplissait désormais de dégoût. Elle avait réussi à garder le ton qu'exigeait sa position vis-à-vis de la femme du pasteur, mais sa haine envers Britta brûlait d'une flamme toujours plus claire. Elle n'avait aucune idée de ce qui s'était joué entre Preben et Britta après que Märta avait failli se noyer. Elle n'avait pas demandé, ni jamais dit un seul mot à ce sujet. Mais depuis, Britta se montrait particulièrement aimable avec Märta, veillant souvent à ce qu'elle ait une portion supplémentaire à la cuisine, ou même des friandises qu'elle rapportait de ses excursions à Uddevalla. Britta y passait quelques jours par mois chez sa tante, et ces jours-là, le presbytère semblait respirer. Les domestiques redressaient l'échine et marchaient d'un pas plus léger. Preben chantonnait et passait souvent ses journées avec Märta. Elin avait l'habitude de les regarder à la dérobée, assis à la bibliothèque, leurs têtes toutes proches, profondément absorbés par leur conversation sur quelque livre qu'il avait sorti. Cela lui faisait chaud au cœur d'une façon toute particulière. Elle ne pensait jamais sentir à nouveau cela. Pas depuis ce jour fatal où Per avait disparu par le fond. Ce jour où Per avait emporté ses dures paroles dans la mort.

"Mon Dieu, vous avez couru jusqu'ici ?"

Erica regarda Helen, effrayée. Elle était essoufflée rien qu'à courir après les enfants dans le séjour, et la seule pensée de courir tout le chemin depuis chez Helen la mettait en sueur.

"Bah, ce n'est rien, dit Helen avec un sourire en coin. Un échauffement."

Elle enfila un fin sweat à capuche qu'elle avait noué à la taille, s'assit à la table de la cuisine et accepta avec gratitude un verre d'eau.

"Vous voulez du café ? demanda Erica.

— Oui, volontiers.

— Ça ne vous donne pas un point de côté, de boire ?" s'enquit Erica en servant une tasse à Helen avant de s'asseoir en face d'elle.

Les enfants étaient allés chez un copain dans les environs pendant qu'Anna et elle allaient à Grebbestad : quand le message d'Helen était arrivé, elle avait décidé de les y laisser un peu plus longtemps. Elle n'aurait qu'à prendre une bouteille de vin ou autre chose pour se faire pardonner, quand elle passerait les chercher.

"Non, mon corps est tellement habitué. Aucun risque.

— Pour ma part, je fais partie de ceux qui considèrent que l'homme aurait dû naître sur des roulettes. J'ai donc jusqu'ici réussi à éviter le sport comme la peste.

— Courir après des petits enfants n'est pas un match de tout repos, dit Helen en trempant ses lèvres dans son café. Je me souviens quand Sam était petit. Je n'arrêtais pas de lui courir après. Ça me semble si loin, maintenant, comme dans une autre vie.

— Oui, vous n'avez que Sam, c'est ça ? dit Erica, feignant d'ignorer tout ce qu'on pouvait savoir sur sa famille.

— Oui, euh… ça s'est trouvé comme ça", dit Helen, et son visage se ferma.

Erica changea le sujet. Elle savait gré à Helen d'avoir accepté de parler avec elle, mais sentait qu'il fallait se montrer prudente. Helen pouvait décider de prendre la fuite, à la première question mal posée. Cette situation n'avait rien de neuf pour Erica. Dans ses recherches avant un livre, elle tombait toujours sur une ou plusieurs personnes comme partagées entre désir de raconter et envie de se taire. Il s'agissait alors d'avancer prudemment, de les amener pas à pas à s'ouvrir et si possible à en dire plus qu'elles n'avaient pensé initialement. Helen était certes venue la voir, mais tout son corps indiquait que c'était à contrecœur et qu'elle remettait déjà en cause sa décision.

"Qu'est-ce qui vous a finalement poussée à accepter de me parler ? dit Erica en espérant que sa question ne déclencherait pas un réflexe de fuite. Je vous ai envoyé de nombreuses demandes, vous ne paraissiez pas intéressée."

Helen but quelques lentes gorgées de café. Erica posa son téléphone sur la table, lui montrant qu'elle enregistrait la conversation. Helen se contenta de hausser les épaules.

"Je considérais, et je considère encore que… que le passé doit justement le rester. Passé. Mais en même temps, je ne suis pas naïve. Je vois bien que je ne pourrai pas vous empêcher d'écrire ce livre, et je n'en ai d'ailleurs jamais eu l'intention. En plus, je sais que Marie envisage d'écrire elle aussi sur ce sujet, et elle n'a pas vraiment gardé le silence, toutes ces années. Nous savons, vous et moi, qu'elle a bâti toute sa carrière sur notre… tragédie.

— Oui, car c'est aussi votre tragédie, n'est-ce pas ? dit Erica en saisissant le fil au vol. Il n'y a pas que la famille de Stella qui a vu sa vie détruite par ce qui s'est passé, mais aussi vos familles à toutes les deux.

— La plupart des gens ne voient pas les choses ainsi, dit Helen, et quelque chose de dur brilla dans ses yeux bleu-gris.

La plupart ont choisi de croire à la première version de l'histoire. Celle que nous avons avouée. Après ça, tout le reste a en quelque sorte perdu son importance.
— Pourquoi, à votre avis ?"
Erica se pencha, pleine de curiosité, contrôlant du coin de l'œil que l'enregistreur était toujours en marche.
"Eh bien, sans doute parce qu'il n'y avait pas d'autre réponse. Quelqu'un d'autre à incriminer. Les gens aiment les réponses simples et les sacs bien fermés. En rétractant nos aveux, nous avons brisé leur illusion de vivre dans un monde rassurant, où personne ne peut leur faire de mal, à eux ou leurs enfants. En continuant à croire que c'était nous qui l'avions fait, on pouvait continuer à croire que tout était dans l'ordre.
— Et aujourd'hui ? Maintenant qu'une petite fille de la même ferme a été retrouvée au même endroit, croyez-vous que quelqu'un veut vous imiter ? Que quelque chose a été réveillé ?
— Je ne sais pas, dit Helen en secouant la tête. Je n'en ai vraiment aucune idée.
— Je viens de lire un article de l'époque, où il est écrit que Marie avait vu quelqu'un dans la forêt ce jour-là. Et vous, en avez-vous un souvenir ?
— Non, se dépêcha de dire Helen, en détournant le regard. Non, je n'ai vu personne.
— Croyez-vous qu'elle ait réellement vu quelque chose, ou qu'elle l'ait inventé pour une raison ou l'autre ? Pour détourner l'attention ? Pour renforcer ses dires après sa rétractation ?
— Ça, il faut le demander à Marie", dit Helen en ôtant un fil qui dépassait de son fuseau de course noir.
"Oui, mais vous, qu'en pensez-vous ? insista Erica en se levant pour resservir du café.
— Je sais juste que moi, je n'ai vu personne. Ni entendu personne. Et comme nous sommes restées tout le temps ensemble, j'aurais dû moi aussi le voir ou l'entendre."
Helen continua à tirer sur le fil. Elle semblait extrêmement tendue, et Erica se dépêcha de changer de sujet. Elle avait d'autres questions et ne voulait pas pousser Helen à battre en retraite avant d'en avoir posé quelques-unes.

"Pouvez-vous me décrire votre relation, avec Marie ?"

Pour la première fois depuis son arrivée, le visage d'Helen se fendit d'un sourire, et Erica eut l'impression de la voir rajeunir de dix ans en un clin d'œil.

"Nous étions si différentes. Et pourtant, ça a tout de suite fait tilt. Nous venions de familles différentes, avions eu une éducation différente, elle était extravertie, j'étais timide. Au fond, nous n'aurions jamais rien dû avoir en commun. Du tout. Et encore aujourd'hui, je n'arrive pas à comprendre ce qui, chez moi, a attiré Marie. Tout le monde voulait être avec elle. Même si les autres l'asticotaient au sujet de sa famille, qui lui valait pas mal de sobriquets et de vacheries, ça restait pour rire. Tout le monde voulait être près d'elle. Elle était si belle, si courageuse, si… sauvage.

— Sauvage. C'est quelque chose que je n'ai encore jamais entendu à propos de Marie, dit Erica. Pouvez-vous préciser ?

— Bon, comment dire ? Elle était comme une force de la Nature. Elle parlait déjà à l'époque de devenir actrice, de faire des films aux USA, de devenir une star d'Hollywood. Je veux dire, beaucoup parlent de ça enfant, mais combien y réussissent réellement ? Comprenez-vous quelle force il y a derrière un tel exploit ?

— Oui, ce qu'elle a accompli est unique", dit Erica, sans pouvoir s'empêcher de se demander à quel prix.

Dans tous les articles qu'elle avait lus sur Marie, l'actrice était apparue comme une personne assez tragique, cernée par le vide et la solitude. Elle se demandait si Marie enfant avait pu imaginer que ce serait le prix à payer pour réaliser son rêve.

"J'adorais être avec Marie, elle était tout ce que je n'étais pas. Auprès d'elle, je me sentais en confiance, pleine de courage. Avec Marie, j'osais être quelqu'un que je n'aurais jamais osé être sinon. Elle faisait sortir ce que j'avais de meilleur."

Le visage d'Helen était lumineux et elle semblait se faire violence pour brider ses émotions.

"Comment avez-vous réagi à l'interdiction de vous fréquenter ?" demanda Erica en observant Helen.

Elle avait une idée derrière la tête, mais encore si diffuse qu'elle n'arrivait pas vraiment à la saisir.

"Nous étions désespérées. Évidemment, dit Helen. Surtout moi, Marie s'est tout de suite préoccupée de trouver comment contourner l'interdiction.

— Donc vous avez malgré tout continué à vous voir ? demanda Erica.

— Oui, tous les jours à l'école, mais aussi pendant notre temps libre, en cachette, aussi souvent que possible. Nous avions un peu l'impression de vivre une histoire à la Roméo et Juliette, injustement traitées par notre entourage. Mais nous ne laissions personne nous empêcher, nous étions tout l'une pour l'autre.

— Où vous retrouviez-vous ?

— Le plus souvent dans la grange de la ferme des Strand. Elle était vide, ils n'avaient pas d'animaux, nous avions l'habitude de nous y glisser en douce, et de monter au grenier à foin. Marie fauchait des cigarettes à ses frères, on se couchait là pour les fumer en cachette.

— Combien de temps avez-vous ainsi dissimulé votre amitié ? Avant… oui, avant que ça arrive ?

— Six mois, environ, je crois. Je ne me souviens pas bien. C'était il y a si longtemps, et j'ai essayé de ne plus du tout repenser à cette époque.

— Et donc, comment avez-vous réagi, quand la famille Strand vous a demandé de faire ensemble le baby-sitting de Stella ?

— Eh bien, le père de Stella a d'abord demandé au mien, et je crois qu'il a été un peu pris de court et a dit oui sans vraiment réfléchir. Vous comprenez, le regard d'autrui était très important pour lui, papa ne voulait pas passer pour une personne bornée qui décrétait qu'une enfant n'était pas une camarade de jeu convenable en raison de sa famille. Ça aurait fait tache."

Helen fit la grimace.

"Mais nous avons été très contentes, bien sûr, même si nous comprenions qu'au fond ça ne changeait rien. Vous savez, nous avions treize ans. Nous vivions au jour le jour. En espérant pouvoir un jour être réunies. Sans avoir à nous cacher dans la grange.

— Donc vous étiez impatientes de garder Stella ensemble ?
— Oui, vraiment, dit Helen en hochant la tête. Nous aimions bien Stella. Et elle nous aimait bien."

Elle se tut et sa bouche prit une expression sévère.

"Il va bientôt falloir que je rentre", dit-elle en vidant sa tasse.

Erica sentit une légère panique, elle avait encore trop de questions, trop de choses à préciser. Elle aurait voulu l'interroger sur tout et rien, les détails, les événements, ses sentiments. Elle avait besoin de nettement plus que cette petite heure pour donner vie à son récit. Mais elle savait aussi que, si elle pressait Helen, cela pouvait produire l'effet inverse. Si elle se contentait de ce qu'elle avait obtenu, elle augmentait ses chances de voir Helen lui accorder d'autres entretiens. Elle se força donc à sourire gaiement.

"Oui, bien sûr, dit-elle. Je suis très contente que vous ayez pu prendre le temps de passer. Mais je peux vous poser une toute dernière question ?"

Elle lorgna à nouveau vers son mobile pour s'assurer que l'enregistrement continuait à tourner.

"D'accord", dit Helen avec réticence.

Erica sentit que mentalement, elle était déjà en train de sortir de chez elle.

Mais de toutes les questions qu'elle aurait voulu poser, celle-ci était peut-être la plus importante.

"Pourquoi avez-vous avoué ?"

Un silence gênant s'installa. Helen restait immobile à la table de la cuisine, mais Erica pouvait presque voir ses pensées s'agiter. Enfin elle poussa un long soupir, comme si trente ans de tension retenue se relâchaient d'un coup.

Helen croisa le regard d'Erica et dit calmement :

"Pour pouvoir être ensemble. Et comme une façon de dire à nos parents d'aller se faire foutre."

"Et là, vous bordez l'écoute !" cria Bill dans le vent.

Karim s'efforça de comprendre. Bill avait tendance à commencer en anglais avant de basculer automatiquement au suédois. Certains mots commençaient cependant à entrer, et il savait à présent que border l'écoute signifiait tirer sur la corde de la voile.

Il tira donc dessus jusqu'à ce que Bill approuve de la tête.

Adnan poussa un grand cri quand le voilier se mit à gîter, et s'agrippa au bastingage. Après avoir fait chacun leur tour un essai en mer avec Bill sur un petit bateau, ils étaient à présent tous à bord d'un grand voilier que Bill appelait Samba. Ils s'étaient d'abord méfiés en voyant qu'il était entièrement ouvert à l'arrière, mais Bill leur avait assuré qu'il ne prendrait pas l'eau. C'était apparemment conçu pour être accessible aux handicapés, l'idée étant qu'ils puissent facilement se hisser à bord depuis l'eau. Sauf que cette explication avait elle-même inquiété Karim. Si ce bateau était sûr, alors pourquoi avait-on besoin de se hisser à bord ?

"Ne t'inquiète pas ! *No worry!**" cria Bill à Adnan avec un grand sourire et d'énergiques hochements de tête.

Adnan regarda avec scepticisme le large sourire de Bill et s'agrippa de plus belle.

"*It should lean, then it goes better in the water***, dit Bill en continuant à hocher la tête. Il faut qu'il penche, c'est fait exprès."

---

* Ne t'inquiète pas !
** Il faut que ça penche, ça avance mieux dans l'eau.

Le vent emportait une partie de ses paroles, mais ils comprenaient l'esprit général. Comme c'était bizarre. Imaginez qu'on raisonne pareil pour conduire une voiture, grommela Karim. Il n'était toujours pas convaincu de la sagesse de cette entreprise. Mais l'enthousiasme de Bill était suffisamment contagieux pour que lui et les autres acceptent de lui laisser sa chance. Et puis ça trompait l'ennui du camp. Si seulement le sentiment de terreur qui le saisissait dès qu'ils montaient à bord pouvait s'atténuer.

Il se força à respirer calmement, et contrôla pour la cinquième fois toutes les sangles de son gilet de sauvetage.

"Abattez !" cria Bill.

Ils se regardèrent, perdus. Pourquoi Bill voulait-il qu'ils se battent ?

Bill agita les bras et cria :

"*Turn! Turn!**"

Ibrahim, qui tenait la barre, la tourna de toutes ses forces vers la droite, ce qui les projeta contre le bord du bateau. La bôme tourna si vite qu'ils eurent tout juste le temps de s'aplatir. Bill faillit passer par-dessus bord, mais parvint au dernier moment à s'accrocher au bastingage.

"Putain de bordel de merde !" cria-t-il, et tous comprirent.

Les jurons étaient ce qu'ils avaient appris en premier en suédois. "Putain de bougnoule", ils l'avaient entendu dès leur descente du train.

"*Sorry, sorry***", cria Ibrahim en lâchant la barre comme si c'était un cobra venimeux.

Bill se jeta vers l'arrière du bateau en continuant à jurer. Il reprit la barre à Ibrahim et, une fois le voilier stabilisé, poussa un grand soupir. Puis il décocha son sourire.

"Pas de problème, les gars ! *No worries! It's nothing compared to the storm when I crossed the Biscaya!****"

---

* Tournez, tournez !
** Désolé, désolé
*** Pas de soucis ! C'est comparé à la tempête que j'ai essuyée en traversant le Golfe de Gascogne !

Il se mit à siffler gaiement tandis que, par acquit de conscience, Karim contrôlait encore une fois que son gilet de sauvetage était bien attaché.

Annika glissa la tête dans l'embrasure de la porte.
"Bertil, il y a quelqu'un qui insiste pour te parler. Numéro caché, et une voix très bizarre. Qu'est-ce que tu en dis ? Je te le passe ?
— Oui, vas-y, dit Mellberg avec un profond soupir. C'est sûrement un de ces fichus démarcheurs qui croient pouvoir me vendre quelque chose d'absolument vital, mais on ne la lui fait pas, au vieux…"
Il gratta Ernst derrière l'oreille en attendant que le voyant du téléphone s'allume. Quand il s'éclaira, il décrocha d'un grave : "Allô ?" S'il y avait quelque chose qu'il savait faire, c'était recevoir ces démarcheurs comme ils le méritaient.

Mais la personne à l'autre bout du fil ne voulait rien vendre du tout. Sa voix déformée éveilla d'abord sa méfiance, mais c'était des informations indéniablement dignes d'intérêt. Il se redressa sur sa chaise et écouta attentivement. Remarquant son changement d'attitude, Ernst leva la tête et tendit l'oreille.

Avant que Mellberg ait pu poser des questions de vérification, il entendit un déclic : on lui avait raccroché au nez.

Mellberg se gratta la tête. L'information qu'il avait reçue était vraiment critique et donnait à l'affaire un tour tout à fait différent. Il tendit la main pour appeler Patrik, mais la retira lentement. Les autres membres de l'équipe étaient occupés à perquisitionner la ferme de Berg. Et ce qu'il venait d'apprendre était d'une telle importance qu'il fallait le gérer au niveau de la direction. Le plus simple et le plus sûr était qu'il s'en charge lui-même. Il allait peut-être par la suite devoir subir la gratitude débordante de la population parce qu'il avait réussi à résoudre l'affaire, mais c'était les risques du métier quand on était chef et en permanence sous les projecteurs des médias. Et puis ce n'était que justice de rendre à César ce qui appartenait à César : c'était lui le cœur et le cerveau du commissariat de Tanumshede, et c'était lui qui allait résoudre cette affaire.

Il se leva, et Ernst redressa une tête pleine d'espoir.

"Désolé, mon vieux, dit Mellberg, mais aujourd'hui, tu vas rester sagement à la maison. J'ai des choses importantes à faire."

Il ignora les gémissements lamentables que poussa Ernst en comprenant qu'il ne l'accompagnerait pas, et se dépêcha de sortir de la pièce.

"Je file faire un tour, dit-il en passant devant Annika, à l'accueil.

— C'était quoi, cet appel ?" demanda-t-elle.

Mellberg soupira. Quelle plaie, ce petit personnel qui fourrait son nez partout. Il n'y avait décidément plus aucun respect pour la hiérarchie.

"Bah, juste un de ces fichus démarcheurs, comme je pensais."

Annika le regarda avec scepticisme, mais il n'était pas assez bête pour lui révéler de quoi il s'agissait. En un clin d'œil elle allait appeler Hedström, qui s'obstinerait sûrement à vouloir être dans un coin de la photo. Le pouvoir enivrait, l'expérience le lui avait appris, et il lui fallait toujours contrer les efforts de ses plus jeunes collègues pour se pousser du col quand se profilaient une percée et la célébrité. C'était vraiment lamentable.

Il s'ébroua en sortant dans la chaleur. Ce n'était pas humain de devoir vivre dans cette chaleur tropicale. Ça devait être un coup de ce fameux effet de serre. Si c'était comme ça, autant bientôt déménager en Espagne, se dit-il. L'hiver, il n'y tenait pas plus que ça. Son truc, c'était plutôt l'automne et le printemps. Enfin… un automne suédois humide, ça n'avait rien de très réjouissant, à bien y réfléchir. Mais le printemps pouvait être agréable. S'il était ensoleillé. Pas froid et venteux comme ces dernières années.

Il s'évanouit presque de chaleur en montant dans la voiture de police. Le crétin qui l'avait garée en plein soleil allait avoir de ses nouvelles. C'était un vrai sauna dans l'habitacle, il brancha vite l'air conditionné. Mais la température ne baissa qu'à son arrivée au camp de réfugiés, alors que sa chemise était trempée de sueur. Il n'avait prévenu personne, il ne connaissait pas le directeur et avait craint qu'il évente la nouvelle de son arrivée. Ce genre de choses, mieux valait les faire sans avertissement. C'était pour ça qu'autrefois on faisait des descentes à l'aube. Pour bénéficier de l'effet de surprise.

Il se dirigea vers l'accueil et ouvrit la porte. Il trouva en entrant une fraîcheur salutaire. Mellberg s'essuya la main sur son pantalon avant de la tendre.

"Bonjour, Bertil Mellberg, du commissariat de Tanumshede.

— Oui, bonjour, Rolf, je suis le directeur de ce camp. Que nous vaut l'honneur ?"

Il regarda Mellberg avec inquiétude. Mellberg le laissa un peu mariner, sans raison particulière. Juste parce qu'il en avait la possibilité.

"J'ai besoin d'accéder à un de vos logements, dit-il.

— Ah ? dit Rolf en se figeant. Lequel ? Et pour quel motif ?

— Qui habite la maison tout au bout ? Du côté de la mer ?

— Eh bien, c'est Karim, avec sa famille.

— Karim ? Que savez-vous de lui ?"

Mellberg croisa les bras sur sa poitrine.

"Eh bien, il vient de Syrie, est arrivé ici voilà quelques mois avec sa femme et deux enfants en bas âge. Journaliste, calme, paisible. Pourquoi ?

— Est-ce qu'il a participé à la battue pour retrouver la fillette qui avait disparu lundi dernier ?

— Oui, je crois." Rolf fronça les sourcils. "Oui, c'est ça, il y était. De quoi s'agit-il ?"

Il croisa lui aussi les bras.

"J'ai besoin d'entrer dans son logement, dit Bertil.

— D'accord, mais je ne sais pas si je peux vous y autoriser", dit Rolf, mais avec de l'hésitation dans la voix.

Mellberg tenta le coup, il savait que la plupart des Suédois connaissaient mal leurs droits.

"Vous êtes une entité publique, nous avons le droit d'accéder à vos locaux.

— Ah bon, si c'est comme ça… Bon, mais allons-y, alors.

— Il s'agit d'une affaire de police, je préfère y aller seul", dit Mellberg. Il n'était pas chaud pour avoir un directeur stressé pendu à ses basques. "Montrez-moi juste où est la maison, je me débrouillerai.

— OK, dit Rolf en le raccompagnant jusqu'à la sortie. C'est par là. La dernière maison."

Mellberg fut à nouveau frappé par la chaleur infernale de cet été. Les réfugiés devaient s'y plaire. Ils devaient se sentir chez eux.

La petite maison blanche paraissait bien rangée, de l'extérieur. Quelques jouets sagement empilés dehors, et des chaussures bien alignées devant le perron. Par la porte grande ouverte, il entendit de joyeux rires d'enfants à l'intérieur.

"Il y a quelqu'un ?" appela-t-il. Une belle femme aux longs cheveux sombres se montra, une casserole et un torchon à la main.

Elle se figea en le voyant, et cessa d'essuyer la casserole humide.

"*What you want?**" dit-elle.

Elle avait un fort accent, et sa voix était froide et hostile.

Mellberg n'avait pas réfléchi à cette histoire de langue. À dire vrai, l'anglais n'était pas son fort. Et peut-être cette femme ne comprenait-elle même pas l'anglais. Elle continua à parler dans une langue dont il ne saisissait pas un traître mot. Mon Dieu, ce n'était quand même pas le bout du monde d'apprendre la langue du pays où on avait atterri ?

"*I have to... see in your house...***"

Sa langue s'empâtait rien qu'à essayer de former quelques mots d'anglais.

La femme le regarda sans comprendre, en écartant les mains.

"*I have some... information...* que vous... *that your man is hiding something in the house****", dit-il en tentant de forcer le passage.

La femme se campa bras croisés devant la porte. Elle le regarda avec des éclairs dans les yeux, et se lança dans une harangue furibonde.

Mellberg sentit le doute le traverser un instant. Mais il avait assez de bonnes femmes en colère à la maison pour se laisser

---

* Vous vouloir quoi ?
** Je dois... regarder dans votre maison...
*** J'ai... information... votre mari cacher quelque chose dans maison.

impressionner par cette demi-portion. Il réalisa qu'il aurait peut-être dû prendre un interprète, mais décida qu'il n'était plus temps. Non, il fallait qu'il ruse. Ruse comme un renard. Même s'il ne fallait pas de mandat écrit en Suède, il savait que c'était le cas dans beaucoup d'autres pays. Dans un éclair de génie, il tâta la poche sur sa poitrine. Il en sortit un papier, qu'il déplia soigneusement.

"*I have a permission to look in your house*, dit-il en brandissant le papier d'un air grave. *You do know this? A permission?*"

Il l'agita devant elle en fronçant les sourcils. Elle suivit des yeux le papier, et sembla commencer à hésiter.

Elle fit un pas de côté et hocha la tête. Satisfait, il remit dans sa poche le certificat vétérinaire d'Ernst. Dans une affaire de cette importance, tous les moyens étaient permis.

---

* J'ai permission de regarder dans votre maison. Vous savez ce que c'est ? Une permission ?

BOHUSLÄN 1672

Une des choses que sa grand-mère avait enseignées à Elin était de suivre les saisons. À la fin du printemps, le temps était venu de récolter beaucoup des herbes et fleurs dont elle aurait besoin le reste de l'année : dès qu'elle avait un petit moment, elle sortait sur les terres du domaine. Les plantes cueillies, elle les faisait soigneusement sécher dans son petit coin de la maison des domestiques. Il y avait en abondance ce qu'elle cherchait, le printemps d'abord pluvieux avait fini ensoleillé dans une explosion de verdure. Et il était délicieux de flâner autour du presbytère. Il y avait des prairies, des landes, des tourbières, des pâturages et des bois. Réjouie par ce spectacle, Elin chantonnait, sa corbeille sous le bras, occupée à choisir les plantes dont elle avait besoin pour guérir, soigner et soulager. C'était la meilleure saison de l'année et, pour la première fois depuis longtemps, elle sentait en son sein ce qui ressemblait à du bonheur.

Elle s'arrêta près de l'ancienne bergerie, où elle s'assit un moment pour se reposer. Le terrain était accidenté et, bien que forte et en bonne santé, elle s'essoufflait. Elle avait deux heures devant elle : elle avait obtenu de Stina, la plus jeune servante, qu'elle s'acquitte de ses tâches contre la promesse de dire les bonnes formules pour lui attirer un soupirant. Elle savait qu'il aurait fallu employer utilement ces heures superflues, mais ça sentait si bon, le soleil répandait une si douce chaleur et le ciel était si bleu. Ça ne pouvait pas faire de mal d'accorder à son âme quelques minutes de répit, se persuada-t-elle en se couchant dans l'herbe, bras en croix et regard fixé dans le bleu du ciel. Elle savait que Dieu était présent partout, mais ne pouvait s'empêcher de penser qu'il devait en ce moment être encore plus proche, occupé lui-même en ce jour à peindre avec toutes les couleurs de la terre sur sa palette.

Son corps s'alourdit. Le parfum de l'herbe et des fleurs dans les narines, les nuages qui glissaient lentement dans le ciel bleu, la douceur de la terre qui l'étreignait, tout la berçait vers le sommeil. Ses paupières se firent de plus en plus lourdes, jusqu'à ce qu'elle ne puisse plus résister et les laisse se fermer.

Elle fut réveillée par quelque chose qui lui chatouillait le nez. Elle le fronça mais comme ça n'y changeait rien elle se le frotta, et entendit un rire étouffé à côté d'elle. Vite elle se redressa. Preben était assis à côté d'elle, un brin d'herbe à la main.

"Mais qu'est-ce qu'il lui prend !" dit-elle en essayant de marquer de la colère, mais entendant bien sa voix pleine de rire.

Il lui fit un grand sourire et ses yeux bleus l'attirèrent vers lui, l'absorbant.

"Elin avait l'air si paisible dans son sommeil", dit-il, en lui taquinant à nouveau le visage avec son brin d'herbe.

Elle aurait voulu se lever, brosser ses jupons, prendre sa corbeille débordante et rentrer. C'était le bon choix. Ce qu'elle aurait dû faire. Mais tous les deux, là, dans l'herbe, près de la bergerie abandonnée, ils n'étaient plus maître de maison et domestique. Ils étaient Elin et Preben, et au-dessus d'eux, Dieu avait peint le bleu le plus bleu, sous eux le vert le plus vert. Elin voulait une chose, puis une autre. Elle savait ce qu'elle devait et savait ce qu'elle pouvait. Et elle ne pouvait pas se lever et partir. Preben la regardait comme personne ne l'avait regardée depuis la mort de Per. Elle le revoyait avec Märta, le chiot dans les bras, la mèche dans les yeux, la main tendrement posée sur le mufle d'Étoile quand elle souffrait. Et sans savoir elle-même ce qui la traversait, elle se pencha et l'embrassa. D'abord, il se raidit. Elle sentit ses lèvres durcir contre les siennes et son corps reculer, sur la défensive. Puis il s'abandonna et tomba vers elle. Ils auraient dû éprouver une faute, c'était comme si Dieu les regardait. Et souriait dans Sa toute-puissance.

"Nous avons fini la maison d'habitation."
Torbjörn s'approcha de Gösta et montra la grange.
"Nous allons continuer là.
— OK", opina Gösta.

Il ressentait encore un énorme malaise, et n'avait pas eu le courage d'aller se joindre à Patrik et Peter qui bavardaient dans l'herbe, un peu plus loin. Il avait essayé d'approcher Eva, assise sur le banc de jardin devant la maison, mais ses yeux étaient absents, impossible de s'adresser à elle. Les parents de Peter étaient en colère et, pour le moment, non réceptifs aux arguments raisonnables, aussi les laissait-il dans leur coin.

Les techniciens travaillaient d'arrache-pied, mais Gösta se sentait superflu et pas à sa place. Il savait que leur présence policière était nécessaire, mais aurait préféré faire quelque chose de concret plutôt que rester planté là à surveiller. Patrik avait chargé Paula et Martin de fouiller le passé de la famille Berg d'un peu plus près, et il aurait préféré être à leur place. En même temps, Gösta voyait bien que sa présence était nécessaire, puisqu'il était celui qui avait le plus été en contact avec la famille.

Il suivit des yeux les techniciens qui transportaient tout leur équipement dans la grange. Un chat gris s'en échappa quand ils ouvrirent en grand la large porte.

Une guêpe bourdonna près de son oreille droite, et il se força à rester immobile. Il avait toujours eu peur des guêpes, et les gens avaient beau lui répéter qu'il ne fallait pas se mettre à courir en agitant les mains, il ne pouvait juste pas s'en empêcher. C'était une sorte d'instinct primaire qui provoquait chez lui une poussée d'adrénaline et faisait crier "cours" à son cerveau dès qu'une guêpe se pointait. Mais cette fois, il eut de la chance : elle avait trouvé quelque chose de plus sucré et plus intéressant à attaquer et s'en fut avant que Gösta n'ait à abandonner sa dignité devant tout le monde.

"Viens t'asseoir avec nous", lui lança Patrik avec un signe de la main.

Gösta s'assit dans l'herbe à côté de Peter. C'était étrange d'être assis là, à côté de lui, pendant qu'ils mettaient sa maison sens dessus dessous, mais il semblait avoir accepté la situation et se montrait calme et posé.

"Que recherchent-ils ?" demanda-t-il.

Gösta devina qu'il gérait la situation par la distanciation. En faisant comme si rien de cela ne le concernait. Il avait si souvent vu ce comportement.

"Nous ne pouvons pas vous dire ce que nous faisons, ni ce que nous cherchons."

Peter hocha la tête.

"Parce que nous sommes des suspects potentiels ?"

Il y avait de l'abattement dans sa voix, et Gösta sentit que la franchise était la meilleure façon de lui répondre.

"Oui, c'est vrai. Et je comprends que ce soit atroce. Mais je suppose que vous voulez que nous fassions tout notre possible pour savoir ce qui est arrivé à Nea. Et cela implique malheureusement de considérer aussi les possibilités les plus invraisemblables.

— Je comprends, ça va, dit Peter.

— Pensez-vous que vos parents comprennent eux aussi ?" dit Gösta en portant son regard vers Bengt et Ulla, qui parlaient ensemble avec indignation un peu plus loin.

Le père de Peter parlait en gesticulant, le visage cramoisi sous son bronzage sombre.

"Ils sont juste inquiets. Et tristes, dit Peter en arrachant à présent de pleines poignées d'herbe à la pelouse. Papa a toujours été comme ça, quand quelque chose l'inquiète, il réagit en se mettant en colère. Mais ce n'est pas aussi grave que ça en a l'air."

Torbjörn sortit de la grange.

"Patrik ? Tu peux venir ?

— Oui, j'arrive", répondit Patrik en se levant péniblement. Ses genoux craquèrent, et Gösta se dit qu'avec lui cela aurait été pire.

Gösta suivit du regard Patrik traverser la cour de gravier, et fronça les sourcils. Torbjörn, son téléphone à la main, parlait avec véhémence à Patrik, qui semblait préoccupé.

Gösta se leva.

"Il faut juste que j'aille voir ce que veut Torbjörn", dit-il en secouant légèrement sa jambe droite qui s'était engourdie.

Il boitilla jusqu'à eux.

"Qu'est-ce qui se passe, ici ? Vous avez trouvé quelque chose ?

— Non, nous n'avons pas encore eu le temps de commencer la grange, dit Torbjörn en brandissant son téléphone. Mais je viens de recevoir un appel de Mellberg, qui nous ordonne de tout lâcher ici pour nous rendre au camp de réfugiés. Il dit qu'il a trouvé quelque chose.

— Trouvé quelque chose ? s'étonna Gösta. Quand ? Comment ? Il dormait dans son bureau quand nous sommes partis.

— Je donnerais ma main à couper qu'il a inventé une nouvelle connerie, grommela Patrik, avant de se tourner vers Torbjörn. Je préférerais qu'on termine d'abord ici, mais Mellberg est mon supérieur, et je ne peux pas m'opposer à ses ordres. Il va falloir boucler ici avec des rubalises, aller au camp et revenir plus tard.

— Ce n'est pas génial d'interrompre ce genre d'opération en plein milieu", dit Torbjörn, et Gösta le comprenait.

Mais il était d'accord avec Patrik. Mellberg était formellement leur chef, qui avait en fin de compte la responsabilité du commissariat et, même si tout le monde savait que c'était plus théorique que pratique, ils étaient obligés d'obéir à son ordre, pour une fois qu'il en donnait un.

"On vient avec vous" dit-il.

Patrik opina du chef tandis qu'il tentait en vain de joindre Mellberg.

Gösta alla informer la famille qu'ils reviendraient plus tard, laissant leurs questions sans réponse. Pour sa part, il sentait juste grossir la boule qu'il avait au ventre. Mellberg parti en cavalier seul ne présageait que des problèmes. Et que pouvait-il avoir trouvé au camp de réfugiés ? Le pressentiment d'une catastrophe imminente s'empara de lui.

Les enfants n'avaient pas du tout envie de rentrer, mais Erica savait que si elle voulait pouvoir les déposer une autre fois, mieux valait ne pas les laisser beaucoup plus longtemps. Elle prit les jumeaux par la main, et Maja trotta gaiement à cloche-pied devant eux. Enfant bénie ! Toujours contente, toujours prévenante et positive. Elle se promit de lui consacrer un peu plus de temps. Elle laissait trop facilement les deux jumeaux en folie accaparer toute son attention.

Noel et Anton continuaient avec insouciance à débiter tout ce qu'ils avaient fait de leur journée, mais elle ne pouvait cesser de penser à Helen. Tant de questions demeuraient sans réponse. Mais elle savait que son instinct avait raison. Si elle pressait trop Helen, elle risquait de se fermer. Et Erica avait encore besoin d'énormément de matière pour pouvoir mener à bien son projet de livre. Elle avait une deadline le premier décembre, et n'avait pas encore écrit une seule ligne. Elle était encore dans les clous, puisqu'elle consacrait le gros de son temps aux recherches, puis rédigeait son manuscrit en environ trois mois. Mais cela signifiait que, pour avoir une chance d'être dans les temps, il fallait qu'elle commence à écrire au plus tard début septembre. Et voilà que ses plans minutieusement agencés se trouvaient chamboulés. Elle ignorait totalement quelle conséquence le meurtre de Nea aurait sur son livre et sa publication. Qu'Helen et Marie y soient ou non impliquées, elle serait forcée d'écrire sur les ressemblances entre les deux affaires. Et comme le meurtre de Nea était encore irrésolu, impossible de prévoir comment il s'insérerait dans le livre. Elle trouvait un peu froid et calculateur de songer à son livre quand il s'agissait de la peine et du malheur d'autres personnes. Mais depuis qu'elle avait écrit ce livre sur le meurtre de son amie d'enfance Alexandra, elle avait pris la décision de principe de faire la part des choses entre ses sentiments personnels et son travail. Et souvent, ses livres avaient d'ailleurs aidé des proches des victimes à en quelque sorte tourner la page. Dans certains cas, elle avait pu contribuer à la résolution d'une affaire restée irrésolue et, cette fois encore, elle avait l'intention de faire tout son possible pour aider la police en faisant ce qu'elle faisait le mieux : fouiller dans de vieilles affaires de meurtre.

Elle s'efforça de cesser de penser à son livre, son vœu de Nouvel An était d'essayer d'être plus présente quand elle était avec les enfants. Ne pas penser au travail, ne pas être le nez dans son téléphone, son ordinateur sur les genoux, mais leur accorder toute son attention. Ils restaient petits si peu de temps.

Même si la petite enfance n'était pas sa période préférée, elle se réjouissait de tout cœur de l'arrivée du bébé d'Anna. Pouvoir emprunter un nourrisson était le *nec plus ultra*, on pouvait cueillir la cerise sur le gâteau, profiter des guilis et des jeux, puis le rendre à ses parents quand le mouflet commençait à sentir mauvais et à faire du bruit. Elle était aussi curieuse de savoir ce que ça allait être. Ni Dan ni Anna n'avaient voulu connaître le sexe, disant que cela n'avait aucune importance pour eux. Mais elle ne savait pourquoi, Erica avait le sentiment que c'était une fille qu'Anna et Dan attendaient. C'était peut-être pour le mieux, car le bébé à naître qu'ils avaient si tragiquement perdu était un garçon. Le visage et le corps d'Anna portaient encore les marques de cet accident qui avait aussi failli lui coûter la vie, mais elle semblait commencer à accepter les transformations physiques de son apparence. En tout cas, elle n'en avait pas parlé depuis longtemps.

Erica s'arrêta net. Penser à Anna lui rappela soudain l'enterrement de vie de jeune fille. Elle avait complètement oublié sa proposition d'en organiser un pour Kristina. Sa belle-mère pouvait parfois lui porter sur les nerfs, mais elle était toujours là quand ils avaient besoin d'aide pour les enfants. Le moins qu'elle puisse faire était donc de lui organiser une belle journée. Quelque chose de vraiment amusant. Pas de bêtise comme aller vendre des baisers en robe de mariée, cela paraissait indigne, à son âge. Plutôt une journée amusante et agréable, dont Kristina serait le centre. Mais quoi ? Et quand ? Le temps était compté. Peut-être dès ce week-end ? Mais dans ce cas, il y avait vraiment le feu, s'il fallait organiser quelque chose.

Une petite annonce sur le tableau d'affichage du camping la fit s'arrêter net. Une idée. Et drôlement bonne. Brillante, irait-elle même jusqu'à affirmer. Elle sortit son mobile et prit l'annonce en photo, puis appela Anna.

"Dis, tu sais, je parlais d'organiser un enterrement de vie de jeune fille pour Kristina. Qu'est-ce que tu dirais de samedi prochain ? Je me charge de tout organiser si tu peux bloquer ta journée. Est-ce que Dan peut s'occuper des enfants ?"

Anna répondit par monosyllabes, loin d'être aussi enthousiaste que ne l'aurait imaginé Erica. Mais sa grossesse l'avait peut-être fatiguée aujourd'hui, aussi Erica continua-t-elle :

"Je ne suis pas encore sûre à cent pour cent, mais au tableau d'affichage du camping, j'ai vu une annonce qui m'a donné une idée…"

Toujours aucune réaction d'Anna. Étrange.

"Tout va bien, Anna ? Tu as l'air un peu… bizarre.

— Non, ce n'est rien, je suis juste un peu fatiguée.

— OK, OK, je ne vais pas te tanner. Repose-toi, je te tiens au courant des détails, dès que j'en sais davantage."

Elles raccrochèrent, et Erica rangea pensivement son téléphone dans la poche de son short. Quelque chose n'allait pas chez Anna. Elle connaissait trop bien sa sœur, et était de plus en plus certaine qu'Anna lui cachait quelque chose. Et connaissant le don indéfectible de sa sœur pour s'attirer les ennuis, cela l'inquiétait. Après tant d'échecs et de problèmes, Anna semblait avoir enfin atterri les pieds sur terre et commencé à prendre des décisions sensées, mais peut-être n'avait-elle fait que prendre ses désirs pour la réalité ? La question était juste de savoir ce qu'Anna lui cachait. Et pourquoi ? Erica frissonna dans la chaleur estivale. Elle se demandait si elle pourrait un jour cesser de se faire du souci pour sa petite sœur.

Patrik s'était tu, la mine fermée, tout le trajet jusqu'à Tanumshede. Sa conduite automobile d'habitude médiocre empirait quand il était contrarié, et il voyait bien Gösta agrippé depuis le départ à la poignée au-dessus de la portière.

"Il ne répond toujours pas ?" demanda-t-il.

De sa main libre, Gösta mit son téléphone contre son oreille, mais secoua la tête.

"Non, toujours pas de réponse.

— On ne peut pas le laisser seul une minute. Il est pire qu'un gosse."

Patrik appuya de plus belle sur l'accélérateur.

Ils étaient dans la ligne droite devant le centre équestre, et allaient bientôt voir apparaître Tanumshede devant eux. Son ventre était un peu secoué dans les descentes, et il vit le visage de Gösta virer au vert.

"Ça ne me plaît pas d'avoir dû tout laisser en plan à la ferme. Même avec les rubalises, il y a un risque que les résultats soient sabotés, grommela Patrik. Est-ce que Paula et Martin sont en route ?

— Oui, j'ai parlé avec Martin, ils nous retrouvent au camp. Ils y sont sûrement déjà."

Patrik s'étonna lui-même de sa colère. Mellberg avait le don indéfectible de mettre les pieds dans le plat, souvent dans l'espoir d'en tirer un profit personnel, mais Patrik ne pouvait juste pas le laisser faire cette fois. Pas quand ils enquêtaient sur le meurtre d'une enfant.

En arrivant au camp de réfugiés, il vit Paula et Martin qui attendaient sur le parking. Il se gara à côté d'eux et descendit en claquant sa porte un peu trop fort.

"Vous l'avez vu ? demanda-t-il.

— Non, on a pensé qu'il valait mieux vous attendre. Mais nous avons parlé avec le directeur : Mellberg est allé dans le logement tout au bout."

Paula indiqua une allée derrière eux.

"OK, alors il n'y a plus qu'à y aller, pour voir ce qu'il aura encore fichu cette fois."

Patrik se retourna en entendant plusieurs voitures entrer sur le parking. C'était Torbjörn et son équipe, qui les avaient suivis.

"Pourquoi voulait-il que Torbjörn vienne ? demanda Martin. Vous savez quelque chose ? Est-ce que quelqu'un a parlé avec lui ?"

Patrik ricana.

"Il ne répond pas au téléphone. Tout ce qu'on sait, c'est qu'il a demandé à Torbjörn de venir immédiatement ici, qu'il avait trouvé quelque chose, et qu'il avait « aplati cette foutue affaire comme une vulgaire boîte de sardines ».

— Est-ce qu'on veut seulement savoir ?" dit Paula, la mine sombre. Puis elle fit un signe de tête aux autres. "Allez, autant en finir.

— On prend le matériel, oui ou non ?" demanda Torbjörn.

Patrik hésita.

"Mais oui, bordel, prenez toute la quincaillerie, il doit bien y avoir quelque chose, si Mellberg le dit."

Patrik fit signe à Gösta, Paula et Martin de le suivre, et ils se dirigèrent vers la maison indiquée. Torbjörn commençait à décharger leur équipement et les rejoindrait.

Tout autour, les gens les observaient. Certains par la fenêtre, d'autres sortis devant chez eux. Mais personne ne demandait rien. Ils se contentaient de les observer, le regard inquiet.

Au loin, Patrik entendit une femme crier. Il hâta le pas.

"Qu'est-ce qui se passe ?" demanda-t-il en arrivant à la maison.

Mellberg était en train de parler à la femme, il gesticulait et avait pris sa voix la plus grave.

En mauvais anglais, il répétait : "Non, *no, cannot go in house. Stay outside.**"

Il se tourna vers Patrik.

"Ah, tant mieux, vous voilà ! dit-il gaiement.

— Qu'est-ce qui se passe ? répéta Patrik. On essaie de te joindre depuis que tu as appelé Torbjörn, mais tu ne réponds pas.

— Non, j'ai eu trop à faire, elle est hystérique, et ses gosses n'arrêtent pas de crier, mais j'ai dû les expulser de la maison pour qu'ils ne puissent pas détruire les preuves.

— Les preuves ? Quelles preuves ?"

Patrik entendit sa voix passer en fausset.

Son malaise croissait de minute en minute, et il aurait voulu secouer Mellberg par les épaules pour lui ôter cette mine autosatisfaite.

---

* Non, pas entrer. Rester dehors.

"J'ai reçu un tuyau", dit Mellberg avec grandiloquence, en marquant ensuite une pause rhétorique.

"Comment ça, un tuyau ? dit Paula ? De qui ?"

Elle fit un pas vers Mellberg. Elle regarda avec inquiétude les enfants en pleurs, mais Patrik comprit que, comme lui, elle voulait reprendre la situation en main avant de s'occuper d'eux.

"Eh bien… un tuyau anonyme, dit Mellberg. Disant qu'il pourrait y avoir ici des preuves menant à l'assassin de la fillette.

— Ici, précisément dans cette maison ? Ou chez les personnes qui habitent ici ? Qu'a dit exactement celui qui a appelé ?"

Mellberg soupira et répondit, en parlant lentement, comme à un enfant : "La personne en question a donné des instructions très précises au sujet de ce logement. En décrivant exactement duquel il s'agissait. Mais non, sans dire aucun nom.

— Et donc tu es venu direct ? demanda Patrik, avec une colère croissante. Sans nous en parler ?"

Mellberg ricana en le dévisageant.

"Mais enfin, vous étiez occupés ailleurs, et j'ai estimé qu'il était important d'agir immédiatement, pour que les preuves ne puissent pas disparaître ou être détruites. C'était une décision policière réfléchie.

— Et tu n'as pas estimé devoir attendre un mandat de perquisition de la part du procureur ?" demanda Patrik.

Il se faisait vraiment violence pour garder son calme.

"Euh…, fit Mellberg, semblant pour la première fois hésiter un peu. J'ai considéré que ce n'était pas nécessaire, et j'ai pris tout seul la décision, en qualité d'enquêteur en chef. Il s'agit de mettre en sécurité des preuves dans une enquête criminelle, et dans ce cas, tu sais aussi bien que moi qu'il n'est pas nécessaire d'attendre une décision formelle."

Patrik résuma lentement :

"Donc, en faisant confiance à une dénonciation anonyme, tu es entré de force ici sans en parler à personne. C'est ça ? Et elle, qui vit là, t'a laissé entrer ? Sans poser de questions ?"

Patrik jeta un coup d'œil à la femme, qui s'était un peu écartée.

"Non, enfin, je sais que dans beaucoup de pays on doit montrer un papier, alors je me suis dit que ce serait plus facile si je le faisais là aussi…

— Un papier ? demanda Patrik, sans être sûr de vouloir vraiment entendre la réponse.

— Oui, elle ne comprend ni suédois ni anglais, à ce qu'il semble. Et j'avais un certificat vétérinaire d'Ernst dans ma poche. J'y suis allé avec lui l'autre jour, il s'est mis à avoir tellement mal au ventre, tu comprends, et…"

Patrik le coupa.

"Je te comprends bien ? Plutôt que d'attendre notre arrivée, ou celle d'un interprète, tu as forcé l'entrée du domicile d'une famille de réfugiés traumatisée en montrant un certificat vétérinaire que tu as fait passer pour un mandat de perquisition ?

— Oui, mais putain, tu n'entends pas ce que je dis !" Le visage de Mellberg était cramoisi. "C'est le résultat qui compte ! Et j'ai trouvé quelque chose ! J'ai trouvé la culotte de la fillette, cette culotte *Reine des neiges* que sa maman a mentionnée, cachée derrière la cuvette des toilettes. Avec du sang dessus !"

Tous se turent. On n'entendait plus que les pleurs des enfants. Un peu plus loin, ils virent un homme arriver en courant. Il accéléra en s'approchant.

"*What is happening? Why are you talking to my family?**" cria-t-il dès qu'il fut à distance d'être entendu.

Mellberg fit un pas vers lui et lui retourna le bras dans le dos.

"*You are under arrest.***"

Du coin de l'œil, Patrik vit la femme les dévisager tandis que les enfants continuaient à hurler. L'homme n'opposa aucune résistance.

Elle l'avait fait. Elle était là, devant la maison de Marie. Elle n'était toujours pas sûre de bien faire, mais le poids qui pesait sur sa poitrine n'avait fait qu'empirer.

---

* Que se passe-t-il ? Pourquoi parlez-vous à ma famille ?
** Vous êtes en état d'arrestation.

Sanna inspira à fond avant de frapper à la porte. Cela claqua comme des coups de pistolet, et Sanna réalisa combien elle était tendue.

Détends-toi.

La porte s'ouvrit alors, et Marie apparut. Cette Marie inaccessible. Elle la regarda d'un air interrogatif. Ses beaux yeux se plissèrent.

"Oui ?"

Sa bouche s'assécha et sa langue lui parut empâtée. Sanna se racla la gorge, força les mots à sortir.

"Je suis la sœur de Stella."

Marie resta d'abord devant la porte, un sourcil levé. Puis elle s'écarta.

"Entrez", dit-elle en la précédant.

Sanna entra dans une grande pièce ouverte. De belles baies vitrées étaient ouvertes sur un ponton avec vue sur le chenal de Fjällbacka. Le soleil du soir se reflétait dans l'eau.

"Voulez-vous quelque chose à boire ? Du café ? De l'eau ? De l'alcool ?"

Marie saisit un verre de champagne sur une table et y trempa les lèvres.

"Rien, merci", dit Sanna.

Elle ne trouva rien d'autre à dire.

Ces derniers jours, elle s'était donné du courage, avait réfléchi à ce qu'elle allait dire. Mais tout était comme balayé.

"Asseyez-vous", dit Marie en s'approchant d'une grande table en bois.

Une musique pop joyeuse résonnait à l'étage. Marie montra le plafond de la tête.

"Les ados…

— J'en ai une, moi aussi, dit Sanna en s'asseyant en face de Marie.

— Étranges créatures. Les ados. Ni vous ni moi n'en avons fait l'expérience."

Sanna la regarda. Marie comparait-elle son enfance à la sienne ? Elle, Sanna, à qui on avait volé son adolescence, et Marie, qui la lui avait volée ? Et se l'était volée à elle-même ? Mais elle n'éprouvait pas la colère qu'elle s'attendait à ressentir, ou qu'elle aurait dû ressentir. La personne qu'elle avait en face d'elle lui faisait plutôt l'effet d'une coquille. À la surface lisse et parfaite, mais vide.

"J'ai su, pour vos parents, dit Marie en buvant une gorgée de son champagne. Je suis désolée."

Ses mots étaient prononcés sans aucune émotion, et Sanna se contenta de hocher la tête. C'était il y a si longtemps. Elle ne gardait que de vagues souvenirs de ses parents, les années les avaient balayés.

Marie posa son verre.

"Pourquoi êtes-vous venue ?" dit-elle.

Sanna se sentit rabougrir sous le regard de Marie. Tout ce qu'elle avait ressenti, la colère et la rage, lui paraissait désormais un rêve lointain. La femme qu'elle avait devant elle n'était pas le monstre qui l'avait pourchassée dans ses cauchemars.

"L'avez-vous fait ? s'entendit-elle finalement demander. Avez-vous tué Stella ?"

Marie regarda ses mains, parut examiner ses ongles. Sanna se demanda si elle l'avait entendue. Puis Marie leva les yeux.

"Non, dit-elle. Non, nous ne l'avons pas tuée.

— Mais pourquoi l'avoir dit, alors ? Que vous l'aviez fait ?"

La musique s'arrêta à l'étage, et Sanna eut l'impression que quelqu'un écoutait de là-haut.

"C'est il y a si longtemps. Quelle importance ?"

Pour la première fois, ses yeux exprimaient un sentiment. La fatigue. Marie semblait aussi fatiguée que Sanna.

"C'est important, dit Sanna en se penchant en avant. Celui qui a fait ça nous a tout pris. Nous n'avons pas seulement perdu Stella, nous avons perdu notre famille, perdu la ferme… je me suis retrouvée seule."

Elle se redressa.

On n'entendait plus que le clapotis de l'eau contre les pieux du ponton.

"J'ai vu quelqu'un dans la forêt, finit par dire Marie. Ce jour-là. J'ai vu quelqu'un dans la forêt.

— Qui ?"

Sanna ne savait que croire. Pourquoi Marie lui avouerait-elle, à elle, si c'était Helen et elle les coupables ? Elle n'était pas naïve au point de croire que Marie serait sincère après avoir trente ans durant nié sa culpabilité, mais elle pensait parvenir à déduire la vérité de la réaction de Marie, pourvu qu'elle puisse lui poser la question les yeux dans les yeux. Mais le visage de Marie était comme un masque. Rien n'était vrai.

"Si je l'avais su, je n'aurais pas eu à clamer mon innocence trente ans durant", dit Marie en se levant pour remplir à nouveau son verre.

Elle sortit du réfrigérateur une bouteille à moitié pleine et la montra à Sanna.

"Sûre, pas de regret ?

— Non, ça va", dit Sanna.

Un souvenir remonta lentement du fond de son inconscient. Quelqu'un dans la forêt. Quelqu'un dont elle avait peur. Une ombre. Une présence. Quelque chose à quoi elle n'avait pas pensé depuis près de trente ans, et que les paroles de Marie débusquaient à présent.

Marie se rassit.

"Pourquoi avoir avoué, dans ce cas ? demanda Sanna. Si vous ne l'avez pas tuée ?

— Vous ne pouvez pas comprendre."

Marie détourna le visage mais Sanna eut le temps de le voir défiguré par la douleur. Cela lui fit une seconde apercevoir un véritable être humain, et non une jolie poupée. Quand elle regarda à nouveau Sanna, toute trace de douleur avait disparu.

"Nous étions des enfants, nous ne comprenions pas la gravité de la situation. Et après ces aveux, il était trop tard. Tout le monde avait trouvé sa réponse, et personne ne voulait écouter autre chose."

Sanna ne savait pas quoi dire. Elle avait tant d'années rêvé de cet instant, avait essayé de l'imaginer, tourné dans tous les sens les mots qu'elle emploierait, les questions qu'elle poserait. Et elle s'était avérée à court de mots, et tout ce qui emplissait à présent ses pensées était le souvenir lointain de quelque chose dans la forêt. De quelqu'un dans la forêt.

Quand Sanna ouvrit la porte pour partir, Marie remplissait à nouveau son verre devant le plan de travail. À l'étage, la musique repartit de plus belle. Une fois dehors, Sanna leva les yeux et découvrit une fille à la fenêtre de l'étage. Elle lui fit un signe de la main, mais la fille se contenta de continuer à la fixer. Puis elle se détourna et disparut.

"Bill ! Réveille-toi !"
Il entendit au loin la voix de Gun et se secoua. Et s'il avait oublié de mettre son réveil avant d'aller faire sa sieste ?
"Qu'est-ce qui se passe ?" parvint-il à articuler.
D'habitude, Gun ne le réveillait jamais.
"Adnan et Khalil sont là.
— Adnan et Khalil ?"
Il se frotta les yeux pour chasser le sommeil.
"Ils attendent en bas. Il s'est passé quelque chose…"
Gun détourna les yeux et Bill fut aussitôt saisi par l'inquiétude. D'habitude, Gun ne perdait jamais contenance.
Une fois descendu, il aperçut Adnan et Khalil qui faisaient les cent pas au milieu du séjour.
"Salut les gars ! *Hello boys! What has happened?**"
Ils se mirent à déblatérer en même temps et Bill dut se concentrer pour saisir leur anglais.
"*What?* Quoi ? Karim ? Plus lentement, les gars. *Slowly!***"
Adnan fit un signe de tête à Khalil, qui expliqua ce qui s'était passé, et Bill fut d'un coup tout à fait réveillé. Il regarda Gun, qui semblait aussi indignée que lui.
"C'est n'importe quoi ! La police est allée l'arrêter ? Ils ne peuvent pas faire ça !"
Adnan et Khalil continuèrent à parler en même temps, et Bill leva la main.
"Du calme, les gars. *Easy, boys.**** Je m'en occupe. Ici, on est en Suède. Personne ne peut être arrêté par la police pour un oui ou pour un non, on n'est pas une foutue république bananière !"

---

* Salut les gars ! Qu'est-ce qui se passe ?
** Quoi ? Karim ? Plus lentement !
*** Du calme, les gars.

Gun opina du chef, ce qui lui fit chaud au cœur.
Un craquement se fit entendre au-dessus d'eux.
"Je le disais bien."
Nils descendit l'escalier. Il avait une lueur dans les yeux que Bill ne reconnaissait pas, qu'il ne voulait pas reconnaître.
"Je ne l'avais pas dit ? Que ça devait être un de ces bougnoules qui l'avait fait. Tout le monde en parlait, que quelqu'un du camp devait avoir entendu parler de l'ancienne affaire, et avait tenté sa chance. Tout le monde sait quel genre de types se planquent là-bas ! Les gens sont si naïfs ! Ceux qui viennent ici n'ont pas besoin d'aide, ce ne sont que des réfugiés de luxe et des criminels !"
Les cheveux de Nils étaient ébouriffés, et il parlait avec une telle excitation que ses mots trébuchaient. En surprenant le regard qu'il lança à Adnan et Khalil, Bill eut du mal à respirer.
"Vous êtes si naïfs de croire qu'il s'agit d'aide humanitaire pendant que vous laissez des violeurs et des voleurs submerger nos frontières. Vous les avez laissés vous tromper comme deux idiots, j'espère que vous pigez maintenant votre erreur, et ce gros dégueulasse qui a assassiné une gamine n'a qu'à aller pourrir en prison et..."
La main de Gun atterrit sur la joue de Nils avec une claque qui résonna dans tout le séjour. Nils eut le souffle coupé et regarda sa mère, choqué. Soudain, il était redevenu un enfant.
"Va te faire foutre !" cria-t-il avant de remonter en courant l'escalier, la main sur la joue.
Bill regarda Gun, qui fixait sa main. Il passa un bras sur ses épaules puis se tourna vers Adnan et Khalil, qui ne semblaient pas savoir à quoi s'en tenir.
"Sorry about my son. Don't worry. I will fix this.*"
Tout cela l'emplissait d'un profond malaise. Il connaissait bien le coin. Et les gens qui y habitaient. Ce qui était étranger et différent n'y avait jamais été accueilli à bras ouverts. Si un des types du camp de réfugiés était soupçonné du meurtre d'une petite fille d'ici, l'enfer n'allait pas tarder à se déchaîner.

---

* Désolé pour mon fils. Ne vous inquiétez pas. Je vais arranger ça.

"Je file au commissariat, dit-il en enfilant une paire de mocassins d'été. Et préviens Nils que lui et moi nous devrons avoir une conversation sérieuse à mon retour.

— Moi d'abord", dit Gun.

En s'éloignant, Bill vit dans le rétroviseur Gun sur le seuil de la porte, bras croisés et mine fermée. Un instant, il eut presque pitié de Nils. Puis il vit la peur qui brillait dans les yeux d'Adnan et Khalil, et sa pitié disparut aussi vite qu'elle était venue.

James se précipita en haut de l'escalier. La rumeur dont bruissait la localité lui avait donné des ailes, l'avait rempli d'énergie.

Il ouvrit la porte à la volée.

"Je le savais !" s'exclama-t-il en regardant Helen qui avait sursauté devant le plan de travail de la cuisine.

"Qu'est-ce qui s'est passé ?"

Elle avait nettement pâli, et il fut comme d'habitude frappé de constater combien elle était faible. Sans lui, elle aurait été perdue. Il avait dû tout lui apprendre, la protéger contre tout.

Il s'assit à la table de la cuisine.

"Du café, dit-il. Après je raconte."

Helen avait l'air d'avoir tout juste lancé la cafetière, où le liquide coulait encore à travers le filtre. Elle prit son mug, le remplit même si ça n'avait pas fini de couler, et le lui servit avec un trait de lait. Ni trop ni trop peu.

"Ils ont arrêté quelqu'un pour le meurtre de la fillette", dit-il quand Helen souleva la cafetière pour essuyer la plaque chauffante.

Le bruit soudain de la cafetière s'écrasant par terre le fit tellement sursauter qu'il éclaboussa le devant de sa chemise.

"Mais qu'est-ce que tu fous ? cria-t-il en sautant de sa chaise.

— Pardon, pardon", dit Helen en se dépêchant d'aller chercher la balayette et la pelle près de la porte.

Pendant qu'elle commençait à ramasser, James attrapa un bout d'essuie-tout. Il se tamponna rapidement la poitrine.

"Et voilà, maintenant, il faut racheter une cafetière, dit-il en se rasseyant. L'argent ne pousse pas tout seul."

Helen continuait à ramasser les éclats de verre en silence. Elle l'avait appris, avec le temps : mieux valait se taire.

"J'étais sur la place quand j'ai entendu ça, dit-il. C'est un des types du camp de réfugiés. Personne n'est particulièrement étonné."

Helen s'arrêta, ses épaules semblèrent s'affaisser. Elle se remit bientôt à balayer.

"Ils sont sûrs ?" demanda-t-elle en versant les éclats de verre dans un carton de lait vide, qu'elle plaça précautionneusement dans la poubelle.

"Je n'ai pas de détails, dit-il. Tout ce que je sais, c'est qu'ils ont arrêté un type. La police suédoise n'est peut-être pas un miracle d'efficacité, mais ils n'ont pas le droit d'arrêter quelqu'un sans solides raisons.

— Bon", dit Helen en essuyant l'évier avec un torchon qu'elle essora à fond avant de soigneusement le mettre à sécher sur le robinet.

Elle se tourna vers James.

"Alors c'est enfin fini.

— Oui, c'est fini. Ça fait longtemps. Je vais m'occuper de toi. Comme je l'ai toujours fait.

— Je sais, dit Helen en baissant les yeux. Merci, James."

Le bruit de la porte enfoncée l'avait réveillé. Une seconde après, ils étaient dans la chambre, l'avaient pris par le bras, traîné avec eux. Le premier réflexe de Karim avait été de résister mais, en entendant les cris des enfants, il s'était laissé faire, il ne fallait pas qu'ils le voient se faire démolir. C'était arrivé à tellement de personnes, il savait que résister était inutile.

Les vingt-quatre heures suivantes, il était resté couché à même le sol dans une cellule froide et humide, sans fenêtre, sans savoir si c'était le jour ou la nuit au-dehors. Dans ses oreilles retentissaient sans cesse les cris des enfants.

Les coups avaient plu, on lui avait posé et reposé sans arrêt les mêmes questions. Ils savaient qu'il avait été en possession de listes d'opposants au régime, à Damas, et ils voulaient ces documents, tout de suite. Il avait d'abord refusé, arguant qu'un journaliste ne pouvait pas être contraint de dévoiler ses sources. Mais des jours de torture avaient suivi, et il avait fini par leur donner ce qu'ils voulaient. Des noms, des adresses. Pendant son sommeil, bref, inquiet, il rêvait des personnes qu'il avait dénoncées, il les imaginait, traînées hors de chez elle, avec les cris de leurs enfants et les pleurs de leurs conjoints.

Sans cesse, il se griffait les bras pour refouler de ses pensées toutes ces personnes dont il avait détruit les vies. Il s'était griffé jusqu'au sang, et ses plaies s'étaient salies et infectées.

Après trois semaines, ils l'avaient relâché et, quelques jours plus tard seulement, Amina et lui avaient fait leurs valises avec le peu qu'ils pouvaient emporter avec eux. Amina avait précautionneusement effleuré les plaies qu'il avait aux bras, mais il ne lui avait jamais dit ce qu'il avait fait. C'était son secret, sa honte, qu'il ne pourrait jamais partager avec elle.

Karim appuya sa tête contre le mur. Même si la pièce où il se trouvait était dépouillée et nue, elle était propre et nette, et la lumière du jour y entrait par une petite fenêtre. Mais le sentiment d'impuissance était le même. Il ne pensait pas que la police puisse frapper les prisonniers, en Suède, mais n'en était pas certain. Il était un étranger dans un pays étranger, il ne savait rien de leurs règles.

Il avait cru tout laisser derrière lui en arrivant dans ce nouveau pays, mais les cris des enfants retentissaient à nouveau à ses oreilles. Lentement, il se cogna le front contre le mur de sa petite cellule, tandis que le bruit de la rue montait par la fenêtre munie de barreaux.

C'était peut-être là son destin, sa punition pour ce qu'il avait fait à ceux qui le pourchassaient dans ses rêves. Il avait cru pouvoir fuir, mais personne ne pouvait échapper au regard de Dieu, qui voit tout.

L'AFFAIRE STELLA

"Que va-t-il arriver aux deux filles ?"

Kate pétrissait énergiquement la pâte de ses mains puissantes et souples. Il aimait la regarder faire. Depuis quarante ans, il l'avait toujours vue devant le plan de travail de la cuisine, farine sur le visage et cigarette au coin de la bouche. Toujours un sourire en coin. Viola avait hérité son sourire et son humeur solaire. Et sa créativité. Les garçons étaient plus comme lui. Ils prenaient la vie un peu trop au sérieux. Roger, l'aîné, était devenu expert-comptable et le cadet Christer travaillait comme référent à l'agence pour l'emploi. Aucun des deux ne semblait particulièrement s'amuser.

"Elles sont trop jeunes pour pouvoir être condamnées, leur cas va être traité par les services sociaux.

— Leur cas… Pouah, quel mot clinique. C'est de deux enfants qu'il s'agit."

La farine volait autour de Kate. Derrière elle, le soleil qui entrait par la fenêtre de la cuisine illuminait le court duvet sur sa tête. Son crâne semblait fragile et transparent dans la lumière, les veines y pulsaient juste sous la peau. Leif dut lutter pour ne pas aller la prendre dans ses bras. Elle détestait être traitée comme si elle était faible.

Kate n'avait jamais été faible. Et après un an de chimiothérapie elle était encore la personne la plus forte qu'il connaisse.

"Tu devrais arrêter de fumer, dit-il d'une voix douce tandis que, d'un geste sûr, elle secouait sa cigarette au-dessus du cendrier juste avant que la cendre ne tombe dans la pâte.

— Non, tu devrais arrêter de fumer", dit-elle en riant et en secouant la tête.

Elle était impossible. Ils avaient tant de fois eu cette discussion. Elle s'inquiétait toujours plus pour lui que pour elle. Même maintenant. L'absurdité de la situation le faisait l'aimer encore davantage. Chose qu'il aurait crue impossible.

"Mais que va-t-il se passer, alors ? insista-t-elle.

— La direction des affaires sociales va estimer ce qui est le mieux pour l'intérêt des deux filles. Et je n'ai aucune idée de ce qui sera recommandé.

— Mais à ton avis ?

— À mon avis, Helen restera avec ses parents et Marie sera placée dans une famille d'accueil.

— Et tu trouves que c'est la bonne décision, dans ce cas ?" demanda-t-elle avant d'inspirer une bouffée.

Des années d'entraînement l'avaient rendue experte dans l'art de parler avec une cigarette au coin de la bouche.

Leif réfléchit. Il aurait voulu répondre oui, mais quelque chose le tarabustait. Cela durait depuis les interrogatoires des deux filles, sans qu'il puisse mettre le doigt dessus.

"Si, je trouve que c'est la bonne décision", traîna-t-il à répondre.

Kate cessa de pétrir.

"Tu n'as pas l'air tout à fait convaincu. Tu doutes de leur culpabilité ?"

Il secoua la tête.

"Non, je ne vois aucune raison pour que deux filles de treize ans avouent un meurtre qu'elles n'ont pas commis. C'est la bonne décision. Helen vit dans un environnement familial stable, tandis que Marie vient d'un environnement qui... oui, qui est très certainement la cause de son comportement et a fait d'elle la meneuse.

— La meneuse, dit Kate, la larme à l'œil. C'est une enfant. Comment une enfant pourrait-elle être... la meneuse ?"

Comment l'expliquer à Kate ? Le calme de Marie lorsqu'elle avait reconnu le meurtre de Stella et expliqué en détail ce qui s'était passé ? Kate qui voyait toujours le bon côté des gens.

"Je crois que ce sera le mieux. Pour toutes les deux."

Kate hocha la tête.

"Tu as sûrement raison. Tu as toujours bien cerné les personnes. C'est ça qui fait de toi un bon policier.

— C'est toi qui fais de moi un bon policier. Parce que tu fais de moi quelqu'un de bien", dit-il simplement.

Kate s'arrêta au milieu d'un mouvement. Ses mains puissantes se mirent soudain à trembler. Une main couverte de farine passa sur le duvet de son crâne. Puis elle éclata en sanglots.

Leif la prit dans ses bras. Elle était menue comme un petit oiseau. Il attira sa tête contre sa poitrine. Il leur restait si peu de temps. Peut-être un an, tout au plus. Rien d'autre n'avait plus aucune importance. Pas même ces deux enfants qui allaient être pris en charge par le système. Il avait fait son travail. À présent, il fallait qu'il se concentre sur ce qui était le plus important.

"J'ai convoqué cette réunion car nous devons faire un point complet sur ce qui s'est passé."

Patrik regarda les autres, et Mellberg se tapa sur le ventre.

"Oui, je comprends que vous soyez un peu estomaqués, et que vous ayez eu du mal à suivre. Mais c'est comme ça, un travail de police sérieux : pourvu qu'on fasse correctement le travail de base, le moment décisif finit tôt ou tard par arriver, et il s'agit alors d'être au bon endroit au bon moment. Et il faut bien dire que votre serviteur a un certain don pour ça…"

Il se tut et regarda ses collègues. Aucun d'eux ne dit mot. Un pli apparut entre les sourcils de Mellberg.

"Bon, quoi, un petit compliment, ça ne coûterait rien. Je n'attendais pas une *standing ovation*, mais cette évidente jalousie est assez déplacée."

Patrik bouillait. Mais il ne savait pas bien par quel bout attaquer. Il était habitué à la bêtise monumentale de Mellberg, mais là, il se surpassait.

"Bertil. Pour commencer, c'était une erreur manifeste de ne pas informer tes collègues de cet appel anonyme. Nous étions joignables, il aurait été extrêmement facile de décrocher ton téléphone pour prévenir l'un d'entre nous. Deuxièmement, je ne comprends pas comment tu as pu te rendre au camp sans le moindre appui, ou au moins un interprète. Si je n'avais pas été aussi en colère, j'en serais resté sans voix. Et troisièmement : agiter ce certificat vétérinaire pour forcer l'entrée chez une femme qui ne comprend pas ce que tu dis, c'est tellement… tellement…"

Patrik perdit le fil. Il serra les poings et reprit son souffle. Regarda autour de lui dans la pièce.

Le silence était tel qu'on aurait entendu tomber une tête d'épingle. Tous les autres baissaient les yeux vers la table, n'osant regarder ni Patrik ni Mellberg.

"Ça, c'est le comble !" explosa Mellberg. Son visage était blanc de colère. "Livrer un tueur d'enfants sur un plateau d'argent, et se faire planter un couteau dans le dos par ses propres collègues ! Vous croyez que je n'ai pas compris que c'était de la jalousie, parce qu'on va entièrement me créditer la résolution de cette affaire ? Mais, nom de Dieu, ce n'est que justice, puisque vous suiviez cette piste idiote du côté de la propre famille de la gamine, alors que le village tout entier avait déjà pointé du doigt l'évidence, à savoir que nous avons un camp plein de criminels au coin de la rue. Dieu merci, j'ai eu assez de flair pour nous conduire directement au coupable, et c'est bien ça que vous ne supportez pas : que j'aie réussi là où vous avez échoué. Vous voulez rester dans un putain de politiquement correct, je suppose, mais parfois il faut appeler un chat un chat ! Non, vraiment, allez vous faire foutre, tous autant que vous êtes !"

Mellberg quitta la table en trombe, les cheveux pendant sur l'oreille gauche, et claqua la porte à en faire trembler les vitres.

Personne ne dit rien pendant un moment. Puis Patrik inspira à fond.

"Bon, ça ne s'est pas trop mal passé, dit-il. Comment avance-t-on, à présent ? Nous nous retrouvons avec sur les bras un sacré paquet de nœuds à démêler."

Martin leva la main, Patrik hocha la tête

"Avons-nous un motif pour retenir Karim ?

— Oui, puisque nous avons trouvé une culotte d'enfant à son domicile. Elle a certes un motif *Reine des neiges*, mais jusqu'à présent, nous n'avons aucune preuve qu'elle appartient bien à Nea, ni que c'est lui qui l'a cachée là. Il faut avancer prudemment. Lui et sa femme ont réagi à l'arrestation avec une violence inouïe. Qui sait ce qu'ils ont subi dans leur pays d'origine.

— Mais si c'était quand même lui ?" dit Paula.

Patrik réfléchit quelques instants avant de répondre.

"Cela peut certes être le cas, mais cela semble particulièrement improbable, vu cet appel anonyme. Ça peut tout aussi bien être le meurtrier qui a placé là la culotte, pour faire porter le chapeau à un autre. Nous devons tout simplement essayer de garder la tête calme et faire un travail de police approfondi. Tout doit être nickel.

— Avant de commencer, dit Gösta, je peux vous informer que je viens de recevoir un appel d'Uddevalla au sujet de Tore Carlson. D'après ses voisins, il a été absent ces dernières semaines, et personne ne sait où il se trouve."

On se regarda autour de la table.

"Ça n'est pas le moment de nous échauffer, dit Patrik. Ce n'est très probablement qu'une coïncidence. Uddevalla peut continuer à surveiller Tore Carlson pendant que nous continuons à travailler sur ce que nous avons réellement."

Il fit un signe de tête à Annika.

"Est-ce que tu peux essayer de nous trouver quelque chose sur ce coup de fil anonyme ? Tous les appels entrants sont enregistrés, alors on peut l'écouter et voir si on peut en tirer quelque chose. Gösta, tu prends une photo de la culotte retrouvée au domicile de Karim et tu vas la montrer à Eva et Peter pour voir s'ils peuvent l'identifier comme celle de Nea. Martin et Paula, vous voyez ce qu'on peut sortir sur Karim, son passé, s'il a des quelconques antécédents criminels, ce que les autres disent de lui au camp, etc."

Tous ceux qui avaient quelque chose à faire hochèrent la tête, et Patrik s'efforça de se détendre et de relâcher ses épaules. La colère l'avait fait se tendre comme une corde de violon, et son cœur battait la chamade. Le stress et la tension pouvaient avoir des conséquences fatales : ce n'était pas le moment de finir à l'hôpital. Ils ne pouvaient tout simplement pas se le permettre.

Son cœur retrouva son rythme régulier et Patrik poussa un soupir de soulagement.

"Je vais essayer de parler avec Karim. Il est sous le choc, mais avec un peu de chance, il voudra lui-même tirer tout cela au clair."

Il regarda les visages découragés autour de lui et conclut brièvement : "Faites maintenant de votre mieux, et nous remettrons cette enquête sur les rails. Ce n'est pas la première fois que Mellberg nous donne du fil à retordre, on n'y peut pas grand-chose."

Sans attendre de réponse, il prit son carnet et se dirigea vers la pièce où le prévenu était retenu. Quand il passa à l'accueil, on sonna à la porte, et il alla ouvrir. Dehors, il trouva un Bill Andersson énervé. Patrik soupira intérieurement. C'était ce qu'il redoutait. Ça allait faire des étincelles.

Erica avait couché les enfants tôt et se blottit dans le canapé avec un verre de rouge et un bol de noix. Elle avait faim et aurait dû se préparer quelque chose de plus sain, mais elle trouvait tellement ennuyeux de cuisiner pour elle toute seule, et Patrik avait prévenu par SMS qu'il ne rentrerait sans doute pas avant qu'elle soit allée se coucher.

Elle avait descendu de son bureau quelques dossiers pour les feuilleter encore une fois. Il fallait du temps pour s'en imprégner. Sa méthode était de lire et relire sans cesse les articles et documents, et de ressortir les photos pour essayer de porter dessus un regard neuf.

Après un instant de réflexion, elle saisit le dossier marqué LEIF. Il allait inévitablement être un des personnages principaux de son livre, mais des questions demeuraient encore sans réponse. Pourquoi avait-il changé d'avis ? Pourquoi après avoir été absolument convaincu qu'Helen et Marie avaient assassiné Stella s'était-il mis à douter ? Et pourquoi avait-il fini par se suicider ? Était-ce seulement à cause de la dépression qui avait suivi la mort de sa femme, ou y avait-il autre chose ?

Elle sortit les copies du rapport d'autopsie et les photos de Leif mort. Il était penché sur son bureau, un verre de whisky à côté de lui et un pistolet dans la main droite. Le visage était tourné vers le pistolet, une grande flaque de sang avait séché autour de sa tête. Une plaie était visible à la tempe, ses yeux étaient écarquillés et vitreux. D'après le rapport, il était mort depuis environ vingt-quatre heures quand un de ses fils l'avait trouvé.

Le pistolet était le sien, d'après ses enfants, ce qui avait été confirmé par le registre des armes à feu. Leif avait demandé un permis de port d'arme quand, sur ses vieux jours, il s'était mis à pratiquer le tir récréatif.

Erica feuilleta le dossier à la recherche d'un rapport balistique, mais n'en trouva pas. Elle leva les sourcils. Cela la préoccupa quelque peu, car elle savait disposer de tous les documents disponibles sur cette mort. Soit il n'avait été fait aucune analyse de la balle et du pistolet, soit le rapport s'était égaré. Erica attrapa le bloc-notes qu'elle avait toujours à portée de la main et y nota *Rapport balistique*, suivi d'un point d'interrogation. Elle n'avait aucune raison de penser qu'il y ait le moindre problème dans l'enquête sur la mort de Leif, mais elle n'aimait pas quand une pièce du puzzle manquait. En tout cas, ça pouvait valoir la peine de vérifier. La mort de Leif remontait cependant à une quinzaine d'années : il lui faudrait beaucoup de chance pour retrouver les personnes qui avaient effectué les analyses techniques et médicolégales.

De toute façon, ça attendrait le lendemain. Il était trop tard ce soir pour s'y mettre. Elle se cala au fond du canapé et posa les pieds sur la table, sur les dossiers et les papiers. Le vin était délicieux et elle se dit, avec une pointe de mauvaise conscience, qu'elle devrait bien faire un mois blanc après l'été. Elle savait qu'elle n'était pas la seule à trouver des excuses pour boire un verre presque tous les jours pendant l'été, mais ça n'y changeait rien. Non, il faudrait un mois blanc. En septembre. Satisfaite d'avoir pris cette décision salutaire, elle but une autre gorgée, et sentit la chaleur se répandre dans son corps. Elle se demandait ce qui s'était passé pour que Patrik reste si longtemps au commissariat, mais savait inutile de poser la question avant son retour.

Erica se pencha à nouveau pour regarder les photos de Leif, basculé en avant, son sang comme une auréole rouge autour de la tête. Bien sûr, elle comprenait qu'on puisse perdre l'envie de vivre, quand un être aimé disparaissait. Mais il avait malgré tout ses enfants, et plusieurs années étaient passées depuis la mort de son épouse. Et pourquoi se replonger dans une enquête ancienne si, de toute façon, on ne veut plus vivre ?

Bill frappa le volant en s'éloignant du commissariat. À côté de lui, Karim se taisait, regardant par la vitre. Le crépuscule pavoisait en mauve et rouge, mais Karim ne voyait que les ténèbres qu'il avait lui-même créées. Ce qui s'était passé avait prouvé qu'il ne pouvait y échapper : il était coupable, Dieu avait vu ce qu'il avait fait, et l'avait puni.

Combien de vies avait-il sur la conscience ? Karim l'ignorait, ceux qu'il avait dénoncés avaient disparu sans laisser de trace et personne ne savait ce qu'ils étaient devenus. Peut-être vivaient-ils ? Peut-être pas. Seule certitude, leurs femmes et leurs enfants pleuraient avant de s'endormir.

Karim avait sauvé sa peau, aux dépens des autres. Comment pensait-il pouvoir vivre avec ça ? Il s'était perdu dans la fuite, perdu dans l'idée de construire une nouvelle vie, très loin. Mais son ancienne vie, son ancien pays, ses anciens péchés perduraient en lui.

"It's a scandal, but don't worry, I will sort this out for you, okay?"*

La voix de Bill crépitait, brûlante d'émotion. Karim était reconnaissant que quelqu'un le croie, soit de son côté. Mais il ne le méritait pas, ne pouvait pas prendre pour lui les mots de Bill. Tout ce qu'il entendait était une phrase en arabe qui répétait encore et encore : "Dis-nous la vérité."

Les cafards grouillaient sur le sol, erraient sur les taches de sang laissées par les précédents occupants de la cellule. Il avait donné à ses tortionnaires tout ce qu'ils avaient voulu. Sacrifié des personnes courageuses pour sauver sa peau.

Quand la police suédoise lui avait demandé de les suivre au commissariat, il ne s'était pas senti de protester. Car il était coupable. Coupable devant Dieu. Il avait du sang sur

---

* C'est un scandale, mais pas d'inquiétude. Je vais vous tirer de là, d'accord ?

les mains. Il n'était pas digne d'un nouveau pays. Pas digne d'Amina, ni d'Hassan et Samia. Rien ne pouvait le changer. Et il ne comprenait pas comment il avait pu s'abuser lui-même en croyant autre chose.

Quand Bill le déposa devant son logement, Amina l'attendait. Ses yeux sombres étaient pleins de la même crainte que ce jour à Damas, où la police l'avait relâché. Incapable de la regarder dans les yeux, il passa devant elle et gagna le lit.

Il fixait le mur, le dos vers la porte. Une heure plus tard, il l'entendit se déshabiller et se coucher près de lui. Doucement, elle posa sa main sur son dos. Il la laissa faire, mais continua à faire semblant de dormir.

Karim savait qu'elle n'était pas dupe. Il sentait son corps secoué par les sanglots, l'entendait murmurer une prière en arabe.

En entendant Mellberg claquer la porte, Rita vint à sa rencontre dans l'entrée.

"Chut, Leo s'est endormi dans le canapé, et Johanna est descendue coucher Lisa. Qu'est-ce qui se passe ?"

Mellberg sentit l'odeur du chili arriver de la cuisine et pour un instant sa colère céda à son estomac. Puis il se rappela l'humiliation qu'il venait de subir, et sa fureur flamba de plus belle.

"Mes foutus collègues m'ont planté un couteau dans le dos aujourd'hui", dit-il en envoyant balader ses chaussures sur le tapis de l'entrée.

Voyant le regard que lui lança Rita, il se baissa pour les ramasser et alla les ranger sur l'étagère à chaussures, à gauche de la porte.

"Entre et viens me raconter, dit Rita en se dirigeant vers la cuisine. J'ai une cocotte sur le feu, il ne faut pas que ça accroche."

Il la suivit en grommelant et se laissa tomber sur une des chaises de la cuisine. Il huma : le fumet était vraiment délicieux.

"Raconte, dit-elle. Mais parle bas pour ne pas réveiller Leo."

Elle le menaça avec la cuillère en bois dont elle s'était servie pour remuer le chili.

"Il faut d'abord que je mange quelque chose, je suis hors de moi. On ne m'a jamais trahi comme ça de toute ma carrière. Ou alors cette fois en 1986 à Göteborg, quand mon chef de l'époque…"

Rita leva la main.

"Le chili est prêt dans dix minutes. Va faire un petit bisou à Leo en attendant, il est tellement mignon quand il dort sur le canapé, tu me diras tout ça à table."

Mellberg lui obéit et gagna le séjour. On n'avait pas besoin de lui répéter deux fois quand il s'agissait de câliner le garçon pour qui il était comme un grand-père. Il avait été présent à la naissance de Leo et, depuis, ils avaient développé une relation privilégiée. La vue du petit garçon endormi sur le canapé fit un peu redescendre son pouls. Leo était la plus belle chose qui lui soit arrivée. Bon, peut-être *ex aequo* avec Rita. Mais d'un autre côté, elle aussi avait eu de la chance : toutes n'avaient pas un homme aussi serviable à leurs côtés. Parfois, il avait l'impression qu'elle ne le comprenait et n'appréciait pas pleinement. Mais ça viendrait bien avec le temps. Il était comme un gâteau dont on ne mangeait qu'une part à la fois.

Leo bougea un peu dans son sommeil, et Mellberg le poussa un peu pour avoir une place à côté. Le garçon revenait bronzé de ses vacances, les cheveux plus clairs d'une nuance. Il ôta doucement une mèche tombée sur son visage. Le gamin était vraiment incroyablement mignon. Mellberg arrivait à peine à comprendre qu'ils ne soient pas de la même famille. Mais il y avait quelque chose de vrai dans l'idée qu'on finissait par ressembler aux personnes qu'on fréquentait.

Rita l'appela tout bas depuis la cuisine, c'était prêt, et Mellberg se leva doucement. Leo sursauta, sans se réveiller. Il retourna à la cuisine sur la pointe des pieds et se rassit sur la chaise qu'il venait de quitter. Rita goûta une dernière fois sa cocotte, puis sortit deux assiettes creuses du placard.

"Johanna remonte manger dès que Lisa se sera endormie, on peut commencer. Où est Paula ?

— Paula ?" Mellberg ricana. "Oui, c'est bien le problème. Écoute voir."

Il lui raconta l'appel anonyme, sa décision très professionnelle et étayée d'un point de vue policier d'intervenir lui-même, l'idée qu'il avait eue de se servir du certificat vétérinaire d'Ernst pour entrer dans la maison, la petite culotte de fillette qu'il avait trouvée derrière les toilettes, l'ovation à laquelle il s'attendait pour son travail remarquable. Et quel accueil choquant et honteux il avait ensuite reçu de la part de ses collègues. Il marqua une pause pour reprendre son souffle et regarda Rita pour recevoir en même temps sa sympathie et la grande assiette de chili qu'elle avait commencé à lui servir.

Mais Rita était complètement silencieuse, et il n'aimait pas son regard. Elle saisit alors l'assiette, la retourna pour reverser le chili dans la cocotte.

Cinq minutes plus tard, Mellberg était dans la rue devant la maison. Quelque chose vola depuis leur balcon du deuxième étage et atterrit avec un bruit sourd sur le trottoir. Un sac. À en juger par le bruit, il ne contenait vraisemblablement pas plus qu'une brosse à dents et quelques caleçons de rechange. Du balcon descendit une longue et sonore harangue truffée de jurons espagnols. On ne faisait visiblement plus aussi attention à ne pas faire de bruit pour ne pas réveiller Leo.

Avec un profond soupir, il ramassa le sac et s'éloigna. Le monde entier semblait s'être ligué contre lui.

Patrik était las jusqu'aux tréfonds de l'âme quand il enfonça la poignée de la porte. Mais entrer chez lui était comme s'abandonner à une étreinte chaleureuse. Au-dessus de la véranda avec vue sur la mer flamboyait un coucher de soleil rouge et il entendit un feu de cheminée dans le séjour. Certains auraient tôt fait de les traiter de fous, Erica et lui, de faire une flambée, même ces chaudes soirées d'été, mais ils trouvaient le facteur *cosy* plus important, et ouvraient tout simplement la fenêtre quand il se mettait à faire trop chaud.

La lueur du téléviseur clignotait dans le séjour, il s'y dirigea directement. S'il avait besoin de se blottir tout contre Erica, c'était bien un soir comme celui-là.

Elle s'éclaira en le voyant, et il se jeta sur le canapé à côté d'elle.

"C'est un de ces soirs ?" demanda-t-elle. Il ne put que hocher la tête.

Le téléphone avait sonné sans interruption. Annika avait dû répondre à la chaîne aux médias, à des "citoyens engagés" et à des cinglés. Tous voulaient savoir la même chose : s'il était vrai qu'ils avaient arrêté un réfugié du camp pour le meurtre de la fillette. Les journaux du soir avaient été les plus insistants, aussi avait-il convoqué une conférence de presse pour huit heures le lendemain. La nuit serait courte, il avait un certain nombre de préparatifs et devait bien réfléchir à ce qu'il allait dire. Une solution aurait été de pousser Mellberg devant le bus, mais ils étaient solidaires au commissariat, c'était comme ça. Pour le meilleur et pour le pire.

"Raconte", dit Erica en appuyant sa tête blonde contre son épaule.

Elle lui tendit un verre de vin, mais il secoua la tête. Demain, il fallait qu'il ait les idées aussi claires que possible.

Il lui raconta tout. Sans détour.

"Tu blagues ? s'exclama Erica en se levant. Et qu'allez-vous faire, maintenant ? Comment allez-vous résoudre ça ?

— Je n'ai jamais eu aussi honte qu'en arrivant à la cellule. Karim s'était lacéré les bras avec ses ongles. Son regard était complètement vide.

— Tu n'as aucune raison d'avoir honte, dit Erica en lui tapotant la joue. Est-ce que le téléphone arabe s'est mis en route ?

— Oui, hélas. C'est la face cachée de l'Humanité qui se montre au grand jour. D'un coup, tout le monde se dit « persuadé depuis le début que c'est un de ces étrangers qui l'a fait »."

Patrik se massa les sourcils.

Tout était d'un coup devenu infiniment compliqué. Il aimait cette commune et les gens qui y vivaient, mais savait aussi combien la peur y avait facilement prise. Au Bohuslän, on était volontiers attaché aux traditions, et la région avait toujours été un terreau pour la méfiance et les préjugés. Parfois, il lui semblait que pas grand-chose n'avait changé depuis l'époque de l'obscurantisme religieux. En même temps, des gens comme Bill étaient la preuve que des forces de résistance existaient.

"Que dit la famille de la fillette ? demanda Erica en éteignant le téléviseur, de sorte que seules les bougies et la cheminée éclairaient la pièce.

— Ils ne savent pas encore, pas par nous, en tout cas. À l'heure qu'il est, ils l'ont sûrement entendu par d'autres canaux. Mais Gösta va tout de suite aller les voir demain matin, avec une photo de cette culotte, pour voir s'ils la reconnaissent.

— Comment s'est passée la perquisition de la police technique ?

— Nous n'avons eu le temps de faire que la maison d'habitation avant que Mellberg nous ordonne de le rejoindre au camp avec Torbjörn. Les techniciens allaient commencer la grange. Mais ce n'est peut-être plus nécessaire.

— Qu'est-ce que tu veux dire ? Tu crois que Karim peut quand même être coupable ?

— Je ne sais pas, dit Patrik. Il y a trop de choses qui semblent un peu arrangées. Qui a appelé ? Comment cette personne savait-elle que la culotte se trouvait chez Karim ? Nous avons écouté l'enregistrement de cet appel et, même si celui qui a téléphoné a déformé sa voix, on entend clairement qu'il parle sans accent. Ce qui d'emblée me fait trouver louches les motivations de cette personne pour dénoncer Karim. Mais c'est peut-être juste moi qui suis cynique.

— Non, je pense la même chose", dit Erica.

Patrik pouvait voir les engrenages se mettre à ronronner dans son cerveau.

"Karim faisait-il partie des gars du camp qui ont participé aux battues ?"

Patrik hocha la tête.

"Oui, c'est un des trois qui l'ont trouvée. Ce serait en soi un moyen parfait pour effacer toutes ses traces. Si nous trouvons des traces de pas, des fibres ou autres venant de lui, il pourra tout simplement dire qu'il les a laissées au moment où il a trouvé le corps.

— Ça ne ressemble pas trop à un criminel débutant, d'être aussi calculateur, dit Erica.

— Non, je suis d'accord. Le problème, c'est que nous ne savons rien de son passé, avant son arrivée ici comme réfugié. Nous n'en connaissons que ce qu'il nous en dit, plus ce que nous avons dans nos fichiers pour la période après son arrivée en Suède. C'est-à-dire *nada*. Il n'a aucune casserole. Et il m'a fait une bonne impression lors de notre entretien. Quand il a compris de quoi il s'agissait, il a expliqué que sa femme pouvait lui donner un alibi, et qu'il n'avait pas la moindre idée de la façon dont cette culotte était arrivée chez lui. Sa femme et ses enfants étaient tellement choqués que je l'ai relâché, contre la promesse de se présenter pour un interrogatoire demain matin."

Erica but une gorgée de vin. Elle fit pensivement rouler le verre entre ses mains.

"Qu'est-ce que c'est ?" dit-il en attrapant un dépliant publicitaire aux couleurs vives parmi les papiers et dossiers éparpillés sur la table basse.

Il était trop fatigué pour continuer à parler de l'enquête, et voulait se changer les idées avant de s'attaquer à ses préparatifs pour le lendemain.

"C'est l'annonce d'un vernissage, demain. Viola, la fille de Leif Hermansson, expose ses tableaux près du restaurant Slajdarns. Elle m'a appelée il y a un moment pour me dire qu'elle avait peut-être quelque chose pour moi, et m'a demandé de la retrouver là-bas.

— Passionnant", dit-il en reposant le dépliant.

Les tableaux étaient jolis, mais l'art n'était pas trop son truc. Il préférait les photographies, si possible en noir et blanc. Sa favorite était une grande affiche encadrée du "Boss" en pleine action au stade de Wembley pendant sa tournée "Born in the USA". Ça, on avait envie de reposer ses yeux dessus. Ça, c'était de l'art.

Erica posa une main sur le genou de Patrik et se leva.

"Je vais me coucher. Tu viens ou tu restes là ?"

Elle rassembla tout ce qui traînait sur la table et le glissa sous son bras.

"Va te coucher, chérie, moi, il faut que je travaille encore quelques heures. J'ai convoqué une conférence de presse pour demain huit heures.

— Youpi", dit sèchement Erica en lui envoyant un baiser.

Du coin de l'œil, Patrik vit son téléphone s'allumer. Il l'avait mis en mode silencieux, mais en voyant *Gösta Flygare* apparaître sur l'écran, il tendit la main.

Gösta parla vite à son oreille, hors de lui, et Patrik sentit son cœur couler comme une pierre.

"J'arrive", dit-il avant de raccrocher.

À peine une minute plus tard, il était dans la voiture. Quand sa Volvo démarra en trombe pour Tanumshede, il vit les lumières de leur maison dans son rétroviseur. Et la silhouette d'Erica, à la porte, qui le regardait partir.

Un homme sauta droit sur lui, il lui tira une balle en pleine poitrine.

Khalil cligna des yeux. Ils étaient secs et irrités, pas seulement à cause de sa soirée jeux vidéo, mais aussi à cause du vent pendant la longue séance de voile. Il avait beau avoir encore peur, il commençait à attendre avec impatience les heures d'entraînement. C'était différent de tout ce qu'il avait jamais fait.

"J'ai vu Karim rentrer, dit Adnan en tirant dans la tête d'un soldat ennemi. Bill l'a ramené."

Ils avaient éteint toutes les lumières, seule la lueur de l'écran éclairait la pièce.

"Tu sais pourquoi la police est venue le chercher ?" demanda Adnan.

Khalil songea aux pleurs des enfants et au regard fier que leur avait lancé Amina avant de refermer la porte.

"Aucune idée, dit-il. Il faudra demander à Rolf quand il arrivera demain matin."

Un autre soldat ennemi mordit la poussière, et Adnan fit un geste de victoire. Ça lui avait rapporté beaucoup de points.

"La police ici, ce n'est pas comme chez nous", dit Khalil, entendant lui-même qu'il n'était pas si sûr de lui.

Au fond, il ne savait pas grand-chose de la police suédoise. Ils n'étaient peut-être pas aussi privés de droits ici qu'en Syrie.

"Mais qu'est-ce qu'ils peuvent avoir contre Karim ? Je ne crois pas que…"

Khalil interrompit Adnan.

"Chut, écoute !"

Il coupa le son et ils tendirent tous deux l'oreille. Dehors, on entendait des cris.

"Mais qu'est-ce que… ?"

Khalil posa la console de jeux. D'autres cris retentirent. Il vit Adnan jeter sa console. Ils se précipitèrent dehors. Les cris augmentèrent.

"Au feu !" cria quelqu'un, et ils virent le feu monter vers le ciel, une cinquantaine de mètres plus loin. Du logement de Karim.

Les flammes se ruaient vers eux.

Farid arriva en courant avec un extincteur. Il le jeta bientôt avec frustration.

"Il ne marche pas !"

Khalil prit Adnan par le bras.

"Il faut chercher de l'eau !"

Ils rebroussèrent chemin en criant à tous ceux qu'ils croisaient de chercher de l'eau. Ils savaient où était le tuyau dont Rolf se servait pour arroser la pelouse devant le bâtiment de l'administration, mais ne trouvèrent pas de seau à remplir.

"Allez chercher des casseroles, des bidons, des bassines, tout ce que vous pouvez trouver ! cria Khalil, en se précipitant dans sa chambre et celle d'Adnan pour attraper deux casseroles.

— Il faut appeler les pompiers !" cria Adnan, et Khalil hocha la tête tout en ouvrant le robinet.

Ils entendirent alors les sirènes qui approchaient.

Khalil se tourna en baissant sa casserole. La laissa se vider. Le feu s'était propagé à la vitesse du vent parmi les vieilles baraques en bois sec : toute une allée s'était à présent embrasée. Un enfant poussait des cris aigus.

Il entendit alors le hurlement de Karim, le vit sortir de la maison en flammes. Le vit traîner un corps dehors. Amina.

Les femmes pleuraient les mains levées vers le ciel nocturne, où les flammes et les étincelles formaient de nouvelles constellations. Quand les véhicules de pompiers arrivèrent, Khalil se laissa tomber à terre, le visage caché dans les mains. Karim continuait à crier, Amina dans les bras.

Une fois encore, tout avait disparu.

BOHUSLÄN 1672

Ils s'étaient évités une semaine entière. Ce qu'ils avaient vécu avait été si intense, si bouleversant pour tous les deux, qu'ils avaient ensuite renfilé leurs vêtements, brossé l'herbe et s'étaient dépêchés de rentrer chacun de son côté à travers champs. Ils avaient évité de se regarder, de peur que la verdure et le ciel de Dieu ne se reflètent dans leurs yeux.

Elin se sentait au bord d'un gouffre qui l'attirait avec une force irrésistible. Elle était prise de vertige quand elle plongeait les yeux dans ses ténèbres, mais la seule vue de Preben au loin, en train de travailler dehors en chemise blanche, donnait à son âme le désir de s'y jeter.

Puis Britta était partie à Uddevalla. Elle devait être absente trois jours. Juste après son départ, Preben rejoignit Elin à la cuisine et passa la main sur la sienne. Il la regarda dans les yeux et elle hocha lentement la tête. Elle savait ce qu'il voulait, et de tout son corps et de toute son âme elle voulait la même chose.

Lentement, il sortit à reculons de la cuisine et se dirigea vers le pré. Elle attendit le temps nécessaire pour ne pas éveiller l'attention, puis prit la même direction. Elle marcha alors à grands pas en coupant à travers le domaine, vers l'ancienne bergerie, où ils s'étaient rencontrés la dernière fois. La journée était aussi belle et ensoleillée qu'une semaine plus tôt, elle sentait la sueur perler entre ses seins, à cause de la chaleur du soleil, de l'effort de courir dans l'herbe avec ses lourdes jupes et de la pensée de ce qui allait venir.

Il l'attendait dans l'herbe. Avec des yeux brillant d'un amour si grand qu'elle recula presque. Elle avait peur et, en même temps, elle savait que c'était son destin. Il était dans son sang, dans ses membres, dans son cœur et dans sa foi que Dieu avait en tout un dessein. Il n'aurait quand même pas pu leur faire le don de cet amour si Son dessein n'était pas qu'ils en jouissent ? Son Dieu ne pouvait pas être aussi cruel. Et Preben était un homme d'Église, plus qu'un autre il savait interpréter la volonté de Dieu, et il aurait tout arrêté s'il n'avait pas su lui aussi que tout cela leur était destiné.

Les doigts gauches, elle ôta sa robe. Preben la regarda, la tête appuyée sur la main, sans détacher les yeux d'elle une seule seconde. Elle finit nue et tremblante devant lui, mais sans la moindre honte ni désir de se cacher.

"Elin est si belle", dit-il, le souffle coupé.

Il tendit la main vers elle.

"Aide-moi à me déshabiller", dit-il quand elle s'étendit doucement à ses côtés, et elle commença à déboutonner avidement sa chemise tandis qu'il enlevait son pantalon.

À la fin, ils furent tout nus ensemble. Lentement, il suivit du doigt les courbes de son corps. Il s'arrêta à la tache de naissance qu'elle avait sous le sein droit et rit.

"On dirait le Danemark.

— Oui, alors peut-être que la Suède va vouloir me le prendre", dit-elle en souriant.

Il lui caressa le visage.

"Qu'allons-nous faire ?"

Elin secoua la tête.

"N'y pensons pas pour le moment. Dieu a là un dessein. J'en suis convaincue.

— Elin le pense ?"

Son regard était triste. Elle se pencha et l'embrassa tout en le caressant. Il gémit et lui ouvrit les lèvres, tandis qu'elle sentait qu'il répondait à son contact.

"Je le sais", chuchota-t-elle avant de se laisser lentement descendre pour le prendre en elle.

Le regard de Preben ne la quitta pas quand il la saisit par la taille pour la serrer contre lui. Quand ils s'affaissèrent l'un contre l'autre, le ciel et le soleil au-dessus d'eux s'ouvrirent dans une explosion de lumière et de chaleur. Ce doit être l'œuvre de Dieu, pensa Elin avant de lentement s'assoupir la joue contre son torse.

"Comment va Amina ?" demanda Martin en arrivant avec Paula dans la salle d'attente.

Patrik s'étira sur la chaise inconfortable.

"État critique", dit-il en se levant pour aller chercher une tasse de café.

La dixième depuis son arrivée. Il avait bu toute la nuit l'affreux café de l'hôpital pour réussir à rester éveillé.

"Et Karim ? demanda Paula quand il se fut rassis.

— Légère intoxication pulmonaire et brûlures aux mains après avoir évacué Amina et les enfants de la maison. Les enfants semblent s'en être tirés indemnes, Dieu merci. Ils ont inhalé de la fumée et ont été réoxygénés. On les garde en observation un jour ou deux."

Paula soupira.

"Qui va s'occuper d'eux, pendant que leurs parents sont hospitalisés ?

— J'attends l'arrivée des services sociaux, on verra ce qu'ils proposent. Mais ils n'ont pas de famille, personne, à ce que j'ai compris.

— Nous pouvons les prendre, dit Paula. Maman s'est mise en congé cet été pour nous aider avec le bébé, et je sais qu'elle aurait dit la même chose si elle avait été là.

— Oui, sauf que Mellberg…", commença Patrik.

Le visage de Paula s'assombrit.

"Quand il a raconté ses exploits à maman, en faisant d'abord le fier, puis la victime, évidemment, elle l'a mis à la porte.

— Quoi ?" dit Martin.
Patrik dévisagea Paula.
"Rita a mis Bertil dehors ? Mais où couche-t-il ?
— Aucune idée, dit Paula. Mais encore une fois, les enfants peuvent habiter chez nous. Si les services sont d'accord.
— Je vois mal quelles objections ils pourraient avoir", dit Patrik.
Un médecin arriva dans le couloir, Patrik se leva. C'était celui qui les avait tenus informés toute la nuit.
"Bonjour, dit-il en serrant la main de Paula et de Martin. Anton Larsson, médecin responsable.
— Du nouveau ? demanda Patrik en avalant avec une grimace le fond de son café.
— Non, l'état d'Amina reste critique, et toute une équipe lutte pour la sauver. Elle a eu le temps d'inhaler beaucoup de fumée, et a des brûlures au troisième degré sur de grandes parties du corps. Elle est sous respirateur et perfusion pour compenser la déshydratation due aux brûlures. On a travaillé dessus toute la nuit.
— Et Karim ? demanda Martin.
— Bon, comme j'en ai informé vos collègues, il a une lésion dermique superficielle aux mains et une légère intoxication pulmonaire, mais est relativement indemne.
— Pourquoi Amina a-t-elle été beaucoup plus atteinte que Karim ?" demanda Paula.
Ils n'avaient pas encore de vue d'ensemble de l'incendie et de son déroulement, les experts faisaient leur possible pour comprendre ce qui s'était passé, mais l'incendie criminel était la théorie considérée comme la plus vraisemblable.
"Vous pourrez interroger Karim, comme il est réveillé, je peux lui demander s'il a la force de vous parler.
— Nous apprécierons", dit Patrik en se rasseyant.
Il attendit en silence avec Paula et Martin. Après quelques minutes seulement, le médecin ressortit dans le couloir et leur fit signe de venir.
"Ça, je n'aurais pas cru, dit Martin.
— Non, dans sa situation, je n'aurais jamais plus voulu parler à un policier", dit Paula en se levant.

Ils gagnèrent la chambre où les attendait le docteur Larsson, et entrèrent sur la pointe des pieds. Dans un lit tout au fond, près de la fenêtre, Karim tournait vers eux un visage marqué par la fatigue et la peur. Ses mains bandées reposaient sur la couverture.

À côté du lit, le tube du respirateur ronronnait.

"Merci d'accepter de nous parler, dit tout bas Patrik en approchant une chaise du lit.

— Je veux savoir qui a fait ça à ma famille", dit Karim d'une voix brisée, dans un anglais plus fluide que celui de Patrik.

Il toussa à en pleurer, mais garda les yeux fixés sur Patrik.

Martin et Paula restèrent en retrait. D'un accord tacite, ils avaient décidé de laisser Patrik mener l'entretien.

"Ils disent qu'ils ne savent pas si Amina va survivre", poursuit Karim avec une nouvelle quinte de toux.

Des larmes coulèrent sur ses joues. Il tripota son masque à oxygène.

"Non, ils ne savent pas encore", dit Patrik.

La boule qu'il avait dans la gorge l'obligeait à déglutir sans arrêt. Il savait exactement ce que Karim ressentait. Il se souvenait de la période après l'accident de voiture qui avait failli coûter la vie à Erica. Il n'oublierait jamais ce sentiment et cette peur.

"Qu'est-ce que je vais devenir sans elle ? Qu'est-ce que les enfants vont devenir sans elle ?" demanda Karim, cette fois sans tousser.

Il se tut, et Patrik ne savait pas quoi répondre. Il demanda plutôt : "Pouvez-vous nous dire ce que vous vous rappelez de la soirée d'hier ? Ce qui s'est passé ?

— Je… je ne sais pas bien." Karim secoua la tête. "Tout est allé si vite. J'ai rêvé… J'ai d'abord cru que j'étais revenu à Damas. Qu'une bombe avait explosé. J'ai mis quelques secondes à comprendre où j'étais… Puis j'ai couru chez les enfants, je croyais qu'Amina me suivait, je l'avais entendue crier en me réveillant. Mais une fois les enfants portés dehors, j'ai vu qu'elle n'était pas avec moi, alors je me suis protégé avec une serviette qui séchait dehors et je me suis précipité à l'intérieur…"

Sa voix se brisa et il toussa violemment. Patrik prit un verre d'eau sur la table de chevet et le présenta à Karim pour qu'il puisse boire avec une paille.

"Merci, dit-il en s'adossant à nouveau aux oreillers. J'ai couru jusqu'à notre chambre et elle…" Il sanglota, mais reprit son élan. "Elle brûlait. Amina brûlait. Ses cheveux. Ses vêtements de nuit. Je l'ai portée dehors en courant et je l'ai roulée par terre. Je… j'ai entendu les enfants crier…"

Ses larmes coulaient quand il leva la tête vers Patrik :

"Ils disent que les enfants vont bien, c'est ça ? Ils ne me mentent pas ?"

Patrik secoua la tête.

"Non, ils ne mentent pas. Les enfants s'en sont bien sortis. Ils les gardent juste en…" Il chercha fébrilement le mot anglais avant de s'apercevoir une seconde après que c'était le même qu'en suédois. "… en observation."

Karim sembla un instant soulagé, puis les traits de son visage s'assombrirent à nouveau.

"Où vont-ils habiter ? Ils disent que je dois rester ici quelques jours, et Amina…"

Paula s'avança.

Elle approcha une chaise du lit et dit avec précaution : "Je ne sais pas ce que vous allez en penser. Mais j'ai proposé que les enfants habitent chez moi jusqu'à ce que vous soyez suffisamment remis pour pouvoir sortir. Je… Ma maman est une réfugiée. Comme vous. Du Chili. Elle est arrivée en Suède en 1973. Elle comprend. Je comprends. J'habite avec ma maman, mes deux enfants et…" Paula hésita. "Et ma femme. Mais nous nous occuperons volontiers des enfants. Si vous le permettez."

Karim l'observa attentivement un long moment. Paula se tut tandis qu'il la dévisageait. Puis il hocha la tête.

"D'accord. Je n'ai pas tellement le choix.

— Merci, dit tout bas Paula.

— Vous n'avez vu personne hier soir ? demanda Patrik. Ou entendu quelque chose ? Avant l'incendie ?

— Non." Karim secoua la tête. "Nous étions fatigués. Après… tout ça. Alors nous sommes allés nous coucher et je me suis tout de suite endormi. Je n'ai rien vu ni entendu. Personne ne sait qui a fait ça ? Pourquoi quelqu'un voudrait-il nous faire ça ? Est-ce que c'est lié à ce dont on m'accuse ?"

Patrik ne put le regarder dans les yeux.

"Nous ne savons pas, dit-il. Mais nous comptons bien le découvrir."

Sam tendit le bras vers son téléphone sur sa table de chevet. Sa mère n'était pas venue le réveiller comme James la forçait toujours à le faire, mais il avait été réveillé par ses cauchemars. Avant, ils ne le réveillaient qu'une fois par mois, deux peut-être, mais à présent, il se réveillait chaque nuit en sueur.

Il ne se rappelait pas d'époque où il n'ait pas eu peur, où l'inquiétude ne l'ait pas poursuivi. C'était peut-être pour ça que sa mère courait tout le temps, épuisait son corps pour ne plus avoir la force de penser. Il aurait aimé pouvoir faire pareil.

Les visages de ses rêves le tourmentaient et il se concentra sur l'écran du portable. Jessie avait envoyé un message. Il sentit la chaleur se répandre dans son aine rien qu'à penser à elle. Pour la première fois de sa vie, il y avait quelqu'un qui le regardait pour ce qu'il était, et qui ne reculait pas en découvrant son côté obscur.

Il était empli de quelque chose de noir qui se renforçait tous les jours. Ils avaient fait ce qu'il fallait pour. Il devina plus qu'il ne le sentit le carnet sous le matelas. Là, ni sa mère ni James ne le trouveraient. Il n'était pas destiné à d'autres yeux que les siens mais, à son propre étonnement, il avait commencé à caresser l'idée de le montrer à Jessie. Elle était aussi abîmée que lui. Elle comprendrait.

Elle ne saurait jamais pourquoi, en fait, il l'avait emmenée faire un tour en bateau lundi dernier. Il avait décidé de ne plus jamais y penser. Mais dans ses rêves, ça revenait, ça faisait un avec les autres démons qui le tourmentaient. Mais ça n'avait plus d'importance. Dans son carnet, son avenir était tout tracé. La route était large et droite, comme l'highway 66.

Il n'avait plus l'intention d'avoir peur de son ombre. Il savait qu'il pouvait lui montrer le carnet. Elle comprendrait.

Aujourd'hui, il allait tout porter à Jessie. Tout ce qu'il avait rassemblé, depuis des années. Il avait mis les dossiers et les classeurs dans un sac posé devant la porte.

Il proposa par SMS de se voir dans une demi-heure et reçut une réponse : *OK*. Il se dépêcha de s'habiller et pendit son sac à dos à son épaule. Avant d'aller prendre le lourd sac devant la porte, il se retourna et regarda le lit, devinant presque le carnet qu'il savait caché là.

Il déglutit plusieurs fois, puis alla soulever le matelas.

Jessie ouvrit la porte et découvrit le sourire de Sam. Celui qu'il semblait lui réserver, à elle seule.
"Salut, dit-elle.
— Salut."
Il portait un sac sur le dos et un autre, plus gros, dans une main.
"Ce n'était pas trop lourd en vélo ?"
Sam haussa les épaules.
"Ça va, je suis plus fort que j'en ai l'air."
Il posa les deux sacs à l'intérieur et prit Jessie dans ses bras. Il inspira le parfum de ses cheveux, qui venaient d'être lavés. Elle jouit de sentir qu'il aimait son odeur.
"Je t'ai apporté deux ou trois trucs", dit Sam en gagnant la grande table de la cuisine. Il vida les sacs. "Tu sais, j'avais promis de t'en montrer davantage. Sur nos mères et l'affaire."
Jessie regarda les dossiers et les classeurs. Ils étaient marqués *Maths*, *Suédois*, et autres matières.
"James et maman ont cru que c'était pour l'école, dit Sam en s'asseyant. J'ai pu rassembler tout ça sans qu'ils se doutent de rien."
Jessie s'assit à côté de lui et, ensemble, ils ouvrirent le classeur marqué *Maths*.
"Où tu as trouvé tout ça ? demanda-t-elle. À part internet, je veux dire ?
— Surtout dans les archives de la presse, à la bibliothèque."
Jessie regarda les photos de Marie et d'Helen, la mère de Sam. C'était des photos de classe.
"Dire qu'elles étaient plus jeunes que nous", dit-elle.

Sam passa l'index sur l'article.

"Elles devaient porter en elles une telle noirceur, dit-il. Exactement comme toi et moi."

Jessie frissonna. Elle continua à feuilleter le classeur et tomba sur une photo montrant Stella qui souriait.

"Mais qu'est-ce qui les a poussées à faire ça ? Comment peut-on être si en colère contre un... contre un petit enfant ?"

Jessie tapota la photo et Sam se leva. Son visage était écarlate.

"À cause... des ténèbres, Jessie. Putain, tu ne comprends pas ? Comment tu peux ne pas COMPRENDRE ?"

Jessie recula. Elle ne pouvait que le dévisager, sans comprendre d'où venait sa soudaine colère. Impossible de retenir ses larmes.

La colère disparut du visage de Sam. Il s'effondra devant elle.

"Pardon, pardon, pardon, dit-il en lui serrant les jambes, la tête profondément enfouie dans ses genoux. Je ne voulais pas me fâcher, je suis juste tellement frustré. Tout me fait bouillir, et je voudrais juste... je voudrais juste tout faire sauter."

Jessie hocha la tête. Elle comprenait parfaitement. Il y avait une seule personne au monde dont elle se souciait, et c'était Sam. Tout ce que les autres lui avaient appris, c'était qu'ils cherchaient à l'humilier, à la rendre petite et impuissante.

"Pardon, dit-il encore en lui essuyant les larmes. Je ne pourrai jamais te blesser. Tu es la seule à qui je ne veuille pas faire de mal."

Le bois du ponton était chaud sous les jambes, presque brûlant. La glace fondait plus vite que Vendela n'arrivait à la manger. Mais Basse avait encore plus de problèmes qu'elle, il se léchait frénétiquement le bras pour nettoyer toute la glace au chocolat fondue. Parfois, il était comme un enfant.

Vendela fut forcée de rire. Elle se serra contre Nils, qui passa le bras autour d'elle. Quand elle s'approchait si près de lui, tout semblait à nouveau bien. Ça lui faisait oublier les images de ce matin sur internet. Les bâtiments en flammes. Que ce soit allé aussi loin. Ça ne pouvait quand même pas être à cause d'eux ? Non ?

Basse finit par avoir assez de sa glace qui coulait et jeta ce qui restait à l'eau, où une mouette plongea aussitôt pour le repêcher.

Il détourna les yeux de l'oiseau.

"Mes vieux ne rentrent pas le week-end prochain, comme ils le pensaient, dit-il. Ils seront absents jusqu'au week-end suivant.

— Cool pour faire la fête", dit Nils en souriant à Basse, qui eut dans le regard ce trait d'incertitude qui pouvait parfois être si dérangeant.

Vendela soupira et Nils ricana à nouveau.

"Si, allez, quoi ! On n'a qu'à dire que ça prépare la fête de l'école de samedi prochain à la salle communale ! On invite des gens bien, on fournit la gnôle maison et on prépare un punch.

— Je ne sais pas…"

Mais Nils avait déjà gagné. Vendela le savait.

Elle revit les images de la carcasse fumante de la maison. Elle aurait voulu y échapper. Échapper aux gros titres : "Une femme grièvement blessée." Et soudain, elle sut ce qu'elle voulait faire.

Nils voulait attendre pour publier les photos de Jessie nue que l'école recommence, pour avoir l'audience maximale. Mais pourquoi ne pas les utiliser un peu plus tôt ?

"J'ai une idée", dit-elle.

Bengt vint à sa rencontre dans la cour de la ferme, quand il y manœuvra la voiture de police. Gösta inspira à fond avant de descendre. Il savait d'emblée le tour qu'allait prendre la conversation.

"C'est exact que vous avez arrêté un de ces réfugiés ?"

Il allait et venait dans la cour.

"J'ai entendu dire qu'il avait même participé aux battues ! Putain, ils n'ont aucune conscience, ces types. Vous auriez dû m'écouter depuis le début !

— Nous n'avons encore aucune certitude", dit Gösta en se dirigeant vers la maison.

Son ventre se serra, comme chaque fois, en voyant les vêtements de Nea encore en train de sécher au bout de la maison. Voir la mine de Bengt réjoui de sa déconfiture le dégoûtait, surtout après l'incendie, mais il ressentait aussi de la sympathie pour sa peine. Et il comprenait aussi le besoin de solutions et de réponses simples. Le problème était que la réponse simple était rarement la bonne. La réalité avait tendance à être plus compliquée que ne le souhaitaient la plupart.

"Je peux entrer ? demanda-t-il à Bengt, qui lui ouvrit la porte.

— Tu peux appeler Peter et Eva ?" dit Bengt à son épouse, qui hocha la tête.

Peter descendit le premier, suivi juste après par Eva. Ils semblaient mal réveillés.

Peter s'assit et fit signe à Gösta de l'imiter.

S'asseoir autour de cette table de cuisine commençait à devenir une habitude. Gösta espérait seulement pouvoir un jour apporter une réponse définitive. Il savait que, cette fois encore, il les décevrait. Son capital de confiance avait en outre été écorné par la perquisition de la veille, et il ne savait plus par quel bout prendre la famille. Il était aussi indigné que Patrik au sujet de l'incendie et de la façon dont Mellberg avait traité Karim et sa famille. Mais en même temps, il ne pouvait pas exclure la possibilité qu'ils aient trouvé une preuve déterminante chez Karim, et qu'il pouvait être l'auteur du meurtre. Tout était si trouble et confus.

"Est-ce exact ? dit Peter. Ce qu'on dit de l'homme du camp de réfugiés ?

— Nous ne savons pas au jour d'aujourd'hui", dit-il prudemment, voyant du coin de l'œil le visage de Bengt commencer à rougir à nouveau de façon inquiétante.

Il se dépêcha de poursuivre.

"Nous avons trouvé quelque chose, mais en raison de certains… aspects techniques, nous ne savons pas encore ce que cela signifie.

— J'ai entendu dire que vous aviez trouvé des vêtements de Nea chez lui, est-ce exact ? demanda Peter.

— Les gens nous téléphonent, dit Bengt. Nous apprenons des choses par les autres, mais rien par vous. Je trouve ça…"

Il élevait à nouveau la voix, mais Peter leva la main pour faire taire son père et dit calmement : "Est-il vrai que vous avez trouvé des vêtements de Nea chez quelqu'un, au camp de réfugiés ?

— Nous avons trouvé un vêtement, dit Gösta en sortant une pochette plastique de son sac. Mais nous avons besoin de votre aide pour l'identifier."

Eva gémit et Ulla lui tapota le bras. Eva sembla ignorer son geste, regardant fixement la pochette que Gösta avait sortie.

"Reconnaissez-vous cela ?" dit-il en plaçant quelques photos sur la table de la cuisine.

Eva reprit son souffle.

"C'est à Nea. C'est sa culotte *Reine des neiges*."

Gösta regarda les photos de la culotte bleue avec la princesse blonde sur le devant, et demanda à nouveau : "Vous êtes sûre ? C'est la culotte de Nea ?

— Oui ! opina vigoureusement Eva.

— Et vous l'avez relâché ! dit Bengt.

— Il y a quelques problèmes autour de la façon dont ce vêtement a été retrouvé…"

Bengt ricana.

"Quelques problèmes ! Vous avez un étranger qui vient ici enlever et tuer une fillette et vous me parlez de problèmes !

— Je comprends votre émotion, mais nous devons…

— Nous devons, que dalle ! Je vous ai dit depuis le début que c'était sûrement un de ces types, mais vous n'avez pas écouté, vous avez perdu du temps en nous laissant dans l'incertitude quant à ce qui était arrivé à Nea, et à présent vous avez relâché le meurtrier ! Et par-dessus le marché, vous avez mis ici la maison sens dessus dessous en traitant mon fils et sa femme comme des suspects, vous n'avez donc pas *honte* ?

— Papa, calme-toi, maintenant, dit Peter.

— Comment cela ne pourrait-il pas être lui ? Si vous avez trouvé sa culotte là-bas ? Et nous avons entendu parler d'un incendie ? Il a essayé de détruire les indices ? Si vous l'avez relâché, c'est logique qu'il ait essayé d'effacer les traces. C'est aussi sûrement pour ça qu'il a participé aux battues…

— Nous ne savons encore rien sur la façon dont est survenu l'incendie…"

Gösta envisagea de dire que Karim avait été blessé et que sa femme était en soins intensifs, sans qu'on sache si elle se réveillerait jamais. Mais il décida de ne rien dire. Il ne pensait pas qu'ils soient sensibles aux malheurs des autres pour le moment, et puis le très efficace téléphone arabe de Fjällbacka les en informerait bientôt.

"Êtes-vous absolument certaine que c'était cette culotte qu'elle portait le jour de sa disparition ?" demanda Gösta en regardant Eva.

Elle hésita une seconde, puis hocha la tête.

"Elle en avait cinq comme ça, de différentes couleurs. Les autres sont ici.

— OK." dit Gösta.

Il rangea les photos dans la pochette et se leva.

Bengt serra les poings.

"Arrangez-vous pour aller vite chercher ce sale bougnoule, ou je prendrai les choses en main."

Gösta le regarda.

"Je respecte totalement l'épreuve que vous traversez. Mais personne, je répète, *personne* ne fait quoi que ce soit qui aggrave encore la situation."

Bengt se contenta de ricaner, mais Peter fit un signe de tête à Gösta.

"Il aboie plus qu'il ne mord, dit-il.

— Je l'espère pour lui", dit Gösta.

En quittant la ferme, il vit Peter dans l'ouverture de la porte qui le suivait des yeux. Quelque chose le travaillait et le tarabustait, mais il aurait été incapable de trouver quoi. C'était quelque chose qu'il avait raté, mais plus il essayait de trouver quoi, plus cela lui échappait. Il jeta à nouveau un œil dans le rétroviseur. Peter le regardait toujours.

"Hé ho ! Il y a quelqu'un ?"

Ce n'était pas la voix de Rita qui le réveillait. Mellberg ouvrit les yeux, sans comprendre où il était. Puis il vit Annika dans l'embrasure de la porte.

"Oh, ce n'est que moi", dit-il en se levant.

Il se frotta les yeux.

"Qu'est-ce que tu fais là ? fit Annika. Tu m'as fait une peur bleue quand j'ai entendu du bruit là-dedans. Qu'est-ce que tu fais là, si tôt ?"

Elle croisa les bras sur sa poitrine généreuse.

"Ou si tard...", répondit Mellberg en s'essayant à sourire.

Il aurait préféré ne pas avoir à raconter à Annika ce qui s'était passé, mais de toute façon ça allait s'ébruiter au commissariat à la vitesse d'un feu de paille, alors autant prendre le taureau par les cornes.

"Rita m'a mis à la porte", dit-il en montrant son sac, près du lit.

Rita n'y avait pas mis son pyjama en flanelle préféré, il avait donc dû dormir dans ses vêtements de la veille. Et la minuscule salle de repos n'était prévue que pour de courtes siestes, pas une nuit complète, si bien qu'il y régnait une chaleur renfermée de sauna.

Il baissa les yeux sur sa triste figure, en sueur et fripée.

"Eh bien, j'aurais fait la même chose !" dit Annika en tournant les talons pour gagner la cuisine. À mi-chemin, elle se retourna et lança : "Je suppose que tu as fait un gros dodo et que tu n'es pas au courant de ce qui s'est passé ?

— Euh, je ne sais pas si on peut vraiment dire que j'ai bien dormi, dit Mellberg en boitillant vers elle tout en se tenant les reins. Ce lit de camp est terriblement inconfortable et il n'y a pas d'air conditionné, et comme j'ai la peau un peu sensible, j'ai des démangeaisons si je n'ai pas des draps de bonne qualité, et j'ai plutôt l'impression que ceux-là sont en papier, alors je..."

Il s'interrompit et pencha la tête de côté.

"Tu m'en préparerais aussi une tasse, ma vieille, puisque tu allais de toute façon lancer un café ?"

Il réalisa son mauvais choix de vocabulaire au moment où *ma vieille* quittait ses lèvres, et se blinda en attendant la réaction. Mais elle n'arriva pas.

Annika se laissa tomber sur une chaise à la table de la cuisine.

"Quelqu'un a mis le feu au camp de réfugiés cette nuit, dit-elle à voix basse. Karim et sa famille sont à l'hôpital."

Mellberg se saisit la poitrine. Il pouvait à peine regarder Annika.

Il s'assit lourdement en face d'elle.

"Est-ce que… ça a un rapport avec ce que j'ai fait ?"

Sa langue s'empâtait contre son palais.

"On ne sait pas. Mais oui, il y a de grosses chances, Bertil. On nous a bombardés de coups de téléphone, alors j'ai transféré les appels chez moi, et je n'ai pas fermé l'œil de la nuit. Patrik est avec Martin et Paula à l'hôpital. La femme de Karim est en coma artificiel. Elle a des brûlures si graves qu'ils ne savent pas si elle va survivre, et Karim s'est brûlé aux mains en essayant de la sauver des flammes.

— Les enfants ? dit Mellberg d'une voix pâteuse, sentant grandir sa boule au ventre.

— Ils sont en observation à l'hôpital jusqu'à demain, mais ils ont l'air hors de danger. Personne d'autre n'a été blessé, mais ceux dont les logements ont été détruits ont dû être évacués vers la salle polyvalente.

— Mon Dieu, dit Mellberg, presque dans un souffle. Savez-vous quelque chose sur qui a fait ça ?

— Non, encore aucune piste. Mais on a beaucoup de tuyaux téléphoniques, nous allons dès que possible essayer de les passer en revue. Il y a de tout, depuis les cinglés qui pensent que les réfugiés se sont fait flamber eux-mêmes pour éveiller la sympathie, jusqu'à ceux qui disent que ce sont les Amis de la Suède qui ont fait le coup. L'incendie semble avoir divisé la commune en deux camps. Il y en a toujours une bonne partie qui trouve que c'est bien fait pour eux et, en face, Bill qui a réussi à mobiliser un soutien massif pour eux et a rassemblé à la salle polyvalente ceux qui ont besoin de nouveaux logements. Et les gens viennent leur apporter toutes sortes de produits de première nécessité. On peut vraiment dire que cette affaire a permis aux gens de montrer leurs pires et leurs meilleurs côtés.

— Enfin je…" Mellberg secoua la tête, presque incapable de poursuivre. "Je ne voulais pas… Je ne pensais pas…

— Non, c'est bien ça, soupira Annika. Tu ne penses pas, Bertil."

Elle se leva et commença à préparer la cafetière.
"Tu en voulais une tasse, c'est ça ?
— Oui, s'il te plaît", dit-il.
Il déglutit.
"Quelles sont les chances ?
— Les chances de quoi ? répondit Annika en se rasseyant en face de lui, tandis que la cafetière se mettait à crachoter.
— Que sa femme s'en tire ?
— Pas bien grandes, d'après ce que j'ai compris", dit tout bas Annika.

Mellberg se tut. Pour une fois, il avait commis une énorme erreur. Il espérait juste pouvoir la rattraper.

BOHUSLÄN 1672

Vers la fin de l'été, Elin commença à s'inquiéter. D'abord, elle avait cru que c'était quelque chose de moisi qui la faisait vomir ainsi derrière la grange. Mais en même temps, elle savait de quoi il retournait. C'était comme quand elle attendait Märta. Chaque nuit, elle priait Dieu. Quel dessein avait-Il là ? À quelle épreuve allait-elle être soumise ? Allait-elle ou non prévenir Preben ? Comment réagirait-il ? Qu'il l'aimait, elle le savait, mais quelque part au fond d'elle-même, elle nourrissait des doutes sur la force de son caractère. Preben était un homme bon, mais aussi un ambitieux avide de plaire, elle l'avait compris. Toutes ses questions, où cela allait les mener, comment continuer, il les faisait toujours taire par ses baisers et ses caresses, non sans qu'elle ait le temps d'apercevoir une lueur d'inquiétude dans ses yeux.

Et puis il y avait Britta. Elle était de plus en plus maussade et soupçonneuse. Ils faisaient leur possible pour cacher ce qu'ils éprouvaient l'un pour l'autre, mais elle savait qu'il y avait des instants où, en présence de Britta, Preben et elle se regardaient sans arriver à dissimuler leurs sentiments. Elle ne connaissait que trop bien sa sœur. Elle savait de quoi elle était capable. Même si elle n'abordait le sujet avec personne, Elin n'avait pas oublié que Märta avait failli se noyer dans l'étang. Ni qui avait tenté de l'y pousser.

Tandis que les jours raccourcissaient et que tous redoublaient d'efforts pour tout finir avant l'hiver, Britta se refermait de plus en plus sur elle-même. Elle restait de plus en plus tard au lit le matin, refusant de se lever. Ses forces semblaient l'abandonner.

Preben demandait à la cuisinière de préparer les plats préférés de Britta, mais elle refusait de manger et, chaque soir, Elin devait ramasser une assiette intacte sur sa table de chevet. La nuit, Elin passait la main sur son ventre, se demandant comment Preben réagirait si elle lui annonçait qu'elle portait son enfant. Elle n'imaginait pas autre chose que sa joie. Britta et lui semblaient ne pas pouvoir avoir d'enfant, et il n'aimait pas Britta comme il l'aimait, elle. Et si Britta avait contracté quelque maladie mortelle ? Preben et elle pourraient dès lors vivre ensemble comme une famille. Quand elle avait ce genre de pensées, Elin redoublait ses prières à Dieu.

Britta s'affaiblissait de jour en jour, sans aucune explication. Preben finit par faire venir un docteur d'Uddevalla. Le corps d'Elin se tendit d'inquiétude à l'approche de sa visite. Fébrilement, elle essayait de se persuader que c'était par inquiétude pour sa sœur, mais elle ne pouvait penser autre chose : si Britta était mal en point, son avenir à elle soudain s'éclairait. Même si leur union, si vite après le veuvage de Preben, provoquerait soupçons et murmures, les ragots se tasseraient avec le temps, elle en était persuadée.

Quand la calèche du médecin arriva, Elin se retira pour prier. Avec plus de ferveur que jamais. Et elle espérait que Dieu ne la châtierait pas pour l'objet de sa prière. Au tréfonds de son âme, elle croyait que Dieu voulait que Preben et elle soient unis. Leur amour était trop grand pour être le fruit du hasard : la maladie de Britta devait faire partie de Son plan. Plus elle priait, plus elle en était convaincue. L'enfant à naître d'Elin aurait un père. Ils formeraient une famille. Avec l'aide de Dieu.

Le cœur battant, Elin regagna le bâtiment principal. Personne parmi les autres domestiques n'avait rien dit, elle supposa donc qu'ils n'avaient encore rien entendu. Les rumeurs se répandaient vite, et elle savait qu'on murmurait aussi au sujet de Preben et elle. Rien n'échappait aux domestiques, sur un si petit domaine. Et la venue d'un médecin d'Uddevalla pour examiner l'état de leur maîtresse était commentée depuis des jours.

"Elsa a entendu quelque chose ? demanda Elin à la cuisinière en train de préparer le dîner.

— Non, rien, dit Elsa en continuant à remuer un grand chaudron sur le feu.

— Je vais aux nouvelles, dit Elin sans pouvoir croiser le regard de la cuisinière. C'est quand même ma sœur."

Elle avait peur que ce pour quoi elle avait supplié Dieu se voie sur son visage, ou qu'on remarque son cœur qui battait à tout rompre. Mais la cuisinière se contenta de hocher la tête, le dos tourné.

"C'est bien. Quand la patronne ne mange même plus mes crêpes, je sais que quelque chose ne tourne pas rond. Mais avec l'aide de Dieu, ce ne sera pas grave.

— Non, avec l'aide de Dieu", dit tout bas Elin en se dirigeant vers la chambre de Britta.

Elle hésita longtemps devant la porte. Ne savait pas si elle allait oser frapper. La porte s'ouvrit alors et un homme trapu à la moustache exubérante en sortit avec sa mallette en cuir.

Preben lui serra la main.

"Je ne saurais assez remercier le docteur Brorsson", dit-il. Étonnée, Elin le vit sourire.

Quelle nouvelle le docteur avait-il pu annoncer pour que Preben sourie ainsi avec les yeux brillants, dans la pénombre de l'entrée ? Une boule compacte se forma dans le ventre d'Elin.

"Voici la sœur de Britta, Elin", dit Preben en présentant le docteur à Elin.

Sur ses gardes, elle lui serra la main. Elle avait du mal à interpréter les expressions du visage des deux hommes. Derrière eux, Britta était appuyée à des oreillers rebondis, ses cheveux noirs en bataille.

Elle ressemblait à un chat venant d'avaler un oiseau, ce qui ajouta à la confusion d'Elin.

Le docteur Brorsson prit un air malicieux :

"Je pense le moment venu de vous féliciter. Cela ne fait que quelques semaines, mais cela ne fait aucun doute, Britta est enceinte. Mais cette grossesse est éprouvante pour elle, aussi Elin doit-elle bien veiller à ce qu'elle boive suffisamment et mange tout ce qu'elle peut garder. J'ai recommandé qu'on la nourrisse de bouillon ces prochaines semaines, jusqu'à ce que sa gêne se dissipe et que l'appétit lui revienne.

— Elin pourra l'y aider", dit Preben, rayonnant de joie.

Pourquoi avait-il l'air si heureux ? Il ne voulait pas de Britta, il la voulait, elle, il le lui avait lui-même dit. Qu'il avait choisi la mauvaise sœur. C'était la volonté de Dieu que la semence de Preben ne mûrisse pas en Britta.

Mais voilà que, fendu d'un grand sourire, il louait ses talents de garde-malade devant le docteur Brorsson. Britta la regarda, réjouie de sa déconfiture. Elle se passa lentement la main dans les cheveux avant de geindre :

"Preben, je me sens à nouveau si mal…"

Elle tendit la main et Elin le regarda se précipiter à son chevet.

"Est-ce que je peux faire quelque chose ? Tu as entendu le docteur. Repos et bouillon. Veux-tu que je demande à Elsa d'en préparer un peu ?"

Britta hocha la tête.

"Ce n'est pas que j'aie beaucoup d'appétit, mais pour notre enfant, il vaut sans doute mieux que j'essaie. Mais je ne veux pas que tu me laisses. Demande à Elin d'en parler à Elsa et de revenir avec le bouillon. Elle le fera avec joie. Elle veut que son petit neveu ou nièce naisse en bonne santé.

— Elin le fera volontiers, dit Preben, mais je dois d'abord raccompagner le docteur Brorsson avant de venir près de toi.

— Non, non, je peux repartir par mes propres moyens, s'esclaffa le docteur en se dirigeant vers la sortie. Prenez bien soin de cette petite mère, je serai content et j'aurai fait mon devoir.

— Très bien", dit Preben, qui le salua de la tête tout en tenant une main de Britta dans les siennes.

Il regarda Elin, qui demeurait comme gelée sur le seuil de la chambre.

"J'aimerais qu'Elin se dépêche d'arranger tout ça, Britta doit désormais suivre l'ordonnance du docteur."

Elin hocha la tête en baissant les yeux.

Garder les yeux sur ses souliers était pour elle le seul moyen de s'empêcher de pleurer. S'il lui fallait regarder une seule seconde de plus la mine réjouie de Preben et celle triomphante de Britta, elle allait s'effondrer. Elle tourna les talons et fila à la cuisine.

La maîtresse de maison était enceinte et avait besoin de bouillon. Et Dieu, dans sa toute-puissance, riait de la pauvre et naïve Elin.

Comme elle ne savait pas bien comment on s'habillait pour un vernissage, Erica n'avait pas pris de risque et opté pour un simple short blanc et un chemisier blanc. Elle avait laissé les enfants chez Kristina, sans quoi elle n'aurait jamais eu la témérité de porter du blanc. Être mère de trois enfants le lui avait enseigné : les vêtements blancs étaient d'irrésistibles aimants pour les petites mains poisseuses.

Elle vérifia une dernière fois l'heure sur l'invitation que Viola lui avait donnée mais c'était inutile car un flot de personnes se dirigeait vers la petite galerie, en face du Grand Hôtel. Erica regarda autour d'elle en entrant. La pièce était lumineuse et spacieuse, les tableaux de Viola étaient joliment accrochés aux murs et, sur une table, dans un coin, étaient disposés des coupes à champagne et, dans des vases, les fleurs qu'amis et connaissances avaient apportées. Erica se sentit aussitôt un peu bête. Peut-être aurait-elle dû elle aussi ne pas venir les mains vides ?

"Erica, comme ça me fait plaisir de vous voir !"

Viola vint à sa rencontre avec un grand sourire.

Elle était d'une élégance renversante, avec ses cheveux gris attachés en chignon et un beau caftan bleu sombre. Erica avait toujours admiré les personnes capables de porter un caftan sans paraître déguisées. Les rares fois où elle avait essayé de mettre ce genre de vêtement, elle avait eu l'impression de se rendre à un bal masqué déguisée en Thomas Di Leva. Mais Viola était splendide.

"Tenez, du champagne, vous ne prenez pas le volant aujourd'hui ?" dit l'artiste en servant une coupe à Erica.

Celle-ci passa en revue sa journée et, arrivée à la conclusion qu'aucun trajet en voiture n'était prévu, elle accepta le verre.

"Faites un tour, lui enjoignit Viola, et si vous voulez retenir quelque chose, dites-le à cette adorable jeune fille, là-bas, elle collera une de ces gommettes rouges sur le tableau. C'est ma petite-fille, soit dit en passant."

Viola lui indiqua une grande ado qui se tenait prête près de la porte avec une bande de gommettes. Elle semblait prendre sa mission avec le plus grand sérieux.

Erica contempla tranquillement tous les tableaux. Elle se réjouit de voir déjà quelques gommettes rouges. Elle aimait bien Viola. Et ses tableaux. Elle ne connaissait rien à l'art et avait du mal à comprendre et à être attirée par des œuvres d'art non figuratives. Mais ici, c'était de belles aquarelles aux motifs parfaitement identifiables, principalement des personnages dans des situations de la vie quotidienne. Elle s'arrêta devant un tableau représentant une femme blonde en train de pétrir un pain, de la farine sur le visage et une cigarette à la commissure des lèvres.

"Ma mère. Tous les tableaux de cette exposition représentent des personnes qui ont eu de l'importance pour moi, et j'ai choisi de les représenter dans leur vie quotidienne. Pas de portraits posés et solennels : je les ai peintes comme je me souviens d'elles. Maman passait son temps à pétrir. Elle adorait pétrir, surtout le pain. Nous avions du pain frais tous les jours mais, après coup, je me demande combien de nicotine nous inhalions en prime, avec mes frères et sœurs, vu que maman fumait toujours comme un pompier pendant qu'elle travaillait la pâte. Mais on ne pensait pas comme ça, à l'époque.

— Elle était belle", dit sincèrement Erica.

La femme du tableau avait la même lueur dans le regard que sa fille, et elle devinait qu'elles s'étaient beaucoup ressemblé au même âge.

"Oui, c'était la plus belle femme que je connaisse. La plus drôle, aussi. Je serai contente d'avoir été moitié aussi bien avec mes enfants qu'elle avec moi.

— Je vous crois", dit Erica, qui avait beaucoup de mal à imaginer autre chose.

Quelqu'un tapota Viola sur l'épaule et elle s'excusa.

Erica resta devant le portrait de la mère de Viola. Il la rendait à la fois heureuse et triste. Heureuse car elle souhaitait à tous une mère dégageant autant de chaleur. Triste, car c'était si loin de ce que sa sœur et elle avaient connu dans leur enfance. Elles n'avaient jamais eu une mère qui faisait le pain, qui souriait, qui embrassait ses enfants et leur disait qu'elle les aimait.

Erica eut aussitôt mauvaise conscience. Elle s'était juré d'être l'exact opposé de sa propre mère. Toujours présente, chaleureuse, drôle et pleine d'amour. Mais voilà qu'elle s'était encore absentée pour son travail en les faisant garder pour la énième fois – elle en perdait le compte. Mais elle donnait aux enfants des quantités d'amour, et ils adoraient être avec leur grand-mère, ou chez Anna, avec leurs cousins. Ils n'étaient pas à plaindre. Et si elle ne travaillait pas, elle ne serait plus Erica. Elle aimait à la fois ses enfants et son travail.

Lentement, elle parcourut la rangée de tableaux, tout en sirotant sa coupe de bulles. Il faisait une fraîcheur agréable dans le local, et il y avait beaucoup de monde sans qu'on s'y sente à l'étroit. Elle entendit son nom chuchoté ici et là, et quelques femmes donner un discret coup de coude à leur compagnon sur son passage. Elle avait encore du mal à s'y faire, que les gens la reconnaissent et la considèrent comme une sorte de célébrité. Jusqu'à présent, elle avait pourtant réussi à éviter les principaux écueils de la célébrité, n'était pas allée assister à une avant-première au cinéma, n'était pas allée lutter contre des serpents et des rats à Fort Boyard, n'était pas allée se confier dans des talk-shows télévisés.

"Là, c'est papa", dit une voix à côté d'elle qui la fit sursauter.

Viola était sur sa gauche et lui montrait un portrait au milieu du mur principal. Il était beau lui aussi, mais dégageait une impression bien différente. Erica chercha comment la qualifier, et s'arrêta sur *mélancolie*.

"Papa à son bureau. C'est ainsi que je me souviens de lui, il travaillait tout le temps. Petite, j'avais du mal à le comprendre, mais maintenant je le comprends et le respecte.

Il était passionné par son travail, ce qui était à la fois une bénédiction et une malédiction. À la longue, ça a fini par le dévorer…"

Viola laissa sa phrase en suspens. Puis elle se tourna vivement vers Erica :

"Ah oui, pardon. C'est vrai, j'avais une raison de vous inviter. J'ai retrouvé le vieil almanach de papa. Je ne sais pas si ça pourra vous être utile, il utilisait tout le temps des abréviations pour tout, mais ça peut peut-être vous faire plaisir de l'avoir. Je l'ai pris avec moi, si vous le voulez.

— Merci, très volontiers", dit Erica.

Elle n'avait pas cessé de réfléchir à ce qui avait bien pu pousser Leif à changer si radicalement d'opinion au sujet de la culpabilité des deux filles, et il fallait qu'elle tire ça au clair d'une façon ou d'une autre. Peut-être cet agenda lui donnerait-il un nouveau fil à dérouler ?

"Tenez, dit Viola en revenant avec un agenda noir corné et usé. Vous pouvez le garder."

Elle le tendit à Erica.

"Je garde papa ici, dit-elle en montrant son cœur. Je peux évoquer son souvenir à tout moment. Assis à son bureau."

Elle posa la main sur l'épaule d'Erica puis la laissa debout devant le tableau. Erica le contempla un moment. Puis alla trouver la fille aux gommettes rouges.

Assis dans un coin du local, Khalil regardait la vieille femme un peu voûtée qui tendait des couvertures à Adnan. Il n'arrivait pas à oublier l'image de Karim traînant Amina dehors. De ses mains qui fumaient. Et ses cris, et le silence effroyable d'Amina.

Bill, leur professeur de suédois Sture et plusieurs autres que Khalil ne connaissait pas s'étaient pointés au matin. C'était visiblement Rolf et Bill qui les avaient fait tous venir. Bill avait gesticulé et parlé vite dans son bizarre mélange de suédois et d'anglais en leur indiquant les voitures, mais personne n'avait osé y monter avant que Khalil, Adnan et les autres de l'équipe de voile ne prennent place chacun dans une voiture.

Ils s'étaient regardés, perplexes, en arrivant à la maison rouge, de l'autre côté de Tanumshede. Comment cela allait-il se passer ? Mais cette dernière demi-heure, les gens avaient commencé à affluer. Bouche bée, ils avaient vu les voitures se succéder sur le parking goudronné de la salle polyvalente avec des couvertures, des vêtements et des jouets pour les enfants. Certains avaient juste déposé ce qu'ils apportaient avant de repartir, tandis que d'autres étaient restés et bavardaient tant bien que mal.

Où étaient ces Suédois, auparavant ? Ils souriaient, parlaient, demandaient les noms des enfants, apportaient de la nourriture et des vêtements. Khalil ne comprenait rien.

Adnan s'approcha en levant un sourcil interrogatif. Khalil haussa les épaules.

"Dites, les gars, les appela Bill, de l'autre côté du local. J'ai parlé avec le supermarché Hedemyrs. Ils offrent de quoi manger. Vous pourriez aller chercher ça ? Voici mes clés de voiture."

Bill leur lança ses clés, qu'Adnan attrapa au vol.

Khalil hocha la tête.

"Pas de problème, on y va."

Une fois sur le parking, il tendit la main.

"Donne-moi les clés.

— Je veux conduire, dit Adnan en serrant plus fort le trousseau.

— Oublie, c'est moi qui conduis."

En traînant les pieds, Adnan s'installa sur le siège passager. Khalil s'assit au volant, regardant avec perplexité alternativement la clé et le tableau de bord.

"Mais où on met la clé ?

— Appuie sur le bouton *start*", soupira Adnan.

Les voitures étaient son grand centre d'intérêt, après les jeux vidéo, mais ses connaissances lui venaient surtout de YouTube.

Khalil enfonça avec méfiance le bouton *stop/start*, et la voiture démarra en ronronnant.

Adnan sourit en coin.

"Tu crois que Bill sait que nous n'avons pas le permis ?"

Khalil se surprit lui-même à sourire, malgré tout ce qui s'était passé.

"Tu crois qu'il nous aurait donné ses clés ?

— On parle de Bill, là, dit Adnan. Bien sûr, qu'il nous les aurait données. Mais tu *sais* conduire, hein ? Sinon je descends tout de suite."

Khalil passa la marche arrière.

"T'inquiète, papa m'a appris."

Il sortit du parking en marche arrière et s'engagea sur la route. Hedemyrs n'était qu'à quelques centaines de mètres.

"Les Suédois sont bizarres, dit Adnan en secouant la tête.

— Qu'est-ce que tu veux dire ? dit Khalil en passant à l'arrière du supermarché.

— Ils nous traitent comme des pestiférés, ils disent des horreurs sur nous, ils jettent Karim en prison et essayent de nous faire flamber. Mais après, ils veulent nous aider. Je ne comprends pas…"

Khalil haussa les épaules.

"Je ne crois pas que tous veulent venir nous apporter des couvertures, dit-il en coupant le moteur. Une partie aurait préféré nous voir tous brûler.

— Tu crois qu'ils reviendront ? demanda Adnan. Et qu'ils réessaieront ?"

Khalil referma la portière. Il secoua la tête.

"Ces gens qui viennent en cachette à la faveur de la nuit jeter des flambeaux sont des lâches. À présent, trop de monde regarde.

— Tu crois que ça se serait passé, si la police n'avait pas arrêté Karim ? dit Adnan en tenant la porte à Khalil.

— Qui sait, ça devait les démanger depuis un moment. C'est peut-être juste ce qui les a fait passer à l'acte."

Khalil regarda autour de lui. Bill ne leur avait pas dit avec qui parler, aussi finit-il par s'approcher d'un type en train de déballer des conserves dans un rayon.

"Voyez avec le chef, il est dans son bureau."

Le type leur indiqua, au fond du magasin.

Khalil hésita. Et s'ils n'étaient au courant de rien ? Bill n'avait peut-être pas parlé avec la bonne personne. Et s'ils pensaient qu'ils venaient mendier ?

Adnan le tira par la manche.

"Allez, viens, maintenant qu'on est là."

Dix minutes plus tard, ils remplissaient à ras le coffre de la voiture avec des sandwichs, des boissons, des fruits et même des bonbons pour les enfants. Khalil secoua à nouveau la tête. Décidément, les Suédois étaient bizarres.

Elle avait l'impression que ses pieds volaient au-dessus du gravier. C'était l'habitude qui l'avait maintenue en vie toutes ces années. Se lever chaque matin, enfiler son survêtement, nouer ses chaussures, et sortir courir.

Année après année, Helen avait toujours amélioré ses temps. Assez curieusement, l'âge n'était pas discriminant pour le marathon : l'avantage que les jeunes coureurs avaient par l'énergie et la force, les plus âgés le compensaient par l'expérience. Il était toujours amusant de voir de jeunes coureurs arrogants se faire dépasser lors de leur premier marathon par une femme qui aurait pu être leur mère.

Les prémices d'un point de côté forcèrent Helen à respirer plus calmement. Pas question de flancher aujourd'hui.

On avait relâché l'homme du camp de réfugiés, puis quelqu'un y avait mis le feu. Helen avait été effarée en voyant les images, mais elle avait aussitôt pensé qu'ils allaient à présent à nouveau les pointer du doigt, Marie et elle. Soupçonner l'une d'elles. Ou les deux.

Marie et elle avaient tant de rêves, tant de projets. À dix-huit ans, elles devaient tout laisser derrière elles, acheter un aller simple pour l'Amérique, où des choses formidables les attendaient. Et Marie y était allée. Elle avait accompli ses rêves, tandis qu'Helen était restée là. Fidèle au poste. Obéissante. Tout ce qui avait fait d'elle une victime, pour commencer. Marie n'aurait jamais accepté le destin d'Helen. Elle aurait lutté contre.

Mais Helen n'était pas Marie. Toute sa vie, elle avait suivi le courant, fait comme les autres lui disaient.

Elle avait suivi la carrière de Marie, lu des articles sur sa vie, sa réputation de femme pénible, froide et même méchante. Une mauvaise mère qui envoyait sa fille dans des internats tout autour du monde. Qu'on voyait sans cesse avec de nouveaux hommes, qui festoyait et se disputait avec les autres. Mais Helen voyait autre chose. Elle voyait la fille qui n'avait jamais peur de rien, qui voulait toujours la protéger, qui aurait décroché le soleil et la lune pour elle.

C'était pour ça qu'Helen n'avait jamais rien pu lui dire. Comment aurait-elle pu ? Elle était impuissante, juste une enfant. Qu'aurait-elle pu faire ?

Elle avait cru apercevoir Marie, hier, en faisant ses courses. Rien de plus qu'un mouvement saisi du coin de l'œil, mais sa présence était si forte. En levant les yeux, Helen n'avait vu qu'un vieil homme avec sa canne, mais elle aurait juré que Marie était restée là à l'observer.

Le chemin de gravier défilait sous elle, tandis que ses chaussures heurtaient le sol en cadence. Poser les orteils d'abord, puis rouler le pied vers le talon. Le pied droit devant voulait dire le bras droit derrière. Elle lorgna son chronomètre. Elle faisait un meilleur temps que jamais, peut-être parce que le rythme de ses foulées masquait tout le reste.

Tant de souvenirs auxquels ne pas penser. Et Sam. Son délicieux, merveilleux Sam. Qui n'avait jamais eu sa chance. Il était condamné d'avance, contaminé par ses péchés à elle. Comment avait-elle pu croire que les années allaient tout effacer, tout faire glisser dans les eaux sombres de l'oubli ? Rien ne disparaissait jamais. Elle, plus qu'une autre, aurait dû le savoir.

Le regard fixé sur l'horizon, Helen courait. Elle avait treize ans lorsqu'elle avait décidé de courir. Et elle n'osait pas ralentir maintenant.

Jessie reposa le dernier classeur des articles sur Helen, Marie et Stella. Elle leva les yeux vers Sam, il avait un regard si ouvert et l'instant d'après fermé. Tout à la fin du classeur, il avait rassemblé ses propres réflexions sur le meurtre. Les lire, c'était pour elle comme voir ses pensées noir sur blanc. Et pourtant non. Il était allé un pas plus loin.

Que pouvait-elle lui dire ? Que voulait-il entendre ?

Sam tendit la main vers son sac à dos.

"Il y a encore autre chose que j'aimerais te montrer", dit-il.

Il en sortit un carnet élimé, le feuilleta. Il semblait soudain si vulnérable.

"Je…", commença Jessie.

Elle n'arriva pas plus loin. Des coups énergiques à la porte les firent sursauter tous les deux.

Quand Jessie ouvrit la porte, elle recula d'étonnement. C'était Vendela. Elle ne regardait pas Jessie, elle semblait fixer ses pieds et piétinait nerveusement sur place.

"Salut, dit-elle tout bas, presque timidement.

— Salut, lâcha Jessie.

— Je… Je ne sais pas ce que Sam t'a raconté sur nous, mais je pensais que… peut-être…"

Un ricanement derrière elle fit se retourner Jessie. Sam était adossé au mur de l'entrée. Son regard avait une noirceur presque effrayante.

"Euh, salut, Sam", dit Vendela.

Sam ne répondit pas, et Vendela se tourna vers Jessie.

"Tu n'aurais pas envie de venir traîner un peu chez moi ? C'est à seulement dix minutes en vélo. Tu as un vélo ?

— Euh, oui, j'ai un vélo."

Jessie sentit ses joues rougir. Vendela était une des filles populaires, elle l'avait compris avant même d'avoir commencé l'école. Il suffisait de la regarder pour le piger. Aucune fille populaire n'était encore jamais venue la trouver comme ça. En lui proposant de venir chez elle.

"Ne me dis pas que tu gobes ça ?" dit Sam.

Il continuait à les dévisager, et Jessie se fâcha presque. C'était quand même énorme de la part de Vendela, d'être venue, et c'était une chance pour Jessie et Sam que les choses se passent plus correctement à l'école. Qu'est-ce qu'il voulait ? Qu'elle lui claque la porte au nez ?

Vendela leva les mains.

"Promis, j'ai vraiment honte pour ce qu'on a fait à Sam. Nils et Basse aussi, mais ils n'osent pas venir le dire. Tu sais comment sont les garçons…"

Jessie hocha la tête. Elle se tourna vers Sam.

"On se voit plus tard, toi et moi ?" dit-elle à voix basse.

Ne pouvait-il pas juste laisser de côté son orgueil idiot et lui dire que c'était OK, qu'elle pouvait bien sûr aller traîner avec Vendela un moment ? Mais ses yeux se rétrécirent, et il alla rassembler sur la table tous ses classeurs pour les charger dans ses deux sacs. Elle crut le voir essuyer une larme sur sa joue en jetant le carnet tout corné dans son sac à dos.

Il passa devant Jessie sans un mot, mais s'arrêta sur le seuil, sous le nez de Vendela.

"Si jamais j'apprends que vous l'avez embêtée…"

Il se tut mais lui jeta un regard intense avant de regagner son vélo. Bientôt, il eut disparu.

"Il faut excuser Sam… Il…"

Jessie cherchait ses mots, mais Vendela se contenta de secouer la tête.

"Je pige, on a été méchants avec Sam quand on était petits, alors évidemment, il est fâché. Moi aussi je l'ai été. Mais on a grandi, et on pige des trucs qu'on pigeait pas quand on était plus jeunes."

Jessie hocha la tête.

"Je comprends tout à fait. Vraiment."

Vraiment ? Jessie ne savait pas, mais Vendela joignit les deux mains.

"Bon ! dit-elle. Saute sur ton vélo, on se tire !"

Jessie alla chercher son vélo. Il était inclus dans le loyer de la maison. Rutilant, beau, il avait l'air cher, ce dont elle se félicita en voyant le regard admiratif de Vendela.

"Quelle belle maison ! dit-elle tandis qu'elles s'éloignaient dans Hamngatan.

— Merci", dit Jessie, en sentant son ventre ballotter.

Vendela était si… parfaite. Jessie aurait pu tuer pour pouvoir porter un short en jean retaillé aussi court.

Elles passèrent au niveau de la grand-place, où il y avait foule. Elle aperçut Marie derrière les caméras, en train de parler avec le réalisateur. Jörgen. Marie parlait parfois de lui.

Jessie eut une idée soudaine.

"Ma maman est là, lança-t-elle. Tu veux lui dire bonjour ?"

Vendela ne la regarda pas.

"Si ça va pour toi, je préférerais rester avec toi. Ce n'est pas pour être désagréable, mais…"

Jessie sentit son cœur s'emballer. C'était la première fois, à part avec Sam, bien sûr, que quelqu'un ne s'intéressait pas à qui était sa mère. Ah, si Sam avait été là, il aurait vu que Vendela était franche et sincère.

Tandis qu'elle peinait à pédaler dans la longue et raide montée de Galärbacken, elle ressentit quelque chose qu'elle n'arrivait pas bien à identifier. Puis elle comprit. Ça devait être ça, le bonheur.

Sanna avait mal à la tête en ouvrant la porte. C'était presque pire que d'habitude. Elle alla à la cuisine se servir un grand verre d'eau. Normalement, elle aimait manger au milieu des fleurs, à la jardinerie, mais, aujourd'hui, elle avait oublié de prendre un casse-croûte, et avait dû rentrer à la maison. Cornelia pouvait bien garder la boutique pendant une heure.

En ouvrant le réfrigérateur, Sanna aurait aimé pleurer. À part un tube de concentré de tomates et un pot de moutarde, il n'y avait que quelques tristes légumes qui avaient à coup sûr dépassé la date de péremption.

Elle savait ce qui la travaillait, Marie et Helen. Stella et la petite Nea. L'ombre dans la forêt. Celle dont elle avait si peur. Hier soir, ces pensées l'avaient poursuivie, cet homme qui était venu lui demander qui était cette ombre dans la forêt, avec qui Stella avait joué. Lui avait-elle menti ? Elle ne se rappelait pas. Ne voulait pas se rappeler. Puis il avait disparu, et ses rêves s'étaient reportés sur la fille aux yeux verts.

En tout cas, il n'était pas revenu poser d'autres questions.

Sanna sursauta en entendant approcher des voix aiguës de filles. Vendela était rarement à la maison, elle passait le plus clair de son temps à traîner avec ces deux garçons de sa classe, elle n'avait pas de copines, elle en était sûre. Mais voilà qu'elle arrivait, en coupant comme d'habitude par la pelouse en poussant son vélo, en compagnie d'une grosse fille blonde.

Sanna fronça les sourcils. Cette fille avait un air familier, sans qu'elle puisse la remettre. Sûrement une des copines qui traînait avec Vendela quand elle était plus jeune. Sanna n'avait jamais réussi, ou eu le courage, de se tenir au courant des fréquentations de Vendela.

"Salut ! dit Vendela. C'est *toi*, tu es à la maison ?

— Non, je suis encore à la jardinerie", dit Sanna, regrettant aussitôt sa pique.

Elle aurait dû se montrer la plus adulte des deux, mais Vendela avait eu l'air tellement déçue en la voyant.

"Bonjour, dit la grosse fille en s'avançant, main tendue. Je suis Jessie.

— Sanna, la maman de Vendela", dit-elle en regardant cette fille.

Mais oui, elle la reconnaissait. Était-ce la fille dont la maman était maîtresse à l'école ? Ou bien celle qui habitait là-bas, dans le virage ? Avec qui Vendela allait jouer quand elles étaient petites ?

"Quelle copine de Vendela es-tu ? demanda sans détour Sanna. Vous avez tellement grandi, toutes autant que vous êtes, je m'y perds.

— Maman…

— Je suis nouvelle, dit Jessie. Ma mère est venue pour le travail, nous allons habiter ici un moment.

— Ah ? Enchantée."

Sanna aurait juré la reconnaître.

"On monte dans ma chambre, dit Vendela, déjà au milieu de l'escalier.

— Ravie de faire votre connaissance", dit Jessie en suivant Vendela.

Une porte claqua et, bientôt, la musique retentit à fond. Sanna soupira. Réussie, sa pause-déjeuner au calme.

Elle ouvrit le congélateur et inspecta les tiroirs. C'était un peu plus prometteur que le réfrigérateur et elle finit par trouver, tout au fond, un sachet de poêlée campagnarde. Elle sortit une poêle, y jeta une sérieuse noix de beurre, puis le surgelé.

Bientôt, elle pourrait s'attabler avec une tasse de café. Elle leva un regard perplexe vers l'étage du dessus, où retentissait à présent une sorte de musique de danse. Où avait-elle déjà vu cette fille ?

Elle attrapa un magazine *people* qui traînait sur la table, et se mit à le feuilleter. *Voilà*. Un torchon que Vendela s'obstinait à ramener à la maison. Des pages et des pages de nouvelles insignifiantes sur des célébrités insignifiantes. Elle tourna une page et elle était là, tout sourire. Marie. Et soudain, Sanna sut qui était cette fille.

Des taches noires se mirent à danser devant ses yeux. Jessie, bien sûr. La fille de Marie. La fille qu'elle avait aperçue à la fenêtre chez elle. Elle avait les mêmes yeux que Marie. Les mêmes yeux verts qui avaient si souvent hanté ses rêves.

À l'étage, on entendait des rires joyeux de filles par-dessus la musique. Sanna avait la bouche complètement sèche. La fille de Marie était dans sa maison. Devait-elle faire quelque chose ? Allait-elle dire quelque chose ? Ce qu'avait fait sa mère n'était pas la faute de la fille. Et pourtant. C'était trop tangible. Trop proche. Les murs rétrécirent et sa gorge se serra.

Sanna attrapa ses clés de voiture et se précipita dehors.

"Bon. Je crois qu'on a quelques points à clarifier", dit Patrik en joignant les mains sur son ventre, tout en fixant ses chaussures.

Personne ne dit rien.

"Qu'est-ce que vous en dites ? Mellberg doit-il assister à cette réunion ?

— Il a conscience de s'être planté, dit tout bas Annika. Je n'ai pas l'habitude de prendre le parti de Bertil mais, en l'occurrence, je crois vraiment qu'il mesure son erreur et veut sincèrement aider.

— Oui, oui, mais vouloir et pouvoir, c'est deux choses différentes, dit sèchement Paula.

— Il est chef du commissariat, dit Patrik en se levant. On peut en penser ce qu'on veut, c'est comme ça."

Il s'absenta quelques minutes, et revint avec un Mellberg abattu. Ernst se traînait derrière son maître, tête pendante, comme si lui aussi était tombé en disgrâce.

"Très bien, dit Patrik en se rasseyant. Nous sommes donc tous là."

Mellberg prit place au bout de la table, Ernst à ses pieds.

"À partir de maintenant, je veux que nous bossions tous dans la même direction. Nous allons nous acquitter de notre mission avec objectivité, sans débordements sentimentaux. Nous devons nous concentrer sur deux choses : l'enquête en cours sur le meurtre de Linnea Berg, et la question de savoir qui a mis le feu au camp de réfugiés.

— Comment avance-t-on ?" demanda Martin.

Gösta hocha la tête.

"Oui, comment veux-tu répartir le travail ?

— Il y a un certain nombre de choses à faire. Annika, tu notes ?"

Annika saisit son stylo.

"Tout d'abord, nous devons auditionner les autres occupants du camp, en commençant par ceux qui habitaient le plus près de Karim et sa famille. D'après ce que j'ai compris, ceux qui ont eu leur logement détruit sont hébergés à la salle polyvalente, en attendant une solution plus durable. Paula et Martin, vous vous en chargez ?"

Ils hochèrent la tête et Patrik se tourna vers Gösta.

"Gösta, qu'ont dit Eva et Peter à propos de la culotte ? Ont-ils pu l'identifier comme appartenant à Nea ?

— Oui, dit Gösta. Ils ont dit qu'elle avait des culottes comme ça, et que ce pouvait parfaitement être celle qu'elle portait le jour de sa disparition. Mais…

— Mais quoi ?" demanda Patrik en tendant l'oreille.

Gösta était le plus expérimenté de ses collègues et, quand il avait quelque chose à dire, cela valait la peine de l'écouter.

"Eh bien, je ne sais pas… Je n'ai rien de concret, mais il y a quelque chose qui me dérange. Je n'arrive juste pas à mettre le doigt dessus…

— Continue d'y réfléchir et vois ce que tu peux trouver", dit Patrik.

Il hésita.

"En haut de ma liste, j'ai noté de recontacter Torbjörn. J'ai beaucoup de mal à accepter de n'avoir pas fini la perquisition chez les Berg. J'en ai parlé avec la procureure ce matin, et elle est d'accord avec moi. Elle considère que nous devrions l'achever, malgré la « découverte » chez Karim.

— Je suis d'accord", dit Gösta.

Patrik le regarda, étonné. Gösta avait donc vraiment un doute. Mais à quel sujet ?

"Bien, lâcha-t-il. J'appelle Torbjörn, et on y retourne dès que possible. Avec un peu de chance, ça pourra être aujourd'hui ou demain, selon leur charge de travail.

— Ils s'occupent de l'incendie ?" demanda Paula.

Patrik secoua la tête.

"Non, des spécialistes de la sécurité incendie sont dessus. Mais en attendant d'en savoir davantage, on se base sur une première indication, selon laquelle un engin de type cocktail molotov a été jeté par la fenêtre de chez Karim.

— Et que fait-on de l'enregistrement de l'appel anonyme ? demanda Paula.

— Il est chez Annika, dit Patrik. Allez l'écouter, pour voir si quelque chose vous frappe. La voix est déformée, mais je vais l'envoyer pour analyse aujourd'hui. Peut-être pourront-ils faire quelque chose pour la déformation, ou au moins isoler un bruit de fond qui puisse nous aider à identifier la personne qui a appelé.

— OK, dit Paula.

— Et Helen et Marie ? dit Martin. Nous ne savons toujours pas s'il y a un lien avec le meurtre de Stella.

— Non, mais nous leur avons déjà parlé, et pour le moment, nous n'avons rien de concret sur quoi les interroger. Il faudra attendre d'en savoir plus. Je continue à croire qu'il doit y avoir une sorte de lien.

— Malgré la découverte chez Karim ? dit Paula.

— Oui, malgré la « découverte »", dit Patrik sans pouvoir s'empêcher de jeter un regard à Mellberg.

Les yeux rivés à la table, il n'avait dit mot de toute la réunion.

"Je crois que c'est une fausse piste, reprit-il. Mais nous ne pouvons pas encore l'exclure. Cet appel anonyme, puis la découverte de Mellberg, ça tombe vraiment trop bien.

Qui pouvait savoir que la culotte était là ? Et avoir une raison de téléphoner pour donner le tuyau ? Non, je n'y crois pas."

Gösta était resté à se rouler les pouces sur ses genoux, plongé dans de profondes réflexions. Au moment où Patrik allait clore la réunion, il leva les yeux.

"Je crois que je sais ce qui me dérange. Et comment je vais le prouver."

BOHUSLÄN 1672

Le désespoir d'Elin ne faisait que croître. Preben consacrait tout son temps libre à Britta, et traitait Elin comme du vent. C'était comme si ce qui s'était passé entre eux n'avait jamais existé. Il n'était pas méchant, c'était juste comme s'il avait tout oublié. Britta et son enfant captivaient toute son attention, et même Märta ne l'intéressait plus. La fillette errait, confuse, Sigrid sur ses talons. Cela fendait le cœur d'Elin de voir le désespoir et l'incompréhension de sa fille devant le désintérêt soudain de Preben, et Elin ne savait pas comment lui expliquer la folie des adultes.

Comment expliquerait-elle à sa fille ce qu'elle ne comprenait pas elle-même ?

Une chose pourtant était claire. Elle ne pouvait plus envisager de parler de son enfant à Preben. Et encore moins de le garder. Il fallait qu'elle s'en débarrasse. À n'importe quel prix. Si elle n'y parvenait pas, Märta et elle se retrouveraient sans domicile, elles en seraient réduites à mourir de faim, mendier, ou tout autre des sorts qui guettaient les femmes n'ayant nulle part où aller. Elle ne pouvait pas laisser cela leur arriver, à Märta et elle. Elle n'avait aucune connaissance sur la façon de faire passer un enfant. Mais elle savait à qui s'adresser. Elle savait qui on allait voir quand on se retrouvait dans cet état sans un homme pour s'occuper de la mère et de l'enfant, elle savait qui pourrait l'aider. Helga Klippare.

Une semaine plus tard elle eut une occasion. Britta lui demanda de faire quelques courses à Fjällbacka. Pendant tout le trajet en carriole, elle sentit son cœur se serrer dans sa poitrine. Elle s'imaginait sentir l'enfant bouger, même si elle savait que c'était encore bien trop tôt. Lill-Jan, qui conduisait l'attelage, abandonna vite toute tentative de conversation. Elle n'était pas d'humeur à parler à qui que ce soit, elle se taisait, tandis que les roues bringuebalaient en cadence sur le chemin. Une fois à Fjällbacka, elle descendit de la carriole et s'en alla sans un mot. Lill-Jan avait lui aussi à faire pour le maître de maison, ils ne devaient pas rentrer avant le soir. Elle avait tout le temps pour ce qu'elle avait à faire.

Des regards la suivaient tandis qu'elle rasait les murs. Helga habitait la dernière maison, et Elin hésita à frapper. Mais elle finit par heurter du poing le bois vermoulu.

Elin avait eu de l'eau-de-vie maison pour supporter la douleur mais, au fond, elle n'avait rien contre la souffrance physique. Plus son corps lui faisait mal, plus la douleur de son cœur était assourdie. Elle sentit les contractions. Rythmiques. Méthodiques. Comme lors de la naissance de Märta. Mais cette fois, c'était sans la joie et l'espoir qu'elle avait éprouvés en sachant ce qu'allait donner ce dur travail. Cette fois-ci, il n'y aurait que du chagrin au bout de cette douleur lancinante et de ce sang.

Helga ne lui manifestait aucune sympathie. Elle ne la jugeait pas non plus. Silencieuse et méthodique, elle faisait ce qu'il fallait, et son seul signe de sollicitude était d'essuyer de temps à autre la sueur du front d'Elin.

"C'est bientôt fini", lâcha-t-elle après avoir regardé entre les jambes d'Elin, couchée à même le sol sur un tapis de lisses sale.

Elin regarda par le fenestron près de la porte. L'après-midi tirait vers sa fin. Dans quelques heures, elle devrait monter dans la carriole de Lill-Jan, pour rentrer au presbytère. Le chemin était accidenté, et elle savait que chaque cahot lui ferait mal. Mais il faudrait faire bonne figure. Personne ne devait savoir ce qui s'était passé.

"Il faut pousser, ordonna Helga. À la prochaine contraction, Elin doit pousser, et ça sortira."

Elin ferma les yeux, attrapa les bords du tapis. Elle attendit que les crampes se superposent et, au sommet de la douleur, elle poussa de toutes ses forces.

Quelque chose glissa d'elle. Petit. Une boule. Aucun cri à attendre. Aucun signe de vie.

Helga fit vite. Elin entendit le bruit de quelque chose jeté dans le seau posé à côté.

"C'était aussi bien, dit sèchement Helga en se redressant péniblement tout en essuyant ses mains ensanglantées sur un chiffon. Ça n'était pas comme ça devait. Ça ne se serait jamais bien passé."

Elle posa le seau près de la porte. Elin sentit monter un sanglot, mais le réprima, le retint en elle de toutes ses forces, jusqu'à en faire une petite bille fichée dans son cœur. Même ça, elle ne devait pas le garder, l'image de ce petit garçon ou de cette petite fille qui aurait été si mignon avec les yeux bleus de Preben. L'enfant n'était pas bien formé. Il n'y aurait jamais eu de famille pour eux, ailleurs que dans ses rêves naïfs.

La porte s'ouvrit à la volée, et Ebba de Mörhult entra chez sa sœur. Elle s'arrêta net en avisant Elin couchée par terre. Elle resta bouche bée en découvrant la scène, Elin en sang, les jambes écartées, le seau près de la porte, avec son contenu, et Helga qui essuyait le sang d'Elin de ses mains.

"Eh bien...", lâcha Ebba avec un éclair dans les yeux. Elle avait affaire avec Helga. "À ma connaissance, Elin ne s'est pas remariée ? C'est par un valet ferme qu'Elin s'est fait engrosser ? Ou elle a commencé à faire la putain à l'auberge ?

— Tais-toi", lança sèchement Helga à sa sœur, qui fit la moue.

Elin n'avait pas le courage de répondre. Toutes ses forces l'avaient abandonnée, et elle n'avait que faire du ressentiment d'Ebba. Elle allait monter dans la carriole avec Lill-Jan, rentrer au presbytère et oublier tout ce qui s'était passé.

"C'était ça, le môme ?" dit Ebba en donnant un coup de pied dans le seau.

Elle regarda au fond avec curiosité puis fronça le nez.

"On dirait une erreur de la nature.

— Tais-toi, ou je ne me retiendrai plus de te gifler pour de bon", cracha Helga.

Elle attrapa sa sœur et la mit à la porte. Puis elle se tourna vers Elin.

"Qu'elle ne fasse pas attention à Ebba, elle a toujours été une mauvaise graine, déjà quand on était petites. Si Elin se relève doucement, elle pourra se laver."

Elin obéit. S'assit en s'appuyant sur ses bras. Son bas-ventre lui faisait mal et il y avait une bouille sanglante sur le tapis entre ses jambes.

"Elin a de la chance, il n'y a rien eu à recoudre. Et elle n'a pas perdu trop de sang. Mais il faudra se ménager quelques jours.

— On fera ce qu'on pourra", dit Elin en prenant le linge humide qu'Helga lui tendait.

Se laver faisait mal. Helga posa une cuvette d'eau près d'elle pour qu'elle puisse essorer le linge.

"Je…" Helga hésita. "J'ai entendu dire que sa sœur était dans le même état."

Elin ne répondit pas tout de suite. Puis elle hocha la tête.

"Oui, c'est vrai. Cet hiver, il y aura des cris d'enfant au presbytère.

— Il paraît que ce sera un joli docteur d'Uddevalla qui s'occupera de la femme du pasteur le moment venu, mais s'il y a besoin, ils peuvent me faire appeler.

— Je le leur dirai", dit Elin, la gorge sèche.

Elle n'avait pas le courage de songer à l'enfant de Britta. Pas le courage non plus de songer au sien. Dans le seau.

Péniblement, elle se releva et rabattit sa robe. Il était bientôt l'heure de rentrer à la maison.

"Ne claque pas la porte !"
James fixait Sam, dans l'entrée.
"Je l'ai pas tant claquée que ça, merde", dit Sam en ôtant ses chaussures.
La colère familière monta en James. Toujours cette déception. Son vernis à ongles noir et son maquillage noir autour des yeux étaient la façon de son fils de lui cracher à la figure, il le savait. Il heurta son poing fermé contre le papier peint fleuri. Sam sursauta, et James sentit les tensions de son corps se relâcher.
Il avait bien été forcé de trouver un exutoire à toute la colère qu'il avait éprouvée à l'égard de Sam quand il était plus jeune. Quand ils allaient en forêt. Les rares fois où Helen était absente. Les accidents étaient si fréquents. Mais une fois, Helen les avait surpris. Sam était accroupi par terre, James levait le poing sur lui. Sam saignait de sa lèvre fendue, et James comprenait que ce n'était pas beau à voir. Mais Helen avait réagi presque un peu trop fortement. La voix tremblante de colère, elle lui avait expliqué ce qui arriverait s'il touchait Sam encore une fois.
Et James s'était abstenu depuis. Cela faisait trois ans.
Sam monta lourdement l'escalier et James se demanda ce qui l'avait fâché à ce point. Puis il haussa les épaules. Les problèmes des ados…
Il avait hâte de repartir en mission. Encore deux semaines. Il comptait les minutes. Il ne comprenait pas ses collègues qui se languissaient de chez eux, qui voulaient retrouver l'ennui, la famille, mais l'armée s'obstinait à ce qu'on prenne de temps

en temps des "congés". Il y avait sûrement tout un baratin psy derrière ça, ce n'était pas trop son truc.

Il gagna l'armoire blindée, derrière son bureau. Il saisit les chiffres du code, et entendit le déclic du verrou. C'était là qu'il rangeait les armes qu'il possédait légalement mais, au fond du placard, à l'étage, il avait une cache où il stockait des rangées sur rangées d'armes collectionnées depuis bientôt trente ans, tout, des simples pistolets aux armes automatiques. Quand on savait à qui s'adresser, il n'était pas difficile de se procurer des armes.

Dans cette armoire, il avait son colt M1911. Ça, c'était un vrai pistolet, pas un petit truc élégant ou léger. Calibre .45.

Il reposa l'arme. Peut-être pourrait-il faire une séance de tir avec Sam cet après-midi ? C'était quand même assez ironique, la seule chose pour laquelle Sam était doué, à part les ordinateurs, ne lui servirait jamais à rien. Être un tireur d'élite n'avait aucun intérêt pour un rond-de-cuir. Car c'était l'avenir qu'il imaginait pour Sam : rond-de-cuir dans le numérique. Ennuyeux, absurde, superflu.

James referma soigneusement l'armoire. La porte cliqueta et se verrouilla automatiquement. Il leva les yeux vers l'étage. La chambre de Sam était juste au-dessus. C'était silencieux, mais cela voulait sûrement dire qu'il était devant son ordinateur avec ses écouteurs, en train de s'exploser les oreilles avec cette musique infâme qu'il écoutait. James soupira. Plus tôt il partirait en mission, mieux ce serait. Il ne supporterait bientôt plus de rester ici.

Erica demanda à ce qu'on lui expédie le tableau chez elle à la fin du vernissage, et prit congé de Viola. Juste devant la galerie, son portable bipa, et elle se dépêcha de lire le message. Génial. Les activités du lendemain étaient toutes réservées et confirmées, il ne restait plus qu'à voir comment kidnapper Kristina. Erica composa le numéro d'Anna, peut-être aurait-elle une bonne idée. Toutes les idées qui lui venaient avaient un côté humoristico-sadique que sa belle-mère n'apprécierait probablement pas.

Erica entendit les tonalités dans le combiné. Elle regarda sur la place et remarqua qu'un tournage devait être en cours. Elle tendit le cou et crut apercevoir Marie Wall tout au fond, au milieu des caméras, mais ce n'était pas très facile de la voir, car elle était entourée d'une foule compacte de curieux.

"Allô ? dit Anna, faisant sursauter Erica.

— Ah, salut, c'est moi. Dis, tout est prêt pour demain, nous devons être à l'hôtel à midi. Mais la question est de savoir comment y conduire Kristina sans éveiller ses soupçons. Tu as peut-être une bonne idée ? Je suis à peu près sûre que tu vas recaler mon plan d'embaucher quelques types déguisés en terroristes qu'on enverrait l'enlever, tout simplement…"

Anna rit à l'autre bout du fil. On entendit des sirènes en fond sonore.

"Oups, c'est la police ?" dit Erica.

Silence à l'autre bout du fil.

"Allô ? Tu es toujours là ?"

Erica consulta l'écran, mais rien n'indiquait que la communication ait coupé.

"Euh, allô… non, c'était juste une ambulance qui passait.

— Une ambulance ? Espérons qu'il ne soit rien arrivé à tes voisins.

— Non, en fait, je ne suis pas à la maison.

— Ah, d'accord, et tu es où ?

— À Uddevalla.

— Qu'est-ce que tu fais là-bas ?"

Pourquoi n'en avait-elle pas parlé quand elles étaient avec Kristina pour l'essayage de la robe de mariée ?

"Juste un examen médical.

— Mais pourquoi ?" Erica fronça les sourcils. "Tu n'es pourtant pas suivie à Uddevalla ?

— C'est un examen spécialisé qui ne pouvait être fait qu'à l'hôpital d'Uddevalla.

— Anna, j'entends que tu ne me dis pas tout. Ça concerne ton bébé ? Ou toi ? Tu es malade ?"

L'inquiétude lui serra le ventre. Depuis l'accident de voiture, Erica ne prenait rien comme allant de soi.

"Non, non, Erica, je t'assure. Tout va bien. Ils veulent sans doute prendre toutes les précautions possibles, étant donné…"

Anna ne finit pas sa phrase.

"D'accord, mais promets-moi que tu me raconterais s'il y avait quelque chose.

— Promis, dit Anna, avant de changer de sujet. Je vais trouver une idée pour demain. À midi au Grand Hôtel, c'est ça ?

— Oui, ensuite, j'ai planifié tout le reste de la journée et la soirée. Tu resteras autant que tu pourras. Bisou."

Erica raccrocha, mais resta pensive. Anna lui cachait quelque chose. Elle en aurait juré.

Erica traversa la place en direction du tournage. Oui, c'était bien Marie Wall, là-bas. Ils étaient en train d'achever une scène, et Erica fut impressionnée par son rayonnement. Elle n'avait pas besoin de la voir à travers un objectif pour savoir qu'elle allait crever l'écran. Elle faisait partie de ces personnes qui semblaient avoir un projecteur en permanence braqué sur elles.

Une fois la scène finie, Erica tourna les talons pour rentrer à la maison. Un peu plus loin, Marie fit un signe de la main en voyant qu'Erica regardait dans sa direction. Elle lui indiqua de la tête le Café Bryggan, et Erica alla à sa rencontre.

"Vous êtes Erica Falck, n'est-ce pas ? demanda Marie, avec exactement le même timbre voilé et enfumé que dans ses films.

— Oui, c'est exact", dit Erica, prise aussitôt d'une timidité qui ne lui ressemblait pas.

Elle n'avait encore jamais rencontré de star du cinéma, et se sentait bluffée d'être devant quelqu'un qui avait flirté avec George Clooney.

"Bon, vous savez qui je suis, dit Marie avec un rire nonchalant, en sortant un paquet de cigarettes de son sac. Vous en voulez une ?

— Non merci, je ne fume pas."

Marie alluma une cigarette.

"J'ai compris que vous souhaitiez me parler. J'ai eu vos lettres… J'ai une pause pendant qu'ils gaffent le set, alors, si vous voulez, nous pouvons nous asseoir là pour prendre un verre ?"

Marie indiqua du bout de sa cigarette une table au Café Bryggan.

"Volontiers", répondit Erica, avec un peu trop d'empressement.

Elle se demanda ce que signifiait *gaffer le set*, mais n'osa pas demander.

Elles s'installèrent à une table juste au bord du ponton, et la serveuse accourut immédiatement. Elle était si excitée de servir Marie qu'elle semblait au bord de l'infarctus.

"Deux coupes de champagne, dit Marie en chassant de la main la jeune fille qui se dépêcha tout sourire de regagner l'intérieur du restaurant. Bon, je ne vous ai pas demandé ce que vous preniez, mais il n'y a que les personnes ennuyeuses qui ne boivent pas de champagne, et je n'ai pas eu l'impression que vous étiez une personne ennuyeuse."

Marie recracha sa fumée vers Erica tout en l'étudiant de la tête aux pieds.

"Euh…"

Erica ne sut que répondre. Mon Dieu, elle se comportait comme si elle avait douze ans. Les acteurs d'Hollywood étaient des gens, comme tout le monde. Erica tenta d'utiliser un truc que lui avait donné son père pour lutter contre le trac quand elle devait faire un exposé à l'école – elle imagina Marie sur la cuvette des toilettes, pantalon baissé. Malheureusement, cela ne marchait pas aussi bien qu'Erica l'avait espéré : d'une certaine façon, Marie réussissait à être infiniment élégante, même dans cette situation.

La serveuse revint au pas de course et posa deux coupes de bulles devant elles.

"Nous pouvons en commander tout de suite deux autres, celles-ci vont descendre en moins de deux, ma chérie", dit Marie en la chassant à nouveau d'un geste de la main.

Elle prit son verre de la main droite et le leva vers Erica.

"Santé, dit-elle, avant de vider la moitié du verre.

— Santé", dit Erica, en se contentant de tremper les lèvres dans le sien.

Si elle continuait comme ça à boire des bulles en pleine journée, elle serait bientôt ivre.

"Que voulez-vous savoir ?" dit Marie en finissant son verre.

Elle chercha des yeux la serveuse, qui se précipita avec deux nouvelles coupes.

Erica but du bout des lèvres quelques gorgées de sa première en réfléchissant par où commencer.

"Eh bien, la première chose que je me demande, c'est pourquoi vous avez changé d'avis et acceptez à présent de me parler ? Je cherche à vous joindre depuis un bon moment.

— Je comprends que vous vous posiez la question, car j'ai toujours parlé ouvertement de mon passé tout au long de ma carrière. Mais vous avez sans doute entendu dire que j'envisageais moi-même d'écrire un livre.

— Oui, la rumeur est venue jusqu'à moi."

Erica finit sa coupe et tendit la main vers l'autre. Boire des bulles au soleil sur le ponton avec une star internationale du cinéma était quand même trop magnifique pour écouter la voix de la raison.

"Je n'ai toujours pas décidé comment faire. Mais je me suis dit, puisqu'Helen vous a parlé…"

Marie haussa les épaules.

"Oui, elle est venue me voir en passant, hier, dit Erica. Ou plutôt en courant.

— Oui, j'ai cru comprendre qu'elle était un peu obsédée par la course à pied. Nous ne nous sommes pas parlé, mais je l'ai aperçue en train de courir en ville. Je l'ai à peine reconnue. Maigre comme un clou. Je n'ai jamais pu comprendre l'intérêt de tout ce sport. Il suffit de fuir les glucides comme la peste, et on garde quand même la ligne."

Elle croisa une longue jambe bien galbée sur l'autre. Erica regarda avec envie son corps élancé, non sans éprouver de l'angoisse à l'idée d'une vie sans glucides.

"Avez-vous été en contact, toutes ces années ? demanda Erica.

— Non", répondit sèchement Marie. Puis son visage se radoucit. "Nous avons fait quelques molles tentatives pour nous joindre juste après. Mais les parents d'Helen l'ont efficacement empêchée d'entrer en contact avec moi. Alors nous avons abandonné. Et d'ailleurs, il était sans doute plus facile d'essayer de tout oublier et de tourner la page.

— Comment avez-vous vécu tous ces événements ? La police ? Les journaux ? Le public ? Vous n'étiez que des enfants, ça a dû être bouleversant ?

— Nous ne devions pas comprendre la gravité de la situation. Helen et moi pensions que ça retomberait et que tout redeviendrait comme avant.

— Comment pouviez-vous croire ça ? Quand une petite fille avait été tuée ?"

Marie ne répondit pas tout de suite. Elle sirota son champagne.

"Vous devez vous rappeler que nous aussi n'étions que des enfants, dit-elle alors. Nous avions l'impression d'être toutes les deux seules contre le monde entier, de vivre dans une bulle où personne ne pouvait entrer. Vous-même, comment voyiez-vous le monde, à treize ans ? Voyiez-vous les nuances ? Les zones de gris ? Ou tout était-il simple, en noir et blanc ?"

Erica secoua la tête.

"Non, vous avez raison."

Elle se souvenait d'elle-même adolescente. Naïve, inexpérimentée, pleine de clichés et de vérités simples. Ce n'était qu'en vieillissant qu'on commençait à comprendre combien la vie était compliquée.

"Je lui ai demandé pourquoi vous aviez avoué, avant de vous rétracter, mais on ne peut pas dire qu'elle m'ait donné une vraie réponse.

— Je ne sais pas si vous en aurez une meilleure de ma part, dit Marie. Il y a des choses dont nous ne voulons pas parler. Des choses dont nous ne parlerons pas.

— Pourquoi ?

— Parce que certaines choses doivent rester dans le passé."

Marie écrasa sa cigarette et en alluma une nouvelle.

"Mais vous avez pourtant parlé si ouvertement de tout ce qui concernait l'affaire ? De votre famille, de vos familles d'accueil. On n'a pas l'impression que vous ayez voulu cacher des détails.

— On n'est pas obligé de toujours tout raconter, dit Marie. Peut-être le ferai-je dans mon livre, peut-être pas. Probablement pas.

— En tout cas, vous reconnaissez franchement ne pas dire toute la vérité. Helen ne voulait pas aller jusque-là.

— Helen et moi sommes incroyablement différentes. Nous l'avons toujours été. Elle a ses démons, j'ai les miens.

— Avez-vous le moindre contact avec votre famille ? Je sais que vos deux parents sont morts, mais vos frères ?

— Mes frères ? ricana Marie en faisant tomber la cendre de sa cigarette directement sur le ponton. Oh, ils aimeraient bien. Ils ont voulu renouer quand ma carrière a décollé et qu'on a commencé à me voir dans les journaux. Mais j'ai vite coupé court. Ils ont tous les deux gâché leur vie, chacun à sa façon, alors non, je n'ai jamais ressenti de besoin particulier de leur faire une place dans la mienne. Ils étaient déjà un calvaire quand j'étais enfant, et je ne les imagine pas plus sympathiques adultes.

— Mais vous avez une fille ?"

Marie hocha la tête.

"Oui, ma fille Jessie a quinze ans. Ado jusqu'au bout des ongles. Elle ressemble plutôt à son père, malheureusement.

— Il n'existe pas de photo de lui, si j'en crois la presse *people* ?

— Mon Dieu, non, c'était un coup rapide sur son bureau pour avoir un rôle." Marie lâcha un rire rauque. Elle regarda Erica et lui fit un clin d'œil. "Et, oui, j'ai eu le rôle.

— Connaît-elle votre passé ?

— Oui, bien sûr, les jeunes, aujourd'hui, vont sur internet, et elle a sûrement googlisé tout ce qu'on peut trouver sur moi. Apparemment, elle a été tracassée à l'école à cause de moi.

— Comment l'a-t-elle pris ?"

Marie haussa les épaules.

"Aucune idée. C'est sans doute le genre de choses que les jeunes d'aujourd'hui doivent supporter. Et dans une certaine mesure, elle ne peut s'en prendre qu'à elle-même : si elle faisait un peu plus attention à son apparence, cela se passerait sûrement mieux à l'école."

Erica se demanda si Marie était vraiment aussi froide qu'elle en donnait l'impression quand elle parlait de sa fille. Elle ne savait pas ce qu'elle ferait si quelqu'un était méchant avec Maja ou les jumeaux.

"Et quelle est votre théorie sur ce qui vient de se passer ? Le meurtre de Nea ? Le hasard semble beaucoup trop grand : vous revenez ici, et une petite fille est retrouvée au même endroit que celle que vous êtes supposée avoir assassinée.

— Je ne suis pas idiote, je me rends évidemment compte que ça fait tache."

Marie se tourna pour appeler la serveuse. Sa coupe était vide. Elle interrogea d'un sourcil levé Erica, qui secoua la tête. Il lui restait du champagne dans sa deuxième coupe.

"Tout ce que je peux dire, c'est que nous sommes innocentes", dit Marie en regardant vers le large.

Erica se pencha en avant.

"J'ai trouvé récemment un article où on lit que vous avez vu quelqu'un dans la forêt, ce jour-là."

Marie sourit.

"Oui, je l'ai aussi dit à la police.

— Pas dès le début, seulement après être revenue sur vos aveux, n'est-ce pas ? dit Erica en observant la réaction de Marie.

— Touché, dit Marie en la pointant du doigt. Vous avez potassé.

— Vous n'avez pas d'idée, qui cela pouvait être ?

— Non, dit Marie. Sinon j'en aurais parlé à la police.

— Et que dit la police, aujourd'hui ? Avez-vous l'impression qu'ils pensent qu'Helen et vous êtes impliquées ?

— Je ne peux pas répondre sur ce qu'ils pensent au sujet d'Helen. Mais je leur ai indiqué avoir un alibi pour le jour de la disparition de la fillette, il leur est donc impossible de me soupçonner. Et Helen n'est pas impliquée. Elle ne l'était pas à l'époque, pas plus que moi, et ne l'est pas non plus aujourd'hui. La triste vérité, c'est que la police a négligé de suivre la piste de la personne que j'ai vue en forêt, et c'est probablement la même qui a à nouveau frappé."

Erica songea à sa visite au vernissage.

"Avez-vous eu des nouvelles du policier responsable de l'enquête sur la mort de Stella ? Leif Hermansson ?

— Oui...", dit Marie avec une minuscule ride au front, qui fit soupçonner à Erica l'utilisation de botox. "Maintenant que vous en parlez. Mais c'était il y a des années. Il a cherché à me contacter *via* mon agent. Laissé plusieurs messages. Et j'ai finalement décidé de lui répondre. Mais quand je l'ai appelé, on m'a appris qu'il s'était suicidé.

— OK", dit Erica en réfléchissant fébrilement.

Si Marie disait la vérité, qu'il n'avait pas eu de contact avec elle avant cela, il devait avoir découvert quelque chose qui jetait un éclairage nouveau sur l'ancienne enquête. Mais qu'est-ce que ça pouvait être ?

"Marie ?"

Un homme de grande taille, qu'Erica supposa être le réalisateur, appelait Marie en lui faisant de grands signes.

"C'est l'heure de retourner bosser, excusez-moi."

Marie se leva. Elle finit son champagne et sourit à Erica.

"Nous reparlerons de tout ça une autre fois. Vous êtes un amour de prendre l'addition, n'est-ce pas ?"

Elle se dirigea lentement vers l'équipe de tournage, tous les regards fixés sur elle.

Erica fit signe à la serveuse et lui régla ce qu'elles devaient. Visiblement, elles n'avaient pas bu du champagne bon marché : Erica vida elle aussi sa coupe. Ces dernières gouttes étaient trop chères pour les laisser gâcher.

Que Marie ait accepté de lui parler était très important, et elle prévoyait déjà d'appeler pour réaliser une longue interview la semaine prochaine. Il fallait aussi qu'elle parle davantage avec Helen. Elles détenaient toutes les deux la clé d'un livre sur l'affaire Stella. Sans leurs témoignages, ce livre ne pourrait jamais être un succès.

Mais il y avait encore une autre personne importante dans ce récit. Sanna Lundgren. Elle avait vécu toute sa vie le retentissement du meurtre, ce qui avait détruit sa famille. Quand Erica écrivait ses livres, elle ne voulait pas se limiter au meurtre, à la victime et à l'assassin. L'histoire des proches était au moins aussi importante. Des familles aux vies brisées, des personnes tellement affectées que beaucoup ne s'en relevaient jamais. Sanna pouvait aussi lui parler de Stella. Elle n'était qu'une enfant quand sa petite sœur avait été assassinée, et ses souvenirs étaient peut-être devenus flous et diffus avec le temps. Mais c'était pourtant elle qui connaissait le plus grand nombre d'histoires au sujet de Stella. Et c'était toujours le cœur des livres d'Erica. Faire revivre la victime, pour faire comprendre au lecteur que c'était une personne réelle, avec des rêves, des sentiments et des pensées.

Il fallait qu'elle contacte Sanna au plus vite.

En passant devant la foule assemblée autour du tournage, Erica sentit une main sur son bras. Une femme avec une ceinture de trousses de maquillage surveillait Marie d'un œil tout en se penchant vers Erica.

"J'ai entendu Marie dire qu'elle avait un alibi pour le moment où la fille avait disparu, chuchota-t-elle. Qu'elle a dormi dans la chambre d'hôtel de Jörgen…

— Oui ? dit Erica, attendant impatiemment la suite.

— Ce n'est pas vrai, poursuivit tout bas la femme dont Erica supposa qu'elle était la maquilleuse du film.

— Comment le savez-vous ? chuchota-t-elle à son tour.

— Parce que j'ai couché avec Jörgen cette nuit-là."

Erica la regarda. Puis regarda Marie, qui commençait une nouvelle scène. C'était vraiment une excellente actrice.

Il était étourdi par les médicaments qu'ils lui injectaient. Antidouleurs. Calmants. Le ronron du respirateur l'endormait. Il lui était presque impossible de se maintenir éveillé. Les moments où Karim savait où il était, les larmes venaient. Il demandait aux infirmières des nouvelles d'Amina, suppliait de la voir, mais on se contentait de lui murmurer qu'il devait rester là où il était. Les enfants étaient venus dans sa chambre, il se rappelait leurs joues chaudes quand ils avaient pleuré sur son oreiller. Ils allaient sortir demain, avait dit un docteur, mais pouvait-il faire confiance à quelqu'un ? À la police ? Aux habitants du camp ? Il ne savait plus qui était ami et qui ennemi.

Il avait nourri un tel espoir en arrivant dans son nouveau pays. Il voulait travailler, contribuer, veiller à ce que ses enfants deviennent des Suédois solides, confiants et doués. De ceux qui font la différence.

Aujourd'hui, tout avait disparu. Amina était sur un lit d'hôpital dans un pays inconnu, entourée d'une équipe d'étrangers qui luttaient pour sauver sa vie. Peut-être allait-elle mourir là, dans un pays à des milliers de kilomètres de chez elle ? Un pays où il l'avait emmenée.

Elle avait été si forte durant le long voyage. Elle les avait portés, lui et les enfants, sur une mer déchaînée, à travers les douanes et les frontières, le fracas du train sur les rails, le bruit hypnotique des pneus sur l'asphalte, quand le bus roulait dans la nuit. Amina et lui avaient chuchoté à l'oreille des enfants quand ils n'arrivaient pas à dormir, en leur assurant que tout irait bien. Il les avait trahis. Trahi Amina.

Des rêves inquiets le poursuivaient. Des rêves où tous ceux qu'il avait dénoncés se mêlaient aux cheveux en feu d'Amina, son regard brisé qui lui demandait pourquoi il avait attiré ce malheur sur eux, pourquoi il les avait traînés, elle et les enfants, jusqu'à ce pays oublié des dieux, où personne n'avait voulu les regarder en face, les accueillir et leur tendre la main, mais où quelqu'un avait voulu les voir brûler.

Karim laissa les drogues l'emporter à nouveau dans le sommeil. Il avait fini par arriver au bout de la route.

"Là", dit Gösta en indiquant la sortie.

Ils étaient à mi-chemin d'Hamburgsund et la route se fit étroite et sinueuse dès qu'elle cessa d'être goudronnée.

"Il vit au milieu des bois ? À son âge ? demanda Patrik en évitant un chat qui traversait juste sous ses roues.

— Quand j'ai téléphoné, il a dit qu'il habitait provisoirement chez son grand-père maternel. Mais je connais un peu Sixten. Il a commencé à rouiller, et j'ai entendu dire au village que son petit-fils s'était installé chez lui pour l'aider. Je n'avais juste pas compris qu'il s'agissait de Johannes Klingsby.

— On ne voit pas ça très souvent, dit Patrik en accélérant à nouveau sur le chemin de gravier. Un petit-fils qui se dévoue pour prendre soin de ses aînés.

— C'est là-bas, dit Gösta en se cramponnant à la poignée. Mon Dieu, à force de rouler avec toi au volant, j'ai dû perdre plusieurs années d'espérance de vie."

Patrik sourit en entrant dans la cour d'une petite ferme bien entretenue, avec divers véhicules stationnés devant la maison d'habitation.

"Il y a quelqu'un qui aime les moteurs, ici, dit-il en regardant s'aligner un bateau, une voiture, un scooter des mers et une pelleteuse.

— Arrête de baver et viens", dit Gösta en lui tapant sur l'épaule.

Patrik s'arracha aux véhicules à moteur et gravit le perron de pierre pour frapper à la porte. Johannes ouvrit aussitôt.

"Entrez, entrez, j'ai lancé un café", dit-il en leur cédant le passage.

Patrik se rappelait leur dernière rencontre, et appréciait que cela prenne, cette fois, une forme plus plaisante, même si le sujet restait tout aussi grave.

"Grand-père, ils sont là !" appela Johannes. Patrik entendit quelqu'un grommeler à l'étage supérieur. "Attends, je vais t'aider à descendre, tu sais qu'on en a parlé, tu ne dois pas prendre l'escalier tout seul !

— Bêtises !" fit une voix à l'étage.

Johannes disparut dans l'escalier.

Il redescendit bientôt en tenant fermement par le bras un homme voûté vêtu d'un cardigan élimé.

"C'est un enfer de vieillir", dit l'homme en tendant la main pour saluer.

Il plissa les yeux vers Gösta.

"Mais je vous connais, vous.

— Oui, vous me connaissez, sourit Gösta. Je vois que vous avez une aide précieuse, en tout cas.

— Sans Johannes, je ne sais pas ce que j'aurais fait. J'ai d'abord protesté, je ne trouve pas que ce soit la place de quelqu'un de son âge de rester à s'occuper d'un vieux bonhomme, mais il n'a pas lâché l'affaire. Il est gentil, mon Johannes, mais il n'a pas toujours eu à voir la face la plus reluisante de l'humanité."

Il tapota la joue de son petit-fils qui haussa les épaules, gêné.

"Bah, ça allait de soi", dit-il en les précédant à la cuisine.

Ils s'installèrent dans une cuisine rustique, petite mais lumineuse, comme Patrik en avait tant vu au cours de sa carrière. Elle était bien entretenue et en ordre, mais dans son jus original. Le linoléum était toujours là, les portes des placards dataient des années cinquante et le carrelage avait une teinte jaune vif. Au mur tictaquait agréablement une grande horloge à dorures et la table était couverte d'une toile cirée propre décorée de petites framboises rouges.

"Ne vous inquiétez pas, ce ne sera pas du café bouilli, sourit Johannes en se dirigeant vers le plan de travail. La première chose que j'ai faite en arrivant, c'est jeter la bouilloire, pour la remplacer par une vraie cafetière à filtre. Tu es quand même d'accord que le café est meilleur maintenant, grand-père ?"

Sixten grommela, puis hocha la tête.

"Bon, parfois, il faut quand même céder à la modernité.

— Tenez, et prenez un peu de cake si vous voulez", dit Johannes en leur servant le café.

Puis il s'assit et les regarda gravement.

"C'est ce que j'ai filmé que vous vouliez voir ?

— Oui, dit Patrik. Gösta a dit qu'il t'avait vu filmer la ferme avant le départ des battues, et nous serions très intéressés par ce film.

— Je ne savais pas qu'on n'avait pas le droit de filmer, je trouvais ça juste tellement chouette, tous ces gens qui se pointaient pour aider, je voulais montrer combien les gens pouvaient être gentils."

Johannes eut l'air oppressé.

"Mais j'ai arrêté de filmer dès que Gösta me l'a dit, et je n'ai pas publié ça sur Facebook ou ailleurs, je le jure."

Gösta leva les mains.

"Aucune inquiétude, Johannes, ça va peut-être plutôt nous aider dans notre enquête. Nous aimerions vraiment voir ton film. Tu l'as sur ton téléphone ?

— Oui, et je l'ai aussi mis sur une clé USB pour vous. Si vous voulez emporter le téléphone, je vous le laisse, bien sûr, mais je ne préférerais pas, j'en ai besoin pour mon boulot et pour…" Il rougit, puis continua : "Pour que ma fiancée puisse me joindre.

— Il a rencontré une fille si gentille, dit Sixten en adressant un clin d'œil à Johannes. Ils se sont rencontrés en Thaïlande, elle est belle comme le jour, avec des cheveux noirs et des yeux noirs. Je te le disais bien, que tu finirais tôt ou tard par rencontrer quelqu'un, non ?

— Oui, oui, fit Johannes, encore plus gêné. Encore une fois, vous pouvez prendre le mobile si vous voulez, mais comme tout le film est sur la clé, ça suffira peut-être ?

— Ça suffira, le rassura Patrik.

— Mais nous aimerions le visionner tout de suite, si c'est possible ?" dit Gösta en montrant l'appareil posé à côté de Johannes sur la table.

Il acquiesça, prit l'appareil et commença à chercher parmi les clips.

"Ah, le voilà."

Il poussa l'appareil pour qu'il soit entre Gösta et Patrik avec l'écran dans le bon sens. Concentrés, ils regardèrent le film. C'était sinistre de regarder ça en sachant comment ça avait fini. Quand Johannes avait filmé, tout le monde était encore plein d'espoir. On le voyait à la motivation sur les visages des gens, à leur façon de parler, de gesticuler, de se regrouper avant de partir vers la forêt. Patrik se vit lui-même passer, et nota qu'il avait l'air extrêmement préoccupé. Il vit aussi Gösta, en train de parler avec Eva, la prenant par le bras.

"Bonne caméra, dit Patrik, et Johannes hocha la tête.

— Oui, c'est le dernier Samsung, la fonction vidéo est vraiment de bonne qualité.

— Mmh…"

Gösta plissa les yeux tout en continuant à regarder intensément le film. La caméra fit un panoramique sur toute la cour, la grange, puis à nouveau la cour, avant de passer à la maison d'habitation.

"Là !" dit Gösta en montrant l'image.

Patrik appuya sur pause, mais dut reculer un peu le curseur car la séquence que Gösta voulait voir était déjà passée. Il finit par arrêter au bon endroit, et ils se penchèrent ensemble sur l'écran pour mieux voir.

"Là", répéta Gösta, tendant l'index.
Et Patrik vit alors ce qu'il voulait dire. Cela éclairait toute l'affaire d'un jour nouveau.

L'AFFAIRE STELLA

La vie était vide sans Kate. Leif tournait en rond à la maison, sans savoir où aller. Il avait beaucoup de chagrin, les années écoulées depuis son enterrement n'avaient en rien adouci son absence. La solitude avait plutôt empiré les choses. Bien sûr, les enfants passaient, ils avaient élevé de gentils enfants et essayaient de bien faire. Viola venait le voir presque tous les jours. Mais chacun avait sa vie. Ils étaient adultes, installés ailleurs, avec une famille, un travail et une existence où un vieil homme en deuil n'avait pas et ne devait pas avoir sa place. Avec eux, il faisait donc bonne figure. Disait que tout allait bien, qu'il se promenait, écoutait la radio, faisait des mots croisés. Et certes, il faisait tout cela. Mais elle lui manquait si profondément qu'il pensait tomber en morceaux sans elle.

Et le travail aussi lui manquait. C'était comme s'il n'en avait jamais eu, comme s'il n'avait jamais rempli aucune fonction.

Maintenant qu'il avait beaucoup de temps à sa disposition, il s'était mis à réfléchir. À de grandes et petites choses. Aux gens. Aux crimes. À ce qui avait été dit au cours de toutes ces années. Et à ce qui n'avait pas été dit.

Mais avant tout, il pensait à l'affaire Stella. Ce qui était curieux, au fond. Il était tellement sûr. Mais Kate avait semé le doute dans son esprit, elle s'était toujours interrogée. Et vers la fin, il était de plus en plus clair que le doute la taraudait. Comme il le taraudait à présent.

La nuit, quand le sommeil refusait de venir, il repensait à chaque mot. Chaque témoignage. Chaque détail. Et plus il y pensait, plus il sentait que quelque chose le tarabustait.

Quelque chose lui avait échappé et sa hâte de boucler l'enquête, de permettre aux familles de tourner la page, avait fait qu'il en était resté là.

Mais il ne pouvait plus fermer les yeux sur sa négligence. Il ne savait pas encore comment, où, ni quand. Mais il avait commis une effroyable erreur. Et quelque part, le meurtrier de Stella se promenait librement dans la nature.

"Ma petite Rita ?"

Mellberg frappa à la porte pour la cinquième fois, mais il ne recueillit pour toute réponse qu'une bordée d'injures en espagnol. En tout cas le pensait-il. Il ne maîtrisait pas particulièrement bien la langue. Mais à en juger par le ton, ce n'était pas des mots d'amour.

"Mon cœur ? Chérie ? Ma merveilleuse Rita ?"

Il prit sa voix la plus douce et frappa à nouveau. Puis il soupira. Pourquoi fallait-il que ce soit si dur de demander pardon ?

"S'il te plaît, je peux entrer ? Il faut bien qu'on parle, un jour ou l'autre ? Pense à Leo, son pépé va lui manquer."

Mellberg entendit des grognements, mais plus d'injures. Signe qu'il avait choisi la bonne stratégie.

"On ne pourrait pas juste parler un peu ? Tu me manques, vous me manquez."

Il retint son souffle. Silence à l'intérieur. Puis il entendit tourner le verrou. Soulagé, il prit le sac posé à ses pieds et entra prudemment quand Rita ouvrit la porte. Il n'excluait pas de recevoir quelque chose de dur sur la tête, le tempérament de Rita pouvait faire voler les objets. Mais elle se contenta de croiser les bras en le fusillant du regard.

"Pardon, je me suis comporté sans réfléchir et comme un idiot", dit-il, avec la satisfaction de voir Rita rester bouche bée.

Cela devait bien être la première fois qu'elle l'entendait demander pardon.

"On m'a raconté ce qui s'est passé", dit Rita. Son ton était toujours dur et furieux. "Tu sais que ce que tu as fait a peut-être provoqué l'incendie ?
— Oh oui, je sais, et j'en suis terriblement désolé.
— Est-ce que ça t'aura servi de leçon ?" demanda-t-elle en le dévisageant.
Il hocha la tête.
"Beaucoup. Et je suis prêt à faire n'importe quoi pour tout arranger.
— Bien ! Tu peux commencer par emballer ce que j'ai trié dans la chambre.
— Emballer ? Je croyais que tu disais que…"
La panique l'envahit, ce qui dut se voir dans ses yeux, car Rita se dépêcha d'ajouter :
"J'ai fait du tri dans tes affaires. Et les miennes. Pour les réfugiés, à la salle polyvalente. Donc tu peux emballer ce qui est sur le lit, puis venir avec moi le leur donner. D'après ce qu'on m'a dit, Bill fait un travail fantastique pour les réfugiés dont les logements ont été détruits.
— Qu'est-ce que tu as trié ?" s'inquiéta Mellberg, mais il se tut aussitôt.
Même lui, il comprenait que ce n'était pas le moment de protester. Et si quelques-unes de ses affaires favorites étaient parties dans le tas, il pourrait toujours discrètement les fourrer dans le placard.
Comme si Rita avait lu ses pensées, elle dit : "Et si tu récupères *un seul* des vêtements que j'ai triés, tu pourras encore aller dormir ailleurs cette nuit ! Et toutes les prochaines nuits…"
Et merde. Rita avait toujours un coup d'avance, pensa-t-il en se dirigeant vers la chambre. Le tas sur le lit avait une hauteur inquiétante. Et sur le dessus, son pull favori. Bon, d'accord, il avait connu des jours meilleurs. Mais il était magnifique, et quelques trous ici ou là n'avaient jamais tué personne. Doucement, il le saisit et regarda autour de lui. Peut-être qu'elle ne remarquerait pas…
"Ici !"
Rita était derrière lui, un sac-poubelle à bout de bras. Avec un profond soupir, il y plaça le pull au fond, puis le reste de

la pile. Son tas à elle était moitié moins gros, mais cela aussi, il comprit que ce n'était pas le moment de le faire remarquer. Cela fit deux sacs-poubelle bien remplis, qu'il noua et posa dans l'entrée.

"Bon, alors on y va", dit Rita en sortant de la cuisine avec deux sacs de nourriture pleins à craquer.

Elle le précéda dehors mais, quand il posa les sacs-poubelle pour fermer, elle se retourna et lâcha :

"Au fait, nous avons des invités à partir de demain.

— Des invités ?" s'étonna-t-il, se demandant qui elle avait bien pu inviter.

L'hospitalité de Rita dépassait parfois les bornes.

"Oui. Les enfants de Karim vont habiter ici avec nous, jusqu'à ce qu'il sorte de l'hôpital. C'est la moindre des choses, après ce que tu as provoqué."

Mellberg ouvrit la bouche pour dire quelque chose. Mais la referma aussitôt. Parfois, il valait mieux choisir ses combats.

"Salut Bill ! Quelle mobilisation !" dit Paula en embrassant du regard la salle polyvalente.

De plus en plus de monde était arrivé, et le vieux bâtiment bouillonnait d'activité. Suédois et réfugiés bavardaient ensemble dans la pagaille, et des rires joyeux montaient vers le plafond.

"Oui, est-ce que tu as déjà vu une chose pareille ? dit Bill. Quelle générosité ! Quel engagement ! Qui l'eût cru ?

— Au moins, quelque chose de bon en sera sorti", dit Paula, la mine fermée.

Bill hocha la tête.

"Tu as raison. Oui, bien entendu, nous pensons tous à ceux qui sont à l'hôpital."

Il se mordit la lèvre inférieure.

Gun, la femme de Bill, vint lui prendre le bras.

"Vous avez du nouveau ?" demanda-t-elle.

Paula secoua la tête.

"Aux dernières nouvelles, ils gardent les enfants de Karim et Amina en observation jusqu'à demain. Karim a besoin de rester encore quelques jours, car ses mains ont été gravement brûlées, et Amina… ils ne savent pas comment ça va se passer."

Gun serra plus fort le bras de Bill.

"Si on peut faire quelque chose…

— Mon Dieu, vous faites déjà plus qu'on ne saurait désirer, dit Martin en regardant autour de lui.

— J'ai proposé à Karim d'héberger ses enfants", dit Paula.

Gun hocha la tête.

"C'est un beau geste, mais nous pouvions nous en charger.

— Non, non, dit Paula. Leo sera content d'avoir des camarades de jeu, et ma maman nous aidera à les garder quand je serai au boulot."

Martin se racla la gorge.

"Nous aurions besoin de parler avec ceux qui habitaient près de chez Karim et Amina. Pour savoir si quelqu'un a entendu ou vu quelque chose. Savez-vous qui… ?"

Il regarda la foule.

"Bien sûr, dit Bill. Je commence à m'y retrouver : le couple que vous voyez là-bas habitait la maison voisine. Commencez par eux, vous verrez ensuite avec eux quels autres interroger.

— Merci", dit Paula.

Martin et elle se frayèrent un passage dans la foule jusqu'au couple indiqué par Bill. Mais l'entretien fut une déception. Comme avec les autres voisins du camp. Personne n'avait vu ni entendu quoi que ce soit. Tous étaient au lit et dormaient quand ils avaient soudain été réveillés par des cris et de la fumée, et quand ils s'étaient précipités dehors, c'était le chaos total.

Paula se laissa tomber sur une chaise dans un coin, envahie par le découragement. N'arriveraient-ils jamais à arrêter le coupable de ce méfait ? Martin s'assit à côté d'elle et commença à envisager la suite. Soudain, il s'arrêta au milieu d'une phrase. Paula suivit son regard, et un large sourire se dessina sur son visage.

"Est-ce que c'est…"

Elle lui donna un coup de coude et Martin opina du chef. Il n'avait pas besoin de répondre. Le rouge de ses joues était assez éloquent, et Paula sourit de plus belle.

"Oui, jolie...
— Allez, arrête, dit-il en rougissant encore plus.
— Et quand sortez-vous casser la croûte, déjà ?
— Samedi, dit Martin sans quitter des yeux la femme et son enfant.
— Comment s'appelle-t-elle ?" demanda Paula en la détaillant.
Elle avait l'air sympathique. Des yeux gentils, mais avec ce regard stressé des mamans d'enfants en bas âge que Paula voyait désormais chaque fois qu'elle se regardait dans le miroir.
"Mette, lâcha Martin, le visage à présent si rouge qu'on avait du mal à voir la racine de ses cheveux.
— Martin et Mette, dit Paula. Ah, mais ça sonne vraiment bien.
— Arrête ton char, dit-il en se levant quand Mette regarda dans leur direction.
— Fais lui signe de venir, dit Paula.
— Non, non, fit nerveusement Martin, mais Mette se dirigeait déjà vers eux, son fils dans les bras.
— Salut ! dit-elle gaiement.
— Bonjour, dit Paula, en se dépêchant de dégainer sa main pour la saluer.
— C'est vraiment terrible, ce qui s'est passé, dit Mette en secouant la tête. Que quelqu'un puisse être malfaisant à ce point. Avec des enfants qui habitaient là-bas, et tout.
— Oui, on n'arrête pas de s'étonner de quoi les hommes sont capables.
— Savez-vous qui a fait ça ?"
Mette regarda Martin, qui rougit à nouveau.
"Non, pas encore, nous avons un peu parlé aux gens, ici, mais malheureusement personne n'a rien vu.
— Alors ça fera sans doute un camp de réfugiés en feu de plus dans les statistiques", dit Mette.
Ni Paula ni Martin ne répondirent. Ils avaient bien peur qu'elle ait raison. Pour le moment, ils n'avaient pas le moindre début de piste. À travers toute la Suède, des camps de réfugiés avaient été incendiés, dans la plupart des cas sans que

personne ne puisse être arrêté. Il y avait un gros risque que la même chose se produise ici.

"On venait juste laisser quelques vieux jouets de Jon, dit Mette en embrassant son fils sur la joue. Après il faut qu'on y aille, mais on se voit demain soir, n'est-ce pas ?

— Oui, oui, bien sûr", dit Martin, rougissant à présent jusqu'au cou.

Il fit un signe de la main à Mette et Jon quand ils se dirigèrent vers la porte, et Paula leva aussi la main pour les saluer.

"Approuvée à l'unanimité !" dit-elle avec un sourire en coin. Martin soupira.

Puis ce fut son tour de sourire.

"Regarde ! On dirait que Bertil a été absous pour ses péchés…"

Paula regarda vers la porte et leva les yeux au ciel en voyant sa mère et Mellberg arriver, tenant à bout de bras deux paniers à provisions et deux sacs-poubelle.

"Je croyais qu'il resterait la queue entre les jambes au moins une semaine, cette fois, soupira-t-elle. Maman est trop gentille… Mais bon… Il ne pensait pas à mal. Au fond."

Martin ricana.

"Au fond, je me demande qui est trop gentille."

Paula ne lui répondit pas.

Sam ignora les cinq premiers messages de Jessie, puis il n'y tint plus. En réalité, il n'était pas fâché. Il la comprenait. S'il n'avait pas si bien connu Vendela et les autres, il aurait peut-être fait la même chose. Il était plus inquiet que fâché. Inquiet de ce qu'ils mijotaient. Inquiet qu'elle ne soit blessée.

Sam resta quelques minutes son mobile à la main. Puis il écrivit :

Retrouve-moi dans la forêt derrière chez moi. Près d'un grand chêne. Tu ne peux pas le manquer.

Le message envoyé, il descendit au rez-de-chaussée. James était à son bureau, le regard rivé à son ordinateur. Il leva les yeux quand Sam entra, avec le pli entre les sourcils qu'il avait toujours quand il le voyait.

"Qu'est-ce que tu veux ?" dit-il.

Sam haussa les épaules.

"Je comptais aller m'entraîner un peu cet après-midi. Je peux t'emprunter le colt ?

— Bien sûr, dit James en se dirigeant vers l'armoire blindée. Je m'étais dit qu'on pourrait faire un peu de tir cet après-midi.

— Je vais retrouver Jessie.

— Alors comme ça, tu vas tirer avec ta copine ?"

James lui cachait la vue et Sam ne put qu'entendre le cliquetis du clavier, puis le bip suivi de l'ouverture de la porte.

"Elle n'est pas comme les autres, dit Sam.

— OK." James se tourna et remit l'arme à Sam. "Tu connais les règles. Rends-le-moi dans le même état."

Sam se contenta de hocher la tête.

Il mit le pistolet à la ceinture et quitta le bureau. Le regard de James lui brûlait la nuque.

Quand il longea la cuisine, maman était comme d'habitude devant le plan de travail.

"Où vas-tu ?" demanda-t-elle.

Sa voix en fausset, tremblante.

"M'entraîner au tir", dit-il sans la regarder.

Ils tournaient l'un autour de l'autre. Tous deux avec la peur de parler. La peur d'un mot de trop. Maman lui avait signalé qu'Erica Falck souhaitait lui parler, mais il n'avait pas encore décidé comment faire. Ce qu'il voulait raconter. Pouvait raconter.

Une odeur d'herbe coupée flottait à l'arrière de la maison. Il avait passé la tondeuse hier soir. James le forçait à tondre trois fois par semaine.

Il regarda vers la droite et aperçut la grange de la maison de Nea. Normalement, il n'aimait pas trop les petits enfants, la plupart étaient déchaînés et morveux. Mais Nea était différente, elle avait toujours été un rayon de soleil souriant. Son ventre se serra et il détourna les yeux. Ne voulait pas y penser.

En arrivant dans la forêt, ses épaules se relâchèrent. Ici, il trouvait la paix. Ici, personne ne se souciait de son apparence, de ce qu'il était, comment il parlait. Dans la forêt, il pouvait juste être Sam. Il ferma les yeux et bascula la tête en arrière.

Inspira par le nez. Huma l'odeur de feuilles et d'aiguilles de sapin, écouta le chant des oiseaux et les bruissements des petites bêtes par terre. Parfois, il imaginait entendre le battement d'ailes d'un papillon ou un scarabée escaladant un tronc. Lentement, lentement, il se mit à tourner, les yeux clos.

"Qu'est-ce que tu fais ?"

Sam sursauta, manquant de perdre l'équilibre.

"Rien", dit-il.

Jessie se contenta de lui sourire, et il sentit la chaleur se répandre dans sa poitrine.

"C'est magnifique, ici", dit-elle en fermant les yeux.

Elle pencha la tête en arrière et se mit à tourner, lentement, très lentement. Elle pouffa et trébucha, et il se précipita pour la retenir.

Il plongea le nez dans ses cheveux, l'entoura de ses bras et sentit son doux embonpoint sous ses mains. Il aurait aimé qu'elle se voie comme il la voyait. Il n'y aurait rien changé, même s'il avait pu. Mais elle était bien sûr comme lui. Brisée à l'intérieur. Aucun mot ne pouvait réparer ça.

Elle le regarda avec ses beaux yeux graves.

"Tu es fâché ?"

Il lui ôta une mèche du visage.

"Non, dit-il en se sachant sincère. Je ne veux juste pas que tu sois déçue. Ou blessée.

— Je sais, dit-elle en cachant son visage contre sa poitrine. Je sais que tu as d'autres expériences de Vendela que moi. Mais elle a été super sympa quand j'étais chez elle. Je ne crois pas qu'on puisse jouer la comédie aussi bien."

Sam se contenta de faire la moue, sentant qu'il serrait les poings. Il savait qui était Vendela. Et Nils, et Basse. Il avait vu le plaisir qu'ils prenaient à le tourmenter.

"Je suis invitée à une fête chez Basse demain, dit Jessie. Tu es toi aussi le bienvenu."

Ses yeux brillèrent, et Sam aurait juste voulu lui crier de ne pas y aller. Mais toute sa vie, elle s'était fait manipuler. Il s'y refusait.

"Sois prudente, se contenta-t-il de lui dire en lui caressant la joue.

— Il n'y a rien à craindre, mais si tu es inquiet, tu pourrais m'accompagner ?"

Il secoua la tête. Jamais de la vie il ne mettrait le pied chez Basse.

"Je ne veux pas les voir, mais tu peux bien sûr y aller. Je ne t'interdirai jamais de faire quelque chose, tu le sais, non ?"

Il prit son visage entre ses mains et l'embrassa précautionneusement sur la bouche.

Comme d'habitude, elle lui coupa le souffle.

"Viens ! dit-il en l'entraînant par la main.

— On va où ? demanda-t-elle en courant à moitié derrière lui, essoufflée.

— Je vais t'apprendre quelque chose."

Il s'arrêta et lui montra la cible fixée à un arbre un peu plus loin.

"Tu vas tirer ?" dit-elle.

Ses yeux prirent un éclat qu'il ne lui connaissait pas.

"Et toi aussi", dit-il.

Jessie ne quittait pas des yeux le pistolet qu'il détacha de sa ceinture.

"Dire que tes parents te laissent avoir une arme…"

Sam pouffa.

"Mon père l'encourage. Il n'y a que pour ça que je trouve grâce à ses yeux.

— Tu es bon ?

— Très bon."

Et c'était vrai. C'était comme si son corps savait exactement quoi faire pour mettre la balle exactement où il voulait.

"Je te montre d'abord, puis je t'aide. OK ?"

Elle hocha la tête et lui sourit.

Il adorait se voir à travers ses yeux. Il devenait une meilleure personne. Il devenait tout ce que son père n'avait jamais trouvé chez lui.

"Tu te places comme ça. Stable. Tu es droitière ?"

Elle hocha la tête.

"Moi aussi. Alors tu tiens le pistolet de la main droite, comme ça. Puis tu tires la culasse en arrière. Maintenant, il y a une balle dans le canon."

Elle hocha la tête. Ses yeux brillaient.

"Maintenant, il est prêt à tirer. Garde la main stable. Ta cible doit être là, dans ce viseur. Si tu arrives à garder le pistolet stable, tu toucheras ce que tu veux toucher."

Il prit la bonne position, ferma les yeux, visa et appuya sur la détente. Jessie sursauta en criant. Sam rit.

"Tu as eu peur ?"

Elle hocha la tête mais afficha un large sourire. Il lui fit signe d'approcher et de se placer contre lui.

"À toi, maintenant."

Il lui donna le pistolet, se plaça derrière elle et l'entoura de ses bras.

"Tiens-le comme ça."

Il plaça ses doigts autour de la crosse, et poussa ses jambes dans la bonne position.

"Maintenant, tu te tiens bien et tu le tiens bien. Tu as l'œil sur la cible ? Tu vises bien le centre ?

— *Yes.*

— Bien, alors je m'écarte, puis tu presses doucement la détente. Il ne faut pas appuyer fort ni brusquement. Il faut l'enfoncer d'une caresse."

Jessie avait une posture bien stable, et tenait correctement le pistolet. Elle respirait tranquillement et régulièrement.

Il remonta les épaules vers les oreilles en attendant la détonation.

La balle toucha la cible et Jessie se mit à sauter sur place.

"Attention ! On ne saute pas dans tous les sens avec un pistolet chargé !" cria-t-il, mais, en même temps, il se sentait tout léger de la voir heureuse.

Jessie posa le pistolet et se tourna vers lui en souriant. Elle n'avait jamais été plus belle que maintenant.

"Tu déchires", dit-il.

Il la prit dans ses bras et l'attira contre lui. Il se serra contre elle, comme si elle était sa dernière attache au monde. Et c'était sans doute le cas.

"Je t'aime", haleta-t-il.

Elle resta un moment silencieuse. Leva vers lui des yeux hésitants. Comme si elle se demandait si ces mots s'adressaient

vraiment à elle. Puis elle sourit, de son beau, son merveilleux sourire.
"Je t'aime moi aussi, Sam."

"Salut, Kristina !" dit Erica un peu trop gaiement.
Bien évidemment, elle sentait l'effet de tous ces verres de champagne, et se promit de s'amender à l'avenir. Par précaution, elle avait mâché du chewing-gum à la menthe tout le chemin du retour et, en soufflant dans la paume de sa main pour tester son haleine, elle n'y avait plus trouvé la moindre trace d'alcool.
"Ah tiens, on s'est bu un verre ou deux ?" dit Kristina en arrivant dans l'entrée.
Erica soupira intérieurement. Sa belle-mère avait un flair de chien policier. Elle s'étonnait que Patrik ne l'utilise pas comme appoint quand il fallait relever une piste.
"Bah, ils ont offert un verre au vernissage, dit-elle.
— Un verre…", pouffa Kristina avant de regagner la cuisine.
Ça sentait incroyablement bon.
"Comme d'habitude, il n'y avait que d'horribles aliments bourrés de colorants et Dieu sait quels autres poisons, les enfants vont pousser avec une queue s'ils continuent ce régime. Quelques plats maison de temps en temps ne…"
Erica cessa d'écouter et alla ouvrir le four. Les lasagnes de Kristina. Quatre barquettes, pour qu'ils puissent en congeler.
"Merci", dit-elle en allant spontanément embrasser sa belle-mère.
Kristina la regarda, stupéfaite.
"Certainement plus d'un verre…" Elle ôta son tablier, le pendit et retourna dans l'entrée en continuant à parler. "Les enfants peuvent en manger quand ce sera prêt, ils ont joué gentiment, à part un petit incident de camion, mais nous avons bien géré la situation, Maja et moi. Elle est tellement gentille et mignonne, cette petite, elle ressemble tellement à Patrik à cet âge, il ne faisait jamais de bruit, pouvait rester des heures à jouer tout seul par terre… Mais là, il faut que je me dépêche de rentrer, il y a tellement de choses à organiser

avant le mariage, et Gunnar ne m'aide pas beaucoup, il voudrait, mais tu vois, ce n'est jamais vraiment bien, alors autant que je le fasse moi-même. Et ils viennent d'appeler, du Grand Hôtel, en insistant pour que je passe demain choisir la vaisselle du dîner. Dans ma grande naïveté, je pensais qu'ils n'en avaient qu'une seule sorte, mais décidément rien ne doit être simple dans ce mariage, et on doit tout faire soi-même. À midi, je dois voir quelqu'un là-bas, mais j'espère que ça ira vite. Je leur ai demandé de m'envoyer des photos des services, mais il était apparemment absolument nécessaire que je les voie moi-même. Je vais faire un infarctus avant que ce soit terminé..."

Kristina soupira. Elle mettait ses chaussures en lui tournant le dos, et ne put donc pas voir le large sourire d'Erica. Anna était donc déjà passée à l'action.

Elle fit au revoir à Kristina et rejoignit les enfants dans le séjour. Tout était bien rangé, et Erica ressentit un mélange de gratitude et de honte. Naturellement, il était un peu gênant que la mère de Patrik considère qu'il fallait qu'elle fasse le ménage quand elle était chez eux, mais en même temps, Erica avait d'autres priorités qu'une maison parfaite. Bien sûr, elle appréciait que ce soit bien rangé, mais cela venait très clairement en troisième place, après son travail et son rôle de maman. En plus, il lui fallait encore trouver le temps d'être aussi épouse, et peut-être même un peu Erica. Et pour y parvenir, elle était parfois forcée de préférer regarder un talk-show idiot à la télévision plutôt que de briquer et ranger son intérieur. Mais c'était peut-être là ce qui lui avait évité les écueils habituels, de parfois laisser les choses se faire autour d'elle.

Le minuteur sonna et elle alla à la cuisine sortir les lasagnes. Son ventre se mit à gargouiller bruyamment. Elle appela les enfants, les installa à la table de la cuisine, et se servit avec eux une grosse part du plat qui sentait si bon. C'était formidable de bavarder avec les enfants, ils faisaient plein de réflexions et, comme toujours, posaient mille questions. Elle avait désormais compris que "parce que" n'était pas une réponse suffisante.

Après dîner, les enfants étaient pressés de filer retourner jouer, alors elle rangea la cuisine et alluma la cafetière. Cinq minutes plus tard, elle put enfin se poser avec le carnet que Viola lui avait donné. Elle commença à le feuilleter. Il était plein de gribouillages et de notes. Elle avait du mal à déchiffrer l'écriture vieillotte et chantournée et, de plus, Viola avait raison : son père utilisait beaucoup d'abréviations. Erica comprit pourtant rapidement que Leif semblait noter à peu près tout ce qui lui arrivait chaque jour, de ses rencontres au temps qu'il faisait. C'était une étrange sensation d'avoir entre les mains la vie d'un inconnu. Jours de la semaine, week-end, jour après jour des notes à l'encre bleue sur tout et rien. Jusqu'à ce que tout cesse. Elle regarda la date de la dernière note. C'était le jour de sa mort.

Pensive, elle passa la main sur la page. Elle se demanda ce qui l'avait poussé à prendre la décision de mettre un terme à sa vie précisément ce jour-là. Il n'y avait aucune piste dans ses notes. Rien que de simples notations quotidiennes. Soleil, brise légère, promenade à Sälvik, courses. La seule chose qui dépassait était la notation "11". À quoi cela pouvait-il se référer ?

Erica fronça les sourcils. Elle recula de quelques pages pour voir si elle pouvait trouver les mêmes chiffres ailleurs. Mais non. C'était le seul endroit. En revanche, elle trouva une note, une semaine plus tôt, qui la fit se lever : "55" puis "à deux heures". Est-ce que "55" désignait quelqu'un qu'il devait rencontrer à cette heure-là ? Et dans ce cas, qui ? S'étaient-ils donc vus ?

Erica reposa l'agenda. Dehors, le soleil virait à l'orange et commençait à descendre vers l'horizon. C'était bientôt le soir, et Dieu seul savait quand Patrik allait rentrer. Elle avait la vague impression qu'il y avait quelque chose qu'elle aurait dû se souvenir de lui dire, mais c'était comme balayé. Elle haussa les épaules. Ça ne devait pas être bien important.

Patrik regarda autour de lui dans la salle de conférences où il se tenait devant le tableau blanc, un feutre à la main.

"Nous avons eu des journées longues et intenses, dit-il. Mais au vu des événements récents, je veux faire un point avec vous avant de répartir les tâches pour demain."

Paula leva la main.

"Est-ce qu'il ne serait pas judicieux de demander des renforts ? Uddevalla ? Göteborg ?"

Patrik secoua la tête.

"J'ai déjà vérifié. Manque de ressources. Coupes budgétaires. Nous devons malheureusement nous débrouiller seuls.

— OK", dit Paula, l'air découragée.

Patrik la comprenait. Elle avait des enfants encore plus jeunes que les siens, et beaucoup de temps avec la famille passait à l'as.

"Ça a donné quelque chose, à la salle polyvalente ? demanda-t-il, sans comprendre le grand sourire malicieux que Paula adressait à Martin.

— Non, rien, dit Martin, sans croiser le regard de Paula. Personne n'a rien vu, ils dormaient quand ils ont brusquement été réveillés par les cris et le tumulte."

Patrik hocha la tête.

"OK, merci quand même. Gösta, peux-tu nous dire ce que tu as découvert aujourd'hui ?

— Bien sûr", dit Gösta, non sans fierté.

À juste titre, considérait Patrik. C'était un travail policier sacrément pointu qu'il avait accompli aujourd'hui.

"Je n'arrivais pas à gober cet appel anonyme au sujet de cette culotte si opportunément trouvée chez Karim."

Gösta évita de regarder Mellberg, qui regardait fixement un nœud du bois de la table.

"Et je savais que j'avais vu quelque chose d'important... Mais on n'a plus vingt ans..."

Il sourit en coin.

Patrik vit que tous tendaient l'oreille. Ils avaient sûrement compris que quelque chose se passait en les voyant revenir au commissariat, Gösta et lui, mais Patrik avait voulu attendre que tout le monde soit rassemblé.

"Le fait est que Nea, d'après sa mère, portait probablement une culotte avec un motif du dessin animé de Disney *La Reine des neiges*. Elles s'achètent par paquets de cinq, chacune d'une couleur différente. La culotte trouvée chez Karim était bleue, et il y avait quelque chose qui me tracassait. Mais j'ai fini par avoir une idée, je ne savais juste pas comment le prouver, et je n'en étais pas non plus absolument certain…

— Mon Dieu, accouche, quoi ! grommela Mellberg, s'attirant les regards furibonds des autres.

— Je me suis souvenu qu'un des jeunes du groupe qui a retrouvé Nea avait filmé avec son mobile avant de commencer la battue. Alors Patrik et moi sommes allés chez lui, et nous sommes revenus avec une copie de ce film. Patrik ? Tu peux montrer ?"

Patrik hocha la tête et appuya sur une touche de l'ordinateur placé sur la table de façon à ce que tous puissent voir.

"Qu'est-ce qu'il faut regarder ? demanda Martin en se penchant.

— On va voir d'abord si vous le remarquez tout seuls, sinon on repassera le film pour vous montrer", dit Patrik.

Tous observèrent attentivement l'écran. La caméra faisait un panoramique sur la ferme, aller et retour, la maison, la cour de gravier, la grange, tous les gens rassemblés.

"Là, dit Gösta. Sur l'étendoir à linge. Vous voyez ?"

Ils se penchèrent davantage.

"La culotte bleue ! s'exclama Paula. Mais elle sèche !

— Exact !"

Gösta joignit les mains derrière la tête.

"Nea ne pouvait pas porter cette culotte le jour de sa disparition, puisqu'elle pendait sur l'étendoir quand nous étions en train de la chercher.

— Donc, en d'autres termes, quelqu'un l'y a volée pour la planquer chez Karim. Puis a passé le coup de fil anonyme qui a été pris par Mellberg.

— Oui, fit Patrik, la mine grave. Quelqu'un a voulu charger Karim et, si vous voulez mon avis, il n'était pas personnellement visé, mais le coupable a juste voulu orienter les soupçons vers le camp de réfugiés."

Paula soupira.

"On a beaucoup entendu dire dans le coin que ce devait être quelqu'un de là-bas.

— Et donc quelqu'un s'est dit que c'était une bonne idée de prendre les choses en main, dit Patrik. Une piste vraisemblable pour commencer est de supposer un mobile raciste. Et la question est donc de savoir si c'est la ou les mêmes personnes qui ont ensuite mis le feu.

— Il y a eu des incendies de camps de réfugiés dans toute la Suède, dit gravement Gösta. Des gens qui se croient au-dessus des lois.

— Vu le nombre de gens qui ont voté pour les Amis de la Suède aux dernières élections, je ne suis pas étonné", dit Patrik en secouant la tête.

Un climat dur s'était installé en Suède, et d'ailleurs dans toute l'Europe. Même pour des réfugiés de deuxième génération, comme Paula. Mais Patrik ne pensait pas que cette haine irait jusque-là.

"Je propose qu'à partir de maintenant nous séparions cette enquête de celle sur le meurtre de Nea. Je ne crois plus qu'elles aient un rapport, et je ne veux pas rendre les choses confuses en mélangeant les torchons et les serviettes, nous avons déjà perdu assez de temps précieux.

— Ce n'était pas facile de savoir", grommela Mellberg, avant de se taire aussitôt.

Il devait comprendre qu'il valait mieux garder profil bas.

"Paula, je veux que tu t'occupes de l'enquête sur l'incendie, avec l'aide de Martin. Continue à poser des questions, pas seulement sur l'incendie proprement dit, mais aussi sur le moment où la culotte a pu être placée chez Karim. Est-ce que quelqu'un a vu une personne étrangère au camp, etc.

— Difficile de savoir de quel moment il s'agit", dit Paula.

Patrik réfléchit un instant.

"Ça a dû être à peu près en même temps que l'appel anonyme, donc vers l'heure du déjeuner jeudi dernier, dit-il. C'est seulement une supposition, mais partez de là, et reculez dans le temps. Gösta a vérifié avec la famille de Nea, ils n'ont aucune idée de quand la culotte peut avoir disparu de l'étendoir : la seule certitude que nous avons, c'est qu'elle était là au moment de la battue. Après, elle a pu être volée n'importe quand."

Paula adressa à Gösta un hochement de tête.

"Tu as demandé à la famille s'ils avaient vu un inconnu ?

— Oui, mais ils n'ont vu personne. Mais ce n'est pas difficile de se glisser en douce sur le terrain en venant de la forêt, et de chiper discrètement quelque chose sur l'étendoir. Il est un peu sur le côté, à l'arrière de la maison, contre un mur sans fenêtre.

— OK, dit Paula en notant. Je veux qu'on vérifie auprès de nos sources au sein des organisations racistes de la région. Avec mes origines, je ne suis peut-être pas la mieux placée. Martin, tu peux t'en charger ?

— Pas de problème."

Patrik espérait que Martin ne se sente pas lésé du fait que Paula ait la responsabilité de l'enquête et pas lui. Mais en même temps, il pensait Martin assez intelligent pour savoir que son heure viendrait.

"Bien, donc vous vous occupez de l'enquête sur l'incendie et la tentative d'impliquer Karim. Restez aussi en contact avec l'hôpital, et tenez-moi au courant. Paula, et les enfants ? Tu as eu l'accord pour les prendre ?

— Oui, et à la maison tout le monde est ravi."

Mellberg, qui était resté inhabituellement silencieux, s'éclaira.

"Oui, ça va être chouette pour Leo d'avoir des camarades de jeu.

— Bien."

Patrik se forçait à ne pas trop penser à Karim et sa famille : pour le moment, il ne pouvait rien faire, à part essayer d'envoyer au trou ceux qui leur avaient fait ça.

"Ensuite, nous avons le meurtre de Nea. Comme vous le savez, je suis très mécontent d'avoir dû interrompre la perquisition. Je viens de parler à Torbjörn, ils peuvent se libérer demain après-midi pour venir terminer. Nous avons établi un périmètre de sécurité, et nous ne pouvons qu'espérer qu'il n'ait pas été compromis d'une façon ou d'une autre. Il faudra faire avec.

— Oui, il n'y a pas trop le choix…", dit Gösta.

Patrik savait qu'il trouvait pénible de devoir une fois de plus envahir la famille Berg.

"Où en est-on de la comparaison avec l'ancienne enquête ?" demanda Patrik, et Annika leva les yeux de ses notes.

"Je n'ai toujours pas réussi à retrouver les anciens procès-verbaux d'interrogatoires aux archives, mais j'ai relu les rapports médicolégaux et techniques, et tous les documents qu'Erica nous a transmis. Mais il n'y a pas grand-chose de nouveau à se mettre sous la dent. Vous avez tous lu le rapport d'autopsie, vous avez vu les documents concernant le lieu du crime et avez entendu ce qu'Erica nous a dit de Marie et Helen.

— Oui, et les conversations avec Helen et Marie n'ont rien donné. Elles affirment être innocentes du meurtre de Stella, et qu'en d'autres termes il a dû y avoir un autre meurtrier, qui, en théorie, pourrait être celui que nous cherchons. Marie a un alibi. Certes, Helen n'en a pas, mais d'un autre côté, rien ne l'accuse."

Martin tendit le bras pour prendre un gâteau fourré Ballerina. Le chocolat avait fondu à la chaleur, il dut se lécher les doigts.

"Commençons par la perquisition demain, on reprendra de là", dit Patrik.

Il n'aimait pas cette sensation d'avoir tant d'impasses et si peu de pistes. Sans nouveaux éléments, l'enquête pouvait très facilement s'enliser.

"Et ce chocolat qu'elle avait dans l'estomac ? Il n'y a vraiment aucun moyen de creuser ça ?" demanda Paula.

Patrik secoua la tête.

"C'est probablement un très classique Kex. On en trouve dans toutes les boutiques. Nous ne pourrons jamais remonter à une en particulier. Mais comme il n'y avait pas de gâteaux au chocolat chez les Berg, Nea a dû le trouver ailleurs ce matin-là. Ou le recevoir de quelqu'un.

— Et qu'est-ce que tu penses du fait que Leif avait commencé à douter de la culpabilité des filles, vers la fin de sa vie ? dit Gösta.

— Je sais qu'Erica est en train de suivre cette piste. J'espère qu'elle va trouver quelque chose.

— Des civils qui font le travail de la police, grommela Mellberg en grattant Ernst derrière l'oreille.

— Et le font mieux que certains", dit Martin.

Patrik se racla la gorge.

"Nous devons désormais tous nous serrer les coudes et avancer dans la même direction, dit-il. Tous."

Martin eut l'air tout penaud. Puis il demanda :

"Quand aurons-nous l'analyse du coup de téléphone anonyme ? Tu penses que ce sera long ? Que peut-on vraiment en espérer ?

— Je ne sais pas exactement ce qui est possible, répondit Patrik, mais j'espère naturellement qu'on pourra nettoyer ce filtre pour entendre la voix originale. Ensuite, il peut y avoir un bruit de fond qui permette d'identifier qui appelle.

— Comme dans les films où il y a toujours un train qui siffle ou une cloche qui sonne ? plaisanta Martin.

— Oui, avec un peu de chance, nous pourrons tirer un certain nombre d'informations de cet enregistrement", dit Patrik.

Il embrassa l'assistance du regard et remarqua que Gösta étouffait un bâillement.

"Je pense que nous en resterons là pour ce soir. Si nous ne nous reposons pas un peu, nous n'arriverons à rien. Rentrez chez vous, profitez de vos familles, mangez, dormez, et on reprend ça demain !"

Tous se levèrent avec gratitude. Il vit l'énorme pression de ces derniers jours sur leurs visages. Ils avaient besoin d'embrasser leurs proches ce soir. Tous. Il hésita et se tourna vers Gösta, mais Martin le précéda.

"Tu ne voudrais pas passer dîner avec Tuva et moi ? Tu lui manques."

Gösta hocha la tête

"D'accord", dit-il en haussant les épaules.

Mais il ne pouvait pas cacher sa joie.

Patrik resta là, tandis que ses collègues quittaient la cuisine l'un après l'autre. Ils formaient une famille. Par bien des côtés déglinguée, épuisante et conflictuelle. Mais aussi pleine d'amour et d'attentions.

BOHUSLÄN 1672

Son corps s'était rétabli plus vite qu'elle n'aurait cru. C'était resté sensible et douloureux deux jours, puis ce fut comme si rien ne s'était passé. Mais le manque demeurait. Elle faisait ce qu'elle devait, s'acquittait de ses tâches, mais sans joie.

Märta était inquiète et se blottissait contre Elin la nuit, comme pour essayer de la réchauffer. Elle apportait des petits cadeaux à sa mère, pour la voir sourire à nouveau. Des petits bouquets cueillis dans le pré, une jolie pierre blanche trouvée dans l'allée, une collection de cailloux dorés dans une boîte. Et Elin essayait. Elle souriait à Märta et la remerciait, elle la serrait contre elle et lui tapotait sa douce joue. Mais elle sentait bien que son sourire n'atteignait pas ses yeux. Et les bras qu'elle passait autour de Märta étaient raides et gauches.

Preben ne leur adressait plus la parole, ni à elle, ni à Märta. La fillette avait fini par l'accepter, et n'essayait plus d'attirer son attention. Elle continuait à aller chez le carillonneur pour apprendre à lire, mais c'était comme si les heures passées avec Preben dans la bibliothèque n'avaient jamais existé. La nouvelle que Britta attendait un enfant avait tout changé, et Preben traitait son épouse comme une fragile poupée en porcelaine.

Maintenant qu'elle avait toute l'attention de son époux, le pouvoir de Britta ne faisait qu'augmenter. Mais cela semblait aussi atiser son ressentiment envers Elin. Cette dernière se sentait surveillée en permanence, même s'il n'y avait plus rien à surveiller. Elin faisait tout ce qu'elle devait, elle aidait Britta dans toutes ses tâches, puis l'évitait autant que possible. C'était un rappel et un tourment constants de voir le ventre de Britta enfler sous sa robe, tandis que le sien restait plat et vide.

Un matin, Britta eut à faire à Fjällbacka. En fait c'était surtout qu'elle s'ennuyait d'avoir été si longtemps alitée, et maintenant que le docteur l'autorisait à se lever, elle aspirait à se changer les idées.

Elin resta longtemps à la regarder partir. Britta avait passé une heure à s'habiller et se préparer, ce qu'Elin trouvait totalement inutile pour un tour à Fjällbacka. Mais Uddevalla aurait été trop loin dans son état, aussi Britta saisissait l'occasion qui se présentait, sûrement heureuse de quitter sa chemise de nuit et de pouvoir se montrer.

La journée passa vite. C'était jour de lessive, tout le linge du presbytère devait être sorti, lavé et frotté, mis à sécher au soleil puis rentré. Elle aimait être très occupée, ça lui évitait de penser. Et elle aimait que ni Britta ni Preben ne soient à la maison. Preben était en voyage de fonction à Lur et ne devait rentrer que deux jours plus tard, tandis que Britta était attendue dans la soirée.

Pour la première fois depuis qu'elle s'était débarrassée de l'enfant, Elin se surprit à chantonner.

Märta la regarda avec étonnement et son petit visage s'illumina d'une telle joie qu'elle en eut mal au cœur. Elin eut honte d'avoir laissé la fillette souffrir à cause de ses fautes. Elle lâcha dans la bassine le tapis qu'elle était en train de frotter, attira la fillette et la serra fort en embrassant sa tête blonde. Ça allait s'arranger. Elles étaient là, l'une pour l'autre.

Le reste avait été un rêve. Un rêve enfantin, impossible. Elle avait tenté de se convaincre qu'ils avaient Dieu de leur côté, elle et Preben, mais son orgueil avait été joliment rabattu. Elle avait été punie comme il avait plu à Dieu. Et qui était-elle pour mettre en question Sa volonté ? Au contraire, elle devait Lui être reconnaissante pour ce qu'elle avait. Märta. De quoi manger et un toit. Beaucoup n'en avaient pas même une miette, et il aurait été présomptueux de sa part de désirer davantage.

"Si on allait faire une promenade, ce soir, seulement toi et moi ?" dit-elle en s'accroupissant devant Märta, la tenant doucement par les bras.

Märta hocha vivement la tête. Sigrid lui courut autour des jambes, sautant, bondissant, comme si elle sentait que sa maîtresse avait retrouvé sa joie.

"Je me disais qu'on pourrait prendre la corbeille avec nous, pour que Märta puisse commencer à apprendre un peu ce que ma grand-mère m'a enseigné. Et qu'elle tenait avant cela de sa mère. Des choses que Märta pourra utiliser pour aider les autres, comme je le fais parfois.

— Ah, Mère ! s'écria Märta en sautant au cou d'Elin. Est-ce que ça veut dire que je suis une grande fille, maintenant ?"

Elin rit et hocha la tête.

"Oui, ça veut dire que Märta est une grande fille, maintenant."

Märta fila, rayonnante de joie, Sigrid sur les talons, et Elin la regarda s'éloigner en souriant. C'était un ou deux ans avant ce qu'elle avait imaginé, mais Märta avait dû grandir vite, alors c'était juste le bon moment.

Elle se pencha pour continuer à frotter le tapis. Ce travail pénible lui faisait mal aux bras, mais cela faisait longtemps que son cœur n'avait pas été aussi léger. Elle essuya la sueur de son front au revers de sa manche et leva les yeux en entendant un cheval et une carriole entrer dans la cour.

Elle plissa les yeux à contre-jour dans le soleil. C'était Britta qui rentrait, et son regard était noir quand elle descendit de la carriole. Elle marcha droit sur Elin, ses jupons flottant autour de ses jambes, et ne s'arrêta pas avant d'être juste devant elle. Tout le monde s'était interrompu. L'expression du visage de Britta fit reculer Elin. Elle ne comprit pas ce qui se passait avant que la paume de Britta n'atteigne sa joue. Puis Britta tourna les talons et se précipita dans la maison.

Elin baissa la tête. Elle n'avait pas besoin de regarder autour d'elle pour savoir que tout le monde la fixait. Elle comprenait très bien ce qui s'était passé. Britta avait appris ce qu'Elin était allée faire à Fjällbacka. Et il n'y avait pas eu besoin de lui faire un dessin.

Les joues cuisantes sous l'effet de la honte et de la gifle, Elin se rassit et reprit sa lessive. Ce qui allait se passer à présent, elle l'ignorait. Mais elle connaissait sa sœur. Quelque chose de mauvais se préparait.

"Pourquoi penses-tu que ta maman m'a autorisée à te parler ?" demanda Erica en regardant l'adolescent qui se tenait devant elle.

Elle avait été étonnée de recevoir l'appel de Sam, mais aussi très contente. Sam pourrait peut-être lui apporter une nouvelle perspective sur Helen, et sur ce que c'était que grandir dans l'ombre d'un crime.

Il haussa les épaules.

"Je ne sais pas. Mais elle vous a parlé, elle aussi.

— Oui, mais j'ai eu l'impression qu'elle voulait te garder à l'écart de tout ça."

Erica poussa vers lui un plat de brioches. Il en prit une, et elle remarqua ses ongles noirs au vernis écaillé et usé. Il y avait quelque chose de touchant dans ses efforts pour cacher l'enfant qu'il était encore : la peau de son nez et de son front était boutonneuse et grasse, il ne contrôlait pas en adulte les embardées de son corps dégingandé. C'était un enfant qui voulait désespérément être adulte, voulait se singulariser tout en appartenant au groupe. Erica ressentit soudain une énorme tendresse pour ce garçon, elle voyait sa solitude, son manque d'assurance, et elle devinait aussi la frustration qui couvait sous son regard insolent. Ça n'avait pas dû être facile. De grandir à l'ombre de l'histoire de sa mère. De venir au monde dans une société pleine de chuchotements et de rumeurs, qui s'étaient sans doute estompés avec le temps, sans pourtant jamais disparaître.

"Elle n'a pas pu me garder à l'écart", dit Sam d'un air sombre, comme pour confirmer les réflexions d'Erica.

À la façon des adolescents, il avait du mal à la regarder dans les yeux, mais elle voyait qu'il écoutait intensément tout ce qu'elle disait.

"Qu'est-ce que tu veux dire ?" dit Erica.

Son téléphone enregistrait les moindres inflexions de sa voix.

"J'en entends parler depuis que je suis tout petit. Je ne me souviens même pas comment. Mais les gens me posaient des questions. Les gamins me cherchaient. Je ne sais pas quel âge j'avais quand j'ai moi-même cherché à en savoir plus. Neuf ans, peut-être ? J'ai cherché sur internet des articles sur l'affaire, ce n'était pas difficile à trouver. Et après, j'ai rassemblé tout ce que j'ai pu. J'ai des classeurs à la maison. Pleins de coupures.

— Ta maman est au courant ?"

Sam haussa les épaules.

"Non, je ne crois pas.

— Est-ce qu'elle t'a parlé de ce qui s'est passé ?

— Non, pas un mot. Nous n'en avons jamais parlé à la maison.

— Tu aurais voulu ?" demanda doucement Erica en se levant pour resservir du café.

Sam en avait pris, mais elle vit qu'il n'avait pas touché sa tasse. Elle se doutait qu'il aurait préféré un soda mais n'avait pas voulu paraître trop enfantin.

Sam haussa à nouveau les épaules. Il regardait avec envie le plat de brioches.

"Je t'en prie, dit Erica. Prends-en autant que tu veux. On essaie de ne pas manger trop de friandises, c'est aussi bien si tu les finis, ça m'évitera d'être tentée.

— Oh, vous êtes très jolie. Ne vous inquiétez pas", dit généreusement Sam, avec l'innocence d'un enfant.

Elle lui sourit en se rasseyant. Sam était un si gentil garçon, elle lui souhaitait d'être débarrassé du fardeau qu'il avait porté toute sa vie. Il n'avait rien fait de mal. Il n'avait pas choisi de naître avec cet héritage de culpabilité, d'accusations et de peine. Il n'avait pas à endosser les fautes de ses parents. Et pourtant, elle voyait qu'elles pesaient sur ses épaules.

"Est-ce que ça aurait été plus facile si vous en aviez parlé ouvertement ? demanda à nouveau Erica.

— Nous ne parlons pas. De rien. Ce... Ce n'est pas le genre de notre famille.

— Mais tu aurais voulu ?" insista-t-elle.

Il leva les yeux et la regarda. Le maquillage noir qu'il avait autour des yeux rendait difficile de se concentrer sur son regard, mais quelque part, tout au fond, il y avait une flamme qui vacillait, en manque d'air.

"Oui, finit-il par dire. Oui, j'aurais voulu."

Puis il haussa à nouveau les épaules. Ce geste était son armure. Sa défense. Son indifférence était une cape d'invisibilité derrière laquelle il pouvait se dissimuler.

"Connaissais-tu Linnea ?" dit Erica en changeant de sujet.

Sam sursauta. Il mordit une grande bouchée de sa brioche et regarda ses genoux en mastiquant.

"Pourquoi vous demandez ça ? Quel rapport avec Stella ?

— Non, simple curiosité. Mon livre va parler des deux affaires, et comme tu es voisin de la famille Berg, je pensais que tu pourrais peut-être m'en dire plus sur elle. Comment tu la percevais.

— Je la voyais souvent, dit Sam, les larmes aux yeux. Pas étonnant, puisque nous habitions *très près*. Mais c'était une gamine, je ne peux pas dire que je la connaissais. Mais je l'aimais bien, et je crois qu'elle m'aimait bien. Elle me faisait coucou quand je passais devant la ferme en vélo.

— Tu n'as rien d'autre à dire à son sujet ?

— Non, quoi ?"

Erica haussa les épaules. Puis elle se décida à poser la question à laquelle elle aurait tant aimé avoir une réponse.

"À ton avis, qui a assassiné Stella ?" dit-elle en retenant son souffle.

Que pensait au fond Sam de l'éventuelle culpabilité de sa mère ? Elle-même ne s'était toujours pas fait de religion sur ce sujet. Plus elle lisait, plus elle parlait aux gens, plus elle vérifiait les faits, plus elle doutait. Elle ne savait vraiment pas. L'avis de Sam avait donc de l'importance.

Il tarda longtemps à répondre. Ses doigts aux ongles peints en noir tambourinaient sur la table. Puis il leva les yeux et la lumière qui vacillait au fond de sa pupille se stabilisa quand il fixa son regard sur elle.

D'une voix à peine audible, il dit, lentement : "Je n'en ai aucune idée. Mais ma mère n'a assassiné personne."

Quand Sam s'en alla sur son vélo, Erica resta longtemps à le regarder s'éloigner. Quelque chose chez lui l'avait profondément émue. La pitié pour ce garçon tout de noir vêtu, qui n'avait pas eu l'enfance qu'il méritait, lui déchirait le cœur. Elle se demandait quelle empreinte resterait. Quel homme il deviendrait, adulte. Elle espérait sincèrement que la douleur qui émanait de lui ne le fourvoierait pas. Que quelqu'un croiserait sa route et comblerait les vides laissés par son enfance.

Elle espérait que quelqu'un aimerait Sam.

"Comment crois-tu qu'elle va réagir ? dit Anna. Et si elle se fâchait ?"

Elles attendaient dans la salle à manger du Grand Hôtel que Kristina arrive.

Erica la fit taire.

"Chut ! Elle peut arriver d'un moment à l'autre.

— Oui, mais Kristina n'aime pas trop les surprises. Et si elle se mettait en colère ?

— Dans ce cas, c'est un peu tard pour s'en inquiéter, cracha Erica. Et arrête de me pousser.

— Écoute, désolée, mais je ne peux pas vraiment rentrer le ventre, cracha à son tour Anna.

— Dites, les filles, taisez-vous maintenant, ou elle va nous entendre."

Barbro, la meilleure amie de Kristina, les regardait sévèrement : Erica et Anna se turent. C'était une petite mais vaillante équipe qui s'était rassemblée pour l'enterrement de vie de jeune fille de Kristina. À part Anna et elle, il y avait les quatre femmes que Kristina fréquentait le plus. Erica ne les avait rencontrées qu'en passant : au pire, l'après-midi et la soirée allaient être très longs.

"La voilà !"

Anna agita les mains, tout excitée, et toutes se turent. Elles entendirent la voix de Kristina à l'accueil. La réceptionniste avait reçu la consigne claire de l'envoyer dans la salle à manger.

"Surprise !" s'écrièrent-elles toutes quand elle entra.

Kristina sursauta, la main sur la poitrine.

"Mon Dieu, qu'est-ce que c'est ?

— C'est ton enterrement de vie de jeune fille !" dit Erica avec un grand sourire, secrètement un peu tremblante.

Et si Anna avait raison ?

Kristina resta un instant silencieuse. Puis elle se mit à rire aux éclats.

"Un enterrement de vie de jeune fille ! Pour une vieille bonne femme ! Mais ça ne va pas la tête ? Bon, allez, on y va ! Par quoi je commence ? Vendre des baisers dans la rue ?"

Elle fit un clin d'œil à Erica, qui sentit le soulagement se répandre. Finalement, ça n'allait peut-être pas être la catastrophe complète.

"Non, tu es dispensée des baisers, dit Erica en embrassant sa belle-mère. Nous avons quelques autres projets. Pour commencer, tu vas aller te changer avec ce qu'il y a dans ce sac."

Kristina sembla un instant effrayée en voyant le sac que lui tendait Erica.

"Tu n'auras pas à sortir avec ça, c'est juste pour nos yeux.

— OK…, fit Kristina, sur ses gardes, prenant pourtant le paquet. Je file au petit coin me changer."

Pendant l'absence de Kristina, la réceptionniste arriva avec six verres et une bouteille de bulles dans un seau à champagne. Anna lorgna avec envie la bouteille, mais prit avec une grimace un verre de jus de fruit.

"Youpi !" fit-elle en buvant quelques gorgées.

Erica lui pressa l'épaule.

"Bientôt…"

Elle servit le champagne aux autres dames et à elle-même, et attendit que Kristina fasse son entrée. Un murmure traversa l'assemblée quand elle apparut sur le seuil de la salle à manger.

"Mais qu'est-ce que vous avez manigancé ?"

Kristina écarta des bras perplexes et Erica étouffa un rire nerveux. Mais elle devait en même temps admettre que sa belle-mère avait une allure folle dans cette courte robe rouge à franges et à paillettes. Et quelles jambes ! pensa Erica, jalouse. Une paire moitié aussi jolie l'aurait comblée de joie.

"Qu'est-ce que vous comptiez faire de moi, fagotée comme ça ?" demanda Kristina, en se laissant pourtant conduire vers la salle à manger.

Erica remplit un autre verre et le plaça dans la main de Kristina. Sa belle-mère but nerveusement d'un trait la moitié du verre.

"Tu vas bientôt voir", dit Erica en sortant son téléphone pour envoyer un SMS.

Maintenant.

En attendant la réponse, elle ne tenait pas en place. C'était quitte ou double.

On entendit de la musique à l'étage, des rythmes latinos endiablés qui se rapprochaient. Kristina avala l'autre moitié de son verre. Erica se précipita pour le remplir.

Une silhouette ronde en costume noir apparut. Une rose entre les dents, il écarta les bras dans un geste théâtral. Anna pouffa et Erica lui décocha un coup de coude.

"Mais Gunnar…", dit Kristina stupéfaite.

Puis elle se mit elle aussi à pouffer.

"Ma belle, dit-il en ôtant la rose de sa bouche. Tu permets ?"

Il la rejoignit et lui tendit la rose avec un effet de manche. Kristina éclata de rire.

"Non, je sais maintenant ce que vous avez comploté ! dit-elle en prenant la rose.

— Vous allez apprendre à danser le cha-cha-cha", dit Erica en souriant.

Elle montra la porte.

"Et nous avons fait venir un peu d'aide.

— Quoi ? Qui ?" s'inquiéta aussitôt Kristina.

Gunnar, lui, était rayonnant, et ne tenait plus en place d'impatience.

"Nous avons fait appel à un expert. Quelqu'un que tu admires dans Let's Dance tous les vendredis.

— Pas Tony Irving, quand même ? fit Kristina, effrayée. J'ai une peur bleue de Tony !

— Non, non, pas Tony, mais une autre personne assez sévère."

Kristina fronça les sourcils. Ses paillettes crépitaient à chacun de ses mouvements, et Erica se rappela de penser à prendre des photos. Beaucoup de photos. Un excellent moyen de pression pour plusieurs années.

Puis Kristina vit qui entra et poussa un grand cri :
"Cissi !"

Erica afficha alors un grand sourire. La mine réjouie de Kristina disait bien qu'elle avait eu là un trait de génie. Que Kristina était une grande fan de l'émission Let's Dance n'avait échappé à personne dans son entourage. Aussi, quand Erica avait vu un dépliant publicitaire annonçant que Cecilia "Cissi" Ehrling Danermark de Let's Dance allait donner un cours à TanumStrand, elle s'était jetée sur son téléphone.

"OK, alors on y va !" lança avec enthousiasme Cissi après avoir salué tout le monde.

Kristina parut d'abord un peu nerveuse.

"Je vais devoir danser devant tout le monde ? Ça va être la honte totale !

— Non, non, tout le monde va danser", affirma Cissi.

Erica et Anna échangèrent un regard effrayé. Ce n'était pas du tout le plan d'Erica. Elle pensait que Kristina et Gunnar allaient avoir un cours de danse pendant que les autres s'amuseraient à les regarder en sirotant leurs bulles. Mais elle savait qu'il était vain de protester et, après un long regard à Anna, elle alla se placer devant Cissi. Anna n'avait pas intérêt à oser se défiler sous prétexte qu'elle était enceinte.

Deux heures plus tard, elle était en sueur, fatiguée et heureuse. Cissi leur avait montré les pas de base avec une énergie communicative, mais les avait épuisées : Erica ne pouvait qu'imaginer les courbatures qu'elle aurait partout le lendemain. Mais le plus drôle était de voir le bonheur de Kristina à se dandiner des pieds et des hanches en faisant froufrouter les franges de sa robe. Gunnar avait lui aussi l'air de s'être diverti royalement, mais suait à flots sous son costume sombre.

"Merci", dit Erica en embrassant spontanément Cissi.

Elle s'était amusée comme jamais. Mais il était temps de passer au point suivant du programme. Elle avait minutieusement planifié la journée, et elles n'avaient loué la salle à manger du Grand Hôtel que pour ces deux heures.

Elle remplit tous les verres.

"À présent, le marié est invité à se retirer, dit-elle. Pour le reste de l'après-midi et la soirée, les messieurs seront interdits de séjour. Nous avons emprunté la suite du premier étage pour nous préparer, nous avons une heure, puis ce sera l'atelier cuisine…"

Kristina embrassa Gunnar, qui, visiblement inspiré par la leçon de danse, la renversa en arrière en un arc élégant, sous les applaudissements. L'ambiance n'aurait pu être meilleure.

"Bon boulot, chuchota Anna en lui donnant une tape sur le bras. Mais tu es sacrément raide, même les vieilles bougeaient mieux leur popotin…

— Ah, tais-toi", dit Erica en donnant une claque à sa sœur, qui se contenta de sourire en coin.

En montant l'escalier vers la suite Marco Polo, Erica réalisa qu'elle n'avait pas pensé à son travail une seule seconde depuis le début de cet enterrement de vie de jeune fille. C'était bon. Et bien nécessaire. Mais fichtre qu'elle avait mal aux pieds.

"Ça gaze ?"

Ils le regardèrent, perdus, et Bill se rappela pour la millième fois de parler soit en suédois simple, soit en anglais.

"Are you okay?"*

Ils hochèrent la tête, mais leurs visages étaient tendus. Il les comprenait. Ils devaient se dire que ce serait sans fin. Tant de ceux avec qui il avait parlé à la salle polyvalente lui avaient dit la même chose. Qu'ils avaient cru qu'il leur suffirait d'être arrivés en Suède pour que tout aille bien. Mais on les regardait avec méfiance, ils étaient confrontés à une bureaucratie tatillonne et à bien trop de personnes qui les haïssaient pour ce qu'ils étaient et ce qu'ils représentaient.

---

* Ça va ?

"Adnan, tu prends le relais ?" dit Bill en lui montrant la barre.

Adnan s'assit à sa place avec une lueur de fierté dans le regard. Bill espérait profondément pouvoir leur donner une autre image du pays qu'il aimait. Les Suédois n'étaient pas méchants. Ils avaient peur. C'était ça qui rendait la société plus dure. La peur. Pas la méchanceté.

"Tu bordes l'écoute, Khalil ?"

Bill tira sur un cordage imaginaire pour lui montrer.

Khalil hocha la tête et borda juste ce qu'il fallait, conformément au manuel, pour que la voile cesse de battre et se tende.

Le bateau prit de la vitesse et gîta un peu, sans plus déclencher le même regard de panique chez ses équipiers. Bill aurait aimé être lui-même aussi calme. La régate approchait dangereusement, et il avait encore tant à leur apprendre. Mais pour le moment, il était content qu'ils veuillent continuer. Il aurait compris qu'ils préfèrent jeter l'éponge et renoncer à tout le projet. Mais ils voulaient continuer pour Karim, avaient-ils dit, et il les avait vus arriver au club ce matin avec une détermination nouvelle. Ils prenaient la chose tout autrement au sérieux, et cela se voyait à leur façon de naviguer, de faire avancer le voilier sur l'eau.

Les cavaliers parlaient de l'importance de communiquer avec les chevaux mais, pour Bill, c'était la même chose avec les bateaux. Ils n'étaient pas des choses mortes, sans âme. Parfois, il lui semblait comprendre mieux les bateaux que les hommes.

"Attention, on va lofer", dit-il, et ils le comprirent.

Pour la première fois, il avait vraiment l'impression d'une équipe. Aucun mal qui n'apporte un bien, disait toujours son père, et cela s'appliquait sans doute en partie à la situation. Mais le prix était élevé. Il avait appelé l'hôpital dans la matinée pour prendre des nouvelles d'Amina, mais ils n'informaient que les proches. Pas de nouvelles, bonnes nouvelles, espérait-il.

"OK, on lofe !"

Quand la voile se gonfla et se tendit sous le vent, il dut se retenir pour ne pas hurler de joie. C'était leur plus joli virement de bord jusqu'ici. Ils avaient manœuvré le bateau comme une mécanique bien huilée.

"Bien, les gars", dit-il avec emphase, en levant le pouce. Khalil s'illumina, et les autres redressèrent le dos.

Ils lui rappelaient beaucoup ses fils aînés, avec qui il avait fait du bateau. Était-il jamais sorti en mer avec Nils ? Il n'en avait pas souvenir. Il ne lui avait jamais accordé la même attention qu'à Alexander et Philip. Et à présent il en payait le prix.

Nils était pour lui un étranger. Bill ne comprenait pas comment les opinions et la colère de Nils avaient pu être cultivées dans un foyer comme le sien, où Gun et lui prônaient la hauteur de vue et la tolérance. Où Nils avait-il pêché toutes ces idées ?

Hier soir, en rentrant, il avait décidé de parler avec Nils. De lui parler pour de bon. Arracher les vieilles croûtes, vider les abcès, mettre tout à plat, demander pardon, laisser Nils lui déverser dessus sa déception et sa colère. Mais sa porte était close et Nils avait refusé de lui ouvrir quand il avait frappé. Il s'était contenté de monter le son, jusqu'à ce que la musique retentisse dans toute la maison. Gun avait fini par lui poser la main sur l'épaule en lui demandant d'attendre. De donner un peu de temps à Nils. Et elle avait sûrement raison. Tout allait s'arranger. Nils était jeune, encore en formation.

"Cap sur la maison", dit-il en indiquant la direction de Fjällbacka.

Sam était penché sur son assiette de yaourt, toute son attention tournée vers son portable. Helen avait mal au cœur en le voyant. Elle se demandait où il avait passé la matinée.

"Tu passes beaucoup de temps avec Jessie, dit-elle.
— Oui. Et alors ?"

Sam recula sa chaise et alla ouvrir le réfrigérateur. Il se versa un grand verre de lait et l'avala. Il paraissait si petit, soudain. Comme s'il ne s'était passé que quelques semaines depuis qu'il trébuchait partout en short, l'ours en peluche usé qu'il adorait sous le bras. Elle se demanda où il avait pu passer. James l'avait sûrement jeté. Il n'aimait pas garder des choses qu'on n'utilisait pas. Conserver quelque chose pour sa valeur sentimentale ne faisait pas partie de sa vision des choses.

"Je veux juste dire que ce n'est peut-être pas une très bonne idée", dit-elle.

Sam secoua la tête.

"On ne devait pas parler de ça. De rien de tout ça."

Le monde se mit à tourner, comme chaque fois qu'elle y pensait. Elle ferma les yeux et parvint à tout stabiliser. Elle avait des années d'entraînement. Trente ans durant, elle avait vécu dans l'œil du cyclone. Ça avait fini par devenir une habitude.

"Je n'aime pas trop vous voir autant ensemble, dit-elle, entendant elle-même la supplique dans sa voix. Je ne crois pas non plus que papa aimerait ça."

Autrefois, cet argument avait suffi.

"James." Sam ricana en prononçant son nom. "Il s'en va bientôt, non ?

— Oui, dans une semaine", dit-elle, sans pouvoir cacher son soulagement.

Des mois de liberté suivraient. De répit. Ce qu'il y avait d'absurde, c'était qu'elle savait que James ressentait la même chose. Ils étaient enfermés dans une prison qu'ils avaient eux-mêmes construite. Et Sam était devenu leur otage commun.

Sam posa son verre.

"Jessie est la seule qui m'ait jamais compris. C'est quelque chose que tu ne pourras jamais comprendre, mais en tout cas c'est comme ça." Il remit la brique de lait au réfrigérateur, sur l'étagère dédiée au beurre et au fromage.

Elle aurait voulu dire à Sam qu'elle comprenait, bien sûr. Elle comprenait très bien. Mais le mur qui les séparait ne faisait que grandir à mesure que les secrets s'accumulaient. Ils l'étouffaient sans qu'il sache pourquoi. Elle aurait pu le libérer, mais n'osait pas. Et à présent il était trop tard. Maintenant, son héritage, sa faute, l'avait emprisonné dans une cage dont il lui était aussi impossible qu'à elle de sortir. Elle aurait beau faire, leurs destins étaient mêlés, et ne pouvaient plus être séparés.

Mais le silence était insupportable. Sa façade était tellement impénétrable, dure. Il devait tant contenir en lui, prêt à exploser d'un instant à l'autre.

Elle prit son élan.

"Est-ce que parfois tu penses à…"

Il la coupa. Son regard était si froid, si semblable à celui de James.

"On ne parle pas de ça, j'ai dit."

Helen se tut.

La porte d'entrée s'ouvrit, et on entendit le pas lourd de James. En un clin d'œil, Sam avait disparu dans sa chambre. Elle repoussa sa chaise, mit son assiette et son verre dans le lave-vaisselle et se dépêcha d'ouvrir le réfrigérateur pour remettre le lait à sa place.

"Bon, alors on remet ça ?", dit sèchement Torbjörn, et Patrik sentit son ventre se serrer.

Cette perquisition s'effectuait dans la plus grande confusion, et il se demandait si son résultat pouvait en être affecté. Mais tout ce qu'ils pouvaient faire à présent était de retrousser leurs manches et d'y aller.

"Bien, nous n'avons rien trouvé d'intéressant dans la maison, alors nous continuons dans la grange, dit-il.

— Puis le cabanon et le terrain, si j'ai bien compris ?"

Patrik hocha la tête.

"Oui, ce serait bien."

Torbjörn le lorgna par-dessus ses lunettes. Elles étaient apparues ces dernières années. Rappel qu'ils prenaient tous les deux de l'âge.

"Euh, j'ai entendu dire que c'est Mellberg qui a embrouillé tout ça…

— Qui d'autre ? soupira Patrik. Mais tirons le meilleur parti de la situation. Ça fait en tout cas du bien de ne pas avoir la famille sur le dos cette fois."

Patrik regarda la ferme déserte autour de lui, avec une pensée de gratitude pour Gösta. Ce dernier avait longuement expliqué au téléphone à Peter la nécessité d'achever la perquisition. Et il avait aussi suggéré que ce serait là une bonne occasion pour la famille de sortir un peu de la ferme. Ils l'avaient visiblement écouté, car ils étaient partis quand Patrik, Gösta et l'équipe technique étaient arrivés.

"Je peux rester ?" demanda-t-il à Torbjörn, en espérant qu'il dise oui.

Il était toujours très important qu'il y ait aussi peu de monde que possible sur un lieu à analyser, mais il ne savait pas trop quoi faire sinon. Gösta avait disparu dans les bois, y faire il ne savait quoi.

"OK, dit Torbjörn en le désignant d'un index sévère. Mais tu restes autant que possible en retrait et tu t'équipes complètement, OK ?

— D'accord", dit Patrik, se sentant mal rien qu'à l'idée de la chaleur qu'il allait faire sous la combinaison plastique.

Cet été battait tous les records de chaleur, et il suait déjà assez dans ses vêtements ordinaires.

En effet, une fois enfilés ses vêtements de protection, il eut l'impression d'être dans un sauna. Il faisait malgré tout plus frais dans la grange que dehors. Il avait toujours aimé les granges. La lumière qui y filtrait par les interstices entre les planches des parois avait toujours quelque chose de spécial. Comme une impression solennelle. Une grange respirait toujours le calme et la paix. Il semblait donc d'une certaine façon sacrilège d'envahir ce calme avec des combinaisons bruyantes, des instruments, des produits et des murmures.

Patrik se posta dans un coin et regarda la grange. Elle était vaste et quelqu'un l'avait entretenue dans un état correct, elle n'avait pas l'air sur le point de s'effondrer comme tant d'autres granges à la campagne. Elle n'avait pas non plus été transformée en remise. Pas de vieilles voitures, de vieux tracteurs et de ferraille là-dedans, elle restait vide, propre et nette. Une échelle était appuyée à un grenier en mezzanine, à l'autre bout : y grimper démangeait Patrik.

Il sursauta. Quelque chose se frottait à sa jambe. Il baissa les yeux : un chat gris miaulait et se lovait autour de ses pieds. Il se pencha pour le gratter sous le menton. Le chat se mit à ronronner très fort, renversant la tête de volupté.

"Comment tu t'appelles, mon mignon ? le cajola-t-il en caressant son pelage. Oh, comme tu es beau."

L'animal ne se sentait plus de bonheur et se roula sur le dos en offrant son ventre à caresser.

"Patrik ?
— Oui ?"
Il se leva et le chat parut d'abord offusqué et déçu, avant de s'en aller en trottant.
"Tu peux venir ?"
Torbjörn lui faisait signe depuis le grenier.
"C'est vide, ici, dit Torbjörn quand Patrik l'eut rejoint. À part ça."
Il lui montra un emballage de Kex.
Patrik fronça les sourcils.
"Pedersen a supposé que c'était des biscuits au chocolat Kex que Nea avait dans l'estomac quand elle a été retrouvée", dit-il en sentant son pouls un peu augmenter.
Cela pouvait être une coïncidence. Mais il croyait rarement aux coïncidences.
"Je l'emporte pour les empreintes digitales, dit Torbjörn. J'en vois de super à l'œil nu. Le papier s'est coincé entre deux planches disjointes là-haut, c'est une pure chance que je l'aie trouvé. Pour le reste, tout est cliniquement propre. Presque trop."
Torbjörn montra la mezzanine d'un geste circulaire.
"Vous pouvez descendre ? dit un des techniciens qui travaillait à la verticale du grenier. On doit faire le noir."
Torbjörn descendit, l'emballage de Kex dans un sachet, Patrik derrière lui.
"Presque toute l'inspection doit se faire dans le noir complet, expliqua-t-il. Nous devons à présent tapisser tous les murs de toiles noires. Ça peut prendre un moment, c'est mieux que tu attendes dehors."
Patrik s'installa sur un fauteuil de jardin, et observa les allées et venues des techniciens. Puis on ferma la porte, et le silence complet se fit.
Au bout d'un bon moment, Torbjörn l'appela. Il ouvrit en hésitant la porte et pénétra dans l'obscurité compacte. Bientôt, ses yeux s'habituèrent et il distingua des ombres noires plus loin dans la grange.
"Par ici", dit Torbjörn, et Patrik se dirigea prudemment vers sa voix.

En approchant, il vit ce que Torbjörn et les autres techniciens observaient avec un tel intérêt. Une tache fluorescente bleue par terre. Ayant vu beaucoup de scènes de crime, il savait ce que cela signifiait. On avait vaporisé du Luminol, qui montrait des taches de sang invisibles à l'œil nu. Et c'était une grande tache.

"Je crois que nous avons trouvé la scène de crime primaire, dit-il.

— Ne va pas tout de suite faire des conclusions, dit Torbjörn. N'oublie pas que c'est une ancienne grange, on y a sûrement abrité des animaux, et ça peut être une tache de sang ancienne.

— Ou pas. La tache, plus l'emballage que tu as trouvé me font croire que nous avons trouvé l'endroit où Nea est morte.

— Oui, je crois bien que tu as raison. Mais je me suis déjà trompé par le passé, alors il est toujours préférable de ne pas s'enfermer dans une théorie avant de l'avoir prouvée par des faits.

— Peut-on en prendre un échantillon, à comparer avec le sang de Nea ? Pour en avoir le cœur net ?"

Torbjörn hocha la tête.

"Tu vois ces fentes dans le parquet ? Je suppose que du sang y a coulé, et même si quelqu'un a tenté de faire un grand nettoyage ici, on trouvera du sang en arrachant ces lattes.

— Allons-y", dit Patrik.

Torbjörn l'arrêta de sa main gantée.

"Il faut d'abord tout soigneusement documenter. Donne-nous un moment, je t'appelle quand nous serons prêts à démonter le parquet.

— OK", dit Patrik en se retirant à nouveau dans son coin de la grange.

Le chat gris revint se frotter à lui. Il se laissa attendrir et s'accroupit pour le câliner.

Il s'écoula tout au plus un quart d'heure avant que la lumière ne soit rallumée et que Torbjörn donne le feu vert pour arracher les lattes du parquet, mais cela lui parut une éternité. Patrik se releva si vite que le chat prit peur et s'enfuit. Il s'approcha avec curiosité de la partie du parquet qui avait été photographiée sous toutes les coutures. Des échantillons avaient été prélevés et mis dans des sachets. Ne restait plus qu'à voir ce qu'il y avait au-dessous.

La grange s'ouvrit, et Patrik se retourna. Gösta arriva, son mobile à la main.

"Je viens de parler à nos collègues d'Uddevalla.
— Ceux qui devaient surveiller Tore Carlson ?"

Gösta secoua la tête.

"Non, ce n'est pas ça. Mais j'ai posé quelques questions au sujet de la famille Berg quand je les ai appelés la dernière fois, et ils ont continué à en discuter au commissariat."

Patrik haussa les sourcils.

"Alors ?
— Eh bien, visiblement, Peter Berg avait la réputation d'être violent quand il avait bu.
— Violent, comment ?
— Très violent. Plein de bagarres dans des pubs.
— Mais pas de violence domestique ?"

Gösta secoua la tête.

"Non, rien de ce genre. Et aucune plainte n'a jamais été déposée contre lui pour violences, c'est pour ça que nous n'avions rien trouvé de ce genre.
— OK, bon à savoir, Gösta. Merci. Il faudra donc parler davantage avec Peter."

Gösta désigna les techniciens de la tête.

"Qu'est-ce qui se passe alors ? Vous avez trouvé quelque chose ?
— Un emballage de Kex sur le plancher du grenier, mais surtout des traces de sang. Ça a été lavé, mais c'est apparu au Luminol, et maintenant, il faut se débrouiller pour arracher les lattes du plancher, car Torbjörn pense que du sang a pu couler entre les lattes.
— Dis donc, bordel…, dit Gösta en fixant le sol. Alors tu crois que…
— Oui, dit Patrik. Je crois que Nea est morte ici."

Tous se turent un instant. Puis ils arrachèrent la première latte.

BOHUSLÄN 1672

Un tumulte devant la porte réveilla Elin. Pour la première fois depuis longtemps, elle avait dormi à poings fermés. La longue promenade de la veille avec Märta, au moment où le soleil commençait à décliner au-dessus des prés, lui avait fait du bien. Et avait aussi presque chassé l'inquiétude quant à ce qu'allait faire Britta. Sa sœur était soucieuse du qu'en-dira-t-on, elle ne voudrait pas vivre avec la honte que les gens sachent ce qui s'était passé entre son mari et sa sœur. Juste avant de s'endormir, Elin avait réussi à s'en persuader. Cela passerait, Britta serait entièrement occupée par la présence d'un petit enfant dans la maison, et le temps avait la faculté de faire réduire les plus grandes choses, jusqu'à ce qu'elles finissent par disparaître.

Elin était plongée dans un rêve si charmant, avec Märta, quand le vacarme l'arracha au sommeil. Elle s'assit et se frotta les yeux. Elle était une des premières servantes à se réveiller, aussi passa-t-elle les jambes par-dessus le bord du lit qu'elle partageait avec Märta.

"J'arrive ! dit-elle en se dépêchant de gagner la porte. Ce n'est pas une heure pour faire tout ce raffut !"

Elle ouvrit la lourde porte en bois. Dehors, le lieutenant Jakobsson la regardait d'un air grave.

"Je cherche Elin Jonsdotter.

— C'est moi."

Derrière elle, elle entendit que tous s'étaient levés et tendaient l'oreille.

"Elin doit me suivre à la prison, sous l'accusation de sorcellerie", dit le lieutenant.

Elin le dévisagea. Qu'avait-il dit ? Sorcellerie ? Avait-il perdu la raison ?

"Ce doit être un malentendu", dit-elle.

Märta s'était faufilée dans ses jupons. Elin la fit glisser derrière elle.

"Il n'y a pas de malentendu. Nous avons pour mission de conduire Elin en détention pour ensuite la présenter au tribunal.

— Mais ce n'est pas possible. Je ne suis pas une sorcière. Demandez à ma sœur, c'est la femme du pasteur, elle peut attester que…

— C'est Britta Willumsen qui vous a accusée de sorcellerie", la coupa le lieutenant en la saisissant fermement par le bras.

Elin résista quand le lieutenant la traîna dehors. Märta criait et s'accrochait à sa jupe. Elin gémit quand Märta tomba à la renverse dans son dos. Elle vit qu'on se précipitait vers sa fille, et la poigne du lieutenant était de plus en plus forte. Tout se mit à tourner. Britta l'avait dénoncée comme sorcière.

La main de Jessie tremblait un peu, devant le miroir, dans la chambre de Vendela. Il ne fallait pas que le mascara bave.

Derrière elle, Vendela essayait une quatrième robe, mais elle se l'arracha bientôt elle aussi avec un geste de frustration.

"Je n'ai rien à me mettre ! dit-elle. Je suis devenue si grosse !"

Vendela se pinça un imperceptible bourrelet à la taille et Jessie se tourna vers elle.

"Mais comment tu peux dire ça ? Tu es super belle, je ne suis pas près d'avoir un corps pareil."

C'était plus une constatation qu'un regret. Maintenant que Sam l'aimait, elle ne trouvait plus ses kilos en trop aussi répugnants.

Son ventre gargouilla. Elle n'avait pas pu manger de la journée. C'était comme si tout avait changé depuis son arrivée à Fjällbacka. Elle avait tellement redouté que tout soit encore pire ici, puis elle avait rencontré Sam, et maintenant était devenue copine avec Vendela qui était… ah, Vendela était parfaite, cool, elle connaissait la vie. Elle était la clé d'un monde auquel Jessie désirait tant appartenir. Tous les mots durs, les pinçons, tous les commentaires méprisants, tous les mauvais tours et les humiliations étaient comme balayés. Elle allait tirer un trait sur tout ce qui avait été, oublier *celle* qu'elle avait été. Elle était désormais une nouvelle Jessie.

Vendela semblait s'être décidée pour la tenue qu'elle portait à présent, une robe moulante rouge en jersey qui couvrait tout juste sa culotte.

"Qu'est-ce que tu en penses ? dit-elle en faisant une pirouette devant Jessie.

— Tu es si jolie", dit sincèrement Jessie.

Vendela ressemblait à une poupée. Jessie se regarda dans le miroir derrière elle et sa toute nouvelle confiance en soi fut soudain comme balayée. Son chemisier tombait comme un sac et ses cheveux pendaient gras et en filoche. Elle les avait pourtant lavés le matin même.

Vendela devait avoir vu sa mine déconfite. Elle posa les mains sur les épaules de Jessie, la forçant à s'asseoir devant le miroir.

"Tu sais, je crois que je pourrais arranger quelque chose de vraiment joli pour tes cheveux. Je peux essayer ?"

Jessie hocha la tête et Vendela sortit des flacons et des pots, ainsi que trois pinces à cheveux différentes et une barrette plate. Vingt minutes plus tard, Jessie avait des cheveux tout neufs. Elle se regarda dans le miroir, se reconnaissant à peine.

C'était une nouvelle Jessie qui allait faire la fête. La vie ne pouvait être plus belle qu'en ce jour.

Martin s'assit à côté de Paula à la table de la cuisine.

"Quand aurons-nous une réponse, pour l'enregistrement ?

— L'enregistrement ?" demanda Paula – mais une seconde plus tard elle avait compilé.

Mon Dieu, se dit-elle, le cerveau ne marche vraiment pas avec cette chaleur. Elle n'avait presque pas fermé l'œil de la nuit. Lisa avait été grincheuse, et avait dû se réveiller ce qui lui semblait une centaine de fois. Essayer de dormir dans les intervalles ne valant presque pas la peine, elle avait fini par y renoncer et s'était mise à travailler. Mais à présent, elle peinait à garder les yeux ouverts, tellement elle était fatiguée.

"Nous devrions savoir dans la semaine, dit-elle. Mais il ne faut pas trop en espérer.

— Comment s'est passée l'installation des enfants chez vous ?" demanda Martin en lui versant une grande tasse de café.

La huitième de la journée pour elle, si elle comptait bien.

"Oh, bien, ils sont arrivés ce matin. Patrik est passé les chercher à l'hôpital, et les a conduits chez nous.

— Est-ce qu'il en a su davantage sur Amina ? Et Karim ?

— Situation inchangée, dit Paula. Pour Amina. Mais Karim va pouvoir bientôt sortir.

— Va-t-il habiter chez vous lui aussi ? Comment allez-vous faire ?

— Non, non, nous n'avons plus de place. Non, l'idée est que la commune organise une forme de logement d'urgence pour les victimes, et ils pensent avoir quelque chose pour Karim quand il sortira de l'hôpital. Certaines des victimes ont déjà commencé à être relogées, elles ne peuvent pas toutes rester à la salle polyvalente. Mais je dois dire que je suis heureusement surprise. Les gens ont ouvert leurs maisons, ils prêtent leurs chambres d'amis, leurs chalets de vacances, et un couple s'est même installé chez une tante pour laisser leur appartement à une famille."

Martin secoua la tête.

"Le meilleur et le pire. L'homme est étrange. Certains veulent détruire, d'autres sont prêts à tout pour aider des inconnus. Regarde Bill et Gun, ils sont à la salle polyvalente de l'aube à tard dans la soirée.

— Oui, ça redonne une certaine confiance en l'humanité."

Paula alla chercher du lait dans le réfrigérateur et s'en versa un nuage. Elle n'arrivait juste pas à avaler le café noir.

"Je file à la maison, maintenant, dit Mellberg en glissant la tête dans la cuisine. Ça fait trop pour Rita de s'occuper seule de tous les gamins. Je vais en profiter pour passer d'abord à la boulangerie acheter quelques brioches."

Une ombre passa sur son visage.

"Euh, ils en mangent, de la brioche, à votre avis ?"

Paula leva les yeux au ciel en se rasseyant à la table de la cuisine.

"Oui, ils mangent de la brioche, Bertil. Ils viennent de Syrie. Pas de la planète Mars.

— Il n'y a pas de raison d'être désagréable quand je ne fais que poser une simple question", se vexa Mellberg.

Ernst tira sur la laisse, impatient de sortir.

Paula hocha la tête, puis sourit à Mellberg.

"Je crois que tes brioches auront du succès, dit-elle. Seulement, n'oublie pas d'en prendre à la crème pour Leo."

Mellberg pouffa.

"Moi, j'oublierais que le chéri à son pépé préfère les brioches à la crème ?"

Il se retourna et tira Ernst derrière lui.

"Lui, c'est la punition de mes péchés", dit Paula en le regardant disparaître au fond du couloir.

Martin secoua la tête.

"Oui, je pense qu'il me dépassera toujours."

Paula redevint sérieuse.

"Tu as vérifié, du côté des groupuscules racistes ?

— J'ai passé quelques coups de fil à mes contacts mais personne ne sait rien sur l'incendie.

— Pas étonnant, dit Paula. On ne peut pas vraiment s'attendre à ce que quelqu'un lève la main en disant : « C'est nous qui l'avons fait. »

— Non, mais ces types ne sont pas des lumières, alors, tôt ou tard, quelqu'un devrait dire un mot de trop. Et quelqu'un aura peut-être des raisons de le dénoncer… oui, ce n'est pas impossible. Je continue à secouer le cocotier, on verra ce qui en tombera."

Paula but une gorgée de café. La fatigue la faisait se sentir lourde et pâteuse.

"Tu crois que la perquisition va donner quelque chose ?"

Martin hésita. Puis il secoua la tête.

"Non, nous n'avons rien trouvé dans la maison d'habitation, et je ne crois pas que la famille ait quoi que ce soit à voir avec ça. Alors ça ne donnera probablement rien.

— On va bientôt être à court de pistes, dit Paula en observant Martin. On n'a pas de témoins, pas de preuves matérielles, on n'a pas pu trouver le moindre lien avec l'affaire Stella, malgré toutes les ressemblances. Je commence même à croire qu'il n'y a malgré tout aucun lien. Cette affaire est connue de tous dans la région, tout le monde connaît tous les détails, tout le monde sait où elle a été retrouvée, ce ne sont pas des secrets. N'importe qui pourrait imiter ce meurtre, mais pour quelle raison ? Ça, nous ne pouvons que spéculer.

— Et les doutes de Leif, alors ? Sur la culpabilité des filles ? Qu'est-ce qui l'a fait soudain changer d'avis ? Puis se suicider ?

— Oui, je ne sais pas, dit Paula en se frottant les yeux. Je trouve juste qu'on piétine. Et par-dessus le marché cet incendie criminel au camp de réfugiés. Allons-nous vraiment réussir à tirer ça au clair ?

— Bien entendu, dit Martin en se levant. On va se débrouiller."

Paula se contenta de hocher la tête. Elle aurait voulu y croire, mais la fatigue donnait prise au découragement, et elle se demandait si les autres ressentaient la même chose.

"Dis, il faut que j'y aille, j'ai deux ou trois trucs à faire…"
Il se balançait d'un pied sur l'autre.

Paula ne comprit pas tout de suite, mais se fendit bientôt d'un grand sourire.

"Ah oui, c'est vrai, c'est le grand soir. Dîner avec la fille de la salle polyvalente…"

Martin semblait sur les charbons ardents.

"Bah, c'est juste un dîner. On verra bien ce que ça donne.

— Mmm…", dit Paula d'un air entendu, ce qui lui valut un doigt d'honneur de Martin.

Elle se contenta de rire et lui cria, tandis qu'il gagnait la porte : "Bonne chance ! C'est comme le vélo !"

Une porte claquée lui répondit. Elle regarda sa montre. Encore une heure de boulot, décida-t-elle, puis ça suffirait pour la journée.

Basse habitait une maison ancienne à encorbellements, avec des coins et des recoins. Jessie se réjouissait de découvrir une maison aussi différente de toutes celles qu'elle avait connues mais, quand un parfait inconnu ouvrit la porte et qu'elle devina la foule à l'intérieur, elle prit soudain peur.

Autour d'elle presque tous étaient ivres et sûrs d'eux-mêmes, pas comme Jessie : elle n'était jamais la bienvenue dans ce genre de fêtes. Elle aurait juste voulu battre en retraite et s'enfuir en courant, mais Vendela lui prit la main et la conduisit à l'autre bout du séjour, à une table couverte de bouteilles de bière, d'alcool et de vin.

"C'est aux parents de Basse ? demanda Jessie.

— Non, ça n'irait pas, dit Vendela en faisant voler ses longs cheveux blonds. On a l'habitude de faire pot commun, pour les fêtes. Chacun se débrouille pour amener le max.

— J'aurais pu prendre des bulles…", murmura Jessie, se sentant aussitôt idiote.

Vendela rit.

"Mais non, enfin, tu es genre… invitée d'honneur. Qu'est-ce que tu veux ?"

Jessie passa la main sur les bouteilles.

"Jusqu'ici, je n'ai bu que du champagne, dit-elle.

— Alors il est temps que tu boives un vrai cocktail. Je t'en prépare un."

Vendela saisit un grand gobelet plastique. Elle puisa dans différentes bouteilles et finit par un peu de Sprite.

"Tiens ! dit-elle en tendant à Jessie le gobelet bien rempli. Ça va être super non ?"

Vendela prit un autre gobelet et le remplit à ras de vin blanc en bib.

"À la tienne !" dit-elle en trinquant contre le gobelet de Jessie.

Elle but une gorgée en réprimant une grimace. C'était fort, mais elle n'avait encore jamais bu de cocktails et c'était peut-être le goût que ça devait avoir. Et Vendela avait l'air de savoir ce qu'elle faisait.

Vendela montra l'autre bout de la pièce.

"Nils et Basse sont là-bas."

Jessie but une grande gorgée de son cocktail. Meilleure que la première. Que de monde ! Et aucun regard moqueur ou méprisant. Plutôt de la curiosité. Mais dans le bon sens du terme. Enfin, c'était l'impression qu'elle avait.

Vendela la prit à nouveau par la main et la guida parmi tous ceux qui parlaient, dansaient et riaient.

Les garçons étaient affalés sur un grand canapé, chacun une bière à la main. Ils saluèrent Jessie de la tête, et Vendela se jeta sur les genoux de Nils.

"Putain, ce que vous êtes en retard, dit Nils en attirant Vendela contre lui. Vous étiez en train de vous pomponner, ou quoi ?"

Vendela pouffa quand Nils écarta ses cheveux pour l'embrasser dans le cou.

Jessie s'assit dans un grand fauteuil blanc à côté du canapé, en essayant de ne pas trop dévisager Nils et Vendela qui s'embrassaient.

Elle se pencha vers Basse.

"Où sont tes parents ?"

Derrière elle, la musique était à fond.

"Ils font de la voile, dit Basse en haussant les épaules. Ils font ça tous les étés, mais depuis deux ans, j'en suis dispensé."

Vendela cessa d'embrasser Nils et sourit à Jessie.

"Ils croient qu'il a un job d'été.

— Non !?"

Au fond, elle avait une mère qui ne remarquerait même pas si elle s'absentait trois semaines, mais là, c'était différent, mentir sur un sujet pareil ?

"Ils exigent que je travaille, si je veux rester à la maison", dit Basse en buvant une gorgée de bière. Il en renversa un peu sur son t-shirt, mais sembla ne rien remarquer. "Je leur raconte que j'ai un job à TanumStrand, ils ne connaissent personne là-bas auprès de qui vérifier.

— Mais ils ne se demandent pas où passe ton salaire ?

— Ils ont une mégacave avec plein de vins chers, qu'ils ne surveillent absolument pas, alors, quand ils ne sont pas là, j'en vends quelques bouteilles."

Jessie le regarda, étonnée. Elle n'avait pas eu l'impression que Basse était aussi malin.

"Nils me donne un coup de main", dit Basse.

Jessie hocha la tête. Ceci expliquait cela. Elle but une gorgée de son cocktail, ça brûlait, sans pouvoir calmer son ventre qui se trémoussait de joie. Est-ce que ça faisait ça d'en être ? De faire partie de la bande ?

"Dommage que Sam n'ait pas voulu venir", dit Nils en se calant au fond du canapé.

Son absence serra le cœur de Jessie. Fallait-il qu'il soit aussi têtu ? C'était pourtant formidable qu'ils aient reconnu s'être mal comportés avec lui.

"Il ne pouvait pas ce soir. Mais on viendra tous les deux à la salle polyvalente samedi prochain.

— Ah, cool !" dit Nils en levant sa bouteille de bière.

Jessie sortit son portable de son sac et envoya vite un SMS à Sam. *Tout va bien, tout le monde est sympa et je m'amuse un max.* Il répondit aussitôt par une émoticône pouce en l'air et un smiley. Elle sourit et rangea son téléphone. Elle n'arrivait pas à comprendre que tout se passe aussi bien. C'était la première fois de sa vie qu'elle se sentait… normale.

"Le cocktail te plaît ? dit Nils en désignant son gobelet de sa bouteille de bière.

— Oui… c'est super bon !" dit-elle en en buvant deux grandes gorgées.

Nils chassa Vendela de ses genoux et lui donna une claque sur les fesses.

"Tu ne pourrais pas en préparer un autre pour Jessie ? Elle a presque fini celui-ci.

— Bien sûr, dit Vendela en tirant un peu sur sa minijupe. Je n'ai presque plus de vin, je vais faire le plein pour nous deux.

— Prends-moi aussi une bière, dit Basse en posant sur la table sa bouteille vide.

— Je vais essayer de tout porter."

Vendela se fraya un passage jusqu'au bar, de l'autre côté. Jessie ne savait pas quoi dire. La sueur commençait à lui couler le long du dos, et elle avait sûrement des grandes auréoles sous les bras. Elle aurait voulu partir en courant, et regardait fixement la moquette.

"Comment c'est, d'avoir une mère star du cinéma ?" demanda Basse.

Jessie grimaça intérieurement, reconnaissante pourtant qu'on lui fasse la conversation. Même si ce n'était vraiment pas son sujet préféré.

"Bah, maman, c'est maman. Je ne pense pas tout de suite à elle comme une star…

— Mais tu as dû rencontrer plein de gens cools ?

— Oui, c'est clair, mais pour maman, c'est juste des collègues comme les autres."

Devait-elle dire la vérité ? Qu'elle avait à peine fait partie de la vie de Marie. Qu'elle était restée à la maison gardée par d'innombrables nannies quand elle était petite, pendant que Marie était devant les caméras ou à des réceptions. Que dès qu'elle avait eu l'âge, elle avait été inscrite dans des internats, un peu partout dans le monde, au gré des tournages de Marie. Quand elle était à l'école en Angleterre, Marie était partie six mois tourner en Afrique du Sud.

"Voilà le ravitaillement", dit Vendela en posant les verres et la bouteille sur la table.

Elle regarda Jessie.

"Goûte voir si tu trouves ça aussi bon. Je t'en ai fait un différent."

Jessie but une gorgée. Ça brûlait autant que l'autre, mais avec en plus un goût de Fanta, qu'elle préférait. Elle leva le pouce.

"J'ai à peine mis d'alcool, ne t'inquiète pas, tu ne vas pas être saoule."

Jessie sourit avec gratitude à Vendela. Elle se demanda le goût qu'avait un cocktail avec beaucoup d'alcool, vu comment celui-ci lui brûlait l'estomac. Mais c'était trop mignon de la part de Vendela. Une sensation de bonheur se répandit dans sa poitrine. Ceux-là pourraient-ils devenir ses amis ? Ce serait fantastique. Et Sam. Son merveilleux, magnifique, beau et doux Sam.

Elle leva son verre au trio sur le canapé et but encore une grande gorgée. Ça lui brûlait si agréablement la poitrine.

Marie essuyait soigneusement son maquillage. Le maquillage de cinéma était ce qu'il y avait de pire pour la peau, vu les épaisses couches qu'il fallait, et jamais elle n'aurait imaginé aller se coucher sans l'ôter correctement afin de laisser sa peau respirer. Elle se pencha et regarda son visage dans le miroir. De petits, très petits plis au coin des yeux et quelques fines rides autour de la bouche. Parfois, elle avait l'impression d'être la passagère d'un train qui filait vers l'abîme. Sa carrière était tout ce qu'elle avait.

Finalement, ce film semblait devoir se faire et, en cas de succès, elle aurait encore gagné quelques années. En tout cas en Suède. Ses jours à Hollywood étaient comptés. Ses rôles étaient de plus en plus secondaires. Désormais, elle était toujours la mère de quelqu'un. Plus l'actrice torride qui faisait venir le public. Elle était poussée vers la sortie par des starlettes aux regards jeunes et affamés, dotées de corps qu'elles offraient docilement aux réalisateurs et aux producteurs.

Marie prit le pot de crème hors de prix et entreprit de s'en tartiner le visage. Puis le petit pot pour les yeux. Elle s'enduisit également le cou, beaucoup ne s'occupaient que de leur visage, pendant que leur cou prenait des rides et trahissait leur âge.

Elle regarda l'heure. Minuit moins le quart. Allait-elle attendre Jessie ? Non, elle finirait bien par rentrer, ou passerait la nuit dehors. Et elle avait besoin de dormir pour être belle pendant encore une longue journée de tournage.

Marie croisa son propre regard dans le miroir. Sans maquillage. L'apparence avait été son armure, depuis toute petite. Elle empêchait tout le monde d'avoir accès à son for intérieur. Personne ne l'avait vue, vraiment vue, après Helen. Elle avait réussi à l'éloigner de ses pensées la plupart du temps. Ne jamais se retourner. Jamais regarder en arrière, par-dessus son épaule. À quoi bon ? On les avait séparées de force. Et ensuite… ensuite, Helen n'avait plus voulu la voir.

Elle avait tant attendu le jour de leurs dix-huit ans. Elle les avait eus avant Helen, et ce n'était que quatre mois plus tard, en octobre, qu'elles allaient enfin pouvoir se parler. Faire des projets. L'absence ne la hanterait plus à chaque instant.

Marie l'avait appelée dès le matin. Elle avait réfléchi à ce qu'elle dirait si c'était ses parents qui décrochaient, mais cela n'avait pas été nécessaire. La voix d'Helen l'avait emplie d'un tel bonheur. Marie aurait voulu briser les années passées, les gommer, et recommencer à zéro. Avec Helen.

Mais Helen lui avait parlé comme une étrangère. Froide. Distante. Elle avait expliqué qu'elle ne voulait plus avoir de contact avec elle. Qu'elle allait bientôt épouser James et que Marie appartenait à un passé dont elle ne voulait plus entendre parler. Marie était restée muette, le combiné à la main. Le manque se mêlait à la déception. Elle n'avait rien demandé. Rien remis en question. Elle avait juste raccroché en silence, en décidant que jamais plus personne n'aurait accès à son for intérieur. Et elle avait tenu cette promesse. Elle avait veillé à ne penser qu'à une seule personne : elle-même. Tout ce qu'elle avait voulu, elle l'avait obtenu.

Mais à présent, dans cette maison au bord de la mer, elle se regardait dans les yeux en se demandant si cela en valait la peine. Elle était vide. Tout ce qu'elle avait amassé était du vent.

La seule chose qui ait eu de la valeur dans sa vie était Helen.

Pour la première fois, Marie s'autorisa à penser à ce qui aurait pu être. Elle remarqua, étonnée, que la femme dans le miroir pleurait. Des larmes vieilles de trente ans.

L'AFFAIRE STELLA

Cette conversation avec elle avait modifié radicalement le cours de ses pensées. Son flair disait à Leif qu'il était sur la bonne piste. En même temps, cela impliquait qu'il allait être forcé de s'avouer à lui-même, et à la longue d'avouer aussi aux autres qu'il avait commis une erreur. Une erreur qui avait détruit la vie de nombreuses personnes. Et dire qu'il avait agi en conscience n'était pas une défense suffisante. La réponse qu'il venait de trouver, il aurait aussi pu la trouver à l'époque. Mais il s'était laissé attirer par la simplicité, l'évidence. Ce n'est que plus tard que la vie lui avait enseigné que les choses n'étaient souvent pas aussi simples qu'elles le paraissaient. Et que la vie pouvait changer en une seconde. La mort de Kate lui avait donné une humilité qui, jadis, lui faisait défaut, alors qu'il en aurait vraiment eu besoin.

Il avait eu du mal à la regarder dans les yeux. Car il n'y voyait que solitude et souffrance. Et ne lui rendait-il pas un mauvais service en fouillant dans son passé ? Mais en même temps, il était de sa responsabilité de tout rectifier, dans la mesure du possible. Tant de choses ne pouvaient être changées. Tant de choses ne pouvaient être rendues.

Leif se gara devant la maison, mais resta dans la voiture. La maison était trop vide. Trop pleine de souvenirs. Il savait qu'il aurait dû vendre, acheter un appartement. Mais il n'avait pas le courage. Kate lui manquait, et ce depuis tant d'années, c'était un supplice de vivre sans elle. C'était devenu d'autant plus évident quand il n'avait plus eu le travail à quoi se raccrocher. Il avait essayé de se convaincre qu'il avait ses enfants et petits-enfants, pour beaucoup c'était là une raison de vivre suffisante. Mais Kate était si profondément inscrite dans chacune de ses cellules, c'était elle qui le faisait respirer. Il n'arrivait pas à envisager une vie sans elle.

À contrecœur, il descendit de voiture. La maison résonnait de silence. On n'entendait que le tic-tac de l'horloge de la cuisine, qui provenait de la maison d'enfance de Kate. Encore un souvenir d'elle.

Leif gagna sa pièce de travail, il n'y avait plus que là qu'il ressentait un semblant de paix. Tous les soirs, il faisait son lit dans le canapé et dormait là. C'était ainsi depuis son départ à la retraite.

Son bureau était comme toujours parfaitement en ordre. Il y mettait un point d'honneur, comme durant sa vie professionnelle : son bureau au commissariat était toujours aussi impeccable qu'à la maison. Ça l'aidait à classer ses idées. À découvrir une relation et un ordre entre des faits en apparence disjoints.

Il sortit le classeur avec les documents sur l'affaire. Il ne savait pas combien de fois il avait tout relu. Mais aujourd'hui, il le parcourut selon une perspective nouvelle. Et en effet : beaucoup de choses collaient. Bien trop. Leif reposa lentement les papiers. Il s'était trompé. Si terriblement trompé.

Vendela vacilla sur ses talons hauts, au seuil de la chambre des parents de Basse. Le vin lui faisait tourner la tête, c'était bon, tout était agréable et comme un peu à distance. Elle montra Jessie, étendue sur le lit.
"Comment vous l'avez montée ?"
Nils ricana.
"On s'est donné du mal, Basse et moi.
— Elle ne tient pas l'alcool, cette nana", dit Basse en montrant Jessie de la tête.
Il trébuchait sur les mots, mais but encore une gorgée de bière.
Vendela regarda Jessie. Elle était complètement partie, si profondément endormie qu'elle aurait pu être morte. Mais sa cage thoracique se soulevait parfois légèrement. Comme chaque fois qu'elle voyait Jessie, la colère l'envahit. La mère de Jessie avait assassiné impunément. Elle avait pu devenir star à Hollywood, alors que la mère de Vendela noyait tous les soirs sa douleur dans le vin. Et Jessie avait vécu dans le monde entier pendant que Vendela moisissait à Fjällbacka.
On frappa à la porte, Vendela ouvrit. Du rez-de-chaussée montaient le tonitruant *My House* de Flo Rida et des voix qui hurlaient et glapissaient en essayant de dominer la musique.
"Vous faites quoi ?"
Trois garçons en troisième à Strömstad se pointèrent, le regard embué.
"On fait une fête privée, dit Nils en montrant la scène d'un geste de la main. Entrez, les gars.
— Qui c'est, ça ?" demanda le plus grand des garçons.

Vendela pensait qu'il s'appelait Mathias.

"Une nana complètement tarée qui nous a dragués, moi et Basse, dit Nils en secouant la tête. Elle a essayé toute la soirée de se faire niquer, alors on a fini par la monter ici.

— Quelle sale pute, balbutia Mathias qui se campa au milieu de la pièce pour regarder Jessie.

— Regarde le genre de photos qu'elle publie", dit Nils en sortant son mobile.

Il fit s'afficher les photos où Jessie montrait sa poitrine, et les garçons tentèrent d'y voir clair.

"Putain, les gros nibs, ricana l'un d'eux.

— En gros, elle a couché avec tout le monde", dit Nils en vidant la fin de sa bière.

Il agita la bouteille vide.

"Qui veut encore à boire ? C'est pas une fête, s'il n'y a rien à boire."

Tous marmonnèrent et Nils regarda Vendela.

"Tu vas nous chercher quelque chose ?"

Vendela hocha la tête et sortit de la chambre en titubant.

Elle parvint jusqu'à la cuisine, où Basse avait caché ses réserves d'alcool. Plusieurs bouteilles attendaient sur le vaste plan de travail. Elle prit un bib de vin blanc d'une main, et une grande bouteille de vodka de l'autre. Et quelques autres gobelets avec ses dents.

En montant l'escalier, Vendela faillit trébucher plusieurs fois. Elle finit par réussir à frapper avec le coude, et Basse la fit entrer.

Basse s'affala près de Nils sur le lit à côté de Jessie, inconsciente. Mathias et les autres s'assirent par terre. Vendela distribua les gobelets et y versa un mélange de vin blanc et de vodka. De toute façon, plus personne ne sentait plus le goût.

"Il faudrait donner une bonne leçon à cette nana", dit Mathias en avalant quelques grandes gorgées de la mixture.

Il vacilla légèrement sur place.

Par-dessus sa tête, Vendela croisa le regard de Nils. Allaient-ils aller jusqu'au bout ? Elle songea à maman, aux rêves dont elle n'avait rien pu faire. À sa vie détruite ce jour-là, trente ans plus tôt.

Ils échangèrent un signe de tête.
"Il faudrait la marquer, dit Nils.
— J'ai un feutre, dit Vendela en sortant de son sac à main le marqueur qu'elle avait amené. Du genre indélébile."
Les garçons de Strömstad pouffèrent. Le plus petit hocha la tête avec enthousiasme.
"Ouais, super, bordel. On marque la pute."
Vendela s'approcha du lit. Elle montra Jessie.
"D'abord, il faut la déshabiller."
Elle commença à déboutonner le chemisier de Jessie, mais les boutons étaient petits et ses doigts si engourdis par l'alcool qu'elle ne vint pas à bout d'un seul. Elle finit par les arracher d'un coup.
Nils rit.
"*That's my girl!**
— Baisse sa jupe", dit-elle à Mathias qui s'approcha du lit en pouffant et commença à tirer sur la jupe de Jessie.
Elle portait dessous une affreuse culotte en coton blanc, qui fit grimacer Vendela. Pourquoi n'était-elle pas étonnée ?
"Aidez-moi à la rouler sur le côté, que je lui enlève son soutif", dit-elle.
Toute la bande complaisante des garçons vint lui prêter main forte.
"Whaou !"
Basse fixait les seins de Jessie. Elle bougea juste un peu quand ils la remirent sur le dos. Elle marmonna quelque chose, mais impossible d'entendre quoi.
"Là ! Du rab !"
Nils tendit à Mathias la bouteille de vodka, qui fit le tour. Vendela s'assit près de Jessie.
"Hé, passez-moi la bouteille."
Nils lui tendit la vodka. Elle releva un peu la tête de Jessie. De l'autre main, elle lui versa directement de la vodka dans sa bouche ouverte.
"Elle aussi, elle a le droit de faire la fête", dit-elle.
Jessie toussa et s'ébroua, sans se réveiller.

---

* Ça, c'est ma nana !

"Attends, il faut que je prenne ça ! dit Nils. Pose un peu avec elle."

Il prit son téléphone d'une main mal assurée et commença à prendre des photos. Vendela se pencha sur Jessie. Enfin, c'était sa famille qui avait le dessus. Les quatre autres garçons prirent aussi leurs téléphones et firent pareil.

"Qu'est-ce qu'on écrit ?" demanda Basse qui ne pouvait toujours pas détacher son regard de la poitrine de Jessie.

"On y va à tour de rôle, dit Vendela en ôtant le capuchon de son marqueur. Je commence."

Elle écrivit SALOPE en travers de son ventre. Les garçons jubilèrent. Jessie se tortilla juste un peu, sans réagir davantage. Vendela passa le marqueur à Nils, qui réfléchit un instant. Puis il lui baissa la culotte. Il traça une flèche pointant vers les poils pubiens de Jessie, et écrivit GLORY HOLE. Mathias ricana bêtement et Nils fit un signe de victoire avant de passer le marqueur. Basse sembla hésiter, mais après avoir bu encore une grande gorgée de vodka, il gagna le chevet du lit et lui tint la tête pour lui écrire PUTE sur le front.

Bientôt, Jessie fut couverte de mots. Tous la mitraillaient frénétiquement avec leurs mobiles. Basse ne pouvait toujours pas détacher d'elle ses yeux.

Nils le regarda avec un sourire en coin.

"Les mecs, je crois que Basse voudrait avoir un peu de temps en privé avec Jessie."

Il fit sortir tout le monde de la pièce et leva le pouce vers Basse. Vendela referma la porte derrière eux. La dernière chose qu'elle vit fut Basse en train de déboutonner son pantalon.

Patrik regarda l'heure. Il était étonné qu'Erica ne soit pas encore rentrée, mais il s'en réjouissait, car cela voulait dire qu'elles devaient s'amuser. Il la connaissait assez bien pour savoir que, sans cela, elle aurait trouvé une excuse pour rentrer plus tôt.

Il alla ranger la cuisine. Fatigués par une nouvelle journée à jouer chez des copains, les enfants s'étaient endormis plus tôt que d'habitude, juste après dîner, si bien que la maison était silencieuse et calme. Il n'avait même pas allumé la télé. Il avait besoin de mettre tranquillement de l'ordre dans ses pensées de la journée, qui lui semblaient pour le moment tourner en vrac dans sa tête. Ils avaient fait une découverte importante, aujourd'hui. Une grande percée. Il ne savait juste pas ce qu'elle signifiait. Que Nea soit morte sur le terrain familial impliquait d'envisager sérieusement qu'un membre de la famille soit coupable. Ils avaient donc été contraints d'interdire à Eva et Peter de retourner chez eux, car ils devaient le lendemain passer tout le terrain au peigne fin, ainsi que la remise à l'arrière de la maison.

Patrik mit en marche le lave-vaisselle et sortit une bouteille de rouge du garde-manger. Il s'en servit un verre et sortit avec sur la véranda. Il s'assit dans un des fauteuils en rotin et regarda la mer. Il ne faisait pas encore nuit noire, même à minuit. Le ciel était mauve sombre, avec des nuances roses, et il entendait le vague ressac sur la plage en contrebas. C'était leur endroit favori, à Erica et lui, mais il réalisa qu'ils s'y étaient trop peu assis ces dernières années. Avant la naissance des enfants, ils avaient passé bien des soirées sur la véranda, parlé, ri, partagé leurs rêves et leurs espoirs, fait des projets et tracé les rails d'un avenir commun. Mais cela faisait bien trop longtemps. Une fois les enfants couchés, ils étaient désormais trop fatigués pour faire des projets, ou même rêver. Au lieu de quoi ils échouaient le plus souvent devant une émission idiote à la télé et il n'était pas rare qu'Erica finisse par le secouer au milieu d'un ronflement en lui demandant s'ils ne feraient pas mieux de monter se mettre au lit. Il n'aurait échangé leur vie avec les enfants contre rien au monde, mais aurait juste aimé qu'il reste un peu plus de temps pour... oui, pour leur amour. Il était là, au quotidien, toujours présent. Mais il se limitait le plus souvent à un regard plein d'amour tandis qu'ils attachaient chacun les chaussures d'un des jumeaux, ou un rapide baiser devant le plan de travail pendant qu'Erica préparait les tartines de Maja et qu'il réchauffait la bouillie des garçons. Ils étaient une machinerie bien réglée, un train qui roulait en sécurité sur les rails qu'ils avaient posés au cours de ces soirées sur la véranda. Mais il aurait aimé avoir parfois le temps de stopper le train pour profiter du paysage.

Il savait qu'il aurait mieux fait d'aller dormir. Mais il n'aimait pas se coucher sans Erica. Il trouvait triste de se glisser dans son côté du lit alors que le sien restait béant. Et depuis des années, ils avaient un rituel quand ils se couchaient. Dès lors que ce n'était pas un soir – désormais trop rare – de contact rapproché, ils s'embrassaient pour se souhaiter bonne nuit, puis s'endormaient en se tenant la main sous la couette. Il préférait donc rester éveillé à l'attendre, même s'il savait qu'il devait se lever tôt. De toute façon, il se tortillerait dans le lit sans trouver le sommeil s'il allait se coucher maintenant.

Il allait être une heure quand on tira la porte. Il entendit les jurons de quelqu'un qui se débattait avec la serrure. Il tendit l'oreille. N'était-ce pas sa chère et tendre, légèrement éméchée ? Il n'avait pas vu Erica ivre depuis leur nuit de noces mais, à en juger par ses difficultés à ouvrir la porte, cela semblait s'être reproduit. Il posa son verre de vin, traversa le séjour en manquant de trébucher sur le tableau que la galerie avait livré à Erica et gagna l'entrée. Elle n'avait toujours pas réussi à ouvrir la porte, et les jurons qu'il l'entendait déverser de l'autre côté étaient dignes d'un charretier. Il tourna le verrou et enfonça la poignée. Erica resta plantée là, clé à la main, étonnée, plissant des yeux, le regard tantôt sur lui, tantôt sur la porte ouverte. Puis elle s'illumina.

"Saluuut ! Chéri !"

Elle lui sauta au cou et il dut se retenir pour ne pas tomber à la renverse. Il la fit taire en riant.

"Chut, moins fort, les enfants dorment."

Erica hocha gravement la tête et posa l'index sur ses lèvres tout en luttant pour garder l'équilibre.

"Chuuuut… Les enfants do-o-orment…

— C'est ça, ils dorment, les chéris", dit-il en offrant son bras pour soutenir son épouse.

Il conduisit Erica à la cuisine et l'assit sur une des chaises. Puis il lui remplit une carafe d'eau, qu'il posa devant elle avec un verre et deux Ipren.

"Bois tout ça maintenant. Et prends ces deux cachets. Sinon demain, tu seras crevée…

— Tu es si gentil", dit Erica en essayant de focaliser son regard sur lui.

Visiblement ça avait été un enterrement de vie de jeune fille très arrosé. Il se demanda s'il avait vraiment envie de savoir dans quel état était sa mère. Sans doute pas.

"Alors, euh… Kristina…", commença Erica en éclusant un premier verre d'eau.

Patrik le remplit à nouveau.

"Alors, euh, Kristina… Oui, ta maman…
— D'accord, je sais qui est Kristina."

C'était vraiment drôle. S'il avait osé, il aurait filmé, mais il savait qu'Erica l'aurait tué.

"Elle est teeeeellement belle, ta maman", dit-elle en hochant la tête.

Elle vida un autre verre et hoqueta. Il le remplit à nouveau avec la carafe.

"Trop beeeeelles, ses jambes ! dit Erica en secouant la tête.
— Qui a de belles jambes ? demanda-t-il en essayant de mettre un semblant d'ordre dans la confusion mentale visible d'Erica.
— Ta maman… Kristina, quoi. Ma belle-mère.
— Ah, d'accord, ma maman a de belles jambes. OK. *Good to know.*"

Il la fit boire encore un verre. Le lendemain risquait d'être une épreuve pour Erica. Il fallait qu'il aille travailler, et il supposait que Kristina, leur baby-sitter habituelle, ne serait pas en état de baby-sitter…

"Elle danse teeeeellement bien ! Ils devraient l'inviter à la télé dans Let's Dance. Pas moi. Je sais *pas* danser…"

Erica secoua la tête et avala la fin du verre avec les deux cachets que Patrik lui tendait.

"Mais c'était amusant, on a dansé le cha-cha-cha. Tu vois… Le cha-cha-cha !"

Elle hoqueta, puis se leva en le prenant dans ses bras.

"Je t'aiiiime. Je veux danser le cha-cha-cha avec toi…
— Mon cœur, je ne crois pas vraiment que tu sois en état de danser le cha-cha-cha maintenant.
— Oui, mais je veux ! Viens… Je ne veux pas aller me coucher avant qu'on ait dansé le cha-cha-cha…"

Patrik se demanda ce qu'il pouvait faire. Porter Erica dans l'escalier n'était pas une option. Le mieux était sans doute de faire comme elle voulait, puis de la persuader de le suivre en haut.

"D'accord, chérie, on danse le cha-cha-cha. Mais il faut aller dans le séjour, sinon j'ai peur qu'on démolisse tout dans la cuisine."

Il la traîna jusque dans le séjour. Elle se plaça en face de lui, une main sur son épaule, puis prit sa gauche dans la sienne. Elle tangua un peu, puis parvint à se stabiliser. Elle jeta un coup d'œil au portrait de Leif appuyé au mur juste à côté d'eux.

"Leif, regarde, toi aussi. Tu vas faire le public de notre cha-cha-cha…"

Elle rit de sa propre plaisanterie et Patrik la secoua un peu.

"Concentre-toi, maintenant. Le cha-cha-cha, on avait dit. Après, au lit. D'accord ? Tu as promis.

— Oui, on va au lit… Et plus si affinités…"

Elle le regarda au fond des yeux. Il sentit son haleine éthylique lui piquer les yeux, et dut se faire violence pour ne pas tousser. C'était bien la première fois depuis leur rencontre qu'il n'était pas du tout tenté par une proposition de ce genre.

"Cha-cha-cha, lui rappela-t-il sévèrement.

— Ah oui, dit Erica en s'étirant. Alors voilà, tu fais comme ça avec les pieds. Un, deux, cha-cha-cha… tu piges ?"

Il essaya de voir ce que faisaient ses pieds, mais elle semblait les bouger complètement au hasard. Le fait qu'elle trébuche plusieurs fois ne rendait pas ses pas plus clairs.

"Alors, euh, le gauche… et puis après le droit…"

Patrik s'amusa à essayer de suivre, mais, à vrai dire, il songeait davantage à la façon de la chambrer avec tout ça.

"Un, deux, cha-cha-cha, puis le droit, enfin euh le gauche…"

Elle trébucha et Patrik la retint au vol. Son regard s'arrêta sur le portrait de Leif. Erica vacilla en essayant de se concentrer. Elle fronça les sourcils.

"Le droit… et le gauche…", marmonna-t-elle.

Elle leva vers Patrik un regard brumeux.

"Maintenant je sais ce qui ne colle pas…"

Elle appuya sa tête contre son épaule.

"Quoi ? Qu'est-ce qui ne colle pas ? Erica ?"
Il la secoua légèrement, mais elle ne répondit pas. Puis il l'entendit se mettre à ronfler. Mon Dieu. Comment la monter à l'étage, à présent ? Et qu'avait-elle voulu dire ? Il ne savait même pas qu'il y avait quelque chose qui ne collait pas.

BOHUSLÄN 1672

La prison était sur la colline, juste à côté de l'auberge. Elin n'y avait jusqu'alors jamais songé qu'en passant. Elle avait bien sûr une idée de ce qu'était une prison, mais elle n'aurait jamais pu imaginer cette obscurité et cette humidité. Des petites bêtes grouillaient et se carapataient dans le noir. Frôlaient ses mains et ses pieds.

La prison était petite, et servait surtout à l'occasion pour des clients de l'auberge trop éméchés, ou pour calmer et dégriser un père de famille qui s'en était pris à sa femme et ses enfants.

Elle y était seule.

Elin serra ses bras autour d'elle et grelotta dans le froid humide. Les cris de Märta lui résonnaient dans les oreilles, et elle la sentait encore qui s'accrochait à ses jupons.

Ils avaient saisi ses affaires dans la maison des domestiques. Ses herbes et décoctions. L'imagier que lui avait laissé sa grand-mère. Des instructions sur les ingrédients et les préparations, sommairement expliquées par quelqu'un qui ne savait pas écrire. Ce qu'ils en avaient fait, elle l'ignorait.

Ce qu'elle savait, c'était qu'elle était dans un sérieux pétrin.

Preben devait rentrer dans deux jours, et il ne laisserait pas continuer cette folie. Il suffisait qu'il rentre de Lur, et il tirerait tout ça au clair. Il connaissait le lieutenant, il lui parlerait. Et il ramènerait Britta à la raison. Elle voulait sûrement juste donner une leçon à Elin et lui faire peur. Pas l'envoyer à la mort.

En même temps, elle se rappelait l'étang. Le regard terrorisé de Märta en train de glisser sous la surface de l'eau noire. Et Viola qui avait disparu et n'était jamais revenue. Oui, Britta voulait peut-être la voir mourir, mais Preben ne le permettrait pas. Il ne serait pas aux ordres de Britta quand il aurait compris ce qu'elle avait fait. Il fallait encore tenir deux jours, et elle pourrait rentrer. Retrouver Märta. Où elles iraient ensuite, elle l'ignorait, mais elles ne pourraient pas rester sous le toit de Britta.

Un raclement de ferraille, le lieutenant entra. Elle se leva d'un bond et brossa sa jupe.

"Est-il vraiment nécessaire que je reste ici ? Emprisonnée comme une criminelle ? J'ai une fille, et nulle part où aller. Ne pourrais-je pas juste rester chez moi, le temps que tout ça soit tiré au clair ? Je promets de répondre à toutes vos questions, et je connais beaucoup de personnes qui témoigneront que je ne suis pas une sorcière.

— On ne va nulle part, cracha le lieutenant en bombant le torse. Je sais très bien de quoi vos semblables sont capables et quelles séductions vous savez employer, vous, les putains du diable. Moi, je crains Dieu, et avec moi, les formules magiques et les pactes diaboliques, ça ne prend pas, que ce soit bien clair, une fois pour toutes.

— Je ne comprends pas de quoi parle le lieutenant", dit Elin, gagnée par le désespoir.

Comment cela avait-il pu arriver ? Comment avait-elle échoué là ? Qu'avait-elle fait au lieutenant pour qu'il la regarde avec un tel mépris ? Certes, elle avait péché, elle avait été faible par la chair et par l'âme, mais elle avait payé le prix. Elle ne comprenait pas pourquoi Dieu exigeait une punition supérieure. Désespérée, elle tomba à genoux dans la fange, joignit les deux mains et s'abîma en prière.

Le lieutenant la regarda avec dégoût.

"Cette comédie ne me trompe pas. Je connais ces manigances, et bientôt tout le village saura !"

Quand la porte se referma en plongeant la cellule dans l'obscurité, Elin continua à prier. Elle pria jusqu'à ce que ses jambes s'engourdissent et que ses bras ne sentent plus rien. Mais il n'y avait personne pour écouter.

Erica ouvrit lentement les yeux en les plissant. Maja était debout devant elle.

"Pourquoi tu dors dans le canapé, maman ?" demanda-t-elle.

Erica regarda autour d'elle. Oui, d'ailleurs, pourquoi dormait-elle dans le canapé ? Elle n'avait aucun souvenir de comment elle était rentrée.

Le canapé faisait des bosses sous elle, elle dut s'aider de la main pour se redresser. Elle avait l'impression que sa tête allait éclater. Maja attendait une réponse.

"Maman a une gastro, il valait mieux que je dorme là pour ne pas la passer à papa, dit-elle.

— Pauvre maman, dit Maja.

— Oui, pauvre maman", grimaça Erica.

Elle n'avait pas eu une telle gueule de bois depuis le lendemain de son mariage, et elle avait complètement oublié à quel point c'était une expérience de mort imminente.

"Ah, le cadavre s'est réveillé, dit Patrik un peu trop gaiement en entrant dans le séjour, un jumeau sous chaque bras.

— Achève-moi", dit Erica en parvenant à se lever.

La pièce tournait et sa bouche était sèche comme du cuir.

"Ça a dû être un enterrement de vie de jeune fille réussi, hier", dit en riant Patrik.

Erica sentit qu'il riait d'elle, et non avec elle.

"On s'est en effet bien amusées, hier, dit-elle en se prenant la tête. Mais on a aussi beaucoup bu. Ta mère elle aussi doit être dans l'état qu'elle mérite ce matin…

— Je suis bien content de ne pas avoir vu le désastre, ça m'a suffi de te voir rentrer hier."

Il posa les jumeaux devant la télé et mit la chaîne jeunesse. Maja s'installa à côté de Noel et Anton et dit avec le plus grand sérieux :

"Maman est malade, alors il faut être très gentil avec elle."

Les jumeaux hochèrent la tête, puis retournèrent à leur programme.

"À quelle heure je suis rentrée ? demanda-t-elle, tentant désespérément de combler les trous noirs.

— Vers une heure du matin. Et tu voulais danser. Tu as insisté pour m'apprendre le cha-cha-cha.

— Oh non."

Erica se prit le front. Elle savait qu'on allait le lui resservir pendant longtemps.

Patrik redevint sérieux. Il s'assit à côté d'elle sur le canapé.

"Tu as dit quelque chose de bizarre, juste avant de sombrer. Tu as regardé le portrait de Leif en parlant de droite et de gauche, et de quelque chose qui ne collait pas. Ça te dit quelque chose ?"

Erica essaya de se souvenir, mais c'était le blanc total. Son dernier souvenir était un Long Island Ice Tea placé devant elle. Elle aurait mieux fait de ne pas boire ce genre de cocktails. Mais avoir raison après coup ne servait à rien. Elle ne se rappelait même pas comment elle était rentrée. Après un coup d'œil au noir de suie de ses plantes de pieds, elle constata qu'elle était probablement rentrée à pied, et pieds nus.

"Non, vraiment, je ne me souviens pas, grimaça-t-elle. Désolée.

— Essaie de te souvenir. Droite. Gauche. Tu as dit ça juste avant. Ça a eu l'air de déclencher quelque chose…"

Erica essaya, mais sa tête tambourinait si fort qu'elle était incapable de penser.

"Non. Désolée. Mais ça va peut-être me revenir." Elle sursauta et grimaça à nouveau. "En revanche, je me souviens d'une chose d'avant-hier ! Pardon, j'étais tellement accaparée par cet enterrement de vie de jeune fille que j'avais complètement oublié !

— Quoi ?

— C'est sûrement très important et j'aurais dû t'en parler tout de suite, mais tu es rentré tard, et ensuite la fête m'a complètement absorbée. J'ai rencontré Marie par hasard, vendredi. Je suis passée près du tournage sur le port, au moment d'une pause. Marie m'a appelée en disant qu'elle avait su que je souhaitais la voir. Nous nous sommes installées un moment au Café Bryggan pour parler de ce qui était arrivé à Stella. Mais ce n'est pas le plus important. Comme je m'en allais, la maquilleuse du film est venue me voir pour me dire que Marie n'avait pas d'alibi, puisque c'était elle qui avait couché avec le réalisateur, pas Marie.

— Oh putain", lâcha Patrik.

Erica vit aussitôt ses pensées se mettre en branle. Elle se massa le front.

"Encore un truc… Marie dit qu'elle a aperçu ou entendu quelqu'un dans la forêt, juste avant la disparition de Stella. La police ne l'a pas crue, mais ce n'est peut-être pas si étonnant, vu qu'elle n'en a parlé qu'après être revenue sur ses aveux. Quoi qu'il en soit, elle est persuadée que c'est cette même personne qui a frappé à nouveau."

Patrik secoua la tête. Ça semblait très tiré par les cheveux.

"Je sais, c'est juste ce qu'elle raconte. Mais je voulais quand même t'en parler, dit Erica. Et de votre côté, comment ça se passe ?"

Elle faisait des efforts pour parler, malgré sa langue qui se collait à son palais.

"Vous aviez bien une perquisition à la ferme, hier ?
— Ça s'est bien passé."

Il lui raconta leurs trouvailles dans la grange, et Erica sentit ses yeux s'écarquiller. Difficile de savoir ce que cela impliquait, mais elle comprenait que c'était une grande avancée de l'enquête de savoir où Nea avait été tuée.

"Quand aurez-vous les résultats de l'enquête technique ?
— En milieu de semaine, soupira Patrik. J'aurais préféré les avoir demain, c'est incroyablement frustrant de ne pas savoir sur quoi on peut s'appuyer pour avancer. Mais je vais faire venir la mère et le père pour des interrogatoires aujourd'hui, on verra bien ce que ça donnera.

— Tu crois que c'est l'un des deux qui l'a fait ?" demanda Erica, sans être certaine de vouloir connaître la réponse.

Les infanticides étaient ce qu'il y avait de pire. Elle savait que cela n'arrivait que trop souvent, mais ne parvenait juste pas à le comprendre. Elle regarda ses enfants assis par terre devant la télé, et sentit de toutes les fibres de son corps qu'elle ferait n'importe quoi pour les protéger.

"Je ne sais pas, dit Patrik. C'est bien le problème depuis le début : plein de possibilités, mais aucune piste claire. Et maintenant, tu m'apprends que Marie n'a pas d'alibi, par-dessus le marché. Ce qui ouvre encore plus de possibilités.

— Ça va se tasser, dit-elle en lui caressant le bras. Et qui sait, dans quelques jours, tu auras peut-être d'autres informations importantes ?

— Oui, c'est vrai", dit-il en se levant.

Il désigna les enfants de la tête.

"Tu vas y arriver, dans ton état ?"

Erica aurait préféré dire que pas du tout, mais elle se fit violence. Cette gueule de bois était entièrement de sa faute, elle allait boire le calice jusqu'à la lie. Mais ce serait une longue journée. Avec beaucoup de télé et de marchandages.

Patrik l'embrassa sur la joue et fila travailler. La tête tambourinant, Erica fixa le portrait contre le mur. Que pouvait-elle avoir voulu dire ? Elle avait beau essayer, elle ne trouvait rien. Le brouillard demeurait épais.

Patrik lança le magnétophone et enregistra les formalités, jour, date, personnes présentes dans la salle d'interrogatoire. Puis il resta un petit moment silencieux à observer Peter. L'homme assis en face de lui semblait avoir vieilli de dix ans en une semaine. Patrik fut submergé par la compassion, mais se rappela qu'il lui fallait se montrer objectif et professionnel. Il était si facile de se laisser tromper par ce qu'on voulait ou ne voulait pas penser des autres. Il avait fait cette erreur par le passé, et appris que l'homme était infiniment complexe, que rien n'allait de soi.

"Utilisez-vous souvent la grange qui se trouve sur votre terrain ?" demanda-t-il.

Les yeux de Peter s'étrécirent.

"Je… euh… la grange ? Non, en fait nous ne l'utilisons pas du tout. Nous n'avons pas d'animaux, à part le chat, et nous ne l'utilisons même pas comme remise. Nous ne sommes pas trop du genre à amasser tellement de bibelots."

Il observa attentivement Patrik.

"Quand êtes-vous entré dans la grange pour la dernière fois ?"

Peter se gratta la tête.

"Eh bien, ça doit être quand on a cherché Nea ?

— Et avant ça ?

— Ça, je ne sais pas. Une semaine avant, peut-être, j'y suis entré, cette fois-là aussi pour chercher Nea. C'était la seule à y aller régulièrement, elle s'y plaisait. Elle avait l'habitude d'y rester pour jouer avec le chat que, pour une raison que j'ignore, elle avait surnommé le chat noir."

Peter rit, mais son rire se coinça dans sa gorge.

"Pourquoi me posez-vous des questions sur la grange ? dit-il, sans obtenir de réponse de Patrik.

— Êtes-vous certain que c'est la semaine avant sa disparition que vous êtes entré pour la dernière fois dans la grange, ou pouvez-vous indiquer un moment plus précis ?"

Peter secoua la tête.

"Non, je n'ai vraiment aucune idée. Une semaine, c'est une supposition.

— Et Eva ? Savez-vous quand elle y est allée pour la dernière fois ? Je veux dire, à part pour chercher Nea ?"

Nouveau non de la tête.

"Non, aucune idée, il faudra le lui demander. Mais elle n'avait pas non plus de raison d'y aller. Nous n'utilisions pas la grange.

— Avez-vous vu quelqu'un d'autre dans ou à proximité de la grange ?

— Non, jamais. Ou plutôt, si, une fois, il m'a semblé voir quelque chose bouger à l'intérieur, je suis allé jeter un œil et j'ai vu le chat en sortir, c'était sans doute lui que j'avais vu."

Il leva les yeux vers Patrik.

"Mais quoi, vous pensez que quelqu'un y est entré ? Je ne comprends pas bien où vous voulez en venir, avec ces questions ?

— Nea y allait-elle souvent ? Savez-vous ce qu'elle y faisait ?

— Non, à part qu'elle aimait y jouer. Elle savait toujours si bien s'occuper toute seule." Sa voix se brisa et il toussa. "Elle disait souvent : « Je vais dans la grange jouer avec le chat noir », alors je suppose que c'était ce qu'elle faisait. Jouer avec le chat. Il est très câlin.

— Oui, j'ai remarqué, sourit Patrik. Et le matin de sa disparition ? Vous n'avez rien vu non plus dans ou autour de la grange, à ce moment-là ? Le moindre détail peut être important."

Peter fronça les sourcils. Il secoua la tête.

"Non, c'était un matin tout à fait ordinaire. Calme et silencieux.

— Vous arrive-t-il de monter au grenier ?

— Non, je ne pense pas qu'aucun de nous y soit monté depuis que nous avons acheté la ferme. Et nous avions interdit à Nea d'y grimper. Il n'y a pas de rambarde, ni de foin pour amortir sa chute si elle en tombait, alors elle savait qu'elle n'avait pas le droit.

— Elle était obéissante, d'habitude ?

— Oui, elle n'est… n'était pas du tout le genre d'enfant qui prend le contrepied de tout ce qu'on dit. Si on lui a dit de ne pas monter toute seule au grenier, elle n'y est pas allée.

— Comment était Nea avec les autres gens ? Les inconnus ? Aurait-elle fait confiance à quelqu'un qu'elle ne connaissait pas ?

— Hélas, nous n'avons pas assez appris à Nea qu'il y a des gens méchants. Elle aimait tout le monde et pensait du bien de tous. Tous ceux qu'elle rencontrait étaient ses meilleurs copains. Bon, c'est vrai, elle disait toujours que le chat noir était son meilleur ami, donc je peux ajouter que les personnes et les animaux étaient ses meilleurs amis."

Sa voix se brisa à nouveau. Patrik voyait qu'il serrait les dents pour ne pas perdre le contrôle. Il serra les poings, ne sachant comment tourner la question suivante.

"Nous avons entendu des choses, par la police d'Uddevalla."
Peter sursauta.
"Quoi ?
— Au sujet de vos accès de violence quand... quand vous buviez."
Peter secoua la tête.
"C'était il y a plusieurs années. Quand j'avais... des problèmes au travail."
Il regarda Patrik. Secoua encore plus fort la tête.
"Vous pensez que je... ? Non, je n'aurais jamais fait du mal à Nea. Ni à Eva. C'est ma famille, vous comprenez ? Nea était ma famille."
Il se cacha le visage dans les mains. Ses épaules tremblaient.
"À quoi ça rime ? Pourquoi me parler de ces fautes anciennes ? Pourquoi toutes ces questions sur la grange ? Qu'est-ce que vous y avez trouvé ?
— Je ne peux pas vous en dire plus pour le moment, dit Patrik. Et il est possible que nous devions encore vous interroger. Comme vous le savez, Gösta interroge Eva et lui pose sans doute à peu près les mêmes questions que moi. Nous vous sommes reconnaissants pour votre collaboration, et pour le moment, je vous demande de nous faire confiance : nous faisons tout ce que nous pouvons.
— Est-ce vraiment sûr... que ce n'est pas... lui... ?" Peter s'essuya sous les yeux. "Je sais que mon père a des opinions tranchées, et nous nous sommes laissé entraîner... Il faut dire aussi qu'avec tout ce qui se disait. Sur le camp de réfugiés. On finit par prêter l'oreille...
— Il est absolument certain que ce n'est pas l'homme qui a été désigné. Quelqu'un a volé une culotte de Nea sur votre étendoir, après sa disparition, et a tout simplement essayé d'envoyer ce malheureux en taule.
— Comment vont-ils ?"
Peter ne regarda pas Patrik dans les yeux.
"Franchement, pas très bien. On ne sait pas encore si sa femme va s'en tirer et Karim, c'est son nom, a été gravement brûlé aux mains.

— Et les enfants ?" demanda Peter en levant enfin le regard.
— Ils vont bien, le rassura Patrik. Ils habitent provisoirement chez une de mes collègues, jusqu'à ce que leur père sorte de l'hôpital.
— Je suis désolé que nous…"
Il ne parvint pas à finir sa phrase.
Patrik hocha la tête.
"Ça va. On croit ce qu'on veut croire. Et les réfugiés sont hélas des boucs émissaires très populaires. En toutes occasions.
— Je n'aurais pas dû…
— Ça n'a pas d'importance. Ce qui est arrivé est arrivé, et nous essayons à la fois de trouver celui ou ceux qui ont mis le feu au camp de réfugiés et celui qui a assassiné votre fille.
— Il faut que nous sachions, dit Peter, du désespoir dans les yeux. Sans ça, nous ne survivrons pas. Eva ne survivra pas. L'incertitude va nous tuer.
— Nous faisons tout ce que nous pouvons", dit Patrik.
Il évita consciemment de faire la moindre promesse. Pour le moment, il n'était pas lui-même sûr qu'ils réussiraient. Il déclara l'interrogatoire terminé et coupa le magnétophone.

La première chose dont elle eut conscience fut la nausée. Puis le lit en vrac. Ses paupières semblaient collées ensemble, elle dut lutter pour les ouvrir. Elle ne reconnaissait pas le plafond qui tournait au-dessus d'elle, et son malaise ne fit qu'empirer. Il y avait du papier peint à rayures bleues et blanches, qui ne lui rappelait rien. La nausée la plia en deux et, dans la panique, elle tourna la tête de côté. Le vomi éclaboussa par terre à côté du lit. Il avait un goût fort et répugnant et puait l'alcool.
Jessie gémit. En se tournant, elle sentit qu'elle était poisseuse. Elle porta les doigts sur sa poitrine et vit qu'elle était déjà couverte de vomi.
Sa panique grandit. Où était-elle ? Que s'était-il passé ?
Lentement, elle se redressa sur son séant. Elle frissonna et la nausée faillit reprendre le dessus, mais elle parvint à se retenir de vomir. Elle regarda son corps et n'en crut pas ses

yeux. Elle était complètement nue. Couverte de traits noirs. Il lui fallut quelques secondes pour comprendre que c'était des mots écrits à même sa peau.

Pute. Salope. Boudin. Dégueu.

Sa gorge se noua.

Où était-elle ? Qui lui avait fait ça ?

Une image lui revint en mémoire. Le fauteuil où elle était assise. Les gobelets d'alcool qu'on lui avait donnés.

La fête de Basse.

Elle se couvrit d'une couette et regarda autour d'elle. Ça ressemblait à une chambre de parents. Sur la table de nuit, des photos représentant une famille souriante. Et oui, c'était lui. Basse. Sourire en coin sur un voilier, entre un homme et une femme souriant de toutes leurs dents blanches.

La nausée revint tandis qu'elle comprenait : c'était leur plan depuis le début. Tout était bidon. Vendela qui était venue la voir. Eux, qui avaient fait semblant d'être copains avec elle. Rien n'était pour de vrai.

Exactement comme en Angleterre.

Elle ramena ses genoux vers elle. Indifférente à l'odeur, elle ne sentait plus que le trou qui grandissait dans sa poitrine.

Elle avait mal entre les jambes, et y porta la main. C'était poisseux, et malgré son manque d'expérience, elle savait ce que c'était. Les salauds.

Au prix d'un effort, elle bascula les jambes par-dessus le bord du lit. En se levant, elle vacilla et, cette fois, ne put lutter contre la nausée.

Quand Jessie eut fini de vomir, elle s'essuya la bouche avec le dos de la main et enjamba la flaque gluante. Elle parvint à gagner la salle de bains attenante à la chambre.

Elle cligna des yeux pour chasser les larmes quand elle se vit dans le miroir. Son maquillage avait coulé, elle avait des restes de vomi autour du cou et sur les seins. Et sur son front, elle lut : PUTE. Ses joues étaient couvertes de gros mots.

Rien n'arrêtait ses larmes et elle se pencha en sanglotant au-dessus du lavabo. Resta là plusieurs minutes. Puis finit par se mettre sous la douche et fit couler l'eau chaude, la plus chaude possible. Quand ça se mit à fumer, elle se plaça sous le jet et laissa l'eau la rincer. Elle était si brûlante que sa peau prit une teinte rouge vif. Le vomi rincé, les mots noirs ressortaient encore plus nettement.

Ces mots lui criaient dessus, et elle sentait son bas-ventre palpiter, à vif, douloureux.

Jessie prit un flacon de savon sur une étagère et s'en aspergea. Elle se lava entre les jambes jusqu'à ce que la dernière trace dégoûtante ait disparu. Elle ne laisserait jamais plus personne la toucher là. C'était souillé, détruit.

Elle frottait, frottait, mais les mots refusaient de disparaître. Elle était marquée, et aurait voulu marquer tous ceux qui lui avaient fait ça.

Sous le jet d'eau brûlante, Jessie prit une décision. Ils allaient payer. Chacun d'entre eux. Ils allaient payer.

S'occuper d'enfants avec une gueule de bois devrait figurer sur l'échelle des peines pour les crimes les plus graves. Erica n'avait pas la moindre idée de comment elle arriverait à passer cette journée. Et comme toujours, les enfants avaient flairé sa faiblesse et en profitaient pour passer à l'attaque. Bon, Maja était toujours égale à elle-même, calme et posée, mais les jumeaux choisirent ce jour-là pour se comporter comme s'ils n'avaient jamais mis les pieds dans une pièce meublée. Ils criaient, se battaient, grimpaient partout et chaque réprimande donnait lieu à de longs braillements qui lui donnaient l'impression que sa tête allait éclater.

Quand son portable sonna, elle songea d'abord à ne pas répondre, car le niveau sonore ambiant rendait difficile toute forme de conversation sensée. Puis elle vit que c'était Anna.

"Salut, alors, comment ça va, aujourd'hui ?"

Anna était si guillerette que c'en était une honte, et Erica regretta aussitôt d'avoir décroché. Le contraste avec son propre état était trop grand. Elle se consola avec l'idée que, si Anna n'avait pas été enceinte, elle aurait sans doute fini en encore plus mauvais état qu'elle.

"Tu es bien rentrée, hier soir ? Je suis partie avant toi, mais j'avais un peu peur que tu ne retrouves pas ton chemin…"

Anna rit vertement et Erica soupira. Encore une dans la famille qui la chambrerait avec ça jusque sur son lit de mort.

"Je suis effectivement rentrée, mais je ne peux pas affirmer en avoir le moindre souvenir. Mais à en juger par l'état de mes pieds, j'ai marché pieds nus.

— Non, mais mon Dieu, quelle soirée ! Et qui aurait pensé que ces vioques aient autant la pêche ? Et leurs histoires ! À un moment, je n'en croyais plus mes oreilles.

— Oui, je ne regarderai plus jamais Kristina avec les mêmes yeux, je peux le dire.

— Sympa, aussi, la danse.

— Oui, euh, visiblement, je m'étais mis en tête d'apprendre à Patrik à danser le cha-cha-cha en rentrant...

— Vrai ? dit Anna. J'aurais donné n'importe quoi pour voir ça.

— Ensuite, je me suis endormie sur son épaule en pleine leçon de danse, et il a donc dû me coucher sur le canapé. Et maintenant, j'ai ce que je mérite. Et les gosses ont flairé la faille et attaquent en groupe.

— Ma pauvre, dit Anna. Je peux les prendre un moment, si tu as besoin de te reposer un peu. De toute façon, je ne sors pas de chez moi.

— Non, ça va aller", dit Erica.

Indéniablement, la proposition était tentante, mais son penchant pour l'autoflagellation lui disait quelque part qu'elle n'avait qu'à s'en prendre à elle-même pour s'être mise dans cette situation.

Erica avait fait les cent pas pendant la conversation, mais elle s'arrêta à présent devant le portrait de Leif. Viola l'avait vraiment bien saisi, à en juger d'après les photos de lui qu'Erica avait vues. Mais le portrait transmettait quelque chose de plus que les photos. Il saisissait sa personnalité, et on avait l'impression qu'il la regardait. Le dos droit, fier, il était assis devant son bureau, où tout était soigneusement rangé et aligné. Une liasse de papiers devant lui, un stylo à la main, un verre de whisky à côté. Erica fixa le portrait. Soudain, le brouillard se leva. Elle savait exactement ce qu'elle avait découvert hier juste avant de s'endormir sur l'épaule de Patrik.

"Anna, je peux changer d'avis ? Tu aurais la possibilité de venir un moment ? Il faut que j'aille à Tanumshede."

Karim tourna la tête vers la fenêtre. La solitude ici, à l'hôpital, était assommante, même s'il avait eu quelques visites. Bill était passé avec Khalil et Adnan. Mais Karim ne savait pas quoi leur dire. Même avec eux dans sa chambre, il s'était senti seul et abandonné. Amina à ses côtés, il était toujours chez lui, où qu'il se trouve. Elle était tout son monde.

D'abord, il avait hésité à laisser les enfants habiter chez un des policiers. C'était quand même par eux que tout avait commencé. Mais elle avait des yeux gentils. Et elle n'était pas non plus comme eux.

Ce matin, il avait pu parler aux enfants au téléphone. Il avait entendu qu'ils allaient bien. Tantôt ils s'inquiétaient de leur mère, demandaient si elle allait encore rester longtemps à l'hôpital, tantôt ils lui parlaient de leur nouveau camarade de jeu Leo, des jouets qu'il avait, qu'il y avait un bébé très mignon et que la cuisine de Rita était très bonne, même si ça n'avait pas du tout le même goût que celle de maman.

Leurs voix joyeuses le rendaient autant heureux que leur inquiétude malheureux. Les médecins semblaient toujours plus embarrassés chaque fois qu'il demandait des nouvelles d'Amina. Il avait pu une fois entrer dans sa chambre. Il y faisait si chaud. Trente-deux degrés, lui avait-on dit. Une infirmière lui avait expliqué que les grands brûlés faisaient de l'hypothermie à cause de leur déshydratation, et qu'ils étaient pour cette raison obligés de monter la température dans la pièce.

L'odeur lui avait fait pleurer les yeux. Une odeur de cochon grillé. C'était son Amina bien-aimée qui sentait comme ça. Elle était restée immobile sur son lit et il avait tendu la main vers elle, voulu la toucher, sans l'oser. On avait rasé ses cheveux, et il n'avait pas pu retenir ses sanglots en voyant sa peau brûlée mise à nu. Le visage abîmé luisait de vaseline et de grandes parties de son corps étaient bandées.

Amina était maintenue en coma artificiel et sous assistance respiratoire. Tout le temps qu'il était resté, il avait vu les gens s'affairer autour d'elle. Ils étaient tous concentrés sur Amina, presque aucun n'avait regardé de son côté. Il leur en était reconnaissant, reconnaissant qu'ils fassent tout leur possible pour aider Amina.

Quant à lui, il ne pouvait qu'attendre. Et prier. Les Suédois n'avaient pas l'air de croire aux prières. Lui, il priait jour et nuit pour Amina, pour qu'elle reste avec lui et les enfants et que Dieu accepte de la leur laisser encore un peu.

Dehors, le soleil brillait, mais ce n'était pas son soleil. Pas son pays. Une pensée le traversa. Cela voulait-il dire qu'il avait aussi laissé son Dieu derrière lui en prenant la fuite ?

Quand le médecin entra d'un pas lent dans sa chambre, Karim sut ce qu'il en était. Un seul regard du médecin suffit à lui faire comprendre qu'il était désormais entièrement seul.

"Nous avons un certain nombre d'éléments nouveaux à prendre en considération", dit Patrik, qui s'était levé pour avoir l'attention de tous.

Annika avait préparé une collation : miche de Skogaholm, beurre, fromage, tranches de tomates et café.

C'était exactement ce dont Paula avait besoin, elle qui, ce matin, n'avait pris qu'une biscotte au vol, sur l'insistance de Johanna. Elle observa Martin tout en se beurrant une tartine. Il avait l'air fatigué, comme s'il n'avait pas dormi de la nuit, mais moins sur le mode "je me suis retourné dans mon lit toute la nuit" que "j'ai passé toute la nuit à faire des galipettes". Elle lui adressa un sourire en coin entendu, qui le fit aussitôt rougir. Elle était contente pour lui, tout en espérant cependant que ce nouvel amour ne conduirait pas à des grincements de dents et des peines de cœur. Il avait assez donné.

Elle tourna son attention vers Patrik.

"Comme vous le savez, nous avons fait plusieurs importantes découvertes, hier, au cours de la perquisition de la ferme de la famille Berg. Dans la grange, l'équipe technique a trouvé un emballage de gâteau au chocolat Kex, coincé dans une fente du plancher. Nous ne savons pas comment ni quand il y est arrivé, mais Nea avait dans l'estomac des restes de gâteau et de chocolat, et, pour cette raison, il est probable qu'il y ait un rapport. Surtout étant donné ce qui a été trouvé ensuite."

Il se tut, mais personne ne dit rien. La nouvelle de ces découvertes avait fait la veille l'effet d'une bombe, elle avait redonné de l'espoir et insufflé de la vie à une équipe gagnée par le découragement.

"Quand saurons-nous si c'est le sang de Nea ? demanda Martin.

— En milieu de semaine, a estimé Torbjörn." Patrik but une gorgée de jus de fruit et reprit : "Mais j'en viens à présent à une trouvaille dont personne d'entre vous n'a connaissance. Torbjörn vient de me téléphoner pour me mettre au courant. J'ai quitté la ferme quand son équipe en a eu fini avec la grange. Après, ils devaient passer au peigne fin les alentours des bâtiments et cela devait prendre le reste de l'après-midi et la soirée, estimait Torbjörn. Ni lui ni moi ne pensions trouver autre chose, mais nous avions tort."

Patrik marqua une pause rhétorique.

"Dans les herbes hautes, juste devant la grange, un des techniciens a trouvé une montre. Une montre d'enfant avec un motif tiré de *La Reine des neiges*... Je n'étais pas au courant quand j'ai interrogé Peter ce matin, mais j'ai bien sûr aussitôt appelé chez eux et Eva m'a confirmé que Nea avait une telle montre et qu'elle la mettait presque tous les jours. Même s'ils ne l'ont pas formellement identifiée, je pense que nous pouvons considérer qu'il s'agit de celle de Nea."

Paula retint son souffle. Comme tous les autres, au commissariat, elle comprenait ce que cela signifiait.

"Le bracelet était abîmé, le verre cassé et la montre s'était arrêtée à huit heures. Comme toujours, nous devons nous garder de conclusions hâtives, mais il est vraisemblable qu'avec tout ça nous avons trouvé la scène de crime primaire et l'heure approximative de son décès."

Mellberg se gratta la racine des cheveux.

"Elle est donc morte là-bas vers huit heures du matin puis a été transportée là où elle a été retrouvée ?

— C'est le scénario le plus vraisemblable, oui", dit Patrik en hochant la tête.

Martin leva la main.

"Est-ce que ça change quelque chose, au sujet de l'alibi de Marie et Helen ?

— Non, en fait rien, répondit Patrik. Helen n'a jamais eu d'alibi valable, ni pour la nuit ni pour le matin. Elle dit avoir pris un somnifère et avoir profondément dormi toute la nuit jusqu'à neuf heures, quand elle est sortie courir. Mais personne ne peut le confirmer, puisque son époux était en déplacement et que son fils ne l'a pas vue avant l'heure du déjeuner. Marie a toujours affirmé avoir un alibi pour la nuit et la matinée, mais Erica m'a raconté ce matin quelque chose pour le moins surprenant. Elle a rencontré Marie par hasard, et a pu s'entretenir un moment avec elle au Café Bryggan. Quand Marie a dû retourner sur le tournage, la maquilleuse du film est venue voir Erica en affirmant que l'alibi de Marie ne tenait pas, car c'était elle qui avait passé la nuit et la matinée avec le réalisateur. Pas Marie.

— Merde alors, dit Martin.

— Est-ce la vérité ? s'interrogea Paula. Ou une histoire de jalousie qui la pousse à inventer ?

— Le plus simple sera de poser la question à Marie. Et il faudra aussi interroger à nouveau le réalisateur et cette femme. Si ses dires s'avèrent exacts, Marie aura indéniablement quelques explications à nous donner. Comme par exemple pourquoi elle a eu besoin de se fabriquer un alibi mensonger ?

— Mais ce Jörgen a pourtant dit lui aussi que Marie était avec lui, dit Martin. Pourquoi dirait-il ça, si ce n'était pas elle ?"

Paula le regarda en soupirant. C'était un bon policier, mais il était parfois d'une innocence et d'une naïveté désarmantes.

"Marie est la star d'un film qui coûte des millions. Un film dont on espère un grand succès commercial. Je crois que Jörgen serait prêt à raconter à peu près n'importe quoi pour ne pas compromettre tout ça."

Martin la regarda.

"Merde alors, je n'aurais pas pensé ça.

— Tu es un peu trop gentil pour penser ça", dit Paula.

Il prit un air profondément vexé. Mais personne ne protesta, et Martin non plus. Il savait bien au fond que Paula avait raison.

"On va commencer par écouter ce que Marie peut nous dire, dit Patrik. Je comptais y aller avec Gösta directement après cette réunion. Mais dans la mesure où Marie était au maquillage à Tanumshede dès neuf heures, j'ai du mal à voir comment elle aurait pu assassiner Nea à huit heures.

— Bon, dit Paula. Revenons à cet emballage de gâteau. Quand en aurons-nous l'analyse ? Il pourrait y avoir dessus des empreintes digitales et de la salive."

Patrik hocha la tête.

"Oui, c'est ce que nous espérons. Mais comme d'habitude rien n'est clair tant que nous n'avons pas les résultats en main. Pour le moment, ces analyses sont prioritaires, mais on ne sait jamais.

— D'accord, et apparemment nous aurons ces résultats en milieu de semaine ? demanda Martin.

— Oui, c'est ce que m'a dit Torbjörn.

— Vous avez trouvé autre chose ? Des empreintes de pas ? De doigts ? Autre chose ?"

Paula avala la fin de sa tartine et commença à s'en beurrer une autre. Elle n'avait pas dormi très longtemps non plus, et le manque de sommeil lui donnait faim.

"Non, on dirait qu'un sérieux ménage a été fait dans la grange. Si Torbjörn a trouvé l'emballage de gâteau, c'est qu'il s'était coincé dans une fente. La personne qui a fait le ménage a dû le rater."

Martin leva à nouveau la main. Ses yeux rougis étaient assortis à ses cheveux.

"Quand Pedersen aura-t-il fini son rapport ?

— Chaque fois que je lui demande, c'est *dans quelques jours*, dit Patrik, avec de la frustration dans la voix. Ils sont dans la merde, et il travaille aussi vite qu'il peut, je le sais. Mais c'est quand même frustrant, bordel !"

Il s'appuya au plan de travail en croisant les bras.

"Que disent les parents ? Tu sais ce que je dis toujours : il faut commencer par chercher au sein de la famille la plus proche", dit Mellberg tout en se bâtissant un sandwich géant de six tranches de pain empilées.

Paula s'en amusa, sachant qu'il allait rentrer ce soir chez Rita en soutenant dur comme fer qu'il n'avait presque rien mangé de la journée et était mort de faim. Et il ajouterait qu'il ne comprenait pas comment il faisait pour prendre du poids, alors qu'il mangeait comme un moineau.

"Ils ne savent pas encore ce que nous avons trouvé, dit Gösta, mais ils se doutent bien qu'il y a quelque chose. Ils disent tous les deux qu'ils n'ont pas utilisé la grange et que Nea était la seule à y aller. Ils n'ont pas non plus vu d'inconnus dans ou autour de la grange, que ce soit au moment de sa disparition ou auparavant."

Gösta interrogea du regard Patrik, qui ajouta : "Ah si, Peter a une fois cru voir un inconnu bouger dans la grange, mais en allant y voir, il n'a trouvé que le chat. C'était sûrement une fausse alerte, mais je tenais à le signaler.

— Alors que pouvons-nous penser ? dit Paula. Est-ce que quelqu'un a pu se cacher dans la grange pour attaquer Nea ? Est-ce que quelque chose fait penser à une agression sexuelle ? Des traces de sperme ?"

Aborder ce sujet lui faisait horreur, les agressions sexuelles sur enfants étaient son pire cauchemar, mais on ne pouvait pas fermer les yeux sur cette éventualité.

"Dans ce cas, cela apparaîtra dans le rapport d'autopsie, dit Patrik. Mais oui, quelqu'un a pu attendre Nea dans la grange. L'amadouer avec du chocolat et… ça, ce qui s'est passé, Dieu seul le sait.

— Je suis monté dans la forêt, derrière la maison, pour jeter un œil, dit Gösta. Je voulais voir s'il était possible d'arriver par là et de voler la culotte sur l'étendoir à linge sans être vu depuis la maison. Ce qu'a dû faire à mon avis la personne en question, traverser la cour à découvert est trop risqué. Et j'ai pu constater qu'il était tout à fait possible de se glisser à couvert des buissons jusqu'au côté de la maison où se trouve l'étendoir. Il y a également plein d'endroits où se cacher pour surveiller la ferme. Quelqu'un a peut-être observé Nea en notant son habitude d'aller souvent jouer dans la grange. Et cette personne peut aussi avoir vu que le père partait et qu'il ne restait plus que la mère à la ferme. S'il s'agit d'un homme, une femme lui aura paru une menace moindre.

— Il n'est pas inhabituel que les agresseurs sexuels surveillent leurs victimes un certain temps avant de commettre leur crime", ajouta doucement Paula.

La bouchée qu'elle mastiquait se mit à enfler, et elle posa la tartine en essayant d'avaler.

"Le bois derrière la maison a également été passé au peigne fin hier, dit Patrik. Mais rien de significatif n'y a été trouvé. On a ramassé quelques déchets, bien sûr, mais rien qui s'avère particulièrement intéressant."

Il regarda Paula.

"Où en est-on avec l'incendie ? Et avec la tentative de faire plonger Karim ? Avez-vous avancé ?"

Elle aurait aimé avoir du nouveau, mais ils se heurtaient à des impasses de tous côtés. Personne ne savait rien. Personne ne voulait endosser la responsabilité. Au mieux, quelqu'un marmonnait "ils ont eu ce qu'ils méritaient", mais ça s'arrêtait là.

Elle inspira à fond.

"Non, rien pour le moment, mais nous n'abandonnons pas. Tôt ou tard, les langues finiront par se délier.

— Avez-vous l'impression que c'est un acte organisé ? demanda Mellberg. Ou cela peut-il être des ados, sur un coup de tête ?"

Il était resté inhabituellement silencieux pendant la réunion, peut-être se sentait-il encore et à juste titre honteux de son rôle dans ce qui s'était passé.

Paula prit un moment avant de lui répondre.

"Vraiment, je ne sais pas, dit-elle. Tout ce que je sais, c'est que la haine était le mobile. Coup de tête ou acte prémédité, je ne peux pas le dire. Pas encore."

Mellberg hocha la tête. Il tapota Ernst, couché à ses pieds, et ne posa plus d'autres questions. Paula lui savait gré de son soudain sérieux. Et elle pensait en deviner l'origine. Il avait passé la matinée à jouer avec Samia, Hassan et Leo. Il les avait poursuivis à travers tout l'appartement, fait semblant d'être un monstre, les avait chatouillés et fait rire. Sans doute comme cela ne leur était pas arrivé depuis longtemps. C'était pour cette raison qu'au fond, elle aimait l'homme avec lequel sa mère avait choisi de vivre. Elle ne l'aurait jamais reconnu ouvertement, mais il était devenu une sorte de grand-père pour ses enfants, et le côté de lui-même qu'il montrait quand il n'était plus question de prestige lui faisait pardonner toute sa pompeuse idiotie. Il l'énerverait jusqu'à son dernier souffle, mais elle savait qu'il serait prêt à mourir pour ses enfants.

Quelqu'un frappa à la porte d'entrée, Annika alla ouvrir. Elle revint avec Erica, essoufflée, qui salua rapidement de la tête les personnes présentes dans la pièce avant de se tourner vers Patrik :

"Je sais ce que j'avais compris hier. Leif Hermansson ne s'est pas suicidé. Il a été assassiné."

Un silence de mort se fit dans la pièce.

BOHUSLÄN 1672

Deux jours avaient passé. Elin tendait l'oreille chaque fois qu'elle entendait quelqu'un s'approcher de la porte. Elle n'avait reçu aucune nourriture depuis son arrivée, juste un peu d'eau, et son seau n'avait pas été vidé. Il lui suffisait de se tourner un peu pour que la puanteur lui saute au visage. La seule chose qui la faisait tenir était de savoir que chaque heure la rapprochait du moment où Preben allait rentrer et apprendre ce qui s'était passé.

La porte finit par racler et s'ouvrir. Et il était là. Elle aurait voulu lui sauter au cou, mais avait honte de sa saleté.

Elle vit que la puanteur lui donnait la nausée.

"Preben !" essaya-t-elle de crier, mais cela ressembla plutôt à un croassement.

La faim la torturait, mais elle savait que maintenant elle allait bientôt pouvoir sortir de là. Elle était tellement impatiente de sentir les doux bras de Märta autour d'elle, son petit corps pressé contre le sien. Pourvu qu'elles soient ensemble, elle ne se souciait pas d'être forcée d'aller mendier sur les routes. Avec Märta, elle pouvait avoir faim et froid.

"Preben", dit-elle à nouveau, d'une voix à présent mieux posée.

Il regardait par terre en tortillant son chapeau dans ses mains. L'inquiétude lui grondait au ventre. Pourquoi ne disait-il rien ? Pourquoi n'interpellait-il pas le lieutenant pour la faire sortir ? La ramener auprès de Märta ?

"Preben est-il venu me chercher ? dit-elle. Britta m'en veut à cause de ce que nous avons fait, elle l'a appris en venant au village. Elle a dit que j'étais une sorcière pour se venger.

Mais elle s'est sûrement calmée maintenant, et moi, j'ai été bien punie. C'était horrible d'être enfermée ici. J'ai consacré mes jours et mes nuits à supplier Dieu de pardonner nos péchés, et je peux aussi demander pardon à Britta, je le promets. Si elle veut, je lui baiserai les pieds, j'implorerai son pardon puis Märta et moi disparaîtrons de sa vue. Par pitié, Preben peut-il arranger ça avec le lieutenant, que nous rentrions à la maison ?"

Preben continua à tortiller son chapeau. Derrière lui, elle aperçut le carillonneur et le lieutenant, et comprit qu'ils avaient tout écouté depuis le début.

"Je n'ai aucune idée de quoi Elin veut parler, dit-il d'une voix éteinte. Mon épouse et moi avons eu la bonté d'ouvrir notre maison à Elin et sa fille, car elle faisait partie de la famille, et voilà comment elle nous remercie. Ça a été un choc de rentrer et d'apprendre que Britta avait découvert que sa sœur était une sorcière et avait certainement provoqué ses difficultés à enfanter… Oui, c'est une honte, ce qu'Elin nous a fait. Qu'Elin vienne à présent déverser des mensonges sur le mari de sa sœur, eh bien, voilà qui ne fait que confirmer combien Elin est mauvaise et dépravée, et montre avec toute la clarté souhaitable qu'elle se trouve entre les griffes du diable."

Elin ne put que le dévisager. Elle tomba à genoux et se cacha le visage dans les mains. La trahison était si grande, si écrasante qu'elle était même incapable de se fâcher. Qu'opposer à cela ? Preben était un homme d'Église, sa position et sa parole avaient du poids. S'il rejoignait tous ceux qui témoignaient qu'elle était une sorcière, elle ne ressortirait jamais d'ici, en tout cas pas vivante.

Preben tourna les talons, le carillonneur lui emboîta le pas. Le lieutenant entra dans la cellule et regarda avec mépris Elin qui gémissait par terre.

"Elle va avoir une chance de se disculper. Demain aura lieu l'épreuve de l'eau. Mais je ne me ferais pas de trop grands espoirs, à la place d'Elin. Elle va très probablement flotter."

Puis il referma la porte et il fit à nouveau noir.

Sam avançait lentement sur le sentier. À son réveil, ce matin, en voyant le message de Jessie, il avait été assailli par un sentiment de fin du monde. Son cœur aurait voulu éclater. Elle ne voulait pas venir chez lui, aussi s'étaient-ils donné rendez-vous dans la clairière, derrière la maison. Il avait dans un sac tout ce dont Jessie avait besoin. L'acétone de maman, qui dissolvait le vernis à ongles, des mouchoirs et des serviettes en papier. Il avait pris aussi de l'Alvedon, une grande bouteille d'eau, un sac de sandwichs et des vêtements propres pris dans le placard de maman.

Dans son sac à dos, il avait toujours son carnet. Il n'avait pas encore pu le lui montrer.

Jessie l'attendait dans la clairière. Il hésita en la voyant, elle ne regardait pas dans sa direction, semblait ne rien voir. Elle portait un pantalon de jogging trop long et un sweat à capuche rabattue.

"Jessie", dit-il avec douceur en s'approchant d'elle.

Elle ne bougeait toujours pas. Ne levait pas le regard. Il lui prit le menton et tourna son visage vers lui. La honte dans ses yeux était si grande que cela lui fit l'effet d'un coup dans le ventre.

Sam la prit dans ses bras et la serra fort contre lui. Elle ne répondit pas à son étreinte. Ne renifla pas. Ne bougea pas.

"Ce sont des ordures", dit-il tout bas.

Il voulut embrasser sa joue, mais elle se détourna, et il les haït pour tout ce qu'ils avaient détruit en elle.

Il sortit le flacon d'acétone et quelques serviettes en papier.

"Tu veux manger quelque chose d'abord ?
— Non, enlève ça. Je veux tout enlever."

Il lui ôta délicatement sa capuche et écarta les cheveux de son visage. Il les rangea derrière ses oreilles et lui caressa la tête.

"Ne bouge pas, pour ne pas avoir d'acétone dans les yeux."

Avec précaution, il commença à frotter les mots. Il restait calme à cause de Jessie, mais la tempête faisait rage en lui. Il croyait les haïr pour tout ce qu'ils lui avaient fait, toutes ces années. Mais ce n'était rien, comparé à ce qu'il ressentait à présent, après ce qu'ils avaient fait à Jessie. À sa belle, chaleureuse, fragile Jessie.

L'encre du marqueur partait, mais la peau restait sèche et rougeaude. Quand tout eut disparu sur le visage, il continua sur le cou.

Jessie baissait le col pour l'aider.

"Tu peux l'enlever ? Tu n'es pas obligée."

Il ne savait pas ce qu'il convenait de dire ou faire.

Elle se débarrassa de son sweat et ôta son t-shirt. Elle ne portait pas de soutien-gorge, et il vit les inscriptions sur sa poitrine, son ventre et son dos. Elles couvraient tout son corps.

Il leva la tête vers le visage de Jessie. Ses yeux le brûlaient.

Sam continua à frotter frénétiquement. Lentement, le noir disparaissait. Elle ne bougeait pas, vacillait parfois quand il appuyait trop fort. Au bout d'un moment, le haut du corps terminé, il l'interrogea du regard. Elle ne dit rien, sortit juste de son pantalon de jogging. Elle ne portait pas de culotte, et était à présent entièrement nue devant lui. Sam tomba à genoux, incapable de croiser son visage à la fois vide et plein de haine. Les mots dansaient devant ses yeux à mesure qu'il frottait. Cinq écritures différentes. Il avait tant de questions qu'il n'osait poser. Et il n'était pas certain qu'elle puisse lui répondre.

"Ils m'ont fait d'autres choses, dit-elle tout bas. Je ne m'en souviens pas, mais je le sens."

Il arrêta un instant d'essuyer avec la serviette en papier. Une partie de lui aurait voulu appuyer sa tête contre sa cuisse et pleurer. Mais il savait qu'il fallait qu'il soit fort pour deux.

"Ils dormaient tous comme des porcs quand je suis partie, dit-elle. Comment peuvent-ils dormir ? Faire une chose pareille et dormir ?

— Ils ne sont pas comme nous, Jessie. Je l'ai toujours su. Nous sommes mieux qu'eux."

Il savait à présent ce qu'ils devaient faire. Contre ceux qui avaient fait ça et ceux qui les avaient laissé faire.

"Tu n'es quand même pas venue en voiture ?" demanda Patrik en regardant sévèrement Erica.

Elle leva les yeux au ciel.

"Non, je ne suis pas complètement idiote. J'ai pris le bus !

— Pourquoi ne devrait-elle pas conduire ? demanda Martin en regardant Erica.

— Parce que ma chère et tendre est rentrée hier soir… comment dire ? Légèrement éméchée…

— *Éméchée*, pouffa Erica. Bienvenue dans les années cinquante."

Elle se tourna vers Martin.

"C'était l'enterrement de vie de jeune fille de la maman de Patrik hier et… C'était peut-être un peu trop…"

Mellberg s'esclaffa, mais après le regard d'avertissement fort injecté de sang que lui lança Erica, il se tut.

"Maintenant que nous avons fait le tour de cette intéressante information, nous pourrions peut-être nous concentrer sur quelque chose de légèrement plus important ?"

Patrik hocha la tête. Il avait longtemps réfléchi cette nuit à ce qu'avait pu vouloir dire Erica. Elle était rarement à côté de la plaque et, quand elle trouvait quelque chose, d'habitude, c'était important.

"Tu affirmes donc que Leif Hermansson a été assassiné, dit-il. Sur quoi te fondes-tu ?"

Erica semblait un peu pâle, et il lui indiqua une place libre.

"Assieds-toi avant de t'évanouir. Un casse-croûte et du café te feraient sans doute aussi du bien."

Elle se posa avec gratitude sur une chaise libre près de la fenêtre. Paula lui fit passer un sandwich au fromage et Annika se leva pour lui servir une tasse de café.

"La fille de Leif, Viola, est peintre, dit Erica. Comme vous le savez, je suis allée la voir pour lui demander si Leif avait laissé des documents sur l'affaire Stella. J'espérais des notes, quelque chose comme ça. Lors de ma visite, elle ne se souvenait de rien mais le fait est que, depuis, elle a trouvé quelque chose. L'agenda de Leif. Vous savez, ce genre de petit calendrier sur lequel on prend des notes. Je n'ai pas eu le temps de beaucoup le regarder, mais, le jour de sa mort, il a noté le temps qu'il faisait et des bricoles. Bref, Viola m'a confié cet agenda quand je suis allée voir son vernissage vendredi dernier, un tableau m'a plu et je l'ai acheté. C'est un portrait de Leif, son père."

Elle marqua une pause pour boire une gorgée de café et mordre dans son sandwich. Elle déglutit laborieusement et continua.

"Il y avait quelque chose dans ce tableau qui me gênait, mais je n'arrivais pas à trouver quoi. J'ai lu toute la documentation ancienne sur l'affaire Stella ces derniers temps, et étudié également tous les papiers et photos concernant le suicide de Leif. Et j'ai eu le sentiment diffus que quelque chose ne collait pas."

Elle but une autre gorgée de café. Des gouttelettes de sueur perlaient à ses tempes, et son teint était pâle comme un champignon. Patrik la plaignait, mais l'admirait aussi d'avoir eu la force de venir jusqu'ici. Le trajet en bus ne devait pas avoir été une partie de plaisir, dans son état.

"Mais hier, j'ai visiblement trouvé ce que c'était.

— Ce dont tu n'avais malheureusement aucun souvenir ce matin, ne put s'empêcher de glisser Patrik.

— Merci pour cette information, dit avec lassitude Erica. Et j'ai fini par trouver. La droite et la gauche.

— La droite et la gauche ? fit Paula, interloquée. Quoi, la droite et la gauche ?

— Mais, regardez là !"

Erica fouilla dans son sac et en sortit les photos du suicide de Leif. Elle montra un point sur sa tempe.

"Voici l'impact de la balle. Dans la tempe droite. Et son pistolet est aussi dans sa main droite.

— Mais encore ?" dit Patrik en se penchant pour voir les images.

Après toutes ces années dans la police, voir un mort continuait à lui faire une drôle d'impression.

"Attendez, vous allez voir !" Erica sortit son téléphone et fouilla dans la marée d'images. "J'ai pris des photos du portrait, car il était trop grand pour que je l'apporte. Vous voyez ?"

Elle montra le portrait de Leif, et tous se penchèrent pour l'examiner sur le petit écran. Paula fut la première à trouver.

"Il tient son stylo de la main gauche ! Il était gaucher.

— Exact !" s'exclama si fort Erica qu'Ernst, effrayé, leva la tête.

Après s'être assuré que tout allait bien, il se recoucha aux pieds de Mellberg.

"Je ne comprends pas comment la police et ses proches ont pu manquer ça, mais, par acquit de conscience, j'ai appelé Viola et eu confirmation. Leif était gaucher ! Il n'aurait jamais utilisé sa main droite. Que ce soit pour écrire, ou pour tirer."

Elle lança un regard triomphant à Patrik.

Il sentit d'abord un point de tension au creux du ventre, puis pensa un peu plus loin et soupira.

"Non, non, ne dis pas que...

— Si, dit Erica. Il faut que tu appelles la personne à qui tu demandes l'autorisation d'habitude. Vous allez devoir exhumer Leif..."

Bill et Gun étaient assis à la table de la cuisine quand la porte d'entrée s'ouvrit. Ils ne s'étaient pas dit grand-chose pendant ce petit-déjeuner tardif. Bill avait plusieurs fois sorti son mobile pour relire le message arrivé en pleine nuit : *Je dors chez Basse.*

Il alla dans l'entrée, regarda son fils ôter ses chaussures. Bill fronça le nez.

"Mais tu pues comme un alambic ambulant ! lâcha-t-il, malgré sa résolution de rester calme. Et n'envoyer qu'un message, en pleine nuit. Tu sais bien que nous voulons être prévenus plus à l'avance que ça."

Nils haussa les épaules et Bill se tourna vers Gun, appuyée au chambranle de la porte.

"J'ai dormi là-bas je ne sais pas combien de fois, dit Nils. Et, oui, on a bu quelques bières hier soir, mais j'ai quinze ans, quoi, je ne suis plus un gosse !"

Bill cherchait quoi dire, mais ne put que regarder Gun. Elle lui indiqua l'étage.

"Monte prendre une douche. Et pendant ce temps, cherche-toi une autre attitude. Après ça, tu reviens ici, on a à parler."

Nils ouvrit la bouche, mais Gun se contenta de refaire le même geste. Il secoua la tête et se dirigea vers l'escalier. Quelques minutes plus tard, ils entendirent la douche se mettre à couler.

Bill regarda longtemps en direction de l'escalier. Puis il alla dans le séjour, devant la baie avec vue sur la mer attirante.

"Que va-t-on faire de lui ? dit-il. Ni Alexander ni Philip n'ont jamais été comme ça.

— Oh si, ils ont eu eux aussi leurs périodes, dit Gun. Mais tu avais toujours quelque chose d'urgent à faire avec les bateaux quand un incident se produisait."

Puis elle secoua la tête.

"Mais tu as raison, ça n'a jamais été à ce point. Et oui : nous étions sans doute trop âgés quand nous l'avons eu."

L'expression de ses yeux raviva sa mauvaise conscience. Bill savait que Gun avait fait de son mieux, que c'était de sa faute si ça avait mal tourné. Son absence, son indifférence. Pas étonnant que Nils le haïsse.

Il se laissa tomber sur le canapé à fleurs.

"Qu'est-ce qu'on va faire ?" demanda-t-il.

Il regarda à nouveau par la fenêtre. Ça aurait été une belle journée pour la voile, mais il avait perdu l'envie, et Khalil et Adnan étaient occupés aujourd'hui à chercher un nouveau logement.

"Il est tellement en colère, dit Bill, le regard toujours au large. Je ne comprends pas d'où lui vient cette colère."

Gun s'assit à côté de lui et lui serra la main.

Une pensée avec laquelle il s'était débattu pendant la nuit prenait de plus en plus de consistance. Il aurait préféré ne pas la dire à haute voix, mais il avait tout partagé avec Gun pendant quarante ans, et la force de l'habitude eut le dessus.

"Tu crois qu'il est impliqué ? chuchota-t-il. Dans l'incendie ?"

Le silence de Gun lui apprit qu'il n'était pas le seul à avoir eu des idées noires durant la nuit.

Sanna soulevait les pots les uns après les autres avec des mouvements violents. Elle se força à respirer, à se reprendre. Les roses étaient des fleurs fragiles, aussi épineux et robustes soient les rosiers, et elle risquait de les abîmer. Mais elle était tellement en colère qu'elle ne savait pas où aller.

Comment avait-elle pu croire Vendela quand elle lui avait dit qu'elle irait dormir chez son père après la fête ? Niklas et sa famille habitaient plus près de chez Basse, ce serait donc plus commode pour elle d'y dormir. Niklas lui avait dit qu'elle ne lui en avait pas soufflé mot. "Je devrais m'inquiéter ? demanda-t-il.

— Non, tu devrais être en colère", avait dit Sanna en raccrochant.

Sanna avait laissé au moins dix messages sur le portable de Vendela, et si sa fille ne se pointait pas bientôt, elle aurait sans doute le temps d'en envoyer dix autres.

La terre vola quand Sanna posa un rosier. Une épine s'accrocha à son gant, l'arracha, et lui fit une longue griffure à la main.

Elle jura si fort que plusieurs clients la regardèrent. Sanna leur sourit et se força à respirer. Elle n'était pas dans son assiette. Il s'était passé tant de choses. La mort de la petite Nea. Le retour de Marie. Que sa fille Jessie soit venue chez elle. Elle savait que rien de ce qui était arrivé trente ans plus tôt n'était la faute de cette fille. La partie rationnelle, adulte d'elle-même le savait. En même temps, c'était affreux de voir cette fille en sachant qui était sa mère.

Le sommeil s'était refusé à elle cette nuit. Elle était restée à fixer le plafond, poursuivie par des images qu'elle n'avait pas vues depuis des décennies. Stella lui parlant du Bonhomme vert, le copain qu'elle avait dans la forêt. Lors de l'enquête, Sanna avait parlé du Bonhomme vert à papa et maman, et l'avait mentionné à un policier. Personne n'avait voulu écouter. Elle comprenait aujourd'hui que cela avait dû ressembler à un conte de fées. Et c'était sûrement ça. Quelque chose que Stella avait inventé. Alors pourquoi remuer le passé ? Ils avaient eu leurs réponses, tous savaient qui avait tué sa petite sœur, exhumer tout ça n'apporterait rien de bon.

"Pourquoi il fallait que je vienne ici ? On ne pouvait pas se voir à la maison ?"

Sanna sursauta. Vendela était près d'elle, bras croisés. Elle portait de grosses lunettes de soleil. Il y avait quelque chose de sale sur sa robe. Et même si elle semblait sortir de la douche, Sanna sentit l'odeur.

"Ne me dis pas que tu as la gueule de bois.

— Quoi ? J'ai rien bu. On s'est couchés tard, je suis juste fatiguée !"

Vendela refusait de la regarder dans les yeux, et Sanna ferma les poings. Sa fille lui mentait effrontément.

"Tu me mens, et tu m'as menti en disant que tu allais dormir chez ton père.

— Pas du tout !"

Sanna sentait sur elles les regards des clients. Les gestes hésitants de Cornelia à la caisse. Mais tant pis.

"Tu as dit que tu allais dormir chez papa, mais il n'en a jamais entendu parler.

— J'ai ma clé, pourquoi je le préviendrais ? Il était très tard et les autres se sont inquiétés pour moi. Ils ne voulaient pas que je rentre toute seule si tard, et du coup j'ai dormi dans le canapé."

Sa voix tremblait à présent.

"Voilà, je fais tout comme il faut et vous vous fâchez quand même. Vous êtes trop injustes, merde !"

Vendela tourna les talons et s'en fut en trombe. Tout autour de Sanna, les clients chuchotaient. Elle inspira à fond et se remit à soulever ses rosiers en pot. Elle se savait vaincue.

"Alors, qu'est-ce qu'il a dit ? demanda Gösta en essayant de rester à la hauteur de Patrik en marche vers le studio.

— Je dois commencer à le fatiguer avec toutes mes demandes d'exhumation ces dernières années, dit Patrik avec un sourire en coin. Il s'est contenté de soupirer en donnant son accord, une fois exposées toutes les formalités accompagnant notre demande. Il voyait bien qu'il y avait là quelque chose à examiner de plus près.

— Et donc, quand aura lieu l'exhumation ?

— L'autorisation est émise, nous pouvons ouvrir la tombe dès que c'est possible d'un point de vue pratique, et je crois que j'ai fait le nécessaire pour que cela ait lieu dès mardi.

— Chapeau", fit Gösta, impressionné.

Les choses étaient nettement plus lentes d'habitude, mais il reconnaissait bien là l'impatience de Patrik, sa volonté d'avancer, d'approcher du but, et il soupçonnait son collègue d'avoir embrayé la vitesse supérieure. Dans ces moments-là, il était impossible à arrêter, Gösta le savait d'expérience. Il n'était donc pas étonné que Patrik ait réussi à faire tourner aussi vite la roue administrative et juridique.

"Et comment faisons-nous maintenant avec Marie ? Comment la prenons-nous ? Questions aimables ? Attaque frontale ?

— Je ne sais pas, dit Patrik. J'ai eu l'impression qu'elle ne se laisse pas facilement manipuler. On va faire ça un peu au feeling."

Gösta sonna à un interphone, près de la grille d'accès, et, quand il eut expliqué qu'ils étaient de la police, on les laissa entrer dans l'enceinte. Ils se dirigèrent vers le studio proprement dit, où ils entrèrent par les portes ouvertes. Gösta trouvait que le lieu ressemblait plutôt à un hangar, plein de gens, de projecteurs et de décors. Une femme, un bloc à la main, leur enjoignit de se taire : Gösta supposa qu'ils arrivaient au milieu d'une prise. Il jeta un coup d'œil curieux vers la droite, là où le tournage semblait en cours, mais c'était derrière des paravents : il ne voyait rien, entendait juste quelques mots épars.

Ils s'approchèrent sur la pointe des pieds et entendirent mieux les répliques, toujours sans rien voir. Ça ressemblait à une scène entre deux femmes, une sorte de règlement de comptes, avec des éclats de voix et un ton passionné. Ils finirent par entendre une voix d'homme crier : "Coupez !" Alors, ils se risquèrent à passer de l'autre côté. Gösta resta bouche bée. À l'intérieur des grossières cloisons en contreplaqué, on avait reconstitué une pièce dans les moindres détails. Un voyage dans le temps jusqu'aux années soixante-dix. Chaque détail de la pièce lui faisait revenir en mémoire une époque révolue.

Deux femmes étaient en conversation avec le réalisateur. Gösta reconnut Marie comme la plus âgée des deux, à présent maquillée pour sembler usée et malade. Cette scène devait se dérouler vers la fin de la vie d'Ingrid, quand le cancer l'avait atteinte. Il se demanda qui était la plus jeune femme et supposa qu'il s'agissait d'une des filles d'Ingrid.

Marie les aperçut et s'interrompit au milieu d'une phrase. Patrik lui fit signe de venir. Elle dit deux mots à l'autre femme et au réalisateur avant de venir vers eux à grands pas.

"Excusez mon accoutrement", dit-elle en ôtant le châle qui lui couvrait les cheveux.

Son visage était grimé dans une nuance grisâtre, avec des plis et des rides. Cela la rendait presque plus belle.

"Que puis-je faire pour vous aujourd'hui ?" demanda-t-elle nonchalamment en leur indiquant un groupe de fauteuils un peu plus loin.

Une fois installés, Patrik regarda Marie.

"Nous avons eu de nouvelles informations concernant votre alibi.

— Mon alibi ?"

La seule réaction que Gösta put déceler fut un léger étrécissement de ses yeux.

"Oui, dit Patrik, nous avons reçu des éléments indiquant qu'il ne tenait pas. Et nous aimerions avant tout savoir où vous vous trouviez à huit heures du matin lundi.

— Ah", fit Marie, qui retarda sa réponse en s'allumant une cigarette. Après quelques bouffées, elle reprit : "Et qui dit que mon alibi ne tient pas ?

— Nous ne pouvons pas vous en informer, mais vous n'avez toujours pas répondu à ma question. Affirmez-vous toujours avoir passé la nuit auprès de Jörgen Holmlund la nuit du dimanche au lundi, et quitté votre chambre d'hôtel ensemble vers huit heures ?"

Marie se tut. Elle tira quelques bouffées. Puis soupira.

"Non, j'avoue." Elle leva les mains en riant. "J'ai ramené chez moi un petit dessert après la fête et… j'ai dû penser que ça vous piquerait les yeux, alors j'ai choisi de vous faire un pieux mensonge.

— Un pieux mensonge ? s'étrangla Gösta. Vous ne comprenez pas qu'il s'agit d'une enquête pour meurtre ?

— Si, naturellement. Mais je sais aussi que je suis innocente et que mon réalisateur Jörgen deviendrait fou si j'étais embarquée dans une affaire qui risquait de couler le film. C'est d'ailleurs pour ça que je lui ai demandé de me fournir un alibi quand j'ai entendu parler du meurtre de la fillette. Je me suis doutée que vous alliez accourir pour fouiner dans ma vie privée."

Elle leur sourit.

Gösta sentit croître son irritation. Prendre la situation aussi à la légère n'était pas seulement arrogant, c'était se montrer insensible et inhumaine. Ils allaient devoir encore une fois perdre un temps précieux à vérifier son alibi. Un temps qu'ils auraient pu utiliser autrement.

"Et ce bien trop jeune homme avec lequel vous avez passé la nuit, il a un nom ?" demanda Patrik.

Marie secoua la tête.

"C'est bien ça qui est ennuyeux et gênant. Je n'ai aucune idée de son nom. Je l'ai appelé chouchou, ça m'allait très bien. Et pour être honnête, son corps m'intéressait plus que son nom."

Elle secoua la cendre de sa cigarette dans un cendrier bien rempli sur la table.

"D'accord, dit Patrik avec une patience forcée. Vous ne savez pas comment il s'appelle, mais vous pouvez peut-être nous dire à quoi il ressemble ? Ou toute autre indication qui puisse nous aider à l'identifier ? Vous avez peut-être entendu le nom d'un de ses copains ?

— Hélas, je ne dispose d'aucune information de ce genre. Il était là, à l'hôtel, avec une bande de garçons de son âge, mais il était le seul avec de l'allure, parler avec les autres ne m'intéressait pas du tout. Et à dire vrai, avec lui pas tellement non plus, d'ailleurs. Je lui ai proposé de me suivre chez moi, ce qu'il a fait sans se faire prier, et voilà toute l'affaire. Quand j'ai dû partir au tournage, le lendemain, je l'ai mis à la porte, et je n'ai pas grand-chose d'autre à en dire.

— Et son signalement ?

— Oh, mon Dieu, il devait ressembler à la plupart des jeunes de vingt ans qui traînent par ici en été. Le type blond aux yeux bleus, les cheveux plaqués en arrière, des marques de luxe et une attitude un peu snob. Sûrement l'argent de papa."

Elle agita sa cigarette.

"Donc vous ne pensez pas qu'il était de la région ? dit Gösta en toussant à cause de la fumée.

— Non, il parlait avec une pointe d'accent de Göteborg. Probablement un plaisancier en provenance de Göteborg. Mais c'est juste une supposition…"

Elle se pencha en arrière et tira la dernière bouffée de sa cigarette.

Gösta soupira. Un garçon de vingt ans, anonyme, probablement plaisancier en provenance de Göteborg. Ça ne limitait pas vraiment le choix. Ça correspondait à des milliers de jeunes qui passent à Fjällbacka en été.

"Votre fille l'a-t-elle vu ? demanda-t-il.

— Non, elle dormait, dit Marie. Vous savez comment sont les ados. Ils dorment la moitié de la journée."

Patrik haussa les sourcils.

"Mon épouse m'a dit que vous aviez parlé d'une personne que vous affirmez avoir entendue en forêt, juste avant la disparition de Stella."

Marie lui sourit.

"Votre épouse est une femme très intelligente. Et je vous le dis comme je le lui ai dit : la police s'est moquée de cette piste et, à cause de cette négligence, le meurtrier a frappé à nouveau aujourd'hui."

Patrik se leva.

"Si vous vous souvenez de quelque chose qui puisse nous aider à retrouver votre témoin, appelez-nous tout de suite, dit-il. Sinon, nous n'avons que votre parole pour affirmer que vous avez passé la nuit de dimanche à lundi avec ce jeune homme, et ça ne suffira pas comme alibi."

Gösta se leva à son tour en regardant Marie avec étonnement. Elle leur souriait, semblant ne pas s'inquiéter de la gravité de la situation dans laquelle elle s'était mise.

"Bien entendu, dit-elle d'un ton sarcastique. Tout pour aider la police."

On l'appela de l'autre côté des décors et elle se leva elle aussi.

"C'est l'heure de la prise suivante. Avons-nous fini ?

— Pour le moment", dit Patrik.

Quand ils eurent quitté la fraîcheur du studio pour ressortir dans la chaleur estivale, ils s'arrêtèrent un moment devant la grille.

"Tu y crois, à sa version ?" demanda Gösta.

Patrik réfléchit un long moment.

"Vraiment, je ne sais pas. Spontanément, je dirais non. En soi, je peux tout à fait imaginer qu'elle puisse ramener chez elle un jeune type sans même savoir ensuite comment il s'appelait. Mais qu'elle nous ait menti à ce sujet pour éviter de nous voir fouiner dans sa vie privée, ça me semble assez peu crédible.

— Oui, moi aussi, je suis sceptique, dit Gösta. La question est donc juste de savoir ce qu'elle cache. Et pourquoi."

L'AFFAIRE STELLA

Marie avait soudain disparu. Ils avaient cru pouvoir diriger ça, continuer à influer, décider. Mais ils avaient lentement réalisé qu'ils ne contrôlaient plus rien. Puis Marie avait été envoyée ailleurs.

Parfois, Helen enviait Marie. Peut-être était-elle mieux là où elle était. Peut-être avait-elle été placée chez des gens bien, gentils. Qui l'aimaient. En tout cas elle le lui souhaitait. Et en même temps, cette idée l'emplissait de jalousie.

Pour sa part, elle était tombée dans une prison pire qu'avec des barreaux aux fenêtres. Sa vie n'était plus la sienne. Le jour, ses parents surveillaient le moindre de ses pas. La nuit, les rêves la tenaient dans leur emprise implacable, jouant et rejouant toujours la même scène. Elle n'était pas libre une seule seconde.

Elle avait treize ans et sa vie était déjà finie, avant même d'avoir commencé. Tout n'était que mensonge. Parfois, elle aspirait à la vérité. Mais elle savait qu'elle ne pourrait jamais la formuler de ses lèvres. La vérité était trop énorme, bouleversante. Elle aurait tout écrasé.

Mais Marie lui manquait. Chaque minute. Chaque seconde. Elle lui manquait comme une jambe ou un bras. Comme une partie d'elle-même. Elles avaient été toutes les deux contre le monde entier. À présent elle était seule.

Cela avait été un soulagement extrême de retrouver ce qui l'avait dérangée dans le tableau. Maintenant, Patrik et ses collègues pouvaient prendre le relais. Mais Erica avait beau concevoir qu'il était nécessaire de procéder à un nouvel examen du corps, elle était dubitative quant à ce qu'on pourrait vraiment retrouver après tant d'années. Les corps se décomposaient vite.

Viola avait été choquée quand Erica l'avait appelée pour lui dire ce qu'ils pensaient et ce qu'il fallait faire. Mais elle avait demandé qu'on lui laisse le temps de prévenir ses frères et, après dix minutes, elle avait rappelé pour dire qu'ils étaient tous avec la police dans sa décision de procéder à l'exhumation. Eux aussi voulaient une réponse.

"Tu n'as vraiment pas l'air en forme", dit Paula en versant du café dans la tasse d'Erica.

Elles étaient toutes les deux restées dans la cuisine du commissariat, avec l'agenda de Leif. Elles s'entraidaient pour essayer de déchiffrer ses pattes de mouche. Le plus intéressant était cette mention *11* le jour de sa mort. Leif avait l'impossible graphie chantournée des anciennes générations, plus une prédilection pour les abréviations bizarres, si bien que ses notes dans cet agenda ressemblaient à une sorte de message codé.

"Est-ce que ça pourrait être la température ? dit Paula en plissant les yeux devant le carnet ouvert, comme si cela allait l'aider à déchiffrer l'écriture.

— Non, dit Erica, il y a *55* une semaine plus tôt, j'ai peine à croire qu'il s'agisse de la météo."

Elle gémit.

"Les maths et les chiffres, ça n'a jamais été mon fort, et aujourd'hui ce n'est pas non plus mon meilleur jour. J'avais oublié qu'on pouvait aller si mal.

— J'espère au moins que vous vous êtes bien amusées ?

— Incroyable, mais vrai ! J'ai plusieurs fois essayé de joindre Kristina, mais elle est sans doute encore au lit la tête sous l'oreiller…

— Tu devrais toi aussi.

— Oui, oui, je devrais", marmonna Erica, en continuant de fixer les agaçantes notes de l'agenda.

Gösta entra dans la cuisine.

"Salut les filles, vous êtes toujours là ? Tu ne devrais pas rentrer te coucher, Erica ? Tu n'as vraiment pas bonne mine.

— J'irais mieux si tout le monde ne me le faisait pas remarquer en permanence.

— Comment ça s'est passé ? demanda Paula. Que dit Marie ?

— Elle prétend qu'elle a ramené chez elle un jeune type dont elle ignore le nom, et qu'elle a monté ce mensonge avec son réalisateur pour vite disposer d'un alibi acceptable à nos yeux.

— Vous la croyez ? demanda Paula.

— Bof. Patrik et moi sommes tous les deux sceptiques."

Il se plaça dans le dos d'Erica et examina le calendrier ouvert.

"Ça donne quoi ? dit-il.

— Rien, on dirait un code indéchiffrable. Est-ce que tu comprends ce que peuvent vouloir dire ce *55* et ce *11* ?"

Erica montra à Gösta les notes mystérieuses.

"Comment ça, *55* et *11* ? Mais c'est *SS* et *JJ* qu'il faut lire, non ?"

Paula et Erica le dévisagèrent. Gösta rit à leurs mines étonnées.

"Bon, je conçois que ce soit un peu difficile à voir, mais c'est le même genre d'écriture qu'avait ma maman. Ce sont des lettres, pas des chiffres. Je dirais des initiales.

— Tu as raison, dit Erica. Ce sont des lettres !

— SS et JJ…, dit lentement Paula.
— James Jensen, peut-être ? proposa Gösta.
— Oui, c'est possible, répondit Paula. Ce ne sont pas des initiales si courantes. La question est juste de savoir pourquoi Leif est allé écrire les initiales du mari d'Helen dans son agenda. Devaient-ils se voir ? Se sont-ils vus ?
— Le plus simple est d'aller demander à James, dit Erica. Et au fait, SS, vous en pensez quoi ? Qui cela peut-il bien être ? Ça pourrait être n'importe qui dans le cercle des connaissances de Leif, mais Viola a dit que l'affaire Stella était la seule chose qui avait de l'importance pour lui à la fin de sa vie, et je pense donc que ces initiales-là ont un rapport avec.
— Oui, ça semble vraisemblable, dit Gösta.
— Je téléphone à Viola pour en avoir le cœur net. On se donne peut-être du mal pour rien, peut-être que ces initiales sont une évidence pour elle.
— En attendant la solution de ce mystère, nous ne pouvons qu'espérer que le nouvel examen du cadavre donne quelque chose, constata Gösta.
— Oui, c'est toujours difficile, quand une enquête remonte à si loin, dit Paula. Les gens ont oublié, les preuves ont été détruites, et l'exhumation est pour le moins un pari. Nous ne savons pas si elle pourra nous apporter la preuve que Leif a été assassiné."

Erica hocha la tête.

"Leif doit avoir été confronté au même type de défi quand il a commencé à rouvrir l'enquête sur la mort de Stella : le temps et les années avaient passé. Reste à savoir s'il a eu connaissance d'éléments nouveaux, ou s'il a découvert quelque chose dans l'ancien dossier de l'enquête. J'aurais tant aimé avoir accès aux procès-verbaux des interrogatoires de Marie et Helen."

Elle passa la main dans ses cheveux en détresse.

"Si JJ est bien pour James Jensen, peut-être que le mari d'Helen pourra nous dire s'ils étaient censés se voir le jour où Leif est mort, dit Gösta. Ou s'ils se sont effectivement rencontrés…"

Il regarda Paula.

"Qu'est-ce que tu en dis ? On va faire un tour à Fjällbacka pour parler à James Jensen ? Comme ça on peut te déposer, Erica. À moins que tu préfères le bus, bien sûr…

— Non merci, dit Erica, avec un haut-le-cœur à cette seule idée.

— Nous appelons d'abord pour vérifier qu'il est chez lui, mais sans dire de quoi il s'agit. Puis on y va. D'accord ?"

Gösta les interrogea du regard. Paula et Erica opinèrent de concert.

"Tu sais, on a des sacs à vomi à l'arrière des voitures de police, en cas de besoin.

— Ah, la ferme !" lâcha Erica.

Un sourire en coin, Paula alla téléphoner.

Basse fut réveillé par le soleil dans ses yeux. Doucement, il en ouvrit un. Rien que cela lui donna l'impression que sa tête allait exploser. Sa bouche était à la fois collante et sèche. Il parvint à ouvrir l'autre œil et se força à se redresser. Il était sur le canapé du séjour et devait avoir dormi dans une position bizarre, car sa nuque lui faisait mal.

Il se massa le cou en regardant autour de lui. Le soleil était haut dans le ciel et il regarda l'heure. Midi et demi. Jusqu'à quelle heure avaient-ils continué, hier soir ?

Basse se leva, mais aurait aussitôt voulu se rasseoir. Partout, des gens dormaient. Deux lampes étaient brisées par terre. Le parquet était rayé. Le canapé où il avait dormi était couvert de nourriture et de bouteilles de bière à moitié bues. Le tissu était complètement fichu. Le fauteuil blanc était couvert de taches de vin rouge et à la place de la collection de whiskies de papa béait une étagère vide.

Mon Dieu. Ses parents rentraient dans une semaine et il n'aurait jamais le temps de tout réparer. Ils allaient le tuer. Il n'avait jamais été question que tant de monde vienne à cette fête. La moitié de ceux qui étaient endormis sur le sol du séjour étaient des inconnus. C'était un miracle que la police ne soit pas venue.

Tout était de la faute de Vendela et de Nils. C'était leur idée. Un des deux. Il ne se souvenait pas bien. Il fallait qu'il les trouve, ils pouvaient l'aider à trouver une solution.

Ses chaussettes se mouillèrent après quelques pas sur la moquette. C'était mouillé et gluant, avec une âcre odeur de bière. L'odeur était répugnante, il sentit qu'il allait vomir mais parvint à se retenir. Aucun des dormeurs du séjour n'était Vendela ou Nils. Un garçon dormait braguette ouverte, Basse se demanda s'il devait le couvrir, mais il avait des problèmes plus graves qu'un couillon qui montrait sa bite.

Il se traîna dans l'escalier jusqu'à l'étage. Ce seul petit effort le couvrit de sueur froide. Il ne voulait pas se retourner, pas voir une autre image de la désolation qui régnait en bas.

Dans sa chambre dormaient trois personnes dont aucune n'était Vendela ou Nils. Toute la chambre puait. Quelqu'un avait vomi sur le clavier, et tout le contenu de ses tiroirs était éparpillé par terre.

Dans la chambre de papa et maman, la dévastation était moindre, mais ça puait le vomi là aussi. Une grande flaque s'étalait de l'autre côté du lit, qui était une vraie porcherie. Il n'y avait pas seulement du vomi. Les draps et la couette étaient couverts de taches noires.

Basse s'arrêta net. Les souvenirs apparaissaient sur ses pupilles, comme autant de polaroïds décolorés. Ils étaient venus là, n'est-ce pas ? Il vit Nils sourire en coin à Vendela qui tenait un gobelet plein à ras bords. Et il entendait des voix de garçons. Qui d'autre était là ? Plus il s'efforçait de se souvenir, plus les images s'estompaient.

Il marcha sur quelque chose de dur, et jura. Un marqueur était par terre, sans bouchon, qui avait laissé une trace sur le parquet lasuré en blanc dont sa maman était si fière. Marqueur. Jessie. Le plan de Vendela. Qu'est-ce qu'ils avaient voulu faire ? Qu'est-ce qu'ils avaient fait ? Il vit ses seins devant lui. Blancs, gros, charnus. Il était par-dessus, les yeux juste devant ses seins. Il les avait touchés. Il secoua la tête pour essayer de tout éclaircir, et sa tête semblait sur le point de se fendre.

La poche droite de son pantalon vibra, il en sortit à tâtons son mobile. Un message de Nils. Quantité d'images. Et à chaque image, sa mémoire s'éclaircissait. La main sur la bouche, il se précipita dans les toilettes de ses parents.

Patrik était dans son bureau, en train d'écrire un rapport sur l'entretien bizarre avec Marie. Mais ses pensées revenaient sans cesse à ce qu'il avait entendu au sujet des notes dans l'agenda de Leif. Gösta l'avait mis au courant des hypothèses qu'il avait formulées avec Erica et, à présent, Patrik réfléchissait lui aussi à ces mystérieuses initiales. Il avait tout de suite donné le feu vert à Gösta et Paula pour aller parler à James. C'était un pari, mais c'était ce genre de paris qui parfois touchait juste et donnait un coup de pouce à une enquête.

Il fut tiré de ses ruminations par la sonnerie de son téléphone. Il s'étira pour l'attraper.

"Ici Pedersen, fit une voix vive. Tu es occupé ?

— Non, rien que je ne puisse arrêter un moment. Mais tu es au boulot un dimanche ?

— Pas beaucoup de congés cet été. Nous avons battu notre record de cadavres en juillet, et août ne s'annonce pas mieux. L'ancien record avait tenu trente ans.

— Merde alors", dit Patrik.

Mais la curiosité le démangeait. Quand Pedersen appelait, il avait le plus souvent quelque chose à lui mettre sous la dent. Et justement les preuves matérielles leur faisaient cruellement défaut. Tout n'était qu'indices et spéculations, chuchotements et suppositions.

"Et par-dessus le marché, on m'a dit que tu te débrouillais pour nous en fournir un de plus. Un ancien suicide ?

— Oui, Leif Andersson. Il était responsable de l'enquête sur l'affaire Stella. Nous le déterrons après-demain, on verra bien ce que vous trouverez.

— Ça mettra du temps, dit Pedersen. Quant à la fillette, mon rapport final sera prêt dans la semaine, probablement mercredi. J'espère. Mais en fait, je voulais tout de suite te signaler une chose au téléphone, je crois que ça peut te servir.

— Oui ?

— J'ai trouvé deux empreintes digitales sur le corps. Sur les paupières. Le corps était lavé, donc là je n'ai rien retrouvé de ce genre. En revanche, la personne qui l'a lavé a oublié les paupières. À mon avis, ces empreintes sont arrivées là quand le meurtrier lui a fermé les yeux.

— Ah…, fit pensivement Patrik. Tu pourrais m'envoyer ces empreintes ? On en a trouvé sur la scène de crime primaire, j'aimerais que Torbjörn Ruud les compare à celles-ci.

— Je les envoie tout de suite, dit Pedersen.

— Merci. Et merci d'avoir pris le temps d'appeler alors que vous êtes à la bourre. J'espère que ça va se calmer.

— J'espère aussi, soupira Pedersen. On est sur les rotules, ici. Tous."

Quand il eut raccroché, Patrik fixa impatiemment l'écran. C'était un des mystères de l'existence : plus on attendait quelque chose, plus cela semblait mettre longtemps à arriver. Mais la boîte mail sécurisée finit par émettre un bip et un nouveau message de Pedersen apparut.

Patrik ouvrit la pièce jointe. Deux jolies empreintes digitales.

Il prit son téléphone et appela Torbjörn.

"Ici Hedström. Écoute, je te supplie à genoux. J'aurais besoin de ton aide pour un truc super important. Pedersen vient d'envoyer deux empreintes digitales trouvées sur le corps de Nea, et je voudrais les comparer avec celles que tu as retrouvées sur l'emballage de gâteau au chocolat de la grange."

Torbjörn grogna.

"Ça ne peut pas attendre qu'on ait fini ? Je préférerais terminer d'abord mon rapport. Et ensuite on comparera tes empreintes avec la base de données. Ça ne te suffit pas ?

— Je comprends, mais je sens que ces empreintes vont correspondre."

Il entendit son ton suppliant, aussi se tut-il pour laisser Torbjörn réfléchir.

Au bout d'un moment, Torbjörn grommela : "D'accord. Envoie-moi ça, je les compare dès que possible. C'est bon ?

— Merci ! dit Patrik. Tu es une perle."

Torbjörn grogna et raccrocha. Patrik souffla. Peut-être allaient-ils enfin avoir quelque chose de concret sur quoi s'appuyer.

"Il y a quelqu'un ?" appela Erica en entrant.

Anna était au téléphone dans la cuisine. En la voyant arriver, elle se dépêcha de raccrocher.

"Salut !"

Erica la regarda, soupçonneuse.

"Avec qui tu parlais ?

— Personne. Enfin… Dan, c'est tout", fit Anna en rougissant.

Le ventre d'Erica se serra. Si elle était sûre d'une chose, c'était qu'Anna ne parlait pas avec Dan. Pour la simple raison qu'elle-même venait de terminer une conversation avec lui. Elle aurait pu mettre Anna au pied du mur et lui demander ce qu'elle lui cachait. Mais en même temps, elle voulait montrer à Anna qu'elle lui faisait confiance. Sa petite sœur avait travaillé si dur pour montrer qu'elle avait réparé ses erreurs et la page était tournée. Interroger Anna ou affirmer qu'elle mentait détruirait cette confiance patiemment construite. Elle avait été si fragile, si longtemps. Et à présent qu'elle semblait enfin s'être retrouvée, il en aurait fallu bien davantage pour qu'Erica ose toucher à cet équilibre. Elle inspira donc à fond et n'insista pas. Pour le moment.

"Comment vas-tu, ma pauvre ?" demanda Anna.

Erica s'affala sur une des chaises de la cuisine.

"Comme je mérite. Et ça n'arrange rien que tout le monde s'obstine à me faire remarquer ma mauvaise mine.

— Je comprends, mais c'est indéniable, tu as eu meilleure mine", dit Anna en s'asseyant en face d'Erica avec un sourire de biais.

Elle poussa vers elle une assiette de brioches. Erica les regarda pendant un bref combat intérieur. Mais si elle avait mérité un excès de glucides, c'était bien aujourd'hui. En plus, son corps réclamait à grands cris de la pizza, il y aurait donc une sortie à Bååthaket ce soir. Les gamins seraient aux anges. Et

Patrik protesterait mollement, tout en sautant de joie intérieurement.

Elle prit une brioche, dont elle avala la moitié en une bouchée.

"Qu'est-ce qu'ils en ont dit ? De ta théorie comme quoi ce n'était pas un suicide ?"

Anna prit elle aussi une brioche, et Erica nota que son ventre faisait à présent parfaitement office de ramasse-miettes.

"Ils étaient d'accord. Patrik a déjà organisé une exhumation. Si tout va bien, ils le déterreront après-demain."

Anna toussa.

"Après-demain ? Ça doit aller si vite ? Ça peut aller si vite ? Je croyais que les rouages de l'administration étaient lents…

— Il a convaincu le procureur de préparer en urgence une requête au tribunal pour l'exhumation, et avec un peu de chance, ils pourront ouvrir la tombe dès mardi. En tout cas, Patrik organise tout en comptant sur cette autorisation. En d'autres termes, ce n'est pas encore fait, mais le procureur ne pensait pas que cela poserait de problème.

— Non, c'est devenu une habitude, chez Patrik, de déterrer les gens, dit Anna. Ils lui gardent sûrement une requête préremplie, au cas où."

Erica ne put s'empêcher de ricaner.

"En tout cas, il sera intéressant de voir ce que va donner cette nouvelle autopsie. Et la famille est d'accord, heureusement.

— Oui, ils veulent évidemment eux aussi savoir ce qui s'est vraiment passé."

Anna tendit la main pour prendre une autre brioche. Les restes de la précédente trônaient au sommet de son gros ventre.

Erica regarda autour d'elle. Elle réalisait seulement maintenant combien la maison était silencieuse.

"Où sont les gamins ? Endormis quelque part ?

— Non, ils jouent chez le voisin, affirma Anna. Et Dan est parti en mer avec les nôtres, alors je peux rester encore un petit peu sur la brèche. Va te coucher. Encore une fois, tu as vraiment mauvaise mine.

— Merci", répondit Erica, en lui tirant la langue.

Mais elle accepta avec gratitude la proposition. Son corps lui criait qu'elle n'avait plus vingt ans. Pourtant, le sommeil tarda à venir. Elle ne pouvait s'empêcher de se demander avec qui Anna était au téléphone. Et pourquoi elle avait raccroché si précipitamment quand Erica était rentrée ?

BOHUSLÄN 1672

Le matin était froid et brumeux. Elin avait été autorisée à se laver sommairement avec un chiffon et un seau d'eau qu'on avait posé dans sa cellule, et elle avait reçu un sarrau propre pour s'habiller. Elle avait entendu parler de cette épreuve infligée aux sorcières, mais ignorait comment elle se passait. Allaient-ils la jeter depuis le quai, et la laisser se débattre de son mieux dans l'eau ? Voulaient-ils la noyer ? Son corps referait-il surface le printemps prochain ?

Les gardes la conduisirent sans ménagement vers le bord du quai. Il y avait foule, et elle se demanda s'ils avaient choisi de le faire ici, à Fjällbacka, pour lui infliger la plus grande humiliation possible.

En regardant alentour, Elin reconnut beaucoup de visages parmi les badauds. L'atmosphère était joyeuse. Ebba de Mörhult était à quelques mètres. Ses yeux brillaient d'impatience.

Elin détourna les yeux, elle ne voulait pas montrer à Ebba combien elle avait peur. Elle jeta un coup d'œil par-dessus le rebord du quai. L'eau était si noire. Si profonde. Elle se noierait si on la jetait là, elle en était certaine. Elle allait mourir là. Devant le quai de Fjällbacka. Sous les yeux de vieux amis, de vieux voisins, de vieux ennemis.

"Attachez-la", ordonna le lieutenant aux gardes. Elle le regarda avec effroi.

Attachée, elle n'aurait aucune chance dans l'eau, elle coulerait à pic et mourrait là, au milieu des crabes et des algues. Elle cria et se débattit. Mais ils étaient plus forts et parvinrent à la plaquer au sol. Ils passèrent une grosse corde autour de ses pieds et lui attachèrent les mains derrière le dos.

Un peu plus loin, Elin reconnut un ourlet de robe et parvint à relever la tête. Au milieu de la foule se tenait Britta. Et Preben. Il tenait son chapeau aussi nerveusement que lors de sa visite à la prison, mais Britta, sourire aux lèvres, regardait Elin ligotée dans son sarrau blanc. Preben détourna les yeux.

"Maintenant, on va bien voir si elle flotte !" dit le lieutenant en s'adressant à la foule.

On voyait qu'il aimait être au centre de l'attention, dans cette atmosphère exaltée, et qu'il comptait bien en profiter au maximum.

"Si elle flotte, c'est sans aucun doute une sorcière, et sinon, ce n'en est pas une. Et dans ce cas, il faudra vite aller la repêcher."

Il s'esclaffa et provoqua les rires du public. Elin pria Dieu, ligotée sur le sol avec une corde qui lui cisaillait les chevilles et les poignets. C'était pour elle la seule façon de lutter contre la panique, mais elle avait le souffle court, comme après avoir couru. Ses oreilles grondaient.

Quand ils la soulevèrent, la corde l'entailla et lui fit pousser un cri – cri qui cessa net quand elle plongea dans la mer et que sa bouche s'emplit d'eau salée. L'eau glacée se referma sur elle, et elle s'attendit à disparaître sous la surface et à couler au fond de l'eau grise. Mais rien ne se passa. Son visage était tourné vers le bas, mais elle put le relever pour respirer.

Au lieu de couler, elle sautait comme un bouchon à la surface. Sur le quai, la foule assemblée retenait son souffle. Puis ils se mirent tous à crier.

"Sorcière !" commença l'un d'eux, suivi par les autres : "Sorcière !"

Elin fut sortie de l'eau avec aussi peu de ménagement qu'on l'y avait jetée, mais elle ne criait plus. La douleur ne faisait plus partie d'elle.

"Vous voyez ! s'exclama le lieutenant. Elle a flotté comme un cygne, la sorcière !"

Le public hurla et Elin leva péniblement la tête. La dernière chose qu'elle vit avant de s'évanouir fut les dos de Preben et Britta qui s'en allaient. Au moment de perdre connaissance, elle sentit qu'Ebba de Mörhult lui crachait dessus.

James n'avait pas répondu au téléphone, mais Gösta et Paula avaient décidé de tenter leur chance en se présentant chez lui.

"Oh, la gentille petite vieille vend ? dit Paula en passant devant la petite maison rouge, à côté de la route de gravier.

— La gentille petite vieille ? répéta Gösta en regardant la maison avec son panneau à vendre.

— Oui, Martin et moi sommes passés chez elle en faisant du porte à porte chez les voisins. À quatre-vingt-dix ans, on l'a trouvée en train de regarder un combat d'AMM à la télévision."

Gösta rit.

"Pourquoi pas, moi aussi, je deviendrai peut-être fan d'AMM sur mes vieux jours.

— Oui, ça ne doit pas être très facile de passer le temps, quand on vit aussi isolée, sans plus pouvoir aller nulle part. Elle passe le plus clair de son temps à la fenêtre de sa cuisine, nous a-t-elle expliqué, à regarder ce qui se passe dehors.

— Mon père faisait ça aussi, dit Gösta. Je me demande pourquoi. Est-ce que ça peut être une façon d'essayer de garder le contrôle, quand la vie commence à se déglinguer ?

— Possible, répondit Paula. Mais je crois que c'est un phénomène suédois. Il n'y a que vous qui laissez les vieux rester tout seuls. Au Chili, il n'en serait pas question. Là-bas, on s'occupe de ses vieux jusqu'à leur mort.

— Donc, si je te suis bien, Johanna et toi êtes parties pour avoir ta mère et Mellberg à la maison le restant de vos jours ?" s'esclaffa Gösta.

Paula le regarda, terrifiée. "Maintenant que tu le dis… le modèle suédois semble vraiment beaucoup plus tentant.

— Je m'en doutais", dit Gösta.

Ils étaient arrivés chez Helen et James. Paula se gara à côté de la voiture familiale. Helen ouvrit dès qu'ils frappèrent à la porte. Son visage ne trahit aucune émotion quand elle les vit.

"Bonjour, Helen, fit Gösta. Nous aimerions parler avec James. Il est là ?"

Gösta crut voir son regard trembler, mais ce tremblement disparut aussi vite, il se faisait peut-être des idées.

"Il s'entraîne au tir dans la forêt, derrière la maison.

— On peut y aller sans risquer notre vie ? demanda Paula.

— Oui, criez juste pour prévenir de votre arrivée, comme ça il n'y a rien à craindre."

Gösta entendit en effet quelques coups de feu, et se dirigea avec Paula vers le bruit.

"Est-ce que j'ose seulement compter combien de lois il enfreint en s'entraînant au tir ici ?" dit Paula.

Gösta secoua la tête.

"Non, mieux vaut fermer les yeux pour l'instant. Mais à une autre occasion, il faudra lui dire deux mots sur ces abus."

Les détonations étaient de plus en plus fortes à mesure qu'ils approchaient.

Gösta haussa la voix : "James ! C'est Gösta et Paula, du commissariat de Tanumshede. Ne tirez pas !"

Les détonations cessèrent. Par prudence, Gösta cria à nouveau : "James ! Confirmez que vous avez entendu !

— Je vous entends !" cria James.

Ils hâtèrent le pas et l'aperçurent un peu plus loin. Bras croisés, il avait posé l'arme sur une souche. Gösta ne put s'empêcher de songer à l'autorité effrayante qui se dégageait de cet homme. Sa prédilection pour les tenues tirées de films de guerre américains ne le rendait pas moins inquiétant.

"Je sais, je sais, c'est interdit de s'entraîner ici, dit James en levant les mains de façon désarmante.

— Oui, il faudra qu'on ait une conversation à ce sujet une autre fois, dit Gösta en hochant la tête. Mais ce n'est pas de ça que nous voulions vous parler.

— Permettez-moi juste de ranger mon pistolet, dit James en ramassant l'arme sur la souche.

— C'est un colt ?" demanda Paula.

James hocha fièrement la tête.

"Oui, un colt M1911. Arme de poing standard des forces armées US de 1911 à 1985. Utilisé dans les deux Guerres mondiales et même dans les guerres de Corée et du Vietnam. C'est ma première arme, mon père me l'a offerte quand j'avais sept ans, et c'est avec elle que j'ai appris à tirer."

Gösta s'abstint de commenter ce qu'il y avait d'extrêmement inapproprié dans le fait d'offrir un pistolet en cadeau à un enfant de sept ans. Il ne pensait pas que James puisse comprendre.

"Vous avez appris à tirer à votre fils ? préféra-t-il demander tandis que James rangeait précautionneusement, presque tendrement, son pistolet dans une mallette.

— Oui, c'est même un très bon tireur, dit James. Pour le reste, il n'est pas bon à grand-chose, mais tirer, ça, il sait. Il s'est entraîné aujourd'hui toute la journée, j'ai pris le relais. Il pourrait faire un bon tireur d'élite dans l'armée, mais je ne crois pas qu'il réussisse jamais les tests physiques."

Il ricana.

Gösta jeta un coup d'œil discret à Paula. Ses yeux montraient ce qu'elle pensait de la façon qu'avait James de parler de son fils.

"Bien, de quoi s'agit-il ? demanda James en posant par terre la mallette du pistolet.

— Il s'agit de Leif Hermansson.

— Le policier qui a fait plonger ma femme pour meurtre ? dit James en fronçant les sourcils. Pourquoi voulez-vous parler de lui ?

— Que voulez-vous dire par *fait plonger* ?" demanda Paula.

James s'étira et croisa à nouveau les bras sur sa poitrine, ce qui faisait paraître ses avant-bras énormes.

"Eh bien, je ne veux pas dire du tout qu'il ait fait quoi que ce soit d'illégal, non, mais il s'est donné beaucoup de mal pour prouver que ma femme était coupable d'un meurtre qu'elle n'avait pas commis. Et je ne crois pas qu'il ait sérieusement envisagé d'autre alternative.

— Il semble qu'il ait lui-même commencé à douter, vers la fin de sa vie, dit Paula. Et nous avons des raisons de penser qu'il a eu un contact avec vous le jour de sa mort. En avez-vous souvenir ?"

James secoua la tête, interloqué.

"Ça fait très longtemps, mais je ne me souviens pas avoir eu le moindre contact avec lui ce jour-là. Pourquoi en aurions-nous eu ?

— Nous pensions qu'il avait peut-être pris contact avec vous, dit Gösta, comme un premier pas, pour de cette façon entrer en contact avec Helen ? Je suppose qu'elle n'était pas particulièrement bien disposée à son égard.

— Non, ça, vous avez raison, dit James. S'il avait voulu lui parler, le plus simple aurait en effet sûrement été de passer par moi. Mais il n'a jamais essayé. Et je ne sais pas non plus comment j'aurais réagi. Tant d'années étaient passées, nous avions essayé de tourner la page.

— Ça doit être difficile, en ce moment", dit Paula en l'observant.

Il répondit calmement à son regard.

"Oui, c'est une tragédie. Mais naturellement bien pire pour la famille de la fillette que pour nous. Il serait déplacé de notre part de nous plaindre, même si l'insistance des journaux du soir est bien sûr usante. Des journalistes sont même venus nous voir. Mais ils ne devraient pas réessayer…"

James fit un sourire en coin.

Gösta sentit qu'il valait mieux éluder. Et puis il trouvait aussi que, dans une certaine mesure, les journalistes n'avaient qu'à s'en prendre à eux-mêmes. Année après année, ils se montraient de plus en plus envahissants, et dépassaient trop souvent les bornes de la décence.

"OK, je crois que c'est tout pour aujourd'hui, dit Gösta en interrogeant du regard Paula, qui opina.

— Si quelque chose me revient, je vous appelle", fit complaisamment James.

Il montra la maison, qu'on apercevait entre les arbres.
"Je vous raccompagne."
Il passa le premier, et Gösta en profita pour échanger un regard avec Paula. Il était clair qu'elle non plus ne croyait pas un mot de ce que James avait dit.
En passant devant la maison, il leva les yeux vers une fenêtre à l'étage. Un adolescent le regardait avec un visage inexpressif. Avec ses cheveux teints en noir et tout son maquillage autour des yeux, il ressemblait à un fantôme. Gösta frissonna. Puis le garçon disparut.

Quand Marie rentra, elle trouva Jessie sur le ponton. Elle s'était enduit le corps et le visage avec une crème trouvée dans la salle de bains. Sûrement chère. Ça n'avait pas fait disparaître les rougeurs, mais diminué la démangeaison. Jessie aurait voulu qu'il existe aussi une crème pour l'âme. Ou comment appeler ce qui s'était brisé en elle ?
Elle s'était à nouveau nettoyé le sexe, plusieurs fois. Pourtant, elle continuait à se sentir sale. Dégoûtante. Les vêtements de la maman de Basse, elle les avait jetés. Vêtue d'un vieux t-shirt et d'un bas de survêtement, elle regardait le soleil couchant. Marie vint près d'elle.
"Qu'est-ce que tu t'es fait au visage ?
— Coup de soleil", lâcha-t-elle.
Marie hocha la tête.
"Bon, un peu de soleil, c'est peut-être bien pour les boutons."
Puis elle s'en alla. Pas un mot sur le fait que Jessie n'était pas rentrée hier soir. Marie l'avait-elle seulement remarqué ? Probablement pas.
Sam avait été formidable. Il s'était proposé de la raccompagner. De rester. Mais elle avait besoin d'être un peu seule. Rester sentir la haine croître en elle. Elle la choyait. D'une certaine façon, c'était une libération de pouvoir enfin se laisser aller à haïr sans retenue. Tant d'années elle avait lutté contre, refusant de croire combien l'Homme était mauvais. Comme elle était naïve.

Les messages avaient plu toute la journée. Elle ne comprenait même pas comment ils avaient eu son numéro. Mais il devait s'être diffusé au même rythme que les photos. Elle n'avait ouvert que les premières. Puis s'était contentée d'appuyer sur DELETE quand les autres avaient continué d'arriver. Toutes étaient sur le même thème. *Pute. Salope. Pétasse. Dégueu. Boudin.*

Sam avait lui aussi reçu les messages. Il avait aussi reçu les images. Elles avaient commencé à s'amonceler au moment où il effaçait le dernier trait de marqueur. Il avait posé le téléphone, lui prit le visage dans ses mains et l'avait embrassée. D'abord, elle s'était dérobée. Elle se sentait répugnante, sale, savait que son haleine devait puer le vomi, même si elle s'était lavé les dents dans la salle de bains des parents de Basse. Mais peu lui importait. Il l'avait embrassée longtemps et elle avait senti la boule incandescente de haine retenue entre eux. Ils la partageaient.

La question était maintenant : que faire ?

Quand le soleil se colora de rouge, elle tourna le visage dans sa direction. Dans la maison, elle entendit Marie ouvrir une bouteille de champagne. Tout était exactement comme avant. Mais tout avait changé.

Patrik en était à sa troisième tasse de café depuis sa conversation avec Torbjörn Ruud. Le légiste n'avait toujours pas rappelé.

Il soupira et regarda dans le couloir, où Martin arrivait lentement, une tasse à la main.

"Tu as l'air un peu fatigué", dit-il. Martin s'arrêta.

Patrik s'était déjà fait la remarque durant la réunion du matin, sans vouloir l'interroger devant les autres. Il savait que Martin avait eu du mal à dormir après la disparition de Pia.

"Bah, ça va", lâcha Martin en entrant dans le bureau de Patrik.

Patrik sursauta : Martin était en train de rougir. Des pieds à la tête.

"Qu'est-ce que tu ne m'as pas dit ? demanda-t-il en se calant au fond de son siège.

— C'est que… c'est juste que…", balbutia Martin en fixant ses chaussures.

Il avait du mal à décider sur quel pied se tenir.

Patrik le regarda, amusé.

"Assieds-toi, et accouche. Comment elle s'appelle ?"

Martin s'assit avec un sourire gêné.

"Elle s'appelle Mette.

— Et… ? insista Patrik.

— Elle est séparée. Elle a un fils d'un an. Elle vient de Norvège, et travaille comme comptable dans un bureau à Grebbestad. Mais nous avions notre première soirée hier, alors je ne sais pas trop ce que ça va donner…

— À voir ton état de fatigue, cette soirée s'est bien passée, en tout cas, sourit Patrik.

— Oui, euh…

— Et vous vous êtes rencontrés comment ?

— À l'aire de jeux", dit Martin en se tortillant comme un ver.

Patrik décida de lui épargner l'interrogatoire complet.

"C'est chouette que tu sortes à nouveau avec quelqu'un, dit-il. Qu'au moins tu t'ouvres à la possibilité de rencontrer quelqu'un. Après on verra bien. Et c'est bien comme ça. Personne ne pourra remplacer Pia. Ce sera autre chose.

— Je sais, dit Martin en regardant à nouveau ses chaussures. Je crois vraiment que je suis prêt.

— Très bien."

Le téléphone se mit à sonner, et Patrik leva un doigt pour montrer à Martin qu'il souhaitait qu'il reste.

"Bon, là, tu avais raison, Hedström, grommela Torbjörn.

— Quoi ? dit Patrik. Elles viennent de la même personne ?

— Sans aucun doute. Mais j'ai vérifié dans la base de données, et ça ne donne rien. J'ai même comparé avec les empreintes des parents, et ça ne correspondait pas non plus."

Patrik soupira. Ça ne pouvait pas être aussi facile. Mais il semblait désormais possible de mettre les parents hors de cause.

"Nous avons au moins quelque chose à nous mettre sous la dent. Merci en tout cas."

Quand il eut raccroché, il regarda Martin.

"Les empreintes sur Linnea correspondent avec celles sur l'emballage de Kex."

Martin haussa les sourcils.

"Il faut alors voir si on trouve quelque chose dans la base de données."

Patrik secoua la tête.

"Torbjörn a déjà vérifié, ça ne donne rien."

Il n'avait jamais cru à un meurtrier choisissant sa victime au hasard, cette affaire semblait plus étudiée, plus personnelle. Et les parallélismes avec l'affaire Stella ne pouvaient absolument pas être le fruit du hasard. Et non, il n'était pas étonné que le propriétaire de ces empreintes ne figure pas dans le registre de la police.

"Il y a plein de gens avec qui il faudrait comparer…" Martin hésita. "Je n'aime pas dire ça, mais par exemple les parents de la fillette. Et…

— Helen et Marie, compléta Patrik. Oui, j'y ai pensé, crois-moi, mais il nous faut un niveau de suspicion plus élevé pour pouvoir demander le relevé de leurs empreintes digitales. Celles de Peter et Eva, nous les leur avons déjà demandées lors de leur interrogatoire au sujet de la grange, et Torbjörn a déjà comparé : elles ne correspondent pas.

— Mais les empreintes d'Helen et Marie ne sont pas déjà dans le registre ? dit Martin. Si on pense à l'autre enquête."

Patrik secoua la tête.

"Non, elles étaient des enfants au moment du meurtre, elles n'ont purgé aucune peine, et leurs empreintes n'ont pas été conservées dans le fichier. Mais j'aurais bien aimé faire cette comparaison. Surtout maintenant que l'alibi de Marie est parti en fumée. Et rien que le fait qu'elle nous ait menti me pousse à me demander…

— Oui, je suis d'accord, il y a quelque chose qui ne colle pas, confirma Martin. Au fait, tu as des nouvelles de Gösta et Paula ?

— Oui, Paula a appelé. James soutient *mordicus* n'avoir eu aucun contact avec Leif. Gösta et Paula ont visiblement quelques doutes sur la vérité de ces déclarations.

— Mais sans autre chose de plus concret que de pures suppositions, nous ne pourrons pas lui mettre la pression.

— Exact, dit Patrik.

— Espérons donc que Leif aura quelques secrets à nous confier. Quand auras-tu l'autorisation ?

— Demain après-midi. Mais le procureur ne pensait pas qu'il y ait le moindre problème. Tout est prêt pour le déterrer mardi."

Il soupira et se leva.

"Je crois qu'on n'arrivera pas plus loin ce soir, la nuit porte conseil. Si nous frottons bien nos lampes merveilleuses, nous trouverons peut-être comment utiliser au mieux cette information."

Il rassembla ses papiers dans une chemise plastique qu'il glissa dans son porte-documents. Puis s'arrêta.

"Et vous vous revoyez quand ?

— Ce soir. Son ex prend son fils deux jours, alors autant en profiter pour…

— Bien sûr, mais essaie quand même de dormir un peu cette nuit", dit Patrik, qui posa le bras sur les épaules de Martin en sortant.

Martin répondit par un marmonnement incompréhensible.

Ils allaient sortir du commissariat quand Annika les appela. Ils se retournèrent et la virent qui leur montrait du doigt un téléphone décroché.

"C'est l'hôpital qui appelle. Ils t'ont appelé, mais tu ne réponds pas."

Patrik jeta un coup d'œil à son téléphone. En effet, il avait raté trois appels du même numéro.

"Que veulent-ils ?" demanda-t-il, mais Annika lui fit signe de venir prendre la communication dans son bureau.

Patrik gagna la réception et prit le combiné. Il écouta, répondit par quelques courtes phrases avant de raccrocher. Puis il se tourna vers Annika et Martin, qui attendaient, tendus.

"Amina est décédée il y a quelques heures, dit-il en sentant qu'il avait du mal à garder la voix ferme. Cela signifie qu'il ne s'agit plus seulement d'incendie criminel. Mais de meurtre."

Il tourna les talons et se dirigea vers le bureau de Mellberg. Il fallait qu'ils voient avec Karim comment faire avec les enfants. Leur maman était morte. Et quelqu'un allait devoir le leur annoncer.

Au-dessus d'eux, on entendait le son étouffé d'une émission de télévision. Khalil regarda Adnan, qui essuyait ses larmes. Ils avaient demandé à continuer d'habiter ensemble et cela n'avait pas posé de problème : la commune voulait de toute façon les regrouper le plus possible pour que les logements provisoires suffisent pour tous.

Voilà donc où ils étaient : une petite chambre, dans le sous-sol sombre d'une maison des années cinquante. Ça sentait l'humidité et le moisi, on s'y sentait enfermé. Mais la vieille dame qui possédait la maison était gentille. Elle les avait invités à manger, ça avait été agréable, même s'ils ne connaissaient pas beaucoup de mots dans la même langue et que sa cuisine, qu'elle appelait ragoût à l'aneth, avait un drôle de goût.

Après le dîner, le téléphone s'était mis à sonner. Et ils avaient à leur tour appelé les autres. On cherchait à se consoler mutuellement. La belle, la gaie, l'impétueuse Amina était morte.

Adnan essuya à nouveau ses larmes.

"On pourrait aller voir Karim ? Bill pourrait peut-être encore nous conduire ?"

Khalil suivit le regard vide d'Adnan sur la moquette tachée. Il tâta un peu de l'orteil quelques-unes des taches. Elles semblaient anciennes et séchées. Personne ne semblait avoir habité là depuis très longtemps.

"Il n'y a pas de visites si tard, dit-il. Peut-être demain."

Adnan joignit les mains. Soupira.

"Bon, on y va demain, alors.

— Tu crois qu'ils l'ont dit aux enfants ?"

La voix de Khalil se répercutait sur les murs de pierre nue.

"Ils laisseront sans doute plutôt Karim le faire.

— S'il a le courage."

Adnan se frotta à nouveau le visage.

"Comment ça a pu se passer ?"

Khalil ne savait pas si cette question était adressée à lui ou à Dieu.

La Suède. Le pays riche et libre.

"Beaucoup ont été gentils, dit-il. Il y a aussi des gens comme Bill. Bill et Gun. Et Rolf. Et Sture. Il ne faut pas l'oublier."

Il ne pouvait pas regarder Adnan en disant cela. Il frotta son orteil un peu plus fort contre une des taches.

"Ils nous haïssent tant, dit Adnan. Je ne comprends pas. Ils viennent en pleine nuit et veulent nous brûler sans que nous ne leur ayons rien fait. Et bien sûr, je sais ce que tu dis toujours. « Ils ont peur. » Mais quand on jette un cocktail molotov dans une maison en espérant que la famille va brûler vif, ce n'est pas qu'on a peur. C'est autre chose…

— Tu regrettes ?" demanda Khalil.

Adnan resta longtemps sans rien dire, et Khalil savait qu'il pensait au cousin abattu sous ses yeux, à son oncle qui avait eu les jambes arrachées par une explosion. Il criait leurs noms la nuit.

La réponse aurait dû être simple, mais elle ne l'était plus. Plus après Amina.

Adnan déglutit.

"Non, je ne regrette pas. On n'avait pas le choix. Mais j'ai compris quelque chose.

— Quoi ? demanda Khalil, dans l'obscurité qui les environnait.

— Que je n'aurai plus jamais de chez-moi."

Au-dessus d'eux, la musique gaie de la télévision retentit de plus belle.

BOHUSLÄN, 1672

Elin marchait comme une somnambule quand on la conduisit au tribunal. Elle ne comprenait toujours pas comment elle avait pu flotter lors de l'épreuve de l'eau. Les bancs de l'assistance étaient combles, Elin comprit qu'on avait refusé du monde.

Le lieutenant avait dit qu'elle allait être jugée, mais qu'est-ce que cela signifiait ? Y avait-il quelque chose qui puisse la sauver ? *Quelqu'un* qui puisse la sauver ?

On l'assit tout devant. Les regards des spectateurs la faisaient se tortiller sur place. Certains curieux, certains apeurés, certains haineux. Britta était là, mais Elin n'osait pas regarder dans sa direction.

Le juge frappa son marteau et fit taire le brouhaha. Elin regarda avec inquiétude les hommes graves qui lui faisaient face. Elle ne reconnaissait que Lars Hierne. Les autres étaient des inconnus, d'autant plus effrayants.

"Nous devons aujourd'hui déterminer dans quelle mesure Elin Jonsdotter est une sorcière. Nous l'avons vue flotter et disposons d'un certain nombre de témoignages sur ses agissements, mais Elin Jonsdotter a aussi le droit de désigner des témoins de moralité pour déposer en sa faveur. Elin en a-t-elle ?"

Elin regarda parmi les bancs. Elle vit les servantes du domaine, ses voisins de Fjällbacka, Britta et Preben, des femmes et des hommes qu'elle avait soulagés de leurs maux de dents, maux de tête, maux d'amour et autres mauvais sorts. Elle promena un regard suppliant sur eux, l'un après l'autre, mais tous se détournèrent. Personne ne se leva. Personne ne dit rien.

Personne ne viendrait la défendre.

Elle finit par se tourner vers Britta. Elle était assise, sourire aux lèvres, les mains posées sur son ventre pas encore spécialement gros. Preben à côté d'elle. Il regardait son banc, sa mèche blonde dans les yeux. Comme elle avait aimé cette mèche. Elle l'avait caressée quand ils faisaient l'amour. Elle l'avait aimé. À présent, elle ne savait plus bien ce qu'elle ressentait. Une partie d'elle se souvenait l'avoir aimé. Une autre partie le haïssait. Une autre encore éprouvait du dégoût pour sa lâcheté. Il suivait le sens du vent et pliait à la moindre résistance. Elle aurait dû le comprendre. Mais elle s'était laissée aveugler par ses yeux doux et ses attentions pour sa fille. Elle s'était laissée aller à le rêver parfait, alors qu'elle aurait dû remarquer ce qu'il lui manquait. Et maintenant il était trop tard et elle devait en payer le prix.

"Comme aucun témoin de moralité ne se présente pour Elin Jonsdotter, nous passons à ceux qui peuvent témoigner de ses méfaits. En premier lieu, j'appelle Ebba de Mörhult."

Elin ricana. Ce n'était pas une grande surprise. Elle savait qu'Ebba n'attendait que l'occasion de se venger. Comme une grosse araignée qui guette une mouche. Elle n'accorda pas un regard à Ebba quand elle prit place à la barre.

Après qu'Ebba eut prêté serment, les questions commencèrent. Elle se pavanait sur son siège et parlait en gesticulant.

"La première chose qu'on a remarquée, c'est qu'elle faisait des choses qu'un être humain ne devrait pas savoir faire. Toutes les bonnes femmes du village couraient la voir pour tous leurs problèmes, mal aux pieds ou mal au ventre, les filles voulaient l'aide d'Elin pour attirer les gars. Mais moi, j'ai tout de suite compris que ça clochait, ce n'est pas dans la nature humaine de pouvoir gouverner de telles choses, c'est l'œuvre du diable, je l'ai tout de suite compris. Mais qui voulait écouter Ebba de Mörhult ? Mais non, elles voulaient juste continuer à filer la voir, celle-là, pour soulager leurs misères. Et c'étaient des crèmes, des breuvages et de longues incantations, pas des occupations pour une bonne chrétienne."

Elle regarda autour d'elle. Beaucoup opinèrent du chef. Même parmi ceux qui avaient été bien contents de recevoir l'aide d'Elin.

"Et l'histoire du hareng ?" dit Hierne en se penchant vers Ebba.

Elle hocha la tête avec ferveur.

"Oui, quand il n'y avait pas de hareng, je savais que c'était l'œuvre d'Elin.

— L'œuvre d'Elin ? demanda Hierne. Mais comment ?

— Je l'ai vue un soir poser quelque chose au bord de l'eau. Et tout le monde sait qu'en mettant à la mer des chevaux en cuivre, on éloigne le hareng.

— Mais quel motif avait-elle de faire ça, alors que son défunt mari vivait lui aussi de la pêche ?

— Eh bien, ça montre juste combien elle est mauvaise, au point de laisser sa propre famille risquer la famine parce qu'elle avait un compte à régler avec nous autres. La veille, elle s'était disputée avec plusieurs femmes de marins de l'équipage de Per. Après ça, c'était fichu pour la pêche au hareng.

— Et qu'en est-il du garde-côte ? Que s'est-il passé le jour où il est parti à cheval de chez eux après avoir notifié que le bateau de Per serait saisi, pour avoir importé en contrebande un tonneau de sel de Norvège ?

— Eh bien, je l'ai entendue le maudire à son départ. Des serments nauséabonds que seul le diable lui-même avait pu lui mettre dans la bouche. Aucune personne qui respecte Dieu ne saurait dire ce qu'elle lui a jeté à la figure. Et puis après, sur le chemin du retour…"

Elle marqua une pause. L'assemblée retint son souffle.

"Le garde-côte va nous raconter lui-même ce qui lui est arrivé, dit Hierne. Mais nous laissons Ebba le faire d'abord.

— Sur le chemin du retour, son cheval a été soufflé hors de la route. Au fond du fossé. J'ai tout de suite compris que c'était l'œuvre d'Elin.

— Merci Ebba, nous entendrons le garde-côte Henrik Meyer à ce sujet."

Il se racla la gorge.

"Cela nous conduit à l'accusation la plus grave portée contre Elin Jonsdotter. Celle d'avoir par sa magie causé la perte du bateau de son mari."

Le souffle coupé, Elin dévisagea Ebba de Mörhult. Elle savait qu'elle n'avait pas le droit de parler sans y être invitée, mais elle ne put s'en empêcher.

"Est-ce qu'Ebba a perdu la tête ? Moi, j'aurais fait couler le bateau de Per ? Avec tout son équipage ? C'est de la folie !

— Elin Jonsdotter doit se taire !" hurla Hierne.

Ebba de Mörhult se prit la poitrine en agitant un mouchoir devant son visage.

Elin ricana devant sa comédie.

"Ne faites pas attention à l'accusée, dit Hierne en posant une main rassurante sur le bras d'Ebba. Continuez.

— Eh bien, elle était en colère, quelque chose de terrible, contre son mari, Per. En colère à cause de ce tonneau de sel et parce qu'il devait sortir en mer ce matin-là. Je l'ai entendue lui dire que s'il y allait, il pouvait aussi bien mourir.

— Racontez-nous ce qui s'est passé ensuite", dit Hierne.

Tous se penchèrent en avant, captivés. Qui savait quand un aussi bon divertissement se représenterait ?

"Ils sont partis dans la tempête et j'ai vu une colombe les suivre. C'était Elin, étrangement je l'ai reconnue, même si elle n'avait pas forme humaine. En la voyant s'envoler derrière le bateau, j'ai su que mon mari ne rentrerait jamais. Et c'est ce qui s'est passé."

Elle sanglota bruyamment et se moucha.

"C'était un bon époux, un père formidable pour nos cinq enfants et à présent il est au fond de la mer, dévoré par les poissons, uniquement parce que cette… cette sorcière en voulait à son mari !"

Elle montra du doigt Elin, qui ne put que secouer la tête. C'était si irréel. Comme un mauvais rêve. Elle allait se réveiller d'une seconde à l'autre. Mais elle vit alors à nouveau Britta, sa mine réjouie, et la tête baissée de Preben.

Et alors, elle sut que c'était la triste réalité.

"Parlez-nous de l'avorton", dit Hierne.

La nausée submergea Elin. N'y avait-il donc rien de sacré ?

"Elle avait dû se retrouver grosse après avoir forniqué avec le diable, raconta Ebba de Mörhult, provoquant un murmure dans l'assistance. Après quoi, elle est venue voir ma sœur pour s'en débarrasser. Je l'ai vu, de mes propres yeux. Quand je suis arrivée, c'était dans un seau, près de la porte. Ça ne ressemblait pas à un enfant, c'était comme l'image du diable lui-même, difforme et si laid que ça m'a retourné l'estomac."

Quelques femmes poussèrent des cris. Ces histoires de fornication avec le diable et d'enfant du diable étaient des morceaux de choix.

"La sœur d'Ebba a accouché cet avorton, elle en témoignera elle aussi", dit Hierne en hochant la tête.

On débattait là de sujets sérieux, et il veillait à ce que son comportement en témoigne.

Elin secoua la tête. Ses mains tremblaient sur ses genoux, et le poids de ce qu'on lui mettait sur le dos lui faisait courber l'échine vers les larges planches de bois du box des accusés. Et pourtant, elle n'avait pas idée de ce qui l'attendait.

Deux jours d'attente frustrante avaient passé. Même si l'enquête était au point mort, Gösta ne manquait absolument pas de travail. Les tuyaux continuaient d'arriver, surtout maintenant qu'en plus de leurs titres fracassants sur l'affaire Nea, les journaux faisaient leur une en noir sur la mort d'Amina. Cela avait donné lieu à un débat houleux sur la politique d'asile, dont les deux parties opposées utilisaient l'incendie et la mort d'Amina comme argument pour étayer leur cause. D'un côté, on affirmait que l'incendie était le résultat de la propagande haineuse et de la xénophobie diffusée par les Amis de la Suède. Et de l'autre, on affirmait que l'incendie était la conséquence de la frustration du peuple suédois face à une politique d'asile intenable. Certains sous-entendaient même que les réfugiés l'avaient allumé eux-mêmes.

Gösta était écœuré par tout ce débat. Son opinion générale était que la politique d'asile et la politique migratoire devaient bien entendu être évaluées et débattues, et qu'il y avait certainement des améliorations à y apporter. Il n'était pas possible d'ouvrir grand les frontières et d'accueillir tout le monde, il devrait y avoir une meilleure infrastructure pour pouvoir encadrer l'intégration des immigrés dans la société suédoise. Jusque-là, il était d'accord. En revanche, il s'opposait à la rhétorique des Amis de la Suède et de leurs électeurs, qui mettait tous les problèmes sur le dos des immigrés : les bandits, c'étaient eux. Parce qu'ils étaient venus ici.

Certes, il y avait quelques œufs pourris, en tant que policier il ne pouvait pas fermer les yeux là-dessus. Mais l'écrasante majorité de ceux qui venaient ici voulaient juste sauver leur vie et celle de leur famille, et construire une vie meilleure dans un pays nouveau. Personne n'irait laisser derrière lui sa patrie, tous ses proches, pour ne peut-être jamais revenir, s'il n'était désespéré ? Gösta ne pouvait s'empêcher de se demander comment tous ces Suédois, qui hurlaient avec les loups que les réfugiés ne devraient pas venir ici peser sur nos ressources, réagiraient si la Suède était à feu et à sang et leurs enfants en danger permanent. Ne seraient-ils pas eux aussi prêts à tout pour les sauver ?

Il soupira et reposa le journal. Annika posait toujours les journaux du jour sur la table de la cuisine, mais il n'avait souvent la force que de survoler ces torchons. Mais il fallait bien sûr qu'ils gardent un œil sur ce qui s'écrivait à propos de l'affaire. Les spéculations et les affirmations erronées avaient gâché bien des enquêtes criminelles.

Paula entra dans la cuisine, l'air encore plus fatiguée que d'habitude.

Gösta compatit :

"C'est dur, avec les enfants ?"

Elle hocha la tête, prit du café et s'assit en face de lui.

"Oui, ils ne font que pleurer, pleurer. Et se réveillent la nuit avec des cauchemars. Maman était avec eux à l'hôpital quand Karim leur a dit, et je ne comprends pas comment elle a tenu. Mais son engagement est admirable, et nous sommes en train de nous arranger pour que Karim et les enfants puissent louer un des appartements de notre immeuble, quand il sortira de l'hôpital. Le propriétaire a un appartement resté vacant depuis un moment, juste en dessous de chez nous, et je crois que ce serait une bonne solution pour eux. Le problème est que la commune trouve le loyer trop élevé, alors on verra bien."

Paula secoua la tête.

"J'ai entendu dire que ça s'était bien passé, hier, dit-elle alors. L'exhumation.

— Oui, ça semblait digne, malgré les circonstances. Maintenant, on attend les résultats. Mais la balle manque toujours dans le premier rapport d'autopsie. Elle n'a même pas été enregistrée. On a regardé tout ce qui a été conservé : pas grand-chose et pas de balle. Les preuves doivent être conservées soixante-dix ans, ça aurait été bien que le règlement ait été appliqué.

— Mais nous ne savons pas pourquoi ils n'arrivent pas à trouver, dit diplomatiquement Paula. Personne ne soupçonnait un meurtre à l'époque, c'était un suicide, clair comme de l'eau de roche.

— Peu importe. Les preuves ne doivent pas disparaître", pesta Gösta.

En même temps, il se savait injuste. Le labo de la police scientifique faisait un boulot formidable. Et l'institut médico-légal aussi, d'ailleurs. Avec en plus trop peu de budget et trop de travail. Mais cette balle manquante était une frustration de plus dans une enquête qui ne semblait déboucher que sur des impasses. Il était entièrement persuadé que le meurtre présumé de Leif Hermansson devait avoir un lien avec l'affaire Stella. Il espérait seulement qu'ils trouveraient bientôt un élément concret pour étayer cette thèse.

"Les recherches pour retrouver le jeune étalon de Marie n'ont rien donné, je suppose ?"

Gösta saisit un biscuit fourré Ballerina, dont il sépara soigneusement le dessus et la base pour pouvoir lécher le chocolat.

"Non, nous avons parlé à plusieurs des personnes présentes au Grand Hôtel, mais personne n'a rien vu. Et le réalisateur confirme que c'est la maquilleuse et non Marie qui a passé la nuit avec lui. Il affirme que Marie lui a demandé de mentir car elle savait qu'on la soupçonnerait si elle n'avait pas d'alibi. Elle lui a servi à lui aussi cette histoire de mystérieux jeune homme, mais il ne les a pas vus ensemble de la soirée…

— Non, et je doute fortement qu'il existe, dit Gösta.

— Si nous partons de l'hypothèse qu'elle ment – pourquoi ? Et si elle est impliquée dans le meurtre de la fillette – comment ? Et quel est son mobile ?"

Ils furent interrompus par la sonnerie du téléphone de Paula.

"Ah, bonjour, Dagmar", dit-elle en adressant à Gösta un signe de la main perplexe.

Elle écouta avec attention, et Gösta vit son visage s'éclairer.

"Mais non, mon Dieu, ça ne fait rien que vous ayez oublié. L'important est que vous vous en souveniez maintenant ! Nous arrivons tout de suite."

Elle raccrocha et regarda Gösta.

"Maintenant, je sais comment vérifier les véhicules qui sont passés devant la ferme des Berg le matin de la disparition de Nea. Viens."

Elle se leva. Puis s'arrêta, un sourire aux lèvres.

"Je prends plutôt Martin avec moi. Je te raconterai plus tard…"

Patrik était à son bureau, essayant de planifier le travail de la journée. Mais quelle direction prendre, à présent qu'ils débouchaient partout sur des impasses ? Il plaçait tous ses espoirs dans l'exhumation. Pedersen avait promis d'appeler dès le matin et, effectivement, le téléphone sonna à huit heures précises.

"Allô, dit Patrik. Ça, c'est du rapide !

— Oui, deux choses", dit Pedersen.

Patrik se redressa dans son fauteuil. C'était prometteur.

"Pour commencer, j'ai maintenant mon rapport définitif sur Linnea Berg. Tu l'auras dans l'heure. Cependant, je n'ai rien de plus que ce que tu as déjà eu dans mes rapports préliminaires hautement contraires au règlement. Qui, en passant, doivent rester entre nous…

— *Off course*, tu sais bien", l'assura Patrik.

Pedersen se racla la gorge.

"Bon, il y a quelque chose, concernant le corps que vous nous avez envoyé hier. Leif Hermansson.

— Oui ? J'avais compris que vous aviez à peine eu le temps de commencer avec lui, de quoi s'agit-il ?"

Pedersen soupira.

"Bon, tu sais, cette balle disparue… Qui n'a été enregistrée nulle part, qui semble être partie en fumée ?

— Oui…", dit Patrik, sentant la tension monter.

Si Pedersen ne crachait pas bientôt le morceau, il allait éclater.

"Eh bien, nous l'avons retrouvée.

— Magnifique !" dit Patrik. Enfin un peu de chance. "Mais où ? Au fond d'un tiroir, aux archives ?

— Euh… non… Dans le cercueil…"

Patrik resta bouche bée. Avait-il mal entendu ? Il essaya de trouver une logique dans les paroles de Pedersen, mais en vain.

"Dans le cercueil ? Mais comment la balle a-t-elle pu finir dans le cercueil ?"

Il rit, mais pas Pedersen. Au contraire, il dit, avec lassitude :

"Je comprends que ça puisse sembler une blague, mais comme toujours, c'est le facteur humain. Un légiste en instance de divorce, avec un problème de garde des enfants, qui forçait un peu trop sur la bouteille de whisky. Ça s'est tassé par la suite, mais le travail de mon prédécesseur, pendant ces années très agitées de sa vie privée, a révélé quelques… lacunes…

— Donc tu veux dire que…

— Je veux dire que le légiste qui a autopsié le corps n'a jamais extrait la balle. Elle est restée dans la tête et, avec la disparition des tissus mous, la balle a fini par tomber d'elle-même.

— Tu plaisantes ? dit Patrik.

— Crois-moi, j'aimerais bien, soupira Pedersen. Et malheureusement, il n'y a plus personne à blâmer, il est mort d'un infarctus l'année dernière. À l'occasion de son troisième divorce.

— Donc, vous avez la balle ?

— Non, pas ici. Je l'ai immédiatement fait porter à Torbjörn à Uddevalla. Je me suis dit qu'il te fallait une première analyse dès que possible. Appelle-le dans l'après-midi pour voir si tu peux avoir un premier rapport. Et vraiment, je voudrais m'excuser au nom de mon prédécesseur. Paix à son âme. Ce genre de choses ne devrait tout simplement pas arriver.

— Non, mais le plus important est que nous ayons la balle, dit Patrik. Maintenant, nous pouvons la comparer avec le pistolet de Leif, et établir s'il s'agissait ou non d'un suicide."

Basse s'affala sur le canapé, dont il n'avait pas encore enlevé toutes les taches. Deux jours durant, il avait nettoyé la maison, qui était toujours un merdier. L'angoisse lui serrait la gorge. Quand ses parents avaient téléphoné, Basse leur avait assuré que tout allait bien, mais il avait raccroché les genoux tremblants. Il aurait au moins un an d'interdiction de sortie. Au moins. On ne le laisserait probablement plus jamais sortir.

Et tout était de la faute de Nils et Vendela. Il aurait mieux fait de ne pas les écouter, mais depuis la maternelle il faisait ce qu'ils lui disaient. C'était pour ça qu'ils le laissaient traîner avec eux. Sans ça, il aurait très bien pu être la victime de leurs brimades, à la place de Sam.

Ils ne l'avaient pas aidé pour le ménage. Nils s'était contenté de lui rire au nez, et Vendela n'avait pas même répondu. Et il n'y avait pas que les dégâts. L'écrin à bijoux de maman avait disparu. Et la caisse de cigares de papa. On avait même pris le grand ange en pierre que maman avait placé sur la pelouse comme abreuvoir à oiseaux.

Basse se pencha en avant, les mains appuyées sur les cuisses. Sa boule au ventre grossissait jour après jour, et bientôt maman et papa seraient rentrés. Il avait envisagé de fuguer. Mais pour aller où ? Il ne s'en sortirait jamais tout seul.

Il revit le corps de Jessie et gémit. Chaque fois qu'il fermait les yeux, il la voyait devant lui. Il en faisait des cauchemars, qui le réveillaient la nuit. Se rappelait toujours davantage de détails. Il voyait le noir sur sa peau, sentait son corps sous le sien. Et il entendait ses propres halètements quand il la pénétrait encore et encore, et son hurlement quand son corps explosait.

Il se rappelait la jouissance de l'interdit, de sa totale vulnérabilité. Le pouvoir de faire d'elle tout ce qu'il voulait. Ses sentiments étaient encore si contradictoires qu'il en avait la nausée.

Il savait que tout le monde avait reçu les images, il avait perdu le compte du nombre de messages qu'il avait reçus. Nils et Vendela devaient être contents, leur plan pour humilier Jessie une fois pour toutes avait marché.

Personne ne semblait avoir vu Jessie ni entendu de ses nouvelles. C'était le silence complet. Même du côté de Sam. Personne d'autre ne semblait s'en inquiéter. Il n'y avait que lui qui se retrouvait dans une maison saccagée, avec un mauvais pressentiment au ventre. Quelque chose lui disait que ça n'en resterait pas là. C'était trop silencieux. Comme le calme avant la tempête.

Erica sortit en marche arrière de sa place de parking en songeant à la chance qu'elle avait eue ces derniers temps. Elle avait travaillé dur sur son livre aux moments où les enfants s'occupaient par eux-mêmes, et avait à présent vraiment l'impression que beaucoup de pièces du puzzle se mettaient en place.

Erica avait à peine espéré que Sanna accepte de lui parler. Elle avait appelé à tout hasard une fois Kristina partie avec les enfants au parc d'attractions de Strömstad. Après un moment d'hésitation, Sanna avait dit oui, en lui demandant de passer à la jardinerie, et elle était à présent en route vers une des personnes qui avaient le mieux connu Stella.

Et quelque chose lui disait qu'elle allait bientôt savoir qui se cachait derrière les initiales *SS*.

Elle s'orienta après s'être garée sur une vaste esplanade de graviers, puis se dirigea vers un rosier en espaliers qui semblait marquer l'entrée de la jardinerie. Ce n'était qu'à dix minutes de Fjällbacka, mais Erica n'avait jamais eu l'occasion de s'y rendre. Son intérêt pour le jardinage était infime et, après quelques courageuses mais vaines tentatives de maintenir en vie une orchidée offerte par Kristina, elle avait renoncé à tout espoir d'avoir un jour la main verte. Leur jardin était plus un terrain de jeux qu'un jardin, et elle estimait de toute façon qu'aucune fleur ou buisson ne survivrait aux cavalcades sauvages des jumeaux.

Sanna vint à sa rencontre en ôtant des gants de jardinage terreux. Elles s'étaient croisées au bourg au fil des années, et saluées comme on le fait dans ces petites localités où tout le monde situe tout le monde, mais c'était la première fois qu'elles se voyaient en tête à tête.

"Bonjour, dit Sanna en tendant la main. Allons nous mettre là-bas, sous la tonnelle, Cornelia garde la boutique."

Elle se dirigea vers un petit banc blanc chantourné, entouré de buissons et de roses, un peu plus loin. L'étiquette indiquant le prix du meuble laissa Erica un peu rêveuse. Des prix pour touristes.

"Bien, l'heure est donc venue de nous voir", dit Sanna en dévisageant Erica, comme pour lire en elle.

Erica était un peu gênée par son regard intense, mais elle était habituée à susciter un certain scepticisme. Les proches de victimes n'avaient souvent que trop vu de personnes avides de sensations fortes s'attrouper comme des hyènes autour de leurs malheurs, et Sanna avait toutes les raisons de penser qu'Erica était l'une d'elles.

"Vous savez que j'écris un livre sur l'affaire Stella ?" dit Erica. Sanna hocha la tête.

Elle plut spontanément à Erica. Elle avait quelque chose de solide, terrien et posé. Ses cheveux blonds étaient tirés en une confortable queue de cheval, elle n'était pas maquillée et Erica devina qu'elle était de celles qui, même dans des occasions festives, se maquillaient extrêmement peu. Ses vêtements étaient commodes pour travailler, bottes montantes, jean et une ample chemise en jean. Elle n'avait rien de frivole, rien de superficiel.

"Quelle est votre position, par rapport à ce projet ?" demanda Erica, prenant le taureau par les cornes.

C'était parfois la question clé lors de ses interviews : ce que ses interlocuteurs pensaient du fait même qu'elle écrive un livre.

"Je n'ai rien contre, dit Sanna. Ce n'est pas non plus quelque chose que j'appelle de mes vœux. Je suis… neutre. Pour moi, cela n'a pas d'importance. Stella n'est pas ce livre. Et ce qui s'est passé à l'époque, j'ai si longtemps vécu avec : que vous écriviez dessus ne changera rien, ni dans un sens, ni dans l'autre.

— Je veux essayer de lui rendre justice, dit Erica. Et j'apprécierais votre aide. Je veux la rendre aussi vivante que possible pour le lecteur. Et vous êtes la mieux à même de décrire Stella."

Erica sortit son téléphone portable de son sac et le montra à Sanna.

"Ça va, si j'enregistre ?

— Oui, pas de problème", dit Sanna.

Elle fronça les sourcils.

"Que voulez-vous savoir ?

— Parlez-moi avec vos propres mots, dit Erica. De Stella, de votre famille. Et si vous en avez le courage, de la façon dont vous avez vécu ce qui s'est passé.

— Trente ans ont passé, dit âprement Sanna. La vie a continué. J'ai essayé de ne pas y penser trop souvent. Le passé a si tôt fait de dévorer le présent. Mais je vais essayer."

Deux heures durant, Sanna parla. Et plus elle parlait, plus Stella apparaissait à Erica comme une personne en chair et en os. Pas seulement la victime dont parlaient les documents policiers et les articles qu'elle avait lus. Mais une fillette de quatre ans bien réelle, vivante, qui aimait regarder *Cinq fourmis sont plus que quatre éléphants* à la télévision, qui dormait comme un loir le matin et ne voulait jamais aller se coucher le soir. Qui aimait le riz au lait avec du sucre, de la cannelle et un "puits de beurre", qui voulait être coiffée avec deux couettes, pas une, qui adorait se glisser la nuit dans le lit de sa grande sœur et qui avait donné un nom à chacune de ses taches de rousseur. Sa favorite était Huberte, au bout de son nez.

"Elle était parfois une peste, mais en même temps la personne la plus drôle qui soit. Elle me portait souvent sur les nerfs car c'était une vraie petite pipelette : ce qu'elle préférait, c'était écouter en douce pour ensuite courir tout répéter à tout le monde, ce qui me donnait parfois envie de l'étrangler."

Sanna s'arrêta net, semblant regretter son vocabulaire. Elle inspira à fond.

"On m'envoyait sans arrêt la chercher en forêt, reprit-elle. Mais je ne me risquais jamais bien loin. Je trouvais ça terrifiant. Mais Stella n'avait jamais peur. Elle aimait la forêt. Elle y filait à la première occasion, dès qu'on la quittait des yeux. C'est sûrement pour cette raison qu'il a été si difficile d'accepter que quelque chose d'horrible se soit vraiment passé. Elle avait si souvent disparu, mais revenait toujours. Et ce n'était pas grâce à moi, je ne la cherchais jamais vraiment, je m'éloignais juste assez pour que maman et papa croient que je la cherchais. Au lieu de quoi j'avais l'habitude d'attendre, assise à côté d'un chêne juste derrière la maison, à peut-être cinquante mètres dans le sous-bois. Et, tôt ou tard, elle arrivait. Elle retrouvait toujours son chemin. Sauf cette dernière fois."

Soudain, Sanna rit.

"Stella n'avait pas beaucoup d'amis, mais elle avait un copain imaginaire. Curieusement, il s'est introduit dans mes rêves ces derniers temps. J'ai rêvé de lui plusieurs fois.

— De lui ? dit Erica.

— Oui, Stella l'avait baptisé le Bonhomme vert, je suppose donc qu'il s'agissait d'un tronc couvert de mousse, ou d'un buisson devenu vivant dans son imagination. Pour ça, elle n'avait pas son pareil : elle pouvait créer toutes sortes de mondes dans sa tête. Parfois, je me demande si elle ne côtoyait pas autant de personnes imaginaires que de réelles…

— Mon aînée est aussi comme ça, dit Erica avec un sourire. Le plus souvent, c'est sa copine imaginaire Molly qui réclame sa part de gâteaux et de bonbons quand Maja en a.

— Ah oui, le plan génial pour avoir double ration, sourit Sanna, ce qui adoucit ses traits. Oui, j'ai de mon côté un monstre adolescent à la maison. Je commence à me demander si on finira par réussir à en tirer quelque chose.

— Combien avez-vous d'enfants ? demanda Erica.

— Une fille, soupira Sanna. Mais parfois, elle me donne l'impression d'en élever vingt.

— Oui, je redoute ces années. C'est difficile d'imaginer qu'un jour viendra où ils vous crieront « vieille conne » à la figure, mais je suppose qu'il faut l'accepter quand il arrive.

— Oh, croyez-moi, j'en entends de bien pires, s'esclaffa Sanna. Surtout que je détruis apparemment sa vie en la forçant à travailler ici. Nous avons eu un petit incident ce week-end, il fallait marquer le coup d'une façon ou d'une autre, et être condamnée à une honnête journée de travail relève visiblement du mauvais traitement.

— Tout d'un coup, je suis bien contente que mon plus gros problème soit que Maja ait une copine imaginaire trop gourmande de bonbons.

— Mmh", dit Sanna, soudain grave. Elle hésita. "Qu'en pensez-vous ? Est-ce que cela peut être un hasard ? Que la petite fille qui habitait sur notre ancienne ferme ait, elle aussi, été assassinée ?"

Erica ne savait pas trop quoi répondre. La raison était une chose. Le flair une autre. Si elle dirigeait bien sa réponse, elle apprendrait peut-être si ses soupçons sur l'identité de SS étaient fondés.

"Je crois que c'est lié, finit-elle par dire. Je ne sais juste pas comment. Je crois que montrer du doigt Helen ou Marie est trop facile. Je ne veux pas raviver les plaies anciennes, je sais que vous avez senti que c'était fini quand Marie et Helen ont été déclarées coupables. Mais un certain nombre de points d'interrogation demeurent. Et Leif Hermansson, le policier responsable de l'enquête, a dit à sa fille peu avant sa mort qu'il avait commencé à douter. Mais nous ne savons pas pourquoi."

Sanna regarda ses pieds. Quelque chose semblait bouger dans sa tête. Puis elle leva les yeux vers Erica.

"Vous savez, ça fait si longtemps que je n'y ai plus repensé, mais ce que vous dites me rappelle une chose. Leif m'a contactée. Nous avons pris un café ensemble, peu de temps avant sa mort."

Erica hocha la tête. Au commissariat, ils avaient seulement pensé à Sanna comme Sanna Lundgren. Mais pour Leif elle devait être Sanna Strand.

"De quoi voulait-il vous parler ?" demanda Erica.

Sanna parut interloquée.

"C'est ça qui était tellement bizarre. Il posait des questions sur le Bonhomme vert. J'avais mentionné cet ami imaginaire à la mort de Stella. Et voilà que, plusieurs années après, un policier voulait soudain parler de lui."

Erica la dévisagea. Pourquoi Leif l'avait-il interrogé sur le copain imaginaire de Stella ?

"Bonjour, là-dedans !" appela Paula en ouvrant doucement la porte.

Ils avaient frappé plusieurs fois sans que personne ne paraisse entendre. Elle avait eu la satisfaction de noter le regard de Martin lorsqu'il avait vu la pancarte À VENDRE en arrivant.

"Oui ? Il y a quelqu'un ? Entrez", fit une voix chevrotante à l'intérieur. Ils s'essuyèrent soigneusement les chaussures sur le paillasson avant d'entrer.

Dagmar était installée à sa place habituelle à la fenêtre de la cuisine. Une grille de mots croisés à la main, elle plissa des yeux dans leur direction.

"Du beau monde, à nouveau ! dit-elle. Je suis ravie !

— Alors, c'est en vente ? demanda Paula. J'ai vu la pancarte, dehors.

— Oui, ça vaut mieux comme ça. Parfois, cette vieille bourrique met un peu de temps à comprendre. Mais ma fille a raison. C'est isolé, et je n'ai plus vingt ans. Mais je peux m'estimer heureuse d'avoir une fille qui accepte que je vienne habiter chez elle, la plupart semblent attendre la première occasion pour jeter leurs vieux parents dans une maison de retraite.

— C'est vrai, je le disais l'autre jour à un collègue, les Suédois ne savent pas prendre soin de leurs aînés. Mais cette vente, qu'est-ce que ça donne ?

— Personne ne s'est encore manifesté, dit Dagmar en leur faisant signe de s'asseoir. La plupart des gens ne veulent pas habiter aussi loin. Dans la cambrousse, dans du vieux. Non, il faut que ce soit neuf, en plein centre, sans faux angles ou plancher qui penche. Mais je trouve ça dommage. J'aime cette maison, et il y a beaucoup d'amour dans ces murs, sachez-le.

— Je trouve ça formidable", dit Martin.

Paula dut se mordre la langue pour ne rien dire. Il fallait laisser le temps à certaines choses.

"Bon, trêve d'élucubrations philosophiques d'une vieille bonne femme. Je suppose que vous n'êtes pas venus parler maison mais voir mon carnet. Je n'arrive juste pas à comprendre comment j'ai pu l'oublier la dernière fois.

— C'est vite arrivé, dit Martin, comme tous les autres, vous deviez être choquée par la nouvelle de la mort de Nea, dans ces cas-là, il est difficile de rester rationnel."

Paula hocha la tête.

"Ce qui compte, c'est que vous vous en soyez souvenue maintenant et nous ayez prévenus. Alors dites-moi, qu'est-ce que c'est que ce carnet ?

— Eh bien, je me souviens que vous vouliez savoir si j'avais vu quelque chose de particulier le matin de la disparition de Nea. Je ne vois toujours pas, mais hier, je me suis dit que vous sauriez mieux que moi repérer quelque chose. Et alors j'ai pensé que vous aimeriez peut-être jeter un œil aux notes que je prends, par pure distraction. Ça m'aide à me concentrer sur mes mots croisés. Si je ne fais qu'une chose à la fois, j'ai la plus grande peine du monde à me concentrer, il faut que j'aie quelque chose pour me distraire. Alors je note dans ce carnet ce qui se passe à ma fenêtre."

Elle leur tendit son carnet, que Paula feuilleta rapidement pour l'ouvrir au matin de la disparition de Nea. Il n'y avait pas grand-chose de noté. Rien qui fasse directement réagir : il était passé trois voitures et deux cyclistes. Ces derniers étaient décrits comme "Deux gros touristes allemands en excursion", le tout souligné. Restait les voitures. Dagmar n'avait noté que la couleur et la marque, mais c'était mieux que rien.

"Je peux l'emporter ?" demanda Paula.

Dagmar opina du chef :

"Prenez-le. Et grand bien vous fasse.

— Dites, de quand date cette maison ? demanda Martin.

— 1902. C'est mon père qui l'a construite. Je suis née sur une banquette à la cuisine, là-bas, contre ce mur."

Dagmar leur indiqua une des grandes cloisons.

"Y a-t-il eu une expertise ?" demanda Martin.

Dagmar plissa les yeux d'un air malicieux :

"Diable, qu'il est curieux.

— Oh, je me demandais juste", dit Martin.

Il évita de regarder Paula.

"Elle a été expertisée, et ce qui doit être réparé d'urgence, c'est le toit. Il y a ensuite un peu d'humidité à la cave, mais ça peut s'arranger, a dit l'expert. Mais l'agent immobilier a tous les papiers. Et si quelqu'un est intéressé, libre à lui de venir visiter.

— Mmh", fit Martin en baissant les yeux.

Dagmar l'observa attentivement. Le soleil éclairait directement son visage, dévoilant toutes ses rides aimables. Elle posa sa main sur son bras et attendit qu'il lève les yeux et croise son regard.

"C'est un bel endroit pour un nouveau départ, dit-elle. Et il a besoin d'être à nouveau rempli de vie. Et d'amour."

Martin se détourna rapidement. Mais Paula avait eu le temps de voir ses yeux se remplir de larmes.

"Ils appellent à propos de l'appel téléphonique. L'anonyme, celui que tu avais pris. C'est au sujet de la déformation de la voix. J'appelle Paula ? Martin et elle sont sur l'enquête."

Annika avait glissé la tête dans le bureau de Mellberg, le tirant d'un somme profond.

"Hein, quoi ? Ah oui, l'appel téléphonique, dit-il en se redressant. Non, passe-les moi."

Mellberg fut parfaitement réveillé en une fraction de seconde. Il ne souhaitait rien tant que mettre la main sur le salaud qui était à l'origine de tout ça. Si personne ne s'était mis en tête d'essayer de faire plonger Karim, l'incendie n'aurait jamais eu lieu, il en était convaincu.

"Mellberg", dit-il d'une voix grave en décrochant son téléphone.

À son grand étonnement, il eut une voix de femme dans l'oreille. Comme il était question de technique, il avait supposé avoir affaire à un homme.

"Oui, bonjour, j'appelle à propos du fichier son pour lequel vous aviez besoin d'aide."

La voix était aiguë et enfantine, et Mellberg n'était pas certain qu'elle ait seulement quitté l'adolescence.

"Bon, je suppose que ça n'a rien donné."

Il soupira. Il fallait vraiment qu'ils manquent de personnel pour laisser une gamine débutante s'occuper d'une mission aussi délicate et importante. Il faudrait qu'il signale la chose à son chef pour lui demander de mettre quelqu'un de plus compétent sur le coup. Si possible un homme.

"Si, en fait, j'ai réussi à résoudre le problème. C'était un peu sioux, mais je suis parvenue à régler... Bon, je ne vais pas vous ennuyer avec les détails. Mais je crois que je suis arrivée le plus près de la voix originale qu'il soit possible avec les techniques disponibles aujourd'hui.

— Ah... ah bon..."

Mellberg ne savait pas trop quoi dire. Il avait déjà imaginé le discours qu'il voulait tenir à son chef.

"Bon, écoutons voir, dit-il ensuite. Qui sait qui se cache derrière les voiles de l'anonymat ?

— Si vous voulez, je peux vous passer l'appel tout de suite, au téléphone, puis je vous envoie le fichier par mail ?

— Oui, très bien.

— OK, alors ça tourne."

Il entendit une voix dans l'écouteur, elle prononçait les mêmes mots que ceux que Mellberg avait entendus. Mais la voix anonyme n'était plus sombre et pâteuse, mais aiguë et claire. Mellberg fronça les sourcils en essayant d'entendre un signe particulier. Il ne pouvait pas dire qu'il la reconnaissait du premier coup, ça aurait sans doute été trop beau.

"Envoyez ça à cette adresse", dit-il, une fois terminé le bref enregistrement.

Il récita son adresse et raccrocha. Une minute seulement après, son ordinateur bipa pour signaler l'arrivée du fichier. Il l'écouta plusieurs fois. Une idée commençait à se profiler. Un bref instant, il envisagea de vérifier d'abord avec Patrik, mais ce dernier était sorti avec Gösta acheter de quoi déjeuner, et ç'aurait été dommage de les déranger. Et l'idée était géniale, alors pourquoi Patrik aurait-il la moindre objection ? Et puis Patrik avait convoqué une réunion à deux heures, il pourrait aussi bien l'informer à ce moment. Il imaginait déjà les compliments que lui vaudrait cette initiative. C'était là ce qui distinguait un bon flic d'un flic brillant : penser en dehors de la boîte. Trouver d'autres angles d'attaque. Sortir des sentiers battus et utiliser les techniques modernes. Avec un sourire satisfait, Mellberg composa un numéro qu'il avait conservé dans son mobile. Maintenant, on allait mettre le turbo.

"Tu t'en sors de mieux en mieux, dit Sam en corrigeant légèrement la posture de Jessie. Mais tu serres toujours un peu trop fort et trop vite quand tu appuies sur la détente, tu dois caresser la gâchette."
Jessie hocha la tête. Elle était concentrée sur la cible accrochée à l'arbre. Cette fois, elle caressa vraiment la détente, et la balle toucha presque dans le mille.
"Tu déchires", dit-il.
Et il était sincère. Elle avait ça en elle. Un feeling naturel du but à viser. Mais tirer sur une cible fixe ne suffirait pas.
"Tu dois aussi t'entraîner sur cible mobile, dit-il, et elle hocha la tête.
— Oui, je comprends. Comment fait-on ? Comment as-tu fait ?
— Des animaux, dit-il en haussant les épaules. Papa m'a fait tirer sur des écureuils, des souris, des oiseaux. En gros, tout ce qui se présentait.
— Très bien. On fait comme ça."
L'acier dans le regard de Jessie lui donnait envie de la prendre dans ses bras et de la serrer contre lui. Toute douceur avait disparu chez elle. Il savait qu'elle ne mangeait pas comme il fallait. Rien que durant les quelques jours passés depuis le week-end, son visage avait perdu un peu de sa rondeur. Ça ne faisait rien. Il l'aimait, sous toutes ses variantes. Il avait aimé sa naïveté, mais le nouveau regard qu'elle portait sur le monde correspondait mieux au sien.
Il avait le même noyau dur, et ce serait leur force. Il avait déjà franchi la frontière. La retraite était coupée, il ne pourrait jamais revenir en arrière. Tout avait un point de rupture. Les personnes aussi. Il avait dépassé le sien le premier et, à présent, Jessie l'avait suivi dans la même zone frontière.
C'était bon de ne plus y être seul.
Il savait qu'il fallait tout lui dire. Qu'il devait déposer à ses pieds ses secrets les plus noirs. C'était l'unique chose dont il

avait encore peur. Il ne pensait pas qu'elle le jugerait. Mais il ne savait pas. Une partie de lui ne souhaitait encore qu'oublier, tandis qu'une autre savait qu'il lui fallait se souvenir, car cela l'aiderait à avancer dans la bonne direction. Impossible de faire du sur-place. Impossible de s'arrêter. Impossible de continuer à n'être qu'une victime.

Il prit son sac à dos et en sortit son carnet. Le moment était enfin venu de lui parler de ses plus profonds secrets. Elle était prête.

"Il y a quelque chose que je veux te montrer, dit-il. Quelque chose que je dois faire."

BOHUSLÄN 1672

Une longue cohorte de témoins défila. Le garde-côte raconta comment Elin lui avait jeté un sort et comment son cheval avait été soufflé hors du chemin. Des voisins de Fjällbacka et des gens de Tanumshede attestèrent qu'elle avait utilisé les forces magiques du diable pour guérir et soigner. Puis ce fut le tour de Britta. Belle et pâle, elle traversa la salle et s'assit tout devant. Elle avait l'air triste, mais Elin savait qu'elle jouissait de son œuvre. Après tant d'années, elle avait enfin fait d'Elin ce qu'elle voulait.

Britta baissa le regard, ses longs cils sombres ressemblaient à des papillons posés sur sa joue. La rondeur du ventre se devinait sous la jupe, mais on ne voyait encore rien sur son visage, toujours fin et aux traits ciselés.

"Britta peut-elle nous parler un peu d'elle ?" dit Hierne en lui souriant.

Il était autant sous son charme que lors de cette soirée au presbytère, nota Elin.

Ça n'allait pas arranger son affaire, elle le comprenait, mais il n'y avait de toute façon aucun salut pour elle. Ce que Britta avait à dire était au fond sans importance. Mais Britta n'aurait jamais renoncé à cet instant, elle le savait aussi.

"Je suis la sœur d'Elin, ajouta-t-elle. Nous avons le même père, mais pas la même mère.

— Et Elin a habité chez Britta après la mort de son mari ? Britta et son époux, le pasteur Preben Willumsen, ont généreusement ouvert leur foyer à Elin et à sa fille Märta ?"

Britta sourit timidement.

"Oui, nous étions d'accord qu'il fallait aider Elin et la gentille petite Märta quand Per s'est noyé. Nous sommes quand même de la famille, c'est ce qui se fait."

Les yeux de Hierne brillèrent quand il la regarda.

"En vérité une offre généreuse et pleine d'amour. Et vous ne saviez pas que…

— Non, nous ne savions pas…"

Britta secoua vivement la tête et renifla.

Hierne sortit un mouchoir de sa poche et le lui tendit.

"Quand Britta a-t-elle commencé à le remarquer ?

— Cela a mis du temps, c'est ma sœur et on ne veut pas croire que…"

Britta renifla à nouveau.

Puis elle se redressa, et leva le menton.

"Elle a commencé à me donner des décoctions tous les matins. Pour m'aider à concevoir. Et je lui étais reconnaissante pour son aide, je savais qu'elle avait assisté d'autres femmes au village. Chaque matin, je buvais cette infâme potion. Elin murmurait quelque chose au-dessus avant de me la donner à boire. Mais les mois passaient et rien ne se produisait. J'ai plusieurs fois demandé à Elin si c'était vraiment utile, mais elle a insisté en disant que ça allait s'arranger et que je ferais mieux de continuer à prendre ce breuvage.

— Mais Britta a fini par se douter de quelque chose ?"

Hierne se pencha vers Britta, qui hocha la tête.

"Oui, j'ai fini par deviner que ce n'était pas Dieu qui agissait derrière Elin, mais des forces obscures. Nous… nous avions au domaine un animal qui avait disparu. Un chat. Viola. Je l'ai retrouvé pendu par la queue derrière notre maison, devant la fenêtre de ma chambre. Et alors, j'ai su. Et j'ai commencé à jeter la potion en cachette, dans le dos d'Elin. Et dès que j'ai arrêté d'en prendre, j'ai été enceinte."

Elle se caressa le ventre.

"Alors j'ai compris qu'Elin n'avait pas du tout voulu m'aider à avoir un enfant. Au contraire. Elle voulait m'empêcher de tomber enceinte.

— Et pourquoi, Britta ?

— Elin a toujours été jalouse de moi. Sa mère est morte quand elle était petite, et la mienne était la préférée de notre père. Et, c'est vrai, père tenait à moi comme à la pupille de ses yeux. Je n'y pouvais rien, mais Elin m'en a toujours voulu. Elle voulait toujours avoir tout ce que j'avais, et ça n'a bien sûr fait qu'empirer quand j'ai épousé un pasteur et qu'elle a dû se contenter d'un pauvre pêcheur. Alors je suppose qu'Elin ne voulait pas m'accorder un enfant. Je crois aussi qu'elle voulait me prendre mon mari."

Elle embrassa la salle du regard.

"Imaginez le triomphe que ç'aurait été pour le diable. Si sa putain avait réussi à séduire un homme d'Église. Heureusement, Preben est d'un fort caractère, et ses sournoiseries et son art de la séduction n'ont pas eu prise sur lui."

Elle regarda Preben en souriant et croisa brièvement son regard avant qu'il ne baisse les yeux. Elin le dévisagea. Comment pouvait-il rester comme ça sans rien faire ? Écouter ces mensonges ? D'après ce qu'elle avait compris, il n'allait pas témoigner. Cette épreuve serait épargnée au pasteur. Et c'était tant mieux, car elle ne savait pas comment elle aurait supporté de le voir là, à la barre des témoins, mentir lui-même, plutôt que de laisser Britta le faire à sa place.

"Parlez-nous de la marque du diable", dit Hierne.

Le public écoutait avec recueillement. Ils avaient entendu parler de ça. Que le diable laissait une marque sur le corps de ses femmes. Un signe. Elin Jonsdotter en avait-elle un ? Et dans ce cas, où ? Ils attendaient impatiemment la réponse de Britta.

Elle hocha la tête.

"Oui, elle a une marque juste sous un sein. Couleur de feu. Qui a la forme du Danemark."

Elin eut le souffle coupé. Elle était à peine visible quand elles étaient petites. Elle pouvait difficilement savoir qu'elle avait la forme du Danemark. Une seule personne pouvait avoir fait cette comparaison.

Preben.

Il avait donné à Britta cette preuve contre Elin. Elle tenta de forcer Preben à croiser son regard, mais ce misérable restait les yeux fixés à terre. Elle aurait voulu se lever et tout dire, mais elle savait que c'était vain. Personne ne la croirait. À leurs yeux, elle était une sorcière.

Tout ce qu'elle pouvait faire, désormais, était de ne pas empirer les choses pour Märta. La fillette n'avait plus que Britta et Preben. Elle n'avait aucun autre parent, aucune autre famille. Elle pouvait juste espérer que Britta et Preben laisseraient Märta grandir chez eux. Alors elle se tut. Pour Märta.

Tandis que Britta continuait à parler de la marque du diable sur son corps, et mille autres mensonges qui l'un après l'autre scellaient son sort, Elin aspirait à voir ce procès finir. Elle allait à la mort, elle le savait à présent. Mais elle avait encore l'espoir d'une bonne vie pour sa fille. Märta était tout. Rien d'autre n'avait d'importance.

"Les lignes commencent à bouger", dit Patrik, ressentant le chatouillement familier qu'il avait au ventre quand une enquête commençait lentement à se dénouer.

C'était une partie de l'intérêt de ce travail. Tout pouvait sembler inextricable et, l'instant d'après, c'était le fameux effet ketchup : toutes les pièces du puzzle se mettaient en place.

"Pedersen a appelé. Vous n'allez pas le croire, mais la balle disparue a été retrouvée dans le cercueil. Une négligence lors de la première autopsie a fait qu'elle y est restée.

— C'est donc pour ça que personne n'en trouvait trace aux archives ? dit Gösta.

— Se lamenter sur le passé ne sert à rien, dit Patrik. L'important, c'est que la balle soit retrouvée. Et j'ai eu un premier rapport de Torbjörn. C'est une balle chemisée calibre .45. Je pourrais vous exposer en détail ce que cela implique, mais vous vous y connaissez sûrement mieux que moi. L'information importante est que cette balle a été tirée par un colt.

— Est-ce que cela confirme la thèse selon laquelle le suicide de Leif était en fait un meurtre ?" demanda Martin.

Patrik réfléchit un instant. Dans une enquête, il était de la plus haute importance de ne jamais tirer de conclusions hâtives, aussi plausibles qu'elles paraissent. Mais il finit par dire :

"Leif était gaucher, mais la balle est entrée par la tempe droite, et il tenait un pistolet dans la main droite. L'arme en question était la sienne, un Walther PPK, calibre .32. La balle de .45 retrouvée dans le cercueil ne peut donc pas avoir été tirée par cette arme. Voilà pourquoi j'ose affirmer avec la plus grande certitude qu'il s'agit d'un meurtre, pas d'un suicide. Et nous avons aussi un suspect. Leif a noté *JJ* dans son agenda, et nous connaissons un James Jensen qui possède un colt M1911 qui irait très bien avec la balle de .45 qu'on a retrouvée avec le corps, enfin ce qu'il en restait.

— Oui, il nous a fièrement montré son arme favorite quand nous l'avons rencontré, dit Paula d'un air sombre.

— Quelles possibilités avons-nous de le relier à cette balle ? Et au meurtre de Leif ? demanda Gösta. Ce ne sont que des suppositions. Il existe sûrement des milliers de possesseurs de colt en Suède, légaux et illégaux. Et que *JJ* signifie James Jensen n'est que notre hypothèse, rien n'est prouvé.

— Il faut réussir à relier la balle à l'arme, dit Patrik d'une voix traînante. Je doute que nous obtenions du procureur un mandat de perquisition sur la seule base de ce que nous avons, la question clé est donc : comment relier la balle et l'arme ?"

Paula leva la main. Patrik hocha la tête.

"Il s'entraîne au tir dans une parcelle publique. Il était en train de tirer avec le colt à notre arrivée dans la forêt, Gösta et moi. Il doit y avoir des quantités de balles perdues tirées par cette arme, que nous devrions pouvoir ramasser sans la moindre autorisation.

— Génial, dit Patrik. Alors on fait comme ça. Gösta et toi vous rassemblez des balles pour qu'on puisse faire une analyse des rayures."

Patrik regarda son téléphone. Neuf appels manqués. Qu'est-ce que c'était que ça ? Il reconnaissait quelques-uns des numéros et essaya de comprendre ce qui pouvait avoir provoqué cet assaut de la presse du soir. Il finit par demander une minute pour écouter son répondeur. Après avoir raccroché, il fusilla Mellberg du regard.

"Visiblement, nous avons lancé un appel au public pour l'identification d'une voix ? Le fichier son est sur le site de l'*Expressen*. Quelqu'un est au courant ?"

Mellberg se poussa du col.

"Oui, j'ai reçu le fichier pendant que vous étiez sortis. Et figurez-vous que c'est une femme qui avait trouvé la solution technique."

Il regarda alentour avec enthousiasme, sans recueillir l'écho qu'il escomptait.

"Bon, je n'ai pas moi-même reconnu la voix, continua-t-il, alors je me suis dit qu'on avait besoin d'aide, et le public est quand même une ressource : j'ai donc pris l'initiative d'appeler un contact à la rédaction de l'*Expressen*, et ils voulaient bien nous aider ! Il n'y a plus qu'à attendre que les tuyaux affluent."

Il se pencha en arrière, content de lui.

Patrik compta lentement en silence jusqu'à dix, puis choisit la loi de la résistance minimale. Il inspira à fond.

"Bertil…", commença-t-il, sans savoir comment continuer.

Il y avait tant de choses qu'il aurait voulu mais ne devait pas dire. Ça n'aurait tout simplement pas été productif.

Il prit son élan.

"Bertil. Bon, alors tu t'occuperas de trier les tuyaux."

Mellberg hocha la tête en levant le pouce.

"Je vous dis dès que je l'ai dans le collimateur", fit-il gaiement. Patrik se força à sourire.

Il interrogea du regard Mellberg, qui lui retourna le même regard interrogatif.

"Oui ?

— Tu ne crois pas que ce serait une bonne idée qu'on puisse aussi écouter, nous autres ?

— Euh, oui, merde, dit Mellberg en attrapant son téléphone. J'ai envoyé le fichier sur mon portable. Je vous ai dit que c'était une bonne femme qui l'avait décodé ?

— Oh oui, tu l'as mentionné, dit Patrik. On peut écouter, maintenant ?

— Oui, oui, c'est terrible ce que vous êtes impatients", dit Mellberg en allumant son téléphone.

Il se gratta la tête.

"Comment il faut faire, déjà, pour sortir ce fichier ? Ces maudits téléphones modernes…

— N'hésite pas à dire, si tu as besoin de l'aide d'une bonne femme", susurra Paula.

Mellberg fit semblant de ne pas entendre et continua à chercher.

"Voilà !" triompha-t-il.

Tous tendirent l'oreille.

"Alors ? demanda Mellberg. Quelqu'un reconnaît la voix ? Ou entend quelque chose d'intéressant ?

— Non..., dit Martin d'une voix traînante. Mais on dirait une personne jeune. Et d'après le dialecte, je dirais que c'est quelqu'un de la région.

— Vous voyez ! Vous non plus, vous n'avez aucune idée. Une sacrée chance que j'aie déjà publié ça !" se rengorgea Mellberg en écartant son téléphone.

Patrik l'ignora.

"Bon. Continuons. Erica a téléphoné tout à l'heure, elle a probablement réussi à trouver ce que signifie *SS* dans l'agenda. Ce matin, elle a interviewé Sanna Lundgren pour son livre. Sanna Lundgren, autrefois Sanna Strand... C'est probablement elle qui est désignée par *SS*, car elle dit que Leif lui avait donné rendez-vous une semaine avant sa mort.

— Que lui voulait-il ? s'enquit Gösta.

— Eh bien..."

Patrik tarda, il ne savait pas lui-même quelle logique trouver à ce qu'Erica lui avait raconté, et il ne savait pas bien comment présenter ça à ses collègues.

"Eh bien, Leif voulait en savoir plus sur un copain imaginaire que Stella avait quand elle était petite..."

Martin toussa en avalant son café de travers. Il regarda Patrik, incrédule.

"Un copain imaginaire ? Pourquoi ?

— Ça..., dit Patrik en écartant les mains. Il voulait en savoir plus sur ce copain imaginaire que Stella appelait le Bonhomme vert.

— Tu plaisantes ! dit Mellberg en éclatant de rire. Le Bonhomme vert ? Un copain imaginaire ? Ça semble complètement dingue !"

Patrik l'ignora à nouveau.

"D'après Sanna, Stella allait souvent jouer en forêt, et parlait alors d'un copain imaginaire qu'elle y avait, continua-t-il. Elle l'appelait le Bonhomme vert, et Sanna en a parlé à la police juste après la découverte du corps de Stella, mais personne ne l'a prise au sérieux. Des années après, Leif l'a malgré tout contactée pour l'interroger à ce sujet. Sanna ne se souvient pas exactement du jour de leur entrevue, mais cela semble correspondre à la date où Leif a noté SS dans son agenda. Une semaine plus tard, elle a appris qu'il s'était suicidé. Elle n'avait pas réfléchi à ce sujet avant qu'Erica ne commence à poser des questions sur Stella.

— On va partir à la chasse d'un putain de conte de fées ?" ricana Mellberg, un sourire en coin.

Mais personne d'autre ne sourit. Patrik lorgna son téléphone. Encore douze appels manqués. Comme s'ils n'avaient pas assez de problèmes.

"Il doit y avoir quelque chose derrière tout ça, dit Patrik. Gardons l'esprit ouvert, il est possible que Leif ait découvert quelque chose d'important.

— Que faisons-nous de James ? demanda Gösta, en leur rappelant qu'ils n'en avaient pas fini avec ce point.

— Rien, pour le moment, répondit tranquillement Patrik. Paula et Martin doivent d'abord ramasser leurs balles."

Il comprenait leur impatience. Lui-même aurait voulu cueillir James sur-le-champ, mais sans preuve, ils ne pourraient jamais le coincer.

"Nous avons un autre point important à aborder, dit Paula. J'ai parlé avec la vieille dame voisine des Berg. Lors de notre première visite, elle nous avait dit ne rien avoir remarqué de particulier le matin de la disparition de Nea. Mais là, elle s'est avisée de nous montrer le carnet où elle note tout ce qui se passe devant la fenêtre de sa cuisine. Martin et moi sommes allés le chercher et, à première vue, il semble qu'elle ait raison. Je ne vois rien à signaler."

Paula hésita.

"Mais il y a quelque chose qui cloche, je n'arrive juste pas à savoir quoi.

— Continue à travailler là-dessus, dit Patrik. Tu sais comment c'est : tôt ou tard, on finit par trouver.

— Oui, dit Paula, semblant hésiter. J'espère.

— Et le mobile ?" dit à mi-voix Martin. Quand tous se furent tournés vers lui, il développa son raisonnement. "Oui, si nous supposions que James a abattu Leif : pourquoi ?"

Un long silence s'installa. Patrik réfléchit. Il avait passé beaucoup de temps à tourner cette même question dans tous les sens, sans arriver à rien. Il finit par dire :
"Commençons par lier James à la balle. Ensuite, nous partirons de là.

— On y va tout de suite", dit Gösta en regardant Paula.

Elle bâilla, mais hocha la tête.

"Veillez bien à collecter le matériel dans les règles, dit Patrik. Emballage, marquage, documentation : évitons qu'on vienne plus tard nous attaquer sur nos méthodes, au procès.

— Promis, dit Gösta.

— Je peux y aller aussi, dit Martin. Mes contacts chez les groupuscules racistes ne donnent rien. Personne ne sait rien sur l'incendie. Enfin, c'est ce qu'ils disent.

— Vas-y, dit Patrik. C'est notre meilleure piste pour le moment. Ensuite, je crois qu'il pourrait y avoir quelque chose derrière les questions que se posait Leif, sur ce copain imaginaire de Stella. Gösta, ça te dit quelque chose ? En rapport avec l'ancienne enquête ?"

Gösta fronça fortement les sourcils. D'abord il fit mine de secouer la tête, puis son regard s'éclaira et il leva les yeux.

"Marie. On a bien sûr parlé du fait qu'elle affirme que quelqu'un les avait suivies dans la forêt. À l'époque, le jour de la mort de Stella. Je sais que c'est un peu tiré par les cheveux – mais est-ce que ça pourrait avoir un rapport ? Est-ce que le copain imaginaire de Stella aurait pu être une personne réelle ?

— James ?" dit Paula.

Tous les regards se tournèrent vers elle. Elle haussa les épaules.

"Réfléchissez-y. James est militaire. Quand Sanna dit le Bonhomme vert, je pense spontanément à des vêtements verts. Une tenue militaire. Est-ce possible que ce soit James que Stella avait l'habitude de rencontrer ? Et James peut-il avoir été celui que Marie dit avoir entendu en forêt ?

— Ce ne sont que des suppositions…", dit lentement Patrik.

Ça semblait fou. Mais pas complètement idiot.

Il jeta un œil sur son téléphone, qui affichait vingt autres appels manqués.

"Pendant que les autres vont collecter des preuves, il faut qu'on ait une petite discussion, toi et moi, Bertil", soupira-t-il.

Anna était de plus en plus nerveuse. Trop d'inconnus maintenant, trop de choses qui pouvaient mal tourner. Et elle avait remarqué qu'Erica se doutait de quelque chose. Elle avait vu le regard inquisiteur de sa sœur, mais Erica n'avait encore rien dit.

Dans la cuisine, Dan sifflotait en préparant un déjeuner tardif. Il se chargeait de plus en plus de tâches ménagères maintenant qu'elle grossissait à vue d'œil, mais elle savait qu'il le faisait avec joie. Ils avaient été si près de tout perdre, mais ils avaient désormais retrouvé leur quotidien, leur famille, leur couple. Les cicatrices du cœur étaient toujours là, chez lui comme chez elle, mais ils avaient appris à vivre avec. Et celles qui étaient visibles, elle les avait acceptées. Ses cheveux avaient repoussé et ses cicatrices pâlissaient de plus en plus. Elles seraient toujours visibles, même si elle pouvait les maquiller, si elle voulait. Mais elle ne choisissait pas toujours de le faire. Ces cicatrices faisaient partie d'elle.

Dan lui avait un jour demandé comment elle avait fait pour ne pas devenir aigrie. La vie avait tourné si différemment pour elle et pour Erica. Parfois, il semblait qu'elle attirait les ennuis, alors qu'Erica vivait en harmonie. Mais Anna savait que ce n'était pas si simple. Il aurait été facile de tomber dans le piège, de se lamenter sur son sort et d'envier Erica. Mais cela aurait aussi signifié qu'elle refusait d'assumer sa propre responsabilité dans les orientations de sa vie. C'était elle qui avait choisi Lucas, le père de ses enfants. Personne d'autre. C'était elle qui avait ignoré les avertissements d'Erica. Personne d'autre. Elles avaient toutes les deux été impliquées dans l'accident qui avait couvert son corps de cicatrices, c'était seulement la malchance qui lui avait fait perdre, à elle, l'enfant qu'elle portait. Ce qui avait failli détruire l'amour de Dan et le sien, c'était bien sa faute à elle, et à elle seule, elle avait passé de longues heures à ruminer sa culpabilité. Non, elle n'avait jamais ressenti la moindre amertume ou envie. Erica s'était occupée d'elle et avait veillé sur elle depuis qu'elle était petite, et cela avait souvent dû être pour elle un lourd fardeau. Anna avait pu avoir une enfance aux frais d'Erica, ce dont elle lui serait à jamais reconnaissante.

Mais aujourd'hui, elle avait rompu une promesse faite à sa sœur. La promesse de ne plus avoir de secrets pour elle. Elle entendit des bruits de vaisselle entrechoquée : Dan mettait le couvert, et s'était à présent mis à chanter avec la radio. Elle enviait son insouciance, son attitude décontractée en toutes circonstances, elle qui s'inquiétait de tout. Et elle se demandait si c'était vraiment la bonne décision. Elle avait peur de blesser, et se sentait déjà en terrain glissant, du seul fait de devoir mentir. Mais il était trop tard, à présent. Elle se leva péniblement du canapé. En entrant dans la cuisine, à la vue du sourire de Dan, une chaleur se répandit dans son corps et son inquiétude s'apaisa un moment. Malgré tout ce qu'elle avait traversé, elle se comptait parmi les bien loties. Et quand les enfants accoururent de différents coins de la maison et de leurs jeux dehors, elle se sentit comme une millionnaire.

"Tu crois que c'est James qui a assassiné Stella ? demanda Paula en regardant le profil de Gösta. Et qu'il a tué Leif parce que Leif allait le démasquer ?"

Il avait demandé à conduire, et elle lui avait à contrecœur laissé le volant, même si elle savait qu'il roulerait à une allure d'escargot jusqu'à Fjällbacka.

"Je ne sais que croire, dit Gösta. Dans mon souvenir, il n'a jamais été question de lui dans les spéculations qui ont accompagné la première enquête. C'est peut-être dû au fait que Leif s'est tout de suite concentré sur les deux filles, qui ont ensuite avoué. Il n'y a jamais eu de raison d'envisager autre chose. Et cette déclaration de Marie, comme quoi elle avait vu quelqu'un dans la forêt, elle ne l'a pas faite avant de se rétracter, nous avons donc pensé que c'était la tentative maladroite d'une enfant pour brouiller les pistes.

— Tu connaissais le personnage ? À l'époque ?" demanda Paula en s'apercevant qu'elle écrasait du pied droit un accélérateur imaginaire.

Mon Dieu, comme il conduisait lentement et prudemment. Elle préférait encore un fou du volant comme Patrik.

"Oui, bien sûr, à Fjällbacka, à peu près tout le monde se connaît. Et James a toujours été une figure. Son grand but dans la vie était d'être soldat et, si je me souviens bien, il a fait son service dans une unité de choc, tu sais, genre plongeur de combat ou parachutiste, puis a continué dans la carrière militaire.

— Je trouve très bizarre cette façon de se marier avec la fille de son meilleur copain, dit Martin depuis la banquette arrière. Et avec cette différence d'âge.

— Oui, tout le monde s'est étonné", dit Gösta.

Il ralentit, mit le clignotant et finit par tourner sur le chemin de gravier.

"Personne n'avait vu James avec la moindre petite amie jusque-là, alors ça avait fait l'effet d'une surprise. Et Helen n'avait que dix-huit ans. Mais tu sais ce que c'est. Les gens commencent par en faire tout un plat, puis ils ont d'autres chats à fouetter et, à la fin, les choses les plus bizarres sont acceptées et trouvées normales. La naissance de Sam a également mis les ragots en veilleuse. Et ils sont mariés depuis longtemps, maintenant, donc ça a visiblement dû marcher."

Il stoppa la voiture.

Ils avaient décidé de ne pas annoncer leur venue à James, aussi Gösta s'était-il garé à bonne distance de la maison pour qu'ils puissent couper à travers bois jusqu'à la zone d'entraînement sans être vus.

"Que fait-on s'il est là ?

— Eh bien, on lui explique, tout simplement. En espérant qu'il n'y ait pas de complications. Nous avons parfaitement le droit de ramasser ce que nous voulons.

— Oui, mais je ne tiens pas spécialement à me retrouver nez à nez avec un fou de guerre, éventuellement doublé d'un assassin, au moment où nous cherchons des preuves pour le faire plonger.

— Allez, quoi, tu pouvais aussi rester au commissariat", dit Paula en s'enfonçant la première dans la forêt.

Ils s'arrêtèrent une fois à la clairière. Dieu merci, Paula ne vit pas l'ombre de James, mais elle commença en revanche à mesurer l'ampleur de la tâche qui les attendait. Des années d'entraînement au tir avaient généré un amoncellement de balles et de douilles de toutes sortes. Paula n'était pas experte en armes, mais elle comprenait en tout cas qu'un véritable arsenal avait été utilisé ici.

Gösta regarda autour de lui, puis se tourna vers Martin et Paula.

"Est-ce que tout ça ne nous donnerait pas une raison de penser que des armes non autorisées sont conservées chez James ? Nous pouvons le rattacher à ce lieu, et savons qu'il s'y est entraîné au tir. Et quand je vois toutes ces douilles et ces cartouches, je me dis qu'il possède probablement des armes non enregistrées.

— Il a un permis pour un colt, un Smith & Wesson et un fusil de chasse, dit Martin. J'ai vérifié.

— J'appelle Patrik pour voir si c'est suffisant pour un mandat de perquisition. Vous faites des photos, en attendant, avant qu'on commence à toucher à tout ?

— Bien sûr", dit Paula en sortant deux appareils photo pour Martin et elle.

Ce n'était pas exactement le dernier modèle du marché, mais ils feraient l'affaire.

Gösta s'écarta pour téléphoner, mais revint vite.

"Il voit avec le procureur. Mais Patrik pense que ce qu'on a ici plus la balle dans le cercueil devraient suffire pour nous permettre d'aller jeter un coup d'œil chez James.

— Qu'est-ce que vous pensez qu'on va trouver ? demanda Martin. Des mitraillettes ? Des fusils d'assaut ?"

Il s'accroupit et regarda les tas de douilles et de cartouches qui jonchaient le sol.

"Oui, quelque chose dans ce goût-là, opina Paula en continuant de photographier.

— Il faut dire que ça ne met pas trop à l'aise d'imaginer James avec un MP5, dit Gösta.

— Il aurait été difficile de conclure au suicide s'il avait utilisé un pistolet-mitrailleur, dit Paula. Mais ça lui est certainement aussi arrivé.

— Kurt Cobain s'est tué avec un pistolet à grenaille de marque Remington", dit Martin.

Paula le regarda avec étonnement : elle ne lui imaginait pas ce genre de connaissances.

Le téléphone de Gösta sonna, il répondit :

"Salut Patrik."

Il leva la main vers Paula et Martin pour faire cesser leur ramassage. Quand il eut raccroché, il dit :

"Le procureur veut une équipe technique ici. Les initiatives individuelles ne sont pas les bienvenues.

— OK, dit Paula, dépitée. Est-ce que ça signifie qu'il nous délivre un mandat ?

— Oui, répondit Gösta. Patrik arrive. Il veut être avec nous quand on entre.

— Et Mellberg ?" s'inquiéta Paula.

Gösta secoua la tête.

"Non, il a visiblement déclenché le chaos en remettant ce fichier son à l'*Expressen*. Il est entièrement occupé à donner des interviews. Et Annika croule sous les tuyaux. Tout le monde croit reconnaître la voix. La liste des noms ne fait que croître.

— Ça ne m'étonnerait pas que, pour une fois, le vieux schnock ait vu juste, grommela Paula. Ça pourrait donner quelque chose. Seuls, nous n'aurions eu aucune chance d'identifier la voix.

— Qu'est-ce que Patrik a dit, au sujet de James ? demanda Martin en regagnant lentement la voiture.

— On le ramène pour interrogatoire après avoir fouillé la maison. Mais l'un de nous attend dehors avec lui.

— Je peux m'en charger, proposa Martin. Je suis curieux."

Nils mordilla l'oreille de Vendela. D'habitude, cela la faisait frissonner de volupté, mais là, elle ne ressentait que de la gêne. Elle ne voulait pas l'avoir ici, dans son lit.

"Enfin, quand Jessie…, commença-t-il.

— Que vont dire les parents de Basse, à leur retour, à ton avis ?" demanda-t-elle en s'éloignant un peu de Nils.

Elle ne voulait pas parler de Jessie. C'était son idée, tout s'était passé exactement comme prévu, et pourtant, cela lui faisait une impression bizarre. Elle avait voulu punir Marie. Punir sa fille. Pourquoi n'était-elle pas contente ?

"Bon, ça fera moins d'argent de poche pour Basse à partir de maintenant", dit-il avec un sourire.

Il lui caressa le ventre, et elle sentit un malaise soudain.

"Tu crois qu'il va nous dénoncer ? dit-elle.

— Jamais. Il doit vouloir autant que possible faire profil bas."

Ils avaient fermé la porte de la chambre. Laissé Basse avec Jessie évanouie. À ce moment-là, alors que Vendela était au sommet de l'ivresse, ça lui avait semblé juste, mais maintenant... maintenant, elle avait l'impression qu'ils couraient à l'abîme.

"Tu crois qu'elle va en parler à quelqu'un ? À sa mère ?"

C'était pourtant ce qu'ils voulaient. Les punir toutes les deux.

"Tu crois vraiment qu'elle veut que ça se répande encore davantage ? dit Nils. Tu es folle ?

— Sam et elle ne risquent pas de se pointer, samedi."

Ça, au moins, c'était un succès. Avoir poussé Jessie à ne plus jamais oser se montrer.

Nils lui mordilla à nouveau l'oreille et lui saisit les seins, mais elle le repoussa. Pour une raison x, elle ne voulait pas de lui ce soir.

"Elle a dû tout raconter à Sam. Ce n'est pas bizarre qu'il ne soit pas furax ?"

Nils soupira et entreprit d'ôter son short.

"On s'en fout, de ce connard de Sam. On s'en fout, de cette grosse dégueulasse. Tais-toi, et suce-moi plutôt..."

Avec un gémissement, il lui poussa la tête vers le bas.

Helen leva les yeux quand les voitures s'engagèrent dans l'allée. La police. Que pouvaient-ils vouloir ? Et maintenant ? Elle alla ouvrir la porte d'entrée avant qu'ils n'aient le temps de frapper.

Patrik Hedström était là avec Paula, Martin et un policier plus âgé qu'elle n'avait encore jamais rencontré.

"Bonjour, Helen, dit Patrik. Nous avons un mandat de perquisition. James est là ? Et votre fils ?"

Ses genoux fléchirent, et Helen dut se tenir au mur. Elle hocha la tête, tandis que des souvenirs vieux de trente ans déferlaient sur elle. La voix du policier avait le même ton que celle de Patrik. La gravité. Le regard perçant qui semblait vouloir lui arracher la vérité. L'air dans la salle d'interrogatoire, étouffant, irrespirable. La lourde main de son père sur son épaule. Stella. La petite, petite Stella. Ses cheveux cuivrés qui ondulaient devant eux tandis qu'elle sautillait plus qu'elle ne marchait, heureuse de partir à l'aventure avec deux grandes. Toujours curieuse. Toujours partante.

Helen vacilla et s'aperçut que Patrik lui parlait. Elle se força à se ressaisir.

"James est dans son bureau, Sam dans sa chambre."

Sa voix était étonnamment normale, malgré son cœur qui battait à tout rompre.

Elle s'écarta pour les laisser entrer. Ils se mirent à parler avec James dans le bureau, et elle alla elle-même appeler Sam.

"Sam, tu peux descendre ?"

Un grognement renfrogné lui répondit mais, une minute plus tard, il descendit l'escalier en traînant les pieds.

"La police est là", dit-elle en croisant son regard.

Ses yeux bleus au milieu de tout ce noir n'exprimaient rien. Ils étaient absolument vides. Elle frissonna, aurait voulu tendre la main vers lui, caresser sa joue en lui disant que tout allait bien se passer. Qu'elle était là. Comme elle l'avait toujours été. Mais elle resta là, bras ballants.

"Nous aimerions que vous sortiez, dit Paula en leur ouvrant la porte. Vous ne pourrez plus revenir dans la maison avant que nous ayons fini.

— De... de quoi s'agit-il ? demanda Helen.

— Nous ne pouvons pas le dire pour le moment."

Helen sentit son cœur revenir lentement à la normale.

"Vous pouvez vous-mêmes décider quoi faire, continua Paula. Si vous voulez vous rendre chez un ami ou un membre de la famille en attendant. Ça peut être long.

— Bon, moi, je reste", dit James.

Elle n'osait pas le regarder. Son cœur battait si fort qu'elle crut qu'il allait exploser hors de sa poitrine. Elle poussa Sam, immobile dans l'entrée.

"Allez, viens, on sort."

Malgré la chaleur, être dehors était un soulagement, et elle inspira plusieurs fois à fond. Elle prit Sam par le bras, mais il se dégagea.

Sous le soleil dans la cour, elle regarda son fils, le regarda vraiment, pour la première fois depuis longtemps. Son visage était si blanc en contraste avec ses cheveux noirs et son maquillage noir autour des yeux. Les années avaient si vite passé. Où était passé le bambin dodu au rire pétillant ? Mais elle le savait bien. Elle avait laissé James effacer jusqu'à la dernière trace du garçon et de l'homme qu'il aurait pu devenir. Lui faire sentir qu'il n'était pas à la hauteur. La vérité était qu'ils restaient là parce qu'ils n'avaient nulle part où aller. Pas d'amis. Pas de famille. Juste maman, qui ne voulait jamais d'ennuis.

Helen et Sam. Ils avaient vécu dans leur bulle.

À l'intérieur de la maison, elle entendait la voix indignée de James. Elle savait qu'elle aurait dû s'inquiéter. Un de tous ces secrets qui constituaient le socle même de leur vie allait à présent être révélé. Elle leva la main pour caresser la joue de Sam. Il se détourna et elle rabaissa lentement la main. Une seconde, elle vit Stella se retourner vers elle dans la forêt. Ses cheveux cuivrés brûlaient sur sa peau blanche. Puis elle avait disparu.

Helen prit son téléphone. Elle n'avait qu'un endroit où aller.

"Jessie, j'y vais !"

Marie resta quelques secondes en bas de l'escalier, mais aucune réponse. Jessie était dans une phase où elle passait le peu d'heures où elle était à la maison enfermée dans sa chambre. Quand Marie se réveillait, Jessie était la plupart du temps déjà partie. Elle ne savait pas bien où elle allait, mais elle commençait enfin à paraître plus mince. Ce Sam semblait vraiment lui faire du bien.

Marie se dirigea vers la porte. Le tournage se passait de mieux en mieux. Elle avait presque oublié ce que cela faisait de faire un film de qualité, pas juste un produit à consommer comme un sandwich devant la télé avant d'être oublié au moment même où défilait le générique de fin.

Elle savait que sa prestation était bonne, brillante même. Elle le voyait dans le regard de l'équipe à la fin de chaque scène. C'était sans doute en partie dû à la complicité qu'elle ressentait avec son personnage. Ingrid était une femme complexe, forte, amicale, mais qui pouvait aussi faire preuve d'une détermination sans pitié. Marie se reconnaissait en elle. Ce qui les séparait, c'était qu'Ingrid avait aussi connu l'amour. Elle avait aimé. Avait été aimée. À sa mort, elle n'avait pas été seulement pleurée par des inconnus qui l'avaient vue sur la toile blanche, mais aussi par des proches qui montraient l'importance qu'elle avait eue pour eux.

Marie n'avait pas de proches. Pas de la même façon. Seule Helen l'avait approchée. Peut-être tout aurait-il été différent si Helen n'avait pas raccroché, ce jour-là. Peut-être y aurait-il eu alors, dans sa vie, des personnes pour la pleurer si elle disparaissait, de la même façon qu'Ingrid avait été pleurée.

Mais se lamenter sur le passé ne servait à rien. Certaines choses ne pouvaient être changées. Lentement, Marie referma la porte de la maison pour se rendre au deuxième service de tournage de la journée. Jessie se débrouillait. À son âge, elle aussi avait dû se débrouiller.

L'AFFAIRE STELLA

Helen tremblait un peu dans le vent, sur l'escalier de l'hôtel de ville. Impossible de continuer à le nier. Elle avait peur. Cette peur qu'on avait en faisant ce qu'on savait être une erreur. L'étiquette de sa modeste robe H&M la grattait dans le cou, mais elle l'y laissa. C'était quelque chose sur quoi concentrer son attention.

En fait, elle ne savait pas bien quand ça s'était décidé. Ni quand elle avait accepté. D'un coup, c'était un fait, voilà tout. Le soir, elle entendait ses parents se disputer à ce sujet, non qu'elle comprenne ce qu'ils disaient, seuls leurs éclats de voix lui parvenaient, mais elle connaissait l'objet de leurs disputes : son mariage avec James.

Son père KG lui avait assuré que c'était pour son bien. Qu'il avait toujours su ce qui était le mieux pour elle. Elle s'était contentée de hocher la tête. Car il en allait ainsi : ils s'occupaient d'elle. La protégeaient. Même si elle ne le méritait pas. Elle savait qu'elle aurait dû leur en être reconnaissante, qu'elle avait eu de la chance, qu'au fond elle ne méritait pas tout le mal qu'ils se donnaient pour elle.

Son monde allait peut-être aussi s'élargir si elle faisait comme ils disaient. Les années depuis cette horreur, elle les avait passées dans une petite cage. Ça non plus, elle ne l'avait pas remis en question. C'était comme ça, c'était tout. Elle rentrait directement après l'école, la maison était son monde, et les seules personnes qu'elle y côtoyait étaient maman, papa – et James.

James était souvent à l'étranger. À faire la guerre dans d'autres pays. Ou plutôt à *flinguer des nègres*, comme disait papa.

Quand James était en Suède, il passait presque autant de temps chez eux que chez lui. L'ambiance était si étrange lors de ses visites. James et papa avaient leur propre monde, où personne d'autre n'avait accès. "Nous sommes comme des frères", avait l'habitude de dire KG, avant tous les événements. Avant qu'ils soient forcés de déménager.

Marie avait téléphoné l'autre semaine. Helen avait tout de suite reconnu sa voix, même si elle était plus âgée, plus mûre. C'était comme si elle était renvoyée à ce qu'elle était alors. La fille de treize ans dont la vie tournait autour de Marie.

Mais que dire ? Il n'y avait rien à faire. Elle allait se marier avec James, il n'y avait pas d'alternative, après tout ce qui s'était passé. Après ce que James avait fait pour elle.

Certes, James avait le même âge que papa, mais il avait de la classe, dans son uniforme, et maman était contente d'avoir pour une fois l'occasion de se faire belle, même si Helen l'avait entendue la veille même du mariage se disputer avec papa.

Mais c'était comme toujours papa qui décidait.

Ils avaient décidé qu'il n'y aurait pas de mariage religieux. Juste une rapide union civile, puis un dîner à l'auberge. Puis James et elle dormiraient chez ses parents avant de partir chez lui – désormais chez eux – à Fjällbacka. Dans la maison que sa famille avait dû quitter jadis. Personne ne lui avait demandé son avis, mais comment Helen aurait-elle pu s'y opposer ? Elle avait jour et nuit la corde au cou qui lui rappelait les mille raisons qu'elle avait de fermer les yeux et de suivre docilement les instructions. Mais une partie d'elle-même aspirait à s'échapper. Aspirait à la liberté.

Elle regarda James à la dérobée, tandis qu'ils s'avançaient vers le juge qui allait les unir. Serait-il malgré tout prêt à le lui concéder ? Un petit bout de liberté ? Elle avait dix-huit ans, à présent, elle était adulte. Plus une enfant.

Elle chercha sa main. N'était-ce pas ce qu'on faisait ? Se tenir par la main, quand on se mariait ? Mais il fit semblant de ne pas la remarquer et garda les poings serrés. L'étiquette dans son dos la grattait, tandis qu'elle écoutait les mots du juge. Il leur posa des questions auxquelles elle n'avait pas la moindre idée de comment répondre. Mais elle dit oui au bon moment. La chose faite, elle croisa le regard de sa mère. Harriet se détourna, son poing fermé devant la bouche. Mais elle ne fit rien pour arrêter ce qui se passait.

Le dîner fut aussi bref que la cérémonie. KG et James burent du whisky, Harriet trempa les lèvres dans son vin. Helen avait aussi eu un verre de vin, son premier. En un instant, elle était passée d'enfant à adulte. Elle savait que maman leur avait préparé la chambre d'amis : le canapé à tiroirs qui se convertissait en lit double. Elle avait fait le lit avec une couette et des draps bleus. Pendant tout le dîner, Helen s'était représenté les draps et le canapé-lit qu'elle allait partager avec James. La nourriture était sûrement bonne, mais elle ne mangea rien, se contentant de triturer son assiette.

Une fois rentrés, ses parents leur souhaitèrent bonne nuit. KG sembla soudain gêné. Il puait le whisky dont il s'était imbibé durant tout le dîner. James lui aussi dégageait une odeur âcre de fumée et trébucha en entrant dans la chambre d'amis. Helen se déshabilla pendant que celui-ci urinait bruyamment aux toilettes. Elle enfila un grand t-shirt et se blottit sous la couette, contre le mur. Raide comme un piquet, elle attendait, tandis que James éteignait la lumière, attendait ce qui allait à présent se passer. Le contact qui allait tout changer pour toujours. Mais rien ne se passa. Et après quelques secondes, elle entendit les ronflements alcoolisés de James. Quand elle finit par s'endormir à son tour, elle rêva de la fillette aux cheveux blond cuivré.

"Mais je vous avais bien dit que vous ne trouveriez rien qui ne soit pas enregistré", dit James en se calant en arrière sur sa chaise dans la petite salle d'interrogatoire.

Patrik dut réfréner une envie de moucher cette attitude suffisante : il savait qu'il devait rester neutre.

"J'ai un permis pour un colt M1911, un Smith & Wesson et un fusil de chasse modèle Sauer 100 Classic, rabâcha James en croisant calmement le regard de Patrik.

— Comment se fait-il qu'il y ait des balles et des douilles d'autres armes là où vous vous entraînez au tir ?" demanda Patrik.

James haussa les épaules.

"Qu'est-ce que j'en sais, moi ? Ce n'est pas un secret que je m'entraîne au tir à cet endroit-là, beaucoup d'autres ont dû se servir de la même cible.

— Sans que vous le remarquiez ?" fit Patrik sans cacher son scepticisme.

James se contenta de sourire.

"Je suis absent pendant de longues périodes, impossible de surveiller à ces moments-là. Sûrement personne n'ose emprunter le pas de tir quand je suis là, mais la plupart des gens au village savent quand je m'en vais, et pour combien de temps. Ce sont certainement des jeunes qui y tirent en cachette.

— Des jeunes ? Avec un pistolet-mitrailleur ?" dit Patrik.

James soupira.

"Ah, les jeunes d'aujourd'hui… Où va le monde ?

— Vous vous moquez de moi ?" dit Patrik, irrité contre lui-même d'avoir laissé James avoir prise sur lui.

En général, il s'efforçait d'éviter les préjugés, mais il avait du mal avec ce type d'hommes : machos, suffisants et intimement persuadés que les lois de Darwin étaient en vigueur et qu'il fallait s'y plier.

"Naturellement pas", répondit James en souriant de plus belle.

Patrik ne comprenait pas. Ils avaient fouillé toute la maison. Et n'avaient trouvé que les trois armes enregistrées au nom de James. En même temps, il savait que James mentait, il cachait d'autres armes. Et Patrik pensait qu'elles n'étaient pas bien loin. James voulait certainement les avoir sous la main, mais ils avaient été incapables de trouver où. Ils avaient fouillé la maison d'habitation et un cabanon de jardin. À part ça, il n'y avait pas beaucoup d'autres endroits où chercher sur leur terrain. Mais en théorie, James pouvait avoir une cache quelque part dans les environs. Le problème était juste qu'ils ne pouvaient pas fouiller toute la forêt.

"Leif Hermansson vous a bien contacté le trois juillet, le jour de sa mort ?

— Comme je vous l'ai déjà dit précédemment, je n'ai jamais eu aucun contact avec Leif Hermansson. Tout ce que je sais de lui, c'est qu'il était responsable de l'enquête dans laquelle ma femme a été accusée.

— Accusée et jugée coupable, dit Patrik, surtout pour observer quelle réaction il obtenait en appuyant sur ce bouton.

— Oui, mais sur la base d'aveux par la suite rétractés", répondit James.

Aucun sentiment ne semblait s'enflammer, son regard demeurait toujours aussi impassible.

"Mais pourquoi avouer, si on est innocent ?" continua Patrik.

James soupira.

"C'était une enfant, en pleine confusion, elle a dû être poussée à quelque chose qu'elle ne voulait pas. Mais quel rapport ? De quoi s'agit-il ? Pourquoi cet intérêt pour mes armes ? Vous connaissez mon métier, les armes font partie de ma vie, il n'est pas vraiment surprenant que j'en possède.

— Vous possédez un colt M1911, dit Patrik sans répondre à sa question.

— Oui, c'est vrai, acquiesça James en hochant la tête. La perle de ma collection. Une arme de légende. Et j'ai le modèle original, pas une copie.

— Ça se charge avec des balles chemisées calibre .45 ACP ?

— Savez-vous seulement ce que cela signifie ? demanda James, et Patrik se força à compter jusqu'à dix.

— La connaissance des armes fait aussi partie de la formation des policiers, dit Patrik d'une voix mesurée, se gardant de reconnaître qu'il avait justement dû s'informer auprès de Torbjörn.

— Ouais, dans les grandes villes, on se tient bien un peu au courant, mais ici, dans la cambrousse, les vieilles connaissances scolaires rouillent très vite", dit James.

Patrik l'ignora.

"Vous n'avez pas répondu à ma question. Est-ce exact ?

— Oui, c'est exact. C'est l'ABC du débutant.

— Depuis combien de temps possédez-vous cette arme ?

— Oh, longtemps. C'est ma première. Mon père me l'a offerte quand j'avais sept ans.

— Donc vous êtes bon tireur ?" demanda Patrik.

James se redressa.

"Un des meilleurs.

— Contrôlez-vous bien vos armes ? Quelqu'un peut-il vous en emprunter une à votre insu ? Quand vous êtes absent, par exemple ?

— Je garde toujours le contrôle sur mes armes. Mais pourquoi cet intérêt pour mon colt ? Et pour Leif ? Si je me souviens bien, il s'est suicidé il y a des années. Sa femme était morte du cancer, une histoire comme ça…

— Ah, vous n'êtes peut-être pas au courant ?" dit Patrik.

Il eut un frémissement de satisfaction quand un instant il pensa déceler une lueur d'incertitude dans les yeux de James.

"Au courant de quoi ? fit James d'un ton si neutre que Patrik se demanda s'il n'avait pas rêvé.

— Nous l'avons exhumé."

Il laissa à dessein sa phrase en suspens. James se tut. Puis il se redressa.

"Exhumé ?" s'étonna-t-il, comme s'il ne comprenait pas ce que Patrik voulait dire.

Patrik voyait bien qu'il essayait de gagner du temps.

"Oui, nous avons eu des éléments nouveaux, dit-il. Alors nous avons rouvert la tombe. Et il s'avère que ça n'était pas un suicide. Impossible qu'il se soit tué avec l'arme qu'il avait à la main quand on l'a retrouvé."

James se tut. Son arrogance était toujours là, mais Patrik sentait son assurance écornée. Il pensait deviner une faille, une vulnérabilité, qu'il décida d'exploiter.

"Ensuite, nous avons des indications selon lesquelles vous vous trouviez dans la forêt le jour où la fillette Stella a été assassinée." Il hésita, puis exagéra au point qu'on pouvait sans doute parler de mensonge : "Il y a un témoin."

James ne montrait aucune réaction. Mais une petite veine palpitait à sa tempe, et il semblait hésiter sur la voie à suivre.

Il finit par se lever.

"Je suppose que vous n'avez pas assez de preuves pour m'arrêter, dit-il. Je considère donc que cet entretien est terminé."

Patrik sourit. Enfin, le rictus de James avait disparu. Et il avait montré son point faible. Ne restait plus qu'à trouver les preuves.

"Entrez", dit Erica, sur ses gardes.

Elle avait été pour le moins interloquée quand Helen l'avait appelée pour lui demander si elle pouvait venir.

"Sam est avec vous ? demanda-t-elle.

— Non, je l'ai déposé chez une copine", répondit Helen en baissant les yeux. Erica s'écarta pour la laisser entrer.

"En tout cas, je suis contente que vous soyez là", dit Erica en se mordant la langue pour ne plus poser de questions.

Patrik venait de l'appeler pour lui dire qu'ils soupçonnaient James d'être le Bonhomme vert. Il quadrillait la forêt en tenue de camouflage verte, et Stella était tombée sur lui au cours de ses balades. D'après Patrik, c'était peut-être aussi lui que Marie avait entendu dans la forêt.

"Vous avez du café ?" demanda Helen. Erica hocha la tête.

Dans le séjour, Noel et Anton se bagarraient à nouveau, semblant ne tenir aucun compte des injonctions de Maja. Elle soupira et alla leur crier de sa voix la plus sérieuse d'arrêter. Comme ça n'avait apparemment aucun effet, elle eut recours au dernier truc des parents désespérés pour obtenir un peu de calme. Elle alla prendre des esquimaux dans le grand carton acheté au dernier passage du camion des surgelés, et leur en distribua à chacun un. Ravis, ils allèrent tous les trois s'asseoir pour manger leurs glaces, tandis qu'elle regagnait la cuisine avec, au ventre, le sentiment lancinant d'être une mauvaise mère.

"Ça me rappelle des souvenirs", sourit Helen.

Elle prit la tasse de café que lui tendait Erica et s'assit à la table de la cuisine. Elles se turent un moment. Erica se leva pour chercher une tablette de chocolat qu'elle posa sur la table. Helen secoua la tête.

"Non merci, pas pour moi, je ne supporte pas le chocolat. Ça me donne de l'urticaire", dit-elle en prenant une gorgée de café.

Erica s'en cassa un grand morceau, en se promettant d'arrêter le sucre à partir de lundi. De toute façon, c'était fichu pour cette semaine, ça ne servait à rien de commencer maintenant.

"Je pense tellement à Stella", dit Helen.

Erica leva un sourcil étonné. Pas un mot sur la raison de sa venue soudaine. Pas un mot sur ce qui s'était passé. Car il s'était passé quelque chose, elle le sentait de tout son corps. Helen dégageait une sorte d'énergie nerveuse par laquelle il était impossible de ne pas être affecté. Mais Erica n'osait pas demander ce qui s'était passé. Elle ne voulait pas qu'Helen prenne peur et cesse de parler. Elle avait besoin de son récit. Elle se tut donc et reprit un carré de chocolat en attendant qu'Helen continue.

"J'étais fille unique, finit par dire Helen. Je ne sais pas pourquoi. Je n'aurais jamais osé demander à mes parents, même en rêve. On ne parlait pas de ces choses-là. Alors j'aimais être avec Stella. Nous étions voisines, elle était toujours si contente quand je passais. C'était amusant de jouer avec elle. C'était une gamine amusante. Je m'en souviens très bien. Elle avait tant d'énergie. Comme si elle n'arrêtait pas de rebondir. Et puis elle avait ces cheveux cuivrés. Et ces taches de rousseur. Elle-même détestait la couleur de ses cheveux, jusqu'à ce que je lui dise que c'était la plus belle qui soit. Alors, elle avait changé d'avis. Elle avait toujours plein de questions. À propos de tout. Pourquoi il faisait chaud, pourquoi certaines fleurs étaient blanches et d'autres bleues, pourquoi l'herbe était verte et le ciel bleu, et pas l'inverse, mille et une questions. Et elle n'abandonnait pas avant qu'on lui ait donné une réponse acceptable. Pas question de se contenter de *parce que*, ou de trouver une réponse idiote, car alors elle posait et reposait sa question jusqu'à obtenir une réponse qui lui paraisse la bonne."

Helen parlait si vite qu'elle s'essouffla et dut s'arrêter pour reprendre haleine.

"J'aimais bien sa famille. Elle n'était pas comme la mienne. Ils s'embrassaient, riaient. Ils m'embrassaient moi aussi quand je passais, et la maman de Stella plaisantait avec moi, me passait la main dans les cheveux. Le papa de Stella disait qu'il fallait maintenant que j'arrête de grandir, sinon je finirais la tête dans les nuages. Parfois, Sanna jouait avec nous. Mais elle était plus sérieuse, plus comme une petite maman pour Stella, le plus souvent pendue aux jupes de sa mère, elle voulait l'aider à faire la lessive, à préparer le dîner, elle voulait être adulte, alors que le monde de Stella était rempli de jeux, du matin au soir. Et j'étais fière quand parfois on me laissait la garder. Je crois qu'ils l'avaient remarqué, car parfois j'avais l'impression qu'ils n'avaient pas vraiment besoin de faire garder Stella – mais ils voyaient la joie que cela me procurait."

Helen s'interrompit.

"Je peux être impolie ? Avez-vous encore du café ?"

Erica hocha la tête et se leva pour remplir la tasse d'Helen. C'était comme si une vanne s'était ouverte, et Helen lâchait tout.

"Quand je suis devenue amie avec Marie, mes parents ont mis du temps à réagir, reprit Helen après avoir récupéré sa tasse pleine. Ils étaient tellement accaparés par leurs affaires, leurs fêtes, leurs associations, leurs réceptions. Ils n'avaient pas beaucoup de temps pour s'interroger sur mes fréquentations. Quand ils ont compris que nous étions devenues amies, ils ont d'abord été sur leurs gardes, puis de plus en plus critiques. Marie n'était pas la bienvenue chez nous, et nous ne pouvions pas aller chez elle, chez elle, c'était… bon, ce n'était pas un endroit agréable. Mais nous essayions malgré tout de nous voir autant que nous pouvions. Mes parents ont fini par le comprendre, et nous ont interdit de nous voir. Nous avions treize ans, et pas vraiment notre mot à dire. Marie ne se souciait pas de ce que pensaient ses parents, et eux se fichaient pas mal de savoir où elle était et avec qui. Mais moi, je n'osais pas m'opposer à mes parents. Je ne suis pas forte. Pas comme Marie. J'étais habituée à toujours faire comme me disaient mes parents. Je ne savais pas faire autrement. Alors j'ai essayé de ne plus voir Marie. J'ai vraiment essayé.

— Mais vous avez eu la permission de garder Stella ensemble, ce jour-là ? demanda Erica.

— Oui, le papa de Stella était tombé sur le mien et le lui avait demandé. Il ignorait complètement que nous avions interdiction de nous voir. Pour une fois, papa avait été pris de court, et avait accepté."

Elle déglutit.

"Nous nous étions tellement amusées, ce jour-là. Stella avait adoré l'excursion à Fjällbacka. Elle a trotté tout le chemin du retour. C'est pour ça qu'on a pris par la forêt. Stella adorait la forêt, et comme on n'avait pas besoin de faire rouler la poussette, on pouvait aussi bien passer par là."

Sa voix tremblait. Elle regarda Erica.

"Stella était contente quand nous l'avons laissée à la ferme. Je m'en souviens. Elle était si contente. Nous avions mangé une glace, elle nous avait tenues par la main, sauté tout le trajet, impossible de comprendre comment elle en avait la force. Nous avions répondu à ses questions, et elle nous embrassait en s'agrippant comme un petit singe. Je me souviens que ses cheveux me chatouillaient le nez et qu'elle riait comme une hystérique quand ça me faisait éternuer.

— Et l'homme des bois ? ne put s'empêcher de dire Erica. Le copain imaginaire qu'elle appelait le Bonhomme vert ? Est-ce que ça aurait pu être une personne réelle, et non imaginaire ? Était-ce James ? L'homme des bois était-il votre mari ? Cela pourrait-il être de lui que parlait Marie ?"

Erica vit la panique dans les yeux d'Helen. Elle savait qu'elle avait commis une grande erreur. Le souffle d'Helen était court et heurté, et son regard était celui d'un animal traqué, quelques secondes avant le coup de feu. Quand elle se précipita hors de chez elle, Erica resta à se maudire à la table de la cuisine. Helen était sur le point de révéler ce qui était peut-être la clé du passé. Mais son impatience avait tout gâché. Lasse, elle prit les tasses et les posa dans l'évier. Dehors, elle entendit la voiture d'Helen démarrer et s'éloigner.

"De nos jours, ils utilisent la technique 3D pour analyser les balles, dit Gösta quand Paula entra dans la cuisine.
— Comment sais-tu ça ?" demanda-t-elle en s'asseyant.
Elle posa le carnet de Dagmar.
Parfois, elle se demandait si elle ne passait pas plus de temps dans la petite cuisine jaune que dans son bureau, mais échanger des idées avec ses collègues était une façon de trouver de nouveaux angles d'attaque. La cuisine était en outre un endroit beaucoup plus agréable pour travailler que leurs bureaux exigus. Et c'était plus pratique pour le café.
"J'ai lu ça dans *Police technique*, dit-il. J'adore cette revue, chaque fois que je la lis, j'apprends quelque chose de nouveau.
— OK, dit-elle, mais rien ne garantit qu'on arrive à rapprocher une arme d'une balle ? Ou deux balles tirées de la même arme, d'ailleurs ?
— D'après l'article, il n'y a pas deux types de rayures identiques. Et cela peut aussi être problématique si l'arme a été utilisée à plusieurs époques. Les armes vieillissent et leur état dépend beaucoup de la qualité de leur entretien.
— Mais le plus souvent, on peut faire le rapprochement ?
— Oui, je crois bien, dit Gösta. Et cette nouvelle technique 3D est sûrement bien meilleure.
— Torbjörn dit que quelqu'un semble avoir limé le canon du colt."
Paula se tourna un peu pour éviter le soleil qui tapait à la fenêtre.

"Quelqu'un, pouffa Gösta. James a dû le faire aussitôt après qu'on lui a demandé s'il avait été en contact avec Leif. En tout cas, il est malin.
— Il aura du mal à trouver des excuses si la balle de Leif correspond aux balles ramassées sur son terrain", dit-elle en sirotant un peu de café.

Elle fit la grimace. Ça devait être Gösta qui l'avait préparé, il le faisait toujours trop léger.

"Oui, mais j'ai peur qu'il quitte le pays. Il passe quand même la plupart du temps à l'étranger. L'analyse du labo va mettre du temps, et d'ici là, on aura du mal à le cueillir.
— Il a sa famille ici.
— Tu l'as trouvé très *famille* ?
— Non, tu as raison", soupira Paula.

Elle n'avait même pas envisagé cette éventualité. Que James puisse fuir le pays.

"Peut-on le coincer avec Stella, alors ?
— Je ne sais pas." Gösta semblait découragé. "Trente ans ont passé.
— En tout cas, on dirait que Leif avait raison. Les filles étaient innocentes. Quel enfer elles ont dû traverser."

Elle secoua la tête. Dehors, le téléphone n'arrêtait pas de sonner. Annika continuait à être submergée par des appels au sujet de la voix anonyme.

"Oui…" Gösta hésita. "Mais je me demande toujours pourquoi Marie ment au sujet de son alibi. Et nous savons que James n'était pas à Fjällbacka au moment de la mort de Nea : il ne peut pas avoir commis ce meurtre.
— Non, son alibi est béton, dit Paula. Il est parti la veille au soir, l'hôtel Scandic Rubinen confirme sa présence, ils se souviennent l'avoir vu au petit-déjeuner. Puis il a participé à des réunions jusqu'en fin d'après-midi, avant de rentrer. La montre de Nea s'étant arrêtée à huit heures, tout indique que ce soit l'heure de sa mort. Et James se trouvait alors à Göteborg. Il est tout à fait possible que Nea soit morte avant, et que sa montre ait été endommagée pendant son déplacement, mais ça ne change rien, vu que James était à Göteborg du dimanche soir au lundi après-midi.

— Non, je sais", dit Gösta, frustré, en se grattant la tête.
Paula ressortit son carnet.
"Je n'arrive pas à trouver ce qu'il y a de bizarre dans les notes de Dagmar, dit-elle. Je pensais demander à Patrik de regarder ça, peut-être qu'un regard nouveau permettra d'y voir plus clair.
— Bonne idée." Il se leva en faisant craquer ses membres. "Bon, moi, je vais me rentrer. Ne reste pas trop longtemps, demain est un autre jour.
— Mmm…", fit Paula.
Elle feuilletait le carnet, le feuilletait encore, entendit à peine Gösta partir. Qu'avait-elle donc manqué ?

James entra dans la chambre. Ces policiers étaient de vrais guignols, incapables de faire une perquisition digne de ce nom. Mais ça devait être les règles molles à la suédoise qui les obligeaient à sautiller comme des danseuses en soulevant tout avec précaution. Quand James et ses hommes recevaient l'ordre de chercher quelque chose, ils arrachaient la moindre planche et ne laissaient rien intact. Ils fouillaient jusqu'à débusquer la chose ou la personne qu'ils savaient devoir trouver.
Le colt lui manquerait, mais les deux autres armes lui importaient peu. Et la plupart se trouvaient encore là, dans l'armurerie cachée derrière des chemises et un fond de placard amovible. Ils n'avaient même pas tâté le mur.
Il passa toutes les armes en revue en réfléchissant auxquelles emporter. Il n'allait plus pouvoir rester longtemps. La terre était brûlée sous ses pieds. Il laisserait tout ça derrière lui. Pas la moindre pointe de sentimentalisme dans cette pensée. Tout le monde avait tenu son rôle. Joué le jeu jusqu'au bout.
Il commençait de toute façon à prendre de l'âge, sa carrière militaire était inévitablement sur la voie du déclin. Ce serait une retraite anticipée. Il avait les moyens. Au cours de toutes ces années, il avait eu de bonnes occasions de rafler du liquide ou ce qui pouvait facilement s'échanger contre du liquide, et avait été assez prévoyant pour tout mettre sur un compte à l'étranger.

Il sursauta en entendant la voix d'Helen à la porte.

"Pourquoi tu arrives comme ça, en douce ?" s'irrita-t-il. Elle savait à quoi s'en tenir. "Depuis combien de temps vous êtes à la maison ?"

Il referma la porte de l'armurerie et remit en place le fond du placard. Il faudrait qu'il laisse une grande partie des armes en partant. Ça le chagrinait, mais il n'y avait rien à y faire. Et puis il n'en aurait pas besoin.

"Une demi-heure. Moi, en tout cas. Sam est arrivé il y a un quart d'heure. Il est rentré à pied. Il est dans sa chambre."

Helen entoura son corps maigre de ses bras et le regarda.

"Tu vas filer, hein ? Tu songes à nous quitter. Pas seulement partir en mission. Nous quitter pour de bon."

Elle dit cela sans chagrin, sans la moindre émotion. C'était une pure constatation.

James ne répondit pas tout de suite. Il ne voulait pas qu'elle connaisse ses plans, ne voulait pas lui donner cette force. En même temps, il savait que c'était lui qui avait le pouvoir, pas elle. Cette hiérarchie était établie depuis longtemps.

"J'ai préparé les papiers pour mettre la maison à ton nom. Vous tiendrez un bon moment avec ce qu'il y a sur le compte."

Elle hocha la tête.

"Pourquoi l'as-tu fait ?" interrogea-t-elle.

Il n'avait pas besoin de lui demander ce qu'elle voulait dire. Il ferma la porte du placard et se tourna vers elle.

"Tu le sais bien, lâcha-t-il. Pour ton père. Je lui avais promis.

— Rien de tout ça n'a jamais été pour moi, n'est-ce pas ?"

James ne dit rien.

"Et Sam ?

— Sam, pouffa-t-il. Sam, pour moi, était un mal nécessaire. Je n'ai jamais prétendu autre chose. Sam est à toi. Si je m'en étais soucié, je ne t'aurais jamais laissée l'élever de cette façon. Une mauviette accrochée aux jupes de sa mère depuis qu'il est tout petit. Un bon à rien."

Un raclement retentit de l'autre côté de la cloison, ils se tournèrent tous les deux dans sa direction. Puis James lui tourna le dos.

"Je reste jusqu'à dimanche, dit-il. Après, vous devrez vous débrouiller seuls."

Il l'entendit qui restait quelques instants immobile. Puis ses pas qui s'éloignèrent lentement.

"Je suis vanné", dit Patrik en se laissant tomber sur le canapé à côté d'Erica.

Elle lui tendit un verre de vin, qu'il prit volontiers. Martin était de garde, il pouvait donc se permettre un verre sans mauvaise conscience.

"Comment ça s'est passé avec James ? demanda-t-elle.

— On ne l'aura jamais sans preuves concrètes. Qu'il va nous falloir du temps pour obtenir. Les balles ont été envoyées pour être comparées, mais le labo croule sous le travail.

— Dommage que le registre ne donne rien pour les empreintes digitales. Tu as eu un sacré flair en comprenant que les empreintes sur Nea correspondraient à celles sur l'emballage de Kex au chocolat."

Erica se pencha plus près de Patrik et l'embrassa.

Le contact familier de ses douces lèvres fit se relâcher toutes les tensions de son corps.

Patrik cala sa tête au dossier du canapé en poussant un profond soupir.

"Mon Dieu, comme c'est bon de passer un moment à la maison. Mais il faut que je travaille un peu. Que j'essaie un peu de trouver un ordre à tout ça.

— Pense tout haut, dit Erica en rejetant ses cheveux en arrière. Les choses sont souvent plus claires dites à haute voix. J'ai aussi deux ou trois trucs à te raconter, aujourd'hui…

— Ah oui, quoi ?" demanda Patrik avec curiosité.

Mais Erica secoua la tête et but une gorgée de vin.

"Non, toi d'abord. Vas-y. Je t'écoute.

— Bon, le problème, c'est que certaines choses semblent limpides comme de l'eau de roche, d'autres pas claires, et d'autres encore, je ne sais par où les prendre…

— Explique", dit Erica.

Il hocha la tête.

"Je ne doute pas que James ait abattu Leif. Avec son colt. Et qu'il ait ensuite placé l'arme de Leif dans sa main droite, le supposant tout simplement droitier."

Il fit une pause, puis continua :

"Cela a probablement eu lieu après que Leif l'avait contacté au sujet de l'affaire Stella. Ils ont pris rendez-vous, et Leif est mort.

— Deux questions, fit Erica en levant deux doigts. La première : quel mobile avait-il pour tuer Leif ? Pour moi, il n'y a que deux options : pour protéger sa femme ou pour se protéger lui-même.

— Oui, je suis d'accord. Et je ne sais pas laquelle des deux. Je dirais plutôt pour se protéger lui-même. Nous sommes assez convaincus que c'était James que Stella avait l'habitude de croiser en forêt. Il a toujours été une sorte de loup solitaire.

— Avez-vous demandé aux parents de Nea si elle avait mentionné quelque chose d'analogue ? Quelqu'un qu'elle aurait eu l'habitude de retrouver dans la forêt ?

— Non, dit Patrik. Mais d'après ses parents, elle ne jouait pas dans la forêt, mais surtout dans la grange. C'est là qu'elle jouait avec le chat noir, comme elle l'appelait. En fait un matou gris avec qui je suis devenu pote lors de la perquisition.

— OK, lâcha Erica, qui semblait réfléchir plus qu'écouter. Si on suppose que tu as raison, que James a tué Stella, puis Leif pour se couvrir – cela soulève pas mal d'autres questions : pourquoi les filles ont-elles avoué ? Et n'est-il pas étrange que James ait par la suite épousé Helen ?

— Oui, je sais, dit pensivement Patrik. J'ai le sentiment qu'il reste encore dans cette histoire beaucoup de choses que nous ne comprenons pas. Et j'ai peur que nous n'arrivions jamais à en avoir le cœur net. Gösta croit dur comme fer que James va filer à l'étranger avant qu'on puisse le poirer.

— Vous ne pouvez pas l'en empêcher ? Lui délivrer une interdiction de sortie du territoire ? Comme dans les films américains : *You are not allowed to leave this town...**"

---

* *Vous n'êtes pas autorisé à quitter cette ville...*

Patrik rit.

"*I wish.** Non, nous n'avons pas la possibilité de le retenir sans preuve matérielle. Ce qui, encore une fois, demande du temps. J'aurais aimé trouver des armes illégales lors de la perquisition, ça aurait suffi pour le garder un peu et nous faire gagner du temps."

Il se tut.

"Et l'autre chose ? Tu disais que tu te posais deux questions ?

— Oui, je me demande comment il a pu imaginer qu'un meurtre aussi maladroitement exécuté passerait inaperçu. Je parle là du meurtre de Leif. Si l'autopsie avait été faite correctement dès le départ, ils auraient tout de suite vu que la balle ne correspondait pas à l'arme de Leif. Ce sont deux calibres complètement différents.

— Je me posais la même question, dit Patrik en faisant pensivement tourner son verre de vin. Mais après avoir parlé avec James, je peux y répondre d'un seul mot : l'arrogance."

Erica hocha la tête.

"Et le meurtre de Nea ? Quel lien avec celui de Stella ? Si nous continuons à supposer que James a tué Stella, puis tué Leif pour se couvrir, comment Nea arrive-t-elle dans l'équation ?

— C'est la grande question, s'écria Patrik. James a un alibi en béton pour ce meurtre. Et crois-moi, nous l'avons vraiment vérifié à fond. Il se trouvait à Göteborg quand elle est morte, cela ne fait absolument aucun doute.

— Alors, qui ça a pu être ? À qui appartiennent les empreintes digitales sur l'emballage de chocolat et sur le corps ?"

Patrik écarta les mains.

"Si je le savais, je ne serais pas ici. Je serais en train d'aller arrêter le meurtrier de Nea. J'aimerais comparer avec les empreintes de Marie et Helen. Mais comme je n'ai pas assez de preuves pour les arrêter, je ne peux pas les forcer à donner leurs empreintes."

Erica se leva. Elle caressa la joue de Patrik au passage.

---

* J'aimerais bien.

"Je ne peux pas t'aider pour les deux. Mais pour une, oui.
— Comment ?" dit-il.

Erica disparut à la cuisine. Elle revint avec une tasse qu'elle tenait précautionneusement à l'aide d'un sac plastique.

"Tu veux les empreintes d'Helen ?
— Qu'est-ce que tu veux dire ?
— Elle est venue ici, aujourd'hui. Oui, je sais, j'ai été aussi étonnée. Mais elle m'a téléphoné avant, et je comprends à présent que ça devait être pendant votre perquisition.
— Qu'est-ce qu'elle voulait ? demanda Patrik en fixant la tasse qu'Erica avait posée sur la table du salon.
— Elle voulait parler de Stella, dit-elle en se rasseyant à côté de lui. Un flot de paroles. J'ai eu l'impression qu'elle allait me révéler quelque chose de décisif, mais moi, pauvre idiote, je l'ai coupée pour lui demander si James était impliqué… Et là, elle a plus ou moins pris la fuite.
— Mais tu lui as confisqué sa tasse de café, dit Patrik en levant un sourcil d'un air entendu.
— Oui, oui, je n'ai pas eu le courage de faire la vaisselle, dit Erica. Tu voulais les empreintes d'Helen, les voici. Pour Marie, il faudra te débrouiller. Si j'avais su, j'aurais fauché la flûte de champagne qu'elle a bu au Café Bryggan…
— C'est facile de penser à tout après coup", rit Patrik en lui volant un autre baiser.

Puis il redevint grave.

"Écoute. Paula m'a demandé de l'aider. Je te la fais courte : il y a une charmante vieille dame qui habite la maison juste là où on tourne pour monter à la ferme des Berg et chez Helen et James. Tu sais, la jolie petite maison rouge.
— Oui, je vois laquelle, celle qui est en vente ? dit Erica, montrant une fois de plus qu'elle était au courant de tout à Fjällbacka.
— Oui, c'est ça. Elle a l'habitude de passer ses matinées à faire des mots croisés, assise à la fenêtre de la cuisine, et en même temps, elle note tout ce qui se passe dehors. Dans ce carnet."

Il sortit le carnet bleu sombre de Dagmar et le posa sur la table de la salle à manger.

"Paula soutient qu'il y a quelque chose qui cloche, mais elle est incapable de dire quoi. Peut-être les voitures ? Elle a juste noté la couleur et le modèle, aucune immatriculation, impossible pour nous de retrouver les voitures en question. Mais je ne sais même pas si c'est de ça qu'il s'agit. Paula a feuilleté le carnet. Je l'ai feuilleté, et aucun de nous ne voit rien qui dépasse.

— Donne", dit Erica en prenant le carnet bleu à l'écriture chantournée.

Elle prit son temps. Pour essayer de ne pas la regarder à la dérobée, Patrik zappa en sirotant son vin. Elle finit par reposer le carnet sur la table, ouvert au jour de la mort de Nea.

"Vous vous êtes concentrés sur les mauvaises choses. Vous avez cherché ce qui dépassait, pas ce qui manquait.

— Comment ça ?" fit Patrik en fronçant les sourcils.

Erica lui montra les notes de la matinée du lundi.

"Là. Il manque quelque chose, là. Quelque chose qu'on trouve tous les autres matins en semaine.

— Quoi ?" fit Patrik en fixant les notes.

Il remonta de quelques semaines dans les petites notes quotidiennes, et il finit par comprendre ce que voulait dire Erica.

"Tous les autres jours de semaine, elle note qu'Helen passe en courant. Mais lundi, elle n'est passée qu'à l'heure du déjeuner.

— Curieux, n'est-ce pas ? Ça devait être ça que l'inconscient de Paula avait remarqué, mais qu'elle n'arrivait pas à pointer du doigt. C'est tellement irritant. On a quelque chose sur le bout de la langue, et ça ne veut pas sortir.

— Helen…", dit-il, en suspens. Il fixa la tasse sur la table. "Il faut que je l'envoie au labo demain matin dès les premières heures. Mais ça peut mettre du temps avant que je sache si les empreintes correspondent à celles sur l'emballage de chocolat et sur Nea."

Erica le regarda, en levant son verre.

"Sauf que ça, Helen l'ignore…"

Il comprit que sa femme avait raison. Ce qui arrivait très, très souvent.

BOHUSLÄN 1672

Les témoins avaient défilé. Elin avait réussi à se plonger dans une sorte de torpeur et ne prêtait plus attention à toutes ces histoires imaginaires sur ses agissements diaboliques. Elle voulait juste que ce soit fini. Mais après le petit-déjeuner, le troisième jour, un frémissement traversa l'assemblée, sortant Elin de sa torpeur. Que signifiait cette agitation ?

Et elle la vit. Avec ses tresses blondes et son regard clair. Sa vie. Sa très chère. Sa Märta. Tenant la main de Britta, elle entra dans la salle du tribunal, regardant autour d'elle, perdue. Le cœur d'Elin s'emballa. Que faisait là sa fille ? Voulaient-ils l'humilier encore davantage en permettant à Märta d'écouter tout ce qu'on racontait à son sujet ? Elle vit alors Britta conduire Märta jusqu'à la barre des témoins et la laisser là. Elin ne comprit d'abord pas. Pourquoi la fillette devrait-elle s'asseoir là, et non avec les autres ? Puis elle saisit. Et elle aurait voulu pousser un cri.

"Non, non, non, ne faites pas ça à Märta", dit-elle, désespérée.

Märta la regarda, confuse, et Elin tendit les bras vers elle. Märta fit mine de se lever pour se précipiter vers elle, mais Hierne l'attrapa et, d'une main douce mais ferme, la maintint sur sa chaise. Elin aurait voulu le mettre en pièces pour avoir posé sa main sur sa fille, mais elle savait qu'elle devait se maîtriser. Elle ne voulait pas que Märta la voie traînée dehors par les gardes.

Elle serra donc les dents et sourit à sa fille, mais sentit ses larmes monter. Elle avait l'air si petite. Si vulnérable.

"C'est bien là la mère de Märta ? Elin Jonsdotter ?

— Oui, ma mère s'appelle Elin, elle est assise là, répondit Märta d'une voix aiguë et claire.

— Märta a raconté à sa tante et son oncle certaines choses qu'elle a faites avec sa mère, dit Hierne en regardant l'assistance. Märta peut-elle nous en parler un peu ?

— Oui, mère et moi, nous allions souvent sur la Colline Bleue !" raconta la fillette, tout excitée.

On poussa des cris autour d'Elin, qui ferma les yeux.

Märta continua :

"On y volait avec notre vache Rosa, dit-elle, ravie. À la Colline Bleue. Et là, c'était une sacrée fête, vous pouvez me croire. Et tout se faisait à l'envers, on tournait le dos à la table, et on mangeait par-dessus son épaule, dans des assiettes retournées, et dans l'ordre inverse, avec le sucré d'abord. Oui, c'était des dîners amusants, je n'en avais jamais vu de pareils.

— Une sacrée fête, fichtre, s'écria Hierne en poussant un rire nerveux. Märta peut-elle nous en dire davantage sur ces fêtes ? Qui était là ? Qu'est-ce que vous y faisiez ?"

Elin entendit avec un étonnement et un effroi croissant sa fille décrire avec vivacité leurs voyages à la Colline Bleue, et Hierne réussit même à lui faire chuchoter qu'elle avait vu sa mère forniquer avec le diable.

Elin ne comprenait pas comment ils avaient pu pousser Märta à inventer tout cela. Elle regarda Britta, tout sourire, avec encore une nouvelle robe. Elle fit un signe de main et un clin d'œil à Märta, qui s'éclaira et la salua à son tour. Britta devait vraiment avoir tout fait pour gagner l'affection de Märta, après l'incarcération d'Elin.

Märta ne pouvait pas comprendre ce qu'elle faisait. Depuis sa chaise, elle souriait à Elin en racontant gaiement ses histoires. Pour Märta, c'était des contes. Encouragée par Hierne, elle continuait à parler des sorcières qu'elles rencontraient sur la Colline Bleue et des enfants avec qui Märta jouait.

Le diable s'intéressait tout particulièrement à Märta. Il l'avait assise sur ses genoux, pendant que sa mère dansait pour lui sans un fil sur le corps.

"Et dans la pièce voisine, à côté de la fête, il y avait une autre pièce, qui s'appelait la Colline Blanche, et là il y avait des anges qui jouaient avec nous, les enfants, et ils étaient si beaux et magnifiques à regarder. On en croyait à peine ses yeux !"

Märta frappa des mains, ravie.

Où qu'elle regarde, Elin voyait des bouches bées et des yeux écarquillés. Elle s'affaissa encore davantage. Qu'avait-elle à répondre à cela ? Sa propre fille témoignait de ses voyages sur la Colline Bleue et de sa fornication avec le diable en personne. Sa Märta. Sa belle, naïve, innocente Märta. Elle regarda son profil, tandis qu'elle débitait ses contes à un public enthousiaste, et sentit son cœur se briser.

À la fin, quand ils n'eurent plus de questions à poser à Märta, Britta vint la chercher. Quand elle l'eut prise par la main et qu'elles se dirigeaient vers la sortie, Märta se retourna vers Elin avec un grand sourire et agita la main.

"J'espère que mère va bientôt rentrer ! Mère me manque !"

Elin n'avait plus le courage d'essayer d'être forte. Elle enfouit son visage dans les mains et pleura les larmes de la condamnée.

"Le logement, ça va ? demanda Bill, heureux de se faire convenablement comprendre en suédois s'il parlait lentement et clairement.

— Ça va", dit Khalil.

Bill se demanda s'il était sincère. Adnan et Khalil avaient l'air fatigués, et Adnan semblait avoir perdu son impatience d'adolescent rebelle.

Demain, Karim sortirait de l'hôpital. Il allait retrouver les enfants, mais pas Amina.

"Vire au vent, *turn up in the wind*", dit-il avec un signe de tête vers bâbord.

Adnan s'exécuta. Ils étaient tellement meilleurs navigateurs, à présent. Mais leur joie avait disparu. Comme s'ils s'étaient dégonflés – l'expression lui parut tout à fait adaptée à la situation.

Il n'avait pas vidé l'abcès avec Nils, et il savait que c'était parce qu'il s'était dérobé. Il ne savait pas quoi dire au garçon. Ils étaient si loin l'un de l'autre. Même Gun n'avait pas le courage de le prendre à part. Il rentrait nonchalamment tard le soir, montait droit dans sa chambre, où il mettait la musique à fond. À peine bonjour. Juste un grognement indistinct.

Bill rentra en tirant prudemment des bords. Il aurait dû poursuivre leur instruction, utiliser ce moment pour essayer de leur enseigner le maximum avant le tour de Dannholmen. Mais leurs visages se détachaient en gris sur la voile blanche, et il devinait qu'il avait lui aussi la même expression résignée. Son signe distinctif avait toujours été l'enthousiasme.

À présent il lui faisait défaut, et il ne savait pas qui il était sans lui.

Quand il leur ordonna de virer de bord, ils suivirent ses instructions. En silence, sans protester. Sans âme. Comme un équipage de fantômes.

Pour la première fois depuis le lancement du projet, il douta. Comment pourraient-ils naviguer, sans joie de vivre ? Les voiliers n'étaient pas mus que par le vent.

Il était tôt le matin, quand ils frappèrent chez Helen et James. Patrik avait appelé Paula dès son réveil pour lui demander de l'accompagner. Il n'avait aucune idée si le plan qu'il avait échafaudé avec Erica allait fonctionner, mais connaissant bien Helen, il y avait de grandes chances. La porte s'ouvrit, et Helen les regarda d'un air étonné. Elle était entièrement habillée, et semblait debout depuis longtemps.

"Nous aurions besoin de vous poser quelques questions, avez-vous la possibilité de nous suivre ?"

Patrik retint son souffle, espérant que James ne serait pas à la maison. Cela aurait pu être un problème. Ils n'avaient aucun mandat d'amener du procureur. Rien ne pouvait la contraindre à les suivre. Tout dépendait de la bonne volonté d'Helen.

"Bien sûr", dit-elle en regardant vers l'intérieur de la maison.

Elle sembla vouloir faire quelque chose, puis changea d'avis, prit un coupe-vent pendu à un crochet dans l'entrée et les suivit. Elle ne posa aucune question sur ce qu'ils voulaient, ne montra aucune colère, ne protesta pas. Elle se contenta de baisser la tête et de s'asseoir en silence dans la voiture de police. Patrik essaya de bavarder durant le trajet, mais elle ne répondit que par monosyllabes.

Une fois au commissariat, il prit deux tasses de café dans la cuisine, qu'il porta dans une des deux salles d'interrogatoire. Helen était toujours taciturne, et il se demanda ce qui se passait dans sa tête. De son côté, il bâilla en s'efforçant de garder les idées claires. Il avait passé toute la nuit à ruminer les pistes de l'enquête, *des* enquêtes plutôt, ainsi que les idées que lui avait données Erica la veille. Il ne voyait pas encore clairement le lien, mais il était convaincu qu'Helen en était la clé. Qu'elle détenait la vérité, peut-être pas entière, mais en grande partie.

"Je peux enregistrer ?" demanda-t-il en indiquant le magnétophone sur la table.

Helen hocha la tête.

"Nous avons parlé avec votre mari, hier", commença-t-il. En l'absence de réaction, il continua : "Nous avons des preuves qui le lient au meurtre de Leif Hermansson. Je suppose que vous reconnaissez ce nom ?"

Helen hocha à nouveau la tête.

"Oui, il était responsable de l'enquête sur le meurtre de Stella.

— Exactement, dit Patrik en hochant la tête. Nous pensons que votre mari a assassiné Leif."

Il attendit à nouveau une réaction. Il n'en vint pas. Il nota cependant qu'elle semblait surprise par cette affirmation.

"Savez-vous quelque chose à ce sujet ?"

Il la dévisagea, mais elle secoua la tête.

"Non, rien.

— Nous avons également des raisons de penser que votre mari cache, chez vous, des armes sans permis. En avez-vous connaissance ?"

Elle secoua à nouveau la tête, mais ne répondit pas.

"Excusez-moi, j'ai besoin d'une réponse audible, pour l'enregistrement."

Elle hésita, puis : "Non, je n'en ai pas connaissance.

— Savez-vous quelque chose de ce qui a poussé votre mari à assassiner le policier qui avait enquêté sur le meurtre dont Marie et vous aviez été reconnues coupables ?

— Non", répondit-elle. Sa voix se brisa. Elle se racla la gorge et répéta : "Non, je ne sais pas.

— Vous ne savez pas pourquoi il a fait ça ? répéta Patrik.

— Non, je ne sais pas s'il a tué Leif, donc je ne peux pas en deviner le motif, dit-elle en le regardant pour la première fois dans les yeux.

— Mais si je vous dis que nous en avons la preuve, qu'en dites-vous ?

— Je vous dis de me montrer cette preuve", dit Helen, à présent habitée par un grand calme.

Patrik attendit une minute, puis reprit : "Alors nous pouvons peut-être parler du meurtre de Linnea Berg ?"

Helen le fixa droit dans les yeux. "Mon mari était absent alors.

— Nous le savons, dit calmement Patrik. Mais vous étiez à la maison. Qu'avez-vous fait ce matin-là ?

— Je vous l'ai déjà dit. Ce que je fais toujours. Tous les matins. Je suis allée courir."

Quelque chose vacilla dans son regard.

"Sauf que vous n'avez pas couru ce matin-là, Helen. Vous avez tué une petite fille. Nous ne savons pas pourquoi, mais nous aimerions que vous nous le disiez."

Helen resta silencieuse. Elle avait les yeux rivés au-dessus de la table. Les mains posées sur les genoux, immobile.

Un instant, Patrik eut pitié d'elle, mais il se rappela alors ce qu'elle avait fait, et reprit, d'une voix d'acier :

"Helen. La perquisition à laquelle nous avons procédé hier n'est rien par rapport à ce que nous allons faire pour reconstituer comment vous avez assassiné une fillette innocente. Nous allons chercher partout, fouiller la moindre parcelle de votre vie, à vous et à vos proches.

— Vous n'avez aucune preuve", dit Helen d'une voix rauque.

Mais il vit ses mains trembler sur ses genoux. Il vit qu'elle hésitait.

"Helen, dit-il doucement. Nous avons vos empreintes digitales sur un emballage de chocolat retrouvé dans la grange. Nous avons vos empreintes digitales sur le corps de la fillette. C'est fini. Si vous n'avouez pas, nous allons retourner de fond en comble tout votre monde jusqu'à découvrir le moindre petit secret que vous cachez, vous et votre famille. C'est ce que vous voulez ?"

Il inclina la tête de côté.

Helen fixa ses mains. Puis releva lentement la tête.

"Je l'ai tuée, dit-elle. Et j'ai tué Stella."

Erica regarda tout ce qu'elle avait fixé au mur. Toutes les photos, articles, copies d'anciens rapports techniques et médicolégaux, ce qu'elle avait mis au propre de ses conversations avec Harriet, Viola, Helen, Marie, Sam et Sanna. Elle regarda la photo de Stella à côté de celle de Nea. Enfin, ils étaient parvenus à une conclusion. Les familles avaient eu les réponses qu'elles attendaient, même si, pour Sanna, elles arrivaient trop tard. Mais à présent, elle saurait au moins ce qui était arrivé à sa petite sœur. Quand Patrik l'avait appelée pour l'informer qu'Helen avait avoué les deux meurtres, c'était à elle qu'Erica avait adressé sa première pensée. Elle qui était restée toute seule.

Erica se demandait comment les parents de Nea avaient accueilli la nouvelle. Qu'est-ce qui était pire : savoir que la personne qui avait assassiné leur fille était un voisin, un visage connu, quelqu'un qu'ils avaient fréquenté ? Ou un parfait inconnu ? Probablement, ça ne comptait pas. De toute façon, leur petite fille avait disparu. Elle se demandait aussi s'ils décideraient de rester vivre là. Erica ne pensait pas qu'elle en aurait eu le courage. Rester là, continuer de vivre avec les souvenirs d'une fillette qui riait, vivante, et qui ne gambaderait plus partout. Se le voir rappeler en permanence.

Elle alluma son ordinateur et ouvrit Word. Des mois de recherches au cours desquels elle avait fait la connaissance des personnes impliquées, collecté les faits et comblé les lacunes l'avaient conduite au point où elle pouvait se mettre à écrire le livre. Elle savait exactement par quoi elle voulait le commencer. Par deux petites filles. Deux fillettes qui n'avaient pas passé beaucoup d'années sur la Terre. Elle aurait voulu les rendre vivantes pour le lecteur, faire vivre longtemps leur souvenir dans la conscience du lecteur, même après avoir refermé le livre. Après avoir inspiré à fond, elle posa les doigts sur le clavier.

Stella et Linnea se ressemblaient de bien des façons. Elles vivaient une vie pleine d'imagination et d'aventures, dans un monde constitué d'une ferme et d'une forêt. Stella aimait la forêt. Elle s'y échappait aussi souvent qu'elle le pouvait et y jouait avec son ami le Bonhomme vert, réel ou imaginaire, nous ne le saurons peut-être jamais. Toutes les questions n'ont pas trouvé leur réponse, et nous ne pouvons que deviner et supposer. Le terrain de jeu favori de Linnea était la grange. Dans sa pénombre et son calme, elle venait jouer aussi souvent qu'elle le pouvait. Son meilleur ami n'était pas un copain imaginaire, mais le chat de la famille. Pour Stella et Linnea, il n'y avait pas de limites. L'imagination pouvait les transporter n'importe où. Elles avaient confiance. Elles étaient heureuses. Jusqu'au jour où elles ont rencontré quelqu'un qui leur voulait du mal. Ceci est l'histoire de Stella et Linnea. C'est l'histoire de deux petites filles, qui n'ont que trop tôt dû apprendre que le monde n'était pas toujours bon.

Erica leva les mains du clavier. Elle allait sûrement souvent polir les mots et les phrases dans les mois qui venaient. Mais elle savait que c'était comme ça qu'elle voulait commencer, comme ça qu'elle voulait lancer le récit. Ses livres n'étaient jamais en noir et blanc. Parfois, on lui avait reproché d'être trop compréhensive pour ceux qui avaient commis des meurtres souvent brutaux et ignobles. Mais sa conviction était que personne ne naissait mauvais : d'une certaine façon, chacun façonnait son destin. Certains comme victimes. D'autres comme meurtriers. Elle ne connaissait encore aucun détail sur ce qu'Helen avait à dire au sujet de ce qui s'était passé, quel motif elle avait pour avoir ôté la vie à ces deux petites filles. À bien des égards, il était impensable d'imaginer que la femme si effacée qui, la veille encore, était assise dans sa cuisine avait assassiné deux enfants. En même temps, beaucoup de choses s'expliquaient. Elle comprenait à présent que l'énergie nerveuse qui émanait d'Helen était la culpabilité. Et elle comprenait aussi pourquoi Helen avait été prise de panique quand Erica avait commencé à l'interroger sur James et le meurtre de Stella. Elle avait naturellement eu peur qu'il soit accusé de ce qu'elle avait fait.

Tant de personnes étaient touchées par la mort d'une seule. Ses effets se propageaient comme des ronds dans l'eau, mais ceux qui se trouvaient à l'épicentre souffraient bien sûr le plus. Et la peine passait de génération en génération. Elle se demandait ce qui adviendrait du fils d'Helen. Sam lui avait semblé si vulnérable lors de leur rencontre. Au premier abord, il avait l'air d'un dur. Avec ses cheveux corbeau, ses vêtements noirs, son vernis à ongles noir et ses yeux cernés de suie. Mais par-dessous, elle avait vu sa sensibilité, et il lui avait vraiment semblé l'atteindre. Comme s'il aspirait à quelqu'un à qui se confier. Il allait désormais se retrouver seul avec son père. Encore une vie d'enfant détruite. Et toujours la même question lancinante : pourquoi ?

Gösta s'était rendu chez les Berg pour leur dire. Il ne voulait pas faire ça au téléphone, c'était trop froid, trop impersonnel. Les parents de Nea avaient besoin de l'entendre les yeux dans les yeux.

"Helen ?" dit Eva, incrédule. Elle saisit la main de Peter. "Pourquoi ?

— Nous ne savons pas encore", répondit Gösta.

Les parents de Peter demeurèrent silencieux. Leur bronzage avait pâli et ils avaient vieilli depuis la première fois que Gösta les avait vus.

"Je ne comprends pas…" Peter secoua la tête. "Helen ? Nous la connaissons à peine, quelques mots échangés avec elle de temps en temps. C'est tout."

Il regarda Gösta comme s'il allait pouvoir lui arracher des réponses, mais Gösta n'en avait pas. Il se posait lui-même exactement les mêmes questions.

"Elle a aussi avoué avoir tué Stella. Nous l'interrogeons en ce moment, et nous perquisitionnerons à nouveau leur maison pour recueillir d'autres preuves. Mais nous en avons déjà assez sous le coude, les aveux d'Helen ne font qu'enfoncer le clou.

— Comment est-elle morte ? Que lui a-t-elle fait ?"

Les paroles d'Eva étaient presque inaudibles, c'était plus des questions en l'air que réellement adressées à quelqu'un.

"Nous ne savons pas grand-chose encore, mais nous vous tiendrons informés.

— Mais James ? dit Peter, désorienté. Nous avons entendu dire que vous aviez emmené James pour l'interroger. Nous pensions…

— Il s'agit d'une autre affaire", dit Gösta.

Il ne pouvait pas en dire davantage à la famille de Nea. Ils ne pouvaient pas relier James au meurtre de Leif avant que les résultats des analyses balistiques ne leur donnent de réelles preuves. Mais il savait que Fjällbacka, et même la commune tout entière, bruissait de rumeurs. Ni la perquisition à son domicile, ni l'interrogatoire de James au commissariat n'étaient passés inaperçus.

"Pauvre garçon, dit lentement Eva. Le fils d'Helen et James. Il a toujours l'air tellement perdu. Et maintenant ça…

— Ne t'inquiète pas pour lui, dit tout bas Peter. Il est vivant, lui. Pas Nea."

Le silence se fit autour de la table de la cuisine. On n'entendait plus que le tic-tac de l'horloge. Gösta finit par se racler la gorge.

"Je voulais que vous l'appreniez directement de ma bouche. On va beaucoup jaser au village. Mais n'écoutez pas les spéculations, je promets de vous tenir informés."

Personne ne répondit. Il prit son élan pour le sujet suivant.

"Je voulais aussi vous prévenir que nous en avons fini avec… l'autopsie. Elle va vous être rendue, vous pouvez donc à présent faire les préparatifs pour…"

Il n'acheva pas.

Peter le regarda.

"Pour l'enterrer", dit-il.

Gösta hocha la tête.

"Oui. Pour enterrer Nea."

Puis il n'y eut plus grand-chose à dire.

En s'éloignant, il regarda la ferme dans le rétroviseur. Un bref instant, il crut voir deux petites filles le saluer de la main. Il cligna des yeux, elles avaient disparu.

"Sales hyènes !" cracha James.

Il jeta le téléphone et se mit à arpenter la cuisine. Sam l'observait mollement. Une partie de lui jubilait de le voir déstabilisé. Lui qui avait toujours un tel contrôle sur tout, qui pensait que le monde lui appartenait.

"Qu'est-ce qu'ils croient, que je vais répondre à leurs putain d'interviews, hein ? dit-il. « Nous souhaiterions avoir vos commentaires au sujet de… » Et puis quoi encore, bordel !"

Sam s'appuya contre le réfrigérateur.

"Pourvu juste qu'elle ait la bonne idée de fermer sa gueule", reprit James en se levant.

Il sembla alors s'apercevoir que Sam écoutait. Il secoua la tête.

"Avec tout ce que j'ai fait pour vous. Tout ce que j'ai sacrifié pour vous. Et pas la moindre putain de gratitude." James continuait de faire les cent pas. "Trente ans de discipline et d'ordre. Pour en arriver à ce foutu bordel !"

Sam entendait ses paroles, enregistrait tout, mais c'était comme s'il volait en dehors de son propre corps. Plus rien ne l'atteignait. Tout serait remis à sa place. Il n'y aurait plus aucun secret, c'était lui qui allait tous les purifier. Jusqu'ici, il avait été comme enfermé dans une bulle. Avec Jessie. Rien d'extérieur ne pouvait les toucher. Ni la perquisition l'autre jour, dont il avait d'abord cru qu'elle le visait, qu'ils avaient eu vent de ses projets. Ni maman convoquée au commissariat. Rien.

Ils avaient commencé les préparatifs. Jessie avait compris en lisant son carnet. Compris ce qu'il voulait faire et compris pourquoi il fallait le faire.

Il regarda James qui tremblait de frustration à la fenêtre de la cuisine.

"Je sais que tu me méprises", dit-il calmement.

James se retourna, le dévisagea les yeux écarquillés.

"Qu'est-ce que tu racontes ?

— Tu es petit", poursuit lentement Sam en voyant James serrer les poings. La grosse veine sur sa tempe droite se mit à palpiter, et Sam se réjouit de la réaction qu'il provoquait. Il regarda James droit dans les yeux. Pour la première fois de sa vie, il ne détourna pas le regard.

Toute sa vie, Sam avait été craintif, inquiet, il avait lutté pour être indifférent, mais s'était malgré tout permis d'être blessé. La colère avait été sa pire ennemie, elle était désormais son amie. Il avait pris sa colère par la main et elle lui avait donné de la force. La vraie force, on ne l'avait pas avant de n'avoir plus rien à perdre. Ça, James ne l'avait jamais compris. Sam vit James hésiter. Un bref clignement d'yeux. Un regard vite fuyant. Puis la haine. James avança d'un pas rapide vers lui, levant la main. On frappa alors à la porte. James sursauta. Avec un dernier regard jeté à Sam, il alla ouvrir. Une voix d'homme à la porte.

"Bonjour James. Nous avons un mandat pour fouiller à nouveau la maison."

Sam appuya la tête sur le réfrigérateur. Puis il sortit à l'arrière de la maison par la porte de la véranda. Jessie l'attendait.

Toute la localité était en émoi. La nouvelle s'était répandue comme une traînée de poudre, ainsi que cela se produit dans les petites communautés sans qu'on comprenne vraiment comment. D'un coup, tout le monde est au courant.

Sanna était au kiosque du Centre quand elle l'apprit. Elle n'avait pas eu le temps de se préparer un déjeuner, et avait opté pour une saucisse-purée sur le pouce. Alors qu'elle faisait la queue, on s'était mis à parler. De Stella. D'Helen. De Linnea. D'abord, elle n'avait pas compris de quoi il s'agissait, alors elle avait demandé au type derrière elle dans la queue, qu'elle reconnaissait comme un habitant de Fjällbacka, et il l'avait informée qu'Helen avait été arrêtée pour le meurtre de Linnea. Qu'elle avait reconnu avoir tué Nea et Stella.

Sanna était restée muette. Elle voyait bien que tous ceux qui savaient qui elle était la fixaient en attendant sa réaction. Mais elle n'avait rien à leur donner. Cela ne faisait que confirmer ce qu'elle savait déjà, que c'était de toute façon une des deux. C'était juste si étrange. Elle avait toujours considéré Marie et Helen comme un couple. Mais à présent, elle avait au moins un visage. Une responsable. La petite hésitation qui l'avait rongée ces trente dernières années avait disparu. À présent, elle savait la vérité. C'était un sentiment qui ne ressemblait à aucun autre.

Elle quitta la queue. Soudain, elle n'avait plus faim. Elle se dirigea vers l'eau, s'avança sur le ponton le plus proche de l'office de tourisme, et s'assit en tailleur tout au bout. Une brise légère dans ses cheveux. Elle ferma les yeux pour profiter de la fraîcheur. Elle entendait le brouhaha des gens, les cris des mouettes, les bruits de vaisselle au Café Bryggan et quelques voitures qui passaient. Et elle vit Stella. Elle la vit courir vers l'orée de la forêt et la taquiner du regard tandis qu'elle lui courait après. Elle vit sa main levée pour la saluer, et un sourire qui découvrait sa petite incisive de travers. Elle vit sa maman et son papa, à l'époque, avant que tout arrive, avant que le chagrin et les questions les conduisent à oublier Sanna. Elle vit Helen. La fille de treize ans qu'elle admirait en cachette. Et Helen adulte, avec son regard fuyant et sa posture voûtée. Elle savait qu'elle poserait bientôt des questions pour savoir pourquoi, mais pas encore, pas avant que la douce brise sur son visage n'ait disparu et que le soulagement de la certitude n'ait quitté son corps.

Trente ans. Trente longues années. Sanna leva son visage dans le vent. Alors, enfin, vinrent les larmes.

BOHUSLÄN 1672

Trois jours après la fin du procès, Lars Hierne, de la commission de lutte contre la sorcellerie, se rendit à la prison. Elin attendait dans le noir. Désespérée. Seule. Ils lui avaient donné un peu à manger, mais pas beaucoup. De la bouillie rance qu'ils lui jetaient dans un bol, avec un peu d'eau. Elle était faible, gelée, et s'était résignée à laisser les rats lui mordiller les orteils pendant la nuit. On lui avait tout pris, elle pouvait bien laisser les rats lui grignoter un peu de chair sur les os.

Elle plissa les yeux dans la lumière quand le lieutenant ouvrit la porte, Hierne était là. Élégamment habillé, comme d'habitude, tenant un mouchoir blanc sur son nez pour se protéger de la puanteur. Elle, elle ne la sentait plus.

"Elin Jonsdotter est accusée de sorcellerie, et a maintenant la possibilité d'avouer son crime.

— Je ne suis pas une sorcière", dit-elle tout bas en se levant.

Elle essaya en vain de brosser la saleté de ses vêtements, mais elle couvrait tout. Hierne la regardait avec dégoût.

"C'est déjà prouvé par l'épreuve de l'eau. J'ai entendu dire qu'Elin avait flotté comme un cygne. Ajoutons à cela les témoignages produits lors du procès. Les aveux ne sont que pour Elin elle-même. Pour qu'elle puisse expier son crime et rejoindre la communauté des chrétiens."

Elin s'appuya au mur glacé.

L'idée était vertigineuse. Aller au ciel était le but de la vie terrestre, s'assurer une place aux côtés de Dieu et accéder à la vie éternelle, libérée des peines qui étaient le lot quotidien des pauvres gens.

Mais elle secoua la tête. C'était un péché de mentir. Et elle n'était pas une sorcière.

"Je ne suis pas une sorcière, proclama-t-elle avec un coup de menton.

— Très bien. Nous allons donc en reparler là-bas", dit-il en faisant un signe de la main aux gardes.

Ils la traînèrent au bout du couloir et la poussèrent dans une pièce. Elin retint son souffle en y entrant. Un homme imposant à la barbe rousse en bataille la regarda. D'étranges outils et appareils remplissaient la pièce. Elin questionna Hierne du regard.

Il sourit :

"Voici maître Anders. Nous travaillons ensemble depuis des années pour faire apparaître au grand jour l'œuvre du diable. Il a fait avouer des sorcières à travers toute la province. La même possibilité va être offerte à Elin. Aussi, je demande encore une fois à Elin. Veut-elle saisir l'occasion qu'on lui donne de reconnaître son crime ?

— Je ne suis pas une sorcière", chuchota Elin tout en fixant les objets dans la pièce.

Hierne pouffa.

"Très bien. Je laisse donc maître Anders faire son office", dit-il, avant de quitter la pièce.

Le colosse à la barbe rousse ébouriffée l'observa sans un mot. Son regard n'était pas méchant, plutôt indifférent. D'une certaine façon, c'était encore plus effrayant que la haine à laquelle elle s'était habituée.

"Je vous en prie", dit-elle, mais il ne réagit pas.

Il saisit une chaîne pendue au plafond et les yeux d'Elin s'élargirent.

Elle cria et recula jusqu'à sentir le mur de pierres nues et humides contre son dos.

"Non, non, non !"

Sans un mot, il attrapa ses poignets. Elle résista de ses pieds nus contre les dalles du sol, mais c'était vain. Il lui entrava facilement les mains et les pieds. Il leva une paire de ciseaux devant Elin, qui cria comme une folle. Elle se roula par terre, mais il se contenta de saisir ses longs cheveux et commencer à les couper. Mèche après mèche, ses beaux cheveux tombèrent à terre, tandis qu'elle pleurait d'impuissance.

Maître Anders se leva et saisit une bouteille sur la table. Quand il la déboucha, elle sentit l'odeur d'alcool. Oui, il avait sûrement besoin de reprendre des forces pour la besogne qu'il devait accomplir. Elle espérait qu'il lui ferait boire un coup à elle aussi, qui puisse l'apaiser et l'endormir, mais elle n'y croyait pas. Au lieu de porter la bouteille à sa bouche, il lui versa l'alcool sur la tête, et elle dut cligner fort des paupières quand il lui coula dans les yeux.

Elle ne voyait plus rien, et dut se fier à son ouïe. Un raclement, il lui sembla reconnaître le bruit d'une pierre à feu. Bientôt, elle sentit l'odeur de la flamme. La terreur l'envahissant, elle se tordit de plus belle.

Puis vint l'effroyable douleur. Maître Anders avait porté la flamme vers sa tête et l'alcool s'était embrasé, emportant ce qui lui restait de cheveux et ses sourcils.

La douleur était intolérable, c'était comme si elle quittait son corps et se voyait elle-même de haut. Quand le feu fut éteint, elle sentit l'odeur de brûlé dans ses narines et eut un haut-le-cœur.

Elle se souilla en vomissant. Maître Anders grogna, toujours sans rien dire.

Il la remit sur pied. Maître Anders accrocha quelque chose autour de ses mains et elle fut hissée en l'air. La douleur de la brûlure lui coupait toujours le souffle, mais elle hurla quand la chaîne lui entailla les poignets en lui coupant la circulation.

Dans un état second, Elin ne comprit pas tout de suite ce qu'il lui étalait au creux de ses aisselles. Mais elle sentit alors l'odeur du soufre et entendit la pierre à feu. Elle se débattit fébrilement, pendue à sa chaîne.

Elin poussa un grand cri quand il mit le feu au soufre dans ses aisselles. Quand il se fut consumé, elle resta accrochée là, la tête pendante sur la poitrine. Elle arrivait à peine à geindre, si grande était sa douleur.

Elle ne savait pas combien de temps elle pendit là. Des minutes ou des heures. Mais maître Anders s'était en tout cas tranquillement attablé pour manger. Quand il eut fini, il s'essuya la bouche. Ses yeux brûlaient un peu moins, elle parvenait désormais à percevoir des formes floues. La porte s'ouvrit, elle tourna la tête dans cette direction, mais ne vit qu'une silhouette sombre. Mais elle reconnut la voix.

"Est-elle prête à avouer son crime ?" demanda Hierne d'une voix lente et distincte.

Elin menait un combat intérieur. Elle voulait que sa douleur cesse, elle le voulait, qu'elle s'arrête, à tout prix, mais comment avouer quelque chose qu'elle n'avait pas commis ? N'était-ce pas un péché de mentir ? Quelle miséricorde Dieu aurait-il pour elle, si elle mentait ?

Elin secoua la tête et s'efforça de formuler des mots avec ses lèvres qui ne voulaient plus vraiment lui obéir.

"Je… ne… suis… pas… une… sorcière."

Le silence se fit quelques instants. Puis Hierne dit avec lassitude :

"Très bien. Maître Anders va devoir continuer son travail."

La porte se referma et elle resta à nouveau seule avec maître Anders.

"Comment ça s'est passé ?"
Mellberg sortit la tête au passage de Patrik. Celui-ci le regarda avec étonnement. Il était rare que la porte de son bureau soit ouverte. Mais il y avait quelque chose dans cette affaire, ou plutôt ces affaires, qui interpellait tout le monde.
Patrik s'arrêta, appuyé au chambranle de la porte.
"Le jackpot. Nous avons trouvé des restes des vêtements de Nea dans la cheminée du séjour. Helen avait réussi à faire brûler le plus gros des tissus mais, par chance, les habits de Nea contenaient une certaine quantité de plastique, qui n'avait pas complètement brûlé. Nous avons en plus trouvé des ustensiles d'entretien avec des traces de sang et quelques gâteaux fourrés Kex dans le placard de la cuisine. Bon, ça, on doit pouvoir le trouver dans pas mal de ménages, ça ne compte peut-être pas comme preuve... mais les restes de plastique et le sang sur les ustensiles, c'est largement suffisant pour étayer ses aveux.
— Elle a dit pourquoi ? demanda Mellberg.
— Non, mais je vais lui parler de ce pas. Je voulais attendre le résultat de la perquisition. Et je voulais la laisser se morfondre quelques heures, je crois qu'elle sera plus encline à parler maintenant.
— OK, mais elle a réussi à fermer sa gueule pendant trente ans, dit Mellberg, sceptique.
— Vrai. Mais elle a choisi d'avouer, n'est-ce pas ? Je crois qu'elle veut nous raconter."
Patrik regarda autour de lui.
"Où est Ernst ?"

Mellberg grommela.

"Ah, c'est Rita, elle est si sensible que c'en est ridicule…"
Il se tut.

Patrik attendit une suite, puis le pressa d'un geste de la main.
"Alors Ernst est…"

Mellberg se gratta les cheveux, gêné.

"Ah, tu sais, ils l'aiment tellement, ces gamins. Et c'est dur pour eux en ce moment, c'est peu de le dire. Alors je me suis dit que si le chien pouvait rester à la maison…"

Patrik étouffa un rire. Bertil Mellberg. Tout au fond, c'était vraiment une bonne pâte.

"Parfait, bien vu", dit-il. Il n'obtint pour toute réponse qu'un soupir agacé. "Je vais parler à Helen. Ne va pas parler à la presse de tout ce que je viens de te dire, hein ?

— Moi ?" Mellberg s'offusqua, la main sur le cœur. "Je suis digne de Fort Knox, s'agissant de l'information !

— Mmm", fit Patrik, sans pouvoir s'empêcher de sourire sitôt qu'il eut le dos tourné.

Il fit signe à Paula de venir avec lui en passant devant son bureau, puis entra dans la salle d'interrogatoire. Annika était allée chercher Helen et avait fourni du café et quelques sandwichs. Personne ne considérait Helen comme agressive ou susceptible de s'enfuir, aussi était-elle traitée davantage en invitée qu'en criminelle. Patrik avait toujours adhéré à la philosophie selon laquelle on attrapait davantage de mouches avec du miel qu'avec une tapette à mouches.

"Bonjour Helen, comment allez-vous ? Voulez-vous la présence d'un avocat ?" demanda-t-il avant de lancer le magnétophone.

Paula s'assit à côté de lui.

"Non, non, ce n'est pas la peine", dit Helen.

Elle était pâle mais posée, ne semblait ni nerveuse ni émue. Ses cheveux noirs avec quelques touches de gris étaient attachés en simple queue de cheval, ses mains jointes devant elle sur la table.

Patrik la regarda tranquillement un moment. Puis lui dit :
"Il y a chez vous des choses qui confirment vos dires. Nous avons trouvé les restes des vêtements de Nea que vous avez

tenté de brûler, et nous avons retrouvé du sang sur un balai-brosse et une serpillière, ainsi que dans un seau."
Helen se figea. Elle étudia Patrik un long moment, puis sembla se détendre.
"Oui, c'est exact, dit-elle. J'ai brûlé les vêtements de la fillette dans la cheminée et j'ai récuré la grange. Je suppose que j'aurais dû brûler ça aussi.
— Ce que nous ne comprenons pas, c'est pourquoi. Pourquoi avez-vous tué Stella et Nea ?"
La voix de Paula était douce.
Helen hocha la tête. Il n'y avait aucune colère dans la pièce, aucune agressivité. L'atmosphère était plutôt engourdie. Peut-être était-ce la chaleur, peut-être le sentiment qu'Helen s'était résignée ? Elle détourna le regard. Puis se mit à parler.
"Marie et moi étions si heureuses d'avoir cette occasion d'être ensemble. Il faisait beau, comme tout cet été-là. Même si, quand on est petit, tous les étés sont ensoleillés. On en a en tout cas l'impression, rétrospectivement. Nous avions décidé d'emmener Stella sur la place prendre une glace. Elle avait été très contente, mais en même temps, Stella était toujours contente. Nous avions beau être beaucoup plus âgées, nous aimions bien parfois jouer avec elle. Et elle adorait se cacher. Elle ne connaissait rien de plus drôle que de bondir de sa cachette pour nous faire peur. Ce que nous la laissions faire. Nous l'aimions bien. Marie et moi. Nous aimions beaucoup Stella…"
Helen se tut et tira sur une peau d'ongle morte. Patrik patienta.
"Nous avions pris la poussette, il avait presque fallu la forcer à s'asseoir dedans tout le chemin jusqu'à Fjällbacka. Et nous lui avons acheté la plus grosse glace. Elle babillait sans arrêt. Et je me souviens que la glace fondait tant qu'il avait fallu courir chercher des serviettes pour la sécher. Stella était… Stella était intense. Elle avait l'air constamment en ébullition."
Elle tira à nouveau sur sa peau d'ongle. Ça s'était mis à saigner, mais Helen continuait à tirer sur le petit lambeau.
"Elle a parlé tout le chemin du retour également. Elle trottait juste devant nous, et Marie et moi trouvions ses cheveux

cuivrés tellement beaux dans le soleil. Ils étaient si lisses qu'ils brillaient. J'ai vu ces cheveux si souvent dans mes rêves…"

Ça saignait maintenant en abondance et commençait à couler le long du doigt. Patrik lui tendit une serviette en papier.

"Arrivées à la ferme, nous avons vu la voiture du père de Stella, dit Helen en entourant son doigt de la serviette. Nous lui avons dit de rentrer, que son papa était à la maison. Nous… nous voulions nous débarrasser d'elle pour avoir un moment ensemble toutes les deux. Nous l'avons regardée se diriger vers la maison, et nous avons supposé qu'elle y était entrée. Marie et moi avons alors filé nous baigner à l'étang. Et parler. Ça nous manquait. Pouvoir nous parler.

— De quoi parliez-vous ? demanda Paula. Vous vous souvenez ?"

Paula fronça les sourcils.

"Je ne me souviens pas exactement, mais je suppose que c'était de nos parents. Comme le font les ados. Qu'ils ne comprenaient rien. Qu'ils étaient injustes. Nous nous apitoyions beaucoup sur notre propre sort, à ce moment-là, Marie et moi. Nous nous sentions comme les victimes et les héroïnes d'un grand drame.

— Et que s'est-il passé ensuite ? interrogea Patrik. Comment cela a-t-il mal tourné ?"

Helen ne répondit pas tout de suite. Elle commença à tripoter la serviette qu'elle avait entourée autour de son doigt, et à en arracher des petits bouts. Elle reprit son souffle, poussa un profond soupir, puis continua son récit à voix basse. Ils entendaient à peine, au point que Patrik rapprocha le magnétophone et se pencha en avant avec Paula pour mieux entendre.

"Nous nous sommes séchées et habillées. Marie est partie de son côté, et je devais rentrer. Je me souviens que je m'inquiétais de devoir expliquer mes cheveux mouillés. Mais je m'étais dit que je pourrais toujours dire qu'on avait joué avec le tuyau d'arrosage chez Stella. Mais c'est alors que Stella s'est pointée. Elle nous avait suivies en cachette au lieu de rentrer chez elle. Et elle était fâchée que nous soyons allées nous baigner sans elle. Très en colère. Elle trépignait, criait. Elle avait demandé à aller se baigner sur le chemin du retour, et nous avions dit non. Et alors elle a dit…"

Helen déglutit. Elle semblait hésiter à continuer. Patrik se pencha encore plus près d'elle, comme pour l'enjoindre à continuer.

"Elle a dit qu'elle allait rapporter que nous étions allées nous baigner. Stella n'était pas idiote, et elle avait des oreilles comme des antennes paraboliques. Elle avait capté que nos parents ne nous permettaient pas d'être ensemble, et elle voulait, à la manière des enfants, se venger. Et moi… Je ne peux pas expliquer comment ni pourquoi c'est arrivé. Mais Marie me manquait tant, et je savais que si Stella rapportait que nous avions filé ensemble, nous n'aurions plus jamais l'occasion de nous voir."

Elle se tut et se mordit légèrement la lèvre inférieure. Puis elle leva les yeux et les regarda intensément.

"Vous souvenez-vous comment c'est, à treize ans, on a une copine ou un petit ami qui est le monde entier et on croit que c'est pour toujours ? On croit que le monde va s'effondrer sans cette personne. C'était exactement ce que je ressentais pour Marie. Et Stella était là, elle criait, criait, et je savais qu'elle pouvait tout détruire, et quand elle s'est retournée pour rentrer en courant chez elle, je… je me suis mise en colère, j'ai pris peur et j'ai paniqué, je voulais juste qu'elle se taise ! Alors j'ai ramassé une pierre, que je lui ai lancée. Je crois que je voulais juste la faire taire pour pouvoir la convaincre de ne rien dire, ou la soudoyer, ou n'importe quoi pour qu'elle ne rapporte pas. Mais la pierre l'a atteinte à l'arrière de la tête avec un choc creux et elle s'est tue au milieu d'un cri et elle s'est effondrée, comme ça. Et moi j'ai eu peur, j'ai couru jusque chez moi où j'ai filé m'enfermer dans ma chambre. Puis la police est arrivée…"

La serviette était à présent réduite en petits morceaux éparpillés sur la table. Helen respirait fort, et Patrik la laissa se reprendre une minute avant de demander :

"Qu'est-ce qui vous a pris d'avouer, toutes les deux ? Puis de vous rétracter ? Pourquoi Marie a-t-elle avoué, alors qu'elle n'était pas impliquée ?"

Helen secoua la tête.

"Nous étions des enfants. Nous étions bêtes. Nous ne pensions qu'à une seule chose : être ensemble. Marie détestait sa famille, elle ne souhaitait rien tant que les quitter. Alors je ne sais pas, nous n'en avons jamais parlé. Mais je crois qu'elle pensait qu'en avouant ensemble, nous serions envoyées au même endroit. Nous pensions qu'on allait en prison, même si on était enfants. Et Marie préférait y être avec moi que rester seule chez elle."

Son regard passa de Paula à Patrik.

"Alors vous comprenez combien elle se sentait mal. Mais quand nous avons compris que nous ne serions pas envoyées au même endroit, nous avons tenté de nous rétracter. Mais il était trop tard. J'ai bien compris que je n'aurais pas dû revenir sur mes aveux, que j'aurais dû dire ce que j'avais fait. Mais j'avais tellement peur. Tous les adultes autour de moi étaient tellement en colère. Tous criaient. Tous menaçaient. Tous étaient désespérés, indignés, il y avait tant d'émotion que je n'ai pas eu le courage. Alors j'ai menti, j'ai dit que je ne l'avais pas fait, que je n'avais pas tué Stella. Mais ça n'avait plus aucune importance… J'aurais pu aussi bien avouer. Les conclusions du procès ont quand même établi que nous étions coupables, et on m'a ensuite toujours regardée avec suspicion. La plupart des gens pensent sans doute que c'est moi qui ai tué Stella. Je sais que j'aurais dû dire ce qu'il en était, pour laver Marie des soupçons, mais nous n'avons pas vraiment été punies, et de fait je pensais qu'elle serait mieux dans une famille d'accueil que chez elle. Puis les années ont passé, et elle semblait plutôt profiter d'avoir comme moi cette ombre au-dessus d'elle. Alors j'ai laissé courir."

Patrik hocha lentement la tête. Il avait la nuque raide.

"D'accord, je comprends un peu mieux, dit-il. Mais nous devons aussi parler de Nea. Voulez-vous faire d'abord une pause ?"

Helen secoua la tête.

"Non, mais je prendrai volontiers un autre café.

— Je vais en chercher", dit Paula en se levant.

Patrik et Helen restèrent silencieux jusqu'au retour de Paula. Elle revint avec toute la cafetière et un pack de lait, et resservit les trois tasses.

"Nea, reprit Patrik. Que s'est-il passé ?"

Il n'y avait rien d'accusateur dans son ton. Rien d'agressif. Ils auraient aussi bien pu parler de la pluie et du beau temps. Il voulait qu'Helen se sente à l'aise. Et assez curieusement, il ne ressentait aucune colère à son égard. Il savait qu'il aurait dû. Elle avait assassiné deux enfants. Malgré cela, il éprouvait, à son corps défendant, une certaine sympathie pour la femme de l'autre côté de la table.

"Elle…" Helen leva les yeux, comme essayant de se représenter la scène. "Elle… elle est venue chez nous. J'étais dans le jardin, et soudain, elle était là. Elle le faisait de temps en temps, filait de chez elle et venait nous voir. Je lui disais toujours de rentrer chez elle, pour que ses parents ne s'inquiètent pas, mais elle voulait me montrer quelque chose… Et elle était si impatiente, si gaie. Alors je… je l'ai suivie.

— Que voulait-elle montrer ?" demanda Paula.

Elle leva le pack de lait, mais Helen secoua la tête.

"Elle voulait que je la suive dans la grange. Elle m'a demandé si je voulais jouer avec elle, et j'ai dit non, que j'avais d'autres choses à faire. Mais elle avait l'air tellement déçue. Alors je lui ai dit qu'elle pouvait me montrer une chose, puis que je devrais rentrer.

— Vous ne vous êtes pas demandé où étaient ses parents ? Il était très tôt."

Helen haussa les épaules.

"Nea sortait souvent jouer très tôt le matin. J'ai dû penser qu'ils l'avaient laissée sortir juste après le petit-déjeuner.

— Et qu'est-il arrivé ?"

Patrik l'encourageait précautionneusement.

"Elle voulait qu'on aille dans la grange. Là, il y avait un petit chat, un chat gris qui s'est frotté à nos jambes. Elle a dit qu'elle voulait me montrer le grenier. Je lui ai demandé si elle avait vraiment le droit d'y monter, et elle a dit que oui. Elle est montée la première par l'échelle, et je l'ai suivie. Ensuite…"

Elle but une gorgée de café et reposa soigneusement la tasse, comme si elle était faite en porcelaine fragile.

"Ensuite je me suis tournée… Rien qu'une seconde… Et elle a dû dégringoler. J'ai juste entendu un bref cri, puis un choc sourd. Quand j'ai regardé en bas, elle était juste là. Ses yeux étaient ouverts, sa tête saignait. Et j'ai su qu'elle était morte. Exactement comme j'ai su que Stella était morte en entendant la pierre heurter sa tête. J'ai été prise d'une telle panique…

— Pourquoi l'avoir déplacée ? dit Patrik.

— Je… je ne sais pas…" Helen secoua la tête, les mains légèrement tremblantes. "J'ai vu Stella. Là-bas, près de l'étang. Je… voulais lui amener la fillette. Et je voulais effacer toutes les traces pouvant conduire jusqu'à moi. J'ai un fils, à présent. Sam a besoin de moi. Je ne pouvais pas… je ne peux pas…"

Elle cligna des yeux pour chasser des larmes et ses mains tremblèrent de plus belle. Patrik luttait contre un élan de sympathie. Il ne comprenait pas. Il ne voulait pas la plaindre, mais ne pouvait s'en empêcher.

"Donc vous avez effacé les traces derrière vous ?"

Helen hocha la tête.

"Je l'ai portée à l'étang. Déshabillée, lavée et mise sous un arbre. Il faisait si chaud, je n'avais pas peur qu'elle prenne froid…"

Elle se tut, réalisant sans doute l'absurdité de cette remarque. Elle serra plus fort sa tasse.

"Je suis restée longtemps près de l'étang, mais ensuite je suis rentrée et je suis allée chercher ce dont j'avais besoin pour nettoyer dans la grange. J'ai vu la voiture d'Eva s'en aller. Je pouvais donc travailler sans être dérangée."

Patrik hocha la tête.

"Nea avait du chocolat dans l'estomac quand on l'a retrouvée. Et du biscuit. Et il n'y en avait pas chez elle…"

Helen déglutit.

"Non, c'est moi qui lui ai donné. Elle m'a vue manger un Kex au chocolat quand elle est passée me voir, et elle en voulait. Alors je lui en ai donné un bout.

— Nous avons retrouvé l'emballage dans la grange", dit Patrik.

Helen hocha la tête.

"Oui, c'est là que je lui ai donné le chocolat.

— Où ? En bas, ou au grenier ?"

Helen réfléchit. Puis elle secoua la tête.

"Je ne sais pas. Je ne m'en souviens pas. Je sais juste que je lui ai donné un gâteau fourré au chocolat.

— OK." Patrik regarda Paula à la dérobée. "Je crois que nous nous arrêterons là pour le moment, nous reparlerons plus tard.

— D'accord, dit Helen.

— Avez-vous besoin de quelque chose ? demanda Paula en se levant.

— Non, non, je n'ai besoin de rien."

Patrik eut le sentiment que le sens de cette phrase allait plus loin que sa situation immédiate. Il échangea un regard avec Paula. Il vit qu'elle avait le même sentiment que lui. Ils avaient eu des réponses. Mais aussi des questions.

Karim regardait par la vitre de la voiture. La boule qu'il avait au ventre empirait à chaque mètre parcouru. Ses enfants lui manquaient autant qu'il redoutait les retrouvailles. Il n'avait pas la force de porter en plus leur chagrin, le sien était déjà bien trop grand…

Bill lui avait fait l'amitié de venir le chercher à l'hôpital et il appréciait, vraiment. Mais il était incapable de lui parler. Bill tenta de bavarder, mais abandonna après quelques minutes, laissant Karim regarder par la portière. Quand il le déposa, Bill regarda ses mains couvertes de bandages et lui demanda s'il avait besoin d'aide. Karim répondit qu'il pouvait juste lui passer son sac sur le bras. Il ne supportait pas les regards compatissants, pas pour le moment.

La femme qui lui ouvrit n'avait pas l'air suédoise. Ce devait être la mère de Paula, la policière qui s'était offerte pour l'aider. Celle qui avait fui le Chili en 1973. Quel regard portait-elle sur la Suède ? Avait-elle supporté les mêmes regards qu'eux ?

Avait-elle été confrontée à la même méfiance, la même haine ? Mais c'était une autre époque.

"Papa !"

Hassan et Samia accoururent. Ils se jetèrent à son cou, et il faillit tomber à la renverse sous leur poids.

"They missed you*", dit la femme tout sourire.

Ils n'avaient pas encore eu le temps de se saluer, mais il avait d'abord besoin d'inspirer l'odeur de ses enfants, l'odeur d'Amina, ses traits dans le visage de sa fille, les yeux de son fils. Ils étaient tout ce qui lui restait d'elle et, en même temps, ils étaient un cruel rappel de ce qu'il avait perdu.

Il finit par lâcher les enfants et se relever. Ils regagnèrent en courant le séjour pour s'asseoir devant la télévision à côté d'un petit garçon qui le regardait avec curiosité mais timidité, une tétine à la bouche et un doudou sur les genoux. Le programme pour enfants les avait attirés.

Karim posa son sac et regarda autour de lui. C'était un appartement lumineux et agréable, mais il s'y sentait perdu et étranger. Où irait-il, à présent ? Les enfants et lui étaient seuls, sans maison. Ils ne possédaient pas même le strict nécessaire. Dépendaient des aumônes de gens qui ne voulaient même pas d'eux ici. Et si on les jetait à la rue ? Il avait vu les mendiants, assis devant les boutiques, avec leur pancarte en carton d'emballage mal écrite et un regard vide et absent derrière leur main tendue.

Il était de sa responsabilité de s'occuper des enfants, et il avait fait tout ce qui était en son pouvoir pour leur offrir la sécurité et un avenir meilleur. Mais voilà où cela l'avait conduit : chez des inconnus, privé de tout. Il n'avait plus le courage.

Il se laissa tomber à terre, en larmes. Il savait que les enfants seraient effrayés, il aurait fallu ne pas leur faire peur, se montrer fort, mais il n'en avait tout simplement plus le courage.

Le poids de mains chaudes sur ses épaules. Les bras de cette femme l'entourèrent, sa chaleur se répandit et fit fondre dans sa poitrine des fragments gelés depuis qu'ils avaient quitté Damas. Elle le prit dans ses bras, le berça, et il se laissa faire.

---

* Vous leur avez manqué.

Le mal du pays lui perçait la poitrine et les remords lacéraient tout espoir d'une vie meilleure. Il était naufragé.

"Bonjour ?"
Martin s'arrêta net en voyant qui était à l'accueil. Il s'amusa de constater que, pour une fois, Annika restait incapable de répondre. Elle regardait Marie Wall bouche bée.
"Que pouvons-nous faire pour vous aider ?" dit Martin.
Marie sembla hésiter. Elle avait perdu sa gouaille habituelle et avait l'air mal assurée. Cela lui allait bien, ne put-il s'empêcher de penser. Elle faisait plus jeune.
"Quelqu'un sur le tournage a dit que vous aviez arrêté Helen. Pour le meurtre de cette fille. Je… je dois parler à un responsable : ça n'est pas possible."
Elle secoua la tête et ses cheveux blonds bouclés en coiffure années cinquante luisirent autour de son visage. Du coin de l'œil, Martin vit qu'Annika la fixait toujours. Ce n'était pas tous les jours qu'une star du cinéma se présentait au commissariat de Tanumshede. À bien y réfléchir, ce devait même être la première fois.
"Vous allez parler à Patrik", dit-il en lui faisant signe de le suivre.
Il s'arrêta devant le bureau de Patrik et frappa légèrement du dos de la main à sa porte ouverte.
"Patrik. Il y a quelqu'un qui veut te parler.
— Ça ne peut pas attendre ? demanda Patrik sans lever les yeux de ses papiers. Il faut que j'écrive mon rapport de l'interrogatoire d'Helen, et ensuite je…"
Martin le coupa.
"Je crois que tu voudras voir cette personne."
Patrik leva les yeux. Seul signe de son étonnement à la vue de Marie, ses yeux s'élargirent un peu. Il se leva avec un petit hochement de tête.
"Bien entendu. Martin, tu m'accompagnes ?"
Martin acquiesça.
Ils s'installèrent dans la même pièce qu'avec Helen un moment plus tôt. Les bouts de papier déchirés étaient toujours

là, Patrik se dépêcha de les balayer du revers de la main pour les jeter dans la corbeille.

"Je vous en prie, asseyez-vous", dit-il en indiquant la chaise la plus proche de la fenêtre.

Marie regarda autour d'elle d'un air hésitant.

"Ça faisait longtemps que je n'étais pas revenue ici", dit-elle.

Martin comprit que ce devait être ici qu'elle avait été interrogée trente ans plus tôt, dans des circonstances différentes, mais dont les ressemblances faisaient froid dans le dos.

"Voulez-vous du café ? demanda Patrik, mais elle secoua la tête.

— Non… Je… C'est vrai, vous avez arrêté Helen pour le meurtre de Nea ? Et elle a avoué le meurtre de Stella ?"

Patrik hésita, lorgna du côté de Martin, puis dit avec un bref hochement de tête :

"Oui, c'est exact. Ça n'a encore rien d'officiel. Mais le téléphone arabe est décidément très efficace, dans le coin.

— Je viens de l'apprendre", dit Marie.

Elle montra un paquet de cigarettes et Patrik hocha la tête. En fait, il était interdit de fumer dans les locaux, mais s'il y avait lieu de faire une exception, c'était bien maintenant.

Marie alluma soigneusement sa cigarette et en tira quelques bouffées avant de commencer à parler.

"Je n'ai jamais cru qu'Helen avait tué Stella, et je continue à ne pas le croire. Quoi qu'elle dise. Mais surtout, je sais qu'elle ne peut pas avoir tué l'autre petite fille.

— Comment le savez-vous ?" interrogea Patrik en se penchant en avant.

Il montra le magnétophone sur la table et Marie acquiesça. Il se mit en marche en ronronnant, et Patrik débita rapidement la date et l'heure. Même s'il ne s'agissait pas d'un interrogatoire formel, mieux valait trop enregistrer que pas assez. La mémoire humaine n'était pas fiable et parfois carrément trompeuse.

"Elle était avec moi quand la fillette est morte. Vous vouliez savoir où je me trouvais à huit heures lundi matin, n'est-ce pas ?" dit-elle en les regardant d'un air incertain.

Martin toussa à cause de la fumée, il avait toujours eu les poumons fragiles.

"Et où étiez-vous ?"

Tout son corps semblait crispé.

"Chez Helen. Vous aviez donc raison, j'ai menti sur mon alibi, personne ne m'a accompagnée chez moi. Je suis arrivée chez Helen dès huit heures. Elle n'était pas prévenue, car j'étais persuadée qu'elle aurait refusé si j'avais d'abord téléphoné.

— Comment vous y êtes-vous rendue ?" demanda Patrik.

Martin regarda à la dérobée ses talons aiguilles sous la table. Non, qu'elle y soit allée à pied n'était pas plausible.

"Une voiture est incluse dans le loyer de la maison dont je dispose. Une Renault blanche, garée sur le grand parking à côté de la maison.

— Il n'y a aucune voiture immatriculée au nom des propriétaires de la maison que vous louez, nous avons déjà vérifié.

— Elle est au nom de la mère du propriétaire. Ils la lui empruntent quand ils viennent en Suède. Et c'était compris dans mon loyer.

— Il y a une Renault blanche dans les notes de Dagmar ce matin-là, confirma Martin à Patrik.

— D'abord, elle n'a pas voulu me laisser entrer, mais je peux être... assez persuasive, et elle a fini par céder. Nous nous étions parlé au téléphone la veille au soir, et elle avait mentionné le fait que son mari était absent. Sans ça, je n'y serais pas allée. Quelque part, je crois qu'elle en a parlé parce qu'inconsciemment elle voulait que je vienne.

— Et son fils ? Sam ?"

Marie haussa les épaules en tirant une autre bouffée.

"Je ne sais pas, soit il dormait, soit il n'était pas là. En tout cas, je ne l'ai pas vu. Mais je l'ai rencontré avec ma fille. Ironie du sort, ils sont devenus copains, et peut-être même un peu plus que ça... mais il faut dire qu'ils sont un peu bizarres, tous les deux.

— Que vouliez-vous à Helen ?" demanda Patrik.

Il toussa discrètement lui aussi.

Le visage de Marie reprit son expression vulnérable. Elle écrasa sa cigarette.

"Je voulais savoir pourquoi elle m'avait abandonnée, dit-elle tout bas. Je voulais savoir pourquoi elle avait cessé de m'aimer."

Le silence se fit dans la pièce, on n'entendait plus qu'une mouche bourdonner près de la fenêtre. Le visage de Patrik était luisant. Martin essayait de réaliser ce que Marie venait de dire. Il lorgna du côté de Patrik, qui semblait ne pas savoir comment rebondir.

"Vous étiez un couple…", dit-il lentement.

Des phrases détachées de leur contexte, de vagues allusions, une expression du visage, un regard, tant d'éléments prenaient soudain un sens.

"Racontez-nous", dit-il.

Marie inspira lentement, puis souffla de même.

"Nous n'avons pas tout de suite compris ce qui nous arrivait. Vous savez bien, ayant grandi ici, et à cette époque… Bon, ce n'était pas comme aujourd'hui, on ne savait pas ce que c'était. C'était un papa, une maman, des enfants, et rien d'autre. Je n'avais même jamais entendu dire qu'une femme pouvait aimer une femme, ou un homme un homme. Il nous a donc fallu du temps pour comprendre que nous étions amoureuses. Nous n'avions jamais été amoureuses, nous sortions juste de l'enfance, nous étions des adolescentes et nous parlions des garçons comme les autres filles et comme nous savions que ça se faisait. Mais nous ressentions autre chose. Lentement, nous avons déplacé les limites. La sensation de se toucher. De se caresser. Nous jouions, explorions, et c'était plus fort que tout ce que j'avais jamais ressenti. Nous avions un monde constitué seulement de nous deux, et cela suffisait, il n'y avait besoin de rien d'autre. Mais ensuite… Ensuite, je crois que les parents d'Helen, peut-être sans vraiment le comprendre, ont senti qu'il se passait quelque chose qui, pour eux, était inacceptable. Ils n'avaient aucune preuve, il n'y avait rien de concret, mais je crois que, quelque part, ils se doutaient de ce qui se passait. Ils ont donc décidé de nous séparer. Le monde s'est écroulé. Nous avons pleuré des semaines durant. Nous étions désespérées. Nous ne pensions qu'à une seule chose, pouvoir être ensemble, et ne pas pouvoir nous toucher, ça… ça nous déchirait. Je sais que cela semble ridicule, nous étions si jeunes, des filles, pas des femmes. Mais on dit bien que le premier amour est le plus fort. Et nous brûlions, jour et nuit. Helen a arrêté de manger, et je me suis mise à me bagarrer pour un oui ou pour un non. Chez moi, la situation a encore empiré, et ils ont tout fait pour me mettre du plomb dans la tête. Littéralement."

Marie alluma une autre cigarette.

Patrik alla ouvrir la fenêtre, la mouche s'échappa.

"Vous comprenez donc ce qu'avait de spécial le jour où nous avons pu garder Stella ensemble. Bien sûr, nous avions déjà réussi à nous voir en cachette, mais pas plus d'une ou deux fois, et toujours très brièvement. Les parents d'Helen surveillaient le moindre de ses pas, comme des vautours.

— Helen nous a dit que vous êtes allées en ville avec Stella acheter des glaces sur la place, puis que vous êtes rentrées par la forêt et l'avez laissée à la ferme, en voyant que la voiture de son père était là. C'est exact ? Puis que vous êtes allées vous baigner ?"

Marie hocha la tête.

"Oui, c'est ça. Nous nous sommes dépêchées de laisser Stella, parce que nous voulions un moment pour nous. Nous nous sommes baignées, embrassées et… bon, je crois que vous comprenez. C'est alors que j'ai eu l'impression d'entendre quelqu'un d'autre dans la forêt, que j'ai eu l'impression qu'on nous observait.

— Et ensuite ?

— Ensuite, nous nous sommes rhabillées. Je suis rentrée chez moi, et Helen chez elle. Alors qu'elle raconte qu'elle a assassiné Stella ensuite, après mon départ…" Elle secoua la tête. "J'ai du mal à le croire, mon Dieu, nous avions treize ans ! Ça a dû être la personne que j'ai entendue dans la forêt, et je crois deviner qui c'était. Déjà à l'époque, James était un type affreux, il traînait tout le temps en forêt, on trouvait parfois des animaux morts, et je suppose que c'était James qui jouait au tireur d'élite. Il a toujours été obsédé par les armes, la guerre, tuer. Tout le monde le savait, que quelque chose ne tournait pas rond chez lui. Tout le monde, sauf le père d'Helen, ces deux-là étaient inséparables. Si James n'était pas en forêt, il était chez la famille d'Helen. Qu'il ait épousé Helen est… oui, à la limite de l'inceste."

Marie fronça le nez.

"Pourquoi avez-vous avoué, alors ? dit Patrik. Pourquoi avouer un meurtre que vous n'avez pas commis ?"

La réponse de Marie allait-elle être différente de celle d'Helen ?

"J'étais naïve. Et je ne devais pas comprendre la gravité de la situation, que c'était pour de bon. Je me souviens avoir d'une certaine façon trouvé tout ça passionnant. Mon plan, c'était qu'Helen et moi restions ensemble. J'avais une sorte de vision romantique, nous allions toutes les deux être condamnées et envoyées quelque part ensemble. J'aurais été libérée de ma famille, et avec Helen. Et quand on nous relâcherait, nous aurions pu ensemble découvrir le vaste monde… Bon, vous voyez, les rêves d'une ado de treize ans. Je n'aurais jamais pu imaginer les conséquences de ma bêtise. J'ai avoué, en espérant qu'Helen comprendrait mon plan et me suivrait, ce qu'elle a fait. Après, quand j'ai compris que nous n'allions pas finir dans le même foyer pour jeunes, comme je l'avais imaginé, eh bien, il était trop tard. Personne ne nous a crues. Ils avaient résolu l'affaire, tout était emballé et pesé. Un joli paquet-cadeau avec son ruban rouge. Ça n'intéressait personne de remettre quoi que ce soit en cause ou de reprendre l'enquête."

Elle marqua une pause, déglutit plusieurs fois.

"Ils nous ont séparées. J'ai atterri dans diverses familles d'accueil, tandis qu'Helen a déménagé à Marstrand avec sa famille, après une courte période en foyer. Mais je comptais les secondes qui nous séparaient de nos dix-huit ans…

— Que s'est-il passé, à vos dix-huit ans ?" demanda Martin.

Il ne pouvait détacher son regard des lèvres de Marie. L'histoire qui se développait devant eux était incroyable, mais pourtant absolument évidente et simple. Elle comblait les lacunes, expliquait ce qu'ils avaient pressenti sans pouvoir le préciser.

"J'ai pris contact avec Helen. Et elle m'a repoussée. Dit qu'elle allait se marier avec James et ne voulait plus avoir le moindre contact avec moi. Que tout avait été une erreur... D'abord, je ne l'ai pas crue. Mais quand j'ai compris qu'elle était sérieuse, j'ai été détruite. Je l'aimais toujours. Mes sentiments étaient toujours aussi forts. Ça n'avait pas été qu'une bête amourette adolescente disparue avec le temps. Au contraire, le temps et les circonstances m'avaient fait l'aimer encore plus. Mais elle ne voulait plus entendre parler de moi. Je ne pouvais pas comprendre, mais que faire ? Le plus dur à admettre était qu'entre tous, elle avait choisi de se marier avec James. Non, ça ne collait pas. Mais je n'avais pas d'autre choix que de laisser faire. Jusqu'à aujourd'hui. Ça ne peut pas être un hasard que j'aie eu ce rôle, que j'aie été forcée de revenir chez moi. C'était pour que j'obtienne des réponses. Je ne l'ai jamais oubliée. Helen avait été mon grand amour. Et je pensais avoir été le sien.

— C'est donc pour cette raison que vous y êtes allée, ce matin-là ?" demanda Patrik.

Marie hocha la tête.

"Oui, j'ai décidé d'exiger d'elle les réponses dont j'avais besoin. Et comme je vous l'ai déjà dit, elle n'a d'abord pas voulu me laisser entrer.

— Et que s'est-il passé alors ?

— Nous sommes allées parler sur la véranda, à l'arrière de la maison. D'abord, elle m'a traitée comme une étrangère. Froide et cassante. Mais j'ai senti que cette Helen que j'avais connue était toujours là, quand bien même elle essayait de la refouler. Alors je l'ai embrassée.

— Comment a-t-elle réagi ?"

Marie porta les mains à ses lèvres. Les effleura.

"D'abord, elle n'a pas réagi du tout. Puis elle a répondu à mon baiser. C'était comme si trente ans ne s'étaient pas écoulés. C'était mon Helen, elle se collait à moi, et j'ai su que j'avais eu raison depuis le début, qu'elle n'avait jamais cessé de m'aimer. Et je le lui ai dit. Elle ne l'a pas nié, mais je n'ai pas eu d'explication quant à son abandon. Elle ne savait ou ne voulait pas m'expliquer. Je l'ai interrogée sur James, lui ai dit que je refusais de croire qu'à dix-huit ans elle ait pu vouloir l'épouser, qu'elle ne pouvait pas l'avoir aimé. Que quelque chose ne collait pas. Mais elle s'est obstinée à soutenir qu'elle était tombée amoureuse de lui. Qu'elle l'avait choisi, préféré à moi, et que je n'avais qu'à l'accepter. Mais je savais qu'elle mentait, et j'ai fini par me fâcher et m'en aller. Je l'ai laissée là, sur la véranda. Et j'ai regardé ma montre en partant, j'étais déjà en retard pour le tournage. Il était huit heures vingt. Alors si la fillette est morte vers huit heures, il est impossible qu'Helen l'ait tuée. Elle était avec moi à ce moment-là.

— Pourquoi croyez-vous alors qu'elle dit l'avoir tuée ?" demanda Patrik.

Marie tira sur sa cigarette et réfléchit longtemps à la question.

"Je crois qu'Helen a beaucoup de secrets, dit-elle alors. Mais la seule qui en possède la clé, c'est elle."

Elle se leva brusquement.

"Il faut que j'aille au studio. Mon travail est la seule chose qui compte pour moi.

— Vous avez une fille", ne put s'empêcher de lui faire remarquer Martin.

Marie le regarda. Toute nudité et vulnérabilité avaient disparu.

"Un accident de travail", lâcha-t-elle, et elle les laissa dans cette pièce emplie de fumée de cigarette et de lourd parfum.

"Maintenant, tiens-toi tranquille, Bertil !" siffla Paula.

Essayer d'attacher une cravate à Mellberg s'était avéré impossible. Voilà un bon moment que Rita avait jeté l'éponge en grommelant et en jurant, et ils commençaient à être en retard pour arriver à l'heure au mariage de Kristina et Gunnar.

"Quelle connerie de se saper, quel est l'idiot qui a décidé qu'il fallait s'attacher une corde au cou pour être beau ?" pesta Mellberg en tirant sur la cravate, si bien que le nœud que Paula venait juste de réussir se défit.

"Ah mais, quel con, merde !" jura-t-elle. Elle le regretta aussitôt quand Leo s'éclaira comme un soleil en criant : "Merde ! Merde ! Merde !"

Bertil s'esclaffa et se tourna vers Leo qui les observait, assis sur le lit.

"C'est bien, il faut connaître un choix de jurons, ça sert toute la vie ! Tu sais dire *bordel* ? Et *putain* ?

— Bodel ! Utain ! s'écria Leo, tandis que Paula fusillait Mellberg du regard.

— Tu es vraiment un grand enfant, ou quoi ? Apprendre des jurons à un gosse de trois ans !" Elle se tourna vers Leo et lui dit d'une voix ferme : "Il ne faut *pas* répéter les mots que pépé Bertil t'apprend ! Compris ?"

Leo sembla déçu, mais hocha la tête, dépité.

Mellberg se retourna, lui fit un clin d'œil et chuchota : "Crotte !

— Crotte !" répéta Leo en pouffant.

Paula gémit. Mon Dieu. C'était vraiment mission impossible. Et elle ne parlait pas que du nœud de cravate.

"Comment ferons-nous, si Karim et les enfants n'obtiennent pas l'appartement ? demanda-t-elle tandis qu'elle faisait une dernière tentative pour nouer la cravate. Je vois bien que Karim trouve pénible d'être hébergé chez nous, et ça ne sera pas tenable à la longue, ils ont besoin d'un endroit à eux. Ça aurait été parfait qu'ils puissent avoir l'appartement d'à côté, mais je n'arrive jamais à joindre le propriétaire pour qu'il puisse me dire où on en est, avec la commune et le loyer. Et la commune qui n'a pas l'air de pouvoir faire d'autre proposition de logement…

— Bah, ça va s'arranger, dit Mellberg.

— S'arranger ? Oui, facile à dire, tu n'as pas l'air de t'en faire. Je ne t'ai pas vu lever le petit doigt pour essayer d'aider Karim, et pourtant, c'est quand même un peu ta faute si on en est là !"

Elle se mordit les lèvres, cette dernière remarque était inutilement dure. Mais la frustration de ne voir personne disposé à aider cette famille lui donnait envie de lancer un coup de pied dans le tibia de quelqu'un. Fort.

"Tu as bien le tempérament de ta mère, dit gaiement Mellberg, apparemment indifférent à sa sortie. Parfois, ça peut être bien, mais vous devriez vraiment travailler la patience et le self-control, vous deux. Regardez-moi et apprenez. Les choses finissent toujours par s'arranger. Comme ils disent dans *Le Roi Lion* : *Hakuna matata*.

— Hakuna matata !" jubila Leo en sautant sur le lit.

Le Roi Lion était son film préféré. Il le visionnait à peu près cinq fois par jour.

Furieuse, Paula lâcha la cravate de Mellberg. Elle savait qu'il ne fallait pas se mettre dans des états pareils à cause de lui, mais sa nonchalance la rendait folle.

"Bertil, qu'en temps normal tu sois un gros porc macho et égoïste, j'ai appris à vivre avec ! Mais que tu te fiches complètement du sort de Karim et de deux pauvres gamins qui viennent de perdre leur maman, c'est…" Elle était si furieuse qu'elle en perdait ses mots. "*Merde*, je n'en dirai pas plus !"

En sortant en trombe de la chambre, elle entendit Leo répéter gaiement "Merde", mais elle penserait plus tard à lui parler sérieusement. Maintenant, elle allait mettre la main sur ce maudit propriétaire, même s'il lui fallait tambouriner à sa porte jusqu'à demain. Elle souleva d'une main l'ample évasement de sa robe et jura en trébuchant dans l'escalier sur ses hauts talons. Se mettre sur son trente et un n'était pas son fort, et à dire vrai, elle se sentait carrément ridicule en robe. Et ce n'est pas commode, non plus, pensa-t-elle en manquant une deuxième fois de s'étaler devant chez le propriétaire. Elle frappa du poing sur la porte, et allait recommencer, plus fort, quand elle s'ouvrit.

"Qu'est-ce qui se passe ? Il y a le feu ?

— Non, non", dit Paula en ignorant son regard étonné devant sa robe et ses chaussures à talons.

Elle se redressa avec autorité, mais sentit qu'il était difficile d'inspirer le respect en robe à fleurs et escarpins.

"C'est au sujet de l'appartement. Pour la famille de réfugiés qui habite chez nous. Je sais qu'il y a une différence de quelques milliers de couronnes entre la subvention que propose la commune et le loyer demandé, mais il doit quand même bien y avoir moyen d'arranger ça ? L'appartement est vide, et ils ont vraiment besoin d'un foyer, et comme c'est à côté de chez nous, ils ne se sentiront pas seuls. Nous nous portons garants pour eux, je vous signe un papier, ce que vous voulez ! Un peu d'empathie pour une famille dans le besoin, merde !"

Elle se campa, les mains sur les hanches, et le dévisagea. Il la fixa, étonné.

"Mais c'est déjà réglé, dit-il. Bertil est passé me voir hier, pour me dire qu'il compléterait la différence aussi longtemps qu'il le faudrait. Ils peuvent emménager dès lundi."

Paula le regarda, bouche bée.

Le propriétaire secoua la tête, l'air confus.

"Il ne vous a rien dit ? Il m'a interdit d'en parler à Karim si je le croisais, Bertil voulait que ce soit vous qui le mettiez au courant.

— Le salopiot, marmonna Paula.

— Pardon ?

— Non, non, rien", dit-elle en lui faisant signe de laisser tomber.

Elle remonta lentement jusqu'à l'appartement de Mellberg et Rita. Elle savait juste que, là-haut, il était mort de rire à ses frais. Mais c'était cadeau. Elle ne savait jamais sur quel pied danser, avec ce gars. Il pouvait parfois être le bonhomme le plus énervant, crétin, borné et obtus de la planète. Mais il était aussi la personne que Leo vénérait le plus au monde. Rien que cela suffisait à Paula pour lui passer la plupart de ses idioties. Mais elle n'oublierait jamais non plus qu'il avait veillé à ce que Karim et les enfants aient un toit.

"Allez, viens, que je te l'attache, cette foutue cravate !" lança-t-elle en entrant dans l'appartement.

Dans la chambre, elle entendit Leo crier gaiement : "Outu !"

"J'ai l'air grosse, là-dedans ?" s'inquiéta Erica.

Elle se tourna vers Patrik.

"Tu es super belle, dit-il en se glissant derrière elle pour l'enlacer. Mmm, et tu sens bon aussi."

Il lui flaira la nuque.

"Attention à ma coiffure, rit-elle. Miriam y a passé une heure et demie, alors ne va pas te faire des idées…

— Je ne comprends pas du tout ce que tu veux dire, dit-il en lui humant le cou.

— Arrête !"

Elle se détourna et se contempla dans le miroir.

"Cette robe n'est pas si mal, non ? J'avais peur de devoir porter un truc saumon avec une grosse rose sur les fesses, mais ta mère m'a surprise. Sa robe est aussi tout à fait formidable.

— N'empêche, je continue à trouver tout ce mariage un peu bizarre.

— Tu es ridicule, soupira Erica. Les parents ont le droit de vivre. En tout cas, moi, je compte bien continuer à coucher avec toi quand tu auras soixante-dix ans…"

Elle lui sourit dans le miroir.

"D'ailleurs, ça va être drôle de voir comment sera Anna : c'était un défi de lui coudre une robe de demoiselle d'honneur.

— Oui, elle commence à être un peu grosse", dit Patrik en s'asseyant sur le lit pour nouer ses chaussures.

Erica attacha une paire de pierres blanches brillantes à ses oreilles et se tourna vers Patrik :

"Qu'est-ce que tu penses de tout ça, finalement ? Tu t'y retrouves, entre ce qu'Helen et Marie racontent ?

— Je ne sais pas." Patrik se frotta les yeux. "J'ai mouliné ça toute la nuit, et je ne sais que croire. Helen nie avoir eu une relation amoureuse avec Marie. Elle dit que c'est une pure invention de la part de Marie, et que Marie n'est pas venue chez elle ce matin-là. Mais le carnet de Dagmar indique bien le passage d'une Renault blanche, ce qui va dans le sens de Marie. Mais nous n'avons que sa parole en ce qui concerne l'horaire. Et même si elle y était vraiment vers huit heures du matin, nous ne savons pas si la montre de Nea indique effectivement l'heure de sa mort. Elle a pu se dérégler, et ne s'est pas forcément arrêtée quand elle est tombée du grenier. Donc il reste beaucoup d'incertitudes, et je me sentirai nettement mieux quand les résultats des analyses pourront nous fournir des preuves concrètes. Mais nous avons assez pour retenir Helen, ses aveux sont corroborés sur tant de points que nous n'avons en fait aucune raison d'en douter. Les traces dans la grange, le biscuit fourré au chocolat qu'elle a donné à Nea, les vêtements qu'elle a tenté de brûler, les empreintes digitales…"

Erica vit que quelque chose le travaillait.

"Mais ?

— C'est juste que je n'aime pas les fils qui pendent, et il y a des choses qui ne collent pas. Par exemple, Helen dit qu'elle a jeté une pierre à la tête de Stella, vu qu'elle était morte, puis a couru chez elle. Mais d'après le rapport d'autopsie, Stella a dû recevoir de multiples coups à la tête. Et elle a été retrouvée dans l'eau. Comment y est-elle arrivée, dans ce cas ?

— Il s'est passé trente ans, la mémoire a pu s'altérer avec le temps", dit Erica en jetant un dernier regard dans le miroir.

Elle tourna sur place devant Patrik.

"Voilà. Ça fera l'affaire ?

— Tu es incroyablement belle", dit-il, et il le pensait vraiment.

Il se leva et enfila sa veste. Puis imita le manège d'Erica.

"Et moi ?
— Très beau, mon cœur", répondit-elle en se penchant pour embrasser Patrik sur la bouche.
Elle s'arrêta. Quelque chose dans ce que venait de dire Patrik la turlupinait. Mais quoi ?
Patrik la serra contre lui et cette pensée disparut. Il sentait si bon, aujourd'hui. Elle l'embrassa précautionneusement.
"Et les petits monstres ? demanda-t-il. Est-ce qu'ils sont encore entiers, propres et habillés, ou il faut recommencer à zéro ?
— Croise les doigts", dit Erica en le précédant dans l'escalier.
Les miracles arrivent parfois, pensa-t-elle en entrant dans le séjour. Noel et Anton étaient sages comme des images, sur le canapé, tellement mignons avec leur veste, leur chemise blanche et leur nœud papillon. Ils en étaient sans doute redevables à Maja. Elle était devant eux et les surveillait comme un faucon. Une intraitable gardienne de prison aux airs de princesse. Elle avait pu choisir elle-même sa robe et avait opté, ce n'était pas une surprise totale, pour une rose avec larges volants en tulle. Le pompon était une fleur rose dans ses cheveux qu'Erica était parvenue à faire boucler sans les brûler. Rien que ça, un exploit.
"Parfait ! dit-elle en souriant à sa famille endimanchée. C'est parti pour le mariage de mamie !"
Quand ils arrivèrent à l'église, beaucoup d'invités étaient déjà là. Kristina et Gunnar avaient choisi de se marier à Fjällbacka, alors qu'ils habitaient Tanumshede, et Erica comprenait pourquoi : l'église de Fjällbacka était incroyablement belle, juchée tel un pilier de granit au-dessus du petit bourg et de la mer miroitante.
Les garçons se précipitèrent les premiers à l'intérieur, et Erica les laissa volontiers à Patrik. Puis elle prit Maja par la main et partit à la recherche de Kristina. Elle chercha des yeux Anna, qui devait elle aussi faire partie du cortège de la mariée, mais ne la voyait pas, ni elle ni Dan. Typique d'Anna d'être en retard.
"Où est Emma ?" demanda Maja.

La fille d'Anna était sa cousine préférée, et le fait qu'elles portent des robes identiques était un événement incroyablement important dans l'univers de Maja.

"Ils vont bientôt arriver", la rassura Erica en étouffant un soupir.

Elle entra dans la petite pièce où le pasteur et le cortège de la mariée attendaient que les invités prennent place sur les bancs.

"Whaou ! dit-elle en apercevant sa belle-mère. Comme tu es belle !

— Merci, toi aussi", dit Kristina en l'embrassant chaleureusement. Puis elle regarda l'heure, un peu inquiète. "Où est Anna ?

— En retard, comme d'habitude, dit Erica, mais elle va sûrement arriver d'un moment à l'autre."

Elle sortit son mobile pour voir si elle avait laissé un message et, en effet, *Anna* s'affichait à l'écran.

Elle lut le message, puis dit avec un sourire figé : "Tu ne vas jamais le croire. Ils sont allés à Munkedal chercher Bettina. Et leur voiture a commencé à chauffer sur le chemin de retour. Ils sont en rade sur le bord de la route en attendant une dépanneuse, et Anna essaie depuis une demi-heure de trouver un taxi.

— Et elle prévient seulement maintenant !" s'étrangla Kristina.

Erica pensait la même chose, mais se força à rester calme. C'était la journée de sa belle-mère, rien ne devait la gâcher.

"Ils vont sûrement arriver. Sinon, vous n'aurez qu'à commencer sans eux.

— Oui, il faudra bien, dit Kristina. Les gens attendent, et nous ne pouvons pas non plus arriver en retard pour le dîner au Grand Hôtel. Mais je te le dis, je ne comprends pas comment elle réussit toujours à…"

Elle soupira, mais Erica vit que son irritation retombait déjà. Parfois, on était bien forcé de prendre les choses comme elles venaient. Et personne n'était particulièrement étonné. D'une façon ou d'une autre, Anna réussissait toujours à faire des siennes.

Les cloches de l'église commencèrent à sonner et Erica donna à Kristina le bouquet de la mariée.

"C'est l'heure", dit Gunnar en embrassant sa future femme sur la joue.

Il était si élégant dans son costume sombre, et son visage aimable s'éclaira en regardant la mariée. C'était bien, pensa Erica. Beau, juste et bien. Elle sentit une larme pointer au coin de l'œil et s'exhorta elle-même à se ressaisir. Les mariages faisaient d'elle une idiote sentimentale, mais elle aurait aimé que son joli maquillage tienne au moins jusqu'à l'autel.

"Très bien, vous pouvez y aller", les encouragea le pasteur avec un geste de la main.

Erica jeta un coup d'œil vers le porche de l'église. Toujours pas d'Anna. Mais ils ne pouvaient attendre plus longtemps.

La marche d'entrée retentit à l'orgue, et Kristina et Gunnar s'avancèrent, main dans la main, dans l'allée centrale. Erica tenait Maja par la main, avec un petit sourire en voyant sa fille prendre son rôle avec le plus grand sérieux. Elle remontait l'allée centrale en saluant tous les invités à la manière d'une reine.

Une fois devant l'autel, elle alla se placer sur la gauche avec Maja, tandis que Kristina et Gunnar s'avançaient vers le pasteur. Patrik, au premier rang avec Noel et Anton, mima des lèvres :

"Où est Anna ?"

Erica secoua discrètement la tête en levant les yeux au ciel. C'était vraiment ballot. Et Emma qui se faisait une joie d'être demoiselle d'honneur.

La cérémonie se déroula solennellement, les mariés se dirent oui, comme de juste. Erica essuya une petite larme, mais réussit étonnamment bien à se maîtriser. Elle sourit à Kristina en attendant la musique de sortie.

Mais au lieu de la sortie, c'est la marche d'entrée qui retentit à nouveau. Erica leva des yeux étonnés vers la tribune. L'organiste était-il ivre ? C'est alors qu'elle les vit. Et soudain elle comprit. Toute son inquiétude disparut, et les larmes coulèrent sur sa joue. Elle regarda Kristina, qui lui sourit avec un clin d'œil. Gunnar et elle s'étaient écartés, et se trouvaient à présent en face d'Erica et Maja.

Un murmure courut parmi les bancs, et des chuchotements et des sourires stupéfaits accompagnèrent les futurs mariés jusqu'à l'autel. Anna se tourna en passant vers Erica, qui pleurait tant à présent qu'elle pouvait à peine respirer. Elle sentit avec gratitude quelqu'un lui glisser un mouchoir dans la main et en levant les yeux, elle vit que c'était Patrik qui l'avait rejointe.

Anna était si belle. Elle avait choisi une robe brodée blanche qui s'évasait autour de son ventre, le magnifiant au lieu de chercher à le cacher. Ses cheveux blonds étaient lâchés, et son voile était tenu par un simple diadème. Erica le reconnut. C'était celui qu'elle avait porté lors de son mariage avec Patrik, et que leur mère avait porté avant elles. Dan était élégant dans son costume bleu sombre, avec une simple chemise blanche et une cravate assortie. Il ressemblait à un Viking, avec ses larges épaules et ses cheveux blonds, mais la tenue lui allait étonnamment bien.

Une fois les vœux échangés, et les époux déclarés mari et femme, Anna tourna le regard vers Erica. Et pour la première fois, elle vit dans ses yeux ce qu'elle n'avait encore jamais vu chez sa sœur impatiente : le calme. Et Erica comprit ce qu'Anna essayait de lui dire, sans paroles : qu'à présent, elle pouvait lâcher prise. Qu'elle n'avait plus besoin de s'inquiéter. Qu'Anna avait enfin trouvé la paix.

Le soleil chauffait encore le ponton où Marie était à demi couchée sur une chaise longue. Comme d'habitude, le soleil de l'après-midi était d'une beauté à couper le souffle. Jessie était partie une heure plus tôt, la maison était vide. Elle retournait chez Sam et demain elle allait à une fête. Jessie, à une fête ! Ça avait l'air de s'arranger pour elle.

Marie avait bu plus que de coutume, mais ça n'avait pas d'importance. Elle n'avait pas de scène à tourner avant demain à l'heure du déjeuner. Elle aspira avidement les dernières gouttes de son verre et tendit la main vers la bouteille, sur la petite table. Vide. Elle essaya de se lever, mais retomba aussitôt.

Elle finit par réussir à se mettre debout. La bouteille vide à la main, elle tituba jusqu'à la cuisine. Elle ouvrit le réfrigérateur et en sortit une bouteille de champagne fraîche. La troisième de la soirée. Mais elle en avait besoin, elle avait besoin d'endormir la douleur.

Elle ne savait pas trop ce qu'elle avait cru. Qu'Helen aurait parlé d'elles, confirmé leur amour, pourvu seulement que Marie dévoile tout, fasse en sorte de ne plus rien avoir à cacher. Mais Helen l'avait une fois de plus repoussée. Elle l'avait éconduite, humiliée.

Marie avait été étonnée que ça fasse encore aussi mal, trente ans après. Elle avait consacré une vie entière à oublier, elle avait atteint un succès dont Helen n'aurait pu que rêver. Elle avait vécu pour de vrai, sans frein, sans limites ni œillères. Pendant ce temps, Helen s'était recroquevillée dans son quotidien gris, avec son mari ennuyeux et son fils bizarre. Elle était restée vivre à Fjällbacka, où les gens chuchotaient dans votre dos quand on buvait un verre de vin un mardi ou qu'on se teignait les cheveux d'une autre couleur qu'un triste blond cendré.

Comment Helen pouvait-elle la rejeter ?

Marie s'affala dans le fauteuil en renversant du champagne sur sa main, qu'elle lécha aussitôt. Puis elle s'en resservit un verre qu'elle compléta avec du jus de pêche. L'ivresse rendait son corps agréablement mou. Elle songea à ce qu'elle avait dit à ce charmant policier roux. Que Jessie était un accident de travail. D'une certaine façon, elle le pensait. Elle n'avait jamais voulu avoir d'enfants. Elle veillait à bien se protéger pour ne pas se retrouver avec un gosse sur les bras. Et pourtant, elle était tombée enceinte. D'un producteur petit et gros, en plus. Marié, bien sûr. Comme ils l'étaient tous.

Elle avait détesté être enceinte, et avait sérieusement cru mourir pendant l'accouchement. Et le bébé était gluant, rouge, en colère, dévoré par une faim goulue et impérieuse. Une cohorte de bonnes d'enfants, puis des internats, dès que possible : elle avait à peine eu à s'occuper de sa fille.

Elle se demandait ce que deviendrait Jessie. Jusqu'à ses dix-huit ans, Marie recevrait des versements mensuels du gros producteur. Comme convenu. Quand Jessie serait majeure, elle ne présenterait plus aucun intérêt dans la vie de Marie. Elle essaya de se représenter une vie sans elle. Elle appelait de ses vœux la solitude et la liberté. Finalement, les personnes n'apportaient que des déceptions. L'amour n'était que déception.

Ce n'était qu'une question de temps avant que les journaux n'aient vent de leur histoire d'amour, à Helen et elle. Elle ne comprenait pas comment les choses pouvaient se répandre si vite par ici, mais c'était comme si tout le monde partageait une sorte de conscience collective. Nouvelles, informations, ragots, faits, mensonges – tout circulait à la vitesse du vent.

Elle n'était pas sûre que ce soit un mal. C'était tellement branché, aujourd'hui. Oui, chez les artistes et les acteurs, c'était presque devenu une mode de coucher avec quelqu'un du même sexe. Cela donnerait un coup de fouet à son image. Le sentiment qu'elle était à la page. Les financeurs du film seraient ravis. Une star controversée, c'était le jackpot. L'interdit, l'obscur, le danger. Ça attirait toujours. Et puis l'histoire d'amour. Brisée. Deux jeunes filles séparées par un monde adulte qui ne les comprend pas. Si banal. Si dramatique. Si efficace.

Marie leva son verre presque vide devant ses yeux. Les bulles dansaient, séduisantes. Les seules à avoir été de son côté, toutes ces années. Ses compagnes fidèles.

Elle tendit à nouveau la main vers la bouteille. Elle ne comptait pas cesser de boire avant que la nuit et l'alcool aient noyé toutes ses pensées. Helen. Jessie. Ce qu'elle avait eu. Et ce qu'elle n'avait jamais eu.

"Allô ?"

Mellberg s'écarta en se fourrant le doigt dans l'oreille. Il y avait un monde fou, ici.

"Oui ?" dit-il en essayant de comprendre ce que disait la personne à l'autre bout du fil.

Il s'éloigna encore plus dans l'entrée et finit par capter suffisamment bien pour comprendre que c'était son contact à l'*Expressen*.

"Vous avez eu un tuyau ? Oui, nous aussi, on croule sous les appels. Tout le monde reconnaît la voix. Ça va du facteur à mon voisin... Quoi ? En stop ? Quand ? Hein ? Parlez plus fort !"

Il écouta attentivement. Puis il raccrocha et retourna dans le restaurant. Il trouva Patrik en train de bavarder sur un canapé avec une dame qui semblait avoir dépassé la date de péremption et s'être en outre copieusement rafraîchie au vin d'honneur.

"Hedström. Tu peux venir un moment ?"

Patrik lui adressa un regard plein de gratitude et s'excusa.

"Qui c'était, la momie ? siffla Mellberg.

— Pas sûr à cent pour cent. La bru d'une grand-mère par alliance, ou quelque chose comme ça. Il y a beaucoup de gens à qui je ne savais même pas que j'étais apparenté.

— C'est le pire avec les mariages. C'est pour ça que je ne me marierai jamais, dit Mellberg. Rita pourra toujours me supplier à genoux, mais ça n'arrivera jamais. Certaines âmes sont trop libres pour se laisser enchaîner.

— Tu avais quelque chose d'important à me dire ?", le coupa Patrik.

Ils étaient allés au bar et s'appuyèrent au comptoir.

"J'ai eu un appel de l'*Expressen*. Un homme les a appelés. Avec une information... très intéressante. Le soir avant le coup de fil anonyme au sujet de Karim, un homme a pris en stop trois jeunes de Fjällbacka. Deux garçons et une fille. Il les a déposés devant le camp. Et il lui a semblé les entendre pouffer au sujet de quelque chose qu'ils allaient faire. Il ne les a pas pris trop au sérieux. À ce moment-là. Mais aujourd'hui, après tout ce qui s'est écrit dans les journaux, il s'est mis à réfléchir.

— D'accord, ça a l'air intéressant, dit Patrik en hochant la tête.

— Attends, fit Mellberg. Il y a mieux. Il a reconnu un des garçons. C'était le gamin de Bill.

— Bill ? Le navigateur ?

— Oui, apparemment le type qui a appelé avait mis son fils à l'école de voile de Bill. Et il a reconnu son fils.

— Que savons-nous de lui ? demanda Patrik en levant deux doigts pour commander des bières. C'est plausible ?

— On ne s'en occupe pas ce soir, en d'autres termes ? dit Mellberg en désignant les bières.

— Non, on ne s'en occupe pas ce soir, confirma Patrik. Mais lundi, j'irais bien causer un peu avec ces jeunes. Tu veux venir ?"

Mellberg regarda autour de lui. Puis il se montra lui-même du doigt.

"Moi ?

— Oui, toi, dit Patrik en buvant quelques gorgées de bière.

— Tu ne me demandes jamais. D'habitude, c'est Martin. Ou Gösta. Ou Paula…

— Oui, mais là, je te demande à toi. C'est toi qui as combiné ça. Je n'aurais peut-être pas fait pareil. Mais ça a marché. Donc j'aimerais bien t'avoir avec moi.

— Oui, bordel, bien sûr que je viendrai, s'écria Mellberg. Tu peux avoir besoin de quelqu'un avec un peu d'expérience.

— Absolument", dit Patrik en riant.

Puis il redevint sérieux.

"Tu sais, Paula m'a dit pour Karim et l'appartement. Je veux juste te dire que je trouve ça drôlement classe."

Il leva son verre.

"Bah, dit Mellberg en trinquant à son tour. Rita a insisté. Tu sais ce qu'on dit : *happy wife, happy life**.

— *Hear, hear!***"

Patrik trinqua à nouveau. Ce soir, il allait se détendre et se permettre de s'amuser un peu. Ça faisait bien trop longtemps.

---

* Femme heureuse, vie heureuse.
** Bien dit !

BOHUSLÄN 1672

Maître Anders saisit la bouteille d'alcool. Il la déboucha, et Elin se mit à prier. Elle soupçonnait Dieu de l'avoir abandonnée, mais ne pouvait cesser de Le supplier.

Le liquide fut versé sur son dos, et elle frissonna quand il refroidit sa peau. Mais elle savait ce qui allait se passer. Elle avait cessé de se débattre et de se tordre, cela ne faisait que lui écorcher davantage les poignets. Elle inspira à fond en entendant la pierre à feu et en sentant la flamme, puis hurla quand on lui incendia le dos.

Le feu enfin éteint, elle geignit juste, sentant comme un soulagement ses sens commencer à s'obscurcir à mesure qu'elle perdait connaissance. Comme un quartier de viande, elle pendait au plafond. L'humanité la quittait peu à peu, elle n'arrivait à penser qu'à la douleur et à respirer, respirer.

Quand la porte s'ouvrit, elle devina que c'était Lars Hierne qui revenait pour entendre si elle était prête à avouer. Elle ne pourrait bientôt plus tenir.

Mais la voix était celle d'un autre. Une voix qu'elle ne connaissait que trop bien.

"Ah, mon Dieu !" dit Preben, et une lueur d'espoir s'alluma dans le sein d'Elin.

Il fallait bien qu'il se laisse malgré tout fléchir en la voyant dans cet état. Nue et outragée, livrée aux plus atroces supplices.

"Preben…", parvint-elle à lâcher en essayant de tourner son visage vers lui. Mais la chaîne l'entraîna dans l'autre sens. "Aide… moi."

Sa voix se brisa, mais elle savait qu'il l'avait entendue. Il avait le souffle court, mais ne dit rien. Après un beaucoup trop long silence, il dit :

"Je suis ici en qualité de pasteur d'Elin, pour l'exhorter à avouer le crime pour lequel elle a été condamnée. Si Elin reconnaît ses actes de sorcellerie, elle pourra expier son crime. Je promets de veiller moi-même à l'inhumation d'Elin. Pourvu qu'elle avoue."

Quand elle eut saisi le sens de ces mots et entendu le ton angoissé de sa voix, ce fut comme si sa raison l'abandonnait. Avec un râle rauque elle donna libre cours à sa folie, pendue à sa chaîne, brûlée et outragée. Elle rit et rit jusqu'à ce que la porte finisse par se fermer. Et elle prit sa décision. Elle n'avait pas l'intention d'avouer un crime qu'elle n'avait pas commis.

Un jour plus tard, Elin Jonsdotter avoua être une sorcière et avoir exécuté les ordres du diable. L'habileté de maître Anders avait eu raison d'elle. Quand il lui eut accroché des poids aux pieds, l'eut jetée sur un tapis de clous, râpée entre les doigts avec une lime en acier, lui eut écrasé les pouces dans un étau et enfoncé des échardes sous les ongles des orteils et des doigts, Elin avait renoncé.

Le jugement fut confirmé au tribunal d'Uddevalla et à la cour d'appel de Göta. Elle était une sorcière, et devait être condamnée à mort. On commencerait par lui couper la tête, puis son corps serait livré au bûcher.

"Il faut que tu manges correctement", dit Sam.
Il regarda dans le réfrigérateur. Jessie était à la table de la cuisine. Elle haussa les épaules.
"Je nous prépare quelques sandwichs."
Il sortit du beurre, du fromage et du jambon, prit du pain dans la panière et commença à tartiner. Il mit deux sandwichs dans une assiette qu'il plaça devant Jessie. Puis lui servit un verre de chocolat glacé.
"*O'boy*, c'est pour les gamins, dit-elle.
— *O'boy*, c'est bon."
Il la regarda, penchée au-dessus de la table, en train d'entamer un premier casse-croûte. Elle était si belle. Si belle que ça faisait mal. Il était prêt à la suivre jusqu'au bout du monde. Il espérait juste qu'elle éprouvait la même chose.
"Tu n'as pas changé d'avis ?"
Jessie secoua la tête.
"On ne peut plus revenir en arrière, maintenant.
— Il faut vérifier qu'on a bien tout le matériel. Tout doit être parfait. Il faut que ce soit… élégant. Beau."
Jessie hocha la tête en avalant les dernières bouchées du deuxième sandwich.
Sam s'assit à côté d'elle et l'attira contre lui. Il suivit du doigt la ligne de sa mâchoire, jusqu'à sa bouche. Impossible de se douter à présent que son corps avait été couvert de feutre noir, mais ce qu'on ne voyait pas, sous la surface, était toujours là. Il n'y avait qu'une façon de le laver. Il voulait l'aider. Il allait l'aider. Et du même coup il laverait tout le noir qui lui collait à la peau.

"On en est où, de l'heure ?"
Il regarda sa montre.
"Il faudrait y aller dans une demi-heure. Mais le plus gros est prêt. Et pour les armes, c'est arrangé.
— Qu'est-ce que ça t'a fait ? demanda-t-elle en rabattant sa capuche sur la tête. Ça t'a fait du bien ?"
Sam s'arrêta pour y réfléchir. Vraiment. Revit l'air étonné de James.
Puis il sourit en coin.
"Ça m'a fait un putain de bien."

La musique tonitruante retentissait à l'étage. Sanna monta l'escalier d'un pas irrité. Elle ouvrit la porte à la volée. Dans le lit, Vendela et Nils s'écartèrent d'un bond l'un de l'autre.
"Qu'est-ce que tu fous ? cria Vendela. On ne peut pas avoir de vie privée, ici ?
— Baissez la musique. Et à partir de maintenant, la porte reste ouverte.
— Ça va pas, la tête ?
— Baissez la musique et laissez la porte ouverte, sinon vous pourrez toujours courir pour que je vous conduise à Tanumshede."
Vendela ouvrit la bouche pour dire quelque chose, mais la referma. Un instant, elle parut à Sanna presque soulagée.
"Est-ce que Basse vient aussi ?"
Vendela secoua la tête.
"On ne traîne plus avec lui, dit Nils.
— Ah ? Et pourquoi ?"
Nils prit soudain un air sérieux.
"On évolue. On grandit. On avance, ça fait partie du voyage vers l'âge adulte. Pas vrai, Sanna ?"
Il pencha la tête de côté. Puis regarda Vendela du coin de l'œil et lui sourit. Vendela sembla hésiter avant de sourire à son tour.
Sanna retourna dans l'entrée. Il y avait chez Nils quelque chose qui ne lui avait jamais plu. Basse était empoté, mais il avait aussi quelque chose de mignon. Nils, lui, avait une dureté

dont elle ne comprenait pas l'origine. Bill et Gun étaient des personnes délicieuses. Prévenantes. Nils était différent.

Elle n'aimait pas voir Vendela traîner avec lui. Et juste aujourd'hui, Vendela n'avait pas l'air non plus de vouloir être avec Nils.

"Baissez la musique. Ouvrez la porte. On part pour le bourg vers dix heures."

"Tu sais conduire ?" demanda Jessie quand Sam dirigea la clé vers la voiture pour la déverrouiller.

Il ouvrit le coffre et chargea le matériel.

"Maman m'a appris. On a roulé ici, dans la cour.

— C'est pas un peu autre chose, de conduire sur une route ?

— Tu proposes quoi ? De prendre le bus ?"

Jessie secoua la tête. Il avait raison, bien sûr. Et puis, quelle importance ?

"On a tout ?

— Oui, je crois, dit Sam.

— Tu as laissé la clé USB dans l'ordinateur ?

— Oui, impossible de la rater.

— Les bidons ?

— Ils sont là." Il referma le coffre et lui sourit. "Ne t'inquiète pas. On a pensé à tout.

— OK", acquiesça-t-elle en ouvrant la portière passager.

Sam se mit au volant et démarra. Il semblait calme et sûr de lui, elle se détendit. Elle balaya les fréquences jusqu'à trouver une radio qui passait une musique gaie. Une vieille chanson pop de Britney Spears, mais elle se retenait bien et avait la pêche, et aujourd'hui ça n'avait aucune importance. Elle baissa la vitre au maximum et sortit la tête. Elle ferma les yeux en sentant le vent ébouriffer ses cheveux et caresser ses joues. Elle était libre. Après tant d'années, elle était enfin libre. Libre de devenir qui elle voulait.

Tout était en place, étudié, en ordre. Sam avait minutieusement fait des schémas dans son carnet, envisagé toutes les éventualités. Il avait passé des heures dans sa chambre à réfléchir à cette soirée, et ce qu'il ne savait pas, il l'avait trouvé sur Google. Au fond, ce n'était pas difficile. Il ne fallait pas une intelligence supérieure pour calculer comment faire le plus de dégâts possibles.

La destruction, voilà ce qui allait nettoyer, rétablir l'équilibre. Car ils avaient tous participé. Chacun à sa façon. Ceux qui s'étaient tus pendant toutes ces années, qui avaient regardé faire sans rien dire. Qui avaient ri. Qui avaient montré du doigt. Qui avaient participé avec des tapes dans le dos et des huées. Et même ceux qui avaient protesté en silence, qui avaient marmonné assez bas pour que personne ne puisse les entendre, mais qu'ils puissent se sentir des gens bien.

Même eux méritaient, à la fin, d'en subir les conséquences.

Ils étaient arrivés tôt. Dans le bâtiment, on préparait la sono pour la soirée. Personne ne les voyait. Ce n'était pas difficile de commencer à décharger la voiture en douce et de disposer les choses comme ils en avaient besoin. Les bidons d'essence étaient lourds, mais ils en prirent chacun un et les traînèrent dans les buissons, cachés sous des branches. La lumière du crépuscule les aiderait à tout dissimuler.

Sam savait où étaient les issues. Il avait longtemps réfléchi, avant de trouver cette solution simple. De grands cadenas. Il serait bien sûr possible de briser une fenêtre. Mais il ne pensait pas que quelqu'un soit aussi entreprenant, ou courageux. Ils étaient tous si lâches.

Ils attendirent dans la voiture, aplatis sur les sièges. Ils ne parlaient pas, se tenaient juste par la main. Il aimait la chaleur de sa main dans la sienne. Elle lui manquerait. Mais c'était bien la seule chose qui lui manquerait. Ça faisait trop mal. La vie faisait trop mal.

Finalement, les gens commencèrent à arriver. Sam et Jessie regardaient fixement par la vitre, observant bien qui arrivait. Il ne fallait pas commencer avant que les plus importants soient là.

Enfin, ils les virent arriver. Vendela et Nils d'abord. Basse un peu après. Le trio semblait dissous. Sam se pencha vers Jessie, et l'embrassa. Ses lèvres étaient un peu sèches et tendues, mais elles s'adoucirent contre sa bouche.

Le baiser dura longtemps. Ils étaient prêts à commencer. Tout était dit, tout était fait.

Personne ne regarda dans leur direction quand ils sortirent de la voiture. Ils décrivirent un large arc de cercle pour gagner l'arrière du bâtiment sans se faire remarquer. Ils traînaient avec eux les bidons d'essence et le sac. Personne ne vit rien quand ils avancèrent dans l'herbe, il faisait sombre dans le bâtiment, les fenêtres étaient obturées par des tissus ou des plastiques noirs. La musique était à fond quand ils ouvrirent la porte de derrière. Là-bas, sur la piste de danse, les spots clignotaient en cadence.

Les bidons et le sac en place, ils refermèrent la porte, entourèrent la poignée d'une chaîne et y attachèrent le cadenas. Ils n'avaient plus rien d'autre sur eux que l'argent du billet d'entrée, une autre chaîne et un autre cadenas. D'un pas décidé, ils firent le tour du bâtiment et se mirent dans la queue pour entrer. Personne ne les remarqua. Tout le monde était bruyant et éméché, la fête avait commencé ailleurs.

Ils parvinrent à la caisse sans que personne ne leur adresse la parole. Il y avait plein de monde, maintenant. Une foule polycéphale, dansante, hurlante. Sam rappela en chuchotant le plan à l'oreille de Jessie. Elle hocha la tête. Ils longèrent les murs. Un garçon et une fille se pelotaient au fond, près de la sortie. Sam les reconnut, de la classe parallèle. Ils étaient trop occupés, mains baladeuses fouillant sous les vêtements, pour remarquer Sam et Jessie. Ces derniers ouvrirent le sac, glissèrent vivement les armes sous leurs vêtements. Ils s'étaient habillés spécialement pour ça. Vêtements amples et informes. Ils laissèrent là les bidons. Ils n'en avaient pas encore besoin. Pour le moment, il fallait en premier lieu bloquer la porte d'entrée, avant que la fête commence.

En revenant vers l'entrée, Sam vit du coin de l'œil Vendela et Nils en train de danser en groupe. Pas de Basse. Il le chercha des yeux et finit par le repérer dans un coin, à l'autre bout du local. Appuyé à un mur, les bras croisés, il fixait Nils et Vendela.

À l'entrée, il y avait toujours une queue de dix mètres de fêtards qui voulaient entrer. Le caissier était juste derrière la porte. Sam s'approcha de lui.

"Nous devons vérifier que cette porte ferme bien. C'est une mesure de sécurité. Il y en a pour deux minutes.
— OK, dit le type qui leur avait vendu les billets. Bien sûr."
Sam referma la porte et se dépêcha d'y attacher la chaîne et le cadenas. Il laissa ses épaules retomber et se força à inspirer à fond. Concentration. Personne ne sortait. Personne n'entrait. Ils avaient le contrôle total. Il se tourna vers Jessie et hocha la tête. On s'était mis à tambouriner à l'entrée, mais il l'ignora. Il fallait être à côté pour l'entendre, la musique couvrait tout.
L'armoire électrique était dans un réduit à gauche de l'entrée, il se dépêcha de s'y rendre. Un dernier regard à Jessie, elle avait les mains prêtes, sous ses vêtements. Il alluma alors toutes les lumières et arracha la fiche de la sono. Impossible désormais de faire marche arrière.
Quand la lumière se répandit dans le local et que la musique se tut, il se fit d'abord un silence stupéfait. Puis quelqu'un se mit à crier quelque chose, et une jeune fille poussa un cri. Bientôt plusieurs voix indignées se firent entendre. Ils étaient pâles et pathétiques, en pleine lumière. Sam sentit sa poitrine s'emplir de confiance, et il laissa les émotions qu'il avait rassemblées depuis des années déferler comme une douce crue. Il s'avança et se campa, dos à la porte, tourné vers la piste de danse, de façon à être vu de tous.
Jessie se plaça à côté de lui.
Lentement, il sortit ses armes. Ils avaient décidé qu'ils auraient chacun deux pistolets. Un fusil aurait été trop malcommode, et difficile à dissimuler.
Il tira en l'air avec l'un des pistolets, et le brouhaha cessa aussitôt. Tous le fixaient. Enfin, la situation était inversée. Il avait toujours su qu'il était mieux qu'eux. Des vies minables pleines de pensées minables et banales. Ils seraient vite oubliés. Jessie et lui, personne ne les oublierait.
Sam s'avança sur la piste. Nils et Vendela le fixaient bêtement. Sam jouit de la terreur dans les yeux de Nils. Il le regarda, il savait. D'une main stable, Sam leva le pistolet. Lentement, pour jouir de chaque seconde, il caressa la détente. Une balle parfaitement ajustée au milieu du front, Nils s'effondra

sur le dos, les yeux ouverts. Un petit filet de sang coulait du trou parfaitement arrondi.

Ils marchaient, marchaient. Chaque soir, ils sortaient se promener. Ils avaient l'impression que les murs du sous-sol allaient les étouffer, comme si les cloisons se refermaient sur eux au moment de s'endormir. La télévision restait allumée à l'étage du dessus jusqu'à deux ou trois heures du matin, la vieille ne semblait jamais dormir. La seule chose à faire était de sortir marcher. Des heures. Se fatiguer à force de marcher et absorber assez d'oxygène pour toute une nuit dans leur sous-sol.

Ils ne parlaient pas durant leurs promenades. Ils risquaient de parler du passé, de nourrir leurs rêves de maisons en ruines et d'enfants déchiquetés. Ils risquaient aussi de se mettre à parler de l'avenir et de réaliser qu'il était pour eux sans espoir.

C'était comme si les gens des maisons devant lesquelles ils passaient se trouvaient dans un autre monde.

De l'autre côté de la fenêtre, il y avait une partie de la Suède qu'ils voulaient découvrir et, chaque soir, ils essayaient d'apprendre. Ils entraient dans le bourg, regardaient les appartements dont les balcons étaient si bizarrement rangés. Pas de linge, pas de lampes, à peine parfois une loupiote. Une fois, ils avaient vu quelqu'un qui avait sorti un yucca sur son balcon. C'était si inhabituel qu'Adnan l'avait montré à Khalil.

Après le bourg, ils descendaient d'habitude vers l'école. C'était fascinant de voir une école suédoise. Elle avait l'air si neuve. Si belle.

"On dirait qu'il y a une fête, dans la maison rouge", dit Adnan en indiquant la salle polyvalente.

Bill avait tenté de leur enseigner l'expression "salle polyvalente" mais, comme ils ne trouvaient aucun équivalent arabe, les réfugiés l'avaient tout simplement baptisée la "maison rouge" les jours qu'ils y avaient habité.

"On va jeter un coup d'œil ?" demanda-t-il.

Khalil secoua la tête.

"Ça a l'air d'être des jeunes. Ils auront bu. Et alors, il y aura toujours quelqu'un qui aura envie de se battre avec les bougnoules.

— Mais non, ce n'est pas forcé du tout, dit Adnan en prenant Khalil par le bras. Et on va peut-être rencontrer des filles."

Khalil soupira.

"Encore une fois : si on y va, il va y avoir de la bagarre.

— Allez, quoi, viens !"

Khalil hésita. Il savait qu'il était d'une prudence exagérée. Mais comment s'en étonner ?

Adnan partit vers la salle, mais Khalil le retint par le bras. "Écoute !"

Adnan s'arrêta et tendit l'oreille. Il se tourna vers Khalil, les yeux écarquillés.

"Des coups de feu", dit-il.

Khalil hocha la tête. C'était un bruit que tous les deux connaissaient bien. Et cela provenait de la salle polyvalente. Ils se regardèrent. Puis s'élancèrent dans la direction du bruit.

"Quel mariage merveilleux, dit Erica en se blottissant plus près de Patrik dans le canapé. J'ai été tellement surprise de voir entrer Anna et Dan dans l'église, hier. Je me doutais qu'elle me cachait quelque chose, mais je n'aurais jamais imaginé un double mariage."

Elle était encore sous le choc de la surprise, mais la fête qui avait suivi le mariage s'était avérée la plus agréable à laquelle elle ait participé, y compris la sienne. Tout le monde avait été tellement saisi par le coup d'éclat d'Anna et Dan que l'ambiance festive avait commencé à s'installer dès l'église. Après un superbe dîner ponctué de quantité de discours, la piste de danse avait chauffé toute la nuit.

Ils étaient à présent sur la véranda, où ils contemplaient le soleil couchant en se délectant de leurs souvenirs.

"Mon Dieu, dit Patrik, tu aurais vu ta tête, quand Dan et Anna sont entrés. J'ai cru que tu allais te transformer en flaque. Je n'imaginais pas qu'on puisse autant pleurer. Tu étais trop mignonne. Ton maquillage avait tellement coulé, tu ressemblais à un adorable raton laveur. Ou à un chat. Un de ces petits chats noirs à museau rose…

— Très drôle", dit Erica, pourtant forcée de lui donner raison.

Elle avait dû refaire son maquillage dans les toilettes, à peine arrivée à l'hôtel. Tout son mascara avait fondu, si bien qu'elle ressemblait à un…

Erica se figea. Patrik la regarda, étonné.

"Qu'est-ce que tu as ? On dirait que tu as vu un fantôme ?"

Erica se leva d'un bond. Elle venait à penser à ce quelque chose qui l'avait dérangée. Quelque chose que Patrik avait dit au sujet d'Helen.

"Tu as dit quelque chose, quand on parlait d'Helen. Au sujet du « chocolat qu'elle a donné à Nea ». C'était quoi, déjà ?

— Eh bien, Nea avait donc du chocolat dans l'estomac, c'est la dernière chose qu'elle a mangée. Plus précisément du chocolat et du gâteau, Pedersen a donc supposé qu'elle avait mangé des biscuits fourrés Kex. Et quand j'ai interrogé Helen à ce sujet, elle a dit que Nea l'avait vue manger un Kex et demandé à goûter, et qu'elle l'avait donc partagé avec elle. Et nous avons trouvé un emballage de Kex sur le sol du grenier de la grange, donc ça confirme…

— Helen ne pouvait pas manger de chocolat. Elle est allergique. C'est elle qui en a parlé la première ? Ou toi ?"

Patrik réfléchit un moment, avant de secouer la tête.

"En fait je ne sais pas… Je peux l'avoir mentionné le premier.

— Et comment appelait-elle son chat, déjà ? Le copain qu'elle avait dans la grange ?

— Le chat noir." Patrik rit. "Les enfants sont drôles.

— Patrik." Erica le regarda gravement. "Je sais comment tout se tient. Je sais qui a fait ça.

— Fait quoi ?"

Erica allait lui expliquer quand le téléphone de Patrik sonna. Son ventre se noua en voyant son regard.

Patrik écouta, en serrant les dents, raccrocha et se tourna vers elle.

"Il faut que j'y aille, dit-il. C'était Martin, il y a une fusillade à la salle polyvalente de Tanumshede."

"Que savons-nous ?" Martin se tourna vers Paula et Mellberg, sur le siège arrière. Il était de garde, et était passé les prendre après avoir appelé Patrik. "Savons-nous qui est le tireur ?"

Paula croisa son regard dans le miroir.

"Non, dit-elle. Mais je suis en contact avec Annika, les appels commencent à affluer au commissariat, j'espère qu'on saura bientôt.

— Est-ce que ça peut être lié aux réfugiés ? demanda Mellberg. Encore ?

— Je ne crois pas, répondit Martin en secouant la tête. Il semble que ce soit une sorte de fête des jeunes, avant la rentrée, la semaine prochaine. Des lycéens, quoi.

— Putain, des gamins, dit Mallberg. C'est encore loin ?

— Bertil, s'il te plaît, tu as fait la route aussi souvent que moi, s'impatienta Martin.

— On a besoin de renforts ? demanda Paula. J'appelle Uddevalla ?"

Martin réfléchit un instant. Mais il savait instinctivement quoi répondre. Il savait que ça se présentait mal. Vraiment mal.

"Oui, appelle Uddevalla", dit-il sans consulter Mellberg.

Il enfonça l'accélérateur.

"On y est tout de suite, vous voyez Patrik et Gösta ?

— Non, mais ils sont en route", dit Paula.

En montant vers la salle polyvalente, Martin vit deux jeunes garçons qui arrivaient du bâtiment en courant. Il s'arrêta un peu avant et parvint à les stopper.

"Qu'est-ce qui se passe ?

— *Someone is shooting in there!* dit l'un d'eux, que Martin reconnut du camp de réfugiés. C'est *crazy* ! *People are panicking…**"

---

* Il y a quelqu'un qui tire, là-dedans ! C'est dingue ! Les gens paniquent…

Un flot de paroles s'échappait de lui, un mélange d'anglais et de suédois. Martin leva une main pour le faire parler plus lentement.

"Vous savez qui ?

— Non, on n'a pas vu, *we just heard shots and people screaming**.

— OK, merci, filez d'ici", dit Martin en les éloignant.

Il regarda la salle polyvalente, puis se tourna vers Paula et Mellberg.

"Il faut savoir ce qui se passe, je m'approche, dit-il, en tenant son pistolet le long de sa jambe.

— On te suit", affirmèrent Paula et Mellberg.

Martin hocha la tête.

D'autres jeunes arrivaient en courant vers eux, mais Martin comprit que c'étaient seulement ceux qui se trouvaient dehors. Il ne voyait personne sortir de la salle polyvalente.

"On se divise, dit-il. Approchez-vous le plus possible des fenêtres. Il faut qu'on comprenne ce qui se passe là-dedans."

Tous deux hochèrent la tête et ils partirent sur la pointe des pieds vers le bâtiment. Les nerfs vrillés, Martin jeta un œil par une fenêtre de la façade. Son sang se glaça. Maintenant, il savait de quoi il s'agissait. Mais cela ne voulait pas dire qu'il savait comment faire face à la situation. Patrik et Gösta étaient en route, mais les renforts d'Uddevalla mettraient un bon moment à arriver. Et son instinct lui disait qu'ils n'avaient pas beaucoup de temps.

Les cris redoublèrent. Sam tira un coup en l'air.

"Vos gueules !"

Tous se turent, mais on entendait encore quelques sanglots. Sam fit un signe de tête à Jessie, qui passa devant lui pour gagner la porte de derrière. Péniblement, elle rapporta les bidons d'essence aux pieds de Sam.

"Toi, dit Sam en désignant un grand type en chemise blanche et chino brun. Tu prends ce bidon et tu commences à le vider là-bas."

---

* On a juste entendu des coups de feu et des gens crier.

Il lui indiqua le mur de gauche.

"Et toi, dit-il en faisant un signe de tête à un garçon brun trapu en chemise rose. Tu prends l'autre côté. Mouille bien les rideaux."

Il montra les morceaux de tissu qui pendaient aux fenêtres.

Les deux garçons restèrent comme paralysés mais, quand Sam leva son arme, ils s'exécutèrent. Ils prirent chacun un bidon d'essence. Ils restèrent alors plantés devant les murs, hésitants.

"Allez, bougez-vous !" cria Sam.

Il se tourna vers Jessie.

"Tu les surveilles, qu'ils fassent ça bien. Sinon tu tires."

Sam regarda le groupe tremblant, sanglotant, pathétique. Plusieurs cherchaient une issue, évaluaient leurs chances de se précipiter dehors.

"Les portes sont verrouillées, vous ne pouvez pas sortir, dit-il en ricanant. Pas la peine de tenter une bêtise.

— Pourquoi ? sanglota Felicia, de sa classe. Pourquoi vous faites ça ?"

Une des filles populaires. Gros nichons et plein de cheveux blonds. Bête comme ses pieds.

"Oui, pourquoi, à ton avis ?" dit-il.

Il regarda Vendela, restée là où était tombé Nils. Elle tremblait dans sa jupe courte et son débardeur minimaliste.

"Tu as une théorie, Vendela ? Pourquoi nous faisons ça ?"

Il balaya la salle du regard et l'arrêta sur Basse.

"Et toi, tu en penses quoi ?"

Basse versait de grosses larmes silencieuses.

"Reste pas tout seul comme ça, dans ton coin, dit Sam. Viens rejoindre Vendela et Nils. Vous êtes tellement potes. La bande de fer."

Basse se dirigea lentement vers Vendela, qui regardait droit devant elle. Il s'arrêta à côté d'elle, sans regarder le corps de Nils.

Sam inclina la tête de côté.

"Qui j'abats en premier à votre avis ? Vous pouvez décider, c'est réglo, non ? Ou bien vous voulez que ce soit moi ? Ce n'est pas une décision facile. Est-ce que je prends la salope qui tire les ficelles, ou ce pauvre couillon qui fait tout ce qu'on lui dit ?"

Ils ne répondirent pas. Le visage de Vendela se stria de mascara.

Le contrôle. Il était à présent entre ses mains.

Sam leva le pistolet. Tira. Vendela s'effondra sans un bruit. Des cris aigus retentirent entre les murs et il hurla à nouveau : "SILENCE !"

Impossible d'arrêter le bruit des pleurs. Un gamin de cinquième vomit par terre. Vendela était tombée juste à droite de Nils. Sam n'avait pas visé aussi bien qu'en abattant Nils, la balle était entrée dans l'œil droit de Vendela. Mais le résultat était le même.

Elle était morte.

Erica était assise à côté de Patrik, qui roulait plus vite que jamais. Il savait que c'était contre toutes les règles, contre toute raison, mais elle l'avait obligé à l'emmener. "La vie de jeunes est en danger, avait-elle dit. Vous avez besoin de beaucoup d'adultes sur place pour soutenir et réconforter." Et elle avait raison. Bien sûr. Il pressa la main d'Erica, qui regardait par la vitre le beau paysage estival. Il y avait quelque chose d'hypnotique à rouler dans la pénombre sur ces routes désertes, mais il ne s'était jamais senti aussi éveillé.

Il vit enfin la route d'accès à la salle polyvalente. Il y tourna en faisant crisser ses pneus et se gara à côté des voitures de Martin et Gösta. Il dit à Erica de rester dans la voiture et sortit pour qu'on lui fasse un premier rapport sur la situation.

"C'est le fils d'Helen ! Et la fille de Marie !" dit Martin en lui lançant un regard pressant.

Mellberg et Paula opinèrent du chef.

"La situation est urgente, qu'est-ce qu'on fait ? Sam et… ?"

Martin cherchait son nom, Patrik compléta :

"Jessie, elle s'appelle Jessie.

— Oui, Sam et Jessie sont armés, et retiennent les jeunes là-dedans en otages. Nous en avons vu un par terre qui ne bougeait plus, mais ils étaient devant, on n'a pas pu voir si c'était grave. J'ai prévenu l'ambulance, elle arrive, mais ça va mettre un moment.

— Et les renforts d'Uddevalla ? demanda Patrik.
— Pas avant une demi-heure, dit Paula. Je crois qu'on ne peut pas attendre davantage."
Un coup de feu retentit à l'intérieur, qui les fit tous sursauter.
"Qu'est-ce qu'on fait ? dit Gösta. On ne peut pas rester là à attendre les renforts pendant qu'ils continuent à abattre d'autres jeunes là-dedans."
Patrik réfléchit quelques secondes. Puis il prit rapidement une décision. Il ouvrit la portière de sa voiture et demanda à Erica de sortir. Lui expliqua ce qui se passait, et ce qui était en jeu.
"Tu as le numéro de téléphone de Sam, n'est-ce pas ?"
Elle hocha la tête.
"Oui, il me l'a donné quand je l'ai interviewé.
— Je peux l'avoir ? Notre seule chance est d'essayer de le contacter, de lui parler, de leur faire comprendre, à lui et à Jessie, la folie de ce qu'ils sont en train de faire."
Erica lui donna le numéro. Il le composa, les doigts tremblants. Ça sonna, sans que personne ne réponde.
"Bordel ! lâcha-t-il, sentant la panique le gagner. Helen aurait dû être ici, peut-être que, venant d'elle, il aurait décroché. Mais ça prendrait beaucoup trop longtemps d'aller la chercher. Il faut réussir à parler à Sam maintenant, sinon ils vont peut-être abattre d'autres jeunes !"
Erica s'approcha.
"Tu veux que j'essaie ? dit-elle tout bas. Peut-être qu'il prendra l'appel en voyant que c'est moi. J'ai eu un bon contact avec lui, quand on s'est vus. J'ai eu l'impression d'avoir touché quelque chose chez lui, et qu'il s'ouvrait à moi."
Patrik la regarda gravement.
"Ça vaut le coup d'essayer."
Erica sortit son téléphone. Il la regarda, tendu, en entendant les sonneries.
"Mets le haut-parleur, chuchota-t-il.
— Pourquoi vous m'appelez ?"
La voix de Sam résonna sur le parking, fantomatique.
Erica inspira à fond.

"J'espérais que tu acceptes de me parler, dit-elle. Quand nous nous sommes rencontrés, j'ai eu l'impression que tu trouvais que personne ne t'écoutait. Mais moi, je t'écoute…"

Silence. À l'arrière-plan, on entendait des sanglots, des murmures, quelqu'un poussa un cri.

"Sam ?

— Qu'est-ce que vous voulez ?" demanda-t-il d'une voix d'outre-tombe.

Une voix de vieillard.

Patrik lui fit signe de lui passer le téléphone et, après quelques secondes d'hésitation, Erica le lui donna.

"Sam ? Ici Patrik Hedström. De la police."

Silence.

"Nous voulons juste parler un peu. Est-ce qu'il y a quelqu'un qui a besoin d'aide ? Une ambulance va arriver…

— Trop tard pour l'ambulance.

— Qu'est-ce que tu veux dire ? dit Patrik.

— Trop tard…"

La voix de Sam disparut. Derrière, ils entendirent Jessie cracher à quelqu'un de se taire.

Patrik hésita. Il regarda Erica, qui hocha la tête. C'était un coup de poker. Soit il établissait un contact avec Sam, soit il empirait la situation. Mais communiquer avec Sam était leur seule chance. Ils n'avaient aucune possibilité de prendre le bâtiment d'assaut avant l'arrivée des renforts : faire durer la conversation était leur meilleur espoir.

"Nous savons, Sam, dit Patrik. Nous savons ce qui s'est passé. Nous savons que ta mère a tenté de prendre sur elle la responsabilité de ce qui s'est passé. Est-ce que tu ne pourrais pas relâcher les jeunes qui sont là-dedans, ils n'ont rien fait, pour qu'on puisse parler de tout ça ?

— Rien fait ? Putain, qu'est-ce que vous savez de ce qu'ils ont fait ou pas fait ?" La voix de Sam monta en fausset. "Vous n'avez aucune idée. Ce sont des ordures, ils ont toujours été des ordures et ne méritent plus de vivre."

Il renifla, et Patrik vit une ouverture, une faille. Tant que Sam ressentait quelque chose, il pouvait l'atteindre. Les personnes qui se refermaient étaient les plus dangereuses.

"Et Nea ? dit-il. Que lui est-il arrivé ? Elle méritait de mourir, elle aussi ?

— Non, c'était un accident, dit Sam tout bas. Je ne voulais pas. J'étais… j'ai vu… j'ai vu maman embrasser Marie. Elles pensaient être seules, mais je les ai bien vues, depuis ma cachette dans la grange. Je voulais juste avoir la paix, mais Nea ne m'a pas laissé tranquille. Elle m'a collé, insistait pour qu'on joue, et j'ai fini par perdre patience et la bousculer. Elle a atterri dangereusement près du bord et, quand j'ai tendu la main pour la tirer de là, elle a dû avoir peur de moi, j'avais dû la bousculer un peu plus fort que je n'aurais voulu, elle a fait un pas en arrière… et elle est tombée…"

Le silence se fit. Patrik regarda Erica.

"Et ta maman t'a aidé à t'occuper de ça ?" demanda-t-il, mais il connaissait déjà la réponse.

Silence. Il y avait juste, en bruit de fond, les gémissements de voix impossibles à identifier. Des sanglots et des appels à l'aide.

"Pardon, dit tout bas Sam. Dites à maman que je suis désolé pour tout."

Puis il raccrocha.

Patrik tenta frénétiquement de rappeler, mais personne ne répondit. Un coup de feu retentit encore, qui les fit tous sursauter. Patrik regarda gravement sa montre.

"Nous ne pouvons pas attendre. Nous devons nous approcher. Erica, tu restes ici avec Mellberg. Tu ne dois à aucune condition quitter la voiture. OK ?"

Erica hocha la tête.

"Paula, Martin et Gösta, vous venez avec moi. Mellberg, tu t'occupes d'orienter les collègues quand ils arriveront. OK ?"

Tous hochèrent la tête. Patrik regarda gravement vers la salle polyvalente en vérifiant son arme. Il n'avait aucune idée de comment stopper la catastrophe. Mais il devait tenter.

Quand Sam raccrocha, sa main tremblait légèrement. Ils savaient. Ils savaient ce qu'il avait fait. Un instant, il revit la scène : le petit corps d'enfant qui perdait l'équilibre, au bord du vide. Il voulait juste qu'elle s'en aille, qu'elle le laisse tranquille. Son air en tombant était plus étonné qu'effrayé. Il s'était précipité pour essayer de la rattraper, mais il était trop tard, elle était déjà à terre, une flaque de sang en train de se former autour de la tête. Elle avait poussé quelques râles. Puis son corps s'était comme affaissé, et ses yeux étaient restés vides.

Si ça n'était pas arrivé, il ne serait sans doute pas là, aujourd'hui. Ce qu'il avait écrit dans son carnet n'était qu'un jeu, un fantasme, une façon de se donner l'impression qu'il pouvait à tout moment reprendre le contrôle, s'il voulait. Mais après ce qu'ils avaient fait à Jessie, et après ce qu'il avait fait à Linnea, il n'y avait plus rien à perdre.

"La police est dehors, dit-il à Jessie. Il est temps d'en finir."

Jessie hocha la tête.

Elle s'approcha de Basse, se campa devant lui. Jambes écartées. Calme. Elle leva le pistolet et plaça le canon sur le front de Basse. Ses yeux s'emplirent de larmes et sa bouche forma un "pardon". On n'entendait que des sanglots épars. Le bras de Jessie tressaillit quand elle tira. La tête de Basse partit en arrière et il atterrit lui aussi sur le dos.

Sam et Jessie regardèrent un instant le trio, tandis que tout autour les cris recommençaient de plus belle. Maintenant, il suffisait à Sam de lever son arme pour les faire taire.

Jessie plongea sa main dans sa poche et en sortit deux briquets. Elle les jeta aux deux garçons qui avaient répandu l'essence.

"Allumez", ordonna Sam.

Ils ne bougèrent pas. Restèrent plantés là, à fixer les briquets.

Calmement, Sam mit une balle dans la poitrine du grand type en chemise blanche. Étonné, il baissa les yeux vers son torse, où une grande rose de sang se formait. Puis il s'affaissa à genoux et tomba sur le ventre. Le briquet toujours dans sa main droite.

"Toi, prends le briquet."

Sam désigna un petit gars à lunettes, qui se pencha en tremblant.

"Allumez", dit Sam en levant à nouveau son pistolet.

Les garçons approchèrent les briquets des tissus imbibés d'essence. Bientôt, les flammes léchèrent l'étoffe et se précipitèrent vers le plafond et les murs. Essayer de faire taire les cris ne servait plus à rien. La foule en panique se pressait vers les portes.

Sam se plaça dos à dos avec Jessie, exactement comme ils s'y étaient entraînés. Ils levèrent leurs pistolets. Il sentait la chaleur du dos de Jessie contre le sien, les secousses rythmiques dans leurs corps à chaque coup tiré. Personne ne devait en réchapper, personne ne méritait d'en réchapper, c'était tous ou aucun, il l'avait su dès le début. Cela valait aussi pour lui. Et Jessie. Un bref instant, il regretta de l'avoir entraînée avec lui. Puis il revit Nea tomber.

La police leur avait dit de rentrer chez eux. Khalil était plus que prêt à leur obéir, mais Adnan le tira par la manche.

"On ne peut pas partir comme ça, il faut aider !

— Mais comment ? dit Khalil. La police est là. Comment veux-tu qu'on les aide ?

— Je ne sais pas, mais il y a des jeunes là-dedans. De mon âge.

— On n'a pas le droit d'être là", dit Khalil en montrant la maison.

Les policiers étaient en train d'avancer vers le coin d'où on voyait à l'intérieur.

"Tu fais ce que tu veux", dit Adnan en tournant les talons.

Khalil comprit qu'il se dirigeait vers l'arrière du bâtiment.

"Et merde !" jura-t-il en lui emboîtant le pas.

Une sorte de tenture obturait la porte de l'intérieur, mais elle ne pendait pas tout à fait droit, et ils purent voir par le petit carreau d'un des battants. Ils aperçurent bientôt les tireurs. Un garçon et une fille. Ils avaient l'air si jeunes. Une fille et un garçon étaient à terre. La fille s'approcha d'un garçon. Khalil sentit Adnan lui attraper le bras. Sans trahir la moindre émotion, la fille l'abattit. La tête du garçon partit en arrière et il s'effondra sur le dos, à côté des deux autres corps.

"Pourquoi la police ne fait rien ? chuchota Adnan, des pleurs dans la gorge. Pourquoi ils ne font rien ?"

Il tira sur la chaîne cadenassée.

"Ils sont trop peu nombreux, ils doivent attendre des renforts, dit Khalil, avant de déglutir. Ces deux-là ont dû sécuriser le local, si la police entre, il risque d'y avoir encore plus de morts.

— Oui, mais rester comme ça à attendre…"

Adnan agrippait le bras de Khalil de toutes ses forces.

Un autre garçon fut abattu, celui qui avait répandu un liquide, et le garçon au pistolet désigna un gamin à lunettes.

"Qu'est-ce qu'ils font ?

— Je crois que je sais", dit Khalil.

Il se retourna et vomit. Ça éclaboussa ses chaussures, il s'essuya la bouche du revers de la main. À l'intérieur du bâtiment, des flammes s'élevèrent. On entendait à présent les cris des enfants enfermés à l'intérieur, leur angoisse et leur panique augmentaient de seconde en seconde. Ils se précipitaient vers les portes. Les coups de feu se succédaient. Adnan et Khalil virent avec effroi des jeunes s'effondrer à terre.

Khalil chercha autour de lui. Il avisa un pavé disjoint un peu plus loin, alla le chercher et le leva au-dessus de sa tête. Il frappa avec acharnement la poignée de la porte, si bien que la chaîne finit par céder, lui permettant d'ouvrir les deux battants.

Le feu gronda vers eux. Accompagné de cris d'angoisse et de panique. La fumée était épaisse et piquait les yeux, mais ils virent pourtant les personnes se précipiter.

"Par ici, par ici !" criaient-ils en les aidant une à une à sortir par l'ouverture de la porte.

Les yeux aveuglés par la fumée, brûlants et dégoulinants, ils continuèrent pourtant à guider les enfants terrorisés vers la liberté. Khalil entendit Adnan crier juste à côté de lui, le vit aider une fille paniquée.

Puis le feu atteignit Adnan. Khalil se retourna quand il se mit à crier.

BOHUSLÄN 1672

Il y avait foule autour de l'échafaud. Le bourreau attendait près du billot quand Elin fut descendue de la carriole. Les habitants de la région rassemblés là retinrent leur souffle en la voyant. Elle portait un sarrau blanc neuf, mais sa tête était chauve et couverte de brûlures, ses mains pendaient, tordues et inertes le long de son corps, et elle avait du mal à marcher, à moitié traînée par deux gardes.

Devant le billot, elle tomba à genoux. Angoissée, elle promena son regard sur tous ceux qui la dévisageaient. Elle n'avait pensé qu'à une seule chose depuis qu'elle avait avoué et que le jugement avait été confirmé : Märta serait-elle là ? Serait-elle forcée de voir sa mère mourir ?

À son grand soulagement, elle ne vit Märta nulle part. Britta était là, avec Preben. Ebba de Mörhult un peu plus loin. Comme beaucoup de ceux qui l'avaient côtoyée avec Per ou au presbytère.

Lars Hierne n'était pas là. Il était appelé ailleurs par d'autres affaires, d'autres sorcières, d'autres créatures sataniques à combattre. Pour lui, Elin Jonsdotter n'était qu'une rubrique dans les livres de comptes. Encore une sorcière arrêtée et exécutée par la commission.

Britta était grosse, à présent. Elle était là, contente, les mains sur le ventre. Son visage rayonnait de satisfaction. Preben l'entourait d'un bras, le regard fixé à terre, son chapeau dans l'autre main. Ils étaient si proches. À peine à quelques mètres d'elle. Ebba de Mörhult caquetait avec les femmes qui l'entouraient. Elin l'entendit raconter des morceaux choisis de son témoignage. Elle se demandait combien de fois Ebba avait répété ses mensonges. Elle avait toujours été bavasseuse, ragoteuse et menteuse.

La haine la dévorait. Elle avait eu des heures dans sa cellule obscure pour tout se repasser, encore et encore. Chaque mot. Chaque mensonge. Le rire de Märta quand elle disait sans comprendre ce qu'on lui avait fait dire. Le regard satisfait de Britta prenant Märta par la main pour la faire sortir du tribunal. Comment pourrait-elle vivre quand, une fois grande, elle comprendrait ce qu'elle avait fait ?

La rage grandissait en elle. Devint une tempête. Comme la tempête qui lui avait arraché Per, qui avait fait d'elle et Märta des victimes sans défense et aux abois.

Elle les haïssait. Les haïssait avec une intensité qui la faisait trembler dans son sarrau blanc. Les jambes tremblantes, elle se leva. Les gardes firent un pas vers elle, mais le bourreau les arrêta d'une main levée. Les yeux brûlants de colère, mal assurée sur ses jambes dans son sarrau blanc, elle dévisagea Britta, Preben et Ebba. Tous s'étaient tus et la regardaient avec inquiétude. C'était une sorcière, malgré tout. Qui savait ce qu'elle pouvait inventer, avec la mort sur le pas de la porte ?

D'une voix forte et assurée, elle dit calmement, sans lâcher des yeux ceux qui l'avaient condamnée à mort, ces trois-là, si contents d'eux-mêmes :

"Vous pouvez peut-être tous penser avoir agi au nom de Dieu. Mais je sais, moi, ce qu'il en est. Britta, tu es une femme fausse et méchante, tu l'as toujours été, depuis que tu es sortie du ventre de ta fourbe de mère. Preben, tu es un coureur de jupons et un menteur, un homme faible et lâche. Tu sais très bien que tu m'as culbutée, pas une fois, mais souvent, dans le dos de ta femme et dans le dos de Dieu. Et Ebba de Mörhult. Mauvaise, avaricieuse, colporteuse de ragots qui n'as jamais pu supporter que ta voisine ait ne serait-ce qu'une croûte de pain moisie de plus que toi. Puissiez-vous tous brûler en enfer. Oui, puissent aussi tous vos descendants connaître le déshonneur, la mort et le feu. Génération après génération. Vous pouvez aujourd'hui détruire mon corps par le fer et le feu, mais mes paroles vivront avec vous longtemps après que mon corps sera réduit en cendres. Je vous le promets, moi, Elin Jonsdotter, en ce jour de grâce, devant Dieu tout-puissant. Et à présent, je suis prête à Le rencontrer."

Elle se tourna vers le bourreau et hocha la tête. Puis elle tomba à genoux, plaça la tête sur le billot, les yeux vers le sol. Du coin de l'œil, elle vit qu'on allumait le bûcher où son corps coupé en deux serait bientôt jeté.

Quand la hache s'abattit, Elin Jonsdotter adressa une dernière prière au Dieu qu'elle venait d'invoquer. De toute son âme, elle sentit qu'Il l'avait entendue.

Ils seraient punis.

Quand la tête fut séparée du corps, elle roula dans la pente et s'arrêta, les yeux vers le ciel. Suivirent d'abord le silence et le souffle coupé. Puis les cris de joie montèrent vers le ciel. La sorcière était morte.

Patrik s'était préparé toute la matinée pour son entretien avec Helen. Elle jouait tant de rôles dans cette histoire. Comme mère d'un adolescent mort, elle aurait dû être laissée en paix avec son chagrin. Mais comme mère d'un assassin, elle devait les aider dans leur enquête. Patrik voyait bien qu'il lui fallait choisir une attitude. Comme père, il aurait voulu la laisser tranquille. Mais comme policier, il lui fallait obtenir les réponses que méritaient les proches des victimes. Et ils étaient si nombreux. Le village tout entier luttait pour comprendre ce qui s'était passé. Et même le pays tout entier. Les gros titres et les unes étaient en noir pour annoncer la tragédie de Tanumshede.

Quand les premières informations sur une tuerie de masse à Tanumshede avaient commencé à circuler, les Amis de la Suède s'étaient empressés d'affirmer sur les réseaux sociaux qu'il s'agissait d'un acte terroriste perpétré par un ou plusieurs ressortissants étrangers. "On vous l'avait bien dit !" avait circulé comme une traînée de poudre avec l'aide de médias complaisants. Mais il avait bientôt été clair que c'était bien deux jeunes Suédois qui avaient provoqué cette inconcevable dévastation, et la nouvelle avait fait le tour du monde. Que les médias rapportent également le rôle des héros qui avaient sauvé tant de vies avait réduit au silence le parti xénophobe. Au lieu de quoi une vague de respect et de gratitude se répandit dans toute la société suédoise. Et les marques de sympathie pour Tanumshede affluèrent de partout. La Suède était un pays en état de choc. Tanumshede un village en deuil.

Mais pour l'heure, tout ce que voyait Patrik était une femme en deuil. Son mari et son fils étaient morts. Comment s'adresser à une personne qui avait subi cela ? Il n'en avait aucune idée.

En se rendant au domicile d'Helen et James, ils avaient trouvé ce dernier abattu devant une armurerie camouflée derrière la fausse cloison d'un placard. Leur théorie était que Sam avait forcé son père à ouvrir l'armoire où il cachait ses armes avant de lui tirer une balle dans la tête.

Ils avaient raconté à Helen ce que Sam avait fait, et qu'ils avaient trouvé James mort. Elle avait pleuré, hystériquement – son fils, cela ne faisait aucun doute. Son mari, elle ne l'avait pas même mentionné.

On avait laissé Helen tranquille une demi-heure, mais ils ne pouvaient attendre davantage.

"Toutes mes condoléances, dit Patrik. Et désolé d'avoir à faire ça."

Helen hocha la tête. Ses yeux étaient vides et son visage pâle. Le médecin l'avait vue, mais elle avait refusé la moindre aide médicamenteuse.

"Je comprends", dit-elle

Ses fines mains tremblaient légèrement, mais elle ne pleurait pas. Le médecin avait dit qu'elle se trouvait encore probablement en état de choc, mais l'avait pourtant estimée en état d'être interrogée. On lui avait proposé un conseil juridique, mais elle l'avait décliné.

"Comme je l'ai dit plus tôt, c'est moi qui ai assassiné Stella", dit-elle en le regardant droit dans les yeux.

Patrik inspira à fond. Puis il prit quelques feuilles de papier qu'il avait apportées et les plaça devant elle, pour qu'elle puisse les lire.

"Non, vous ne l'avez pas tuée", dit-il.

Les yeux d'Helen s'écarquillèrent, et elle regarda sans comprendre Patrik, puis les papiers devant elle.

"Ce sont des copies d'un document que nous avons trouvé dans le coffre de James. Il avait laissé des documents sur divers sujets, au cas où il se serait fait tuer lors d'une de ses missions à l'étranger."

Patrik prit son élan.

"Il y a des documents purement pratiques : la maison, ses comptes en banque et des souhaits pour son enterrement. Mais je veux vous montrer celui-ci. C'est… comment dire ? Une confession.

— Une confession ?" dit Helen.

Elle fixa ces pages couvertes de l'écriture de James, mais les repoussa.

"Dites-moi ce que ça dit.

— Vous n'avez pas tué Stella, dit gravement Patrik. Vous avez cru l'avoir tuée, mais elle vivait toujours quand vous vous êtes enfuie. James… James avait une relation avec votre père et a compris quelle catastrophe ce serait pour lui et toute sa famille si Stella survivait et pouvait raconter ce que vous lui aviez fait. Alors il l'a tuée. Et a laissé votre père et vous croire que c'était vous qui l'aviez fait, et qu'il avait caché le corps pour vous aider. Ainsi, il apparaissait comme le sauveur, et votre père avait une dette envers lui. C'est la raison pour laquelle votre père a accepté votre mariage avec James. On commençait à se poser des questions dans l'armée, les rumeurs se répandaient. James avait besoin d'une famille comme façade. Il a donc persuadé KG que le mieux pour toutes les parties était qu'il vous épouse. Vous étiez une façade. Une planche de salut pour un homme vivant une double vie qui aurait pu lui coûter sa carrière."

Helen le dévisagea. Ses mains tremblaient de plus belle et sa respiration se faisait plus superficielle, mais elle ne disait toujours rien. Puis elle tendit la main vers le document. Lentement, elle froissa les copies de la confession de James et en fit une boule compacte.

"Il m'a laissée croire…" Sa voix se brisa et elle serra fort la boule de papier entre ses mains. "Il m'a laissée croire que je…"

Sa respiration se fit violente et saccadée, ses larmes se mirent à couler. La fureur brûlait dans ses yeux.

"Sam…" Sa voix flancha. "C'est parce qu'il m'a laissée croire que j'étais une meurtrière que Sam…"

Elle ne parvint pas à achever sa phrase. Sa voix fut brisée par tant de colère contenue qu'il sembla que les murs de la petite pièce du commissariat allaient exploser.

"Sam aurait pu éviter tout ça ! Sa colère... Sa culpabilité... Ce n'est pas sa faute. Vous le comprenez, n'est-ce pas ? Il n'est en rien coupable ! Ce n'est pas un mauvais garçon. Il n'est pas méchant, il n'avait jamais voulu du mal à personne. Je crois juste qu'il a dû porter une telle part de ma culpabilité qu'il a fini par ne plus supporter..."

Elle poussa un hurlement, et ses larmes coulèrent de plus belle. Quand son cri s'acheva, elle s'essuya du revers de sa manche et fixa Patrik, les yeux fous :

"Tout ça... Tout ça n'était qu'un mensonge. Sam n'aurait jamais... Si James n'avait pas menti toutes ces années, Sam n'aurait jamais..."

Elle serrait et ouvrait les poings et finit par envoyer la boule de papier à la volée contre le mur. Elle frappa des poings sur la table.

"Tous ces jeunes, hier ! Tous ces jeunes tués ! Rien de tout ça ne serait arrivé si... Et Nea... C'était un accident, il ne voulait pas lui faire de mal ! Il n'aurait jamais..."

Elle se tut et se tourna vers le mur, découragée. Puis elle continua d'une voix plus calme et infiniment triste :

"Il devait tellement souffrir, pour avoir pu faire une chose pareille, il a dû crouler sous le poids de tout ce qu'on faisait peser sur lui, mais personne ne le comprendra. Personne ne verra mon gentil garçon. Ils ne verront qu'un monstre, ils le dépeindront comme une personne terrible, un garçon affreux qui a pris la vie de leurs enfants. Comment pourrai-je leur faire voir mon gentil garçon ? Le garçon chaleureux et plein d'amour que nos mensonges ont détruit ? Comment faire pour qu'ils me haïssent, haïssent James, mais pas Sam ? Ce n'était pas sa faute ! Il était victime de notre peur, de notre culpabilité, de notre égoïsme. Nous avons laissé notre douleur dévorer tout ce que nous avions et tout ce qu'il avait. Comment leur faire comprendre que rien de tout ça n'est de sa faute ?"

Helen s'effondra en avant en s'agrippant à la table. Patrik hésita. Son rôle de policier ne l'autorisait pas à céder à la compassion. Mais le père en lui voyait une mère paralysée par le chagrin et la culpabilité, et il ne pouvait renier cette partie de lui-même. Il se leva, fit le tour de la table, approcha une chaise d'Helen et la prit dans ses bras. Lentement, il la berça, tandis qu'elle trempait sa chemise de ses larmes. Il n'y avait pas d'assassin dans cette histoire. Pas de gagnant. Rien que des victimes et des tragédies. Et le chagrin d'une mère.

Elle n'était rentrée chez elle qu'à l'aube. Les camions de pompiers. L'hôpital. Les ambulances. Les journalistes. Tout était dans le brouillard. Marie se rappelait qu'un policier l'avait interrogée, mais se souvenait à peine ce qu'elle avait répondu, juste qu'elle ne s'était doutée de rien, n'avait rien compris.

Elle n'avait pas pu voir Jessie. Elle ne savait même pas où se trouvait son corps. Ce qu'il en restait. Les dégâts provoqués par le feu. Et les balles de la police.

Marie croisa son propre regard dans le miroir. Ses mains bougeaient par pure habitude. Une serviette-éponge en diadème pour tenir les cheveux en arrière. Trois jets de lotion nettoyante sur une rondelle de coton. Des gestes concentriques pour l'appliquer. La bouteille de solution micellaire. Une nouvelle rondelle de coton. La sensation fraîche et nue sur la peau, quand elle essuyait la crème lavante poisseuse. Une autre rondelle de coton. Enlever le maquillage autour des yeux. Frotter délicatement, pour ôter le mascara sans casser les cils. À la fin, le visage était nu. Propre. Prêt à être rajeuni, rénové. Elle attrapa le pot argenté bas et cylindrique. Crème de nuit La Prairie. La peau des fesses, mais qu'on pouvait espérer aussi bienfaisante que le prix l'indiquait. Elle saisit la petite spatule et la trempa dans le pot. Prit la crème au bout des doigts et entreprit de l'étaler soigneusement. Les joues d'abord. Le pourtour du nez et de la bouche. Puis le front. Ensuite le petit pot argenté. La crème pour les yeux. Ne pas frotter trop fort, pour ne pas abîmer la fine peau autour des yeux. Une petite noisette dont on imprégnait précautionneusement la peau.

Voilà. Prête. Un somnifère, et elle pourrait dormir tandis que ses cellules cutanées se régénéraient, tandis que ses souvenirs s'effaçaient.

Il ne fallait pas qu'elle commence à penser à autre chose. Si elle pensait à autre chose qu'à des pots argentés, à une peau qu'il fallait maintenir jeune et ferme pour que de nouveaux producteurs osent miser sur elle, les digues allaient céder. L'apparence avait été son salut, la lumière des projecteurs et le glamour l'avaient empêchée de se souvenir de la saleté et de la douleur. Ne s'autoriser à vivre que dans une seule dimension lui avait permis d'échapper aux souvenirs de ce qu'elle avait perdu et de ce qu'elle n'avait jamais eu.

Sa fille avait existé dans une dimension parallèle, elle avait flotté au hasard dans un monde où elle ne s'autorisait que de courtes visites. Avait-elle eu des moments d'amour pour Jessie ? Sa fille aurait répondu non. Elle le savait. Elle avait toujours eu conscience du désir de Jessie de recevoir d'elle ne serait-ce qu'un seul regard de tendresse. Et par moments, elle aurait voulu lui en donner. Cette première rencontre, quand on la lui avait posée sur la poitrine. Jessie était poisseuse et chaude, mais son regard si curieux en croisant le sien. Et ses premiers pas. Le bonheur dans les yeux de Jessie en maîtrisant ce que l'homme maîtrisait depuis des millions d'années. La fierté qu'avait ressentie Marie l'avait presque renversée, et elle avait dû se détourner pour ne pas se laisser aller. Le premier jour d'école. La petite fille blonde avec sa queue de cheval et son cartable qui était partie en trottant, impatiente de tout ce qu'elle allait apprendre sur le monde, sur la vie. Déjà sur le trottoir, la main dans celle de la bonne d'enfant Juanita, elle s'était retournée pour faire coucou à Marie, restée sur le seuil de la belle maison qu'elle louait dans The Hills. Alors, elle avait été à deux doigts. À deux doigts de courir vers sa fille, de soulever son petit corps, de la serrer contre elle et d'enfouir son nez dans ses cheveux blonds qui sentaient toujours la lavande de son shampoing de luxe. Mais elle avait résisté. Le prix à payer était trop grand.

Tous, dans sa vie, avaient concouru pour lui enseigner que se soucier des autres coûtait trop cher. Surtout Helen. Elle avait aimé Helen. Et Helen l'avait aimée. Et pourtant elle l'avait trahie. Choisi quelqu'un d'autre. Choisi autre chose.

Elle lui avait jeté au visage tout son amour, tout son espoir. Ça ne devait plus arriver. Plus personne ne devait jamais la blesser à nouveau.

Jessie elle aussi avait choisi de la quitter. Elle avait choisi de se jeter droit dans le feu. Même Jessie avait fini par la trahir. La laisser toute seule.

Marie sentit l'odeur de fumée dans ses narines. Elle prit encore une rondelle de coton. La trempa généreusement dans la solution micellaire et récura soigneusement ses narines. Ça brûlait, chatouillait, la fit éternuer et pleurer, mais l'odeur persistait. Elle leva les yeux et tenta d'empêcher ses yeux de couler, prit un kleenex et s'essuya frénétiquement, sans parvenir à faire cesser ses larmes.

Le tournage marquait quelques jours de pause. Personne n'avait besoin d'elle pour le moment. Elle était absolument seule. Exactement comme elle avait toujours su qu'elle finirait. Mais elle n'allait pas se laisser briser. Il fallait qu'elle soit forte. *The show must go on**.

"La journée d'hier restera un jour noir dans l'histoire de la commune", dit Patrik.

Quelques-uns hochèrent la tête autour de la table. La plupart se contentèrent de regarder la table, dans la salle de réunion qui semblait à présent si oppressante.

"Quelles sont les dernières nouvelles de l'hôpital ?" demanda Gösta.

Son visage était gris et marqué. Personne n'avait fermé l'œil de la nuit. L'éprouvante tâche consistant à informer les proches avait pris énormément de temps, et ils avaient été sans cesse assaillis de journalistes qui tentaient d'en savoir le plus possible sur ce qui s'était passé.

C'était ce dont on parlait depuis longtemps. Ce qu'on redoutait. Que les fusillades scolaires des USA ne prennent racine ici, que quelqu'un, tôt ou tard, se mette en tête de tuer ses camarades de classe. Sam et Jessie n'étaient pas passés à l'acte

---

* Le spectacle doit continuer.

dans une école, mais le schéma était le même, toutes leurs cibles étaient des camarades de classe.

"Une fille est morte il y a une heure. Nous en sommes donc à neuf morts et quinze blessés.

— Mon Dieu", dit Gösta en secouant la tête.

Patrik n'arrivait pas à digérer ces chiffres. Son cerveau refusait. Il était absolument inconcevable que tant de jeunes gens aient perdu la vie ou aient été blessés et marqués à vie.

"Dix morts en comptant James", dit Martin.

Patrik hocha la tête.

"Que dit Helen ? demanda Gösta. Et Marie ? Avait-elle remarqué quelque chose ? Sam et Jessie s'étaient-ils comportés bizarrement, ou avaient-ils montré des signes ?"

Patrik secoua la tête.

"Elles disent ne s'être doutées de rien. Nous avons cependant trouvé un carnet chez Sam, avec une planification détaillée du mode opératoire, des plans de la salle polyvalente, et autres. Il semble avoir préparé ça depuis longtemps, et nous supposons qu'il a entraîné Jessie d'une façon ou d'une autre.

— A-t-elle manifesté des tendances violentes, auparavant ? demanda Paula.

— Selon Marie, non. Elle dit que sa fille était une solitaire, qu'elle avait peut-être subi des brimades dans les écoles qu'elle avait fréquentées, mais qu'elle n'en était pas certaine. Elle semble ne pas avoir accordé à sa fille beaucoup d'attention.

— Ça doit être ce qui est arrivé à Nea qui a poussé Sam à passer à l'acte, dit Martin. Imaginez, à quinze ans, porter cette culpabilité. Avec en plus un père dominateur et une mère faible. Ajoutez-y la stigmatisation d'avoir vécu dans l'ombre de la honte d'Helen. Ça n'a pas dû être facile…

— On ne va pas en plus le plaindre, bordel, dit Mellberg. Combien ont eu une enfance encore pire, sans flinguer leurs camarades.

— Ce n'est pas ce que je voulais dire, botta en touche Martin.

— Que dit Helen ? répéta Gösta.

— Elle est désespérée. Anéantie. Son fils et son mari sont morts. Elle va être mise en examen pour profanation de sépulture et recel de malfaiteur pour ce qu'elle a fait après la mort de Nea. Elle l'accepte."

Paula brandit un des journaux.

"Adnan est encensé comme un héros par tous les journaux du soir, dit-elle pour changer de sujet. Le réfugié qui a donné sa vie pour sauver de jeunes Suédois.

— Fichu imbécile", dit Mellberg, sans pouvoir cacher un accent d'admiration dans sa voix.

Patrik hocha la tête. Ce qu'Adnan et Khalil avaient fait était terriblement idiot et terriblement courageux. Trente jeunes avaient été sauvés. Trente jeunes promis sans eux à une mort certaine.

Lui-même avait lutté toute la nuit avec les images à jamais gravées sur ses rétines. Quand l'incendie et la fusillade les avaient forcés à prendre rapidement la décision d'entrer vaille que vaille, Patrik et Paula avaient été les premiers à franchir la porte brisée par les pompiers. Pas le temps de réfléchir. Pas le temps d'hésiter : ils avaient vu Sam et Jessie au milieu de la salle en feu, dos à dos, en train de tirer sur les jeunes qui couraient en criant vers la porte arrière qu'Adnan et Khalil avaient réussi à ouvrir. Il avait échangé un rapide regard avec Paula, et elle avait hoché la tête. Ils avaient levé leur arme de service et tiré. Sam et Jessie étaient tombés ensemble à terre.

Le reste était comme dans un brouillard. Les ambulances avaient fait la navette toute la nuit, tous les hôpitaux de la région avaient été mis à contribution, des volontaires avaient aidé à transporter les blessés.

De plus en plus de monde se rassemblait devant la salle polyvalente. On allumait des bougies, on pleurait, on se serrait, on posait mille questions qui resteraient peut-être à jamais sans réponse. Tanumshede avait rejoint dans les livres d'histoire la cohorte des lieux dont les noms resteraient pour toujours synonymes de tragédie, de mort et de mal. Mais pour le moment, on n'y pensait pas. On pleurait ses fils et ses filles, ses frères et sœurs, ses amis, ses voisins et ses connaissances. On ne pouvait plus se convaincre que, dans les petites villes, on échappait à tous les malheurs dont parlaient les journaux. Désormais, on fermerait ses portes à clé et on se coucherait le soir l'inquiétude au corps, l'inquiétude de ce qui pourrait encore arriver.

"Et vous, ça va ?" dit Annika en regardant Patrik et Paula.

Il regarda Paula et ils haussèrent tous deux les épaules. Que répondre ?

"Il n'y avait pas d'alternative, dit lourdement Paula. On a fait ce qu'il fallait faire."

Patrik ne dit rien, se contentant de hocher la tête. Il savait qu'elle avait raison. Cela ne faisait aucun doute. Leur seule possibilité de sauver la vie des jeunes était d'abattre Sam et Jessie. Il savait que c'était la bonne décision, et que personne ne leur reprocherait jamais ce qu'ils avaient fait. Mais la sensation d'avoir dû tuer un enfant… Paula et lui devraient vivre avec le restant de leurs jours. Et abstraction faite de ce que Sam et Jessie avaient fait, ils n'étaient que deux ados paumés qui s'étaient entraînés l'un l'autre à une action si effroyable qu'on parvenait à peine à la concevoir. Peut-être ne comprendrait-il jamais ce qui les y avait conduits ? Peut-être ne comprendrait-il jamais comment ils pouvaient pour eux-mêmes justifier leur crime ?

Patrik se racla la gorge.

"En passant au peigne fin le bureau de Sam, ce matin, les techniciens ont trouvé une clé USB contenant des photos intimes de James avec un homme à présent identifié comme KG Persson, en d'autres termes le père d'Helen.

— Est-ce que ça a pu être le facteur déclenchant ? dit Martin. Voir sa maman embrasser une autre femme, puis trouver ces photos-là de son père ?"

Paula secoua la tête.

"Je ne sais pas, dit Patrik. Nous ne tirerons sans doute jamais tout au clair. Et il y a une nouvelle question sur laquelle nous devons nous pencher."

Il désigna Mellberg.

"Lors du repas de noces, Bertil est venu me signaler qu'un tuyau avait été communiqué au commissariat, comme quoi trois jeunes gens avaient été pris en stop par une voiture et déposés près du camp de réfugiés à peu près au moment où la culotte de Nea a été placée chez Karim. Le témoin dit qu'il s'agissait du fils de Bill, Nils, avec deux copains, une fille et un garçon. Ces trois-là ont été abattus hier. Je ne vois aucune raison de ne pas continuer à enquêter là-dessus, y a-t-il des objections ?"

Il regarda autour de lui. Tous secouaient la tête.

"Concernant l'incendie du camp, nous continuons les recherches. Mais je crois que nous aurons du mal à trouver qui l'a provoqué : des camps de réfugiés brûlent à travers toute la Suède, sans que les coupables ne soient arrêtés. Mais gardons les yeux et les oreilles ouverts."

Tous hochèrent la tête. Le silence se fit. Patrik voyait bien qu'un débriefing était nécessaire pour retracer le fil des événements, mais la fatigue commençait à l'emporter, et la chaleur de la pièce aggravait la somnolence. Ils étaient tristes, choqués, las et troublés. À l'accueil, le téléphone sonnait sans arrêt. Non seulement en Suède, mais dans le monde entier, les regards étaient tournés vers Tanumshede et la tragédie qui l'avait frappé. Et Patrik savait que, pour tous ceux qui étaient rassemblés dans cette petite pièce du commissariat, quelque chose avait changé à jamais. Rien ne serait plus comme avant.

Il avait peur qu'ils le trouvent ingrat, incapable d'apprécier tout ce qu'ils avaient fait pour lui. Mais ce n'était pas le cas. Karim n'aurait jamais cru qu'un Suédois puisse ainsi ouvrir son foyer à lui et ses enfants, qu'il l'aiderait à trouver un logement, qu'il embrasserait ses enfants et lui parlerait comme à un égal. Il était heureux d'avoir pu faire l'expérience de ce côté-là de la Suède. Aussi.

Mais il ne pouvait pas rester ici. Ils ne pouvaient pas rester ici. La Suède lui avait trop pris. Amina était dans les étoiles et les chauds rayons du soleil, elle lui manquait à chaque minute, chaque seconde. Il rangea soigneusement les photos d'elle dans sa valise, bien entourées de vêtements douillets. La plus grande partie de la valise était occupée par les affaires des enfants. Il n'aurait pas la force d'en porter plus d'une, aussi n'avait-il pris pour lui que le strict nécessaire.

Il n'avait besoin de rien. Ils avaient besoin de tout. Ils méritaient tout.

Il était impossible d'emporter tous les jouets qu'ils avaient reçus de Rita, Bertil et Leo. Il savait qu'ils seraient tristes, mais ils n'avaient pas la place. Une fois encore, ils allaient devoir laisser des choses qu'ils aimaient derrière eux. C'était le prix à payer pour la liberté.

Il regarda les enfants. Samia dormait un lapin dans les bras, un gris et blanc que Leo lui avait donné, et sans lequel elle refusait de dormir. Elle pourrait l'emporter, mais ce serait tout. Et Hassan tenait un sac de billes multicolores. On les voyait chatoyer à travers le filet noir, Hassan passait des heures à les admirer. Elles seraient aussi du voyage. Mais après ça il n'y aurait plus de place.

Il avait entendu ce qu'avait accompli Adnan et Khalil. Tout le monde s'était appelé pour en parler, tantôt avec effroi, tantôt avec fierté. Ils étaient célébrés comme des héros par les Suédois. Quelle ironie ! Karim revoyait Adnan déçu par les Suédois qui le regardaient comme s'il était venu d'une autre planète. Au camp de réfugiés, il était celui qui avait vraiment voulu s'adapter. Voulu être accepté. Et maintenant, les Suédois le célébraient comme un héros, mais à quoi bon ? Il n'aurait jamais vu ça.

Karim regarda autour de lui dans l'appartement. Il était beau et lumineux. Spacieux. Il aurait été un bon foyer pour lui et les enfants, il le savait. Si seulement la perte d'Amina ne lui déchirait pas tant le cœur. Si seulement il avait gardé l'espoir que ce pays puisse lui offrir un avenir. Mais la Suède ne lui avait donné que malheur et rejet. Il éprouvait haine et méfiance, et savait qu'il ne se sentirait jamais en sécurité ici. Ils iraient chercher ailleurs. Lui et les enfants. Un endroit où ils puissent se reposer. Où ils puissent trouver sécurité et foi en l'avenir. Un endroit où il puisse revoir le sourire d'Amina sans que la peine lui déchire le cœur.

Péniblement, il saisit un stylo dans ses mains meurtries. On lui avait enlevé le bandage au centre de soins, mais elles lui faisaient toujours mal et resteraient longtemps, peut-être à jamais, couvertes de cicatrices et de plaques dures. Il prit un papier et posa dessus le stylo, sans savoir quoi dire. Il n'était pas ingrat. Non. Il avait peur. Il était vide. À la fin, il n'écrivit qu'un seul mot sur la feuille. Un des premiers qu'il avait appris en suédois. *Merci*. Puis il alla réveiller les enfants. Ils avaient un long voyage devant eux.

Presque une semaine s'était écoulée depuis la tragédie de la salle polyvalente et, lentement, le travail de deuil était entré dans une phase nouvelle : le quotidien reprenait ses droits. Comme toujours. En tout cas pour ceux qui étaient en périphérie et non à l'épicentre de la tragédie. Pour ceux qui avaient perdu un proche, il restait un long chemin à parcourir pour retrouver un semblant de vie normale.

Martin avait ruminé toute la matinée l'étrange appel qu'il avait reçu la veille d'un avocat. Il fixait le plafond quand Mette, mal réveillée, roula de son côté et murmura : "À quelle heure tu dois y être ?

— Neuf heures", dit-il en regardant l'heure.

Bientôt l'heure d'y aller, constata-t-il.

"De quoi s'agit-il, à ton avis ? Une plainte ? Est-ce que je dois de l'argent à quelqu'un ? Quoi ?"

Il écarta les mains, frustré, et Mette lui rit au nez. Il aimait son rire. À vrai dire, il aimait tout chez elle. Il n'avait pas encore osé le lui dire. Pas avec des mots. Ils avançaient doucement, pas à pas.

"Tu es peut-être multimillionnaire ? Peut-être qu'aux USA, un lointain parent riche et dégoûtant est mort en te laissant seul héritier de sa fortune ?

— Ah ! Je le savais ! Tu n'es avec moi que pour l'argent !

— Mais enfin, qu'est-ce que tu crois ? Que c'était pour tes gros biceps, ou quoi ?

— Attends, tu vas voir !" dit-il en se jetant sur elle pour la chatouiller.

Elle savait que ses bras peu athlétiques étaient un sujet sensible.

"Peut-être que tu devrais quand même songer à t'habiller, si tu veux être à l'heure", dit-elle, et il hocha la tête en la quittant à contrecœur.

Une demi-heure plus tard, il roulait vers Fjällbacka. L'avocat avait refusé de dire de quoi il s'agissait, juste répété que Martin devait se présenter à son bureau à neuf heures. Précises.

Il se gara devant la villa qui abritait le petit cabinet d'avocats et frappa prudemment à la porte. Un homme grisonnant d'une soixantaine d'années lui ouvrit et lui serra la main avec enthousiasme.

"Asseyez-vous", dit-il en lui indiquant une chaise devant son bureau bien rangé.

Martin s'assit, sur ses gardes. Il se méfiait toujours des gens trop ordonnés et, ici, chaque chose semblait avoir sa place.

"Bon, je me demande bien de quoi il s'agit", dit Martin.

Il sentit ses mains devenir moites, et devinait que son visage et son cou se couvraient de ces flammes rouges qu'il détestait.

"Ne vous inquiétez pas, ce n'est rien de désagréable", dit l'avocat.

Martin haussa les sourcils. Il n'en était pas moins curieux. Peut-être Mette avait-elle vu juste avec son histoire de millionnaire américain.

"Je suis l'exécuteur testamentaire d'une certaine Dagmar Hagelin", dit l'avocat.

Martin sursauta. Il regarda l'homme.

"Dagmar est morte ? fit-il, confus. Mais quand ? Nous avons parlé avec elle voilà tout juste une semaine."

Il sentit sa poitrine se serrer un peu. Il aimait bien la vieille dame. L'aimait beaucoup.

"Elle est décédée il y a deux jours, mais ces affaires-là prennent toujours du temps au démarrage", dit l'avocat.

Martin marmonna quelque chose. Il comprenait encore moins ce qu'il faisait là.

"Dagmar avait un souhait très spécifique vous concernant.

— Moi ? dit Martin. Mais on se connaissait à peine. Je l'ai rencontrée deux fois pour une enquête de police.

— Ah bon ?" s'étonna l'avocat.
Puis il se ressaisit.
"Alors vous devez lui avoir fait une très bonne impression ces deux fois. Dagmar a en effet rédigé un ajout à son testament, car elle souhaite vous léguer la maison qu'elle habitait.
— La maison ? Comment ça ?"
Martin se tut, désarçonné. On devait se moquer de lui. Mais l'avocat en face était extrêmement sérieux.
"Oui, par son testament, Dagmar souhaite que vous héritiez de la maison. Elle a également noté à votre intention qu'il y avait quelques petites réparations à prévoir, mais que vous vous y plairiez."
Martin n'arrivait pas à réaliser ce que lui disait l'avocat. Une pensée le traversa.
"Mais elle a une fille. Elle ne le prend pas mal ? Elle ne veut pas la maison ?"
L'avocat montra quelques papiers qu'il avait devant lui sur son bureau.
"J'ai ici un document où la fille de Dagmar renonce à toutes prétentions sur la maison. Quand je lui ai parlé au téléphone, elle m'a dit qu'elle était trop âgée pour s'occuper d'une vieille baraque, et qu'elle n'avait pas besoin d'argent. Et elle a ajouté : « J'ai ce qu'il me faut. Si maman a décidé ça, je sais que c'est pour le mieux. »
— Mais…", dit Martin en sentant avec panique les larmes commencer à lui piquer les yeux.
Lentement, il commença à digérer la nouvelle. Dagmar lui avait offert sa jolie maison rouge. Cette maison à laquelle il n'avait cessé de penser. Jour et nuit, il s'était demandé s'il aurait les moyens de l'acheter, pour Tuva et lui. Il avait tout imaginé : la balançoire qu'il installerait au jardin, près du petit potager où Tuva pourrait elle-même cultiver ses petits légumes, les hivers avec la cheminée dans le séjour et un passage dégagé dans la neige jusqu'au perron. Il avait encore imaginé mille autres choses, mais il avait beau compter et recompter, ses économies n'y suffisaient pas.
"Pourquoi ?" dit-il, incapable de retenir plus longtemps ses larmes, car il songeait à présent à Pia, combien elle avait

souhaité que Tuva puisse grandir dans une petite maison rouge à la campagne, avec une balançoire au jardin et son propre petit potager.

Il ne pleurait pas seulement parce que Pia ne le verrait pas, il pleurait aussi parce qu'il savait qu'elle se serait réjouie de toutes ces nouveautés dans leur vie, même si elle n'était plus avec eux.

L'avocat lui tendit un mouchoir en papier, puis dit doucement :

"Dagmar a dit que la maison et vous aviez besoin l'un de l'autre. Et savez-vous ? Je crois qu'elle avait raison."

Bill et Gun s'étaient occupés de lui à sa sortie de l'hôpital. En plein deuil. Khalil avait eu une jolie et lumineuse chambre d'amis au rez-de-chaussée. Ses affaires de la cave étaient déjà là. Et aussi celles d'Adnan. Bill lui avait promis de l'aider à essayer de faire parvenir une lettre aux parents d'Adnan. Khalil voulait que ses parents sachent que leur fils était mort en héros. Qu'il n'y avait personne dans son nouveau pays qui ne connaisse pas son nom, n'ait pas vu sa photo. Il était devenu un symbole, un pont vers les Suédois. Le Premier ministre l'avait mentionné dans un discours à la télévision. Dit comment Adnan avait montré que la solidarité n'était pas une question de frontières ou de couleur de peau. Qu'il n'avait pas songé à la nationalité des jeunes Suédois, à leur culture ou leur couleur quand il avait donné sa vie pour en sauver tant. Le Premier ministre avait encore dit beaucoup plus. Il avait parlé longtemps. Mais c'était cela qu'il voulait mettre dans sa lettre aux parents d'Adnan.

Le Premier ministre avait aussi parlé de Khalil. Mais là, il avait cessé d'écouter. Il ne se sentait pas comme un héros. Il ne voulait pas l'être. Il voulait juste se fondre dans la masse. La nuit, dans ses cauchemars, il revoyait les visages de ces enfants. L'effroi dans leurs yeux, la peur de mourir et la panique. Il pensait ne jamais avoir à revivre ça. Mais la terreur dans les yeux d'un enfant était exactement la même ici qu'autrefois, chez lui. Il n'y avait aucune différence.

Le soir, Bill et Gun restaient devant la télévision. Parfois ils se tenaient la main. Parfois juste côte à côte, tandis que la lueur de l'écran éclairait leurs visages. Ils n'avaient même pas encore pu enterrer leur fils. La police ne savait pas leur dire quand ils n'auraient plus besoin du corps pour leur enquête. Leurs fils aînés passaient les voir, mais repartaient ensuite chez eux, retrouver leurs familles. Ils ne savaient comment adoucir leur chagrin, et ils avaient aussi le leur.

Khalil avait supposé qu'ils n'allaient plus faire de voile. Pas sans Adnan. Ou Karim. Il lui manquait, il se demandait où il était à présent, avec les enfants. Ils avaient juste disparu.

Le troisième matin, Bill annonça qu'il avait parlé avec les autres, et qu'ils se retrouveraient devant le voilier à dix heures. Comme ça. Il ne lui avait rien demandé. Juste dit qu'ils partaient en mer. Sans Adnan. Et sans Karim.

Et les voilà. Attendant le coup de feu du départ. Plusieurs autres classes de voilier avaient déjà concouru, il y avait foule à Dannholmen. Les organisateurs avaient eu une chance inouïe avec le temps, grand soleil dans un ciel bleu. Mais beaucoup étaient aussi là pour être témoins du projet de Bill. Presse et curieux. Locaux et touristes. Oui, tout Fjällbacka, et plus encore, semblait s'être rassemblé sur la petite île dénudée. Khalil avait lu sur internet qu'une star suédoise y avait habité. Celle dont il y avait la statue au centre de Fjällbacka. Il ne la connaissait pas, mais Bill et Gun lui avaient la veille montré le film *Casablanca*. Elle était belle. Un peu triste. Mais belle. À la manière froide des Suédoises.

Il avait déjà vu l'île, mais n'y avait jamais accosté. Ils s'étaient entraînés intensément les quelques derniers jours avant la régate, et avaient parcouru en reconnaissance le tour de l'île. À l'origine, cette régate ne concernait que les petits voiliers, les enfants et les jeunes de l'école de voile de Fjällbacka. Mais depuis qu'on avait réinstauré la course, voilà quelques années, leur classe de voilier y avait été ajoutée. La classe C55, leur avait indiqué Bill.

Il regarda Bill, à la barre. Ils faisaient des allers-retours comme les sept autres voiliers de leur classe, les yeux rivés à leur montre, afin de se trouver les mieux placés au moment du signal du départ. Personne ne parlait d'Adnan. Mais ils savaient tous que ce n'était plus seulement un concours, une pochade, une façon de passer le temps en attendant de savoir si on leur attribuait un nouveau foyer en Suède.

Il ne restait plus que trois minutes avant le départ quand Khalil jeta un coup d'œil du côté de l'île. Le brouhaha presque imperceptible des gens qui pique-niquaient, des enfants qui couraient et jouaient, des groupes de photographes et de journalistes qui bavardaient entre collègues s'était soudain tu. Tout le monde s'était rassemblé du côté où allait partir la course. Adultes. Enfants. Journalistes. Il vit quelques réfugiés du camp. Rolf était là. Gun avec ses deux grands fils. Des visages connus et inconnus. Quelques policiers du commissariat. Tous, silencieux, regardaient leur bateau. Pas d'autre bruit que le clapotis de l'eau contre la coque et le claquement de la voile dans le vent. La main de Bill était crispée sur la barre, blanche, et ses mâchoires serrées.

Un petit enfant se mit à saluer. Puis une autre personne. Et une autre. Tous, sur Dannholmen, agitaient à présent la main au passage de leur voilier. Ça alla droit au cœur de Khalil. Ce n'était pas une langue qu'il devait faire des efforts pour comprendre. C'était la même dans le monde entier. Un geste universel d'amour. Il agita la main pour montrer qu'ils avaient vu, qu'ils comprenaient. Ibrahim et Farid saluèrent eux aussi, mais Bill continua à regarder droit devant lui, dos droit à l'arrière du bateau. Seuls le trahissaient ses yeux brillants.

Puis le coup du départ retentit. Avec une précision parfaite, ils forcèrent la ligne de départ. Sur Dannholmen, le public continuait à agiter la main, quelques-uns poussaient des cris ou sifflaient. Le bruit monta vers le ciel bleu clair. La voile se tendit et se gonfla de vent, le bateau s'inclina et fendit les vagues. Un instant, il crut voir leurs visages dans la foule. Amina. Karim. Adnan. Mais quand il regarda à nouveau, ils avaient disparu.

"Je suis contente que ça te plaise", dit Erica en resservant une portion de gratin de pommes de terre à sa sœur.

Anna enceinte mangeait comme quatre.

"Tu n'es pas la seule, dit Patrik en saisissant le plat de filet de porc, je retrouve enfin l'appétit.

— Au fait, comment tu vas ? dit Dan. Nous avons tous été marqués par la tragédie de la salle polyvalente, mais pour toi, ça a dû être… terrible."

Il remercia de la tête Erica qui lui avait passé une bouteille d'eau gazeuse Ramlösa. Elle savait qu'il ne voulait pas prendre le risque de boire du vin, au cas où il faudrait conduire Anna à la maternité.

Patrik posa ses couverts. Erica comprit qu'il ne savait pas comment répondre à cette question. Il y avait tant de perdants, tant d'endeuillés, tant de victimes.

"On nous aide, dit-il en faisant tourner son verre de vin. C'était un peu bizarre, au début, de parler à un psychologue, mais après… Oui, il ne faut peut-être pas prendre ça trop à la légère.

— J'ai entendu dire que le film était pressenti pour un Oscar, dit Anna pour changer de sujet. Et Marie aussi.

— Oui, avec toute l'attention médiatique que le film a suscité, je ne suis pas étonné, dit Erica. Mais Marie semble avoir changé depuis la mort de Jessie. Elle n'a plus donné une seule interview.

— J'ai entendu dire qu'elle allait publier un livre au sujet de tout ça", dit Dan en attrapant le saladier.

Erica hocha la tête.

"Elle dit qu'elle veut raconter sa propre version des faits. Mais Helen et elle ont promis de parler encore avec moi. Sanna aussi.

— Comment va Sanna ? dit Patrik.

— Je l'ai eue hier au téléphone, dit-elle en songeant à cette malheureuse femme qui avait, en plus, perdu sa fille. Que dire ? Elle fait face de son mieux…

— Et Helen ? demanda Dan.

— Elle va probablement être condamnée à une peine de prison pour profanation de sépulture et recel de malfaiteur, dit Patrik. Je ne sais pas trop quoi en penser, pour moi elle est d'une certaine façon tout autant une victime que beaucoup d'autres dans cette affaire. Mais la loi est la loi.

— Comment vont les parents de Nea ? demanda Anna en posant ses couverts.

— Ils vont vendre la ferme", lâcha Patrik.

Erica lui adressa un regard compatissant. Elle savait qu'il avait pris cette affaire à cœur, les nuits d'insomnie qu'il avait passées à se retourner dans son lit, prisonnier de pensées et de souvenirs qui le hanteraient à jamais. Elle l'aimait justement pour ça : il était engagé. Il était courageux. Il était fort et loyal. Il était le meilleur mari qu'elle n'aurait jamais espéré avoir, et un père merveilleux pour ses enfants. Leur vie n'était pas toujours rose, romantique ni facile. Elle était stressante, mouvementée, pleine de petits conflits quotidiens. Ils avaient des enfants à l'âge du non, ils avaient trop peu de sommeil, trop peu de sexe, trop peu de temps pour eux et trop peu de temps pour parler de ce qui était important. Mais c'était leur vie. Leurs enfants allaient bien, avaient toute leur attention, étaient heureux. Elle tendit la main, prit celle de Patrik et sentit qu'il la serrait à son tour. Ils formaient une équipe. Un tout.

Anna poussa un gémissement. Elle avait mangé quatre assiettes de filet de porc au gratin de pommes de terre : pas étonnant que son estomac proteste. Mais son visage continuait à se défaire. Dan se figea et regarda Anna, qui baissa lentement les yeux. Elle releva la tête en respirant par à-coups.

"Je saigne, dit-elle. Aidez-moi. Je saigne."

Erica sentit son cœur s'emballer. Puis elle se jeta sur son téléphone.

BOHÜSLÄNINGEN

LA MALÉDICTION DE LA SORCIÈRE

Un hasard ? Ou la malédiction d'une sorcière remontant à plus de trois cents ans qui aurait à nouveau fait sa moisson de victimes ?
Les découvertes de Lisa Hjalmarsson, quinze ans, donneront à coup sûr la chair de poule aux lecteurs.

Lisa Hjalmarsson, en classe 9 B au lycée d'Hamburgsund, a rédigé un mémoire sur Elin Jonsdotter, de Fjällbacka, une femme condamnée et exécutée pour sorcellerie en 1672. Jonsdotter a lancé sur l'échafaud une violente malédiction contre ses dénonciateurs – sa sœur Britta Wilumsen, son mari Preben, ainsi qu'une femme nommée Ebba de Mörhult.

Une histoire aussi captivante que sanglante, qui trouve un prolongement qui donne de terribles frissons grâce aux recherches de Lisa Hjalmarsson.

Il s'avère en effet que les descendants des dénonciateurs ont à travers l'histoire été mêlés à toutes les tragédies humaines imaginables : assassinats, suicides et accidents.

Des tragédies qui ont peut-être culminé cet été.

La tragédie de Tanumshede, qui a fait tant couler d'encre, peut en effet être directement reliée à la malédiction d'Elin Jonsdotter, lancée voilà plus de trois cents ans. Lisa Hjalmarsson a pu montrer que les jeunes qui ont mis le feu à la salle polyvalente et abattu tant de jeunes gens sont des descendants directs de Preben et Britta Willumsen, ainsi que d'Ebba de Mörhult.

Un hasard ?

Ou la malédiction d'Elin Jonsdotter agit-elle encore aujourd'hui ?

REMERCIEMENTS

Écrire sur le XVIIe siècle a été un défi difficile mais aussi follement amusant. J'ai bûché une marée de livres, cherché sur internet et consulté des experts. Pourtant, je n'ai fait que gratter la surface de cette époque fascinante, et toutes les erreurs, conscientes ou non, me sont entièrement imputables. Cela vaut également pour mon récit contemporain. J'ai pris certaines libertés pour adapter l'histoire comme les faits à mon récit. C'est le privilège de l'écrivain et du conteur.

Comme toujours quand j'écris un livre, je dois remercier plusieurs personnes. Un livre ne s'écrit pas dans le vide, mais est le fruit d'un travail d'équipe, même si c'est moi qui suis devant le clavier.

Avec l'inquiétude d'oublier par erreur quelqu'un d'important pour le livre, je souhaite remercier ici quelques personnes clés, tant dans ma vie professionnelle que privée.

Mon éditrice Karin Linge Nordh et mon correcteur John Häggblom ont fait un travail énorme sur le manuscrit de *La Sorcière*, d'autant plus important étant donné l'ampleur qu'a pris le livre. Avec minutie, tact et amour, ils ont arraché les mauvaises herbes de mes plates-bandes en mettant à nu ce qui avait besoin d'être nettoyé. Je suis incroyablement consciente de leur formidable travail et leur en suis énormément reconnaissante. Je veux aussi remercier Sara Lindegren, de Forum, ainsi que Thérèse Cederblad et Göran Wiberg, des éditions Bonnier. J'ai également été aidée pour des vérifications documentaires par Niklas Ytterberg, Miriam Säfström, Ralf Tibblin, Anders Torewi, Michael Tärnfalk, Kassem Hamadè, Lars Forsberg et Christian Glaumann. Votre aide n'a pas de prix !

Merci ensuite à vous qui aidez ma vie à tenir la route. Ma maman Gunnel Läckberg, Anette et Christer Sköld, Christina Melin, Sandra Wirström, Andreea Toba et Moa Braun. Et mes fantastiques grands enfants, Wille, Meja et Charlie, qui n'ont pas rechigné à faire une vaisselle supplémentaire ou à garder un moment Polly quand j'avais besoin de travailler. Merveilleux, merveilleux enfants !

Joakim et toute la bande de Nordin Agency : avec vous, ça déménage, et j'ai hâte de repartir avec vous vers de nouvelles aventures.

Merci aussi à mon amie et sœur (même si ce n'est pas de sang) Christina Saliba, ainsi qu'à Sean Canning, qui a été non seulement une ressource fantastique dans mon équipe, mais aussi un bon ami. Plus toute votre superbe et talentueuse bande.

Je veux mentionner deux personnes en particulier : Johannes Klingsby qui a inspiré un personnage particulier et important du livre ; lors d'une vente caritative au profit de Musikhjälpen, il a remporté aux enchères la possibilité d'apparaître dans le livre, contribuant ainsi généreusement aux actions de cette association. À enchérir contre lui se trouvait l'ami Fredrik Danermark, fiancé de mon amie Cecilia Ehrling, dont j'ai fait la connaissance dans l'émission Let's Dance. Il a dû s'incliner devant Johannes, mais était tellement déçu, car il comptait l'offrir en cadeau à Cecilia pour leur mariage imminent. J'ai donc décidé, comme cadeau de mariage de la part de Simon et moi, de veiller à ce que Cecilia ait aussi un rôle secondaire dans le livre. Merci donc à Johannes et Cecilia d'avoir su donner un supplément d'authenticité et de caractère à mon récit.

Puis tous les amis. Comme toujours, je ne veux en citer aucun en particulier, car vous êtes si nombreux et précieux qu'il serait mesquin d'oublier un seul d'entre vous. Pourtant, une mention spéciale revient comme d'habitude à Denise Rudberg. Peut-être celle que je vois le moins, mais qui, durant toute ma carrière d'écrivain, m'a prodigué par téléphone les conseils les plus intelligents, malins et avisés. Et à propos de conseils malins, je ne peux quand même pas ne pas nommer aussi Mia Törnblom… Merci d'apporter toujours votre grain de sel !

Et enfin Simon, mon amour. Par où commencer ? Depuis mon dernier livre, nous avons eu une ravissante fille, Polly. Notre petit rayon de soleil, la chouchoute de toute la famille. J'ai écrit ce livre au cours de sa première année. Et sans le mari merveilleux que tu es, ça n'aurait pas été possible. Tu es mon roc. Je t'aime. Merci pour tout ce que tu fais pour les enfants et moi. Merci de nous aimer.

Camilla Läckberg
Gamla Enskede, dimanche 5 mars 2017

OUVRAGE RÉALISÉ
PAR NORD-COMPO
REPRODUIT ET ACHEVÉ D'IMPRIMER
EN DECÉMBRE 2017
PAR NORMANDIE ROTO IMPRESSION S.A.S.
À LONRAI
POUR LE COMPTE DES ÉDITIONS
ACTES SUD
LE MÉJAN
PLACE NINA-BERBEROVA
13200 ARLES

DÉPÔT LÉGAL
1re ÉDITION : NOVEMBRE 2017
N° impr. : 1705359
(Imprimé en France)